Obras
Cumbres

Jane Austen

MANSFIELD PARK

LOS WATSON Y SANDITON

TRADUCTOR: BENJAMIN BRIGGENT

Plutón
Ediciones

© Plutón Ediciones X, s. l., 2024

Diseño de cubierta y maquetación: Marta Martín Juanes

Edita: Plutón Ediciones X, s. l.,

           E-mail: contacto@plutonediciones.com
           http://www.plutonediciones.com

I.S.B.N: 978-84-10233-64-5
Depósito Legal: B-16579-2024

Impreso en España / Printed in Spain

Estudio Preliminar

La inglesa Jane Austen vino al mundo en Hampshire en 1775. Su padre era párroco de la Rectoría de Steventon, de la que llegaría a ser deán. Su madre era de origen aristocrático. Jane fue la penúltima de ocho hijos (seis chicos y dos chicas).

Se educó en la Rectoría paterna, en donde transcurrirían veinticinco años de su vida y donde se impregnó de la vida rural que tanto reflejaría en su obra. Es allí donde, en contacto con la quietud del lugar, se acrecentará en Jane el amor por la lectura, por la literatura en general y por la creación literaria.

Salvo una pequeña estancia durante un año en la escuela de Oxford junto con su hermana Casandra, Jane se formó en la biblioteca de su padre, en donde leyó a los principales autores ingleses como Shakespeare, Milton, Pope, Grey, Hume... acompañada de las lecturas de sus contemporáneos Johnson y Goldsmith, así como de los novelistas Fielding, Richardson, Sterne y también novelistas femeninas inglesas.

Durante el período de 1787 a 1795 escribió veintinueve obras breves en forma de cuentos que redactó como entretenimiento para sus hermanos. Hasta 1792 no se encuentran sus primeras descripciones rurales. Antes de los veinticinco años, inició su primera novela, a la que dio varios títulos como *Primeras Impresiones* y que, muchos años más tarde, antes de salir de la imprenta, cambiaría por el de *Orgullo y Prejuicio*.

Un año después escribió en forma epistolar *Elionor y Marianne*, que transformaría en *Sentido y Sensibilidad* y *Susan*, que publicaría como *La Abadía de Northanger*. Todas ellas recreadas durante su vida en Steventon. Sin embargo, ninguna sería publicada hasta mucho más tarde, poco antes de su muerte.

A los veinticinco años se trasladó a Bath en donde captaría para sus descripciones las costumbres de dos de las clases sociales más significativas de Inglaterra: la *gentry* (pequeña nobleza) y la *clergy* (el clero).

Mucho se ha escrito sobre sus fracasadas relaciones sentimentales de las que tuvo varias sin llegar al matrimonio. Jane combatirá estos fracasos con mucha cordura y humor y así pudo soportar la muerte de su padre y el incierto futuro familiar que Jane reflejó en *Sentido y Sensibilidad* y más tarde en *Emma* (escrita entre 1814 y 1815, y publicada en 1816). Fuente importante para reconstruir su vida fueron las cartas escritas por Jane, la mayoría de las cuales se dirigieron a su hermana Casandra.

Tras una estancia en Southampton con la novela *Lady Susan* empezada, la muerte de la mujer de su hermano Edward cambió los planes familiares al tener que cuidar de sus once hijos. Jane y su madre se mudaron para ello a Chawton, en Hampshire. Sería allí donde revisaría para su publicación final *Sentido y Sensibilidad* y *Orgullo y Prejuicio* y finalizó *Mansfield Park, Emma* y *Persuasión*, quedando incompleta *Sanditon* (no se editaría hasta 1925).

Tras una nueva estancia en Londres, a partir de 1816 comenzó a aquejarle la enfermedad que iba a llevarla al sepulcro, una especie de tuberculosis ósea que la obligó a una inactividad total, aquejada de agudos dolores. Falleció en Winchester en 1817, en brazos de su hermana Casandra a los cuarenta y un años de edad.

MANSFIELD PARK

Es una de las novelas más largas de su producción, quizá la más densa de personajes y acción y la más sombría y perturbadora, pues a la huida de una de las protagonistas secundarias, seducida por su galán ocasional, sucede el adulterio de otra de las protagonistas con un fina, acorde a las convicciones de una Inglaterra de finales del siglo XVIII, dentro del pórtico del Romanticismo.

Fue escrita entre 1812 y 1814 en Chawton en el Hampshire y publicada en 1814 por Egerton. En una segunda edición, el texto pasaría a manos de John Murray, que los sacaría nuevamente a la luz, al igual que *Emma* (1816).

Antes de su estancia en Chawton, Austen había vivido en Southampton, uno de los puertos más importantes de la gran isla, al que la novelista describe y dedica varios capítulos en *Mansfield Park*.

La primera y auténtica protagonista de la obra, Fanny, es una mujer humilde y muy discreta, una *cenicienta* muy especial, que a la edad de diez años va a vivir a casa de sus tíos en Mansfield Park, cuyo jefe de familia es Thomas Bertram, que encarna las virtudes del decoro, la honestidad y el orden de la nobleza segundona, pero enriquecida con el comercio de la vieja Inglaterra.

Una larga ausencia de aquel propicia que una atmósfera de libertad se apodere de la casa, alentada por lady Bertram y su cuñada Mrs. Morris. El elemento joven masculino y femenino se aburre durante la larga ausencia y, para distraerse, deciden montar una obra de teatro en la propia casa. La comicidad y los enredos que derivan de ello en forma de sátira mordaz a la que nos tiene acostumbrados Austen, llena de amenidad los preparativos de la obra que se ve truncada por el regreso del jefe de familia, pero el mal ya se ha sembrado. Solo permanece incólume la dulce Fanny.

Las diferentes relaciones que establece con sus primos y con los diversos personajes que van apareciendo en Mansfield y en su propia casa paterna, complican la trama de la obra, así como su evolución, con sus avances y retrocesos, idas y venidas, tomas de conciencia y cambios radicales de actitud, haciéndola una de las más densas de Austen que, como también nos tiene acostumbrados, añade un *suspense* al desenlace final, que, como la mayoría de los otros, después de un planteamiento muy bien urdido y densísimo desarrollo, se precipita rápidamente, aunque justificando de forma extensa (quizá demasiado extensa) el mismo.

Austen recalca una vez más, la superioridad del escenario rural sobre el contaminado e insalubre de las ciudades, en especial el londinense, aunque es una de las novelas que menos habla de la capital directamente.

Mansfield Park se revela así como un modelo de arquitectura narrativa y de profundidad psicológica. A los ojos de nuestro tiempo, las ideas que triunfan en ella quizás aparezcan desfasadas un tanto, pero reflejan las inquietudes de una sociedad que ya entonces clamaba a su manera por su libertad.

LOS WATSON

Emma Watson, joven, dulce y humilde tiene que recibir una rica herencia, pero, despojada de ella, se debate entre aceptar a un rico pretendiente y otros con menores recursos económicos.

Se anuncia el primer baile de invierno, el martes 13 en una pequeña ciudad de Surrey, con la premonición de que será un éxito. Se espera la asistencia de ilustres personajes, entre ellos nombres tan señalados como los Osborne.

La novela se ofrece inacabada y sin corregir, porque no fue redactada con intención de difundirla, sino para el círculo familiar de la hermana de la autora, Casandra. Jane no quiso continuarla porque su argumento era demasiado próximo a las desventuras que les estaban sucediendo a las dos, iniciadas con la muerte de su propio padre que refleja el mismo relato. En él se habla de dos hermanas protagonistas solteras que desarrollan el tópico de siempre: la caza de un marido para mantenerlas. El humor y la ironía continúan siendo proverbiales. Austen afirmará que lo peor "no es quedarse soltera, sino no trabajar", añadiendo originalidad al problema. El punto inicial recuerda a *Sentido y Sensibilidad* y la protagonista principal nos aparece como una mezcla de Elizabeth y Jane de *Orgullo y Prejuicio*.

Comenzó su redacción entre 1803 o 1804, y la dejó inacabada tras el fallecimiento paterno, quizá junto a tal desgracia y habiendo expuesto Jane las características de la protagonista principal con tan fuertes rasgos y claridad argumental, ahogaba su desarrollo posterior, es decir: "ya estaba todo dicho".

SANDITON

Si *Lady Susan* es un relato primerizo, *Sanditon* fue escrita en los últimos seis meses de su vida (y quedó también incompleta, no apareciendo hasta 1925). Redactada en enero de 1817 fue interrumpida poco más de dos meses después dado a sus precarias condiciones de salud a causa de la tuberculosis.

Después de su muerte, sus allegados reconstruyeron once capítulos de la novela, titulados originalmente *Los hermanos*.

El argumento se centra en Charlotte Heywood, la mayor de una gran familia de Willingden (Condado de Sussex) sensible y paciente, que sufrirá las desventuras correspondientes en un típico mundo "austeniano" lleno de personajes banales y cándidos, Charlotte aguardará tranquila su oportunidad.

Sin embargo, quizás el auténtico protagonista sea *Sanditon*, un pequeño pueblo costero (Jane tenía gran experiencia con ellos por su estancia en Bath), que refleja todos los embrollos y dolencias de sus habitantes con una gran modernidad, porque asistimos a un posible triángulo amoroso y a los planes para transformar el lugar (en plena Revolución Industrial) en un establecimiento de veraneo de primer orden para que la gente pudiente se acostumbre a tomar baños de mar.

Tras el desarrollo de los típicos personajes: solteros empedernidos y solteras en situación crítica nos quedamos con las ganas de saber qué pasa. *Sanditon* es la crónica de un pueblo, pero solo un boceto en el que desfilan la protagonista, muy superior al resto de personajes que la rodean, desde un viudo pomposo, hasta una hija casada hipocondríaca y un enjambre de parientes y vecinos.

La novela se inicia con un acontecimiento accidental que hubiera podido tener fatales consecuencias, pero que es el motor de toda la acción posterior.

MANSFIELD
PARK

Capítulo I

Hará unos treinta años, la señorita María Ward, de Huntingdon, con una dote de siete mil libras nada más, tuvo la buena suerte de cautivar a *sir* Thomas Bertram, de Mansfield Park, condado de Northampton, viéndose así encumbrada al rango de baronesa, con todas las comodidades y consecuencias que entraña el disponer de una hermosa casa y una nada despreciable renta. Todo Huntingdon se hizo pregón de lo magníficamente bien que se casaba, y hasta su propio tío, el abogado, comentó que ella se encontraba en inferioridad por una diferencia de tres mil libras cuando menos, en relación con toda niña casadera que pudiera justamente aspirar a un partido como aquel. Tenía dos hermanas que bien podrían beneficiarse de su ascensión; y aquellos de sus conocidos que opinaban que la señorita Ward y la señorita Frances eran tan hermosas como la señorita María no tenían reparos en augurarles un casamiento casi tan ventajoso como el suyo. Pero en el mundo no se encuentran ciertamente tantos hombres de sólida fortuna como bellas mujeres que los merezcan. La señorita Ward, al cabo de seis años, se vio obligada a casarse con el reverendo señor Norris, amigo de su cuñado y hombre que casi no disponía de algunos bienes particulares; y a la señorita Frances le fue todavía peor. El enlace de la señorita Ward, llegado el caso, no puede decirse que fuera tan despreciable; *sir* Thomas tuvo ocasión, por suerte, de proporcionar a su amigo una renta con los beneficios eclesiásticos de Mansfield; y el matrimonio Norris emprendió su carrera de felicidad conyugal con poco menos de mil libras al año. Pero la señorita Frances se casó, según expresión popular, para fastidiar a su familia; y al decidirse por un teniente de marina sin educación, fortuna ni relación, lo consiguió por completo. Difícilmente hubiese podido hacer una elección más catastrófica. *Sir* Thomas Bertram era hombre de gran influencia y, tanto por cuestión de principio como por orgullo, tanto por su natural gusto en favorecer al prójimo como por un deseo de ver en situación respetable cuanto con él se relacionase, la hubiese ejercido con sumo placer en favor de su cuñada; pero el marido de esta tenía una profesión que escapaba a los alcances de toda influencia; y antes de que pudiera pensar algún otro medio para ayudarlos, se produjo entre las hermanas una ruptura total. Fue el resultado lógico del comportamiento de las respectivas partes y la consecuencia que casi siempre se deriva de un casamiento irreflexivo. Para evitarse reconvenciones inútiles, la señora Price no escribió siquiera a su familia comunicando su boda hasta después de casada. *Lady* Bertram, que era mujer de espíritu sosegado y carácter marcadamente perezoso y acomodaticio, se hubiera contentado simplemente con prescindir de su hermana y no pensar más en el asunto. Pero la señora Norris tenía un espíritu activo al que no pudo dar tregua hasta haber escrito a Fanny una larga y colérica carta, poniendo de relieve lo disparatado de su conducta y amenazándola con todas las peores consecuencias que de la misma cabía esperar. La señora Price, a su vez, se sintió ofendida e indignada; y una respuesta que comprendía a las dos hermanas en su enfado, y en la que vertían unos conceptos tan groseros para *sir* Thomas que la señora Norris no supo en modo alguno guardar para sí, puso fin a toda correspondencia entre ellas durante un dilatado período.

Sus respectivos puntos de residencia estaban tan alejados y los medios en que se desenvolvían tan diferentes como para que se considerase casi excluida toda posibilidad de tener siquiera noticias de sus vidas unos de otros, durante los once años que siguieron, o al menos para que *sir* Thomas se maravillase de veras de que la señora Norris tuviera la facultad de comunicarles, como hacía de cuando en cuando con voz enojada, que Fanny tenía otro bebé. Al cabo de once años, sin embargo, la señora Price no pudo seguir alimentando su orgullo o su rencor, o no se resignó a perder para siempre a unos seres que quizá pudieran ayudarla. Una familia numerosa y siempre en aumento, un marido inútil para el servicio activo, aunque no para las tertulias de amigos y el buen licor, y unos ingresos muy menguados para atender a sus necesidades, hicieron que deseara con ansia ganarse de nuevo los afectos que tan a la ligera había echado por la borda; y se dirigió a *lady* Bertram en una carta que reflejaba tal contrición y desaliento, tal superfluidad de hijos y tal escasez de casi todo lo demás, que su efecto no pudo ser otro que el de predisponerlos a todos a una reconciliación. Precisamente, se encontraba en vísperas de su noveno alumbramiento; y después de deplorar el caso e implorar que quisieran ser padrinos del bebé que esperaba, sus palabras no podían ocultar la importancia que ella atribuía a sus parientes para el futuro sostenimiento de los ocho restantes que ya se encontraban en el mundo. El mayor de los hijos era un muchacho de diez años, excelente y animoso chaval, ansioso de lanzarse a correr mundo; pero, ¿qué podía hacer ella? ¿Había acaso alguna probabilidad de que pudiese ser útil a *sir* Thomas en el negocio de sus propiedades de las Antillas? ¿O qué le parecería Woolwich a *sir* Thomas? ¿O cómo podía enviarse un muchacho a Oriente?

La carta no resultó en vano. Restableció la paz y el mutuo afecto.

Sir Thomas cursó amables consejos y recomendaciones, *lady* Bertram envió dinero y pañales y la señora Norris escribió las cartas.

Estos fueron los efectos inmediatos, y antes de que transcurriese un año la señora Price consiguió alguna ventaja más importante todavía. La señora Norris manifestaba a los otros, con mucha frecuencia, que no podía quitarse de la cabeza a su pobre hermana y a su familia y que, sin embargo lo mucho que todos habían hecho por ella, parecía que necesitaba todavía más; y al fin no pudo menos que expresar su deseo de que se aliviase a la señora Price de uno de los muchos hijos que tenía.

—¿Qué os parece si, entre todos, tomásemos a nuestro cuidado a la hija mayor, que tiene ahora nueve años, edad que requiere más cuidados de los que su pobre madre puede dedicarle? Las molestias y gastos consiguientes no representarían nada para ellos, comparados con la bondad de la acción.

Lady Bertram estuvo de acuerdo en el acto.

—Creo que no podríamos hacer nada mejor —dijo—; traeremos a la niña.

Sir Thomas no pudo dar un consentimiento tan repentino y absoluto. Reflexionaba y vacilaba. Aquello representaría una carga muy seria. Encargarse de la formación de VVuna muchacha en aquellas condiciones implicaba el proporcionarle todo lo necesario, pues de lo contrario sería crueldad y no generosidad el apartarla de los suyos. Pensó en sus propios cuatros hijos, en que dos de ellos eran varones, en el amor entre primos, etc.; pero, apenas había empezado a exponer abiertamente sus peros, cuando la señora Norris le interrumpió para rebatirlos todos, tanto los que ya habían sido expuestos como los que todavía no.

—Querido Thomas, te comprendo perfectamente y hago justicia a la generosidad y delicadeza de tus intenciones, que, en realidad, constituyen un solo cuerpo con tu norma general de conducta; y estoy completamente de acuerdo contigo en lo esencial, como es lo de hacer cuanto se pueda para proveer de lo necesario a una criatura que, en cierto modo, ha tomado uno en sus manos; y puedo asegurar que yo sería la última persona del mundo en negar mi caridad para una obra así. No teniendo hijos propios, ¿por quiénes iba yo a procurar, de presentarse alguna menudencia que entre dentro de mis posibilidades, sino por los hijos de mis hermanas? Y estoy segura de que mi esposo es demasiado justo para... Pero ya sabes que soy persona enemiga de la cháchara y de los chismes. El caso es que no nos acobarde la perspectiva de una buena obra por una menudencia. Dale a una muchacha buena educación, preséntala al mundo de debida forma, y apuesto diez contra uno a que estará en posesión de medios adecuados para casarse bien, sin posteriores gastos para nadie.

Una sobrina nuestra, Thomas, o cuando menos una sobrina vuestra, bien puede decirse que no tendría pocas ventajas al crecer y formarse en los medios de esta vecindad. No diré que vaya a ser tan guapa como sus primas. Me atrevería a señalar que no lo será. Pero tendría ocasión de ser presentada a la sociedad de esta región en circunstancias tan favorables que, según todas las probabilidades humanas, habrían de proporcionarle un honroso casamiento. Piensas en tus hijos, pero ¿no sabes tú bien que, de cuantas cosas pueden suceder en el mundo, esa es la menos probable, después de haberse criado siempre juntos como hermanos? Es algo virtualmente imposible. Nunca conocí un solo caso. De hecho, es el único medio seguro para precaverse contra este peligro. Vayamos a suponer que es una hermosa muchacha y que Tom o Edmund la ven por primera vez dentro de siete años: casi me atrevería a afirmar que entonces sería perjudicial. La mera reflexión de que se hubiera consentido que creciera tan distanciada de todos nosotros, pobre y necesitada, bastaría para que cualquiera de los dos tiernos y bondadosos muchachos se enamorase de ella. Pero, edúcala junto a ellos desde ahora y, aun suponiendo que tuviera la belleza de un ángel, jamás representará para tus hijos más que una hermana.

—Hay mucha verdad en lo que dices —dijo *sir* Thomas—, y nada más lejos de mi pensamiento que poner un caprichoso impedimento a la realización de un plan tan maravilloso para ambas partes. Lo único que he querido manifestar es que no debemos comprometemos a la ligera y que, para hacer de ello algo efectivamente provechoso para ella y honroso para nosotros, debemos asegurar a la niña o considerarnos obligados a proporcionarle después, cuando llegue el caso, los medios necesarios para desenvolverse cual corresponde a una dama, de no presentársele por otro lado la ventajosa proposición que tú esperas con tanta confianza.

—Te comprendo perfectamente —contestó la señora Norris—; eres todo generosidad y consideración, y estoy segura de que nunca estaremos en desacuerdo en este punto. Cuanto está en mi mano, bien lo sabes, estoy siempre dispuesta a hacerlo en favor de los seres que amo; y aunque jamás pueda sentir por esa chiquilla ni la centésima parte del cariño que tengo puesto en tus queridos hijos, ni puedo en modo alguno considerarla tan mía, me odiaría a mí misma si fuese capaz de volverle la espalda. ¿No es, acaso, la hija de una hermana? ¿Y podría yo soportar que ella pasase necesidades, teniendo un pedazo de pan que darle? Querido Thomas, a pesar de todos mis defectos poseo un tierno corazón y, aunque soy pobre, me privaría hasta de lo necesario para vivir, antes que cometer una acción poco caritativa. Así es que, si no te opones, mañana escribiré a mi pobre hermana haciéndole la proposición; y, en cuanto esté todo acordado, yo me comprometo a traer la niña a Mansfield. Tú no tendrás que molestarte para nada. Las molestias que yo me tomo, bien lo sabes, las paso por alto. Mandaré a Nanny a Londres al efecto, donde podrá alojarse en casa de su primo, el talabartero, y citaremos a la niña para que se reúna allí con ella. Fácilmente podrán enviarla desde Portsmouth a la capital, confiándola al cuidado de alguna persona de confianza que coincida en el mismo viaje. Sin duda habrá siempre una mujer de algún honrado menestral que deba trasladarse a Londres.

Salvo la impugnación del plan en la parte en que se hacía intervenir al primo de Nanny, *sir* Thomas no opuso más peros, y una vez sustituido el punto de reunión por otro más respetable, aunque no tan económico, se consideró que todo estaba arreglado y se saboreó ya la satisfacción derivada de tan altruistas propósitos. El reparto de sensaciones gratas, en estricta justicia, no debía ser por partes iguales; porque *sir* Thomas estaba totalmente decidido a ser un auténtico y firme protector de la muchacha elegida, mientras que la señora Norris no tenía la menor intención de contribuir, ni con la más mínima aportación, al sostenimiento de la misma. En cuanto a moverse, charlar y discurrir, era altamente caritativa, y nadie sabía mejor que ella cómo enseñar liberalidad a los otros; pero su amor al dinero y su afición a mandar y disponer eran iguales, y sabía guardar el suyo tanto como gastar el de sus amigos. No habiendo podido disponer, al casarse, de unos ingresos tan crecidos como se había acostumbrado a imaginar, desde el principio consideró necesario sujetarse a un plan de economía muy severo; y lo que había iniciado como medida de prudencia pronto se convirtió en afición, en el objeto de esa especial solicitud que se prodiga a los niños, donde no los había. Si hubiese tenido hijos que mantener, puede que la señora Norris no hubiese ahorrado jamás; pero, no teniendo obligaciones de esta clase, nada podía impedir su austeridad o escatimarle el consuelo de incrementar anualmente una renta que jamás había necesitado para vivir. Dominada por esta creciente pasión, que no podía disminuir un afecto no sentido hacia su hermana, le era imposible aspirar a más que a la reputación de haber proyectado y tramitado una obra de caridad tan costosa; aunque tal vez se conocía tan poco como para regresar a su hogar de la rectoría, terminada esta conversación, con la feliz creencia de ser la hermana y tía de espíritu más liberal que existía en el mundo.

Cuando se habló de nuevo del asunto, sus intenciones pudieron apreciarse con mayor claridad; y, en respuesta a la pregunta que tranquilamente le hizo *lady* Bertram sobre "¿adónde irá primero la niña, a tu casa o a la nuestra?", dijo, y *sir* Thomas lo escuchó no poco sorprendido, que a ella le sería totalmente imposible encargarse personalmente de la protegida. Él se había figurado que la niña sería bien acogida como un aumento de familia en la rectoría, como una compañía deseable para una tía que no tenía hijos; pero vio que estaba totalmente equivocado. La señora Norris afirmó que lamentaba tener que manifestar que, al menos tal como iban entonces las cosas, eso de quedarse ellos con la niña era algo que estaba fuera de toda discusión. La salud algo delicada del pobre señor Norris lo hacía imposible: era tan incapaz de soportar el ruido de un chiquillo como de volar. Desde luego, si llegase a mejorar de sus dolencias artríticas, ya sería distinto... Entonces la acogería con mucho agrado, sin reparar en los inconvenientes; pero ahora, justamente, el pobre señor Norris reclamaba sin pausa sus cuidados, y estaba segura de que la sola mención de una cosa así sería suficiente para volverlo loco.

—Entonces será mejor que se quede con nosotros —dijo *lady* Bertram con la mayor prestancia.

Después de un corto silencio, *sir* Thomas añadió con dignidad:

—Sí, que sea esta casa su hogar. Procuraremos cumplir nuestro deber para con ella y, al menos, tendrá la ventaja de contar con unos compañeros de su edad y con una buena institutriz.

—¡Muy cierto! —exclamó la señora Norris—; y ambos aspectos son de gran importancia. En conclusión, a la señorita Lee le dará lo mismo enseñar a tres muchachas que a dos; en esto no puede haber diferencia. Lo único que yo desearía es poder ser más útil; pero ya veis que hago cuanto está en mi mano. No soy de esas personas que solo procuran ahorrarse trabajos. Nanny irá a buscarla, aunque ello me suponga el inconveniente de quedarme tres días sin mi mejor consejera. Espero, hermana, que instalarás a la niña en el pequeño cuarto blanco del ático, junto al antiguo aposento de los chicos. Será, con mucho, el mejor sitio para ella, tan cerca de la señorita Lee, no lejos de las otras niñas y al lado mismo de las criadas, pudiendo cualquiera de ellas ayudarla a vestirse, ¿no te parece?, y cuidar de su ropa; pues supongo que no te parecería bien esperar que Ellis se cuidase de ella, como de las otras. Realmente, no veo en qué otro lugar podrías colocarla.

Lady Bertram no hizo la menor objeción.

—Espero que demuestre ser una chica bien dispuesta —añadió la señora Norris— y aprecie la extraordinaria buena suerte de tener estos amigos.

—Si sus inclinaciones naturales no fuesen correctas —manifestó *sir* Thomas—, no deberíamos, para el bien de nuestros hijos, consentir que permaneciera en el seno de la familia; pero no hay razón para esperar una calamidad tan grande. Es probable que haya en ella mucho que deje que desear, y podemos prepararnos a considerar su gran ignorancia, algunas vulgaridades de opinión y unos modales desgraciadamente ordinarios; pero estos defectos no son incorregibles, ni serán perniciosos para sus compañeros. Si mis niñas fuesen más jóvenes que ella, hubiera considerado el momento muy difícil para juntarlas a una compañía de esta clase; pero, no siendo este el caso, espero que el roce no habrá de entrañar peligro alguno para ellas y, en cambio, será muy beneficioso para Fanny.

—¡Esto es exactamente lo que yo creo! —exclamó la señora Norris—. Es lo mismo que esta mañana le decía a mi marido. Solo por el hecho de convivir con sus primas, le dije, la niña se educará; aunque la señorita Lee no le enseñase nada, de ellas aprendería a ser buena e inteligente.

—Espero que no haga sufrir a mi pobre falderillo —dijo *lady* Bertram—; precisamente, hasta ahora no había conseguido que Julia lo dejase tranquilo.

—Tendremos alguna dificultad, señora Norris —observó *sir* Thomas—, con respecto a la conveniente distinción que deberá hacerse entre las niñas a medida que vayan creciendo: la de mantener en el ánimo de mis hijas la conciencia de quiénes son, sin que por eso consideren demasiado humilde a su prima; y la de que esta tenga siempre presente, sin que se sienta demasiado humillada, que ella no es una señorita Bertram. Me gustaría verlas buenas amigas, y en modo alguno habré de permitir en mis hijas el menor grado de desprecio hacia su prima; sin embargo, no pueden ser iguales. Los respectivos rangos, fortunas, derechos y aspiraciones serán siempre diferentes. Es un punto muy delicado, y deberás ayudarnos en nuestro propósito de escoger con acierto la mejor línea de conducta.

La señora Norris quedó a su entera disposición y, aunque estaba completamente de acuerdo con su cuñado en que se trataba de algo en extremo dificultoso, le animó a confiar en que entre todos lo llevaría a cabo a plena satisfacción fácilmente.

Ya se supondrá que la señora Norris no escribió en vano a su hermana. A la señora Price pareció que le causaba cierta sorpresa esto de que eligieran a una niña, cuando tenía una excelente colección de muchachos; pero aceptó el ofrecimiento, agradecidísima, asegurándoles que su hija era una chiquilla muy bien dispuesta, de magnífico carácter, y expresando su convicción de que nunca les daría motivos para echarla. Por lo demás, hablaba de ella como de algo débil y delicado, pero manifestaba la ilusionada esperanza de que mejorarían sus condiciones físicas con el cambio de aires. ¡Pobre mujer! Seguramente opinaba que un cambio de aires era lo que convenía a la mayoría de sus hijos.

Capítulo II

La muchacha realizó el largo viaje sin novedad. En Northampton se reunió con la señora Norris, que así pudo envanecerse de ser la primera en darle la bienvenida y saborear la importancia de conducirla a la casa de sus parientes, para recomendarla a su benevolencia.

Fanny Price tenía entonces diez años nada más y, aunque en su aspecto no se apreciaba nada que pudiera cautivar a primera vista, tampoco había, cuando menos, nada que pudieran reprobar a sus parientes. Era pequeña para su edad, no había color en sus mejillas, ni se apreciaba en ella otro encanto que pudiera atraer. En extremo tímida y esquiva, procuraba siempre pasar inadvertida. Pero su aire, aunque desgarbado, no era vulgar; su voz era dulce y cuando hablaba era atractiva su actitud. *Sir* Thomas y *lady* Bertram la acogieron muy cariñosamente, y, al notar él cuán falta estaba de ánimos, trató de mostrarse todo lo conciliador que pudo; y *lady* Bertram, sin esforzarse la mitad siquiera, sin pronunciar apenas una palabra por cada diez que empleaba él, con la simple ayuda de una cariñosa sonrisa, resultó enseguida el menos temible de los dos personajes.

Toda la gente joven se encontraba en casa y se portó muy bien en el acto de la presentación, mostrándose de buen grado y sin sombra de apocamiento, al menos por parte de los muchachos, que, con sus dieciséis y diecisiete años y más altos de lo corriente a esa edad, tenían a los ojos de su primita el tamaño de hombres hechos y derechos. Las dos niñas se mostraron algo más tímidas, debido a que eran más jóvenes y temían mucho más a su padre, el cual se refirió a ellas en aquella ocasión con preferencia un tanto imprudente. Pero estaban demasiado acostumbradas a la sociedad y al elogio para que sintieran nada parecido a la natural reserva; y, como su seguridad fuese en aumento al ver que su prima carecía por completo de ella, no tardaron en sentirse capaces de examinarle detenidamente la cara y el traje con tranquila despreocupación.

Todos ellos eran realmente guapos: los muchachos muy agraciados, las niñas notablemente bellas, y tanto unos como otras con un estupendo desarrollo y una estatura ideal para su edad, lo que establecía entre ellos y su prima una diferencia tan acusada en el aspecto físico como la que la educación recibida había producido en sus maneras y trato respectivos; y nadie hubiera pensado que la diferencia de edad entre las muchachas fuese tan poca como la que se llevaban en realidad.

Concretamente, solo dos años separaban a Fanny de la más joven. Julia Bertram tenía doce años tan solo y María era un año mayor. Mientras, la pequeña recién llegada se sentía tan infeliz como quepa imaginar. Asustada de todos, avergonzada de sí misma, llena de nostalgia por el hogar que había abandonado, no sabía levantar la mirada del suelo y casi no podía decir una palabra que pudiera oírsele, sin llorar. La señora Norris no había cesado de hablarle durante todo el camino, desde Northampton, de su extraordinaria suerte y de la grandísima gratitud que había de sentir y manifestar con su comportamiento; pero esto solo consiguió aumentar la conciencia de su desgracia, al convencerla de que el no sentirse feliz era una mala disposición suya. Además, la fatiga de un viaje tan largo no tardó en aumentar sus males. Fueron inútiles la condescendencia mejor intencionada de *sir* Thomas y todos los oficiosos pronósticos de la señora Norris en el sentido de que demostraría ser una buena niña; inútilmente le prodigó *lady* Bertram sus sonrisas y le hizo sentar en el sofá con ella y el falderillo, y en vano fue hasta la presencia de una tarta de grosellas que se le obsequió para consolarla: apenas pudo engullir un par de bocados sin que las lágrimas se agolparan. Y, como al parecer era el sueño su amigo preferido, la llevaron a la cama para que diera allí fin a su tristeza.

—No es un comienzo muy feliz —manifestó la señora Norris, cuando Fanny hubo salido de la habitación—. Después de todo lo que le dije antes de llegar, creía que iba a portarse mejor. Le advertí de la gran importancia que podía tener para ella el portarse bien desde el primer instante. Sería de desear que no tuviese un carácter algo hosco... Su pobre madre lo tiene, y en demasía. Pero debemos ser indulgentes con una niña de esa edad. Al fin y al cabo, no creo que lo de estar triste por haber dejado su casa se le pueda censurar; pues, con todos sus defectos, aquella era su casa y todavía no ha podido darse cuenta de lo mucho que ha ganado con el cambio. Pero, sea como fuere, creo que está mejor un poco de moderación en todas las cosas.

Sin embargo, fue necesario más tiempo que el que la señora Norris había tendido a suponer para reconciliar a Fanny con la novedad de su vida en Mansfield Park, y para que se acostumbrara a la separación de los seres con los que hasta entonces se había visto rodeada. Su sensibilidad estaba a flor de piel y sus sentimientos eran muy poco comprendidos, demasiado poco para que se los tratara de manera adecuada. Nadie se proponía ser poco amable con ella, pero nadie daba un paso para darle algún alivio.

El día de asueto, que, después del de su llegada, se concedió a las niñas Bertram para que tuvieran ocasión de alternar e intimar con su primita, produjo poca unión. No pudieron por menos que despreciarla al enterarse de que solo tenía dos cinturones y jamás había aprendido francés; y, al notar lo poco que se admiraba del dúo que tuvieron la amabilidad de cantar para ella, consideraron oportuno limitarse a regalarle algunos de sus juguetes menos costosos y dejarla sola, para dedicarse ellas al pasatiempo del día: hacer flores artificiales o recortar papel dorado.

Fanny, ya estuviera cerca o lejos de sus primas, lo mismo en la sala de estudio que en el salón, que en el plantío de árboles, siempre se sentía del mismo modo abandonada, siempre le parecía que tenía algo que temer de todo el mundo y por todas partes. La anonadaba el silencio de *lady* Bertram, la atemorizaba el aspecto grave de *sir* Thomas y la sobrecogían las advertencias de la señora Norris. Sus primos, tan enormes, la mortificaban con reflexiones sobre su tamaño y la confundían subrayando su timidez; la señorita Lee se admiraba de su ignorancia y las sirvientas se burlaban de sus trajes. Y cuando a todas esas amarguras se mezclaba el recuerdo de sus hermanos y hermanas para los que ella siempre había sido un elemento primordial como compañera de juegos, institutriz o niñera, la angustia que oprimía su corazón se hacía todavía más punzante.

La magnificencia de la casa la asombraba, pero no podía consolarla. Las salas le parecían demasiado grandes para moverse en ellas a sus anchas; no se atrevía a tocar nada sin temor a ofensa, y se escurría de un lado para otro constantemente atemorizada por cualquier cosa, y con frecuencia se retiraba a su habitación para llorar. Y la muchachita, de la que decían en el salón, por la noche, después que ella los había abandonado para ir a descansar, que parecía afortunadamente tan sensible a su fantástica buena suerte, ponía un broche a sus amarguras de todos los días llorando hasta caer dormida. Así pasó una semana, sin que nada de ello se trasluciera por su traza tranquila, pasiva, cuando una mañana la encontró Edmund, el más joven de sus primos, sentada en la escalera del ático, llorando.

—Querida primita —dijo el muchacho, con toda la ternura de un natural bondadoso—, ¿qué puede haberte pasado?

Y sentándose a su lado intentó vencer su vergüenza por haber sido sorprendida y persuadirla para que hablase con sinceridad, lo que solo pudo conseguir con gran esfuerzo. ¿Estaba enferma? ¿Se había enfadado alguien con ella? ¿Acaso se había peleado con Julia o con María? ¿Tal vez se había hecho un embrollo al repasar la lección, y que él le pudiera explicar? ¿Necesitaba, en fin, algo que tal vez él podría proporcionarle o hacer por ella? Durante un buen rato no consiguió más respuesta que "No, no... nada... no, gracias". Pero él siguió insistiendo; y, en cuanto Fanny empezó a hablar de su hogar y de los suyos, sus crecientes sollozos le indicaron a Edmund dónde se encontraba el mal. Intentó consolarla.

—Te apena dejar a tu mamá, querida Fanny —le dijo—, lo cual demuestra que eres una niña muy buena; pero debes tener presente que te encuentras entre parientes y amigos, que todos te quieren y desean hacerte feliz. Vamos a pasear por el parque y me hablarás de tus hermanos y hermanas.

Al profundizar en el tema, Edmund descubrió que, aunque ella quería mucho a todos sus hermanos y hermanas en general, uno de ellos ocupaba su mente por encima de los demás: William era el hermano de quien más hablaba y a quien más deseaba ver, William, el mayor, que tenía un año más que ella, su constante compañero y amigo, el que siempre abogaba por ella cerca de su madre (de quien era el mimado) cuando se encontraba con algún problema.

—William no quería que los dejase; le dijo a mamá que me echaría de menos, ¡faltaría más!

—Pero William te escribirá, supongo.

—Sí, me prometió que lo haría, pero me pidió que lo hiciera yo primero.

—¿Y cuándo piensas hacerlo?

Ella bajó la cabeza y contestó, temblorosa:

—No lo sé... no tengo papel.

—Si la dificultad está solo en eso, yo te proporcionaré papel y todo lo que necesites, y podrás escribir la carta cuando quieras. ¿Te gustaría escribirle?

—Sí, mucho.

—Pues hazlo enseguida. Ven conmigo al comedor auxiliar; allí encontraremos todo lo que desees y de seguro que nadie nos incordiará.

—Pero, querido primo, ¿irá al correo la carta?

—Sí, de eso me encargo yo... junto con las otras cartas; y, como tu tío la franqueará, no le costará nada a William.

—¿Mi tío? —repitió Fanny con cara de terror.

—Sí; cuando hayas escrito la carta, la llevaré a mi padre para que le ponga el franqueo.

A Fanny le pareció una osadía, pero no opuso más resistencia; y ambos se dirigieron al pequeño comedor donde se tomaba el desayuno. Enseguida Edmund preparó el papel y trazó en el mismo los renglones, poniendo en ello toda su buena voluntad, tanto como hubiese puesto el propio hermano de su primita, y quizá con mayor regularidad. Permaneció a su lado durante todo el tiempo que duró el redactado de la carta para ayudarla con su cortaplumas o su ortografía en cuanto lo necesitase; y a estas atenciones, que ella agradeció muchísimo, añadió unos amables saludos para su hermano, que colmaron su gratitud.

Edmund escribió de su puño y letra este testimonio de afecto a su primo William y le envió media guinea bajo sobre cerrado. Los sentimientos de Fanny eran tales en aquellos instantes, que se sintió incapaz de dar rienda suelta a ellos; pero en su rostro y en unas pocas palabras sencillas y espontáneas, desprovistas de toda afectación, iba implícita toda su gratitud y alegría, y su primo empezó a ver en ella algo interesante. Siguieron hablando y, a través de cuanto ella manifestaba, se convenció de que poseía un corazón dulce y sentía unos grandes deseos de portarse bien. Y Edmund se dio cuenta de que era digna de una mayor atención, tanto por lo muy sensible de su situación como por su gran timidez. Él nunca la había apenado intencionadamente, pero ahora se daba cuenta de que ella necesitaba de una benevolencia más positiva; y en consecuencia intentó, ante todo, expulsarle el miedo que todos le inspiraban y darle, especialmente, muchos y buenos consejos a fin de que pudiera jugar con Julia y María y se mostrase lo más contenta posible.

A partir de aquel día, Fanny empezó a sentirse más a gusto. Sabía que contaba con un amigo, y las atenciones de su primo Edmund la hacían más animosa ante el resto. El lugar se le hizo menos extraño y las personas menos espantosas; y, si alguien había a quien ella no podía dejar de temer, empezó cuando menos a conocer los caracteres de todos ellos y a escoger el mejor modo de adaptarse a su medio. Las pequeñas rusticidades y torpezas, que al principio producían una penosa impresión en el ánimo de todos, y no menos en el suyo propio, fueron mitigándose, como no podía ser de otra manera, y la niña ya no temía presentarse ante su tío, ni la voz de su tía Norris le causaba gran sobresalto. Para sus primas se convirtió en una compañera eventual, que no dejaba de ser aceptable. Aunque no la consideraban digna, por su inferioridad en edad y en fuerza, de asociarla constantemente a sus juegos, para sus planes y diversiones resultaba a veces muy útil una tercera persona, sobre todo si esa tercera persona tenía un carácter amable y complaciente. Y no podían menos de manifestar, cuando su tía les preguntaba sobre los defectos de la niña, o cuando Edmund reclamaba que fuesen más cariñosos con ella, que "Fanny era bastante bonachona y no se tomaba nada a mal".

Edmund era amable de por sí, invariablemente; y, en cuanto a Tom, lo peor que Fanny tuvo que aguantarle era esa especie de irónico desparpajo que un jovenzuelo de diecisiete años siempre considera oportuno en el trato con una niña de diez. Puede decirse que justamente empezaba a asomarse a la vida, lleno de alegría y vivacidad, y con toda la liberal predisposición de un primogénito que se cree nacido tan solo para gastar y divertirse. Las atenciones que dedicaba a la primita estaban de acuerdo con su posición y sus derechos: le hacía algunos bonitos regalos y se burlaba de ella.

A medida que su aspecto y su ánimo iba mejorando, *sir* Thomas y la señora Norris consideraban los alcances de su plan benéfico con aumentada satisfacción, y muy pronto coincidieron en dejar sentado que, si bien no tenía nada de despierta, la niña demostraba tener un carácter amable y parecía que no iba a causarles grandes problemas. Ciertamente, la pobre opinión que les merecían sus talentos no tenía límites para ellos. Fanny sabía leer, bordar y escribir, pero no había aprendido nada más; y al ver sus primas que ignoraba tantas cosas que a ellas les eran familiares desde hacía tiempo, la consideraron un cúmulo de estupidez, y durante las dos o tres primeras semanas no hacían más que llevar de continuo al salón nuevas noticias del caso.

—Figúrate, mamaíta: mi prima no sabe componer el mapa de Europa... Mi prima no sabe nombrar los principales ríos de Rusia... Nunca ha oído hablar del Asia Menor... No sabe distinguir entre una acuarela y un dibujo al creyón... ¡Qué raro! ¿Viste nunca algo tan estúpido?

—Querida —solía replicar su considerada tía—, esto es muy lamentable, pero no debes aguardar que todas las niñas estén tan adelantadas ni aprendan con tanta facilidad como tú.

—Pero, tía, ¡si es que es tan inculta! Solo te diré que, anoche mismo, le preguntamos qué camino seguiría para ir a Irlanda, y dijo que atravesaría la isla de Wight. No se le ocurre otra cosa que la isla de Wight, a la que llama "la Isla", como si no existiera otra en el mundo. Estoy segura de que a mí me hubiera dado vergüenza saber tan poco, incluso mucho antes de tener su edad. Ya ni me acuerdo del tiempo en que yo no había aprendido todavía muchas cosas, de las que ella ahora no tiene la menor idea. ¡Cuánto tiempo ha pasado, tía, desde que solíamos repasar el orden cronológico de los reyes de Inglaterra, con las fechas de su proclamación y los principales hechos de su reinado!

—Sí —añadió la otra—, y de los emperadores romanos, hasta los de la categoría de Severus, además de lo mucho referente a la mitología pagana, así como todos los metales, metaloides, planetas y filósofos importantes.

—Muy cierto, desde luego, queridas mías; pero vosotras tenéis el don de una memoria privilegiada, mientras que vuestra pobre prima, es probable que no tenga ni pizca. Entre su capacidad de retención y la vuestra existe una diferencia extraordinaria, como en todo lo demás; por esto debéis ser condescendientes con vuestra prima y compadeceros de su deficiencia. Y no olvidéis que, por lo mismo que sois tan cultas e inteligentes, debéis ser siempre humildes; pues, aunque sepáis ya mucho, todavía os queda mucho más por aprender.

—Sí, ya sé que es así, hasta que cumpla los diecisiete años. Pero debo contarte otra cosa de Fanny, que ya no puede ser más asombrosa y estúpida. ¡Imagínate, dice que no quiere aprender música ni dibujo!

—En efecto, querida, es algo muy estúpido y que revela una total carencia de sentido artístico y de espíritu de emulación. Pero, si bien se considera, tal vez sea mejor así; pues, aunque ya sabéis que los papás (debido a mí) son tan buenos que han querido educarla con vosotras, no es del todo necesario que su educación sea tan refinada como la vuestra; al contrario, sería mucho más deseable que hubiera alguna diferencia.

Estos eran los consejos de que se valía la señora Norris para moldear la mentalidad de sus sobrinas; así, no hay que maravillarse de que, sin embargo lo adelantadas en sus estudios y a pesar de sus prometedores talentos, carecieran totalmente de otras virtudes menos corrientes, como el conocimiento de sí mismas, la humildad y el desprendimiento. Se había cuidado de su educación admirablemente en todos los aspectos, menos en el de sus inclinaciones. *Sir* Thomas ignoraba lo más adecuado, porque, aun siendo un padre celoso de verdad, no exteriorizaba sus íntimos afectos, y su actitud reservada hacía que se reprimiese ante él toda manifestación de sentimientos.

Lady Bertram no dedicaba la menor atención a la educación de sus hijas. No tenía tiempo para esta clase de cuidados. Era una mujer que pasaba los días sentada en un sofá, muy bien compuesta y haciendo alguna labor de aguja poco útil y nada hermosa; pensando más en su perro faldero que en sus hijos, pero muy indulgente con estos siempre que ello no le reportase algún engorro; guiándose por *sir* Thomas en todo lo importante y por su hermana en las cuestiones menores. De haberle quedado más tiempo para dedicarlo a sus hijas, seguramente lo hubiese considerado superfluo, pues estaban bajo el cuidado de una institutriz, tenían buenos profesores y no podían necesitar nada más. En cuanto a lo de que Fanny era corta para aprender, "tan solo podía decir que era muy lamentable, pero ya se sabía que hay gente así, y que lo que Fanny podía hacer era esforzarse más... no veía otra salida; y, dejando aparte esto de que fuera inepta, podía afirmar que no encontraba nada ofensivo en la pobrecita; al contrario, siempre la tenía a mano y era muy diligente en llevar recados y traerle lo que le pedía".

Fanny, con todos sus pecados de ignorancia y timidez, quedó establecida en Mansfield Park y, habiendo aprendido a transferir al lugar mucho de su afecto por su antiguo hogar, fue creciendo entre sus primos sin sentirse desgraciada. María y Julia no le eran decididamente enemigas;

y, aunque Fanny se sentía con frecuencia mortificada por el trato que de ellas recibía, se decía que era demasiado insignificante para considerarse humillada.

Por la época en que Fanny fue a vivir con ellos, *lady* Bertram, a consecuencia de una ligera enfermedad y de su gran indolencia, prescindió de la casa de Londres, a donde solía trasladarse todos los años en primavera, y desde entonces permaneció siempre en el campo, dejando que *sir* Thomas atendiera sus obligaciones en el Parlamento, cualesquiera fuesen las ventajas o los inconvenientes que a él pudiera significarle el no tenerla a su lado. Por ello, en el campo siguieron las niñas Bertram ejercitando la memoria, cantando sus dúos y creciendo hasta convertirse en mujeres; y su padre las veía progresar en su desarrollo físico, talentos y modales, o sea en todo lo que pudiera satisfacer sus deseos. Su hijo mayor era despilfarrador y despreocupado, y le había causado ya muchos quebrantos; pero de los otros no cabía esperar más que bondades. En lo tocante a sus hijas, consideraba que mientras llevasen el nombre de Bertram no harían más que prestarle mayor lustre, y al abandonarlo lo harían aportando a la familia nuevos apellidos ilustres; y el carácter de Edmund, su firme buen sentido y su rectitud de pensamiento prometían, sin lugar a dudas, provecho, honor y ventura, así para él como para todos sus allegados: sería clérigo.

Entre las inquietudes y satisfacciones que le procuraban sus propios hijos, *sir* Thomas no se olvidaba de hacer cuanto podía por los de la señora Price: la ayudaba con largueza a educarlos en cuanto tenían edad para una determinada vocación; y Fanny, aunque separada casi por completo de los suyos, sentía la más profunda satisfacción al enterarse de cualquier deferencia que se les hiciera, o de cualquier giro prometedor para su prosperidad y felicidad. Una vez, una sola vez en el decurso de muchos años, gozó la dicha de tener a William a su lado. Nadie más se dejó ver; parecía que nadie pensaba en reunirse con ella otra vez, ni siquiera en la brevedad de una visita; nadie parecía echarla de menos en la casa. Pero William, habiendo optado por ser marino poco después que ella se fue, quedó invitado a pasar una semana con Fanny en Northamptonshire, antes de hacerse a la mar. La sincera efusión de sentimientos al encontrarse de nuevo, la dulce emoción de verse otra vez juntos, sus horas de jovial felicidad y sus momentos de grave conversación pueden ser fácilmente imaginados, así como los animosos propósitos y alientos del muchacho, puestos de manifiesto hasta el último momento, y el dolor de la niña cuando él partió. Por suerte, esos días coincidieron con las vacaciones de Navidad, lo que permitió a Fanny hallar consuelo en la compañía de su primo Edmund; y este le contó cosas tan maravillosas sobre lo que William haría y llegaría a ser en el curso de su carrera, que poco a poco fue reconociendo que la separación podía ser beneficiosa. La amistad de Edmund nunca le faltó. El cambio de Eton por Oxford no alteró en absoluto su comportamiento cortés, sino que le dio oportunidad para reiterarlo con más asiduidad. Sin hacer ostentación alguna de que se ocupaba de ella más que nadie, ni temor alguno de que pareciese que hacía demasiado, era siempre fiel a sus intereses y considerado para sus sentimientos, procurando que sus buenas cualidades fuesen tenidas en cuenta y, al propio tiempo, vencer la cortedad que impedía hacerlas más patentes, y le daba consejos, consuelo y ánimo.

Amilanada por el trato de todos los demás, su único apoyo no podía ofrecerle la seguridad deseada; pero, por otra parte, las atenciones de Edmund fueron de gran importancia para un mejor aprovechamiento de su inteligencia, proporcionándole a la vez un nuevo medio de distracción. Él veía que Fanny era inteligente, que tenía una gran facilidad de comprensión y buen juicio, junto con una gran afición a la lectura, la cual, convenientemente orientada, podría proporcionarle una excelente instrucción. La señorita Lee le enseñaba francés y le hacía recitar diariamente su lección de Historia; pero él le recomendaba los libros que hacían su felicidad en sus horas de ocio, él animaba su inclinación y rectificaba sus opiniones. Él hacía provechosa la lectura hablándole de lo que leía, y ensalzaba sus alicientes con juiciosos elogios. En correspondencia a estos favores, Fanny le quería más que a nadie en el mundo, exceptuando a William. Entre los dos repartía su corazón.

Capítulo III

El primer acontecimiento de importancia que se dio en la familia fue la muerte del señor Norris, cuando Fanny pisaba alrededor de los quince años, y ello dio lugar a inevitables cambios e innovaciones. La señora Norris, al abandonar la rectoría, se trasladó a Mansfield Park, y después a una casita propiedad de *sir* Thomas, en el pueblo. Se consoló de la pérdida de su esposo al considerar que podía pasar muy bien sin él, y de la reducción de los ingresos al juzgar la evidente necesidad de llevar una economía más severa.

El beneficio eclesiástico tenía que ser para Edmund; y, de haber muerto su tío unos años antes, se habría concedido a algún amigo que lo disfrutase hasta que él tuviera la edad para ordenarse. Pero los derroches de Tom, anteriores a este suceso, habían sido tan grandes como para hacer necesaria una cesión de la vacante, de modo que el hermano menor tuvo que ayudar a pagar las locuras del mayor. Existía otro beneficio familiar, del que ya se había posesionado Edmund; pero, aunque esta circunstancia hacía que el forzoso arreglo no pesara tanto sobre la conciencia de *sir* Thomas, no por ello dejaba de considerarlo como un acto injusto, y procuró inculcar a su hijo mayor la misma convicción, con la esperanza de que diera mejor resultado que todo lo que hasta entonces había tenido ocasión de decir o hacer.

—Me sonrojo por ti, Tom —le dijo con la mayor acritud—; me avergüenzo del extremo a que me he visto obligado a recurrir; y creo que mereces que te compadezca por tus sentimientos de hermano esta vez. Has privado a Edmund por diez, veinte, treinta años... quizá para toda la vida, de más de la mitad de la renta que debía tocarle. Puede que más adelante esté en mi mano o en la tuya (así lo espero) el procurarle alguna compensación; pero no debes olvidar que ningún beneficio de esta clase sería superior a lo que por derecho natural podría exigirnos, y que en realidad nada podría ser para él un equivalente de las ventajas positivas que ahora se ve obligado a ceder, debido a lo perentorio de tus deudas.

Tom escuchó estas palabras con cierta vergüenza y aflicción; pero sorteándolas tan pronto como pudo, no tardó en dejarse llevar de un hipócrita egoísmo para decirse primero, que sus deudas no llegaban ni a la mitad de las que habían contraído algunos de sus amigos; segundo, que su padre había hecho del tema la conferencia más tediosa; y tercero, que el futuro beneficiado, quienquiera que fuese, era de esperar que falleciera muy pronto.

A la muerte del señor Norris, el derecho de presentación recayó en un tal doctor Grant, que, en consecuencia, fue a vivir a Mansfield; y, resultando ser un hombre robusto de cuarenta y cinco años, había para creer que defraudaría los cálculos de Tom. Pero... "no; tenía el cuello corto y todo su aspecto era de apopléjico; además, surtido como estaba de cosas buenas, no tardaría en irse al otro barrio".

Su esposa tenía unos quince años menos que él, y carecían de hijos. Ambos llegaron al lugar con el favorable y acostumbrado informe de que eran personas muy respetables y amables.

Sir Thomas creía llegado el momento de que su hermana política reclamase su parte en la protección de la sobrina. La nueva situación de la señora Norris y el hecho de que Fanny fuese ya mayorcita parecían no tan solo anular todas sus anteriores objeciones con respecto a lo de vivir juntas, sino que lo hacían decididamente recomendable; y como él atravesaba unas circunstancias menos favorables que un tiempo atrás, debido a ciertas recientes pérdidas en sus posesiones de las Antillas, tras de los dispendios de su primogénito, no dejaba de parecerle bastante deseable verse relevado de los gastos de su sostenimiento y de sus obligaciones para asegurarle el futuro. Con el pleno convencimiento de que así había de ser, habló a su esposa de esta probabilidad; y a la primera ocasión en que esta volvió a acordarse del asunto, lo que por cierto ocurrió en un momento en que Fanny se hallaba presente, le dijo con toda su calma:

—Así es, Fanny, que vas a dejarnos para ir a vivir con mi hermana. ¿Te gustará?

Fanny quedó demasiado asombrada para hacer otra cosa que no fuera repetir las palabras de su tía:

—¿Que voy a dejarlos?

—Sí, querida; ¿por qué había de sorprenderte? Has vivido cinco años con nosotros, y mi hermana siempre dio a entender que te recogería cuando muriese el señor Norris. Pero tendrás que dejarte ver y ayudarme a puntear mis patrones, lo mismo que ahora.

La noticia le resultó a Fanny tan enojosa como inesperada. Su tía Norris jamás se había mostrado bondadosa con ella y no podía quererla.

—Sentiré mucho irme —dijo, con la voz trémula.

—Sí, así lo creo; eso me parece muy natural. Supongo que desde que llegaste a esta casa has tropezado con menos motivos de enfado que cualquier criatura del mundo.

—No quisiera parecer desagradecida, tía —dijo Fanny con humildad.

—No, querida; espero que no lo seas. Siempre me has parecido una buena chica.

—¿Y nunca más volveré a vivir aquí?

—Nunca, querida. Pero ten la seguridad de que encontrarás una casa confortable. Poca diferencia puede representar para ti el vivir en cualquiera de las dos casas.

Fanny abandonó la habitación con el corazón roto: ella no podía considerar que la diferencia fuese tan insignificante... La perspectiva de vivir con su tía no le proporcionaba nada parecido al gozo. En cuanto tuvo ocasión de hablar con Edmund le contó su dolor.

—Primito —le dijo—, algo va a ocurrir que a mí no me gusta nada; y, aunque muchas veces has llegado a persuadirme hasta conseguir que me reconciliara con algunas cosas que al principio me disgustaban, ahora no va a serte posible. Me voy a vivir definitivamente con tía Norris.

—¡Qué dices!

—Sí; tu mamá acaba de señalármelo. Ya está decidido. Voy a dejar Mansfield Park para instalarme en la Casa Blanca, supongo que en cuanto ella se traslade allí.

—Verás, Fanny, si el proyecto no te disgustase, yo diría que es magnífico.

—¡Oh, Edmund!

—Por lo demás, lo tiene todo a su favor. Tía Norris se porta como una persona sensible al desear tenerte. Se decide por la mejor amiga y compañera que podría escoger, y aplaudo que su amor al dinero no se lo impida. Serás para ella lo que debes ser. Espero que no te pesará demasiado, Fanny.

—Desde luego que me pesa; no puede agradarme. Quiero a esta casa y todo lo que hay en ella; allí nada podré querer. Bien sabes lo a disgusto que me siento con ella.

—No diré de su trato mientras fuiste una chiquilla, pero te advierto que con todos nosotros hacía lo mismo, o poco menos. Nunca supo cómo hacerse amable a los niños. Pero ahora ya tienes edad para recibir otro trato... y creo que ya se porta mejor; y, cuando seas su única compañera, tendrá que considerarte muy importante.

—Yo nunca podré tener importancia para nadie.

—¿Qué puede impedirlo?

—Todo. Mi situación... mi zafiedad y torpeza.

—Querida Fanny, en cuanto a necedad y torpeza, créeme, no tienes sombra de lo uno ni de lo otro, como no sea al aplicar estas palabras tan inexactamente. No existe razón en el mundo para que no se te conceda importancia donde te conozcan. Tienes buen juicio y un carácter tierno, y estoy seguro de que posees un corazón agradecido que en ningún caso sabría recibir bondades sin desear corresponder a las mismas. No conozco mejores cualidades para una amiga y compañera.

—Me favoreces demasiado —dijo Fanny, poniéndose roja ante tal cumplido—. ¡Cómo podré nunca agradecer bastante la buena opinión que tienes de mí! ¡Oh, Edmund, si he de marcharme, recordaré tus bondades hasta el último instante de mi vida!

—Vaya, desde luego, Fanny; debo esperar que me recuerdes a una distancia tan corta como la de la Casa Blanca. Hablas como si te fueras a doscientas kilómetros de aquí, en vez de atravesar tan solo el parque; pero nos pertenecerás casi lo mismo que ahora. Las dos familias habrán de reunirse todos los días del año. La única diferencia estará en que, viviendo con tía Norris, forzosamente tendrás que destacar como mereces. Aquí hay demasiadas personas tras de las cuales puedes esconderte; pero al lado de ella te verás obligada a poner de manifiesto tu carácter.

—¡Oh, no digas eso!

—Debo decirlo, y decirlo con gozo. Tía Norris está mucho más indicada que mi madre para encargarse ahora de ti. Tiene carácter para hacer mucho por quien realmente le interese, y te obligará a que hagas justicia de tus prendas naturales.

Fanny suspiró y dijo:

—Yo no puedo ver las cosas como tú; pero habré de creer que la razón está más de tu parte que de la mía, y te agradezco muchísimo que trates de conciliarme con lo que tiene que ocurrir. ¡Si yo pudiera suponer que en realidad le importo a mi tía, qué delicioso sería sentirme importante para alguien! Aquí, bien sé que no lo soy para nadie; y, sin embargo, me es tan querido el lugar...

—El lugar, Fanny, es precisamente lo que no vas a dejar, aunque dejes la casa. Podrás disponer libremente del parque y los jardines, lo mismo que hasta ahora. Ni siquiera tu fiel corazoncito debe asustarse por ese cambio tan solo nominal. Podrás frecuentar los mismos paseos, escoger tus lecturas en la misma biblioteca, ver la misma gente y montar el mismo caballo.

—Tienes razón; sí, mi querida jaca gris. ¡Ah!, primito, cuando recuerdo el miedo que me daba montar, el terror que sentía cuando oía decir que ello sería tan provechoso para mi salud (¡oh!, solo de ver a mi tío desplegar los labios para hablar de caballos, me ponía a temblar), y después pienso en el trabajo que te diste con tus juicios, para quitarme el miedo y convencerme de que me gustaría al poco tiempo, y reconozco la mucha razón que tenías, según quedó demostrado después... Casi me inclino a creer que tus predicciones serán siempre igual de acertadas.

—Y yo estoy totalmente convencido de que el vivir al lado de tía Norris será tan beneficioso para tu espíritu como el montar lo ha sido para tu salud... y, en último término, para tu misma felicidad.

Así terminó la conversación que, por la utilidad que de la misma pudo extraer Fanny, podían muy bien haberse reservado, ya que la señora Norris no tenía la menor intención de llevársela, ni se le había pasado por la cabeza pensar en ello últimamente, como no fuera para zafarse del convenio. Para evitar que se hicieran ilusiones, había elegido la vivienda más reducida de las que podían considerarse aceptables entre las pertenecientes a la parroquia de Mansfield, la Casa Blanca, que contaba con el justo espacio para albergarla a ella y a sus sirvientes, sobrando un solo cuarto para un forastero, circunstancia esta que cuidó mucho de subrayar. En la rectoría jamás se hizo uso de las habitaciones sobrantes; pero ahora resultaba que la absoluta necesidad de reservar un cuarto para el caso debía tenerse muy en cuenta. Todas sus precauciones, sin embargo, no pudieron salvarla de que se le atribuyesen mejor disposición; o, quizá, sus mismas propagandas sobre la importancia de un cuarto de repuesto habían inducido a *sir* Thomas a suponer que, en realidad se destinaba a Fanny. *Lady* Bertram no tardó en poner las cosas claras, al observar con indiferencia, hablando con su hermana:

—Creo que no necesitaremos retener por más tiempo a la señorita Lee, cuando Fanny vaya a vivir contigo.

La señora Norris casi dio un gruñido.

—¡Vivir conmigo, hermana mía! ¿Qué insinúas?

—¿No va a vivir contigo? Creía que lo habías convenido así con mi marido.

—¿Yo? ¡Jamás! Nunca le dije una palabra de esto a *sir* Thomas, ni él a mí. ¡Vivir Fanny conmigo! Sería la última cosa de este mundo que a mí se me iba a pasar por la cabeza, o que podría desear cualquiera que nos conozca a las dos. ¡Santo cielo! ¿Qué haría yo con Fanny? Yo, una pobre viuda desvalida, desamparada, inútil para todo, sin ánimos para nada... ¿qué podría hacer por una niña de su edad, una muchacha de quince años, que es cuando más necesitan de atención y cuidados, como para poner a prueba al espíritu más avezado? ¡Vaya, estoy segura de que *sir* Thomas no puede en serio esperar tal cosa! Me aprecia demasiado para eso. Nadie que me quiera bien me lo plantearía, estoy convencida. ¿Cómo fue que te habló del asunto?

—La verdad es que no lo sé. Sin duda porque debió de parecerle bien.

—Pero ¿qué dijo? No pudo decir que deseaba que me llevase a Fanny. Estoy segura de que no podía desearlo de corazón.

—No; solo dijo que lo consideraba muy probable. Y yo lo pensaba también así. Los dos opinábamos que sería un consuelo para ti. Pero, si no te gusta, no hay más que hablar. Aquí no estorba.

—Querida hermana, teniendo en cuenta mi lamentable estado, ¿cómo podría ser un consuelo para mí? Aquí me tienes convertida en una pobre viuda desamparada, privada del mejor de los maridos, perdida la salud en cuidarle y atenderle, peor de ánimos incluso, destruida mi paz en este mundo, contando apenas con lo suficiente para mantenerme en el rango de una dama y llevar una vida que no deshonre la memoria del que se fue: ¿qué posible alivio podría hallar tomando sobre mis hombros una carga como Fanny? Si pudiera desearlo en mi provecho, sería incapaz de causar tanto perjuicio a la pobre niña. Ella está en buenas manos y no le falta nada. Yo tengo que abrirme paso como puedo entre mis penas y dificultades.

—¿Piensas quizá vivir completamente sola?

—Hermana mía, ¿para qué sirvo sino para la soledad? Espero verme acompañada por unos días, de vez en cuando, en mi pobre casita, por alguna amistad; siempre tendré una cama para una amiga. Pero la mayor parte de mis días transcurrirán en el más absoluto aislamiento. Mientras pueda conjugar ambas aspiraciones, no pido más.

—Espero, hermana mía, que no te irán tan mal las cosas, teniendo en cuenta que mi marido dice que podrás contar con seiscientas libras al año.

—No es que me queje. Sé que no podré vivir como antes, pero me limitaré en lo que pueda y aprenderé a llevar una mejor economía doméstica. He sido un ama de casa bastante descuidada, pero ahora no me avergonzaré de practicar el ahorro. Mi situación ha variado en la misma proporción que mi renta. Un sinfín de cosas que se hacían teniendo en cuenta la condición de rector de mi pobre esposo no pueden esperarse ahora de mí. Nadie sabe lo que se llegaba a consumir en nuestra cocina en atención a los invitados. En la Casa Blanca habrá que ahorrar mucho más. Tendré que vivir de mi renta, pues de lo contrario no tendría perdón; y sería para mí una gran satisfacción poder conseguir algo más... reservar un poquito al final del año.

—Estoy segura de que lo harás. Lo haces siempre, ¿no es así?

—Mi deseo es beneficiar a los que reste, cuando yo me haya ido de este mundo. Es por el bien de tus hijos por lo que deseo ser más rica. Por nadie más tengo que preocuparme; pero me ilusionaría mucho pensar que puedo dejarles una fruslería que no desmereciera de su patrimonio.

—Eres muy buena, pero no tienes que preocuparte por ellos. De seguro que tendrán suficiente. Thomas se encargará de eso.

—Sí, bueno; pero no olvides que sus posibilidades quedarán bastante disminuidas si la hacienda de la Antigua ha de darle unos beneficios tan pequeños.

—¡Bah! Esto pronto quedará arreglado. Thomas ha escrito para solucionar el problema. Me consta.

—Bueno, querida —dijo la señora Norris, disponiéndose para salir—, tan solo puedo decirte que mi único afán es el de ser útil a tu familia; de modo que si a tu marido se le ocurriese hablar otra vez sobre lo de llevarme a Fanny puedes decirle que mi salud y mi postración moral ponen el asunto fuera de toda discusión; aparte de que, en realidad, no tendría ni cama que darle, pues necesito un cuarto de repuesto para las amistades.

Lady Bertram repitió a su marido lo suficiente de esta conversación para convencerle de lo mucho que se había equivocado en cuanto a las intenciones de su cuñada. Y esta, a partir de aquel instante, quedó perfectamente a salvo de toda suposición y de la menor alusión por parte de él al respecto. *Sir* Thomas no pudo por menos que maravillarse de que ella rehusara hacer algo por una sobrina en cuya adopción había puesto tanto interés; pero, como ella se apresurase a darle a entender, lo mismo que a *lady* Bertram, que cuanto poseía estaba destinado a sus hijos, no tardó en conformarse ante esta distinción, que, a la par que era ventajosa y halagadora para ellos, le permitiría favorecer a Fanny con más largueza por sus propios medios.

Fanny no tardó en saber lo inútiles que habían sido sus temores por el cambio anunciado; y su felicidad sincera, espontánea, ante la confesión, proporcionó a Edmund algún consuelo en su desencanto acerca de lo que esperaba había de ser tan esencialmente beneficioso para ella. La señora Norris tomó posesión de la Casa Blanca, los Grant llegaron a la rectoría y, después de estos sucesos, todo siguió en Mansfield como de costumbre por algún tiempo.

Los Grant resultaron ser unas personas sociables, propicias a la buena amistad, y cayeron muy bien a casi la totalidad de su nueva relación. Desde luego, tenían sus sombras, y la señora Norris pronto las descubrió. El doctor Grant era muy aficionado al buen comer, y le hubiera gustado tener un banquete todos los días; y la señora Grant, en vez de procurar darle satisfacción gastando poco, pagaba a su cocinera un salario tan elevado como el que tenía la de Mansfield Park, y casi no se dejaba ver en la cocina. La señora Norris no podía hablar con calma de tales dispendios, como tampoco de la cantidad de huevos y manteca que regularmente se consumía en la casa. "Nadie amaba más que ella la esplendidez y la hospitalidad... Nadie odiaba más los procedimientos mezquinos... La rectoría, estaba segura, nunca había carecido de comodidades de toda clase, nunca había tenido mala fama en su tiempo, pero ahora las cosas iban allí de un modo que no podía entender... Una dama elegante en una rectoría de pueblo estaba totalmente fuera de lugar... Su despensa, por supuesto, era lo bastante buena para no dar lugar a que la señora Grant pudiese despreciarla... Por más indagaciones que hiciera, no pudo encontrar que la señora Grant hubiese tenido jamás más de quinientas libras".

Lady Bertram escuchaba sin gran interés esta especie de reproches. Ella no podía penetrar los errores de un economista, pero sentía lo injurioso que era para la belleza eso de que la señora Grant se hubiese situado tan bien en la vida sin ser hermosa, y expresaba su asombro sobre este punto casi tan frecuentemente, aunque no con tanta minuciosidad, como su hermana debatía el otro.

Estos temas fueron aireados durante casi un año, cuando en la familia se produjo otro suceso de tal importancia como para reclamar justamente un lugar en la mente y la conversación de las damas. *Sir* Thomas juzgó conveniente desplazarse a la Antigua para ordenar mejor sus negocios personalmente; y se llevó consigo a su hijo mayor, con la esperanza de despegarlo de algunas malas compañías de la metrópoli. Abandonaron Inglaterra con la eventualidad de no volver hasta al cabo de un año.

Lo necesario de la medida desde el punto de vista pecuniario y la esperanza de que redundase en beneficio de su hijo, compensaron a *sir* Thomas del sacrificio de separarse del resto de la familia y de tener que dejar a sus hijas bajo la custodia de otras personas, precisamente ahora, cuando las dos habían entrado en la época más crucial de la vida. No pudo considerar idónea a su esposa para sustituirle ante ellas o, mejor, para desempeñar las funciones que en todo caso le hubieran correspondido. Pero en la atenta vigilancia de la señora Norris, así como en el buen juicio de Edmund, sí podía confiar para marcharse sin temer por ellas.

A *lady* Bertram no le hacía ninguna gracia que su marido se ausentase; pero no la alteró la menor zozobra por su seguridad, ni preocupación alguna por su bienestar, ya que era una de esas personas que creen que nada puede ser peligroso, difícil o agotador para nadie, excepto para ellas mismas.

Las niñas Bertram se hicieron muy dignas de compasión en la circunstancia: no por su pena, sino porque no la conocieron siquiera. Su padre no era para ellas motivo de afecto; nunca había parecido amigo de sus diversiones y, desgraciadamente, la noticia de su marcha fue muy bien acogida. Así se verían libres de toda traba; y, sin que aspirasen a ninguna clase de expansión de las que seguramente les hubiera prohibido *sir* Thomas, en el acto se sintieron a sus anchas y seguras de tener todas las complacencias en su mano. El alivio de Fanny y su conocimiento del mismo fue en un todo igual al de sus primas; pero un natural más tierno le indicaba que sus sentimientos eran desagradecidos y, en realidad, se afligía de no poder afligirse. ¡*Sir* Thomas, que tanto había hecho por ella y por sus hermanos, y que se había ido quizá para nunca volver! ¡Y que ella pudiera verle partir sin derramar una lágrima... era de una insensibilidad intolerable! Él le había dicho además, la misma mañana de su partida, que esperaba que podría ver de nuevo a William a lo largo del siguiente invierno, y le había encargado que le escribiera invitándolo a pasar unos días en Mansfield, en cuanto la Escuadra a que pertenecía se conociera que estaba en Inglaterra. ¡Aquello era el colmo de la amabilidad y la previsión! Tan solo con que le hubiese sonreído y llamado "querida Fanny" mientras le hablaba, todo el ceño y frío tratamiento de anteriores ocasiones hubiera podido quedar borrado de su mente. Por el contrario, terminó su discurso de una manera que la sumió en amarga tristeza, al añadir:

—Si William viene a Mansfield, espero que podrás convencerle de que los muchos años transcurridos desde vuestra separación no han pasado totalmente sin algún provecho para ti; aunque mucho me temo que encuentre a su hermana, a los dieciséis años, demasiado parecida en muchos aspectos a la de diez.

Ella lloró con amargura por esta reflexión cuando su tío hubo marchado; y sus primas, al verla con los ojos enrojecidos, la consideraron una hipócrita.

Capítulo IV

Tom Bertram pasaba en los últimos tiempos tan poco tiempo en casa, que solo pudieron echarle de menos de forma nominal; y *lady* Bertram pronto se asombró de lo bien que iba todo incluso sin el padre, de lo bien que le suplía Edmund manejando el trinchante en la mesa, hablando con el mayordomo, escribiendo al procurador, entendiéndose con los criados y, en fin, ahorrándole igualmente a ella toda posible fatiga o molestia en todas las cuestiones, menos en la de poner la dirección en las cartas que ella escribía.

Pronto llegó la noticia de la feliz llegada de padre e hijo a la Antigua después de una magnífica travesía, pero no sin que antes la señora Norris hubiese abundado en la exposición de sus espantosos temores e intentado que Edmund se hiciera partícipe de ellos siempre que podía sorprenderle a solas; y, como presumía de ser siempre ella la primera persona en enterarse de toda fatal catástrofe, ya había discurrido el modo de comunicarla a los demás, cuando, al recibir del propio *sir* Thomas la certeza de que ambos habían llegado a puerto sanos y salvos, se vio obligada a arrinconar por algún tiempo su ansia y sus conmovidas palabras de desconsuelo.

Llegó y pasó el invierno sin que le fuera preciso recurrir a ellas; las noticias seguían siendo buenas y la señora Norris, preparando diversiones a sus sobrinas, ayudándolas en sus tocados, poniendo de manifiesto sus prendas y buscándoles los futuros maridos, tenía tanto que hacer, sin contar el gobierno de su propia casa, alguna que otra injerencia en los asuntos de la de su hermana y la fiscalización de los ruinosos despilfarros de la señora Grant, que poco tiempo le quedaba para dedicarlo siquiera a temer por los ausentes.

Las señoritas Bertram habían quedado definitivamente consolidadasentre las bellezas de aquellos lugares; y como unían a su hermosura y brillantes conocimientos unos modales naturales y fáciles, cuidadosamente enseñados para el trato en general y entre la buena sociedad, gozaban del favor y la admiración de todos sus allegados. Tenían una vanidad tan bien disciplinada que parecían estar completamente exentas de ella y no darse importancia alguna; mientras que las alabanzas por tal conducta, tan manoseadas y traídas por su tía, servían para afirmarlas en la creencia de que no tenían un solo defecto.

Lady Bertram nunca acompañaba a sus hijas fuera de casa. Era demasiado perezosa, incluso para regalarse con la satisfacción de una madre al presenciar sus éxitos y alegrías, si ello tenía que ser a costa del más pequeño sacrificio personal, y la carga recayó sobre su hermana, que no deseaba cosa mejor que ostentar tan honrosa representación y saboreaba con fruición la oportunidad que le brindaba de alternar con la sociedad sin tener más cualidades para ello.

Fanny no participaba en las fiestas de la temporada, pero gozaba de ser realmente útil como compañera de su tía cuando los demás se marchaban atendiendo a alguna invitación; y, como la señorita Lee ya no estaba en Mansfield, ella lo era todo para *lady* Bertram en las noches de baile o de reunión fuera de la casa. Ella le hablaba, la escuchaba, le leía; y la paz de esas veladas, la seguridad absoluta de que en aquellos *tête-à-tête* estaba a salvo de cualquier aspereza o desatención, resultaban algo en extremo agradable para un espíritu que raras veces había conocido una pausa en sus alarmas y angustias. En cuanto a las diversiones de sus primas, le gustaba escuchar un relato de sus incidencias y minucias, especialmente de los bailes y de con quién había bailado Edmund; pero consideraba demasiado humilde su propia condición para imaginar que algún día podría ser admitida en alguno de ellos y, por lo tanto, escuchaba sin pensar que pudieran tener para ella otro interés más próximo. En su conjunto, el invierno resultó bastante agradable para ella, pues, aunque William no llegó a Inglaterra, la inagotable esperanza de verle llegar ya valía mucho.

En la siguiente primavera se vio privada de su valiosa amiga, la vieja jaca gris, y por algún tiempo estuvo en peligro de que la pérdida repercutiera en su salud tanto como en sus sentimientos; pues, pese a la reconocida importancia que para ella tenía el montar a caballo, nada se dispuso para que pudiera continuar haciéndolo, "porque —según consideraban sus tías— podía utilizar cualquiera de los dos caballos de sus primas siempre que estas no los necesitasen". Y, como las señoritas Bertram necesitaban regularmente sus caballos todos los días que hacía buen tiempo para salir y no tenían la menor intención de llevar sus maneras corteses hasta el sacrificio de un verdadero placer, la ocasión, ciertamente, jamás se presentaba. Ellas daban sus agradables paseos a caballo en las deliciosas mañanas de abril y mayo, mientras Fanny permanecía todo el día sentada en casa, al lado de una tía, o bien daba paseos agotadores para sus fuerzas a instancias de la otra. *Lady* Bertram consideraba que el ejercicio era tan innecesario para los demás como desagradable era para ella; y tía Norris, que caminaba todos el día de un lado para otro, opinaba que todo el mundo debía hacer lo mismo. Edmund estaba ausente por entonces; en otro caso, el mal se hubiera remediado más pronto. A su regreso, una vez enterado de la situación de Fanny y notando sus malos efectos, pareció que para él no había sino una cosa que hacer; y con la resuelta declaración de que "Fanny necesita un caballo" se opuso a todo cuanto podía argüir la indolencia de su madre o la economía de su tía para quitarle importancia al asunto. La señora Norris no podía evitar el pensar que podría encontrarse algún viejo y pesado animal entre los muchos pertenecientes al parque, más que adecuado para el caso; o que podían pedirle uno prestado al administrador; o que quizás el doctor Grant podría dejarles de vez en cuando la jaca que enviaba para el correo. La señora Norris no podía menos que considerar absolutamente innecesario, y hasta impropio, que Fanny hubiese de tener siempre a su disposición un caballo propio de señora, al igual que sus primas. Estaba segura de que *sir* Thomas nunca había tenido tal intención, y debía manifestar que hacer semejante compra en su ausencia, con el consiguiente aumento del mucho gasto que le traería consigo a la cuadra en una época en que gran parte de sus rentas aparecían inestables, le parecía algo por demás injustificable. "Fanny necesita un caballo" era la única réplica de Edmund. La señora Norris no podía ser de la misma opinión. *Lady* Bertram, sí: estaba totalmente de acuerdo con su hijo en que era necesario y en que su padre lo consideraba así; pero no coincidía en lo de la urgencia. Ella solo quería esperar la vuelta de *sir* Thomas, y entonces *sir* Thomas lo arreglaría todo personalmente. Se le esperaba para septiembre, ¿y qué mal podría hacer a nadie el esperar tan solo hasta septiembre?

Aunque Edmund se disgustó mucho más con su tía que con su madre, por mostrar aquella menos deferencia a su sobrina, no tuvo más remedio que atender a sus razonamientos, hasta que al fin decidió adoptar una fórmula que evitaría el riesgo de que su padre pudiera creer que se había extralimitado y, al propio tiempo, procuraría inmediatamente a Fanny la manera de hacer ejercicio, cuya falta él no podía tolerar. Edmund disponía de tres caballos, pero ninguno de ellos era apropiado para una mujer. Dos eran caballos de caza; el tercero, un útil animal de aguante. Y este, decidió cambiarlo por otro que pudiera montarlo su prima. Él sabía dónde encontrar uno que sirviera para el caso y, una vez decidido a poner en práctica su idea, no tardó en dejarlo todo dispuesto. La nueva yegua resultó una joya; con muy poco esfuerzo se consiguió convertirla en el ideal para el fin propuesto, y Fanny entró entonces en casi plena posesión de ella. Aunque había supuesto que nada podría nunca acomodarle tanto como la vieja jaca gris, resultó que su placer con la yegua de Edmund sobrepasó en mucho todo goce pasado en aquel aspecto; satisfacción que en todo momento sentía acrecentada al considerar la fineza de la cual se derivaba el mismo placer, hasta tal punto que no le hubiera sido posible hallar palabras para expresarla. Veía en su primo un ejemplo de todo lo bueno y grande, considerándolo portador de unos valores que nadie más que ella podría estimar jamás, y acreedor de una gratitud tan inmensa por parte de ella, que no podía haber sentimientos lo bastante fuertes para saldar tal deuda. Su sentir por él se componía de todo lo que pueda ser respeto, gratitud, confianza y ternura.

Como el caballo continuó siendo, tanto de nombre como de hecho, propiedad de Edmund, la señora Norris pudo tolerar que Fanny lo montara; y de haber pensado *lady* Bertram alguna vez en sus objeciones, Edmund hubiera quedado excusado a sus ojos por no haber esperado a que *sir* Thomas volviese en septiembre, pues cuando septiembre llegó, *sir* Thomas seguía ausente y sin perspectiva inmediata de resolver sus asuntos. Unas circunstancias desfavorables surgidas de pronto, justamente cuando empezaba a poner todo su empeño en la vuelta a Inglaterra, y la gran inseguridad que entonces lo envolvió todo, le determinaron a enviar a su hijo a la metrópoli y a esperar él solo el arreglo definitivo. Tom llegó sin novedad, trayendo excelentes referencias de la salud que gozaba su padre, pero no muy convincentes para la señora Norris. Esto de que *sir* Thomas hiciera volver a su hijo le pareció hasta tal punto una medida de cuidado paternal, que habría tomado arrastrada por el presagio de algún mal que, sin duda, le amenazaba, que no pudo evitar que se apoderasen de su espíritu los más negros presentimientos; y al llegar el otoño con sus largas veladas, se veía de tal modo perseguida por esas ideas en la soledad de su casita, que no encontró más solución que la de refugiarse todos los días en el comedor de Mansfield Park. Pero los compromisos que traía consigo la temporada de invierno produjeron su efecto; y, a medida que iban en aumento, su mente hubo de ocuparse tan a gusto en velar por el futuro de su sobrina mayor, que sus nervios consiguieron sosegarse hasta el punto de resultar tolerables.

—Si el destino impidiese que el pobre Thomas no volviese nunca, sería un gran consuelo dejar bien casada a su querida María —solía decirse muchas veces.

Esto lo pensaba siempre que se hallaban en compañía de muchachos ricos y, especialmente, se le ocurrió al serles presentado un joven que acababa de heredar una de las propiedades más extensas, emplazada en uno de los lugares más hermosos de la comarca.

El señor Rushworth quedó, desde el primer instante, cautivado por la belleza de la señorita Bertram; y, como se sentía inclinado al matrimonio, no puso obstáculos a su rápido enamoramiento. Era un joven soso, sin más que sentido común; pero como ni en su porte ni en su semblante había nada despreciable, la damisela quedó satisfecha de su conquista. Habiendo cumplido sus veintiún años, María Bertram empezaba a considerar el matrimonio como un deber; y, como casándose con el señor Rushworth gozaría de una renta superior a la de su padre y tendría casa asegurada en la ciudad, lo que constituía entonces su primer objetivo, se le hizo patente, por la misma fuerza de su obligación moral, que debía casarse con él... si podía. La señora Norris puso mucho entusiasmo en impulsar el noviazgo mediante toda suerte de artimañas y estratagemas tendentes a encarecer, respectivamente, la necesidad por las dos partes y, entre otros procedimientos, procurando intimar con la madre del *gentleman*[1], que entonces vivía con él, para lo cual llegó al extremo de forzar a *lady* Bertram a hacer un recorrido de quince kilómetros con toda su desgana, a fin de hacerle una visita. No tardó mucho tiempo en establecerse una buena inteligencia entre la viuda Norris y aquella dama. La señora Rushworth se manifestó muy deseosa de que su hijo se casara pronto y aseguró que, de todas las jóvenes que habían tenido ocasión de conocerlo, la señorita Bertram le parecía, por sus admirables prendas y virtudes, la más preparada para hacerle feliz. La señora Norris agradeció el cumplido, admirando el magnífico juicio de la persona que tan bien sabía apreciar el mérito. María era, desde luego, el orgullo y el encanto de todos... no tenía un solo defecto... era un ángel; y viéndose, naturalmente, tan rodeada de admiradores, se le haría muy difícil la elección; sin embargo, por lo que ella, la señora Norris, podía atreverse a suponer, aunque hacía poco que habían trabado conocimiento, el señor Rushworth parecía ser precisamente el joven más digno y capaz de conseguirla.

Después de bailar juntos cierto número de veces, tanto él como ella justificaron estas opiniones y se entabló un compromiso, pidiendo el debido permiso al ausente *sir* Thomas, con gran satisfacción por parte de las familias respectivas y de los curiosos de la vecindad en general, que desde hacía bastantes semanas habían percibido la conveniencia de un casamiento entre el señor Rushworth y la señorita Bertram.

Habían de pasar algunos meses antes de que llegara el consentimiento de *sir* Thomas, pero entretanto, como nadie dudaba que daría su más cordial aquiescencia al compromiso, la relación entre ambas familias se intensificó sin vacilación, y no hubo más intento para mantener la cosa en secreto que el de tía Norris, al hablar por doquier del asunto como de algo de lo cual no debía hablarse todavía.

Edmund fue el único de la familia que encontró un defecto en aquella

---

1 Caballero.

cuestión, y ningún argumento de su tía pudo inducirle a considerar al señor Rushworth como un compañero deseable. Admitía que su hermana era quien mejor podía juzgar en lo relativo a su propia felicidad, pero no le gustaba que esta felicidad se cifrase en una gran renta; ni tampoco podía evitar el decirse frecuentemente a sí mismo, cuando se hallaba en compañía del señor Rushworth: "Si este hombre no tuviese doce mil libras al año, sería un sujeto muy estúpido".

Sir Thomas, sin embargo, se sintió muy complacido ante el proyecto de una alianza tan indiscutiblemente ventajosa, respecto de la cual solo pudo tener referencias de lo positivamente bueno y agradable. El caso ya no pudo parecerle mejor —una familia del mismo condado y con los mismos intereses—, y no tardó en hacer llegar su caluroso asentimiento. Puso la única condición de que la boda no se celebrase antes de su vuelta, cuya fecha procuraba adelantar con todo su empeño. Esto lo escribió en el mes de abril, manifestando que tenía fundadas esperanzas de dejar todos los asuntos resueltos a su entera satisfacción y abandonar la Antigua antes de terminar el verano.

Tal era el estado de las cosas en el mes de julio. Fanny acababa de cumplir dieciocho años, cuando vinieron a sumarse a la sociedad del pueblo el hermano y la hermana de la señora Grant, el señor y la señorita Crawford, hijos del segundo matrimonio de su madre. Eran jóvenes y ricos. Él tenía unas magníficas posesiones en Norfolk, y ella veinte mil libras. De pequeños, su hermana siempre los había apreciado mucho; pero como poco después de casarse ella sobrevino la muerte de la madre, quien los dejó al cuidado de un tío paterno que la señora Grant no conocía en absoluto, apenas había vuelto a verlos desde entonces. Los dos encontraron en la casa de su tío un hogar muy acogedor. El almirante y su esposa, la señora Crawford, aunque nunca habían conseguido ponerse de acuerdo en ninguna otra cosa, se unieron en el efecto a los pequeños huérfanos o, cuando menos, la discrepancia de sus sentimientos no alcanzó más allá de la elección de sus respectivos mimados, a los que, cada uno por su lado, mostraban especial predilección. El almirante se encantaba con el muchacho, y su esposa adoraba a la niña. Fue la muerte de la señora Crawford lo que obligó a su protegida, después de unos meses más de prueba en casa de su tío, a buscar otro hogar. El almirante Crawford era hombre de costumbres licenciosas que prefirió, en vez de retener a su sobrina, traer a su amante bajo el mismo techo; y, ante esto, la señora Grant se vio obligada a llevarse a su hermana atendiendo su petición, medida tan bien acogida por una parte como oportuna pudo considerarse por la otra; ya que la señora Grant, agotados todos los recursos de distracción que puede hallar en el campo una dama sin descendencia (ya había más que llenado de bonitos muebles su sala favorita y reunido una escogida colección de plantas y aves de corral), estaba muy necesitada de que se produjera algún cambio en su casa. Así pues, la llegada de una hermana a la que siempre había querido y a la, que esperaba poder ahora retener a su lado, en tanto fuese soltera, le complació muchísimo: y su principal inquietud estaba en el temor de que Mansfield no pudiera satisfacer las costumbres de una joven tan hecha a la vida de la capital.

La propia señorita Crawford no estaba del todo exenta de similares aprensiones, aunque estas se derivaban principalmente de sus dudas acerca del estilo de vida y nivel social de su hermana; y tan solo después de haber intentado inútilmente persuadir a su hermano de la conveniencia de instalarse con ella en su propia casa de campo, se arriesgó a convivir con el matrimonio Grant. Por todo cuanto se pareciese a un domicilio fijo o a una limitación de la vida de sociedad, Henry Crawford sentía, lamentablemente, una gran aversión: no podía acomodarse a los deseos de su hermana en una cuestión de tal importancia. Pero la acompañó, muy cordialmente, hasta Northamptonshire, y al propio tiempo se comprometió a recogerla de nuevo a la media hora de tener noticias de que ella se había cansado del lugar.

El encuentro resultó muy satisfactorio para ambas partes. La señorita Crawford encontró a una hermana desprovista de afectación o rudeza, un cuñado que tenía todo el aspecto de un *gentleman,* y una casa cómoda y bien amoblada. Por su lado, la señora Grant vio en los seres que ahora esperaba tener ocasión de amar más que nunca, a un joven y a una muchacha de seductora presencia. Mary Crawford era notable por su belleza; Henry, incluso sin ser guapo, tenía figura y prestancia; los dos eran de un talante animado y amable, y la señora Grant consideró enseguida que poseían todas las buenas cualidades. Los dos la encantaron, pero Mary fue su preferida; y, como nunca había podido gloriarse de su propia belleza, le proporcionaba una extraordinaria satisfacción el poder enorgullecerse de la de su hermana. No había esperado su llegada para buscarle una pareja adecuada; se había fijado en Tom Bertram. El primogénito de un barón no podía ser demasiado para la gran dama que la señora Grant preveía en ella; y, como era mujer franca e impulsiva, no llevaba Mary tres horas en la casa cuando le puso al corriente sobre lo que había planeado.

La señorita Crawford se alegró de saber que tenían tan cerca a una familia de tal abolengo, y no se disgustó en absoluto por eso de que su hermana se hubiese cuidado del asunto con anticipación, ni por la elección que había hecho. El matrimonio era su objetivo principal, con tal de poder casarse bien; y, habiendo visto a Tom en Londres, sabía que a su persona cabía poner tan pocas objeciones como a su posición social. Aunque hablase de ello en tono jocoso, no podía evitar, sin embargo, el pensar en serio sobre el asunto. El proyecto fue pronto comunicado a Henry.

—Y, además —añadió la señora Grant—, he pensado en algo para completarlo. Me gustaría muchísimo que os establecierais los dos en esta región; y por lo tanto, Henry, debes casarte con la menor de las Bertram, una muchacha gentil, hermosa, alegre y de todas prendas, que te hará feliz.

Henry se inclinó y le dio las gracias.

—Querida hermana —dijo Mary—, si fueras capaz de convencerle en este aspecto, sería para mí un nuevo motivo de satisfacción el verme unida a una persona tan inteligente, y solo me cabría lamentar que no tuvieras media docena de hijas casaderas. Si eres capaz de conseguir que Henry lo haga, será que tienes la habilidad de una francesa. Todo lo que pueden hacer las habilidades inglesas se ha ensayado ya. Tengo tres amigas muy íntimas que han estado muriéndose por él, las tres por turno; y el trabajo que ellas, sus madres (personas de mucho talento), mi tía y yo misma nos hemos tomado en razonarle, engatusarle o seducirle para que se casara, sin resultado. Es el coquetón más terrible que quepa imaginar. Si a esas niñas Bertram no les gusta que les destrocen el corazón, que eviten a Henry.

—Querido hermano, no voy a creer eso de ti.

—No; estoy seguro de que eres demasiado buena. Sin duda no serás tan estricta como Mary. Te harás cargo de la indecisión de la juventud y la inexperiencia. Soy por temperamento, enemigo de arriesgar mi felicidad obrando con prisa. Nadie puede tener del matrimonio un concepto más alto que el que tengo yo. Considero la bendición de una esposa como con tanto acierto se describe en los discretos versos del poeta: "Del cielo el mejor y último don".

—Ahí tienes: ya ves cómo subraya cierta palabra. Y solo tienes que fijarte en su sonrisa. Te aseguro que es odioso; las lecciones del almirante le han estropeado totalmente.

—Hago muy poco caso —dijo la señora Grant— de lo que un joven opine sobre el matrimonio. Los que manifiestan aversión por él, es que todavía no han tropezado con la persona adecuada.

El doctor Grant se felicitó, riéndose, de que la señorita Crawford no sintiera tal aversión por el estado matrimonial.

—¡Ah, desde luego! No me avergüenza en absoluto. Me gustaría que todo el mundo se casara, con tal de poder hacerlo honradamente. No me gusta que la gente se precipite a un fracaso; pero todos deberían contraer matrimonio en cuanto pudiera hacerlo en las condiciones más convenientes.

CAPÍTULO V

Entre el elemento joven se estableció desde el primer momento una corriente de simpatía. Por cada lado había mucho motivo de atracción, y el incipiente trato prometió convertirse en intimidad, tan pronto como la práctica de los buenos modales pudiera autorizarlo. La belleza de la señorita Crawford no perjudicaba la de las dos señoritas Bertram. Estas eran demasiado hermosas para que pudieran molestarse de que otra lo fuera también, y quedaron casi tan seducidas como sus hermanos de sus ojos negros y avispados, su tez morena y la gentileza de toda su persona. De ser alta, llena de figura y rubia, hubiese podido dar lugar a más de un disgusto; pero, tal como era, no cabía la comparación. Y con mayor facilidad se la pudo considerar una muchacha agraciada y gentil, mientras ellas seguían siendo las más agraciadas de la comarca.

El hermano no era apuesto, no; cuando le vieron por primera vez les pareció de lo más vulgar: feo y renegrido. Sin embargo, no dejaba de ser un *gentleman,* de trato amable. En una segunda ocasión ya resultó que no era tan vulgar: lo era, sin duda alguna, pero tenía en cambio tanta prestancia, y una dentadura tan estupenda, y tan buena figura, que pronto hacía olvidar su vulgaridad. Y en la tercera ocasión, después de cenar con él en la rectoría, ya no se admitió que nadie le calificase así. Resultó ser, en definitiva, el joven más agradable que las hermanas habían tenido ocasión de frecuentar, y ambas quedaron igualmente encantadas de él. El compromiso de María hizo que, como correspondía, se inclinase por Julia, y esta se dio perfecta cuenta de ello; y antes de que Henry llevara una semana en Mansfield, estaba ya dispuesta a enamorarse de él.

Las ideas de María al respecto eran más vagas y confusas. A ella no le hacía falta ver ni comprender. "No puede haber nada malo —se decía— en que me guste un hombre agradable... todo el mundo conoce mi situación... El señor Crawford es quien debe tener cuidado". Pero el señor Crawford estaba lejos de considerarse en peligro. Las encantadoras Bertram eran dignas de ser agasajadas y él estaba dispuesto a hacerlo; así empezó él sin otro objeto que el de hacerse querer. No pretendía que muriesen de amor por él; pero con un sentido y una sangre fría que hubieran debido hacerle sentir y juzgar mejor, se permitía en estas cuestiones una gran permisividad.

—Esas señoritas Bertram me gustan demasiado, hermana mía —dijo cuando regresó de acompañarlas al coche, después de la citada comida—; son unas chicas muy elegantes y muy agradables.

—Así es, en efecto, y me complace mucho oírtelo decir. Pero te gusta más Julia.

—¡Oh, sí! Prefiero a Julia.

—¿Lo dices de veras? Porque, en general, se considera más atractiva a María.

—Lo supongo. La aventaja en todas sus facciones, y yo prefiero su cara, pero Julia me atrae más. Es cierto que María es la más hermosa, y además yo la he encontrado más agradable; pero a mí siempre me gustará más Julia, porque tú me lo mandas.

—No te diré nada, Henry; pero sé que al fin te gustará más.

—¿No te digo que ya me gusta más al principio?

—Y además, María está prometida. No lo olvides, querido. Ha escogido ya.

—Sí, y me gusta más por esto. Una mujer prometida resulta siempre más agradable que una sin compromiso. Ya está satisfecha de sí misma. Para ella no existen más problemas, y sabe que puede ejercer todo su poder de atracción sin despertar sospechas. Con una mujer prometida todo está a salvo; no hay perjuicio posible.

—Verás, en cuanto a esto, el señor Rushworth es un muchacho de excelentes cualidades, y se trata de un gran partido para ella.

—Pero, a María, lo que es él no le importa en absoluto; esto es lo que tú piensas de tu gran amiga. Esta opinión, yo no la suscribo. Estoy seguro de que la señorita Bertram se siente muy unida al señor Rushworth. Pude leerlo en sus ojos, cuando se le mencionó. Tengo formado un concepto demasiado bueno de María para suponerla capaz de conceder su mano sin dar el corazón.

—Mary, ¿cómo habría de tratarle?

—Mejor será dejarlo solo, creo yo. Hablando no sacaremos ningún provecho. Al fin caerá en el engaño.

—Pero yo no quisiera que cayese en el engaño. Desearía que todo se llevara a cabo limpia y honorablemente.

—¡Ah, querido! Deja que corra su suerte y que le engañen. Le valdrá lo mismo. Nadie se zafa de que le engañen alguna vez.

—No es siempre así en los matrimonios, querida Mary.

—Especialmente en los matrimonios. Con todo el respeto debido a los presentes que tuvieron la suerte de casarse, querida hermana Grant, no hay uno entre ciento, de los dos sexos, que no sea engañado cuando va al matrimonio. Por dondequiera que mire, veo que es así; y comprendo que así tiene que ser al considerar que, de todas las transacciones, es en esta donde cada uno espera el máximo del otro y procede con menos limpieza.

—¡Ah, qué mala escuela para el matrimonio habéis tenido en Hill Street!

—Es cierto que nuestra pobre tía tenía pocos motivos para querer ese estado; pero, aparte de ello, hablando solo por lo que he podido observar, creo que es un negocio de estrategias. ¡Conozco a tantos que se han casado esperando y confiando hallar alguna determinada ventaja al hacerlo, o algunas prendas o cualidades en la persona elegida, y que se han visto totalmente engañados y obligados a resignarse con todo lo contrario! ¿Qué es esto, sino un engaño?

—Niña, en todo eso que dices tiene que haber algo de tu imaginación. Perdona, querida, pero no puedo creerte del todo. Te aseguro que solo ves la mitad de la cuestión. Descubres el mal, pero no aciertas a ver el remedio. Habrá ligeros roces y desengaños por todas partes, y todos estamos capacitados para esperar siempre más; pero después, si fracasa un proyecto de felicidad, la naturaleza humana se orienta hacia otro; si el primer cálculo resulta erróneo, hacemos otro mejor... siempre encontraremos consuelo en alguna parte. Y esos observadores mal pensados, querida Mary, que convierten todo lo poco en mucho, quedan más confusos y decepcionados que los mismos cónyuges.

—¡Muy bien, hermana! Respeto y admiro tu espíritu de compañerismo. Cuando yo sea casada, intentaré ser tan constante como tú; y desearía que todas mis amigas en general lo fuesen también. Así me ahorraría muchos dolores de cabeza.

—Estás tan enferma como tu hermano, Mary; pero aquí os curaremos a los dos. Mansfield os curará, y sin nada de engaños. Quedaos con nosotros y hallaréis el remedio.

Los Crawford, sin desear que los curasen, se mostraron muy dispuestos a quedarse. A Mary le gustaba la rectoría como hogar de momento, y Henry estaba igualmente dispuesto a prolongar su estancia allí. Había llegado con el propósito de quedarse unos pocos días tan solo; pero Mansfield le ofrecía buenas perspectivas y nada le llamaba a otra parte. A la señora Grant le gustó que se quedaran los dos y al doctor Grant le satisfizo enormemente que fuera así: una jovencita lista y habladora como Mary Crawford siempre es una compañía agradable para un hombre casero e indolente; y el tener como huésped a Henry le servía de excusa para beber clarete todos los días.

No es probable que la señorita Crawford, debido a sus costumbres, pudiera sentir ningún género de admiración tan arrebatada como la de las hermanas Bertram por Henry. Reconocía, sin embargo, que los Bertram eran unos muchachos muy distinguidos, que aun en el mismo Londres no era fácil ver juntos a dos jóvenes de sus condiciones y que sus modales, en especial los del mayor, eran magníficos. Este había residido largas temporadas en Londres y era más listo y galante que Edmund y, por consiguiente, debía ser el preferido. Aparte de que aquello de ser el mayor era otro motivo poderoso, desde luego. Ella tuvo enseguida el presentimiento de que habría de gustarle más el mayor. Sabía que este era su objetivo.

Ciertamente, Tom Bertram tenía que ser considerado un muchacho agradable por todos los conceptos; era el tipo de hombre joven que generalmente atrae; poseía esa clase de simpatía que a menudo convence más que ciertas dotes de orden más elevado, pues sus maneras eran naturales, su humor excelente, su trato familiar y tenía mucho desparpajo; y la herencia de Mansfield Park y de una baronía, que habían de corresponderle por derecho de sucesión, no perjudicaba en absoluto su atractivo personal. La señorita Crawford no tardó en darse cuenta de que tanto él como su situación podían muy bien convenirle. Observó las perspectivas que se le ofrecían con la debida atención, y se encontró con que, de todos sus posibles pretendientes, él era el que más ventajas ofrecía: un parque, un verdadero parque con ocho kilómetros de perímetro; una casa espaciosa, de construcción moderna, tan bien situada y resguardada que merecía figurar en cualquier colección de grabados de mansiones señoriales del reino, y que solo requería ser totalmente amueblada de nuevo; unas hermanas agradables, una madre sosegada y, en fin, él mismo, hombre simpático, con la ventaja de que entonces se había desligado bastante de su afición al juego debido a una promesa hecha a su padre, y la de que en lo futuro se llamaría *sir* Thomas. No estaba nada mal... decididamente, debía aceptarle. Y, en consecuencia, comenzó a interesarse un poco por el caballo de Tom que había de correr en las carreras de B...

Estas carreras le obligarían a marcharse poco después de haberse conocidos los dos; y como parecía que su familia, debido al proceder de siempre en él, no esperaba que regresase antes de haber pasado buen número de semanas, la pasión del galán se vería sometida a una prueba inmediata. Mucho insistió él para inducirla a que asistiera a las carreras, y se hicieron planes para organizar una gran partida campestre, a fin de presenciarlas, con todo el entusiasmo de la afición; pero todo quedó en palabras.

Y Fanny, ¿qué hacía y pensaba entretanto? ¿Y qué opinión tenía de los recién llegados? Pocas muchachas de dieciocho años hubieran podido verse menos llamadas que Fanny a dar su opinión. De un modo discreto, y sin que sus palabras encontrasen mucho eco, rendía su tributo de admiración a la belleza de Mary Crawford; pero como seguía considerando muy vulgar al señor Crawford, a pesar de que sus dos primas habían demostrado en repetidas ocasiones que ya no lo creían así, a él nunca le mencionaba. A su convicción, cada vez más arraigada en ella, respondía tal actitud.

—Empiezo a comprenderlos a todos, excepto a la señorita Price —dijo Mary, mientras paseaba con los hermanos Bertram—. A ver: ¿ha sido o no ha sido presentada en sociedad? Estoy en ascuas. Asistió a la comida en la rectoría, como los demás, lo que parecía indicar que sí había sido presentada; pero, sin embargo, dijo tan poca cosa, que me cuesta creer que lo haya sido.

Edmund, a quien principalmente se dirigía la pregunta, contestó:

—Creo que sé a qué se refiere, pero no quiero comprometerme a responder a esa pregunta. Mi prima es ya mayor. Tiene la edad y el juicio de una mujer; pero lo de las presentaciones o no presentaciones es algo que escapa a mis posibilidades.

—Y, sin embargo, en general, nada tan fácil de acertar. ¡La diferencia es tan notoria! La actitud y las maneras resultan, siempre hablando en términos generales, completamente dispares. Hasta ahora, nunca había supuesto que pudiera engañarme en lo de si una muchacha había sido presentada o no. La que no, lleva siempre la misma clase de vestimenta (una capota cerrada, por ejemplo), se muestra muy pudorosa y jamás dice una palabra. Aunque se sonrían ustedes, así es, no lo duden. Y, aunque a veces se exagera, hay que reconocer que está muy bien. Las jovencitas deben ser discretas y modestas. Lo más censurable que tiene el hecho de la presentación de una joven en sociedad es que el cambio resulta con frecuencia demasiado repentino. A veces, en tan corto plazo, pasan de la prudencia a todo lo contrario... ¡al atrevimiento! Esta es la parte flaca del sistema. No agrada ver a una joven de dieciocho o diecinueve años tan súbitamente coqueta, cuando, a lo mejor, se la ha visto casi incapaz de desplegar los labios un año antes. Yo diría que también usted se ha encontrado alguna vez con cambios parecidos.

—Creo que sí; aunque esto no me parece muy leal. Ya veo por dónde va usted. Se está burlando de mí y de la señorita Anderson.

—¡No lo crea! ¡la señorita Anderson? No sé a qué ni de quién está hablando. Estoy completamente a ciegas. Pero me burlaré con mucho gusto si me cuenta de qué se trata.

—¡Ah! Lo disimula usted muy bien, pero no crea que yo me dejé convencer así. A la fuerza tenía usted en su imaginación a la señorita Anderson al describir la metamorfosis de una jovencita. Hizo de ella un retrato demasiado preciso para que pueda haber engaño. Fue exactamente así... ¡Vaya con los Anderson, de Baker Street! El caso coincide exactamente con la descripción que acaba de hacernos Mary. El día en que Anderson me presentó a su familia, hará de eso cosa de un par de años, su hermana no había sido aún presentada en sociedad, y no me fue posible conseguir de ella ni una sola palabra. Una mañana permanecí una hora sentado en su casa, aguardando a Charles, sin más que ella y un par de niñas en el salón, pues la institutriz estaría enferma o se habría ausentado, y su madre entraba y salía a cada instante con cartas de negocios; pues bien, apenas me fue posible conseguir una palabra o una mirada de la señorita. Echó el cerrojo a su boca... ¡y me volvió la cara con unos humos! No volví a verla hasta un año después. Entonces ya había sido presentada en sociedad. La encontré en casa de la señora Holford y no la reconocí. Salió a mi encuentro, me llamó como si fuésemos viejos amigos, me clavó la mirada con descaro y se puso a charlar y a reír de tal modo, que acabé por no saber qué actitud adoptar. Me di cuenta de que yo era también, junto a ella, motivo de burla en la sala; y está claro que a la señorita Crawford le contaron la historia.

—Una historia muy divertida que hace más honor a lo corriente, diría yo, que a la señorita Anderson. Es un defecto demasiado repetido. Las madres, ciertamente, no han dado con la fórmula acertada para educar a sus hijas. Yo no sé dónde está el error. No pretendo corregir a nadie, pero veo que en muchos casos se procede equivocadamente.

—Las personas que saben demostrar al mundo cómo debía portarse toda mujer —dijo Tom galantemente— hacen ya mucho en favor de corregirlos.

—No es difícil descubrir el error —dijo Edmund, menos galante—; tales jovencitas están mal educadas. Desde el principio les inculcaron ideas equivocadas. Obran siempre guiadas por motivos de vanidad y en su conducta no hay más auténtica modestia antes, que después de ser presentadas en sociedad.

—No sé, no sé —dijo la señorita Crawford, dubitativa—. Francamente, no puedo estar de acuerdo con usted en este punto. Para mí, este es el aspecto menos censurable de la cuestión. Mucho peor resulta ver a ciertas muchachas que ya antes de ser presentadas tienen el mismo aire y se toman las mismas libertades que si lo hubieran sido, como he podido apreciar en más de una ocasión. Esto es lo peor de todo... ¡en extremo intolerable!

—Sí, eso lo encuentro muy incómodo —dijo Tom Bertram—. Además, desorienta mucho; hasta tal punto que, a veces, uno no sabe cómo debe obrar. Ese sombrero cerrado y el aire de recato que tan bien describe usted (y nunca se dijo nada tan acertado) le advierten a uno a las claras. Pero el año pasado cometí un tremendo error debido a la ausencia de esos distintivos en una muchacha. En septiembre último fui con un amigo a pasar una semana en Ramsgate, a mi regreso de las Antillas. Allí estaban mi amigo Sneyd (tú me has oído hablar de Sneyd, Edmund), su padre, su madre y sus hermanas, a quienes no tenía el gusto de conocer. Cuando llegamos a Albion Place, todos habían salido. Fuimos en su busca y encontramos en el embarcadero a la señora con sus dos hijas y varios conocidos suyos. Saludé cortésmente y, como fuese que la señora Sneyd estaba rodeada de caballeros, me uní a una de las hijas y fui caminando a su lado durante todo el camino de vuelta, procurando hacerme lo más agradable que pude. Ella se conducía con la mayor desenvoltura, mostrándose tan dispuesta a escuchar como a hablar. Yo no tenía la menor sospecha de que pudiera estar cometiendo alguna inconveniencia. Las dos hermanas tenían exactamente el mismo aspecto; iban vestidas y llevaban velos y parasoles, lo mismo que las otras. Pero después supe que había dedicado por entero mis atenciones a la más joven, que no había sido presentada en sociedad, y había ofendido en gran manera a la mayor. En Augusta, la menor, no había que fijar su atención hasta seis meses después; creo que su hermana no me lo perdonará jamás.

—Eso estuvo mal, sin duda. ¡Pobrecita! Aunque yo no tengo una hermana menor, me pongo en el sitio de ella. El verse postergada antes de tiempo debe ser muy irritante; pero la culpa fue toda de la madre. La señorita Augusta tenía que haber ido acompañada de su institutriz. Eso de hacer las cosas de un modo que se presta a errores nunca da buen resultado. Pero ahora desearía ver satisfecha mi curiosidad acerca de la señorita Price. ¿Asiste Fanny a los bailes? ¿Va siempre a todos los convites, como asistió a la comida en casa de mi hermana?

—No —contestó Edmund—, no creo que haya ido nunca a un baile. Nuestra misma madre raras veces asiste a reuniones de sociedad ni come nunca fuera, como no sea en casa de la señora Grant, y Fanny se queda en casa para hacerle compañía.

—¡Oh! Entonces la cosa está clara: la señorita Price no ha sido presentada en sociedad.

Capítulo VI

Tom Bertram se fue... y Mary Crawford se dispuso a encontrar un gran vacío en su círculo de amistades y a echarlo decididamente en falta en las reuniones, ahora casi diarias, de las dos familias; y en la comida a que asistió en Mansfield Park, poco después de su partida, volvió a ocupar su puesto preferido casi a un extremo de la mesa, plenamente convencida de que notaría la más lamentable diferencia en el cambio de anfitrión. Estaba segura de que la cosa resultaría muy tediosa. Comparado con su hermano, Edmund no tendría nada que decir. Se repartiría la sopa en medio del silencio más desabrido, se bebería el vino sin que surgieran sonrisas ni gratos comentarios, y se trincharía el venado sin que se escuchase una divertida anécdota sobre tal o cual pierna servida en una pasada ocasión, o una simple y amena historia sobre "mi amigo fulano". Intentaría distraerse ocupándose de lo que pudiera ocurrir en el otro extremo de la mesa y observando al señor Rushworth, que aparecía por primera vez en Mansfield después de la llegada de los Crawford. Había estado en casa de un amigo, en un condado vecino; y, como este amigo había proyectado recientemente unas mejoras en sus terrenos, el señor Rushworth volvía de allí con la cabeza llena de todas esas mejoras y con una gran impaciencia por aplicarlas de igual modo a su propia hacienda. Y, aunque poco insinuó sobre este tema, no supo hablar de otra cosa. El asunto se comentó ya en el salón y, después, se sacó a relucir de nuevo en el comedor. El interés y la opinión de María Bertram era, es verdad, lo que más le importaba; y aunque la actitud de ella era más demostrativa de una consciente superioridad que de una predisposición a seguirle, la sola mención de Sotherton Court, con las ideas que este nombre suscitaba en ella, le proporcionaba una sensación muy grata que le impedía mostrarse en exceso descortés.

—Me gustaría que vieses Compton —decía él—. ¡Es la cosa más perfectamente acabada que puedas imaginarte! En ningún sitio he visto un cambio tan profundo. Le dije a Smith que no sabía dónde me encontraba. El acceso es, ahora, una de las cosas más hermosas del país: la casa ha cobrado una perspectiva sorprendente. Confieso que cuando regresé ayer a Sotherton me pareció una prisión... una lúgubre y vieja prisión.

—¡Oh, debería avergonzarse de lo que dice! —exclamó la señora Norris—. ¡Una prisión! Sotherton es el lugar más majestuoso que pueda haber en el mundo.

—Requiere mejoras, señora mía, ante todo. Jamás vi un lugar que estuviera tan necesitado de mejoras. Y está tan abandonado que no sé cómo afrontarlas.

—No le extrañe que Rushworth hable ahora así —dijo la señora Grant a la viuda Norris, con una sonrisa—; esté usted segura: en Sotherton se harán todas las mejoras que sean precisas en el momento en que pueda desearlo su corazón.

—Intentaré hacer algo —dijo el señor Rushworth—, aunque no sé cómo. Confío en que algún buen amigo me ayudará.

—Tu mejor amigo para el caso —sugirió María Bertram, hablando con calma— sería el señor Repton[2], me parece a mí.

—Es lo que estaba pensando. Puesto que lo ha hecho tan bien en el caso de Smith, creo que lo mejor hubiera sido contratarlo inmediatamente. Sus honorarios son de cinco guineas diarias.

—¡Bueno, y aunque fueran diez! —exclamó la señora Norris—. Estoy segura de que usted no le preocupa mirar esto. El gasto no habría de ser impedimento. Si yo estuviera en su lugar, no pensaría en el presupuesto. Me gustaría que se hiciera, dándole a todo el mejor estilo y todo el relieve posible. Un lugar como Sotherton Court merece cuanto el buen gusto y las posibilidades económicas puedan hacer. Usted dispone allí de buen espacio del que sacar partido y de buenas tierras que le recompensarán con creces. Lo que es yo, si poseyera algo así como la quinta parte de la extensión de Sotherton, siempre estaría plantando y mejorando, pues es algo que me gusta en extremo, por inclinación natural. Sería ridículo que lo intentase donde estoy ahora, con solo medio acre de terreno. Resultaría grotesco. Pero, si dispusiera de más espacio, con verdadera delicia me dedicaría a plantar y cultivar. Mucho fue lo que hicimos en este aspecto en la rectoría: la convertimos en algo totalmente distinto de lo que era cuando llegamos a ella. Vosotros, los jóvenes, quizá no lo recordéis mucho; pero si nuestro querido *sir* Thomas estuviera aquí podría contaros las mejoras que introdujimos. Y mucho más se hubiera hecho, de no haberlo impedido el mal estado de salud de mi pobre esposo. Apenas si podía salir, el pobre, para gozar de esas cosas, y esto me desanimaba para hacer otras muchas, de las que *sir* Thomas y yo solíamos referirnos. De no haber sido por eso, hubiéramos terminado el muro del jardín y plantado los árboles para cercar el cementerio de la parroquia, tal como ha hecho el doctor Grant. Sea como fuere, siempre hacíamos algo. No fue más allá de la primavera anterior del año en que murió mi esposo cuando plantamos el albaricoquero junto a la pared de la cuadra, que es ahora un árbol espléndido... y que va ganando día a día —añadió, dirigiéndose al doctor Grant.

—El árbol se desarrolla bien, sin duda, señora —replicó él—. La tierra es buena. Y nunca paso por allí sin lamentar que el fruto valga tan poco la pena de cogerlo.

—Señor mío, es un Moor Park; se adquirió en el bien entendido de que era un Moor Park y nos costó.... es decir, fue un regalo de *sir* Tho-

---

2 Se trata de Humphrey Repton, que en su época (1752-1818) gozó de gran renombre como paisajista.

mas, pero vi la factura y sé que costó siete chelines, e iba facturado como un Moor Park.

—Les hicieron a ustedes una estafa, señora —replicó el doctor Grant—: estas patatas que estamos comiendo saben tanto a los albaricoques de un Moor Park como la fruta de ese árbol. Cuando mejor, resulta insípida; en cambio, un buen albaricoque es siempre sabroso, cosa que no ocurre con ninguno de los que tengo en mi jardín.

—Lo cierto es —terció la señora Grant, intentando dirigirse con un susurro a la señora Norris a través de la mesa— que mi marido casi no sabe qué gusto tienen nuestros albaricoques al natural; difícilmente habrá conseguido probar uno siquiera, pues es un fruto tan preciado, con poco que se le añada, y los nuestros son de un tamaño tan grande, de una calidad tan estupenda y tan adecuados para tartas y conservas tempranas, que mi cocinera se apaña en cogerlos todos antes de que pueda hacerlo él.

La señora Norris, cuyo rostro había empezado a enrojecer, se apaciguó; y, por unos instantes, otros temas vinieron a desplazar el de las mejoras de Sotherton. El doctor Grant y la señora Norris raras veces hacían buenas migas; su trato se había iniciado en un régimen de dilapidación, y sus hábitos eran totalmente dispares.

Después de una corta interrupción, el señor Rushworth empezó de nuevo:

—La hacienda de Smith se ha convertido en la admiración de todo el país; y no era nada antes de que Repton pusiera allí la mano. Creo que contrataré a Repton.

—Si yo tuviera que encargarme de esto —dijo *lady* Bertram—, haría plantar un campo de arbustos. Es muy agradable pasear entre los arbustos cuando hace buen tiempo.

El señor Rushworth se apresuró a manifestar a su señoría que estaba de acuerdo, e intentó pronunciar alguna palabra de cumplido; pero, entre el deseo de manifestar su sumisión a ella y de hacer constar que él ya tenía de tiempo aquel proyecto, con la sobreañadida intención de atender a los gustos de las damas en general, pero insinuando que solo había una a quien ansiaba complacer, se hizo un lío impresionante; y Edmund tuvo la satisfacción de poner fin a su discurso, llenando las copas y proponiendo un brindis. Sin embargo, el señor Rushworth, aunque no era un gran hablador, tenía todavía algo que decir sobre el tema que tan caro le era a su corazón:

—Smith no tiene en su propiedad más de cien acres en total, lo que no es mucho y hace más sorprendente que el lugar haya mejorado tanto. Pues bien, en Sotherton tenemos setecientos de paso, sin contar las praderas de regadío. Por esto pienso que, si tanto se ha logrado en Compton, no debemos desesperar. Allí había dos o tres viejos árboles, muy bellos por cierto, pero demasiado cercanos a la casa, que han sido talados, lo cual abre una perspectiva increíble; y esto me ha sugerido la idea de que Repton, o quien sea que se encargue del asunto, sin duda habrá de talar la avenida de Sotherton... La avenida que conduce de la fachada del oeste a la cima de la colina, ¿recuerdas? —preguntó, dirigiéndose a María Bertram.

Pero a la señorita Bertram le pareció que le sentaba muy bien responder:

—¡La avenida! ¡Oh!, no la recuerdo. En realidad, es muy poco lo que conozco de Sotherton.

Fanny, que se sentaba al otro lado de Edmund, o sea exactamente enfrente de Mary Crawford, y que seguía atentamente la conversación, dirigió a él la mirada y dijo en voz baja:

—¡Talar una avenida! ¡Qué pena! ¿No te recuerda a Cowper[3]?: "Avenidas caídas, una vez más deploro vuestra inmerecida suerte".

Él respondió sonriendo:

—Me temo que esa avenida se encuentra en grave peligro, Fanny.

—Me gustaría ver Sotherton antes de que se lleve a cabo la reforma, para conocer el lugar tal cual ha sido hasta ahora, en su estado antiguo; pero no creo que sea posible.

—¿Nunca estuviste allí? No, no has tenido ocasión; y, por desgracia, está demasiado lejos para un trote a caballo. Desearía poder arreglarlo.

—¡Oh!, no tiene importancia. Cuando lo vea, tú me contarás lo que haya sido cambiado.

—De todo ello deduzco —dijo la señorita Crawford— que Sotherton es un lugar vetusto, dotado de cierta grandeza.

—La casa fue construida en tiempos de Elizabeth, y es un edificio de ladrillo, grande, de líneas regulares... de aspecto un tanto macizo, pesado, pero respetable, y tiene muchas salas buenas. Está mal emplazada. Se levanta en uno de los puntos más hondos del parque, aspecto este negativo para todo plan de mejora. Pero el bosque es bellísimo y hay un arroyo del que, me parece a mí, se podría sacar mucho partido. Opino que el señor Rushworth está muy acertado en su propósito de modernizar la finca, y no dudo de que resultará algo extraordinario.

La señorita Crawford escuchaba la palabra de Edmund con gran interés, y dijo para sí: "Es hombre bien educado; hace cuanto puede para poner las cosas bien".

---

3 William Cowper (1731-1800) que escribió un bellísimo poema en este sentido: *La tarea* (1785).

—No deseo influenciar al señor Rushworth —prosiguió Edmund—; pero, de tener yo una finca que modernizar, no me pondría en manos de un profesional. Preferiría alcanzar un grado inferior de belleza en la realización, pero que fuese de mi elección y lograda progresivamente. Y soportaría mejor mis propias equivocaciones que las de otro.

—Usted sabría lo que le conviene, desde luego; pero, a mí, eso no me daría buen resultado. No tengo ingenio ni idea para estas cosas, sino cuando las veo finalizadas —dijo Mary—. Y, si yo tuviera en el campo una finca de mi propiedad, le quedaría enormemente agradecida a cualquier señor Repton que se encargara de ella y hermoseara el lugar todo lo posible a cambio de mi dinero; y nunca iría a verla hasta que estuviera acabada.

—Pues a mí me encantaría ver cómo se va transformando —expresó Fanny.

—¡Ah!, será que a usted la han educado para eso. Es un aspecto que no formó parte de mi educación; y, como la única dosis que recibí en la vida me fue administrada por una persona que, ciertamente, no puede considerarse la más favorecida del mundo, me ha llevado a considerar las reformas entre manos como el mayor de los incordios. Hace tres años, el almirante, mi querido tío, compró una casita en Twickenham para los veranos. Mi tía y yo nos trasladamos allí entusiasmadas; pero, por lo visto, era demasiado bonita la casa y pronto se consideró necesario mejorarla. Resultado, que durante tres meses todo se convirtió en suciedad y desorden, y nos quedamos sin un paseo enarenado por donde poder pasear, ni un banco en condiciones para sentarnos. A mí me gustaría tenerlo todo en el campo lo mejor posible: arbustos, macizos de flores y bancos rústicos en abundancia; pero que todo se hiciera sin yo tener que supervisar. Henry es diferente: a él le gusta hacer.

A Edmund le apenó que Mary, a la que estaba muy propenso a admirar, hablase con tanta ligereza de su tío. Era algo que chocaba con su sentido del decoro, y permaneció callado, hasta que sonrisas y retozos le indujeron a despreocuparse por el momento del particular.

—Edmund —dijo ella—, al fin he tenido noticias de mi arpa. Me aseguran que está a salvo en Northampton; y probablemente se encuentre allí desde hace diez días, a pesar de las formales afirmaciones tan frecuentemente recibidas de que no era así.

Edmund expresó su agrado y sorpresa.

—La verdad —prosiguió Mary— es que nuestras pesquisas eran demasiado directas: enviamos un criado, fuimos nosotros mismos a informarnos. Esto no da resultado a setenta kilómetros de Londres. En cambio, esta mañana recibimos la noticia por el conducto que corresponde. El arpa fue vista por algún granjero, este lo dijo al molinero, el molinero lo dijo al carnicero, y el yerno del carnicero dejó recado en la tienda.

—Me alegro mucho que haya llegado a usted la noticia, no importa por qué medio, y espero que ya no habrá más demoras.

—Mañana la tendré; pero, ¿cómo cree usted que la traerán? No en carro ni en carreta. ¡Oh, no! Nada de eso ha sido posible alquilar en el pueblo. Como si hubiera pedido unos porteadores con unas angarillas.

—Supongo que encontraría usted dificultad en alquilar un carro y un caballo, precisamente ahora, en plena recogida del heno, que se lleva a cabo con bastante retraso, por cierto.

—¡Quedé sorprendida de las dramáticas reacciones que provocó el asunto! Parecía imposible no encontrar un caballo y un carro de sobra en el campo, de forma que mandé enseguida a mi doncella para que los contratase; y como no puedo asomarme a la ventana de mi tocador sin ver el corral de una granja, ni pasear por el sendero de arbustos sin pasar por delante de otro; creí que la cosa se reduciría a pedir y tener, y más bien me quejaba no poder favorecerlos a todos con mi propuesta. Figúrese mi sorpresa cuando me encontré que había pretendido lo más descabellado, lo más imposible del mundo; que había ofendido a todos los granjeros, a todos los labradores, a todo el heno de la parroquia. En cuanto al administrador del doctor Grant, creo que hubiera hecho mejor de no ponerme en su camino; y hasta mi cuñado, que en general es todo amabilidad, me miró con muy mala cara al enterarse de mis pretensiones.

—Es natural que no se le ocurriese a usted pensar en la gravedad del caso; pero cuando lo piense tendrá que reconocer la importancia que tiene la recogida de la cosecha. Alquilar un carro no le sería, en cualquier época del año, tan fácil como usted supone; nuestros granjeros no tienen costumbre de cederlos; pero durante la recogida tiene que serles totalmente imposible prescindir de un caballo.

—Con el tiempo, sin duda llegaré a comprender ese modo de hacer que existe aquí, en el campo; pero al llegar de Londres, trayendo de allí el axiomático principio de que con dinero todo se consigue, quedé al principio un tanto aturdida ante esta recia independencia de costumbres. A pesar de todo, mañana me traerán el arpa. Henry, que es la bondad personificada, me ha ofrecido traerla en su carretela. ¿No será dignamente transportada?

Edmund habló del arpa como de su instrumento favorito, y dijo que esperaba tener pronto ocasión de oírsela tocar. Fanny no había oído nunca tocar el arpa, y manifestó que lo deseaba con el mayor anhelo.

—Será para mí un gran placer tocar para los dos —dijo la señorita Crawford—; al menos, mientras no se cansen de escucharme... y seguramente más también, porque adoro la música; cuando el gusto natural es idéntico por ambas partes, el ejecutante lleva siempre ventaja, pues goza por más conceptos. Ahora, Edmund, si escribe a su hermano dígale, se lo ruego, que mi arpa ha llegado ya..., ¡tanto me escuchó quejarme de lo desgraciada que me sentía sin ella! Y también puede decirle, si le parece bien, que prepararé las piezas más melancólicas de mi repertorio para cuando vuelva, por compasión a sus sentimientos, pues sé que su caballo perderá la carrera.

—Si le escribo, le diré cuanto usted desea; aunque de momento no creo que se presente motivo para hacerlo.

—No, me lo figuro; aunque estuviera un año fuera no lo haría usted nunca, ni él a usted, de poderlo evitar. Nunca se presentaría la ocasión. ¡Que extrañas criaturas son los hermanos! Jamás se escribirían, a no ser por la necesidad más perentoria; y cuando se ven obligados a tomar la pluma para decir que tal caballo está enfermo, o tal pariente ha fallecido, lo hacen con las menos palabras posibles. Todos los hermanos tienen idéntico sistema. Lo sé muy bien. Henry, que en todos los demás aspectos es exactamente lo que un hermano debe ser, que me aprecia, que se aconseja conmigo, que hace de mí su confidente y estaría hablando conmigo horas seguidas, jamás ha llegado a dar vuelta a la hoja en las cartas que me ha dirigido; y con frecuencia no pone más que: "Querida Mary, acabo de llegar. Bath parece que está lleno, y todo lo demás como siempre. Tuyo afectísimo". He aquí el auténtico estilo masculino... He aquí una carta completa de hermano.

—Cuando se encuentran muy lejos de toda la familia —dijo Fanny, subiéndosele los colores en honor a William—, saben escribir las más largas cartas.

—Fanny tiene un hermano marino —explicó Edmund—, cuyo excelente comportamiento como corresponsal le hace a ella suponer que es usted demasiado dura en sus juicios contra nosotros.

—¡Marino! ¿De veras? De la Armada Real, claro está...

Fanny hubiera preferido que Edmund contase la historia; pero, como él se impuso el más absoluto silencio, se vio obligada a describir ella la situación de su hermano. El tono de su voz se fue animando al hablar de la profesión del muchacho y de los lugares exóticos que había visitado, pero no pudo mencionar el número de años que llevaba ausente sin que a sus ojos se inundaran de lágrimas. La señorita Crawford le deseó cortésmente un rápido ascenso.

—¿No conoce usted a mi primo, el capitán? —preguntó Edmund—. ¿El capitán Marshall? Usted tiene muchos conocidos en la marina, según creo.

—Entre los almirantes, bastantes; pero —y adoptó un aire pomposo— poco sabemos de las jerarquías inferiores. Dentro del grado de capitán de navío puede que haya gente de muy buena clase, pero no pertenecen a nuestro mundo. De varios almirantes podría contarle muchas cosas... De ellos y de sus insignias, de la importancia de sus pagas, de sus rivalidades y celos. Pero puedo asegurarle que, en general, están todos mal acostumbrados y peor considerados. Sí, desde luego, viviendo en casa de mi tío tuve ocasión de conocer a muchos almirantes y a bastantes contras y vices. Bueno, no crea que me he propuesto hacer un juego de vocablos, por favor.

Edmund volvió a ponerse serio, y solo replicó:

—Es una noble profesión.

—Sí, la profesión es bastante honrada, mientras concurran dos circunstancias: que proporcione fortuna y que haya discreción para gastarla. Pero en resumen, no es la profesión que yo prefiero. A mis ojos nunca ha tenido un aspecto agradable.

Edmund volvió al tema del arpa, y otra vez se sintió contento ante la perspectiva de que oiría tocar a Mary.

Entretanto, la cuestión del mejoramiento de fincas seguía acaparando la atención del resto; y la señora Grant no pudo evitar el dirigirse a su hermano, aunque fuera interrumpiendo sus galanteos dedicados a Julia Bertram.

—Querido Henry, ¿y tú, no tienes nada que decir? También tú te has dedicado a hacer mejoras, y por las referencias que tengo de Everingham, sé que puede rivalizar con cualquier mansión de Inglaterra. Las bellezas naturales del lugar son grandes, en efecto. Everingham, tal como era antes, merecía ya toda mi admiración. ¡Aquel precioso declive del terreno y aquel arbolado! ¡Qué no daría yo por verlo de nuevo!

—Nada podría serme tan grato como oír esa opinión tuya —contestó él—; pero me temo que quedarías algo decepcionada... lo verías distinto a como lo recuerdas actualmente. En extensión es una nimiedad..., te sorprendería su insignificancia; y, en cuanto a mejoras, pocas fueron las que pude introducir... demasiado pocas. Hubiera preferido poderme ocupar en ello mucho más tiempo.

—¿Es usted aficionado a esas cosas? —preguntó Julia.

—Muchísimo; pero teniendo en cuenta las ventajas naturales del terreno, que eran evidentes, incluso a los ojos de un inexperimentado, muy poco era lo que quedaba por hacer; y, llevando rápidamente a la práctica mis conclusiones, me faltaban todavía tres meses para alcanzar la mayoría de edad cuando Everingham quedó totalmente convertido en lo que es ahora. Mi plan fue proyectado en Westminster, se alteró acaso un poco en Cambridge, y se ejecutó a mis veintiún años. Me siento inclinado a envidiar al señor Rushworth por tener ante sí, todavía, tanta felicidad. Yo he sido un devorador de la mía con demasiada prontitud.

—Los que conciben las cosas con rapidez, pueden resolver y actuar rápidamente —dijo Julia—. A usted nunca podrá faltarle ocupación. En vez de envidiar al señor Rushworth, debería ayudarle con su opinión.

La señora Grant, atenta a las últimas palabras de este diálogo, las apoyó con vehemencia, convencida de que ningún juicio igualaría al de su hermano; y como María Bertram acogió la idea con el mismo calor, manifestando que, en su opinión, era infinitamente mejor consultar a los amigos y consejeros desinteresados que echar el asunto, sin pensarlo más, en manos de un profesional, el señor Rushworth se apresuró a requerir de Henry el favor de su ayuda; y el señor Crawford, después de rebajar, como era propio que hiciese, el valor de sus propios méritos y aptitudes, se puso a su entera disposición para todo aquello en que pudiera serle útil. El señor Rushworth empezó entonces por proponer al señor Crawford que le hiciera el honor de trasladarse a Sotherton y aceptar alojamiento en su finca; pero la señora Norris, como si leyera en la mente de sus sobrinas la poca aprobación que les merecía un plan que las separaría de Henry, se interpuso con una enmienda.

—No cabe dudar del mucho placer que tendría el señor Crawford en complacerle; pero, ¿por qué no añadimos algunos más? ¿Por qué no organizar una pequeña excursión? Aquí hay muchos que se interesarían por las mejoras, amigo Rushworth, y que gustaría oír la opinión del señor Crawford sobre el terreno, y que tal vez podrían ayudarle, aunque fuera muy poco, con sus opiniones. Por mi parte, hace tiempo que deseo hacer otra visita a su madre; solo la falta de caballos propios ha hecho que pareciese tan negligente. Pero así podría ir y pasar unas horas en compañía de la señora Rushworth, mientras los demás paseasen y decidieran lo que hay que hacer; y después podríamos regresar todos para cenar aquí a última hora, o bien cenaríamos en Sotherton... en fin, ello depende de lo que pudiera serle más agradable a su madre, y gozaríamos de un delicioso paseo bajo la luz de la luna. Creo que el señor Crawford no tendría inconveniente en llevarnos a mis dos sobrinas y a mí en su carretela; Edmund podría ir a caballo, ¿no te parece, hermana?, y Fanny se quedaría en casa contigo.

Lady Bertram no tuvo nada que objetar; y todos los incluidos en la excursión se apresuraron a manifestar su entera conformidad, salvo Edmund, que lo escuchó todo y no dijo nada.

Capítulo VII

—Bueno, Fanny, ¿qué opinión te merece Mary Crawford? —dijo Edmund al día siguiente, después de haber estado pensando él en lo mismo durante algún tiempo—. ¿Te pareció bien, ayer?

—Muy bien... mucho. Me gusta oírla hablar. Me entretiene su conversación; y es tan sumamente hermosa que me causa un gran placer contemplarla.

—Es su semblante lo que resulta tan atractivo. Tiene un juego de facciones maravillosamente expresivo. Pero en su conversación, ¿no te chocó algo que no estaba correcto, Fanny?

—¡Oh, sí! No debió hablar de su tío como lo hizo. Me sorprendió mucho. Un tío con el que ha vivido tantos años y que, cualesquiera sean sus defectos, quiere tanto a su hermano y lo considera, según ellos dicen, como un hijo... ¡Nunca lo hubiera creído!

—Ya supuse que te sorprendería. Estuvo muy mal..., muy irrespetuosa.

—Y me pareció una desagradecida.

—Decir que es desagradecida tal vez sería muy fuerte. Yo no sé que su tío tenga derecho alguno a su gratitud; pero su esposa lo tenía, desde luego; y es su fervoroso respeto a la memoria de su tía lo que despista a Mary en este punto. Su ánimo se halla torpemente dominado. Con la intensidad de sus sentimientos y un espíritu tan apasionado, tiene que serle difícil hacer patente su afecto por la difunta señora Crawford, sin echar una sombra sobre el almirante. No pretendo saber cuál de los dos llevaba más parte de culpa en sus desavenencias, aunque la actual conducta del almirante pueda inclinarle a uno a favor de la esposa; pero resulta natural y simpático que Mary quiera eximir de toda censura a su tía. Yo no condeno su opinión, pero lo que sí está mal es que lo exponga públicamente.

—¿No te parece —observó Fanny, después de una breve reflexión— que la responsabilidad de esta falta recae precisamente sobre su tía, puesto que ella se encargó por completo de su educación? No pudo inculcarle unas ideas de respeto en cuanto a lo que debía al almirante.

—Es muy acertada la observación. Sí, hemos de creer que los defectos de la sobrina son los de la tía; y esto hace que uno lamente con más motivo las desventajas de su anterior situación, pero creo que su actual hogar habrá de hacerle mucho bien. El carácter de la señora Grant es ideal para el caso. Y cuando habla de su hermano lo hace en unos términos afectuosos y muy gratos.

—Sí, salvo en lo tocante a las cartas tan breves que suele escribirle. Casi me hizo reír; pero yo no podría tasar muy alto el cariño o la bondad de un hermano que no se toma la molestia de escribir a su hermana algo que valga la pena de ser leído, cuando están separados. Estoy segura de que William nunca me hubiera tratado así, en ningún caso. ¿Y qué derecho tiene a suponer que tú no escribirías cartas largas si estuvieras ausente?

—El derecho que le da su espíritu inquieto, Fanny, que aprovecha todo cuanto pueda contribuir a su diversión o a la de los otros; es algo perfectamente disculpable, siempre que no aparezca matizado con un tinte de acritud o aspereza, y de esto no hay ni sombra en la expresión o en la actitud de Mary: nada agrio, ni chillón, ni procaz. Es perfectamente femenina, excepto en el aspecto a que nos hemos referido. Ahí no se la puede justificar. Me alegra que te dieras cuenta de lo mismo que yo.

Puesto que él había moldeado su carácter, al tiempo que se había ganado sus efectos, no era de extrañar la coincidencia de sus respectivas apreciaciones; aunque, por aquel entonces y sobre el mismo punto, comenzaba a perfilarse un peligro de disparidad, pues él admiraba ya a Mary Crawford de un modo que acaso pudiera conducirle adonde Fanny no podría seguirle. Los atractivos de Mary no disminuían. Llegó el arpa, que vino a añadir no poco a su aureola de belleza, ingenio y buen humor; pues se prestaba a tocar con el mayor placer en cuanto se lo pedían, lo hacía con una expresión y un gusto muy peculiares en ella, y siempre tenía algo acertado que decir al final de cada pieza. Edmund acudía a diario a la rectoría para deleitarse con su instrumento favorito. La primera mañana logró que se le invitara para la del día siguiente, pues a la damita no podía desagradarle tener un oyente, y así un día y otro, quedando la cosa establecida como una costumbre natural.

Una mujer joven, bonita, brillante, junto a un arpa tan elegante como ella misma, recortándose ambas en el marco de un balcón abierto a la perspectiva de un césped rodeado de arbustos con su rico follaje estival, era suficiente para cautivar el corazón de cualquier hombre. La estación, la escena, el ambiente, todo era favorable a la ternura y el sentimiento. La presencia de la señora Grant con su bastidor de bordar no molestaba... Todo quedaba armónico. Y, como nada carece de encanto cuando empieza a insinuarse el amor, hasta la bandeja de emparedados y el doctor Grant haciendo los honores eran otros tantos motivos en que se posaba con gusto la mirada. Aunque sin reflexionar sobre el caso, o tal vez sin darse cuenta de nada, al cabo de una semana de estos encuentros Edmund empezó a estar no poco enamorado; y en honor de su dama debemos añadir que, sin ser él un hombre de mundo ni el primogénito de una familia acaudalada, sin ninguna de las artes de la adulación o las amenidades de las conversaciones frívolas, Edmund empezó a gustarle.

Mary lo notó, aunque no lo había previsto y apenas podía comprenderlo; porque él no era un hombre atractivo según las reglas de aplicación general, ni decía tonterías, ni gastaba cumplidos, sus opiniones eran siempre firmes y sus atenciones moderadas y sencillas. Acaso hubiera un encanto en su sinceridad, su firmeza, su integridad, aspectos estos que Mary podía igualar en su sentir, pero no al debatirlos en su fuero interno. Sin embargo, no pensó mucho en ello; por lo pronto, Edmund le agradaba... a ella le gustaba tenerlo cerca. Era bastante.

Fanny no podía extrañarse de que Edmund fuese todas las mañanas a la rectoría; también a ella le hubiera encantado ir, de poder hacerlo sin que la invitaran y sin ser vista, por el placer de oír tocar el arpa. Tampoco le podía extrañar que, al finalizar el paseo de las tardes, a Edmund le pareciera bien acompañar a la señora Grant y a su hermana hasta su casa, mientras Henry se dedicaba al elemento femenino de Mansfield Park. Sin embargo consideraba que nada bueno podía esperarse de aquella especie de intercambio; y que, si Edmund no llegaba a tiempo de mezclarle el vino con agua, mejor hubiera sido que no tomárselo. Lo que sí le parecía un tanto asombroso era que él pudiera pasar tantas horas al lado de la señorita Crawford sin descubrirle más defectos de la clase que tan pronto había observado en ella, y del que Fanny tenía que acordarse, debido a alguna manifestación de la misma clase, siempre que se encontraba en su compañía. Pero era así. A Edmund le gustaba hablar con ella de la señorita Crawford, mas parecía que ya se contentaba con que desde aquel día hubieran cesado las alusiones al almirante y ella tenía reparo en comunicarle sus propias observaciones, por temor a que pareciese perversidad de su parte. El primer daño real que le ocasionó Mary Crawford fue la consecuencia de un deseo de aprender a montar que se apoderó de esta a poco de haber llegado a Mansfield, ante el ejemplo de las hermanas Bertram; deseo que, al estrecharse los lazos de amistad entre ella y Edmund, él mismo se prestó a fomentar, llegando a brindarle su mansa yegua para las primeras lecciones, por ser el animal más apropiado para cualquier principiante, que pudiera hallarse en caballeriza alguna. Pero en este ofrecimiento no podía haber daño ni ofensa para su prima: ella no iba a perder por eso ni un solo día de ejercicio. La yegua pasaría a la rectoría tan solo media hora antes de que ella hubiese de iniciar su paseo; y Fanny, al ser consultada en primer lugar, lejos de sentirse desairada, quedó casi abrumada de gratitud por haberle pedido Edmund permiso para ello.

La señorita Crawford realizó con gran provecho su primer ensayo, y sin el menor inconveniente para Fanny. Edmund, que se había llevado la yegua y lo había dirigido todo, volvió con el animal muy a tiempo, antes de que Fanny y el viejo cochero que la acompañaba siempre que no salía con sus primas estuvieran preparados para la marcha. Al segundo día de prueba ya no se procedió con tanto miramiento. Tal era el gusto de Mary por montar, que no sabía cómo dejarlo. Ágil, valerosa, aunque algo pequeña, de firme complexión, parecía nacida para amazona; y al puro y genuino placer del ejercicio quizás habría de añadir algo consistente en la presencia e instrucciones de Edmund, y aún algo más relativo a la convicción de que ella superaba en mucho a las personas de su sexo en general por la rapidez de sus adelantos, todo lo cual contribuía sin duda a que sintiera muy pocas ganas de desmontar. Fanny estaba lista y esperando. La señora Norris empezaba a regañarla por no haber salido, y todavía no se anunciaba la llegada del caballo ni Edmund aparecía. Para esquivar a su tía y buscarle a él, Fanny salió al exterior.

Las dos casas, solo apenas distaban medio kilómetro, no quedaban a la vista una de otra; pero andando cincuenta metros desde la puerta del vestíbulo, pudo dominar el parque y echar una ojeada a la rectoría y su heredad, que se extendía en suave inclinación al otro lado de la carretera; y en la pradera del doctor Grant descubrió pronto el grupo: Edmund y Mary, ambos a caballo, cabalgando hombro con hombro, y el doctor Grant con su esposa, Henry y dos o tres palafreneros, todos de pie, mirándolos. A ella le pareció una feliz concentración: todos interesados en un solo objeto. Y que lo pasaban de maravilla, sin duda alguna, pues hasta ella llegaba el ruido de sus animadas voces. Ruido de voces alegres que no podía hacerla feliz. Se sorprendió de que Edmund se hubiera olvidado por completo de ella, y esto la entristeció muchísimo. No podía apartar los ojos de la pradera, no pudo dejar de observar cuanto allí ocurría. Primero, la señorita Crawford y su acompañante dieron la vuelta al circuito del campo, que no era pequeño, a paso lento; después, sugerido por ella a lo que parecía, se lanzaron a un medio galope, y Fanny, debido a su natural algo apocado, quedó asombrada al ver lo bien que la otra se mantenía en la montura. Al cabo de unos minutos se detuvieron por completo. Edmund estaba muy junto a ella... le decía algo; evidentemente, le estaba enseñando el manejo de la brida... le tenía la mano cogida. Fanny lo vio, o tal vez la imaginación suplía lo que la vista no alcanzaba a distinguir. No tenía que asombrarse por todo ello. ¿Podía haber algo más normal que eso de que Edmund procurara ser útil e hiciera gala de su amabilidad cerca de quien fuese? Fanny hubo de decirse, eso sí, que Henry hubiese muy bien podido ahorrarle la molestia... que hubiera sido muy propio y muy correcto en un hermano el encargarse de aquel asunto; pero el señor Crawford, a pesar de todas sus pregonadas bondades y todo su presunto arte de manejar, probablemente no entendía nada en el asunto y, desde luego, no tenía nada de efectivamente amable comparado con Edmund. Después, Fanny pensó que era suficiente duro para la yegua atender a aquella doble obligación que le había sido impuesta; si de ella se olvidaban, había que acordarse de la pobre yegua.

No tardó en tranquilizarse algo su espíritu, al ver que se dispersaba el grupo de la pradera y que la señorita Crawford, siempre a caballo, pero guiada ahora por Edmund a pie, salía por un portalón a la callejuela, se introducía en el parque y se dirigía seguidamente hacia el punto donde ella se encontraba. Entonces empezó a invadirla el temor de parecer desabrida en su impaciencia, y salió a su encuentro, ansiosa de evitar tal sospecha.

—Querida Fanny —dijo la señorita Crawford, en cuanto pudo hacerse oír—, he venido a fin de presentarle mis excusas personalmente por haberla tenido aguardando; pero no sé qué decirle. Me daba cuenta de que era ya muy tarde y de que me estaba portando terriblemente mal; y por lo mismo debe usted perdonarme, yo se lo ruego. El egoísmo tiene que perdonarse siempre, porque es un mal que no tiene remedio, ¿no cree?

La contestación de Fanny fue en extremo amable, y Edmund añadió que estaba seguro de que a ella no le corría ninguna prisa:

—Pues —dijo— a mi prima le queda tiempo más que suficiente para dar un paseo dos veces más largo de lo que acostumbra, y usted ha contribuido a su mayor comodidad al evitar que saliera media hora antes, ya que el cielo se está nublando y, así, Fanny no padecerá el calor que hubiera tenido que soportar en aquel caso. Desearía que no se sintiera usted cansada por el mucho ejercicio. Podía haberse evitado este paseo hasta aquí.

—Nada de ello me cansa, como no sea dejar el caballo, se lo aseguro —replicó Mary, mientras descabalgaba ayudada por él—. Soy muy fuerte. Nunca me cansa nada, excepto el tener que hacer lo que no me gusta. Señorita Price: le cedo a usted la vez con muy mala gracia, pero sinceramente le deseo un paseo agradable, y que solo tenga que contarme excelencias de este querido, delicioso y hermoso animal.

En aquel instante llegó junto a ellos el viejo cochero, que había estado aguardando cerca con su caballo; Fanny montó en el suyo y ambos partieron atravesando el parque en otra dirección... sin que en ella disminuyera su desazón al darse la vuelta y ver a los otros dos, caminando juntos por la pendiente de la colina hacia el pueblo; ni le hicieron mucho bien los comentarios de su acompañante sobre las excelentes disposiciones de la señorita Crawford como amazona, cosa que el hombre había estado observando casi con tanto interés como ella misma.

—¡Da gusto ver a una mujer con tanta valentía para montar! —decía el buen hombre—. Jamás conocí a otra que se mantuviera tan bien a caballo. Parece que no tenga ni idea del miedo. Muy diferente de usted, señorita, cuando empezó, seis años hará en la próxima Pascua. ¡Bendito sea Dios! ¡Cómo temblaba usted cuando *sir* Thomas la sentó en la montura por primera vez!

En el salón, Mary Crawford fue también muy celebrada. Las cualidades del valor y la fuerza con que la había dotado la naturaleza eran muy apreciados por las hermanas Bertram; el gusto de Mary por montar era igual al de ellas; su precocidad para aprender era, también, igual a lo que se había manifestado en ellas, y se complacían en aplaudirla.

—Estaba segura de que enseguida aprendería a montar perfectamente —dijo Julia—; parece hecha para eso. Tiene tan buen tipo como el de su hermano para la hípica.

—Sí —agregó María—, y su espíritu es igualmente admirable, y tiene un carácter tan enérgico como él. No puedo menos que pensar que la buena disposición para montar tiene mucho que ver con el carácter mental de la persona.

Cuando se despidieron aquella noche, Edmund preguntó a Fanny si tenía intención de dar su paseo a caballo el día siguiente.

—No, no sé... No, si necesitas la yegua —fue su respuesta.

—No la necesito para mí —dijo él—; pero, siempre que deseases mañana quedarte en casa, creo que a Mary le gustaría poderla disfrutar más tiempo... toda una mañana, en fin. Le apetece acercarse hasta los pastos comunes de Mansfield. La señora Grant le ha hablado de su excelente panorámica, y no dudo que ella sabrá apreciarla igualmente. Pero, para eso, lo mismo da una mañana que otra. Ella sentiría muchísimo perjudicarte. Y estaría muy feo que no le importase. Ella solo monta por gusto; tú, por la salud.

—No pienso pasear a caballo mañana, la verdad —dijo Fanny—. He salido mucho últimamente, y con más gusto me quedaré en casa. Ya sabes que ahora estoy bastante fuerte para andar.

Vio que Edmund quedaba satisfecho, y esto le sirvió de consuelo. El paseo a los pastos comunes de Mansfield tuvo lugar a la mañana siguiente. El grupo lo formaba toda la gente joven, excepto Fanny, y todos disfrutaron mucho durante la excursión y después, por la noche, al comentarla. Cuando un plan de esta clase resulta un éxito, lleva generalmente a otro; y la visita a los pastos comunes de Mansfield los animó a todos a planear una nueva excursión a otra parte cualquiera para el día siguiente. Había otras muchas panorámicas que admirar; y, aunque el tiempo era sofocante, no faltaban veredas sombreadas que conducían adonde quisieran ir. Un grupo juvenil siempre encuentra caminos sombreados. Cuatro mañanas deliciosas se emplearon sucesivamente de esta manera, mostrando a los Crawford la comarca y haciendo los honores a sus más pintorescos rincones. Todo respondía magníficamente, todo era alegría y buen humor, el calor no proporcionaba más molestia que la necesaria para referirse al mismo con placer... hasta que al cuarto día se nubló la dicha de un miembro del grupo. Nos referimos a María Bertram. Edmund y Julia fueron invitados a comer en la rectoría, y a ella se la excluyó. La idea y el hecho se debían a la señora Grant; medida que adoptó con la mejor intención y por deferencia al señor Rushworth, cuya llegada a Mansfield estaba anunciada como probable para aquel día; pero María lo tomó como un grave desaire y tuvo que emplear a fondo el freno de su buena educación, sometida a la más dura prueba, para ocultar su rencor y su rabia hasta llegar a casa. Como Rushworth no se presentó, se hizo más duro el desaire, y ni siquiera tuvo el consuelo de demostrar el poder que sobre él ejercía; tuvo que conformarse con mostrar su mal humor ante su madre, su tía y su prima, y proyectar toda la tristeza posible sobre la comida y los postres.

Entre diez y once Edmund y Julia entraron en el salón, tonificados por el aire fresco de la noche, animados y contentos, personificando el reverso mismo de lo que observaron en las tres damas allí sentadas. María se molestó apenas en levantar los ojos del libro que estaba leyendo, *lady* Bertram se hallaba medio dormida, y hasta la señora Norris, destemplada por el mal talante de su sobrina, y no habiendo recibido inmediata respuesta a las dos o tres preguntas que hizo acerca de la comida, parecía totalmente resuelta a callarse. Durante unos minutos hermano y hermana estuvieron demasiado entregados al mutuo comentario sobre la hermosura de la noche y el intenso brillo de las estrellas, para pensar más que en sí mismos; pero, al producirse el primer silencio, Edmund, mirando en derredor, dijo:

—¿Dónde está Fanny? ¿Se ha acostado ya?

—No; que yo sepa, no —contestó la señora Norris—; hace un momento estaba aquí.

Su dulce voz, al hacerse oír desde el otro extremo de la sala, que era muy espaciosa, les indicó que estaba en el sofá. Tía Norris empezó a murmurar:

—Es un truco muy tonto, Fanny, esto de arrinconarse para pasarse la noche holgazaneando en un sofá. ¿Por qué no te acercas y te sientas aquí, y te empleas en algo como hacemos nosotras? Si no tienes labor tuya, yo puedo proporcionártela de la cesta de los pobres. Allí está todo el percal nuevo, comprado la semana pasada, todavía virgen. Te aseguro que casi se me quebró el espinazo al cortarlo. Tienes que aprender a pensar en los demás; y, puedes creerme, es un hábito muy feo en una persona joven el estar siempre recostada en un sofá.

Antes de que dijera la mitad del discurso, Fanny había vuelto a su sitio en la mesa y había tomado de nuevo su labor; y Julia, que gozaba todavía del excelente humor que le habían proporcionado las diversiones del día, quiso hacer justicia a su prima exclamando:

—¡Pero, tía, si Fanny se sienta en el sofá menos que nadie de la casa!

—Fanny —dijo Edmund, después de observarla con atención—, estoy seguro de que te ha dado la jaqueca.

Ella no pudo negarlo, pero dijo que no era muy fuerte.

—Me cuesta creerlo —replicó él—; conozco demasiado bien tu semblante. ¿Desde cuándo te duele la cabeza?

—Desde un poco antes de la cena. No será más que un poco de insolación.

—¿Saliste a pasear con el calor de hoy?

—¡Que si ha salido! Claro que salió —manifestó tía Norris—; ¿querías que se quedase en casa con este día tan magnífico? ¿Acaso no salimos todos? Hasta tu madre salió hoy y estuvo fuera más de una hora.

—Sí, es cierto, Edmund —agregó *lady* Bertram, a quien había desvelado por completo la enérgica reprimenda de tía Norris a Fanny—; estuve fuera más de una hora. Durante tres cuartos de hora permanecí sentada en el jardín, mientras Fanny cortaba las rosas. Me resultó muy agradable, te lo aseguro, pero hacía demasiado calor. Allí había bastante sombra, por supuesto, pero la verdad es que temía el regreso hasta casa.

—¿Y dices que Fanny estuvo cogiendo rosas?

—Sí; y me temo que serán las últimas del año. ¡Pobrecita! Ella no pasó poco calor. Pero las rosas estaban tan abiertas que no era posible esperar más.

—No podía evitarse, de ninguna manera —dijo tía Norris, en un tono de voz bastante más suave—; pero me pregunto si su jaqueca no provendrá de entonces. No hay nada que dé tanta jaqueca como trabajar bajo un sol ardiente; pero yo creo que mañana estará repuesta. ¿Qué te parece si le dejases tu vinagrillo? Yo nunca me acuerdo de llenar mi frasco.

—Ya lo tiene —dijo *lady* Bertram—. Lo tiene desde la segunda vez que regresó de tu casa.

—¡Cómo! —exclamó Edmund—. ¿Además de coger rosas ha hecho estas caminatas, atravesando el parque bajo este sol abrasador, y nada menos que dos veces? No es extraño que le duela la cabeza.

La señora Norris se puso a hablar con Julia y no oyó nada.

—Ya me temí que sería demasiado para ella —dijo *lady* Bertram—. Pero, cuando tuvimos las rosas en la mano, tu tía manifestó deseos de quedarse con ellas; y, como comprenderás, fue necesario llevárselas a su casa.

—Pero, ¿tantas rosas había como para obligarla a hacer dos viajes?

—No, pero había que ponerlas a secar en el cuarto para forasteros y, por desgracia, Fanny se olvidó de cerrarlo y traer la llave; por eso tuvo que regresar.

Edmund se puso en pie y empezó a pasear por la habitación diciendo:

—¿Y no se pudo emplear a nadie más que a Fanny para esta diligencia? Según mi opinión ha sido un asunto muy mal ejecutado.

—Pues te aseguro que no veo cómo hubiera podido hacerse mejor —gritó la señora Norris, incapaz de hacerse la sorda por más tiempo—, a no ser que hubiese ido yo misma, claro. Pero yo no puedo estar en dos sitios a la vez; y en aquel preciso instante estaba hablando con el señor Green acerca de la lechera de tu madre, por deseo de esta, y había prometido a John Groom escribir a la señora Jefferies dándole noticias de su hijo, y el pobre muchacho llevaba ya media hora aguardándome. Me parece que nadie puede acusarme justamente de que me desentienda de las cosas en ninguna ocasión, pero la verdad es que no puedo hacerlo todo a un tiempo. Y, en cuanto a que Fanny haya ido andando por mí hasta mi casa (no hay mucho más de medio kilómetro), no creo que fuera pedirle nada irrazonable. ¿Cuántas veces no hago yo el mismo recorrido hasta tres veces al día, mañana y tarde... sí, haga el tiempo que haga?... ¡Y no me quejo por eso!

—¡Ojalá tuviera Fanny la mitad de tus fuerzas, tía!

—Si Fanny hiciera sus ejercicios físicos con más regularidad, no se rendiría tan pronto. No ha salido a caballo desde hace no sé cuántos días, y estoy convencida de que cuando no monta le conviene pasear. De haber salido antes con el caballo, yo no le hubiera dado el encargo. Pero creí que incluso le haría bien después de haber estado tanto rato con la cabeza inclinada sobre las rosas, tomando el sol; pues nada hay tan refrescante como un paseo después de una fatiga de este tipo, y, aunque el sol era ardiente, no hacía un calor exagerado. Entre nosotros, Edmund —terminó, indicando con un movimiento de cabeza a su madre—, fue el cortar las rosas y vaguear al sol entre las flores lo que la perjudicó.

—Me temo que esto fue, en efecto —dijo *lady* Bertram, mucho más cándida que su hermana y que casualmente oyó algo de lo que esta acababa de manifestar—. Mucho me temo que fue allí donde cogió la jaqueca, pues hacía un calor como para matar a cualquiera. No sé cómo pude soportarlo. Estarme allí sentada, y llamar a Pug, y vigilar que no se metiera en los macizos de flores, fue casi demasiado para mí.

Edmund no dijo más a las dos señoras. Se dirigió con paso lento a otra mesa, en la que estaba todavía la bandeja de la cena, llenó un vaso de Madeira para Fanny y la obligó a bebérselo casi entero. Ella hubiera querido ser capaz de rehusarlo; pero las lágrimas, que asomaron a sus ojos impulsadas por diversos y encontrados sentimientos, hicieron que le fuera más fácil engullir que decir nada.

A pesar de lo furioso que Edmund estaba con su madre y su tía, más enfadado lo estaba aún consigo mismo. Su propio olvido de ella era peor que todo cuanto las dos habían hecho. Nada de esto hubiera sucedido de haberle guardado la debida consideración; pero se la había dejado cuatro días seguidos sin opción al ejercicio ni al trato con amigos y sin excusa alguna para eludir cualquier tontería que pudieran encargarle sus tías. Se avergonzó al pensar que durante cuatro días se había visto imposibilitada de montar y se hizo la firme promesa, por mucho que le contrariase privar de un gusto a la señorita Crawford, de no permitir que aquello volviese a suceder nunca más.

Fanny fue a acostarse con el corazón tan lleno de emociones como en la noche de su llegada a Mansfield Park. Su estado de ánimo había sin duda influido en su indisposición; pues durante los últimos días se había sentido postergada y había estado luchando contra todo sentimiento de descontento y envidia. Al recostarse en el sofá., en el que se había refugiado con el deseo de pasar inadvertida, el dolor de su alma superaba en mucho al de su cabeza; y el repentino cambio que en el estado de su espíritu habían producido las atenciones de Edmund hizo que casi no supiera cómo tenerse en pie.

CAPÍTULO VIII

Los paseos a caballo de Fanny se reanudaron al día siguiente; y como la mañana era fresca, agradable, menos calurosa que las inmediatas anteriores, Edmund confió en que no tardaría en recuperarse de la salud y el goce perdidos. A poco de haber salido ella de paseo, llegó el señor Rushworth en compañía de su madre, que acudió en visita de cortesía y dispuesta a mostrarse especialmente amable al insistir para que se llevara inmediatamente a la práctica el plan de visitar Sotherton, que se había esbozado quince días atrás y que se había aplazado, a causa de haber tenido que ausentarse ella de la finca. A la señora Norris y a sus sobrinas les hizo mucha ilusión que se sacudiera el polvo del citado proyecto, y se señaló una fecha próxima, que fue aceptada, a condición de que Henry Crawford no tuviera otro compromiso contraído con anterioridad. El joven elemento femenino tuvo buen cuidado de introducir esta salvedad, y aunque tía Norris de buena gana hubiera respondido por él, ellas no quisieron autorizar esta libertad ni correr el riesgo. Al fin, después de atender a una insinuación de María Bertram, el señor Rushworth descubrió que lo más propio era que él se llegara a la rectoría sin perder más tiempo, hablase directamente con Henry y le preguntase si el miércoles le iría bien.

Antes de que él regresase, se presentaron la señora Grant y Mary Crawford. Como llevaban algún tiempo fuera de casa y habían seguido un camino distinto hasta allí, no se habían tropezado con él. Sin embargo se dieron confortadoras esperanzas de que encontraría en casa a al señor Crawford. Se habló, naturalmente, de la proyectada excursión a Sotherton. Era casi imposible, ciertamente, que se hablara de otra cosa, pues tía Norris estaba la mar de ilusionada por ello; y la señora Rushworth, mujer ingenua, afable, insulsa y presuntuosa, que no concedía importancia a nada que no estuviera relacionado con sus propios asuntos y los de sus hijos, no había abandonado todavía su insistencia cerca de *lady* Bertram para que se uniera a la partida. *Lady* Bertram no hacía más que rehusar; pero su modo suave al negarse hacía que la señora Rushworth siguiera pensando que deseaba aceptar, hasta que el mayor número de palabras y el tono más alto empleados por tía Norris la convencieron de lo contrario.

—Sería muy fatigoso para mi hermana, excesivamente fatigoso, se lo aseguro, mi querida señora Rushworth. Son diez kilómetros de ida y otros diez de vuelta, bien lo sabe usted. Debe excusar a mi hermana en esta ocasión y aceptar a nuestras queridas niñas y a mí, sin ella. Sotherton es el único lugar que podría animar a ella un deseo de ir tan lejos, pero no puede ser, de ninguna manera. Ella tendrá la compañía de Fanny Price, ¿sabe usted?, de forma que todo se combinará perfectamente bien; y, en cuanto a Edmund, como no está aquí para decirlo personalmente, yo puedo responder de lo mucho que le encantará unirse a la partida. Él podrá ir a caballo, ¿comprende?

La señora Rushworth, viéndose obligada a admitir que *lady* Bertram se quedara en casa, solo pudo sentirlo:

—El verme privada en tal ocasión de su honrosa compañía será para mí un gran pesar, y me hubiera causado una gran satisfacción recibir también a esta jovencita, la señorita Price, que nunca ha estado en Sotherton, y es una lástima que no conozca el lugar.

—Es usted muy amable, señora mía —expresó tía Norris—; pero, por lo que a Fanny toca, ya tendrá infinidad de ocasiones de conocer Sotherton; tiene mucho tiempo ante sí. Y de que pudiera ir ahora, no puede ser. A mi hermana le sería totalmente imposible prescindir de ella.

—¡Oh, no! No puedo pasarme sin Fanny.

La señora Rushworth procedió acto seguido, bajo la convicción de que todo el mundo tenía que estar ansioso por conocer Sotherton, a incluir a la señorita Crawford en la invitación; y la señora Grant, que no se había tomado la molestia de visitar a la señora Rushworth cuando esta se instaló en su finca de la cercanía, rehusó amablemente por su parte, satisfecha de asegurar un motivo de placer a su hermana Mary, la cual, previos los convenientes ruegos e insistencias, no tardó en aceptar la atención. El señor Rushworth volvió de la rectoría con resultados positivos de su visita, y Edmund compareció después, llegando justo a tiempo para enterarse de lo que se había acordado para el miércoles, acompañar a la señora Rushworth hasta su carruaje y bajar hasta la mitad del parque con la señora Grant y su hermana.

A su regreso a la sala del desayuno de la casa, encontró a tía Norris intentando esclarecer en su concepto si la integración de Mary en la partida sería conveniente o no, o si el carruaje de su hermano no iría lo bastante completo sin ella. Las hermanas Bertram se rieron de sus temores, asegurándole que en el carruaje cabrían cuatro personas cómodamente, sin contar el pescante, donde podría ir una al lado de él.

—Pero, vamos a ver, ¿por qué es necesario emplear el carruaje de Crawford, o solamente el suyo? —consideró Edmund—. ¿Por qué no hemos de hacer uso del calesín de nuestra madre? Ya el otro día, cuando se habló del proyecto por primera vez, no pude entender por qué una visita de la familia no ha de hacerse con el carruaje de la familia.

—¡Vaya! —exclamó Julia—. ¡Ir hasta tres personas encajonadas en un calesín en este tiempo, pudiendo disponer de asientos en un carruaje mayor! No, mi querido Edmund, de eso nada.

—Además —apuntó María—, sé que el señor Crawford cuenta con llevarnos. Después de lo que se habló al principio, reclamaría este derecho por considerarlo un deber.

—Y, mi buen Edmund —añadió tía Norris—, sacar dos carruajes cuando con uno basta sería buscarse molestias inútiles. Y, entre nosotros, el cochero no es muy amigo de las carreteras que nos llevan a Sotherton; siempre se queja con acritud de que por lo angosto de los caminos se araña el coche, y se comprende que no nos gustaría que vuestro padre, a su vuelta, se encontrara con el barniz completamente arañado.

—Esta no sería una razón muy noble para hacer uso del carruaje del señor Crawford —opinó María—; pero la verdad es que Wilcox es un pedazo de viejo estúpido que no tiene ni idea de cómo hay que conducir.

Apostaría a que lo angosto de los caminos no representará ningún inconveniente el miércoles próximo.

—No creo que sea un sacrificio —dijo Edmund— ni nada desagradable ir en el pescante de la carretela.

—¡Desagradable! —exclamó María—. ¡Por Dios! Yo creo que todo el mundo lo consideraría el asiento favorito. Es como mejor puede disfrutarse de las bellezas del paisaje. Es probable que la misma Mary Crawford prefiera reservarse la plaza del pescante para ella.

—Entonces no puede haber obstáculo que impida a Fanny ir con vosotras; no cabe ya dudar de que dispondréis de un sitio para ella.

—¡Fanny! —exclamó la señora Norris—. Querido Edmund, no hay que pensar en que venga con nosotras. Se quedará con su tía. Así lo dije a la señora Rushworth. No la esperan.

—No puedes tener motivo, creo, madre —dijo él, dirigiéndose a *lady* Bertram—, para desear que Fanny no se una a la excursión, como no sea por ti, por tu propia conveniencia. Pero si pudieras prescindir de ella no tendrías el menor empeño en que se quedara en casa, ¿verdad?

—Claro que no; pero no puedo prescindir de ella.

—Podrás, si me quedo yo en casa, como pienso hacer.

Estas palabras provocaron un clamor general de asombro.

—Sí —prosiguió él—; no es necesario, en absoluto, que yo vaya, y pienso quedarme en casa. A Fanny le gustaría conocer Sotherton. Sé que lo desea muchísimo. Pocas veces se le da una satisfacción como esta, y estoy convencido, madre, de que te gustaría proporcionarle ahora esta satisfacción.

—Oh, claro, mucho me gustaría... siempre que tu tía no vea algún problema.

Tía Norris se apresuró mucho a exponer el único problema que podía existir todavía: el de haber asegurado decididamente a la señora Rushworth que Fanny no podría ir, y el efecto tan raro que, por consiguiente, produciría el llevarla, lo que le pareció una dificultad totalmente imposible de solucionar. ¡Causaría el efecto más extraño! Sería un proceder tan sumamente descortés, tan rayano en falta de respeto para la señora Rushworth, cuyo modo de comportarse era precisamente ejemplo de cortesía y buena educación, que ella no se veía capaz de afrontarlo. La señora Norris no le guardaba ningún afecto a Fanny, ni jamás había sentido deseos de proporcionarle satisfacción alguna; pero la oposición que en este caso hacía a Edmund provenía más de un partidismo por su plan, porque era el que ella había concebido, que de otra cosa. Consideraba que lo había combinado todo magníficamente bien y que cualquier alteración solo serviría para estropearlo. Por eso al replicarle Edmund, lo que hizo en cuanto ella tuvo a bien prestarle oídos, que no tenía por qué preocuparse de lo que diría la señora Rushworth, pues al cruzar con ella el vestíbulo había aprovechado la oportunidad para decirle que Fanny Price se uniría probablemente a la partida y había recibido en el acto una invitación más que suficiente para su prima, tía Norris se sintió demasiado ofendida para rendirse con mucha elegancia y se limitó a decir:

—Está bien, está bien, como tú quieras; combínalo a tu manera. Te aseguro que a mí tanto me da.

—Es de un efecto bastante raro —dijo María— que te quedes tú en casa en lugar de Fanny.

—Creo que Fanny debería agradecértelo muchísimo —añadió Julia, apresurándose a abandonar la habitación apenas acabó de pronunciar estas palabras, al darse cuenta de que también pudiera ser ella quien se ofreciese para quedarse en casa.

—Fanny sentirá toda la gratitud que pueda merecer una cosa así —dijo Edmund por toda réplica, y quedó agotado el tema.

La gratitud de Fanny al conocer el plan fue, ciertamente, muy superior a su satisfacción. Su sensibilidad vibró por la atención de Edmund, con toda, y aun más que con toda, la fuerza que él, ignorando los amorosos sentimientos de su prima, pudiera imaginar; pero le entristecía que él tuviera que sacrificar su diversión por ella, y hasta su misma ilusión por conocer Sotherton se convertía en algo insulso si no podía ir con él.

La siguiente reunión de las dos familias de Mansfield trajo consigo en el plan otra modificación, que fue acogida con general aplauso. La señora Grant ofreció quedarse aquel día en Mansfield Park para acompañar a *lady* Bertram, en vez de Edmund; su esposo, el doctor Grant, se reuniría con ellas para comer. A *lady* Bertram le pareció muy bien que se hiciera así, y las jóvenes recobraron su buen humor. También Edmund quedó muy agradecido por un arreglo que le permitía ocupar de nuevo su puesto en la expedición; y la señora Norris manifestó que era un plan magnífico, que lo tenía en la punta de la lengua y que estaba a punto de proponerlo cuando la señora Grant se le anticipó.

El miércoles amaneció con un tiempo estupendo, y poco después del desayuno llegó Henry Crawford conduciendo a sus hermanas en la carretela. Como todos estaban dispuestos, solo faltaba que la señora Grant se apease y los demás ocuparan sus puestos. El asiento de los asientos, la plaza envidiada, el puesto de honor, estaba aún por adjudicar. ¿A quién caería en suerte? Mientras las hermanas Bertram, cada una por su lado, estaban meditando cómo mejor asegurárselo, dando la sensación de que lo cedían a los demás, la señora Grant se encargó de resolver la cuestión diciendo, al tiempo que se apeaba del coche:

—Como ustedes son cinco, mejor será que una se siente al lado de Henry; y como usted, Julia, dijo no hace mucho que le gustaría saber conducir, creo que se le presenta una buena oportunidad para tomar una lección.

¡Julia afortunada! ¡Desdichada María! La primera subió al pescante sin pensarlo más, la segunda ocupó un sitio en el interior, triste y furiosa; y el coche arrancó entre las despedidas de las dos señoras que se quedaban y los ladridos del faldero en los brazos de su ama.

El camino discurría por una deliciosa campiña; y Fanny, que nunca se había distanciado mucho en sus paseos a caballo, no tardó en descubrir horizontes ignorados por ella, sintiéndose feliz al observar todo lo nuevo y admirar todo lo hermoso. No se la invitaba con frecuencia a participar en la conversación general, ni ella lo deseaba. Sus propios pensamientos y reflexiones solían ser sus mejores compañeros; y observando el aspecto del campo, la orientación de los caminos, las variaciones del terreno, el estado de las cosechas, las casitas, los rebaños, los niños, halló un entretenimiento que solo hubiera podido sublimarse teniendo al lado a Edmund para hablarle de las sensaciones que experimentaba. Este era el único punto de coincidencia entre ella y la joven que iba sentada a su lado; aparte el aprecio que profesaba a Edmund, la señorita Crawford era en todo muy distinta a ella. Mary no tenía nada de la delicadeza de gustos, de espíritu, de sentimientos, que poseía Fanny; veía la naturaleza, la inanimada natura, sin reparar apenas en ellas; su atención se concentraba toda en los hombres y las mujeres, su inteligencia captaba solo lo superficial y animado. Pero en cuanto a ocuparse de Edmund, tratando de descubrirle cuando dejaban atrás una recta en la carretera, o cuando él los adelantaba en el ascenso a alguna loma de respetable altura, iban las dos muy unidas, y algún que otro "¡ahí está!" se les escapó a ambas simultáneamente más de una vez.

Durante los diez primeros kilómetros, el viaje tuvo muy poco aliciente para María Bertram; su mirada siempre iba a dar con el espectáculo de Henry Crawford y su hermana Julia, sentados uno al lado de la otra en el pescante, conversando con calor y divirtiéndose de lo lindo; y el solo hecho de ver el expresivo perfil de Henry cuando se daba vuelta para sonreír a Julia, o de oír las risas que esta soltaba de vez en cuando, era para ella un motivo constante de cólera que su sentido de lo correcto apenas conseguía disimular. Cuando Julia se daba la vuelta, era con una expresión de felicidad en el rostro, y cuando hablaba lo hacía con extraordinario entusiasmo: "¡Aquí se disfruta de una vista espléndida!", "me gustaría que todos pudiesen ver el paisaje tan bien como yo", etc., etc. Pero su única oferta de permuta la hizo a la señorita Crawford, cuando lentamente alcanzaban la cima de un extenso collado, y cuanto en sus palabras hubo de invitación no pasó de esto:

—Aquí se quiebra el paisaje en un estallido de magnificencia. Quisiera ofrecerle mi asiento; pero ya veo que no querrá aceptarlo, ni siquiera permitirá que insista.

Y la señorita Crawford apenas pudo contestarle antes de que se encontrasen ya corriendo a bastante velocidad por la otra vertiente.

Al adentrarse en la zona de influencia de Sotherton, María Bertram, de quien pudiera haberse dicho que tenía un arco con dos cuerdas, empezó a sentirse mejor. Tenía "sentimientos Rushworth" y "sentimientos Crawford"; y, en la vecindad de Sotherton, los primeros ejercían una influencia considerable. La importancia del señor Rushworth era también la de ella. No pudo decir a Mary Crawford que aquellos bosques pertenecían a Sotherton, ni comentar distraídamente que creía que los campos que ahora atravesaban eran todos, a uno y otro lado de la carretera, propiedad del señor Rushworth, sin que sintiera un júbilo interior; y su satisfacción iba en aumento a medida que se aproximaban a la importante mansión feudal y antigua residencia solariega de la familia.

—A partir de ahora ya no tendremos mal camino; se acabaron las molestias. Lo que queda de carretera es como debe ser. El señor Rushworth lo ha hecho, después de heredar la finca. Aquí empieza el pueblo. Aquellas casitas son, realmente, lamentables. La aguja de la iglesia es conocida por su notable hermosura. Me gusta que la iglesia no esté tan pegada a la casa grande como ocurre con frecuencia en lugares vetustos. El sonido de las campanas ha de ser terrible. Allí está la rectoría... casas de aspecto muy cuidado; y tengo entendido que el rector y su esposa son personas muy respetables. Aquello son casas de beneficencia, fundadas por miembros de la familia. A la derecha está la casa del administrador; es hombre muy respetable. Ahora llegamos al pabellón del guarda; pero nos queda todavía casi un kilómetro y medio de parque. Como usted ve, no es feo en este extremo; hay algunos árboles magníficos. Pero la situación de la casa es desastrosa. Para llegar a ella hemos de recorrer medio kilómetro cuesta abajo; y es una lástima, porque no tendría mal aspecto si tuviera mejor acceso.

La señorita Crawford no regateó su admiración; fácilmente adivinó cuáles eran los sentimientos de María y se empeñó en aumentar su gozo todo lo posible. La señora Norris era toda entusiasmo y volubilidad; y hasta Fanny tenía algo que expresar, admirada, y era escuchada con agrado. Su mirada captaba con avidez cuanto se le ofrecía a su alcance; y después que hubo logrado, no sin algún esfuerzo, descubrir la casa, observando que "era una clase de edificio que ella no podía mirar sino con respeto", añadió:

—Bueno, ¿y dónde está la avenida? La casa está orientada al Este, según veo. La avenida, por tanto, tiene que hallarse detrás. El señor Rushworth se refirió a la fachada del Oeste.

—Sí, está exactamente detrás de la casa; se inicia a corta distancia y desciende, en una extensión de medio kilómetro, hasta el límite del parque. Algo de ella puede verse desde aquí... algo de los árboles más distantes. Son todos robles.

La señorita Bertram podía hablar ahora con pleno conocimiento de lo que nada sabía unos días atrás, cuando el señor Rushworth le preguntó su opinión; y en su espíritu se agitaba toda la felicidad que puedan recabar el orgullo y la vanidad, cuando se detuvieron ante la amplia escalinata de piedra de la entrada principal.

CAPÍTULO IX

El señor Rushworth estaba en la puerta para recibir a su amada y a todos dio la bienvenida con la debida atención. En el salón se vieron acogidos con la misma cordialidad por la madre, y María Bertram fue objeto de todos los honores que podía desear. Una vez terminadas las ceremonias motivadas por la llegada se hizo necesario, ante todo, comer; y las puertas se abrieron de par en par, a fin de que los invitados pasaran, atravesando un par de salas intermedias, al salón comedor, donde les esperaba una colación preparada con abundancia y suntuosidad. Mucho se habló, mucho se comió, y todo fue perfecto. Después se tomó en consideración lo referente al especial motivo de la visita. ¿Qué le parecía al señor Crawford, qué medio preferiría utilizar para dar un vistazo a los terrenos? El señor Rushworth hizo mención de su carrocín. El señor Crawford sugirió la mayor conveniencia de un carruaje que admitiera más de dos personas, y añadió:

—Vernos privados del favor de otros ojos y otros pareceres sería un perjuicio, incluso superior al sacrificio de esta agradable sobremesa.

La señora Rushworth propuso que se empleara también el calesín; pero esto fue considerado apenas como una solución: las damiselas no sonrieron ni dijeron nada. La siguiente proposición de la señora Rushworth, ofreciendo mostrar la casa a los que nunca habían estado allí, resultó una buena solución; pues María Bertram gustaba de que se exhibiera toda su grandeza, y los demás acogieron con agrado la perspectiva de poder moverse y distraerse con algo.

Así, pues, todos se levantaron de la mesa y, guiados por la señora Rush-worth, fueron recorriendo gran número de estancias, todas altas de techo, muchas de ellas amplias, profusamente decoradas al gusto de cincuenta años atrás, dotadas de relucientes pavimentos, sólida caoba, ricos damascos, mármoles, tallas y dorados, todo muy hermoso dentro de su estilo. Cuadros los había en cantidad, y algunos de ellos buenos, pero la mayoría eran retratos de familia que no interesaban más que a la propia señora Rushworth, la cual se había tomado el mucho trabajo de aprenderse cuanto el ama de llaves pudo enseñarle, y estaba ahora casi tan bien preparada como esta para mostrar la casa. En la presente ocasión se dirigió principalmente a la señorita Crawford y a Fanny, aunque no podía compararse la atención que ponían la una y la otra; pues la señorita Crawford, que había visto docenas de grandes casas sin interesarse por el contenido de ninguna de ellas, daba la impresión de que se limitaba a escuchar por deferencia, mientras que Fanny, para la cual era todo tan interesante como nuevo, atendía con buena fe desprovista de toda afectación a cuanto la señora Rushworth pudo relatar de la familia en épocas pretéritas: su origen y grandeza, las visitas regias, los méritos de lealtad..., y se deleitaba al relacionarlo con hechos históricos que ya le eran conocidos, o animando su imaginación con escenas del pasado.

La situación de la casa excluía la posibilidad de grandes vistas desde cualquiera de las habitaciones; y, mientras Fanny y algunos más acompañaban a la señora Rushworth, Henry Crawford fruncía el ceño y meneaba la cabeza al mirar por las ventanas. Todas las habitaciones de la fachada oeste daban a una verde extensión de césped limitada por el inicio de la avenida, que desde allí podía divisarse en su parte inmediata a la alta verja de hierro.

Tras visitar otras muchas más habitaciones, de las que cabía suponer que no tenían otra utilidad que la de contribuir al impuesto de ventanas[4] y dar trabajo a las criadas, dijo la señora Rushworth:

—Ahora nos dirigimos a la capilla, en la que, propiamente, deberíamos acceder por arriba para contemplarla desde un punto dominante; pero como estamos en confianza los guiaré por aquí, si me lo permiten.

Entraron. La imaginación de Fanny había previsto algo más imponente que una simple sala espaciosa, rectangular, sin que al adaptarla a los fines de la devoción se la hubiera provisto de algo más impresionante o más solemne que la profusión de caoba y almohadillas de terciopelo carmesí en la galería superior, destinada a la familia.

---

4 Impuesto que se pagaba según el número de ventanas abiertas en cada casa. Estuvo vigente desde 1696 a 1851.

—Estoy decepcionada —dijo, hablando a Edmund en voz baja—. Esto no se compagina con la idea que yo tengo formada de una capilla. No tiene nada de sobrecogedor, de grandioso, nada que invite al recogimiento. Aquí no hay naves, ni arcos, ni inscripciones, ni estandartes... No hay estandartes, primo mío, que "tremolen en la noche al soplo de un aliento celestial, ni indicios de que un monarca escocés duerma debajo"[5].

—Olvidas, Fanny, lo reciente de esta construcción y lo limitado de su finalidad, en comparación con las viejas capillas de castillos y monasterios. Esta se hizo tan solo para uso particular de la familia. Supongo que los grandes personajes estarán enterrados en la iglesia parroquial. Allí es donde puedes buscar estandartes y lápidas.

—He sido tonta al no pensar todo eso; pero me ha decepcionado.

La señora Rushworth empezó su descripción:

—Esta capilla se arregló tal como ustedes la ven ahora, en tiempos de Jacobo II[6]. Antes de esta época los bancos eran, según tengo entendido, simples tablones de madera; y hay algunos motivos para creer que los paramentos y almohadillas del púlpito y de los reclinatorios de la familia eran solo de tela morada; pero esto no es del todo seguro. Es una hermosa capilla, de la que antes se hacía uso mañana y tarde. Siempre leía en ella los rezos el capellán de la casa, como muchos recuerdan. Pero el último señor Rushworth suprimió la costumbre.

—Cada generación introduce sus mejoras —dijo Mary, con una sonrisa, a Edmund.

La señora Rushworth se había alejado para recitar su lección al señor Crawford; y Edmund, Fanny y Mary quedaron en un grupo aparte.

—Es una lástima —consideró Fanny— que la costumbre se haya interrumpido. Era una práctica muy estimable de los tiempos pasados. En una capilla con su capellán hay algo que está muy de acuerdo con una gran casa, según la idea que una se ha formado de lo que una gran casa debe ser. ¡Qué bonito ver a toda una familia que se reúne regularmente para rezar!

—¡Muy bonito, ya lo creo! —exclamó la señorita Crawford, riendo—. Debe hacer un gran bien a los cabezas de familia eso de obligar a las pobres criadas y a los lacayos a que dejen su trabajo o su recreo para venir aquí, a rezar, dos veces al día, mientras ellos mismos inventan excusas para librarse de hacerlo.

—Fanny apenas puede concebir así una reunión de familia —observó Edmund—. Si el señor y la señora de la casa no asisten, la costumbre será más perjudicial que beneficiosa.

5 Poema de *sir* Walter Scott (1805).
6 Reinó en Inglaterra y Escocia entre 1685 y 1688.

—Sea como fuere, es mejor dejar que la gente proceda de acuerdo con su conciencia en estas cuestiones. A cada cual le gusta seguir su camino... escoger la hora y el modo de practicar la religión. La obligación de asistir, la ceremonia, la duración... todo eso resulta algo espantoso que a nadie gusta. Y si las buenas gentes que solían arrodillarse y bostezar en esa galería hubiesen llegado a prever que vendrían tiempos en que hombres y mujeres podrían permanecer otros diez minutos en la cama a la hora de levantarse, cuando despertasen con dolor de cabeza, sin temor a verse reprobados por haber faltado a la capilla, hubieran saltado de alegría y de envidia. ¿No os imagináis lo muy contrariadas que las bellas, antiguas moradoras de la casa de Rushworth, acudirían más de una vez a esta capilla? ¿A las jóvenes damitas, Leonoras o Brígidas, muy tiesas y envaradas para fingir piedad, pero con las cabezas llenas de algo muy distinto, sobre todo si el capellán no era hombre digno de que se le mirase? Y me figuro que, en aquellos tiempos, los sacerdotes eran aun inferiores a los de ahora.

Pasaron unos momentos sin que nadie contestara. Fanny se sonrojó y miró a Edmund, pero estaba demasiado indignada para hablar; y él necesitó recobrar un poco la compostura antes de poder decir:

—Su espíritu animado y bullicioso apenas le permite estar seria aun tratando de cosas serias. Nos ha trazado usted un bosquejo divertido, y desde un punto de vista humano no puede decirse que no fuera así. Todos tropezamos, a veces, con la dificultad de no poder fijar nuestra atención como desearíamos. Pero si supone usted que es cosa frecuente, es decir, una debilidad convertida en hábito por negligencia, ¿qué podría esperarse de la piedad privada de esas personas? ¿Cree usted que las mentes a las que se les permite, a las que se les consiente que divaguen en la capilla, se recogerían mejor en un gabinete íntimo?

—Sí, es muy probable. Cuando menos tendrían dos circunstancias a su favor: habría menos motivos para distraer su atención y la prueba no sería tan larga.

—La mente que no lucha contra sí misma en una de las circunstancias, creo yo que hallaría motivos de distracción en la otra; y la influencia del lugar y del ejemplo puede muchas veces suscitar mejores sentimientos que los que se tuvieron al entrar. Sin embargo, admito que la mayor duración del servicio represente, a veces, un esfuerzo excesivo para la atención. Uno desearía que no fuese así; pero aún no ha transcurrido bastante tiempo desde que dejé Oxford para olvidar lo que son los rezos en una capilla.

Mientras así se expresaba, los demás invitados se habían esparcido por la estancia; y Julia hizo que el señor Crawford se fijara en María, diciendo:

—Fíjate en el señor Rushworth y en mi hermana, uno al lado del otro, lo mismo que si fuera a celebrarse la ceremonia de su matrimonio. ¿Verdad que parecen completamente dispuestos?

Henry sonrió, como asintiendo, se adelantó hasta María y dijo, con voz que solo ella podía oír:

—No me gusta ver a la señorita Bertram tan cerca del altar.

María hizo una mueca, se apartó instintivamente unos dos pasos, pero se recobró en el acto, aparentó reír y le preguntó, en un tono de voz no mucho más alto:

—¿Quisiera usted apartarme?

—Temo que lo haría muy torpemente —fue su respuesta, que acompañó de una mirada muy significativa.

Julia, que al instante se reunió con ellos, siguió adelante con su broma:

—La verdad, es realmente una lástima que no tenga lugar ahora mismo. Solo falta la correspondiente licencia. Pues aquí nos hallamos todos reunidos, de modo que sería lo más práctico y agradable del mundo.

Y más dijo y rio sin tasa, como para recabar la atención del señor Rushworth y su madre en torno al tema, dando ocasión a que él susurrara sus galanteos al oído de su amada, y la señora Rushworth dijese, con dignidad y sonrisa apropiadas, que sería para ella el suceso más feliz cuando tuviese lugar.

—¡Si Edmund ya estuviera ordenado! —exclamó Julia; y, corriendo hacia donde él se encontraba con la señorita Crawford y Fanny, añadió—: Querido Edmund, si ya hubieses sido ordenado podría efectuarse la ceremonia ahora mismo. ¡Qué desgracia que todavía no lo estés! El señor Rushworth y María están dispuestos.

El rostro de Mary Crawford, mientras Julia hablaba, hubiera divertido a cualquier observador casual. Parecía casi horrorizada ante la noticia que acababa de recibir, Fanny la compadeció; por su mente cruzó esta reflexión: "¡Qué mal le sabrá haber dicho lo de hace un momento!"

—¡Ordenarse! —exclamó la señorita Crawford—. ¿Así que va usted a ser sacerdote?

—Sí; voy a ordenarme poco después del regreso de mi padre. Probablemente por Navidad.

La señorita Crawford, rehaciendo su ánimo y recobrando el color de la tez, tan solo replicó:

—De haberlo sabido antes, hubiese hablado del clero con más respeto —y cambió de tema.

Al poco abandonaron todos la capilla, dejándola sumida en la tranquilidad y el silencio que reinaban en ella, con pocas interrupciones, en el curso de todo el año. María Bertram, disgustada con su hermana, fue la primera en salir; y todos parecían sentir que habían estado ya allí bastante tiempo.

Habían visitado toda la planta de la casa y la señora Rushworth, incansable en sus funciones, los hubiera llevado al piso principal dispuesta a mostrarles todas sus habitaciones, si su hijo no se hubiese interpuesto con la duda de que les quedase tiempo suficiente.

—Ya que —dijo, incurriendo en esa especie de argumentación redundante que otros muchos cerebros más lúcidos no siempre consiguen eludir—, si alargamos demasiado el recorrido por el interior de la casa, después no nos quedará tiempo para lo que tenemos que hacer fuera. Son más de las dos, y hay que cenar a las cinco.

La señora Rushworth se avino. La cuestión de proceder al examen de los terrenos, con quién y en qué forma, parecía que iba a debatirse en agitada sesión, y la señora Norris empezaba a disponer la combinación de carruajes y caballos más favorable, cuando la gente joven, al encontrarse ante una puerta tentadora abierta a un tramo de escalera que conducía inmediatamente al césped y a los arbustos y a todas las delicias de un jardín de recreo, como obedeciendo a un mismo impulso, a un mismo anhelo de aire y libertad, se deslizó por ella al exterior.

—Podríamos dar una vuelta por aquí —propuso la señora Rushworth, haciéndose cortésmente eco de aquel deseo, y siguiéndoles—. Aquí está la mayor parte de nuestras plantas, y aquí los curiosos faisanes.

—Me pregunto —dijo Henry Crawford, observando en derredor—, ¿no podríamos hallar algo en que ocuparnos aquí, antes de ir más lejos? Señor Rushworth, veo unos bancos de roca natural que prometen mucho. ¿No podríamos convocar a la junta en este jardín?

—James —dijo la señora Rushworth a su hijo—, creo que a todos les gustaría recorrer el bosque. María y Julia Bertram aún no lo conocen.

Nadie argumentó nada, pero por algún tiempo pareció que no había propensión a moverse para ningún plan ni a distancia alguna. Todos mostraron al principio su interés por las plantas o los faisanes, y todos se dispersaron gozando de la feliz independencia. El señor Crawford fue el primero en alejarse para examinar las posibilidades que en aquel extremo ofrecía la casa. El jardín, limitado a ambos lados por altos muros, contenía, a continuación de la primera área con plantas, una bolera[7], y a continuación de la bolera una terraza sostenida por columnas de hierro, desde donde se descubrían las copas de los árboles del bosque contiguo. Era un ángulo excelente para la observación con espíritu crítico. Al señor Crawford le siguieron acto seguido María Bertram y James Rushworth; y cuando, poco después, los demás se reunieron en varios grupos, Edmund,

---

7 Para un juego similar a la petanca, practicado sobre el césped.

la señorita Crawford y Fanny encontraron a los primeros en atareada consulta sobre las mejoras. Después de una breve participación en sus deliberaciones, los dejaron y continuaron paseando. Los tres restantes personajes —la señora Rushworth, la señora Norris y Julia— quedaban aún muy atrás; pues Julia, cuya buena estrella no prevaleció mucho tiempo, se vio obligada a caminar al lado de la señora Rushworth y a refrenar la impaciencia de sus pies para acompasarlos a la marcha lenta de la dama; y tía Norris, habiendo establecido contacto con el ama de llaves, que había salido para dar comida a los faisanes, se demoraba comadreando con ella. ¡Pobre Julia! La única de los nueve que no estaba medianamente satisfecha de su suerte, se sentía ahora como si la hubieran castigado y tan distinta de la Julia que vino en el pescante de la carretela como cabía imaginar. La cortesía que había aprendido a practicar como un deber, le hacía inútil la escapatoria: mientras que la carencia de otros móviles más elevados para el dominio de sí misma, de un sentido de la debida consideración al prójimo, de un conocimiento de su propio corazón, de esos principios de derecho, en fin, que no habían formado parte esencial de su educación, la hacían sentirse desgraciada bajo la tiranía de aquel deber.

—Hace un calor horroroso —dijo la señorita Crawford, cuando hubieron dado una vuelta por la terraza y se dirigían nuevamente a la puerta que daba acceso a la floresta—. ¿Acaso alguno de nosotros hallaría inconveniente en sentirse a gusto bajo la sombra de los árboles? Ahí tenemos un delicioso bosquecillo... mientras podamos penetrar en él. ¡Qué felicidad si la puerta no estuviera cerrada...! Pero lo está, desde luego. En estas grandes mansiones solo los jardineros pueden ir adonde les place.

Sin embargo, resultó que la puerta no estaba cerrada, y todos se avinieron a franquearla con gran alegría, sorteando los inclementes ardores del sol. Un largo tramo de escalera les condujo a la floresta, que era un bosque plantado en unos dos acres de terreno, y, aunque todo eran alerces y laureles, y hayas recortadas, allí había sombra y belleza natural, en comparación con la terraza y la bolera. Todos acusaron su grato influjo refrigerante y, por algún tiempo, se limitaron a pasear y admirar. Al fin, rompiendo el silencio, la señorita Crawford manifestó:

—Así que va a convertirse usted en un sacerdote, señor Bertram. Es una sorpresa para mí.

—¿Por qué había de sorprenderla? Tenía usted que suponerme destinado a alguna profesión, y pudo darse cuenta de que yo no era abogado, ni militar, ni marino.

—Muy cierto; pero, el caso es que, no se me había ocurrido. Y ya sabe usted que suele haber un tío o un abuelo que deja una fortuna al segundón de una familia.

—Una práctica muy encomiable —dijo Edmund—, pero no universal. Yo soy una de las excepciones y, por serlo, debo apañármelas por mí mismo.

—Pero, ¿por qué ha de ser clérigo? Yo creí que, en todo caso, eso era el destino del hermano más joven, cuando había muchos otros con derecho de prioridad en la elección de carrera.

—¿Cree usted, entonces, que esta nunca se elige por vocación natural?

—*Nunca* es palabra excesiva. Pero, sí: aplicando el *nunca* de la conversación, que quiere decir *no muy frecuentemente,* yo lo creo así. A los hombres les gusta distinguirse, y en cualquier parte pueden conseguirse distinciones, menos en el clero. Un clérigo no es nadie.

—Supongo que el *nadie* de las conversaciones tendrá sus gradaciones, como el *nunca.* Unos sacerdotes podrán no destacar por su brillantez o su elegancia. No deberán acaudillar turbas ni dar la pauta en la moda. Pero me es imposible estar de acuerdo con decir que no es *nadie* el individuo que trabaja en el terreno de mayor importancia para la humanidad, individual o colectivamente considerada, así para lo temporal como para lo eterno, quien cuida de la religión y la moral y, en consecuencia, de las costumbres que resultan de su influencia. En este caso, no hay quien pueda tachar de *nadie* al que ejerce este ministerio; y si, en realidad, mereciera tan pobre concepto, sería porque descuida sus deberes, porque se concede más importancia de la que tiene, pisando fuera de su terreno a fin de aparentar lo que no debe.

—Usted atribuye más importancia a un sacerdote de la que una está acostumbrada a que le reconozcan, o de la que yo misma pueda atribuirle. Poco se notan los efectos de esa influencia benéfica en el seno de la sociedad, y ¿cómo pueden adquirir tal prestigio y ejercer tal influencia en unos medios en que poco se los ve? ¿Cómo pueden dos sermones a la semana, aun suponiéndolos dignos de ser escuchados, conseguir todo eso que usted dice: moderar la conducta y ordenar las costumbres de una numerosa feligresía para todos los días restantes? Apenas se ve a un sacerdote fuera del púlpito.

—Usted está hablando de Londres; yo me refiero a la nación entera.

—Me figuro que la metrópoli es una bonita muestra de lo que ocurre en el resto.

—No, le aseguro que no lo es de la proporción entre la virtud y el vicio que pueda registrarse en el conjunto del reino. No buscamos en las grandes ciudades el mejor ejemplo de moralidad. No es allí donde la gente de cualquier condición posee más probabilidades de obrar bien; y, en efecto, no es allí donde más pueda acusarse la influencia de la Iglesia. Al buen predicador se le sigue y admira; pero no es solo con bellos sermones como un buen sacerdote puede ser útil a su parroquia, cuando esta no abarca una demarcación muy extensa y un número demasiado crecido de feligreses, de forma que los mismos tengan ocasión de conocer el carácter personal y observar la línea de conducta de su pastor, caso que raramente puede ocurrir en Londres. Allí, la clerecía se pierde entre la multitud de feligreses. A los más, se les conoce tan solo como predicadores. Y, en cuanto a lo de influir en las costumbres, Mary, no debe usted interpretarme equivocadamente ni suponer que les confiero el carácter de árbitros de la buena educación, artífices del refinamiento y la cortesía o maestros en las ceremonias mundanas. Las *costumbres* de que le hablo podrían más bien llamarse *conducta*, quizás el resultado de los buenos principios... el efecto, en fin, de aquellas doctrinas que ellos tienen el deber de enseñar y recomendar; y creo que en todas partes se hallará que, según el clero sea o no sea como debe ser, así será el resto de la nación.

—Muy cierto —dijo Fanny con suavidad pero mucho énfasis.

—¡Vaya! —exclamó Mary—. Ya ha convencido del todo a Fanny.

—Desearía poder convencer a Mary también.

—No creo que lo consiga nunca —dijo ella, con una picaresca sonrisa—; estoy tan sorprendida ahora como al principio de que tenga la intención de ordenarse. Ciertamente, usted tiene condiciones para algo mejor. Vamos, cambie de idea; todavía no es demasiado tarde. Hágase abogado..., métase en la carrera judicial.

—¡Que me meta en leyes! Y lo dice con la misma naturalidad con que me invitó a meterme en esta floresta.

—Ahora va a objetar algo acerca de que la jurisprudencia es el más salvaje de los dos bosques, pero yo me anticipo; conste que lo he prevenido.

—No es necesario que se apresure usted, si su única finalidad es la de impedirme que diga algo ocurrente, porque en mí no existe el menor ingenio. Soy hombre claro, solo sé decir las cosas por su nombre y puedo andar perdido en los ribetes de una agudeza durante media hora seguida, sin dar con ella.

Se hizo un silencio general. Los tres quedaron pensativos. Fanny fue la primera en hablar de nuevo:

—No creo que vaya a cansarme mucho con solo pasear por este delicioso bosque; pero cuando descubramos otro banco, si no os molesta, me gustaría sentarme un poco.

—¡Mi querida Fanny! —exclamó Edmund, brindándole enseguida el apoyo de su brazo—. ¡Qué descuido el mío! Espero que no te sientas demasiado fatigada. Acaso —añadió, dirigiéndose a Mary— mi otra compañera me haga el honor de aceptar también mi brazo.

—Gracias, pero yo no siento la menor fatiga.

Mientras esto decía aceptó, sin embargo, el ofrecimiento.

Y la satisfacción de Edmund, por ello, unida a su emoción al sentir esta clase de contacto por primera vez, hizo que se olvidara un poco de Fanny.

—¡Si apenas se apoya usted! —dijo él—. Así no le presto ninguna ayuda. ¡Qué diferente el peso de un brazo femenino comparado con el de un hombre! En Oxford solía muchas veces pasear con algún compañero que se apoyaba en mi brazo, y, en comparación, no pesa usted más que una mosca.

—Le aseguro que no estoy fatigada, lo que casi me extraña, pues al menos hemos andado un kilómetro y medio por este bosque. ¿No cree?

—Ni medio kilómetro —fue la tajante contestación de Edmund; pues no estaba aún tan enamorado como para medir las distancias o computar el tiempo con irresponsabilidad femenina.

—¡Oh!, no tiene en cuenta las muchas vueltas que hemos dado. ¡Si ha sido un continuo serpenteo! El bosque ya debe de tener el medio kilómetro en línea recta, porque no hemos vuelto a verle el fin todavía, desde que abandonamos el sendero grande.

—Pero sin duda recordará que, antes de abandonar el sendero grande, veíamos el final a cuatro pasos. Miramos hacia abajo contemplando el panorama y vimos que quedaba cerrado por una verja de hierro, de la que no podía separarnos más que doscientos metros.

—Bueno, yo no estoy por discutir esas mediciones; lo que sí sé es que es un bosque muy extenso... y que no hemos cesado de dar vueltas y revueltas desde que nos internamos en él; por lo tanto, cuando digo que hemos recorrido un kilómetro y medio, lo hago prescindiendo de la brújula.

—Llevamos exactamente un cuarto de hora en el bosque —dijo Edmund, sacando su reloj—. ¿Cree acaso que andamos a siete kilómetros por hora?

—¡Oh!, no me ponga nerviosa con su reloj. Los relojes siempre se atrasan o se adelantan. Yo no puedo someterme a las arbitrariedades de un reloj.

Unos pasos más, y salieron al extremo del sendero que acababan de mencionar; y arrimado a un lado, muy sombreado y protegido, mirando al parque se extendía a continuación de un foso escarpado, los esperaba un cómodo banco, en el que descansaron los tres.

—Temo que te sentirás muy agotada, Fanny —dijo Edmund, observándola—; ¿por qué no lo dijiste antes. Será para ti un mal día de fiesta, si al fin quedas rendida. Toda clase de ejercicio la fatiga, Mary; salvo la equitación.

—Entonces, ¡qué abominable su comportamiento al permitir que yo acaparase su caballo, como hice la semana pasada! Me avergüenzo por usted, así como de mí misma; pero nunca volverá a ocurrir.

—Su miramiento y consideración hacen que me sienta más culpable de mi propia negligencia. Los intereses de Fanny parece que están más seguros en sus manos que en las mías.

—Sin embargo, que se encuentre cansada ahora no me asombra; porque, de todas las obligaciones que puedan existir, no hay otra tan pesada como la que hemos cumplido esta mañana, viendo una casa enorme, vagando durante horas de una sala a otra, forzando la vista y la atención, escuchando lo que uno no comprende, admirando lo que a uno no le importa... En general, todo el mundo reconoce que es una de las cosas más pesadas del mundo, y para Fanny lo ha sido también, aunque no se haya dado cuenta.

—Pronto habré descansado suficiente —dijo Fanny—; sentarse a la sombra en un día magnífico y contemplar la vegetación es lo que más fortalece.

Poco rato llevaba sentada Mary, cuando se puso de nuevo en pie.

—Necesito moverme —dijo—; la inactividad me fatiga. He estado mirando al parque por encima del foso, hasta aburrirme. Voy a contemplarlo ahora a través de aquella verja, aunque no lo vea tan bien.

Edmund abandonó también el asiento.

—Ahora, Mary, podrá ver el trazado del paseo que en línea recta une los dos extremos del parque, y se convencerá de que no puede tener medio kilómetro de longitud, ni mucho menos.

—¡Es una distancia inmensa! —replicó ella—. Con una ojeada tengo suficiente.

Él siguió razonando, pero inútilmente. Ella no quería calcular, no quería comparar; solo quería sonreír y discutir. Un mayor grado de consistencia racional no hubiese podido resultar más seductor, y ambos continuaron hablando con mutua satisfacción. Al fin convinieron que debían intentar la verificación de las dimensiones del bosque paseando un poco más. Se llegarían hasta uno de sus extremos por la parte en que ahora se encontraban (pues había un sendero recto, cubierto de césped, que se extendía a lo largo de la parte baja bordeando el foso), y quizá se internarían por alguna vereda orientada en otra dirección si ello podía ayudarles, pero a los pocos minutos estarían de vuelta. Fanny pensó que ya había descansado y se disponía a marchar también, pero no lo consintieron. Edmund la instó para que permaneciera donde estaba, con tanta seriedad que ella no se pudo negar, y la dejaron en el banco pensando con placer en los cuidados de su primo, aunque muy triste por no sentirse más fuerte. Los observó hasta que doblaron por otro camino, y escuchó hasta que cesaron los últimos ecos de sus voces.

Capítulo X

Pasó un cuarto de hora, veinte minutos... y Fanny seguía pensando en Edmund, en Mary y en sí misma, sin que nadie la interrumpiera. Empezó a sorprenderse que la dejaran sola tanto tiempo y a escuchar con ansias de oír de nuevo sus pasos y sus voces. Escuchaba, escuchaba y al fin pudo oír... sí, eran voces y pasos que se acercaban; pero, apenas acabó de percatarse de que no se trataba de los que ella esperaba, aparecieron María Bertram, el señor Rushworth y Henry Crawford, procedentes del mismo sendero que ella había seguido antes.

—¡Fanny sola...! Querida Fanny, ¿cómo ha sido esto? —fueron los primeros saludos.

Ella les contó lo sucedido.

—¡Pobrecita Fanny! —exclamó su prima—. ¡Qué mal te han tratado! Hubiera sido mejor que te quedaras con nosotros.

Seguidamente, sentándose en el banco con un caballero a cada lado, reanudó la conversación que antes sostenían, estudiando la posibilidad de las mejoras con gran animación. Nada se concretó, pero Henry Crawford tenía la cabeza llena de ideas y proyectos; y, en términos generales, cuanto él proponía quedaba inmediatamente aprobado, primero por ella y después por el señor Rushworth, cuya principal ocupación era, a lo que parecía, escuchar a los demás, sin arriesgarse apenas a exponer alguna idea propia, como no fuera su deseo de que vieran ellos también la finca de su amigo Smith.

Después de dedicar unos minutos a ese tema, la señorita Bertram, observando la verja de hierro, expresó su deseo de entrar por ella en el parque, a fin de obtener nuevas perspectivas para sus proyectos. Henry opinó que sería lo mejor que podían hacer, el único medio que les permitiría decidir con algún proyecto positivo. Pronto descubrió una loma a menos de medio kilómetro, desde cuya cima tendrían la exacta visión de conjunto que se requería para el caso. Por lo tanto, era imperativo que tenían que ir a la loma y pasar por la verja; pero la verja estaba cerrada. El señor Rushworth lamentó no llevar encima la llave; dijo que estuvo muy cerca de pensar, antes de salir, en si debía cogerla; que estaba decidido a no volver jamás por allí sin la llave. Sin embargo, todo esto no resolvía la dificultad presente. No podían atravesar la verja. Y, como en María no menguaban los deseos de hacerlo, el señor Rushworth acabó por manifestar que estaba dispuesto a ir a buscar la llave y se separó de ellos acto seguido.

—Indudablemente, es lo mejor que podemos hacer, ahora que nos hemos alejado tanto de la casa —dijo Henry, cuando el otro se hubo marchado.

—Sí, no cabe hacer otra cosa. Pero, de verdad, ¿no encuentra el lugar, en su conjunto, peor de lo que esperaba?

—No, por cierto; muy al contrario. Lo encuentro mejor, más grandioso, más completo en su estilo, aunque acaso este estilo no sea el apropiado. Y, si quiere que le diga la verdad —añadió, hablando bastante más bajo—, no creo que jamás vuelva a ver Sotherton con el gusto de ahora. Difícilmente otro verano podrá mejorarlo para mí.

Después de una breve turbación, la joven replicó:

—Es usted un hombre demasiado mundano para no ver las cosas con los ojos del mundo. Si los demás creen que Sotherton ha mejorado, usted lo considerará también.

—Temo que no soy tan hombre de mundo como me convendría en algunos aspectos. Mis sentimientos no son tan fugaces, ni mis recuerdos del pasado tan fáciles de dominar, como es el caso, según uno puede ver por ahí, de los hombres de mundo.

Se siguió un corto silencio. La señorita Bertram empezó de nuevo:

—Parece que esta mañana se divirtió usted mucho mientras guiaba el coche. Celebré verle tan contento. Usted y Julia no cesaron de reír en todo el camino.

—¿Nos reíamos? Sí, creo que sí; pero no me acuerdo en absoluto de qué. ¡Ah!, creo que le estuve contando unas ridículas anécdotas de un viejo mozo de cuadro irlandés que tiene mi tío. A su hermana le gusta mucho reír.

—¿Le parece ella más alegre que yo?

—Creo que se divierte con mayor facilidad —replicó Henry—, y por tanto, ¿comprende usted? —agregó sonriendo—, me parece mejor compañera. A usted, no me hubiera visto capaz de divertirla con anécdotas irlandesas durante un recorrido de diez kilómetros.

—Creo que mi carácter, normalmente, es tan animado como el de Julia, pero ahora tengo más cosas en qué pensar.

—Sin duda; y, en determinadas situaciones, un exceso de alegría denota cierta inconsciencia. Sin embargo, las perspectivas que a usted se le ofrecen son demasiado halagüeñas para justificar una pérdida de humor. Se halla usted ante un panorama resplandeciente.

—¿Habla usted en sentido literal o figurado? Me imagino que literal. Sí, en efecto. Luce el sol y el parque tiene un aspecto muy risueño. Pero, por desgracia, esa verja de hierro, ese foso escarpado, me dan idea de cautiverio y limitación. "No puedo salir", como dice el estornudo de la fábula[8] —mientras esto decía, poniendo sentimiento en sus palabras, se aproximó a la verja; él la siguió—. ¡Tarda tanto James en volver con la llave!

—Y por nada del mundo se atrevería usted a salir sin la llave y sin su autorización y la protección del señor Rushworth; de lo contrario, creo que sin mucha dificultad saltaría usted por este extremo de la verja, con mi ayuda. Creo que podríamos hacerlo, si usted deseara realmente sentirse menos prisionera y tuviera el valor de considerarlo como cosa no prohibida.

—¡Prohibida! ¡Qué tontería! Claro que puedo salir así, y lo haré. James no tardará en llegar, por supuesto; no nos alejaremos mucho, para que nos encuentre.

—Y, si no nos viera, la señorita Price tendrá la amabilidad de decirle que estaremos cerca de aquella loma... en el robledal de la loma.

Fanny, dándose cuenta de que todo aquello no estaba nada bien, no pudo menos que esforzarse en impedirlo.

—María, te vas a hacer daño —porfiaba—; seguro que te haces daño con esos clavos; te rasgarás el vestido; corres el riesgo de caerte al foso. Mejor sería que no fueras...

Al decir esto último, su prima se hallaba ya en el otro lado y, sonriendo con todo el buen humor que proporciona el triunfo, replicó:

—Gracias, querida Fanny, pero tanto mi traje como yo hemos llegado sanos y salvos; de modo que... ¡adiós!

Fanny se quedó otra vez sola y no de mejor talante, pues la entristecía casi todo lo que había visto y oído. Estaba asombrada de María y enojada con Henry. Como no tomaron el camino recto, sino otro que les obligaría a dar un rodeo y, según a ella le pareció, muy irrazonable para dirigirse a la loma, pronto quedaron fuera del alcance de su vista. Transcurrieron unos minutos más sin que oyera ni viese a nadie. Le parecía tener todo el bosquecillo para ella sola. Casi tenía motivo para suponer que Edmund y la señorita Crawford la habían abandonado; pero no era posible que Edmund se olvidase tan por completo de ella.

Un repentino sonido de pisadas la distrajo de sus inquietantes suposiciones; alguien se acercaba a paso rápido, bajando por el sendero principal. Esperaba que aparecería el señor Rushworth, pero era Julia, la cual, acalorada y sin resuello, y evidentemente decepcionada, exclamó al verla:

—¡Hola! ¿Dónde se han metido los demás? Creí que María y Henry estaban contigo.

---

8 Alusión al *Viaje Sentimental* (1768), obra de gran éxito de Laurence Sterne.

Fanny explicó lo ocurrido.

—¡Bonito truco, a fe mía! No los veo por ninguna parte —añadió, oteando con impaciencia al interior del parque—. Pero no pueden estar muy lejos, y creo que puedo saltar tan bien como María, hasta sin que me ayuden.

—Pero, Julia: el señor Rushworth estará aquí dentro de un instante, con la llave. Espérale, por favor.

—¿Esperarle yo? No es fácil. Demasiado he tenido que aguantar a esa familia, por una mañana. ¡Vamos, niña! Justamente ahora acabo de librarme de su espantosa madre. ¡Menuda condena he tenido que soportar, mientras tú estabas aquí sentadita, tan compuesta y feliz! Tal vez te hubiera dado lo mismo encontrarte en mi sitio, pero el caso es que siempre te las arreglas para zafarte de esos compromisos.

La acusación no podía ser más injusta, pero Fanny prefirió pasarla por alto y no responderla. Julia estaba molesta y se dejaba llevar de su temperamento impulsivo; pero Fanny estaba segura de que no le duraría el mal humor, y por tanto, haciendo caso omiso de sus palabras, le preguntó si había visto al señor Rushworth.

—Sí, sí, le vimos. Iba disparado, como si fuera cuestión de vida o muerte, y perdió el tiempo justo para explicarnos a lo que iba y dónde estabais.
—Es lástima que se haya tomado tanta molestia para nada.

—De esto debe preocuparse María. Yo no estoy obligada a sufrir por sus faltas. De la madre no pude huir mientras tía Norris, siempre tan pesada, anduvo danzando por ahí con el ama de llaves, pero al hijo puedo eludirlo en todo momento.

Acto seguido trepó por la verja, saltó al otro lado y se alejó sin atender a la última pregunta de Fanny sobre si había visto algún rastro de Edmund y de Mary. La clase de temor que ahora sentía Fanny de encontrarse ante el señor Rushworth le impidió pensar mucho en la larga ausencia de la pareja, como hubiera hecho en otro caso. Se daba cuenta de que le habían tenido muy poca deferencia, y le resultaba violento tener que explicarle lo ocurrido. James se presentó cinco minutos después que Julia había desaparecido; y, aunque Fanny hizo cuanto pudo para referir el caso de modo que no resultara tan desagradable, él no pudo ocultar la enorme mortificación y el profundo disgusto que sentía. Al principio apenas dijo nada; solo en su actitud se reflejó la sorpresa y el enojo que aquello le causaba. Se llegó a la verja y quedó allí, inmóvil, como sin saber qué actitud tomar.

—Me rogaron que me quedase; María me encargó que le dijera, en cuanto usted llegase, que los encontraría en aquella loma o en sus cercanías.

—Me parece que no voy a ir más lejos —dijo él, desalentado—. No se ven por ninguna parte. Cuando yo llegase a la loma, ellos ya se habrían marchado a otro sitio. He paseado demasiado.

Y fue a sentarse con aire sombrío junto a Fanny.

—Lo siento mucho —dijo ella—; es muy deplorable.

Y hubiera dado cualquier cosa para que se le ocurriese algo más que poder decir, sobre lo acaecido.

Después de un prolongado silencio, él se quejó:

—Creo que bien hubieran podido aguardarme.

—María creyó que usted la seguiría.

—Yo no tenía por qué seguirla, si ella me hubiese esperado.

Esto no podía negarse, y Fanny se calló. Al cabo de otra pausa, él reanudó:

—Por favor, señorita Price, ¿podría decirme si es usted tan admiradora de ese señor Crawford como otras personas? Lo que es yo, no le veo nada de particular.

—A mí no me parece nada apuesto.

—¡Apuesto! Nadie puede decir que sea guapo un individuo corto de talla como él. No alcanza el metro ochenta. Y no me extrañaría que solo llegase al uno setenta y cinco. Además, le encuentro un aspecto muy poco agradable. Opino que esos Crawford no son una buena adquisición, en absoluto. Lo pasábamos muy bien sin ellos.

Aquí le escapó a Fanny un leve suspiro, y no supo contradecirle.

—Si yo hubiera puesto algún inconveniente en lo de ir a buscar la llave, cabría alguna excusa; pero fui en cuanto ella manifestó sus deseos.

—Su amable atención obligaba mucho, desde luego, y estoy segura de que se apresuró usted tanto como pudo; sin embargo, la distancia es bastante larga desde aquí a la casa, como usted sabe, y quien espera juzga mal el tiempo; en estos casos, cada medio minuto pesa como cinco.

Él se puso en pie y volvió a la verja, diciendo:

—Ojalá hubiese tenido la llave entonces.

Fanny creyó ver en su actitud un indicio de sosiego que la animó para otra tentativa. Con tal propósito dijo:

—Es una lástima que no vaya a reunirse con ellos. Buscaban una perspectiva mejor de la casa por aquel lado del parque, y estarán estudiando las mejoras que cabría hacer; pero, como usted sabe, no pueden decidir nada sin contar con su parecer.

Fanny comprobó que tenía más éxito en despachar que en retener a sus acompañantes. El señor Rushworth quedó convencido.

—Bueno —dijo—, si a usted le parece mejor que vaya... Sería tonto haber traído la llave para no hacerla servir.

Franqueó la verja y se marchó sin más ceremonia.

Entonces, los pensamientos de Fanny se concentraron por entero alrededor de los que la habían dejado allí hacía tanto tiempo, y, como aumentara su impaciencia, resolvió ir en su busca. Siguió el mismo camino que ellos habían tomado, paralelamente al foso, y apenas lo dejó para internarse por otra vereda llegaron de nuevo a su oído la voz y las risas de Mary. Resonaban cada vez más cerca, y unos instantes después se encontró ante ellos. Acababan de regresar al bosque desde el parque, al que habían pasado, gracias a una puerta lateral que encontraron abierta, poco después de separarse de Fanny, y cruzando un sector del parque habían llegado hasta la mismísima avenida que tanto había deseado Fanny, en el curso de toda la mañana, alcanzar, y allí se habían sentado bajo uno de los árboles. Esto fue lo que contaron. Era evidente que el tiempo había transcurrido muy agradablemente para ellos y no se habían dado cuenta de lo prolongado de su ausencia. El mejor consuelo para Fanny fue que le confesaron lo mucho que Edmund la había echado de menos y que, desde luego, hubiera vuelto por ella si no hubiese sido por lo fatigada que ya estaba a causa del paseo por el bosque. Pero no era esto bastante para borrar su pena por haberse visto abandonada durante una hora entera, cuando él había hablado tan solo de unos minutos, ni para ahuyentar la especie de curiosidad que sentía por saber de qué habrían estado hablando durante todo aquel tiempo; y el resultado fue que se sintiera desilusionada y abatida cuando decidieron, por acuerdo general, regresar a la casa.

Cuando llegaron al pie de la escalera que llevaba a la terraza, aparecieron en lo alto la señora Rushworth y tía Norris, que se disponían a ir entonces a la floresta, cuando hacía una hora y media que ellos habían salido. La señora Norris estuvo ocupada en cosas demasiado interesantes para ponerse en marcha con mayor celeridad. Cualesquiera que fuesen los avatares que hubiesen podido frustrar la diversión de sus sobrinas, el caso es que para ella la mañana había sido de satisfacción completa; pues el ama de llaves, después de mostrarse en extremo capaz y amable al informarla de todo lo referente a los faisanes, la había llevado a la vaquería, ilustrándola sobre cuanto hace referencia a las vacas y dándole la receta de un famoso queso de crema; y después que Julia las había dejado se encontraron con el jardinero, tropiezo que resultó en extremo satisfactorio para la señora Norris, pues tuvo ocasión de rectificar el erróneo criterio del buen hombre acerca de la enfermedad que padecía su nieto, convenciéndole de que tenía una fiebre palúdica, y le prometió un amuleto para el caso; y él, en justa correspondencia, le enseñó su plantel favorito y hasta le regaló un ejemplar de brezo muy curioso.

Al encontrarse las damas con el trío que volvía, todos regresaron a la casa para, una vez allí, dedicarse a pasar el tiempo lo más distraídamente posible, charlando, leyendo alguna *Revista Trimestral,* cómodamente arrellanados en los sofás, aguardando la llegada de los otros y la hora de la cena. Era ya muy tarde cuando se presentaron las hermanas Bertram y los dos caballeros; y, al parecer, su paseo no había resultado agradable más que a medias, y en modo alguno fecundo en consecuencias positivas con respecto al motivo de la excursión. Según ellos contaron, no habían hecho más que ir unos en pos de otros, y el encuentro le pareció a Fanny que se había producido demasiado tarde para restablecer la armonía lo mismo que para, según reconocieron, tomar decisiones sobre las mejoras a realizar. Al mirar a Julia y al señor Rushworth, se dio cuenta que no era solo en el pecho de ella donde se ocultaba el descontento por la conducta de los otros dos; también en el rostro de él se apreciaba un gesto de disgusto. Henry y María aparecían más satisfechos, y creyó ver que él ponía especial empeño, durante la cena, en disipar toda sombra de resentimiento en los otros y restablecer el buen humor general.

A la cena sucedió inmediatamente el té y el café, pues la perspectiva de un recorrido de diez kilómetros para volver a casa no permitía perder el tiempo. A partir del momento en que se sentaron a la mesa todo fue una bulliciosa sucesión de tonterías, hasta que el coche estuvo a la puerta y la señora Norris, después de afanarse y obtener del ama de llaves unos huevos de faisán y un queso de crema y abundar en corteses discursos de agradecimiento por las atenciones de la señora Rushworth, estuvo dispuesta a iniciar la marcha. En aquel momento, Henry se aproximó a Julia para decirle:

—Espero no perder a mi compañera, a menos que ella tema el aire de la tarde en un sitio tan expuesto a la brisa del atardecer.

La instancia no estaba prevista, pero fue gratamente acogida, y era de prever que para Julia la jornada iba a terminar tan bien como había empezado. María, por su lado, esperaba algo muy distinto, y quedó un tanto decepcionada; pero su convicción de que, en realidad, era ella la preferida le fue suficiente para consolarse y la capacitó para acoger como debía las atenciones de despedida de James Rushworth. Sin duda a él había de satisfacerle más dejarla en el interior de la carretela que ayudarla a montar en el pescante, y sus deseos parecieron cumplirse con este arreglo.

—¡Vamos, Fanny, que este ha sido un magnífico día para ti! —dijo tía Norris, mientras atravesaban el parque—. ¡Un completo recreo, desde el principio hasta el fin! Ya te digo que puedes estar muy agradecida a tía Bertram y a mí, por haber buscado la manera de que pudieses venir. ¡Nada, que has podido disfrutar un bonito día de constante diversión!

María estaba lo bastante disgustada para decir sin tapujos:

—Me parece que usted no lo ha aprovechado del todo mal, tía. Yo diría que en el regazo lleva un montón de cosas buenas; y entre las dos hay una cesta con algo que me está golpeando el codo sin piedad.

—Querida, no es más que un pequeño y hermoso brezo que el viejo jardinero, tan cordial, se empeñó en que me llevara; pero, si te estorba, ahora mismo lo pongo en mi regazo. Mira, Fanny, tú podrías llevarme este paquete. Pon mucho cuidado... no se te vaya a caer; es un queso de crema, de la misma clase que ese tan excelente que hemos probado en la comida. No hubo manera de que la señora Whitaker, la buena ama de llaves, se resignase a que no me lo llevara. Me resistí todo lo que pude, hasta que casi se le saltaron las lágrimas y yo me di cuenta de que el queso era precisamente de la clase que hace las delicias de mi hermana. ¡Esta señora Whitaker es un tesoro! Se horrorizó de veras cuando le pregunté si se les permitía beber vino a los de la segunda mesa, y echó a dos criadas por llevar vestidos blancos. Cuidado con el queso, Fanny. Así puedo llevar muy bien el otro paquete y la cesta.

—¿Y qué más ha pescado por allí? —preguntó María, en cierto modo satisfecha de que Sotherton mereciera tantas alabanzas.

—¡Pescar, querida! Nada más que esos cuatro hermosos huevos de faisán me obligó a aceptar, quieras o no quieras; no admite que se le desprecie nada. Dijo que sin duda sería un entretenimiento para mí, enterada de que vivo sola, tener unos cuantos seres vivientes de esta especie; y lo será, estoy convencida. Haré que la granjera se los ponga a la primera clueca libre que tenga, y si llegan a buen fin me los llevaré a casa y los pondré en una caponera que alguien me cederá; y será para mí delicioso cuidarlos en mis horas de soledad. Y, si tengo suerte, habrá algunos para tu madre.

Era un hermoso anochecer, dulce y apacible, y el regreso venía a ser un paseo con todos los encantos que pudiera prestarle el sosiego de la naturaleza; pero, cuando tía Norris cesaba de hablar, en el coche se hacía un silencio total. Los ánimos, en general, estaban abatidos; y definir si el día les había procurado más penas que alegría, o viceversa, era la cuestión que sin duda ocupaba la mente de casi todos.

Capítulo XI

El día pasado en Sotherton, a pesar de todos sus inconvenientes, procuró a las hermanas Bertram sensaciones mucho más gratas que las cartas de la Antigua que poco después llegaron a Mansfield. Resultaba más agradable pensar en Henry Crawford que en el padre y, sobre todo, que imaginarle de nuevo en Inglaterra dentro de un plazo no muy largo, como habían de creerlo por el contenido de esas cartas.

Noviembre era el mes fatídico: para noviembre se había fijado su retorno. *Sir* Thomas escribía sobre este punto con toda la seguridad que podían darle la experiencia y las ansias de regreso. Sus asuntos estaban tan próximos a resolverse como para que pudieran ser justificadas sus esperanzas de tomar su pasaje para el correo de septiembre y, por consiguiente, preveía con ilusión que estaría de nuevo al lado de los seres queridos a primeros de noviembre.

María era más digna de compasión que Julia, porque el retorno del padre le aportaría un esposo, y el retorno del amigo más celoso de su felicidad la uniría al galán que ella misma había elegido como depositario de esa felicidad. Era una perspectiva muy sombría, y no pudo hacer más que correr una cortina de humo sobre la misma y aguardar que, cuando el humo se disipara, pudiese ver algo diferente, un panorama más halagüeño. Era de creer que no sería a primeros de noviembre; siempre se producen retrasos, siempre cabe una azarosa travesía, o algo..., ese algo propicio que sirve de consuelo a todos los que cierran los ojos cuando miran, o el entendimiento cuando razonan. Probablemente sería a mediados de noviembre, por lo menos; para la mitad de noviembre faltaban todavía tres meses. Tres meses que comprendían trece semanas. Y en el transcurso de trece semanas muchas cosas podían acontecer.

Sir Thomas hubiera sentido una profunda pena de haber sospechado tan solo la mitad de lo que pensaban sus hijas ante la perspectiva de su vuelta, y poco se hubiera consolado al enterarse del interés que tal noticia despertaba en el pecho de otra joven damisela. La señorita Crawford, al dirigirse con su hermana a Mansfield Park para pasar la tarde con sus amigos, tuvo conocimiento de la buena nueva. Y aunque parecía que el particular solo podía atañerle en el terreno de la amabilidad, y que había dado escape a toda la emoción que pudiera sentir con su tranquila enhorabuena, lo cierto es que prestó oídos a la noticia con un interés no tan fácil de explicar. La señora Norris refirió el contenido de las cartas, y después se habló de otra cosa; pero cuando hubieron dado fin al té, hallándose Mary de pie junto a un ventanal abierto, en compañía de Edmund y de Fanny, contemplando el paisaje envuelto en la media luz crepuscular, mientras las hermanas Bertram, el señor Rushworth y Henry Crawford se ocupaban en encender los candelabros del piano, la señorita Crawford resucitó el tema volviéndose rápidamente cara al grupo y exclamando:

—¡Qué feliz se le ve al señor Rushworth! Está pensando en el próximo noviembre.

Edmund se giró también para mirarlo, pero no dijo nada.

—Será un gran acontecimiento, el regreso de vuestro padre —agregó ella.

—Lo será, desde luego, después de una ausencia así... una ausencia no solo larga, sino sembrada de peligros.

—Además, será el anuncio de otros importantes eventos: el casamiento de su hermana, la ordenación de usted...

—Sí.

—No se ofenda —dijo ella, riéndose—, pero esto me hace pensar en los antiguos héroes paganos que, después de realizar grandes proezas en tierra extraña, ofrecían sacrificios a los dioses a su feliz vuelta a casa.

—No hay sacrificio en este caso —replicó Edmund, esbozando una especie de grave sonrisa y mirando al piano—; ella ha elegido libremente.

—¡Oh!, sí, ya lo sé. Solo fue una broma. Su hermana hace exactamente lo que quisiera hacer toda mujer joven; y no dudo que será en extremo feliz. Era otro el sacrificio al que me refería; y usted, por supuesto, no me entiende.

—Mi ordenación, se lo aseguro, será algo tan voluntario como el casamiento de María.

—Es una gran suerte que su inclinación y las conveniencias de su padre concuerden tan bien. Hay un excelente beneficio eclesiástico reservado para usted, según tengo entendido, por aquí cerca.

—Y usted supone que me he dejado influir por esta noticia.

—¡Oh, no! Yo estoy segura que esto no ha influido para nada en su vocación —terció Fanny.

—Gracias por tu buena opinión, Fanny; pero dices más de lo que yo mismo podría afirmar. Al contrario, la seguridad de contar con tal destino es probable que influyese en mí. No creo que haya nada perverso en ello. Nunca hubo en mí una aversión natural que fuera preciso forzar, y creo que no hay razón para suponer que un hombre será peor clérigo por saber que podrá colocarse enseguida. Estuve en buenas manos. Tengo la esperanza de no haber equivocado el camino con mi propia elección, y me consta que mi padre ha sido siempre demasiado escrupuloso para permitirlo. No tengo la menor duda de que me ha influido, pero creo que el hecho no merece reprobación.

—Es lo mismo que ocurre —dijo Fanny, después de una corta pausa—, con el hijo de un almirante que ingresa en la Armada, o el de un general que ingresa en el Ejército, sin que nadie vea que haya algún mal en ello. Nadie se extraña de que elijan el campo donde hallarán más amigos dispuestos a ayudarles, ni hay quien sospeche que su entusiasmo por la profesión sea inferior a lo que correspondería.

—No, querida Fanny, y hay sus razones para que así sea. La profesión, ya sea en la Marina o en el Ejército, se justifica por sí misma. No deja nada que desear: incluye heroísmo, riesgo, dinamismo, elegancia. A los soldados y a los marinos siempre se les admite en sociedad. Nadie puede extrañarse de que los hombres sean soldados o marinos.

—Por el contrario, los móviles de un hombre que va a ordenarse teniendo un destino asegurado son muy sospechosos; esto es lo que usted piensa, ¿no es así? —observó Edmund—. Para que este hombre tuviera una justificación a los ojos de usted, tendría que hacerlo en la más completa incertidumbre sobre su porvenir.

—¡Cómo! ¿Ordenarse sin tener un destino asegurado? No; esto sería una locura, una auténtica locura.

—¿Debo preguntarle cómo se nutrirían las filas de la Iglesia, si un hombre no ha de ordenarse contando con un beneficio ni sin contar con él? No, no se le pregunto, porque es seguro que no sabría usted qué responder. Pero de sus propios argumentos cabe deducir alguna consecuencia favorable al clérigo. Ya que este no puede estar determinado por esos sentimientos que usted considera tan elevados como el afán de gloria y honores que empujan a soldados y marinos a la elección de su carrera; ya que ni heroísmo, ni fama, ni galardones cuentan para él, debería estar menos expuesto a sospecha de que hay falta de sinceridad o buenas intenciones en su vocación.

—Claro, sin duda será muy sincero al preferir unos ingresos asegurados, al esfuerzo de trabajar para conseguirlos, y tendrá las mejores intenciones de pasarse el resto de la vida sin hacer nada más que comer, beber y engordar. Es indolencia, señor Bertram, vaya que sí... indolencia y amor a la comodidad... una falta de toda encomiable ambición, de gusto por la sociedad, o de inclinación a tomarse la molestia de hacerse amable, lo que lleva a un hombre a ser clérigo. Un clérigo no tiene nada que hacer como no sea leer el periódico, observar el tiempo, mostrarse poco cuidadoso y egoísta y pelear con su mujer. El cura auxiliar le hace todo el trabajo, y toda su ocupación se reduce a comer bien.

—Los hay que son así, sin duda alguna, pero me parece que el caso no es tan normal como para justificar la opinión de la señorita Crawford, cuando considera que estas características son de aplicación general. Sospecho que al formular esta crítica global y, diría yo, comprensiva de lugares comunes, no opina usted por sí misma, sino a través de los prejuicios de otras personas cuyos juicios se ha habituado usted a escuchar. Es imposible que por propia observación conozca usted mucho de la clerecía. No habrá tratado más que a poquísimos de esos hombres que usted pone en la picota de un modo tan rotundo. Habla, simplemente, por lo que ha oído en las conversaciones de sobremesa en casa de su tío.

—Hablo, haciéndome eco de lo que considero la opinión generalizada; y cuando una opinión es generalizada suele ser correcta. Aunque personalmente poco he podido observar de la vida privada de los clérigos, son muchas las personas que los conocen en la intimidad del hogar para que guarde una deficiencia de información.

—Cuando un colectivo de hombres cultos, cualquiera que sea su función, es censurado en peso, sin hacer distinciones, tiene que haber una deficiencia de información o —y aquí sonrió— de otra cosa. Su tío, y sus colegas almirantes, acaso supieran muy poca cosa de clérigos fuera de los capellanes que, buenos o malos, siempre deseaban perder de vista.

—¡Pobre William! Él ha encontrado mucha bondad en el capellán del Antwerp —fue un tierno comentario de Fanny, muy a propósito de sus sentimientos, si no de la conversación.

—Tuve siempre tan poca tendencia a formar mis opiniones con las de mi tío —replicó la señorita Crawford—, que difícilmente puede ser cierta su suposición; y, si tanto me apura, deberé hacer constar que no me hallo tan privada de medios para observar qué clase de personas son los clérigos, siendo actualmente huésped de mi propio hermano, el doctor Grant. Y, aunque el doctor Grant es muy amable y atento conmigo, y no puede negarse que es un auténtico *gentleman*, y me atrevería a decir que muy erudito e inteligente, y con frecuencia son muy buenos sus sermones, y es una persona muy respetable, no por eso dejo de ver en él al indolente, al egoísta *bon vivant*, que no puede dar un paso sin consultar su paladar, que es incapaz de mover un dedo por la necesidad de otra persona y que, además, si la cocinera hace una patochada, se pone de mal humor con su excelente esposa. Si he de confesar la verdad, diré que Henry y yo nos hemos visto casi obligados a salir esta tarde por su disgusto ante una oca cruda, de la que no pudo aprovechar la mejor parte. Mi pobre hermana tuvo que quedarse y soportarle.

—No me sorprende su cólera, se lo aseguro. Es un gran defecto de carácter, agravado por una falta de hábito a la sobriedad muy censurable; y ver a su hermana sufriendo por esta causa tiene que ser muy penoso para una sensibilidad como la de usted. Bueno, Fanny: en este punto nos ha vencido la señorita Crawford. No podemos intentar la defensa del doctor Grant.

—No —replicó Fanny—, pero no debemos culpar todo esto a su carrera; porque, cualquiera que fuese la profesión elegida, su carácter hubiera sido igualmente... no hubiera sido mejor; y como lo mismo en la Armada que en el Ejército hubiera tenido mucho más personal bajo sus órdenes que el que ahora tiene, creo que más le hubiera hecho daño ser soldado o marino que clérigo. Además, he de suponer que cualesquiera sean los defectos que puedan imputarse al doctor Grant, tales defectos hubieran corrido un mayor peligro de acentuársele en el ejercicio de una profesión más activa y mundana, en la que hubiese tenido menos tiempo y obligación de estudiarse a sí mismo..., en la que no se le hubiera presentado la oportunidad, con tanta frecuencia al menos, de profundizar en ese conocimiento de sí mismo, aspecto este del que ahora no puede prescindir. Un hombre... un hombre juicioso como el doctor Grant, es imposible que tenga adquirido el hábito de enseñar todas las semanas al prójimo sus obligaciones, de acudir dos veces a la capilla todos los domingos y exhortar a los fieles con unos sermones tan extraordinaria como los suyos, sin que él mismo aprenda el efecto de todas las verdades que predica. Sin duda tendrá que reflexionar, y estoy segura de que procura refrenarse más a menudo que si en vez de ser clérigo se hubiera dedicado a otra cosa.

—No es posible demostrar lo contrario, por supuesto: pero le deseo mejor suerte, Fanny, que la de casarse con un hombre cuya amabilidad dependa de sus propios sermones; pues, aunque se predicara a sí mismo hasta ponerse del mejor humor todos los domingos, ya sería bastante pena tenerle discutiendo sobre si las ocas han quedado crudas desde el lunes por la mañana hasta el sábado por la noche.

—Si existe un hombre capaz de pelear a menudo con Fanny —dijo Edmund cariñosamente—, será que no hay sermones que vengan para él.

Fanny se acercó más a la ventana.

—Me figuro que la señorita Price está más acostumbrada a merecer elogios que a escucharlos —observó Mary, empleando un tono más jocoso.

Y no tuvo tiempo de comentar más, pues en aquel instante fue requerida insistentemente por las hermanas Bertram para que se uniera a ellas en la interpretación de una canción alegre para voces solas. Accediendo, se dirigió al piano, mientras Edmund quedaba como sumido en un arrobamiento de admiración ante sus muchos encantos, empezando por su espíritu complaciente y acabando por lo grácil y alado de su porte.

—¡Qué carácter tan animado! —dijo, contemplándola—. Con un temperamento así, no habrá quien pueda entristecerse a su lado. ¡Y qué complaciente! Enseguida accede al deseo de los demás, uniéndose a ellos en cuanto se la requiere. ¡Qué lástima —agregó, después de una breve re-flexión— que haya tenido que estar en tan malas compañías!

Fanny convino en eso, y tuvo la alegría de ver que él permanecía a su lado, junto a la ventana, a pesar de la anunciada canción, y que volvía como ella los ojos al exterior, cuyo espectáculo se ofrecía grandioso, cautivador en la luminosidad de una noche estrellada, contrastando sobre la profunda negrura de los bosques. Fanny habló por sus sentimientos:

—¡Esto es armonía! —dijo—. ¡Esto es paz! ¡He aquí algo que deja atrás todo lo que la música y la pintura puedan expresar, y que solo la poesía puede intentar describir! ¡Esto puede sosegar toda inquietud y exaltar el espíritu hasta el éxtasis! Cuando contemplo una noche como esta, tengo la sensación de que ni la maldad ni el sufrimiento pueden existir en el mundo; y es seguro que de las dos cosas habría menos si se atendiera más a la sublimidad de la naturaleza y la humanidad llevara su mirada un poco más allá del círculo ruin en que se envuelve, contemplando un espectáculo como este.

—Me gusta ver tu entusiasmo, Fanny. Es una noche maravillosa, y muy dignos de compasión son aquellos que no han aprendido, aunque fuera hasta cierto punto, a sentir como tú... Aquellos a los que ni tan solo se les ha iniciado en el gusto por las bellezas de la naturaleza desde la más tierna edad. No es poco lo que se pierden.

—Tú fuiste quien me enseñó a pensar y a sentir estas cosas, Edmund.

—Y tuve una discípula muy aprovechada. Allí está Arturo[9], con su intenso brillo.

—Sí, y la Osa[10]. Me gustaría localizar a Casiopea[11].

—Para eso tendríamos que salir y llegarnos al prado. ¿Te daría miedo?

—En absoluto. Hemos pasado mucho tiempo sin dedicarnos a la observación de las estrellas.

—Es verdad; no entiendo cómo ha podido ser así —en aquel momento empezó la canción—. Esperaremos a que hayan terminado, Fanny —dijo entonces Edmund, poniéndose de espaldas a la ventana; y mientras adelantaba la interpretación, Fanny hubo de disgustarse al ver que también él avanzaba, aproximándose lenta y gradualmente al instrumento; y, cuando sonó el último acorde, él se hallaba ya junto a las intérpretes, insistiendo más que nadie en que cantaran de nuevo.

Fanny quedó suspirando sola junto a la ventana, hasta que la sacaron de allí los regaños de tía Norris pronosticándole un resfriado.

---

9   La tercera estrella más brillante del firmamento.
10   La Osa Mayor.
11   Constelación de estrellas visible en el hemisferio norte.

Capítulo XII

El regreso de *sir* Thomas estaba anunciado para noviembre, y antes tenía que volver su primogénito para atender a las obligaciones que le reclamaban en Mansfield Park. Al aproximarse septiembre recibieron noticias de Tom Bertram: primero, por una carta que escribió al guardabosque y, después, por otra que mandó a Edmund. Y a fines de agosto llegó él, para mostrarse de nuevo campechano, simpático y galante si se presentaba la ocasión o la señorita Crawford lo requería; para hablar de carreras y de Weymouth, de fiestas y amigos... temas que hubieran suscitado en ella algún interés unas semanas antes, pero que ahora sirvieron, en total, para dejarla plenamente convencida, por la fuerza de una efectiva comparación, de que prefería al hermano menor.

Era muy irritante, y ella lo sintió mucho, pero era así; y estaba ahora tan lejos de pensar en casarse con el primogénito, que ni siquiera se proponía desarrollar ante él seducción alguna, excepto los que los más elementales derechos de una belleza consciente exigen. Tom, con su prolongada ausencia de Mansfield, sin más objetivo que el placer ni más consejero que su libre albedrío, había demostrado a las claras que no se interesaba por ella; y la indiferencia de Mary superaba a la de él hasta tal punto que, aunque Tom se hubiera convertido de pronto en el señor de Mansfield Park, en todo el *sir* Thomas que un día habría de ser, ella no creía que hubiese podido aceptarle como marido.

El comienzo de la temporada y las obligaciones que reintegraron a Tom a Mansfield se llevaron a Henry Crawford a Norfolk. Everingham no podía pasar sin él a principios de septiembre. Se marchó para una quincena... una quincena tan tediosa para las hermanas Bertram, que hubiera debido bastar para que ambas se pusieran en guardia y para que Julia, celosa como estaba de su hermana, reconociera la absoluta necesidad de no fiarse en las atenciones del galán y deseara que no volviese más por allí; y una quincena que brindó al caballero ocasión bastante, durante las muchas horas de ocio que mediaban entre las dedicadas al sueño y a la caza, para que pensara en la conveniencia de permanecer más tiempo fuera, lo que sin duda hubiera hecho, de estar más habituado a examinar sus propias intenciones y a reflexionar sobre las posibles consecuencias de su estúpido orgullo; pero, irreflexivo e indiferente ante los perjuicios y el mal ejemplo, no quería ver más allá del momento presente. Las Bertram, bonitas, inteligentes y seductoras, eran una diversión para su espíritu saciado; y, al no encontrar en Norfolk nada que igualase el aliciente social de Mansfield, allí regresó alegremente y sin retraso sobre la fecha acordada, viéndose acogido no menos alegremente por las mismas de las que se proponía seguir burlándose.

María, teniendo solo al señor Rushworth que se dedicaba a ella, y condenada a los reiterados detalles que este le daba sobre sus cotidianas actividades deportivas, lo mismo si ganaba que si perdía, los alardes que dedicaba a sus perros, los celos que le inspiraban los vecinos, sus recelos sobre la calidad de los mismos y sus inquietudes por si alguien se atrevía a la caza o pesca furtiva (temas estos que no pueden abrirse camino en los sentimientos femeninos sin algo de talento por una parte y algo de afecto por la otra), había echado de menos a Henry Crawford de una manera atroz; y Julia, sin compromiso ni ocupación, se consideró con todo el derecho a echarle de menos mucho más. Cada una se imaginaba ser ella la favorita. La creencia de Julia podía tener su justificación en las insinuaciones de la señora Grant, muy propensa a ver las cosas tal como las deseaba; y la de María, en las insinuaciones del propio Henry Crawford. Todo volvió a encauzarse lo mismo que antes de la partida de este, que siguió mostrándose tan agradable y simpático con la una como con la otra, a fin de no perder terreno con ninguna de las dos, deteniéndose justamente al borde de toda preferencia, de toda constancia, efusión o arrebato que pudiera llamar la atención general.

Fanny era la única del grupo que encontraba cosas que no le agradaban; ya desde el día que pararon en Sotherton no podía ver a Henry con cualquiera de las dos hermanas sin censura; y si su confianza en el propio criterio hubiese sido igual a la aplicación que daba al mismo en todo lo demás, si hubiera tenido la seguridad de que estaba viendo claro y juzgando con sinceridad, tal vez habría comunicado algunas cosas importantes a su confidente habitual. Pero, como no era así, solo se permitía aventurar alguna insinuación; insinuación que, por lo demás, caía en saco roto.

—Me sorprende bastante —dijo en esta ocasión— que el señor Crawford haya vuelto tan pronto, después de haber pasado ya tanto tiempo aquí... nada menos que siete semanas; pues yo tenía entendido que le gustaba tanto la variación y trasladarse continuamente de un lado para otro, que me figuré que algo habría de mantenerle distanciado desde el momento en que partió. Está acostumbrado a otros lugares mucho más alegres que Mansfield.

—Esto de ahora le honra —contestó Edmund—, y afirmaría que satisface no poco a su hermana. A ella no le gustan sus hábitos tan poco cambiantes.

—¡Cuánto le miman mis primas!

—Sí, tiene el carácter que agrada a las mujeres. La señora Grant, me parece, sospecha que siente alguna inclinación por Julia; yo nunca he apreciado síntoma alguno que pueda dar pie a esta suposición, pero desearía que fuese así. Henry no tiene más defectos que los que se esfumarían con un enamoramiento formal.

—Si María no estuviese prometida —dijo Fanny, con precaución—, a veces casi llegaría a pensar que él siente más admiración por ella que por Julia.

—Lo que tal vez signifique que prefiere a Julia más de lo que tú, Fanny, puedas suponer; pues con frecuencia se da el caso que un hombre, antes de decidirse, distinga a la hermana o a la amiga íntima de la mujer que ocupa su mente más que a ella misma. Demasiado buen sentido tiene Crawford para permanecer aquí si corriera algún peligro de enamorarse de María; y ella no me inspira ningún temor, después de la sensación que ha dado de que sus sentimientos no son fuertes.

Fanny se dijo que estaría equivocada y se propuso pensar de modo diferente en adelante; pero, sin embargo todo lo que podía hacer su sumisión a Edmund, a pesar de todo el concurso de insinuaciones y miradas de inteligencia que eventualmente sorprendía en los demás y que, al parecer, querían significar que Julia era la elegida del señor Crawford, no siempre sabía a qué atenerse. Una noche pudo enterarse de las ilusiones de tía Norris sobre este particular, así como de sus sentimientos y de los de la señora Rushworth sobre un punto muy parecido, y no pudo menos de asombrarse mientras escuchaba; y no poco contenta hubiera estado de no tener que escuchar, pues, mientras todo el resto de la gente joven estaba bailando, ella no tuvo más alternativa que permanecer allí sentada, muy en contra de su voluntad, entre las viejas que charlaban junto al fuego, deseando que regresara el mayor de sus primos, de quien dependían en aquel momento todas sus esperanzas de tener pareja. Era el primer baile de Fanny, aunque sin la preparación o el esplendor del primer baile de otras jovencitas. Tuvo lugar por la tarde y se montó en la sala del servicio, aprovechando la última adquisición de un violinista y la posibilidad de combinar cinco parejas con la colaboración de la señora Grant y de un nuevo amigo íntimo de Tom Bertram, que acababa de llegar de visita. La cosa, sin embargo, había resultado muy agradable para Fanny a lo largo de cuatro danzas, y le dolía mucho llevar perdido aunque solo fuera un cuarto de hora. Mientras aguardaba con ansiedad, ya mirando a las parejas que bailaban, bien en dirección a la puerta, tuvo que escuchar forzosamente este diálogo entre las dos damas citadas.

—Creo —dijo tía Norris, dirigiendo la mirada hacia donde se hallaban James Rushworth y María Bertram, que formaban pareja por segunda vez— que ahora volveremos a ver algunos rostros felices.

—Sí, señora, desde luego —manifestó la otra, acompañándose de una distinguidísima sonrisa bobalicona—; ahora nos proporcionará alguna satisfacción mirar a las parejas, y pienso que fue una verdadera lástima que se vieran obligados a separarse. Los jóvenes que se encuentran en su situación deberían estar excusados de observar las reglas generales. Me extraña que mi hijo no lo haya propuesto.

—Sin duda lo hizo. El señor Rushworth nunca se quedó atrás. Pero nuestra querida María tiene un sentido tan estricto del decoro, posee en tal alto grado esa genuina delicadeza que tan poco se ve hoy en día, ese deseo de evitar llamar la atención... Fíjese, señora Rushworth, fíjese usted ahora en su rostro. ¡Qué expresión tan distinta de la que puso durante los dos últimos bailes!

María parecía estar satisfecha, en efecto: en sus ojos había un brillo ilusionado y hablaba con gran animación, pues Julia y la pareja de esta, el señor Crawford, se encontraban a su mismo lado. Los cuatro formaban un grupo. En cuanto a la anterior expresión de su rostro, Fanny no pudo recordarla, pues había estado bailando con Edmund y no se había ocupado de su prima. Tía Norris prosiguió:

—¡Es verdad delicioso, señora Rushworth, ver a los jóvenes tan perfectamente felices, tan idealmente emparejados, tan... tal para cual! No hago más que pensar en la satisfacción de *sir* Thomas. ¿Y qué me dice usted, señora Rushworth, de la probabilidad de otro noviazgo? El señor Rushworth ha dado un buen ejemplo, y estas cosas se contagian rápido.

La señora Rushworth, que nunca veía más que a su hijo, se mostró totalmente fuera de lugar.

—La pareja que está junto a ellos, señora mía —indicó tía Norris—. ¿No ve usted también algún síntoma por ese lado?

—¡Ah, vaya...! La señorita Julia y el señor Crawford. Sí, desde luego... una pareja excelente. ¿Qué renta tiene él?

—Cuatro mil al año.

—No está mal. Los que no tienen más deben contentarse con lo que tienen. Cuatro mil al año ya representa una buena fortuna, y él parece un joven muy sano y agradable, de modo que auguro a Julia mucha felicidad.

—Todavía no es cosa hecha, señora Rushworth. Solo hablamos de ello entre los íntimos. Pero casi no tengo la menor duda de qué ocurrirá. Él se muestra cada vez más claro en sus atenciones.

Fanny no pudo seguir escuchando y sorprendiéndose, pues Tom Bertram se presentó de nuevo en el salón; y, aunque se daba cuenta del gran honor que él le haría sacándola a bailar, sabía que así iba a ocurrir. Tom se dirigió al pequeño círculo de Fanny. Pero en vez de requerirla para el baile corrió una silla a su lado y empezó a contarle el estado en que se hallaba un caballo enfermo y la opinión del mozo de cuadra, a quien acababa de dejar. Fanny comprendió que se había equivocado y, en la modestia de su espíritu, sintió enseguida que había sido grande su insensatez al esperar otra cosa. Cuando él hubo agotado el tema del caballo tomó un periódico de la mesa y, mirando por encima del mismo, dijo con lánguida entonación:

—Si deseas bailar, Fanny, estoy dispuesto a hacerlo.

Con más que igual amabilidad, ella rehusó el ofrecimiento: que no, que no sentía deseos de bailar.

—Lo celebro —dijo él entonces, en un tono mucho más animado, al tiempo que abandonaba el periódico—, porque estoy rendido de fatiga. Lo que me admira es que los demás puedan resistir tanto tiempo. Tendrían que estar enamorados para encontrar diversión en una chifladura como esta; y lo están, sin duda alguna. Si te fijas, verás que aquí todas las parejas son de enamorados... todas, menos la de mi amigo Yates y la señora Grant. Y, entre nosotros, Fanny, me parece que lo que es ella, pobre mujer, necesita un enamorado tanto como las otras. ¡Triste y desesperada vida debe ser la suya al lado del doctor Grant! —y al decir esto volvió el rostro, con una mirada significativa, del lado de la butaca que ocupaba el aludido; pero, como descubriera que estaba a su lado, se vio en la imperiosa necesidad de recurrir a un cambio de expresión y de tema tan repentino, que Fanny, a pesar de todo, apenas pudo contener la risa—. ¡Vaya cosas raras ocurren en América, doctor Grant! ¿Cuál es su opinión? Siempre recurro a usted para saber a qué atenerme en los asuntos públicos.

—Mi querido Tom —le dijo su tía, hablando en voz alta, unos momentos después—, como no bailas, supongo que no tendrás inconveniente en unirte a nosotros para jugar una partida, ¿verdad?

Dejó su asiento y, aproximándose a él para dar más fuerza persuasiva a su proposición, añadió en un susurro:

—Conviene organizar una partida para la señora Rushworth, ¿comprendes? Tu madre lo desea muchísimo, pero casi no dispone de tiempo para jugar ella, debido al fleco que está realizando. Ahora bien, entre tú, yo y el doctor Grant seremos suficientes; y, aunque nosotros solo jugamos a media corona, ten en cuenta que debes hacer las apuestas de media guinea jugando con él.

—Aceptaría con muchísimo gusto —replicó él en voz alta, al tiempo que se ponía en pie con rapidez—; sería para mí un gran placer... pero en este mismo instante me disponía a bailar. Vamos, Fanny —agregó, tomando a su prima de la mano—, no pierdas más tiempo, o empezaremos cuando el baile ya habrá terminado.

Fanny se dejó llevar de muy buena gana, aunque le era imposible sentirse muy agradecida a su primo o distinguir, como él hizo por cierto, entre el egoísmo de otra persona y el propio.

—¡Bonita proposición, válgame Dios! —exclamó él, indignado, mientras se alejaban—. ¡Intentar coserme a una mesa de cartas por un par de horas con ella y el doctor Grant, que siempre están discutiendo, y esa vieja pesada que entiende tanto de *whist* como de álgebra! Sería de desear que mi tía no fuese tan entrometida. ¡Y además, proponérmelo en esa forma... sin ninguna ceremonia, delante de todos, para comprometerme! Esto es lo que me disgusta más que nada. ¡Es lo que más me saca de quicio, esa ficción de que me consulta, de que me da a elegir, mientras lo hace de un modo como para obligarle a uno a hacer lo que a ella le viene en gana... ¡sea lo que sea! De no habérseme ocurrido felizmente salir a bailar contigo, no hubiera podido escabullirme. ¡Vaya mala suerte! Pero cuando a mi tía se le mete una idea en la cabeza no hay quien la detenga.

CAPÍTULO XIII

El honorable John Yates, ese nuevo amigo de quien hemos hablado, no poseía más virtudes que las de vestir a la moda y derrochar, y la de ser el hijo menor de un lord de mediana posición; y *sir* Thomas seguramente no hubiese considerado nada deseable su introducción en Mansfield. Tom lo había conocido en Weymouth, donde habían pasado juntos diez días con el mismo grupo; y su amistad, si amistad podía llamarse, quedó demostrada y ratificada, al ser invitado el señor Yates a Mansfield y al prometer este que así lo haría. Y así lo hizo antes de lo que se esperaba, a consecuencia de la repentina dispersión de una gran pandilla reunida para hacer vida alegre en casa de otro amigo, el cual había tenido que abandonar Weymouth. Llegó el señor Yates en alas del descontento y con la cabeza llena de arte dramático, pues había sido una partida de aficionados al teatro; y para la función, en la que él había de tomar parte, faltaban tan solo dos días, cuando el súbito fallecimiento de uno de los más próximos parientes de la familia frustró el plan y dispersó a los componentes del cuadro escénico. Tener tan cerca la felicidad, tan cerca la fama, tan cerca el largo párrafo haciendo el panegírico de las funciones de aficionados de Ecclesford, sede del muy honorable lord Ravenshaw, de

Cornualles, que hubiera inmortalizado... por un año al menos, el nombre de todos los participantes; tenerlo tan cerca, y echarlo todo a rodar, constituía un fracaso que dolía en el alma. Y el señor Yates no sabía hablar de otra cosa: Ecclesford y su teatro, los preparativos y los vestuarios, los ensayos y el jolgorio que se hacía en los mismos, eran su inagotable tema de conversación; y alardear del pasado, su único alivio.

Afortunadamente para él, la afición al teatro es tan generalizada, la ilusión por actuar tan viva en la juventud, que difícilmente podía aburrir la atención de sus oyentes. Desde el reparto de los papeles hasta el epílogo, todo había sido cautivador, y pocos eran los que no hubieran querido ser parte interesada, o los que hubieran dudado en probar su talento. La obra elegida había sido *Promesas de amor*, y el señor Yates tenía que encarnar al conde Cassel[12].

—Es un papel insignificante —decía— y nada de mi gusto, de modo que no volvería a aceptarlo otra vez; pero resolví no poner inconvenientes. Lord Ravenshaw y el duque se habían asignado los dos únicos papeles que vale la pena interpretar antes de que yo llegara a Ecclesford; y, aunque lord Ravenshaw ofreció cederme el suyo, ya comprenderán ustedes que me fue imposible aceptarlo. Sentí por él que hubiera medido tan mal sus fuerzas, pues no sirve para el papel de barón... tan bajito, con su voz tan débil, que siempre se ponía ronca a los diez minutos de haber empezado; hubiera destrozado materialmente la obra; pero yo estaba resuelto a no poner dificultades. *Sir* Henry creía que tampoco el duque servía para hacer de Frederick, pero esto era debido a que deseaba interpretar él este personaje; por el contrario, así hubiera sido todavía peor. Quedé perplejo al comprobar que *sir* Henry era tan mal actor. Por suerte, la fuerza de la obra no recaía sobre él. Nuestra Ágata era insuperable, y muchos consideraron que el duque estaba magnífico en su papel. En total, que hubiera sido algo maravilloso.

"Fue una verdadera lástima, vaya que sí" y "sinceramente lo siento, no hay para menos", eran los amables comentarios del auditorio simpatizante.

—No vale la pena quejarse por esto; pero cabe afirmar que la pobre viuda no hubiera podido escoger peor momento para morir, y uno no pudo evitar el deseo de que la noticia se ocultara hasta justamente después de los tres días que nos hacían falta. Eran tres días nada más, y por tratarse solo de una abuela, y teniendo en cuenta que aquello se montaba a una distancia de trescientos kilómetros, creo que no hubiera sido un mal tan grande; y alguien lo sugirió, me consta. Pero lord Ravenshaw,

---

12   Melodrama sentimental de origen alemán en el que un barón seducía a una sirvienta y este tenía un hijo ilegítimo con ella.

que sin duda es uno de los hombres más rectos de Inglaterra, no quiso siquiera oír hablar de ello.

—Un entremés en lugar de una obra larga —dijo el señor Bertram—. Las *Promesas de amor* se terminaron, y lord y *lady* Ravenshaw se quedaron solos interpretando *Mi Abuela*. En fin, él se consolará sin duda con la herencia; y tal vez, dicho sea entre nosotros, empezaba a inquietarse por su fama y sus pulmones en el papel de barón y no lamentará tener que retirarse. Y para meterme también contigo, Yates, creo que deberíamos montar un pequeño teatro en Mansfield y pedirte que fueras nuestro director escénico.

La idea, aunque solo fuese el impulso del momento, no se extinguió en un instante; pues en todos se había despertado el deseo de actuar, y en nadie con tanta fuerza como en él, que era ahora el señor de la casa, y que, teniendo tantas horas libres como para ver algo de bueno en casi todo aquello que representase una novedad, tenía al propio tiempo un grado de sensibilidad temperamental y afición a la escena que se adaptaba exactamente a la novedad de hacer teatro. Acariciaba la idea una y otra vez. "¡Oh, si se pudiera hacer algo semejante al teatro y los decorados de Ecclesford!". El deseo halló eco en las dos hermanas; y Henry Crawford, que veía en ello un nuevo motivo de fiesta no gustada todavía para su completo programa de licencia y diversión, se sumó con gran entusiasmo a la idea:

—En estos instantes —dijo— creo que sería capaz de hacer el payaso o lo bastante experto para encargarme de cualquier interpretación, de cualquiera de los personajes que han creado los dramaturgos, desde Shylock o Ricardo III hasta el héroe cantante de una farsa, con su levita escarlata y sombrero ladeado. Me siento con ánimos para hacer cualquier cosa, para hacerlo todo, para declamar o rugir, para suspirar o cabriolar, en cualquier tragedia o comedia escritas en lengua inglesa. El caso es hacer algo. Aunque solo sea una media representación... un acto... una escena. ¿Qué podría impedirlo? No esos rostros, estoy seguro —mirando a las hermanas Bertram—. Y en cuanto al teatro, ¿qué significa un teatro? Lo que nos proponemos es divertirnos por nuestra cuenta. Cualquier habitación de esta casa sería suficiente.

—Necesitaremos un telón —dijo Tom Bertram—, unos pocos metros de bayeta verde para un telón, y tal vez nada más.

—Sí, esto bastará —consideró el señor Yates—, con solo una cortina que se recoja a un lado, o bien partida para correrla hacia los extremos, quitando las puertas, y tres o cuatro decorados, tendremos todo lo necesario para un proyecto así. Tratándose de un simple entretenimiento entre nosotros, no hace falta más.

—Yo creo que debemos contentarnos con menos —terció María—. No habría tiempo para todo y surgirían otras dificultades. Será preferible que adoptemos el punto de vista del señor Crawford, dejando que sea la representación, no el teatro, nuestro objetivo. Muchos fragmentos de nuestras mejores obras teatrales no necesitan ninguna escenografía.

—Nada, nada —dijo Edmund, que empezaba a escuchar inquieto—. No vayamos a hacer las cosas a medias. Si hay que actuar, que sea en un teatro de verdad, dotado de platea, palcos y galería, y demos una representación completa, desde el principio hasta el fin, como si fuese de una obra alemana, no importa cuál, con un entremés a base de muchos trucos y tramoya, y una exhibición de danza, y un *hornpipe*[13], y unas canciones en los entreactos. Si no superamos a Ecclesford no haremos nada.

—Vamos, Edmund, no seas desagradable —dijo Julia—. Todos gustamos de una buena representación, tanto como tú, y hemos tenido ocasión de desplazarnos algo más para presenciarla.

—Cierto, para ver a auténticos artistas, a buenos y experimentados actores y actrices; pero difícilmente me molestaría en moverme de esta habitación a la de al lado para presenciar los ímprobos esfuerzos de unos novatos que no han sido preparados para el oficio..., de un grupo de damas y caballeros que tienen todas las desventajas de la educación y el decoro, contra las que se ven precisados a luchar en estos casos.

Después de una corta pausa, a pesar de todo, el tema se reanudó y siguió discutiéndose con el mismo empeño, mientras los respectivos entusiasmos no hacían más que aumentar en el curso del debate y al comprobar cada uno la ilusión de los demás; y aunque nada se determinó, salvo que Tom Bertram preferiría una comedia, y sus hermanas y Henry Crawford una tragedia, y que nada en el mundo podía ser más fácil que encontrar una obra que complaciera a todos, lo de llevar a cabo el plan parecía algo tan decidido, que Edmund empezó a inquietarse de veras. Estaba resuelto a evitarlo, en tanto le fuese posible; a pesar de que su madre, que igualmente escuchó la conversación sostenida en torno a la mesa, no pusiera la menor objeción.

Aquella misma tarde se le ofreció la oportunidad de medir sus fuerzas. María, Julia, Henry Crawford y el señor Yates se encontraban en el salón de billar. Tom los dejó para volver a la sala donde estaba Edmund pensativo, de pie junto al hogar, y también *lady* Bertram sentada en un sofá a corta distancia, con Fanny a su lado preparándole la labor. Aquel entró diciendo:

13   Baile predilecto de los marineros ingleses que ejecuta una sola persona.

—¡Otra mesa de billar como la nuestra no se podría encontrar, creo yo, sobre la faz de la tierra! No puedo resistirla más, y creo que nada podrá tentarme a volver jamás a ella. Pero algo bueno acabo de descubrir: es la sala ideal para teatro, la que reúne precisamente las condiciones de forma y profundidades requeridas; y como las puertas del fondo pueden transformarse en una sola, lo que puede conseguirse en cinco minutos, simplemente corriendo la librería del despacho de nuestro padre, tenemos exactamente lo mejor que se nos hubiese podido ocurrir de haber permanecido horas y más horas sentados y meditando sobre el particular. Y el despacho de papá será un excelente escenario. Parece unido al salón de billar a propósito.

—No será en serio que hablas de montar la obra, ¿verdad? —dijo Edmund en voz baja, al aproximarse su hermano a la chimenea.

—¡Que no hablo en serio! Tan en serio como cuando más, te lo aseguro. ¿Qué hay en ello que te sorprende?

—Creo que estaría muy mal. Desde un punto de vista general, las funciones de teatro casero dan motivo a algunos reparos; pero, teniendo en cuenta nuestras particulares circunstancias, sería altamente imprudente, y más que imprudente, intentar algo semejante. Pondría de manifiesto una total falta de sentimiento por la ausencia de nuestro padre, que hasta cierto punto se encuentra en constante peligro; y sería imprudente, me parece a mí, con respecto a María, cuya situación es no poco delicada... en extremo delicada, si bien se considera todo.

—¡Hay que ver si lo tomas en serio! ¡Como si nos propusiéramos actuar tres veces por semana hasta la vuelta de nuestro padre, e invitar a toda la comarca. Pero no se trata de una exhibición de esta clase. No pretendemos otra cosa que divertirnos un poco entre nosotros, justamente para dar variedad a la monotonía del escenario cotidiano y ejercitar nuestras facultades en algo nuevo. No precisamos de público, ni de publicidad. Creo que puede confiarse en nosotros en cuanto a la elección de una obra perfectamente intachable. Y no concibo que pueda haber más daño o peligro en conversar empleando el elegante lenguaje de algún respetable autor que en charlar con un vocabulario de cosecha propia. No tengo temor ni escrúpulos. Y, en cuanto a lo de que nuestro padre está ausente, es algo que está tan lejos de representar un obstáculo que casi lo considero un motivo; pues la impaciencia por su retorno tiene que constituir para nuestra madre un período de intensa angustia. Y, si nosotros podemos ser el medio que sirva de distracción a su inquietud y conseguimos sostener su ánimo durante las pocas semanas que faltan, creo que habremos empleado muy bien el tiempo, y sin duda papá lo creerá así también. No olvidemos que para ella es este un período de extrema intranquilidad.

Al decir esto, los dos miraron a su madre. *Lady* Bertram, hundida en el sofá, cual auténtica representación de la salud, el bienestar, la comodidad y la tranquilidad, estaba precisamente sumiéndose en un dulce sopor, mientras Fanny iba solucionando las escasas dificultades de su labor, para ella.

Edmund sonrió y meneó la cabeza.

—¡Por Júpiter! ¡Esto sí que es un fracaso! —exclamó Tom dejándose caer en una butaca, al tiempo que soltaba una sincera carcajada—. Vaya, madrecita querida, lo que es tu ansiedad... en esto me colé.

—¿Qué te ocurre? —inquirió *lady* Bertram, con la torpe pronunciación de una persona soñolienta—. No estaba durmiendo.

—¡No, mamá, por Dios! Nadie sospechó tal cosa. Bueno, Edmund —prosiguió, volviendo al tema, la postura y la entonación anteriores, tan pronto como *lady* Bertram empezó de nuevo a quedarse amodorrada—; pero eso estoy dispuesto a mantenerlo... puesto que no es ningún mal.

—No puedo estar de acuerdo contigo. Tengo el pleno convencimiento de que nuestro padre lo desaprobaría totalmente.

—Y yo estoy convencido de lo contrario. A nadie le satisface más que a nuestro padre que se ejerciten las facultades de los jóvenes, no hay quien tanto procure fomentarlas; y por cuanto se relaciona con la buena dicción, la entonación y los gestos declamatorios, creo que siente una auténtica pasión. No dudo de que la alentaba en nosotros, cuando pequeños. ¡Cuántas veces nos hizo recitar versos sobre el cadáver de Julio César y "ser o no ser", en esta misma sala, para su diversión! Y ten muy presente que he recitado "Mi nombre era Norval[14]" todas las noches de mi vida, a partir de unas vacaciones de Navidad.

Aquello era muy distinto. Debes darte cuenta de la diferencia. Nuestro padre quería que nosotros, como escolares, supiéramos hablar y pronunciar correctamente, pero jamás pudo desear que sus hijas ya mayores hicieran teatro. Su sentido del decoro es estricto.

—Todo esto ya lo sé —replicó Tom, malhumorado—. Conozco a nuestro padre tan bien como tú; y ya cuidaré yo de que sus hijas no hagan nada que pueda disgustarle. Ocúpate de tus asuntos, Edmund, que yo ya lo haré del resto de la familia.

—Si estáis decididos a hacer función —dijo el perseverante Edmund—, espero que será de una forma muy discreta y reservada, y creo que no debería intentarse montar un teatro. Sería tomarse unas libertades en casa de nuestro padre, durante su ausencia, que no podrían tener justificación.

---

14 Uno de los protagonistas de la tragedia en verso, *Douglas* (1756), de John Home.

—De todo lo que con esto se relacione me hago yo responsable —replicó Tom con énfasis—. No habrá perjuicio para su casa. Tengo tanto interés como puedas tenerlo tú en velar por el buen nombre de la casa de nuestro padre; y en cuanto a esas alteraciones que hace un momento sugerí... eso de retirar una librería o abrir una puerta, o incluso emplear el salón de billar por espacio de una semana sin que sea precisamente para jugar al billar en él, podrías igualmente suponer que pondría objeción a que hagamos más uso de esta sala y menos del comedor auxiliar, donde solíamos reunirnos habitualmente para charlar antes de que se fuera, o a que el piano de mis hermanas se traslade una y otra vez de un lado para otro. ¡Menuda tontería!

—Pero este cambio, aunque no fuera inoportuno como tal, sería inoportuno por el gasto que significaría.

—¡Claro, como que el gasto de una empresa así sería fenomenal! Quizá suponga un desembolso de veinte libras, nada menos. Que hay que montar algo parecido a un teatro es cierto, pero se hará en el plan más sencillo: una cortina verde, algo de obra de carpintería... y nada más. Y en cuanto a la obra de carpintería se hará toda en casa por el propio Cristóbal Jackson, de forma que pasa de absurdo hablar del gasto. Además, mientras se emplee a Jackson, ya no hay inconvenientes por parte de *sir* Thomas. No vayas a figurarte que en esta casa nadie más que tú puede ver y juzgar las cosas. No tomes tú parte en la función, si no es de tu agrado, pero no pretendas mandarnos a los demás.

—No, desde luego, en cuanto a que yo actúe —dijo Edmund—, me niego categóricamente.

Mientras esto decía, Tom abandonó la habitación y Edmund quedó sentado junto al fuego, removiéndolo, pensativo y enfadado.

Fanny, que había escuchado toda la conversación y se adhería a todos los sentimientos expresados por Edmund en el curso de la misma, se aventuró a decir entonces, en su anhelo de proporcionarle algún alivio:

—Quizás no consigan encontrar una obra que les convenga. Los gustos de Tom y de tus hermanas parecen muy distintos.

—En esto no confío, Fanny. Si continúan en su empeño, algo encontrarán. Hablaré con mis hermanas e intentaré disuadirlas a ellas. Es lo único que puedo hacer.

—Me imagino que tía Norris se pondría de tu parte.

—Yo diría que sí, pero ni sobre Tom ni sobre mis hermanas tiene alguna influencia que valga para el caso; y si no logro convencerlas por mí mismo dejaré que las cosas sigan su curso, sin intentarlo mediante su intervención. Las querellas familiares son lo peor de todo, y es preferible cualquier cosa a suscitar esa clase de enfrentamientos.

Sus hermanas, a las que tuvo oportunidad de hablar el siguiente día por la mañana, se mostraron tan reacias a sus consejos, tan opuestas a sus razonamientos, tan resueltas a hacer su gusto, como el mismo Tom. Adujeron que su madre no ponía el menor reparo al plan y que no habían de temer en absoluto la desaprobación de su padre; que no podía haber dañado en algo que se había visto en tantas familias respetables, con la intervención de tantas damas dignas de toda consideración, y que tenía que ser una escrupulosidad rayana en la locura la que pudiese ver algo censurable en un plan como el suyo, que abarcaba solo a hermanos y hermanas y algunos amigos íntimos, y del que jamás se hablaría fuera de su propio círculo. Julia no ocultó cierta tendencia a admitir que la situación de María requería que procediese con especial delicadeza y prudencia, si bien esto no podía hacerse extensivo a ella: ella gozaba de absoluta libertad. Y María puso claramente de manifiesto que su compromiso no hacía más que elevarla muy por encima de toda represión, y que se viera menos obligada que Julia a consultar al padre o a la madre. Pocas esperanzas le quedaban a Edmund, pero seguía porfiando aún cuando se presentó Henry Crawford, procedente de la rectoría, que se introdujo en la habitación exclamando:

—No escasearán las mediocridades en nuestro teatro, señorita Bertram... no nos faltarán elementos infames: mi hermana le ofrece sus respetos y espera ser admitida en la compañía y se considerará feliz si se le concede el papel de alguna vieja dueña o sumisa confidente que a vosotros no os plazca interpretar.

María dirigió a Edmund una mirada que quería decir: "¿Qué dices ahora? ¿Puede estar mal lo que a Mary Crawford le parece bien?". Y Edmund, acorralado, se vio obligado a reconocer que el hechizo de las tablas podía muy bien cautivar el espíritu de las personas geniales; y, con la ingenuidad de un enamorado, se puso a pensar, más que en otra cosa, en el ánimo complaciente y servicial que se traslucía en el mensaje.

El proyecto seguía adelante. Toda oposición fue en vano y, en cuanto a tía Norris, se la juzgó equivocadamente al atribuirle una tendencia oposicionista. No expuso inconveniente que no fuera rebatido a los cinco minutos por su sobrino Tom y su sobrina María, que eran todopoderosos ante ella. Por otra parte, como el total de la habilitación no significaría un gran dispendio para nadie, y ninguno para ella; como previniese en la realización del proyecto todas las delicias de los apresuramientos, el bullicio y la presunción, y dedujese la inmediata ventaja de considerarse obligada a abandonar su casa, donde había vivido un mes completo a sus expensas, para trasladarse a la de ellos a fin de que a todas horas pudieran contar con sus servicios... se comprenderá que, de hecho, estuviera en extremo encantada con el proyecto.

CAPÍTULO XIV

Fanny parecía estar más cerca de tener razón de lo que Edmund había supuesto. La cuestión de encontrar una obra que satisficiera a todos resultaba un auténtico problema; y el carpintero ya había recibido el encargo y tomado sus medidas, ya había puesto de manifiesto y allanado por lo menos dos colecciones completas de dificultades y, después de demostrar hasta la evidencia la necesidad de una ampliación del proyecto y del presupuesto, había ya puesto manos a la obra, sin que se supiera aún qué drama o comedia se iba a representar. Otros preparativos estaban también en marcha, de Northampton había llegado un enorme rollo de bayeta verde, que tía Norris se encargó de cortar (con un ahorro, gracias a sus buenas disposiciones, de tres cuartos enteros de metro y verdaderos) y se estaba ya transformando en un telón en manos de las doncellas, pero seguía ignorándose la obra a representar. Y, viendo que así transcurrían dos o tres días, Edmund casi comenzó a creer posible que no llegarían a encontrarla jamás.

Había, en realidad, tantos extremos a tener en cuenta, tantas personas a las que complacer; eran tantos los papeles buenos que se requerían y, sobre todo, era tan necesario que la obra fuese una comedia y una tragedia al mismo tiempo, que no parecían existir más probabilidades de que se llegara a una decisión que las que puedan hallarse en cualquier quimera perseguida por la juventud y el entusiasmo.

Del lado trágico estaban las hermanas Bertram, Henry Crawford y el señor Yates; del cómico, Tom Bertram, no totalmente solo, porque era evidente que los deseos de Mary Crawford, aunque cortésmente silenciados, se inclinaban en la misma dirección; pero, a lo que parecía, él tenía suficiente poder y decisión para no necesitar aliados. Y, aparte de esta profunda, irreconciliable diferencia, deseaban que en la obra interviniesen muy pocos personajes en total, pero todos de máxima importancia, y tres principales figuras femeninas. Todas las mejores obras se revisaron sin éxito. Ni *Hamlet*, ni *Macbeth*, ni *Otelo*, ni *Douglas*, ni *El jugador*[15] brindaban característica alguna que pudiera

15   *El jugador*, pieza de Susanna Centlivre estrenada en 1705.

satisfacer siquiera al grupo de los trágicos; y *Los rivales, La escuela del escándalo*[16], *La rueda de la fortuna*[17], *El heredero legal*[18] y un largo etcétera fueron sucesivamente rechazadas con protestas más calurosas aún. No se proponía obra que no presentara algún inconveniente para alguien, y por un lado y por otro todo era repetir: "¡Oh, no!, esta sí que no sirve". "Dejémonos de tragedias retumbantes". "Demasiados personajes". "No hay un papel femenino medianamente aceptable en toda la obra". "Cualquier cosa menos eso, querido Tom". "Sería imposible completar el reparto". "Es de suponer que nadie querría aceptar esta parte". "No es más que una pura astracanada desde el principio hasta el fin". "Esta serviría, tal vez, si no fuera por los papeles minúsculos". "Si he de dar mi opinión, siempre la consideré la obra más sosa del repertorio inglés". "Yo no quisiera poner obstáculos... si puedo seros de alguna utilidad ya me consideraré feliz... pero creo que no podríamos hacer peor elección".

Fanny observaba y oía, no poco divertida al descubrir el espíritu egoísta que, más o menos velado, parecía guiarles a todos, y preguntándose cómo terminaría aquello. Para darse gusto, hubiera podido desear que algo se representase al fin, pues jamás había presenciado ni media función, pues todas las demás consideraciones de mayor importancia se lo impedían.

—Así no vamos a ningún sitio —dijo al fin Tom Bertram—. Estamos perdiendo el tiempo miserablemente. Algo hay que elegir. No importa lo que sea, la cuestión es decidirse. No hemos de ser tan exigentes. Unos cuantos personajes de más no deben acobardarnos. Tenemos que doblarnos. Debemos rebajarnos un poco. Si un papel es insignificante, tanto mayor nuestro mérito al sacarle algún partido. A partir de este momento, yo no he de poner más inconvenientes. Acepto cualquier papel que os parezca bien adjudicarme, con tal que sea cómico. Que sea cómico es lo único que pongo por condición.

Entonces, por quinta vez más o menos, propuso *El heredero legal*, mostrándose solo irresoluto en cuanto a si preferiría reservarse el papel de lord Duberley o el de doctor Pangloss, e intentando muy en serio, pero con muy poco éxito, convencer a los demás de que había algunos papeles trágicos magníficos entre los restante que integraban la farsa.

El silencio que siguió a este infructuoso esfuerzo lo interrumpió el propio Tom. Acababa de coger uno de los varios tomos esparcidos sobre la mesa y, dándole la vuelta, exclamó de pronto:

---

16 *Los rivales, La escuela del escándalo,* estrenadas en 1775 y 1777 obras de Richard Brinsley Sheridan.
17 *La rueda de la fortuna,* estrenada en 1795. Comedia sentimental de Richard Cumberland.
18 *El heredero legal,* estrenada en 1797, comedia de George Colman, hijo.

—*¡Promesas de amor!* ¿Y por qué *Promesas de amor* no habría de serviros a nosotros lo mismo que a los Ravenshaw? ¿Cómo no se nos había ocurrido antes? Algo me dice que es exactamente lo que nos conviene. ¿Qué os parece? Hay dos principales papeles trágicos para Yates y la señorita Crawford, y el mayordomo poetastro para mí... si nadie más lo quiere; es un papel insignificante, pero de características que no me disgustan. Y, como dije antes, estoy dispuesto a hacer lo que sea, y lo que pueda. En cuanto al resto de personajes masculinos, no ofrecen dificultades; podrá interpretarlos cualquiera. No son más que el conde Cassel y Anhalt.

La sugerencia fue bien acogida por todos en general. Todos empezaban a cansarse de tanta indecisión, y unánimemente coincidieron en apreciar que nada se había propuesto anteriormente que se ajustara tanto a las respectivas exigencias. El señor Yates quedó especialmente complacido. Había estado suspirando y muriéndose por encarnar el personaje de barón en Ecclesford. Había envidiado todas las peroratas retumbantes a cargo de lord Ravenshaw, teniendo que conformarse con recitarlas para sí en la soledad de su habitación. La furia del barón Wildenheim marcaba la cúspide de su ambición interpretativa; y, con la ventaja de saber ya de memoria la mitad de las escenas, se ofreció en el acto para encargarse del papel. Aunque para hacerle justicia deberemos añadir, sin embargo, que no se decidió; pues, recordando que también Frederick tenía que vociferar en algunas escenas, sintió igual entusiasmo por este personaje. Henry Crawford se brindó para cualquiera de los dos. En cuanto el señor Yates se decidiese por uno, él aceptaría el otro con mucho placer. Ello dio lugar a un breve intercambio de cumplidos. La señorita Bertram, o sea la mayor de las dos hermanas, que tenía puesto todo su interés en interpretar el papel de Agatha, decidió resolver ella la cuestión; a tal fin, hizo observar al señor Yates que era aquel un caso en que la estatura y la figura debían tenerse muy en cuenta y que, siendo él el más alto, parecía lo más adecuado que interpretase el papel de barón. Todos reconocieron que tenía mucha razón, y como los papeles fueron aceptados, respectivamente, por los dos caballeros de acuerdo con su sugerencia, ella se aseguró al Frederick que le interesaba. Tres de los papeles estaban ya repartidos, sin contar al señor Rushworth, por quien siempre contestaba María en el sentido de que aceptaría lo que fuese, con mucho placer. Pero Julia, que quería para sí, lo mismo que su hermana, el papel de Agatha, empezó a poner reparos por cuenta de la señorita Crawford:

—Esto no es comportarse bien con los ausentes —dijo—. Aquí no hay suficientes personajes femeninos. Amelia y Agatha no están mal para María y para mí, pero no queda nada para su hermana, la señorita Crawford.

La señor Crawford hubiera querido que nadie pensara en eso. Estaba totalmente seguro de que su hermana no tenía el menor deseo en hacer función, prestándose con mucho gusto a ello tan solo si la precisaban, y sabía que en este caso no permitiría que se preocupasen por ella. Tom Bertram, en cambio, se pronunció en el sentido de que el papel de Amelia correspondía por todos conceptos a Mary Crawford.

—Es tan natural como necesario que lo reservemos para ella —dijo—, puesto que Agatha encaja a cualquiera de mis hermanas. No puede haber sacrificio por parte de estas, pues se trata de un personaje por encima de todo cómico.

A esto siguió un breve silencio. Las dos hermanas estaban inquietas. Cada una de ellas se creía con más derechos sobre la otra para aspirar al papel de Agatha, y cada una esperaba que los demás dieran el empujón que inclinase la balanza a su favor. Henry Crawford, que entretanto había tomado el libro en sus manos y con aparente indiferencia hojeaba el primer acto, pronto zanjó la cuestión:

—Debo rogar a la señorita Julia Bertram —dijo— que no se encargue del papel de Agatha, pues haría fracasar toda mi gravedad... Que no, que no debe hacerlo —volviéndose hacia ella—. No podría resistir su lívido rostro cubierto de angustia. Se me representarían las muchas ocasiones en que nos hemos reído juntos, infaliblemente, y Frederick se vería precisado a huir con su mochila, a toda velocidad.

Cortés y amablemente, fueron pronunciadas estas palabras. Pero la forma quedó absorbida por el fondo en la sensibilidad de Julia. Sorprendió una breve mirada que él dirigió a María, lo que vino a confirmar la ofensa que se le infería. Era una estratagema... un truco: ella quedaba postergada, María era la preferida. La sonrisa de triunfo que María intentaba reprimir era demostración de que quedaba perfectamente entendido. Y antes de que Julia pudiera adquirir el suficiente dominio sobre sí misma para hablar, su hermano acabó de hundirla con sus razonamientos contrarios a ella también:

—¡Oh, sí! María tiene que ser nuestra Agatha. María será la mejor Agatha. Aunque a Julia se le antoja que prefiere la tragedia, no me fiaría de ella para el caso. No hay nada de trágico en torno a su persona. No tiene el semblante adecuado. Sus facciones no se prestan a expresiones trágicas, y camina demasiado rápido, y habla demasiado aprisa, y no sabría mantenerse seria. Mejor será que interprete la vieja campesina... la mujer del aldeano. Créeme, Julia: la mujer del aldeano es un personaje muy simpático, te lo aseguro. La vieja mujer da ánimos a su abatido marido con su magnífico espíritu. Tienes que ser la mujer del aldeano.

—¡La mujer del aldeano! —exclamó el señor Yates—. ¿Qué estás diciendo? ¡El papel más vulgar, más despreciable, más insignificante! El más gris... sin una intervención aceptable en toda la obra. ¡Hacer esto tu hermana! Es un insulto proponérselo. En Ecclesford lo dejamos para el ama de llaves. Todos convinimos en que no podíamos ofrecerlo a nadie más. Un poco más de justicia, señor empresario, por favor. No mereces ostentar el cargo, si no sabes apreciar un poco mejor los talentos de tu compañía.

—Verás, en cuanto a eso, amigo mío, mientras mi compañía y yo no hayamos actuado, es natural que uno vaya un poco despistado; pero no quise hacer ningún desprecio a Julia. El caso es que no puede haber dos Agathas y, en cambio, necesitamos una mujer del aldeano; y me parece que yo mismo le doy un ejemplo de humildad al conformarme con el viejo mayordomo. Si el papel es insignificante, más meritoria será su labor al conseguir sacarle algún partido; y, si siente una tal aversión por todo lo humorístico, que recite el texto correspondiente al aldeano en vez del de la mujer, haciendo un trueque de papeles. Me parece que él es un personaje bastante grave, y hasta patético. ¡Ya lo creo! Esto no alteraría ni mucho menos el fondo de la obra. Y, en cuanto al papel de aldeano, aun con el texto correspondiente a su mujer, yo mismo estaría dispuesto a interpretarlo encantado.

—A pesar de todo su partidismo por la mujer del aldeano —dijo Henry Crawford—, es imposible hacer de este papel algo que resulte adecuado para su hermana, y no debemos coaccionarla abusando de su buen carácter. No debemos permitir que lo acepte. No sería justo que se sacrificase, a impulsos de su espíritu complaciente. Necesitamos su talento para el papel de Amelia. Amelia es un personaje más difícil de representar incluso que Agatha. Yo considero que Amelia es el personaje más difícil de la obra. Requiere una gran habilidad, mucha delicadeza, para infundirle vigor e ingenuidad sin caer en la extravagancia. He visto a buenas actrices que han fallado en esta interpretación. La ingenuidad, desde luego, está fuera del alcance de casi todas las actrices profesionales. Para ello se precisa una delicadeza de sentimientos que no poseen... Se precisa una damisela gentil... una Julia Bertram. Y usted querrá encargarse del papel, ¿no es cierto? —añadió, volviéndose a ella con una ansiosa mirada suplicante que consiguió apaciguarla un poco.

Mientras ella dudaba antes de dar una contestación, de nuevo terció su hermano a favor de la señorita Crawford.

—No, no; Julia no estaría bien en Amelia. No es el personaje al que le vaya el papel. A ella misma no puede gustarle. No lo haría bien. Es demasiado alta y robusta. Para Amelia se requiere una figurilla delgada, airosa, movediza, juvenil. Es el papel que encaja a la señorita Crawford, y nada más que a la señorita Crawford. Su físico es ideal para el caso, y estoy convencido de que lo desempeñará extraordinariamente bien.

Prescindiendo de esos razonamientos, Henry Crawford seguía insistiendo:

—Tiene que complacernos —decía—, no puede negarse. Cuando haya estudiado el papel, no dudo que lo considerará muy adecuado para usted. Puede que a usted le guste la tragedia, pero ciertamente resultará que la comedia la prefiere a usted. Tendrá que visitarme en el calabozo, con una cesta de provisiones... ¿Se negará usted a hacer una visita a este pobre prisionero? Ya me parece que la veo llegar con su cesta.

El influjo de su voz se hizo sentir. Julia vacilaba; pero... ¿y si lo único que él se proponía era halagarla y apaciguarla y que pasara por alto su reciente afrenta? Desconfiaba de sus intenciones. El feo había sido terminante. Acaso ahora no hacía más que completar su pérfida traición. Julia miró con desconfianza a su hermana: el rostro de María tenía que decidir. Si su expresión reflejara mortificación y alarma... Pero no; en el semblante de María todo era serenidad y satisfacción, y Julia sabía muy bien que, en el fondo, su hermana no podía sentirse feliz sino a expensas de ella. Por eso, súbitamente indignada y con un temblor en la voz, contestó a Henry:

—Parece que ya no tiene miedo de no saber mantenerse serio, en el caso de verme llegar con una cesta de provisiones... aunque una pudiera suponer... ¡Pero era solo en el papel de Agatha donde podía resultarle tan irresistible mi presencia!

Julia se interrumpió. Henry Crawford quedó un tanto con cara de bobo y como sin saber qué decir. Tom Bertram volvió a la carga:

—La señorita Crawford tiene que ser nuestra Amelia. Será una Amelia excelente...

—No temáis que yo quiera encargarme del personaje —replicó Julia indignada—. Hemos quedado en que no haré el papel de Agatha, y os aseguro que no haré ninguno; y, en cuanto al de Amelia, no hay en el mundo personaje que pueda disgustarme más. Lo detesto. Es una muchacha odiosa, ínfima, descarada, falsa, indecente. Siempre me pronuncié contra la comedia, y esta es comedia del peor estilo.

Diciendo esto se marchó precipitadamente de la habitación, dejando una sensación de embarazo en más de una persona, pero sin despertar compasión en ninguna, excepto en Fanny, que fue una oyente pasiva de todo lo que allí se dijo, y que no podía hacerse la reflexión de que Julia se sentía torturada por los celos, sin apiadarse de ella.

A su salida siguió un corto silencio, pero su hermano pronto volvió al tema del momento, a las *Promesas de amor*, dedicándose a hojear la obra con afán para decidir, con la ayuda del señor Yates, qué decorados podrían necesitar, mientras María y Henry Crawford conversaban aparte, a media voz; y la manifestación con que ella empezó a hablar, afirmando que "le cedería el papel a Julia con mucho gusto, se lo aseguro; pero, aunque es probable que yo lo haga muy mal, estoy convencida de que ella lo haría peor", estaba cosechando sin duda todos los cumplidos a que aspiró.

Así permanecieron bastante tiempo, cuando la desintegración del grupo fue completada por Tom Bertram y el señor Yates, que juntos abandonaron la habitación para estudiar mejor el caso sobre el terreno, o sea en la sala que ahora empezaban a denominar "el teatro", y por María Bertram, que decidió ir ella misma a la rectoría para ofrecer el papel de Amelia a la señorita Crawford. Y Fanny quedó sola.

El primer uso que hizo de su soledad fue tomar el libro que habían dejado sobre la mesa y enterarse del contenido de la obra. Tenía despierta la curiosidad, y sus ojos recorrieron el texto con afán solo contenido a intervalos por su asombro de que hubiesen podido elegir aquello para el caso..., ¡de que se hubiese tenido la osadía de proponerlo y aceptarlo para un teatro casero! Agatha y Amelia le parecieron, cada una en su estilo, unos personajes tan sumamente inadecuados para una representación en la intimidad del hogar... la situación de la una y el lenguaje de la otra tan poco apropiados para toda mujer modesta, que se le hizo difícil admitir que sus primas supieran en lo que se estaban metiendo, y deseó de todo corazón que reaccionaran lo antes posible, atendiendo a la protesta de Edmund.

CAPÍTULO XV

La señorita Crawford aceptó el papel enseguida; y poco después que María Bertram regresó de la rectoría, volvió el señor Rushworth y, por lo tanto, quedó adjudicado otro papel. Se le ofreció el del conde Cassel o el de Anhalt, a elegir, y al principio no supo por cuál decidirse y pidió a su prometida que le guiase en la decisión; pero cuando le hubieron dado a entender el distinto carácter de los personajes recordó que una vez había visto la comedia en Londres y que Anhalt le había parecido un tipo muy estúpido, de modo que se decidió por el conde. María Bertram estuvo de acuerdo, considerando que cuanto menos tuviera que aprenderse su prometido, mejor; y, aunque no podía participar de sus deseos de que hubiera alguna escena en que el conde y Agatha intervinieran juntos, ni podía fácilmente contener su impaciencia mientras él hojeaba detenidamente la obra con la esperanza de comprobar que existía la tal escena para su satisfacción, ella se dedicó, muy amablemente, a reducirle todos los parlamentos que permitían ser abreviados, al tiempo que subrayaba la necesidad de que se engalanara mucho para salir a escena, cuidando de elegir unos colores del mejor gusto al combinar su atuendo. Al señor

Rushworth le complació mucho la idea de presentarse con tan espléndidas galas, aunque fingiendo despreciarlas; y quedó demasiado atareado en imaginar el efecto que produciría él para pensar en los demás, o para sacar cualquiera de las conclusiones o manifestar cualquiera de los sentimientos de disgusto que María había medio esperado de él.

Así de adelantadas estaban las cosas, sin que Edmund, que había permanecido ausente toda la mañana, se hubiera enterado de nada; pero cuando entró en el salón antes del almuerzo, mientras Tom, María y el señor Yates estaban entregados a la discusión del mismo tema, el señor Rushworth fue a su encuentro con gran diligencia para enterarle de la buena nueva.

—Ya tenemos obra —dijo—. Haremos *Promesas de amor*; y yo seré el conde Cassel, y voy a tener que salir, primero, con traje azul y capa de satén rosa y, después, tendré que llevar otro elegante traje de caza, de fantasía. No sé si me convencerá.

Los ojos de Fanny seguían a Edmund y su corazón latía con fuerza al escuchar la comunicación y ver la cara que él ponía, comprendiendo cuáles habían de ser sus sentimientos en aquel instante.

—¡*Promesas de amor*! —con acento de perplejidad, fue la única contestación que dio al señor Rushworth; y se volvió hacia su hermano y hermanas, como sin atreverse a dudar de una contradicción.

—Sí —corroboró el señor Yates—. Después de todas nuestras discusiones y dificultades, descubrimos que nada podía ajustarse mejor a nuestros deseos, que no encontraríamos nada tan ideal como *Promesas de amor*. Lo asombroso es que no se nos hubiera ocurrido antes. Mi estupidez ha sido enorme, ya que con esta obra tendremos las ventajas de todo lo que yo vi en Ecclesford, ¡y es tan útil contar con algo que sirva de patrón! Hemos repartido ya casi todos los papeles.

—Pero... ¿y quién se encargará de los femeninos? —inquirió Edmund con seriedad y mirando a María.

Esta se sonrojó a despecho de sí misma al contestar:

—Yo haré la parte que había de interpretar *lady* Ravenshaw, y —añadió, mirándole desafiante— la señorita Crawford encarnará a Amelia.

—Yo no la hubiese considerado la obra más adecuada para representar nosotros —replicó Edmund, alejándose en dirección a la chimenea, en torno a la cual estaban sentadas su madre, tía Norris y Fanny, y donde fue a sentarse también él, evidentemente enojado.

El señor Rushworth le siguió para decir:

—Yo aparezco tres veces y tengo cuarenta y dos parlamentos. Es algo, ¿no le parece? Pero no me seduce mucho lo de presentarme con una elegancia tan refinada. Casi no me reconoceré, metido en un traje azul y envuelto en una capa de raso de color rosa.

Edmund no se vio capaz de responderle. Pocos minutos después, Tom Bertram fue llamado a la otra sala para aclarar algunas dudas al carpintero, y salió acompañado del señor Yates. A poco les siguió el señor Rushworth, y Edmund aprovechó casi inmediatamente la oportunidad para decir:

—No puedo hablar delante del señor Yates del concepto que me merece esa obra sin que él vea en mis palabras una alusión a sus amigos de Ecclesford; pero a ti debo decirte ahora, querida María, que la considero en extremo inadecuada para una representación privada, y espero que renunciaréis a ella. No puedo menos de suponer que tú serás la primera en rechazarla en cuanto la hayas leído detenidamente. Léeles nada más que el primer acto a tu madre o a tu tía, en voz alta, y tú verás si puedes aprobarla. No será necesario someterte al juicio de tu padre, estoy seguro.

—Vemos las cosas de forma distinta —replicó María—. Conozco la obra perfectamente, no lo dudes, y mediante unos pocos cortes, omisiones, etcétera, que desde luego se harán, no veo que pueda haber nada censurable en ella; y no soy yo la única mujer joven del grupo que la considera muy apta para una representación particular.

—Y yo lo lamento —respondió él—; pero en esta cuestión eres tú quien debes llevar la voz cantante. Tú debes dar el ejemplo. Si otros han errado, a ti te corresponde hacerles rectificar y mostrarles en qué consiste la auténtica sensibilidad. En todo cuanto afecte al decoro, tu conducta debe ser ley para los restantes elementos del grupo.

Esta representación de su importancia surtió algún efecto, pues a nadie podía gustarle más que a María mandar sobre los demás; y, de un humor muy mejorado, contestó:

—Te estoy muy agradecida, Edmund. Tu intención es loable, no lo dudo; pero sigo pensando que juzgas las cosas con demasiada dureza, y yo no puedo ponerme en el plan de arengar a los demás sobre un tema de esta índole. En ello estaría el mayor indecoro, creo yo.

—¿Acaso supones que de mi cabeza podría brotar una idea así? No; deja que sea tu conducta la única arenga. Diles que, al examinar tu parte, has comprendido que no servirías para interpretarla; que te has dado cuenta de que requieres más práctica y seguridad de lo que habías pensado. Dilo con seguridad, y será más que suficiente. Todos los que sepan distinguir comprenderán tus motivos. Se renunciará a la obra y será honrada tu delicadeza tal como se merece.

—No representes nada que sea impropio, querida —dijo lady Bertram—; a tu padre no le gustaría. Fanny, toca la campanilla; es hora de que se sirva el almuerzo. De seguro que Julia está ya vestida.

—Estoy convencido, mamá —dijo Edmund, reteniendo a Fanny—, de que a su padre no le gustaría.

—Ya lo ves, hija mía; ¿has oído lo que dice Edmund?

—Si yo rechazara mi papel —dijo María, con renovado empeño—, es seguro que Julia lo recogería corriendo.

—¡Cómo! —exclamó Edmund—. ¿Conociendo tus razones?

—¡Oh!, ella se basaría en la diferencia que existe entre nosotras... en lo distinto de nuestra situación respectiva... en que ella no precisa tener los escrúpulos que yo debo tener forzosamente. Estoy segura de que razonaría así. No, Edmund; tienes que perdonarme. No puedo retractar mi consentimiento; todo está ya demasiado avanzado... todos quedarían tan decepcionados... Tom se enfadaría muchísimo; y si hemos de ser tan mirados nunca llegaremos a representar nada.

—Es exactamente lo mismo que ahora iba a decir yo —terció tía Norris—. Si a todas las piezas hay que encontrarles reparos, no representaréis nada y los preparativos no habrán sido más que dinero inútil; y os aseguro que esto sí que sería un descrédito para todos nosotros. Yo no conozco la obra; pero, como dice María, si contiene algo un poco subido de tono (y en casi todas se da el caso) fácilmente se puede saltar. No hemos de ser escrupulosos hasta la exageración, Edmund. Como el señor Rushworth interviene también, no puede hacer daño. Yo solo hubiera deseado que Tom supiera lo que quería cuando los carpinteros empezaron a trabajar, pues se perdió medio jornal por cuestión de esas puertas laterales. La cortina será un buen negocio, sin embargo. Las muchachas se esmeran mucho en su confección, y me parece que podremos devolver algunas docenas de anillas. No hay lugar para ponerlas tan juntas unas de otras. Supongo que yo soy de alguna utilidad, procurando evitar todo lo que sea gasto inútil y haciendo la mayoría de las cosas. Siempre debería haber una cabeza sentada para vigilar los asuntos que están en manos de la juventud. A propósito, me olvidé de contarle a Tom algo que me ha ocurrido hoy mismo. Estuve cuidando de mi gallinero y acababa de salir, cuando me tropecé con Dick Jackson, que se dirigía al pabellón de los servicio con dos pedazos de carne para su padre, podéis estar seguros; la madre tuvo que mandarle a un recado cerca del padre, y este aprovechó la ocasión para pedirle esos bocados, alegando que no podía pasarse sin ellos. Comprendí lo que aquello significaba, pues en aquel preciso instante sonaba la campana llamando al servicio a la mesa; y como aborrezco a la gente interesada (los Jackson son muy abusones, siempre lo dije... son de esa clase de personas que procuran sacar todo lo que pueden) me enfrenté con el muchacho (ya sabéis que es un muchachote grandullón, de diez años, que debería avergonzarse de sí mismo) y le dije: "Ya me encargaré yo de llevarle esa carne a tu padre, Dick; o sea que ya te estás volviendo a tu casa a toda prisa". El muchacho quedó con cara de bobo, y acto seguido se alejó sin decir esta boca es mía, pues creo que mis palabras fueron bastante tajantes; y yo diría que habrá escarmentado y no volverá a rondar la casa por una temporada larga. Me indigna ese afán de saqueo... ¡con lo bueno que es vuestro padre con esa familia, dando empleo al hombre durante todo el año!

Nadie se tomó la molestia de responder. Los que habían salido no tardaron en regresar, y Edmund se dijo que el haber intentado que rectificasen habría de ser lo correcto.

La cena transcurrió animadamente hasta cierto punto. Tía Norris refirió otra vez su triunfo sobre Dick Jackson; pero, por lo demás, poco se habló de la función ni de los preparativos, pues la desaprobación de Edmund pesaba incluso sobre el ánimo de su hermano, aunque este hubiera deseado no acusarla. María, al no contar con el alentador apoyo de Henry Crawford, prefirió evitar el tema. El señor Yates, que pretendía hacerse simpático a Julia, tropezó con su mal humor, menos impenetrable para cualquier tópico que para el de lo mucho que él sentía que quedase al margen del cuadro escénico; y el señor Rushworth, que no tenía en la cabeza más que su papel y su vestuario, pronto agotó todo lo que uno y otro tema podían dar de sí.

Sin embargo, el tema de la representación quedó solo en suspenso por un par de horas. Quedaban todavía muchas cosas por decidir; y como los espíritus del atardecer les infundieran nuevos alientos, Tom, María y el señor Yates, apenas volvieron a reunirse todos en el salón, fueron a sentarse en una mesa aparte y abrieron la obra, dispuestos a estudiar y solucionar sus posibles dificultades; y empezaban a entrar de lleno en la materia cuando fueron agradablemente interrumpidos por la aparición del señor y la señorita Crawford, los cuales, a pesar de lo tarde, lo oscuro y lo brumoso de la hora y del tiempo, no pudieron pasarse sin ir y se vieron acogidos por la más cordial y alegre de las bienvenidas.

"Bueno, ¿cómo va eso?" y "¿qué nuevos acuerdos habéis tomado?" y "¡Oh!, no podemos hacer nada sin vosotros" fueron las frases que se cruzaron a continuación de los primeros saludos; y Henry Crawford no tardó en sentarse junto a los tres que ocupaban la mesita aparte, mientras su hermana se dirigía hacia donde se encontraba *lady* Bertram para cumplimentarla con atenta amabilidad.

—Sinceramente debo felicitar a usted —dijo— por haber sido ya elegida la obra a representar; pues, aunque usted lo ha soportado todo con paciencia ejemplar, no dudo que estará cansada de tanto barullo y tanta discusión; por eso le doy a usted mi sincera enhorabuena, lo mismo que a la señora Norris y a todos los que entran en el mismo predicamento —añadió, repartiendo su mirada, mitad temerosa, mitad aveza, entre Fanny y Edmund.

Obtuvo una respuesta muy cortés de *lady* Bertram, pero Edmund no dijo nada. Que él no fuera más que uno de los circunstantes quedó sin revelarse. Después de seguir unos minutos charlando con el grupo reunido en torno al fuego, la señorita Crawford se reunió con los sentados alrededor de la mesa y, permaneciendo de pie junto a ellos, pareció que se interesaba en sus disposiciones hasta que, como recordando de pronto algo de capital importancia, exclamó:

—¡Amigos míos! Veo que estáis trabajando con gran cuidado en torno a los decorados de esas granjas y tabernas, por dentro y por fuera; pero, por favor, decidme entretanto cuál va a ser mi suerte. ¿Quién hará el papel de Anhalt? ¿Cuál de vosotros será el caballero a quien tendré el placer de hacer la corte?

Transcurrieron unos segundos sin que nadie hablara; y después hablaron muchos a la vez para decir la misma triste verdad: todavía no contaban con ningún Anhalt. El señor Rushworth se había decidido por el conde Cassel, pero del papel de Anhalt nadie se había encargado todavía.

—Yo pude elegir entre los dos personajes —dijo el señor Rushworth—, y me pareció que me gustaba más el papel de Conde... aunque no me entusiasma eso de salir a escena tan elegante y peripuesto.

—Fue muy sabia su elección, sin duda —replicó la señorita Crawford, intencionadamente—; el papel de Anhalt es bastante difícil.

—*El Conde* tiene cuarenta y dos parlamentos —subrayó el señor Rushworth—, lo que no es una minucia.

—No me sorprende nada —dijo la señorita Crawford, después de una breve pausa— que no haya surgido ningún Anhalt. Amelia no merece nada mejor. Una muchacha tan atrevida es natural que asuste a los hombres.

—A mí me causaría más que satisfacción encargarme del papel, si fuera posible —protestó Tom—; pero, lamentablemente, el mayordomo y Anhalt coinciden en escena. Sin embargo, no quiero dar el caso por perdido; veré si se puede hacer algo... lo repasaré otra vez.

—Tu hermano sería el indicado —dijo el señor Yates a Tom, en voz baja—. ¿No crees que aceptaría?

—No seré yo quien se lo proponga —replicó Tom, de un modo frío, y tajante.

La señorita Crawford cambió de tema y poco después se reunió con el grupo de la chimenea.

—No me necesitan para nada —dijo, tomando asiento—. Solo sirvo para ponerles en un aprieto y obligarles a pronunciar frases amables. Edmund, puesto que usted no toma parte en la comedia, será un consejero desinteresado, y por esto recurro a usted. ¿Qué podríamos hacer para disponer de un Anhalt? ¿Hay posibilidad de que alguno de los otros asuma la encarnación del personaje, haciendo un doble papel? ¿Cuál es su consejo?

—Mi consejo —replicó él con calma— es que se cambie la obra.

—Yo no tendría inconveniente —dijo Mary—; pues aunque particularmente no me disgusta el papel de Amelia si se sostiene bien... es decir, sin sufrir grandes tropiezos, lamentaría ser un inconveniente. Pero como los de esa mesa —añadió, dirigiendo la mirada al grupo de Tom— parece que no están dispuestos a oír sus consejos, es muy seguro que no van a seguirlos.

Edmund permaneció callado.

—Si algún papel pudiera inducirle a usted a tomar parte en la representación, supongo que sería el de Anhalt —observó ella sibilinamente, al cabo de una breve pausa—, pues se trata de un clérigo, como usted sabe.

—Esta circunstancia, precisamente, no podría tentarme a ello —replicó Edmund—, pues lamentaría hacer del personaje un tipo ridículo por no saber actuar en escena. Tiene que ser muy difícil evitar que Anhalt parezca un sermoneador formalista, superficial; y el individuo que personalmente ha elegido la carrera es, tal vez, el último que se prestaría a representar el papel de clérigo en las tablas.

La señorita Crawford enmudeció y, con una mezcla de rencor y humillación, corrió su silla ostensiblemente hacia la mesa de té, prestando toda su atención a tía Norris, que la presidía.

—Fanny —llamó Tom Bertram desde la otra mesa, donde la conferencia se desarrollaba con mucha animación y la conversación era incesante—, precisamos de tus servicios.

Fanny se puso en pie en el acto, esperando algún recado; pues el hábito de emplearla en tal sentido no se había abandonado todavía a pesar de todos los esfuerzos de Edmund por conseguirlo.

—¡Oh! No hace falta que abandones tu asiento. No precisamos tus servicios para este momento. Solo vamos a requerirte para nuestra representación. Tendrás que hacer la mujer del aldeano.

—¡Yo! —exclamó Fanny, sentándose de nuevo, llena de terror—. De verdad, tenéis que excusarme. No sería capaz de interpretar ningún papel aunque me fuese la vida a cambio. No, eso sí que no, no sé actuar en escena.

—Cierto, pero tienes que hacerlo porque no podemos prescindir de ti. No hace falta que te asustes por eso; es un papel minúsculo, una nadería, con apenas media docena de líneas en toda la obra, y poco importará si nadie se entera de una palabra de lo que dices. De modo que podrás ser tan pícara como quieras, pero de esta no te escapas, porque lo que nos conviene es que aparezcas para que se te vea.

—Si la asustan media docena de líneas —consideró el señor Rush-worth—, ¿cómo se las compondría con un papel como el mío? Yo tengo que aprenderme cuarenta y dos.

—No es que me asuste aprenderlo de memoria —dijo Fanny, muy nerviosa al encontrarse ella sola hablando en la habitación y sentir que todas las miradas convergían sobre ella—, pero es que sencillamente no sé actuar en escena.

—Sí, sí; sabes bastante para nosotros. Te aprendes el papel, y nosotros te enseñaremos todo lo demás. Solo intervienes en dos escenas, y como yo seré el aldeano, yo mismo te pondré en el caso y te guiaré por donde convenga; y lo harás muy bien, respondo de ello.

—No, no, Tom; debes excusarme. No puedes imaginarte mi torpeza. Es algo absolutamente imposible para mí. Si fuera capaz de aceptarlo, solo representaría un obstáculo.

—¡Bah! ¡Bah! No seas tan vergonzosa. Lo harás muy bien. Tendrás toda la condescendencia de nuestra parte. No exigimos perfección. Te pondrás un vestido marrón, un delantal blanco y una toca, y nosotros te pintaremos unas arrugas, unas cuantas patas de gallo junto a los ojos, y quedarás convertida en una vieja mujer ideal para la escena.

—Tenéis que excusarme, de verdad, es necesario que me excuséis —protestaba Fanny, poniéndose cada vez más enrojecida debido a su enorme excitación y mirando acongojadamente a Edmund, que la observaba con expresión cariñosa, pero que, no queriendo exasperar a su hermano con su intervención, se limitó a corresponder con una sonrisa alentadora. La súplica de Fanny no hizo el menor efecto a Tom, que repitió sus anteriores argumentos. Y no se trataba solo de Tom, pues la petición obtuvo después el respaldo de María, y del señor Crawford, y del señor Yates, cuya insistencia solo se diferenció de la del primero en que era más cortés o más ceremoniosa; y todo ello, en conjunto, resultaba algo excesivamente abrumador para Fanny. Antes de que le dieran tiempo siquiera para respirar, tía Norris vino a completar su violencia al dirigirse así a ella, en un susurro colérico, al tiempo que perceptible para los demás:

—¡Vaya asunto se está haciendo aquí de una nadería! Estoy avergonzada por ti, Fanny. ¡Poner tantas dificultades cuando se trata de complacer a tus primos en una cosa tan insignificante como esta... tan amables como son ellos contigo! Acepta el papel de grado y no des lugar a que se hable más de ello, por favor.

—No la obligue, tía —intervino Edmund—. No está bien forzarla de ese modo. Ya ve que no le gusta hacer función. Dejemos que decida tan libremente como todos nosotros. Su criterio es acreedor a toda consideración. No insista más.

—No volveré a insistir —replicó tía Norris, ofendida—; pero habré de considerarla una muchacha muy tozuda y desagradecida, cuando no es capaz de acceder a los deseos de su tía y sus primos... Muy desagradecida, vaya que sí, teniendo en cuenta quién es y lo que es.

Edmund estaba demasiado indignado para poder hablar; pero la señorita Crawford, después de mirar por un momento atónita a la señora Norris y después a Fanny, cuyas lágrimas empezaban a asomar, dijo inmediatamente con cierta mordacidad:

—No me gusta mi situación; este sitio es demasiado caluroso para mí.

Y corrió su silla hacia el lado opuesto de la mesa, junto a Fanny, para decirle en un discreto y amable susurro, al sentarse a su lado:

—No se preocupe, querida; tenemos un mal día. Todo el mundo está tirante y quisquilloso. Pero no les hagamos caso y punto.

Y con acentuada deferencia siguió hablándole e intentando levantar su ánimo y ponerla de buen humor, a pesar de que ella misma se sentía de un humor pésimo. Mediante una mirada que dirigió a su hermano, evitó que se renovaran los ruegos a Fanny para que aceptara el papel; y las intenciones realmente buenas por las que se regía, casi puramente, en aquellos instantes le bastaron para recuperar en el acto la totalidad del poquito terreno que había perdido a los ojos de Edmund.

Fanny no apreciaba a la señorita Crawford, pero le agradeció mucho su amabilidad; y cuando, después de interesarse por su labor y manifestarle que ella quisiera saber hacer unas labores tan primorosas, y pedirle que le prestara el diseño de la que estaba haciendo, y expresar su suposición de que se estaba preparando para ser presentada en sociedad, como sin duda se haría en cuanto su prima se hubiese casado, la señorita Crawford le preguntó si había tenido últimamente noticias de su hermano el marino, y le dijo que tenía muchos deseos de conocerle, añadiendo que lo imaginaba un muchacho muy apuesto, y aconsejó a Fanny que un pintor le hiciera un retrato para quedárselo ella antes de que se hiciera de nuevo a la mar...; después de todo esto, no pudo menos que admitir que eran unos halagos muy cariñosos, a los que forzosamente había que prestar oídos y a los que contestó poniendo en su acento más animación de la prevista.

La conferencia respecto al libro de la obra continuaba todavía, y el primero en interrumpir el coloquio de la señorita Crawford con Fanny fue Tom Bertram al manifestarle, con profundo pesar, que le resultaba totalmente imposible encargarse del papel de Anhalt, además del de mayordomo, ya que había puesto todo su afán en procurar hacerlo factible, pero no había forma: tenía que abandonar su intento.

—Pero no habrá la menor dificultad en encontrar quien quiera encargarse del papel —añadió—. Solo tenemos que abrir la boca. Podremos elegir a voluntad. Ahora mismo podría nombrar a seis jóvenes al menos, que viven a menos de seis kilómetros a la redonda y que están locos por ser admitidos en nuestra compañía; y hay entre ellos uno o dos que no desentonarían. Yo no temería confiar en cualquiera de los Oliver o en Charles Maddox. Tom Oliver es un muchacho muy inteligente, y Charles Maddox es en todas sus cosas tan caballero como el que más; así es que mañana temprano ensillaré mi caballo para acercarme hasta Stoje y ponerme de acuerdo con alguno de ellos.

Mientras decía esto Tom, María miró a Edmund temerosa, muy convencida de que se opondría a tal ampliación, tan contrapuesta a todas sus anteriores advertencias; pero Edmund permaneció callado.

Al cabo de unos momentos de reflexión, la señorita Crawford replicó con calma:

—Por lo que a mí respecta, nada puedo objetar a lo que vosotros consideréis acertado. ¿Conozco a alguno de esos dos caballeros? Sí, el señor Charles Maddox almorzó un día en casa de mi hermana, ¿no es cierto, Henry? Un muchacho de aspecto muy tranquilo. Lo tengo muy presente. Que sea a él a quien se recurra, por favor, pues será menos desagradable para mí tener por oponente a un individuo totalmente desconocido.

Quedaron en que Charles Maddox sería el elegido. Tom repitió su decisión de ir a su encuentro el día siguiente a primera hora; y aunque Julia, que apenas había desplegado los labios hasta aquel instante, dijo con acento sarcástico, dirigiendo la mirada a María primero y a Edmund después, que "de la función de aficionados de Mansfield se hablaría en exceso por toda la comarca", Edmund se mantuvo impasible, limitándose a mostrar su disgusto con una determinada gravedad en su expresión.

—No siento gran entusiasmo por nuestra representación —dijo la señorita Crawford en voz baja a Fanny, pasados unos momentos de muda reflexión—; y estoy dispuesta a decirle al señor Maddox que suprimiré algunas de sus frases y gran número de los mías, antes de ensayar juntos. Será muy deprimente, y en modo alguno lo que yo aguardaba.

Capítulo XVI

No estaba en el poder de la señorita Crawford conseguir, con su conversación, que Fanny olvidara realmente lo que había pasado. Al término de la velada fue a acostarse dominada por la misma impresión, con los nervios todavía excitados por la violencia del ataque que le había dirigido su primo Tom, tan pública y pertinaz, y con el espíritu agobiado por la reflexión y el reproche tan desconsiderados que le había hecho su tía.

Haberse visto llamada de aquella forma, para enterarse de que solo se trataba del preludio de algo infinitamente peor; haber escuchado que debía hacer algo tan imposible para ella como intervenir en la obra y, después, haber tenido que soportar aquellas imputaciones de tozudez e ingratitud, reforzadas con aquella alusión a su situación de inferioridad... fue un todo que la hizo sufrir demasiado en el instante de producirse para que al recordarlo a solas pudiera entristecerla mucho menos, especialmente teniendo en cuenta el sobreañadido temor de que a la mañana siguiente se renovara el planteamiento del problema. La protección de la señorita Crawford solo había servido para el momento; y si se veía de nuevo requerida por ellos, con toda la insistencia autoritaria que Tom y María eran capaces de desarrollar, y en el caso probable de que Edmund se encontrase fuera de casa, ¿qué podría hacer ella? Se durmió antes de encontrar contestación a esta pregunta, que no le pareció menos abrumadora cuando se despertó por la mañana. Pero como el cuartito blanco del ático, que había seguido siendo su dormitorio desde el día que pasó a integrar la familia Bertram, resultase incompetente para sugerirle alguna contestación, Fanny recurrió, en cuanto estuvo vestida, a otra habitación más espaciosa y más apropiada para pasear, reflexionando, arriba y abajo, y de la que era desde hacía algún tiempo casi tan dueña como de la suya. Había sido el cuarto de estudio de las niñas; es decir, este nombre había sido su distintivo hasta que las hermanas Bertram no quisieron aprobar que siguieran llamándolo así ni se destinase a tal fin hasta otra época futura. Allí había vivido la señorita Lee y allí las niñas habían leído y escrito, y hablado y reído hasta hacía poco más de tres años, cuando aquella abandonó la casa. Entonces la habitación se convirtió en un espacio inútil, y por algún tiempo quedó totalmente abandonada, excepto por parte de Fanny, que entraba con frecuencia para cuidar de sus plantas o siempre que deseaba coger uno de sus libros; y no estaba poco contenta de poder guardarlos allí, dada lo exiguo del espacio disponible en su cuartito del piso superior. Pero gradualmente, a medida que aumentaba el valor que para ella tenía el nuevo espacio por las comodidades que le proporcionaba, fue considerándolo como parte propia de sus dominios y pasaba allí casi todas sus horas libres; y al no tropezar con ninguna oposición había ido adueñándose de un modo tan natural y sin premeditación de aquel rincón, que ahora todos lo consideraban de su pertenencia. Así, pues, el cuarto del este, como lo llamaban desde que María Bertram había cumplido los dieciséis años, se consideraba ahora casi tan posesión de Fanny como el cuartito blanco del ático; pues la estrechez del uno hacía tan evidentemente razonable la utilización del otro, que las hermanas Bertram, que tenían en sus respectivos aposentos todas las ventajas mayores que pudiera exigir su propio sentido de superioridad, lo aprobaron sin el menor reparo; y tía Norris, después de acordarse que nunca se encendería allí una estufa por motivo de Fanny, quedó en parte resignada a que esta hiciera uso de lo que nadie más quería, aunque los términos en que a veces hablaba del favor parecían significar que se trataba de la mejor estancia de la casa.

Su orientación era tan buena, que hasta sin estufa era habitable en más de una incipiente primavera y de un fin de otoño, por la mañana, para un espíritu tan sufrido como el de Fanny; y, mientras en ella entrase un rayo de sol, abrigaba la esperanza de no tener que abandonarla, ni siquiera en pleno invierno. El bienestar que le procuraba en sus horas libres era grande. Allí podía refugiarse después de toda escena desagradable soportada en el piso bajo, hallando inmediato alivio en alguna ocupación o algún curso de ideas en relación con los mismos objetos de que se veía rodeada. Sus plantas, sus libros (que se había dedicado a coleccionar con afán desde el primer momento en que pudo disponer de un chelín), su mesita escritorio, sus labores caritativas e ingeniosas... todo lo tenía allí a su alcance; y cuando no se sentía en disposición de ocuparse en algo, cuando su ánimo solo la predisponía al ensueño y a la contemplación, apenas podía mirar un objeto en aquel recinto que no suscitara en ella la evocación interesante de algún hecho ocurrido en aquel mismo lugar. Todo le era amigo o le hacía pensar en una persona amiga; y aunque allí había tenido que soportar a veces mucho desprecio... aunque sus razones habían sido frecuentemente mal interpretadas, sus sentimientos desatendidos y su intelecto menospreciado... aunque allí había conocido los tormentos del rigor, del ridículo y del desdén..., sin embargo, casi toda repetición de alguna de aquellas circunstancias había conducido a algo consolador: tía Bertram había hablado en su defensa, o la señorita Lee la había alentado, o, lo que era más frecuente y más apreciable aún, Edmund había sido su defensor y su amigo de siempre, ya defendiendo su causa o explicando su intención, ya encareciéndole que no llorase o dándole alguna prueba de afecto que convertía su llanto en una auténtica alegría... Y el conjunto aparecía ahora tan perfectamente fundido, con unos matices tan bien armonizados por la distancia, que toda anterior aflicción tenía su encanto. El recinto le era sumamente querido y no hubiera cambiado sus muebles por los mejores de la casa, aunque lo que ya de por sí era sencillo había recibido los malos tratos de la gente menuda. Y los principales adornos y elegancias que contenía eran: un ajado escabel que Julia usara en sus labores, excesivamente cuarteado para llevarlo a la sala de estar; tres transparencias, debidas a cierto momento en que una racha de la moda impuso las transparencias con furor, que cubrían los tres cristales inferiores de una ventana, donde la Abadía de Tintern tenía su sitio entre unas ruinas de Italia y un lago iluminado por la luna en Cumberland; una colección de retratos de familia considerados indignos de figurar en otro sitio, sobre la repisa de la chimenea; y al lado de estos, apoyado contra la pared, el pequeño croquis de un barco que cuatro años antes le había enviado William desde el Mediterráneo, con la inscripción H.M.S.[19] en el casco de unos caracteres tan grandes como el palo mayor.

A este refugio de consuelos acudió Fanny para probar su influjo sobre un espíritu alterado, receloso...; para ver si contemplando la efigie de Edmund podía intuir alguno de sus consejos, o si regando sus plantas podía inhalar la brisa que templase su ánimo. Pero no eran solo los temores en cuanto a la posibilidad de defender su postura lo que tenía que vencer: había empezado a sentirse indecisa con respecto a la postura que debía adoptar; y mientras paseaba arriba y abajo de la habitación aumentaban sus dudas. ¿Obraba rectamente al negarse a lo que se le pedía con tanto afán... a lo que podía ser tan esencial para el logro de un proyecto en el que algunos, a los que ella debía mostrarse siempre dispuesta a complacer, habían puesto todas sus ilusiones? ¿No sería aquello mala voluntad, egoísmo y un temor a ponerse en evidencia? ¿Y podía el criterio de Edmund, el convencimiento que este tenía de la total desaprobación de *sir* Thomas, ser bastante para justificarla en una determinada negativa contra la voluntad de todos los demás? Sería para ella tan horrible intervenir en la representación, que se inclinó a desconfiar de la autenticidad y pureza de sus propios reparos; y al pasear en torno su mirada vio reforzado el derecho de sus primos a contar con su gratitud, ante la presencia de los regalos y más regalos que de ellos había recibido. La mesa situada entre las ventanas aparecía cubierta de cajas de labores que le habían sido ofrecidas en distintos momentos, especialmente por Tom, y se aturdió solo de considerar la importancia de la deuda que todos aquellos amables recuerdos representaban. Una llamada a la puerta la sorprendió en medio de esos intentos para hallar el camino de su deber, y su discreto "Adelante" fue correspondido por la aparición de la persona ante cuya presencia todas sus inquietudes solían disiparse. Sus ojos se iluminaron al ver a Edmund.

—¿Puedo hablar contigo, Fanny, solo unos minutos? —preguntó él.

—Sí, por supuesto.

—Quiero consultarte... necesito tu opinión.

—¡Mi opinión! —exclamó su prima, casi asustada al cumplido, que, al mismo tiempo, le halagaba.

—Sí, tu consejo y tu opinión. No sé qué hacer. Esa perspectiva de la representación va adoptando un cariz cada vez peor, ya lo ves. Han ele-

19 Abreviatura de *His Majesty's ship*. Buque de su Majestad.

gido casi la peor obra que podían elegir; y ahora, para que nada falte, van a solicitar la ayuda de un individuo muy superficialmente conocido por todos nosotros. Aquí acaba toda la formalidad y discreción de que se habló al principio. No sé si puede reprocharse nada a Charles Maddox; pero la excesiva intimidad que forzosamente tiene que nacer de su admisión entre nosotros en este plan... más que intimidad, familiaridad, es algo altamente inaceptable; y a mí me parece un daño de tal gravedad como para evitarlo, si es posible, a toda costa. ¿No lo consideras tú así?

—Sí, pero ¿qué se puede hacer? ¡Tu hermano está tan decidido...!

—Solo una cosa cabe hacer, Fanny. Yo mismo tendré que encargarme del papel de Anhalt. Estoy convencido de que es lo único que podrá apaciguar a Tom.

Fanny no supo qué responderle.

—Nada tan lejos de mi gusto —prosiguió él—. A ningún hombre puede gustarle verse llevado a una situación que lo haga aparecer tan incongruente. Todo el mundo sabe que me opuse al plan desde el principio, y parece absurdo que me preste a colaborar ahora, cuando precisamente están rebasando los límites de lo proyectado originalmente, en todos los sentidos. Pero no veo otra alternativa; ¿y tú, Fanny?

—No —contestó ella, hablando con lentitud—, ahora mismo, no... pero...

—¿Pero qué? Veo que tu opinión no coincide con la mía. Piénsalo un poco. Acaso tú no veas tan claramente como yo el mal que podría provocar la situación desagradable que tendría que producir la introducción de un joven en nuestro círculo de ese modo... mezclándole en nuestra vida familiar... autorizándole a venir a todas horas... colocándole en un terreno que pronto le llevaría a prescindir de todas las restricciones. Basta con pensar en las libertades que cada ensayo tendería a crear. ¡Es algo inaceptable, por todos los conceptos! Ponte en el lugar de la señorita Crawford, Fanny. Considera lo que representaría hacer el papel de Amelia con un extraño. Ella tiene derecho a que se lamente su situación, porque es evidente que ella misma la lamenta. Llegó a mis oídos lo suficiente de lo que te dijo anoche para comprender su renuncia ante la perspectiva de actuar con un extraño; y como probablemente se comprometió a aceptar su papel esperando algo muy distinto... tal vez sin considerar la cuestión sin meditarlo para darse cuenta de lo que se trataba con exactitud... sería una actitud mezquina, sería en realidad obrar mal, dejarla expuesta a semejante trago. Sus sentimientos merecen ser respetados. ¿No te parece que así debe ser, Fanny? ¿Acaso lo dudas?

—Lo siento por la señorita Crawford, pero todavía siento más verte arrastrado a hacer algo contra lo que te habías pronunciado, aquello que todos saben que consideras habrá de disgustar a tu padre. Será una gran victoria para ellos.

—No tendrán gran motivo de considerarlo una victoria cuando vean lo mal que trabajo. Pero, de todos modos, no dejará de ser una victoria, y esto me subleva. Sin embargo, si yo puedo ser el medio que reduzca la publicidad del asunto, que limite el círculo de la exhibición, que concentre nuestra extravagancia a sus más estrechos límites, me consideraré bien pagado. Manteniéndome en la actual postura no tengo la menor influencia... no puedo hacer nada: les he ofendido y no quieren escucharme. Pero, en cuanto les haya puesto de buen humor con mi concesión, tengo la esperanza de que podré persuadirles en el sentido de concretar la representación a un círculo mucho más estrecho que el que ahora están dispuestos a consentir. Esto será una ventaja positiva. Mi objetivo es evitar que la cosa transcienda más allá de los Rushworth y los Grant. ¿No vale la pena intentarlo?

—Sí, es un punto muy importante.

—Pero aún no merece tu plena aprobación. ¿Puedes sugerirme algún otro medio que me permita conseguir el mismo provecho?

—No, no se me ocurre ninguna otra opción.

—Entonces, dime que lo apruebas, Fanny. No quedo tranquilo sin tu aprobación.

—¡Por favor, Edmund!

—Si no estás de acuerdo, tendré que desconfiar de mí mismo; e incluso así... Pero es absolutamente imposible dejar que Tom vaya por ese camino, recorriendo la comarca en busca de alguien que quiera intervenir en la función, no importa quién... mientras tenga la estampa de un caballero. Creí que tú habías penetrado mejor los sentimientos de la señorita Crawford.

—Sin duda se pondrá muy contenta. Será un gran alivio para ella —dijo Fanny, procurando dar a sus palabras un acento de mayor comprensión.

—Nunca se mostró más amable que anoche, en su modo de portarse conmigo. Ello la hizo acreedora de todo mi aprecio.

—Estuvo muy amable, realmente, y me satisface haberle ahorrado...

No pudo terminar su generosa efusión: su conciencia la detuvo en seco; pero Edmund quedó satisfecho.

—Me reuniré abajo con ellos inmediatamente después del desayuno —dijo—, y estoy seguro de que les daré una alegría. Y ahora, querida Fanny, no deseo molestarte más. Sin duda estarías leyendo cuando te interrumpí. Pero no hubiera podido tranquilizarme sin antes hablar contigo y llegar a una decisión. Dormitando o en vela, he pasado toda la noche sin poder ahuyentar de mi cabeza este problema. Es un mal, pero sin duda conseguiré que sea menor de lo que pudo ser. Si Tom se ha levantado, iré a hablar directamente con él para dejar solucionado este punto; y cuando nos reunamos para desayunar estaremos del mejor humor ante la perspectiva de hacer función todos juntos, con tal perfecta unanimidad de criterio. Tú, entretanto, te darás un paseíto China adentro, me imagino. ¿Qué tal le va a lord Macartney[20]? —añadió, tomando un grueso volumen de encima de la mesa y otros dos a continuación—. Y aquí tienes *El holgazán* y los *Cuentos* de Crabbe[21] a mano para alternar, si te cansas del libro grande. Me gusta extraordinariamente tu pequeño recinto; y apenas te haya dejado vaciarás tu cerebro de toda esa bobada de teatro casero para sentarte cómodamente a tu mesa de lectura. Pero no permanezcas aquí demasiado tiempo, no vayas a enfriarte.

Se fue; pero no pudo haber lectura, ni viajes a través de China, ni tranquilidad para Fanny. Edmund le había comunicado lo más extraordinario, lo más inconcebible, la más ingrata noticia, y ella no podía pensar en otra cosa. ¡Actuar él en la función! ¡Después de todas sus objeciones... objeciones tan justas y tan públicamente exteriorizadas! Después de todo lo que ella le había oído decir, de la actitud que le había visto adoptar y de lo bien que había conocido su modo de pensar... ¿Era posible? ¡Edmund tan incoherente! ¿No estaría engañándose a sí mismo? ¿No estaría equivocado? ¡Ah, todo se debía a la señorita Crawford! Bien había observado el gran efecto que todas y cada una de las frases de Mary producían en él, y se sintió apenada. Las dudas y escrúpulos respecto de su propio comportamiento, que antes la habían hecho sufrir y que quedaron aletargados mientras estuvo escuchando a Edmund, se habían convertido ahora en cosa de poca importancia. Su pena actual, más honda, los había desplazado. Ya todo podía seguir su curso: ya tanto le daba cuál pudiera ser el fin. Sus primos podían atacar, pero difícilmente conseguirían fastidiarla. Ella estaba fuera de su alcance; y si al fin se veía obligada a ceder... no importaba... todo era desdicha ahora.

Capítulo XVII

Fue, en efecto, un día de triunfo para Tom y María. No se habían hecho la ilusión de alcanzar tal victoria sobre el empecinamiento de Edmund, y quedaron encantados. Ya nada podía estorbarles en la realización de su

---

20   Lord Macartney, primer embajador británico en China.
21   George Crabbe, clérigo y escritor cuyos cuentos salieron a la luz en 1812.

ilusionado proyecto y se felicitaron mutuamente, en secreto, por la flaqueza de los celos a que atribuyeron el cambio, con toda la alegría de sus deseos satisfechos plenamente. Edmund podía mostrarse todavía serio y decir que no le gustaba el proyecto en general y que tenía que desaprobar la obra elegida en particular: ellos habían logrado lo que querían. Edmund intervendría en la función, y a ello lo había arrastrado únicamente la fuerza de unas inclinaciones egoístas. Edmund había descendido de aquel punto de elevación moral en que se había mantenido hasta entonces, y ellos se sintieron tan mejorados como contentos por el descenso.

Se portaron, sin embargo, muy bien con él cuando se los comunicó, sin traslucir más exultación de la que traicionaban unos rasgos en las comisuras de los labios, y parecía que consideraban la decisión un recurso tan salvador para librarse de la intrusión de Charles Maddox como si antes se hubieran visto forzados a admitirle contra su voluntad. Afirmaron que "llevarlo a cabo exclusivamente dentro de su círculo familiar era lo que más habían deseado; un extraño entre ellos hubiera constituido el fracaso de su diversión". Y cuando Edmund, refiriéndose a este mismo aspecto de la cuestión, insinuó sus esperanzas con respecto a la limitación de público, todos se mostraron dispuestos, en la euforia del triunfo, a prometer cualquier cosa. Todo era jovialidad y estímulo. Tía Norris se ofreció para hacerle el vestuario, el señor Yates le aseguró que la última escena de Anhalt con el barón se prestaba a mucha acción y mucho énfasis y el señor Rushworth se encargó de contar las líneas que tendría a su cargo.

—Tal vez —dijo Tom— Fanny estaría más dispuesta a complacernos ahora. Quizás tú podrías convencerla.

—No, su decisión es firme. Es seguro que no aceptaría.

—¡Ah!, muy bien.

Y no se dijo más. Pero Fanny se sentía otra vez en peligro, y su indiferencia ante tal peligro empezaba a debilitarse.

¡No suscitó menos sonrisas en la rectoría que en el Parque Mansfield el cambio de actitud de Edmund; la señorita Crawford estaba sumamente encantadora con su iluminado semblante y acogió la noticia con una recuperación tan instantánea de su buen humor, que solo podía producir un efecto en él: "Es indudable que he procedido con gran justicia al respetar tales sentimientos, se decía: estoy satisfecho de mi decisión". Y la mañana transcurrió entre satisfacciones muy agradables, aunque no muy sanas. Una ventaja se derivó de todo ello para Fanny: ante la formal insistencia de Mary, su hermana, la señora Grant, se avino con su habitual buen humor a encargarse del papel para el que se había requerido la colaboración de Fanny; y este fue el único acontecimiento de la jornada algo satisfactorio para ella. Pero hasta esto, al serle comunicado por Edmund, hubo de aportar una buena dosis de sufrimiento a su espíritu; pues resultó que era a la señorita Crawford a quien debía agradecérselo... que era la amable intervención de la señorita Crawford lo que había de promover su gratitud; y de los merecimientos de la señorita Crawford por haber puesto su empeño en ello se habló con calor de admiración. Fanny estaba a salvo. Pero paz y tranquilidad no se correspondían en este caso. Nunca se había sentido más tranquila. No podía acusarse de haber obrado mal, pero sentía inquietud por todo lo demás. Lo mismo su corazón que su criterio se rebelaban contra la decisión de Edmund; no podía explicarse su inconsecuencia, y verle feliz dentro de la misma la hacía sufrir. Su espíritu era un hervidero de celos y agitación. La señorita Crawford compareció con un semblante tan alegre que parecía un insulto, y permitiéndose unas expresiones tan amistosas al dirigirse a ella, que a duras penas consiguió dominarse para mantener la compostura. Todos cuantos la rodeaban aparecían contentos y ocupados, dichosos e indispensables; cada cual tenía su motivo de interés, su papel, su vestuario, su escena favorita, sus amigos y aliados... Todos tenían ocasión de emplearse haciendo consultas y comparaciones o de divertirse con las juguetonas propuestas que se producían. Solo ella estaba triste y era insignificante. No tomaba parte en nada. Podía irse o quedarse, podía estar en medio del ruidoso ajetreo de los demás o retirarse en la soledad del cuarto del este, sin que notaran su presencia o su ausencia. Casi se sintió inclinada a pensar que cualquier cosa hubiera sido preferible a aquello. A la señora Grant se le concedía no poca importancia: se hacía honroso comentario de su carácter jovial; su buen gusto y su tiempo eran muy valorados; su presencia se hacía necesaria; se la solicitaba, se la atendía, se la alababa... Y Fanny estuvo, al principio, a punto de envidiarle el papel que ella misma había rechazado. Pero con la reflexión se impusieron mejores sentimientos y se le hizo evidente que la condición de la señora Grant exigía un respeto que a ella nunca le hubieran otorgado; y que, incluso en el caso de haber sido objeto de la mayor deferencia, nunca hubiera podido sumarse con tranquilidad de conciencia a un plan que, teniendo solo en cuenta la rectitud de su tío, había de condenar por completo.

El corazón de Fanny no era absolutamente el único amargado entre todos los que latían a su alrededor, como no tardó en descubrir. Julia era también una víctima, aunque no sin culpa.

Henry había jugado con sus sentimientos; pero ella había admitido demasiados galanteos, e incluso los había consentido, con unos celos de su hermana tan razonables que hubieran debido bastar para salvaguardar sus propios sentimientos; y ahora, obligada por la evidencia a reconocer que él prefería a su hermana, aceptaba el hecho sin alarmarse lo más mínimo por la situación de María ni intentar nada racional para tranquilizar su espíritu. Se limitaba a permanecer sentada en amargado silencio, envuelta en una rígida gravedad que por nada se dejaba atenuar, o bien, admitiendo las galanterías del señor Yates, hablaba con forzada jovialidad solo con él y ridiculizando la actuación escénica del resto.

Durante un par de días, a partir del de la afrenta, Henry Crawford hizo algunos intentos para atenuarla mediante la usual ofensiva de frases galantes y cumplidos, pero no le preocupaba tanto el caso como para perseverar a despecho de la actitud altanera y despectiva con que tropezó de momento; y, como no tardó en encontrarse demasiado atareado con su participación en el reparto de la obra para que le diera tiempo a sostener más de un *flirt,* le fue cada vez más indiferente el enfado, o más bien lo consideró un afortunado suceso, como discreto término de lo que a no tardar hubiera podido hacer concebir esperanzas en alguien más, aparte de la señora Grant. A esta no le agradaba ver a Julia excluida de la obra y sentada en un rincón, desairada; pero como no era asunto que estuviera directamente relacionado con su felicidad; como Henry era quien mejor podía enjuiciar la suya, y puesto que él mismo le aseguraba, acompañándose de una sonrisa altamente persuasiva, que ni él ni Julia habían pensado jamás seriamente el uno en el otro, ella no podía hacer más que renovar sus advertencias con respecto a la hermana mayor, suplicarle que no arriesgara su tranquilidad dedicando a María una excesiva admiración y, después, tomar parte en todo aquello que procurase alegría a la juventud en general y que, de una forma tan especial, había de ser motivo de placer y diversión para los dos hermanos que tanto apreciaba.

—Casi me sorprende que Julia no esté enamorada de Henry —fue el comentario que hizo a Mary.

—Yo diría que lo está —contestó la señorita Crawford, con indiferencia—. Me imagino que las dos hermanas están enamoradas de él.

—¡Las dos! No, no, esto no puede ser. No vayas a insinuárselo de ningún modo a Henry. Piensa en el señor Rushworth.

—Harías mejor en decírselo a María Bertram que piense en el señor Rushworth. Puede que esto le hiciera algún bien a ella. Frecuentemente pienso en las propiedades y la posición holgada del señor Rushworth, y desearía que estuvieran en otras manos; pero nunca pienso en él. Otro hombre representaría al condado con semejante patrimonio; otro hombre prescindiría de una profesión y lo representaría.

—Creo que pronto lo tendremos en el Parlamento. Cuando vuelva *sir* Thomas, creo que lo presentará por algún distrito; pero hasta ahora no ha tenido a nadie que lo pusiera en camino de hacer nada al respecto.

—*Sir* Thomas tendrá grandes planes en cuanto se haya reintegrado al seno de la familia —dijo Mary, cerrando una pausa—. ¿Recuerdas la *Dedicatoria al Tabaco*, de Hawkins Browne, imitando a Pope[22]?:

»"¡Bendita hoja!, cuyas aromáticas emanaciones confieren modestia al estudiante, carácter al rector. Yo voy a parodiarles: ¡Bendito caballero!, cuya dictatorial presencia confiere prestigio a sus criaturas, carácter a Rushworth".

»¿No lo consideras así, hermana mía? Parece que todo depende de la vuelta de *sir* Thomas.

—Encontrarás muy justa y razonable la importancia que se le asigna cuando lo veas ocupando su lugar en la familia, te lo aseguro. No creo que obremos demasiado bien sin él. Tiene un modo de hacer respetable y mesurado, muy propio del jefe de una casa como la suya, y mantiene a cada cual en su lugar. *Lady* Bertram parece más un cero a la izquierda ahora que cuando está él; y es el único que puede mantener a raya a la señora Norris. Pero... sobre todo, Mary, no creas que María Bertram está por Henry. Estoy segura de que ni siquiera Julia está por él, pues de lo contrario no se dedicaría a coquetear con el señor Yates como lo realizó anoche; y, aunque Henry y María son muy buenos amigos, me parece que a ella le gusta demasiado Sotherton para ser inconstante.

—Poco apostaría yo a favor del señor Rushworth, si Henry se decidiera antes de las amonestaciones.

—Si abrigas esta sospecha, algo será necesario hacer. En cuanto se haya consumado la representación de la obra le hablaremos con mucha seriedad y haremos que nos dé a conocer sus intenciones. Y si no tienen ninguna intención, le obligaremos a que se marche a otra parte por una temporada, por muy Henry que sea.

Julia sufría, sin embargo, aunque no lo notase la señora Grant y aunque su pena escapara igualmente a la observación de su propia familia. Ella había amado, amaba todavía, y albergaba dentro de sí todo el sufrimiento que un temperamento apasionado y un espíritu orgulloso puedan conocer ante el desengaño de una querida aunque absurda ilusión, unido a una fuerte sensación de maltrato. Su corazón destilaba ira y rencor, y solo era capaz de rencorosos consuelos. Su hermana, con la que siempre había departido en un plano de cordialidad, se había convertido ahora en su mayor rival... las dos quedaron recíprocamente distanciadas; y Julia no era capaz de superar el deseo de que aquellas atenciones, que se llevaban adelante entre su hermana y Henry, tuvieran un calamitoso final, que a María le sobreviniese un castigo por su comportamiento tan

---

22 Alexander Pope fue el poeta neoclásico inglés más sobresaliente de la primera mitad del siglo XVIII.

vergonzoso para consigo como para con el señor Rushworth. Sin que existiera una sustancial incompatibilidad de carácter o diversidad de gustos que les impidiera ser buenas amigas mientras sus intereses no fueron encontrados, las dos hermanas , ante una coyuntura como la que ahora se les presentaba, desconocían la ternura o los principios indispensables para ser dementes o justas, para sentir vergüenza o compasión. María saboreaba su victoria, persiguiendo sus fines sin preocuparse por Julia; y esta no podía ver las distinciones que Henry hacía a su hermana sin confiar en que aquello crearía una atmósfera de celos y desembocaría finalmente en un escándalo público.

Fanny veía y compadecía en gran parte los sufrimientos de Julia; pero entre ellas no existía ninguna corriente exterior fraternal. Julia no hacía confidencias y Fanny no se tomaba libertades. Eran dos dolientes solitarias, o unidas tan solo por el conocimiento que Fanny tenía de los pesares de la otra.

El hecho de que ni sus dos hermanos ni su tía advirtieran la turbación de Julia y fueran ciegos a la verdadera causa de tal estado de ánimo debe atribuirse a que todos tenían la atención concentrada en sus respectivos asuntos de primordial interés. Cada uno tenía mucho que hacer y pensar por su cuenta. Tom estaba entregado a los asuntos de su teatro y no veía nada que no se relacionase directamente con él. Edmund, entre el papel que debía hacer en la obra y el que le correspondía en el mundo real, entre los merecimientos de la señorita Crawford y el camino a seguir, entre amor y consecuencia, tampoco se daba cuenta de nada; y tía Norris estaba demasiado ocupada en procurar y dirigir las pequeñas cuestiones generales para la compañía, orientando la confección del extenso vestuario en un sentido de estricta economía, por lo que nadie le daba las gracias, y ahorrando con deleitosa integridad, unos chelines aquí y allá al ausente *sir* Thomas, para que pudiera dedicar algún tiempo a vigilar el comportamiento o salvaguardar la felicidad de sus sobrinas.

Capítulo XVIII

Todo progresaba ahora sin pausa: teatro, actores, actrices y vestuario... todo iba adelante; pero, aunque no surgieron nuevos grandes obstáculos, Fanny pudo observar, antes de que hubieran transcurrido muchos días, que no todo era constante diversión para los mismos que integraban el grupo escénico, y que no se veía en el caso de presenciar una continuidad de aquel unánime deleite que casi se le hizo insoportable al principio. Todos empezaron a evidenciar sus respectivos motivos de enojo.

Edmund tenía muchos. Totalmente en contra de su criterio, se llamó a un escenógrafo de la capital, que estaba ya trabajando, lo que venía a aumentar los gastos considerablemente y, lo que era aún peor, la resonancia del acto que se proponían celebrar; y su hermano, en vez de dejarse guiar efectivamente por él en cuanto a la intimidad de la representación, repartía invitaciones a todas las familias que se encontraba al paso. El propio Tom empezó a inquietarse por la lentitud con que progresaba la obra del escenógrafo y a sentir el fastidio de la demora; había aprendido su papel (todos sus papeles, pues se había encargado de cuantos podían conjugarse con el de mayordomo) y estaba impaciente por actuar; y, a medida que pasaba los días de tal suerte desocupado, se le hacía cada vez más evidente la insignificancia de todos sus papeles reunidos y se sentía más propenso a quejarse de que no se hubiese elegido otra obra.

Fanny, que se prestaba siempre a escuchar con cortesía, y era con frecuencia la única oyente que se tenía a mano, fue la obligada confidente de las quejas y aflicciones de los demás. Así, se enteró de que todos pensaban que el señor Yates declamaba fatal; de que a el señor Yates le había defraudado Henry Crawford como actor; de que Tom Bertram hablaba tan rápido que nadie le entendería una palabra; de que la señora Grant lo estropeaba todo al reírse sin parar; de que Edmund estaba muy atrasado en el estudio de su papel y de que era un verdadero suplicio trabajar al lado del señor Rushworth, incapaz de decir una sola frase sin necesidad de apuntador. Se enteró, también, de que al pobre señor Rushworth se le hacía muy difícil encontrar a alguien que quisiera ensayar con él: igualmente él expuso su queja a Fanny, lo mismo que los demás. Y ella veía de un modo tan claro cuánto hacía su prima María para rehuir a su prometido y la innecesaria frecuencia con que se ensayaba la primera escena entre ella y el señor Crawford, que pronto la invadió el terror de tener que escuchar nuevas quejas de aquel. Lejos de verles a todos entusiasmados y divertidos, descubrió que cada uno por su lado deseaba algo que no tenía o daba motivos de disgusto a los demás. Unos consideraban su papel demasiado corto, otros demasiado largo... nadie prestaba la debida atención... nadie sabía por dónde había que aparecer, si por la derecha o por la izquierda... nadie quería seguir un consejo, como no fuera el mismo que lo daba.

Fanny consideraba que los preparativos de la representación le brindaban a ella ocasión de divertirse inocentemente tanto, por lo menos, como el resto. Henry Crawford trabajaba bien, y para ella era un placer deslizarse a la sala del teatro y presenciar el ensayo del primer acto, sin embargo el efecto que le producían ciertos parlamentos de María. Esta, según le parecía a Fanny, trabajaba asimismo muy bien... demasiado bien; y a partir de los primeros ensayos los actores se acostumbraron a tener a Fanny por único público; y a veces como apuntador, otras como simple espectadora, solía serles de mucha utilidad. Por lo que ella podía juzgar, Henry Crawford era con mucho el mejor actor de todos: poseía más seguridad que Edmund, más capacidad que Tom, más talento y más gusto que el señor Yates. A ella no le gustaba como hombre, pero tenía que reconocer que era el mejor actor; y sobre este punto pocas opiniones había que difiriesen de la suya. El señor Yates, por supuesto, protestaba de su insulsez y monotonía; y llegó al fin el día en que el señor Rushworth se dirigió a ella con semblante hosco, para decir:

—¿Cree usted que hay algo de maravilloso en todo eso? Por mi vida y mi alma que, lo que es yo, no puedo admirarle; y, entre nosotros, esto de ver a un individuo canijo, de aspecto vulgar; erigido en primer actor, resulta muy ridículo, opino yo.

A partir de aquel instante se reavivaron sus antiguos celos, que María, al hacerle concebir la actitud de Crawford mayores esperanzas, poco trabajo se molestaba en desvanecer; y las probabilidades de que el señor Rushworth llegara a saberse algún día su papel quedaron mucho más reducidas. Que consiguiera hacer de sus intervenciones algo tolerable, nadie lo soñaba siquiera, excepto su madre; esta, precisamente, lamentaba que el papel de su hijo no fuera más trascendental, y aplazó su desplazamiento a Mansfield para cuando los ensayos estuvieran más adelantados y se pudiera incluir en los mismos las escenas en que él debía intervenir. Pero los otros limitaban sus aspiraciones a que tuviera presente el pie[23] y la primera línea en cada uno de sus parlamentos y fuera capaz de seguir al apuntador en lo demás. Fanny, compasiva y bondadosa, no se tomó poco trabajo en enseñarle el modo de aprender, orientándole y ayudándole cuanto podía, intentando forjar una memoria artificial para él, hasta aprenderse ella misma todas y cada una de las palabras de su papel, pero sin conseguir que el hombre hiciera muchos adelantos.

Es cierto que a ella le abrumaban muchas sensaciones desagradables, de intranquilidad, de aprensión; pero esto mismo, unido a otros motivos que reclamaban su tiempo y su atención, hacía que se hallase tan lejos de quedarse sin ocupación o sin ser de utilidad en medio de todos ellos como de encontrarse sin un compañero de desventuras... Tan lejos de no verse requerida en sus horas libres como de no ver requeridos sus sentimientos de compasión. Quedó demostrado que la tristeza que se apoderó de ella en los primeros momentos carecía de fundamento. Ahora

---

23   En el teatro, última palabra que dice un personaje y es la señal para que empiece a hablar otro.

resultaba que circunstancialmente era útil a todos; y quizás había en su espíritu más serenidad que en ningún otro.

Además era mucho el trabajo de costura que había que realizar y para lo cual se requería su ayuda; y que tía Norris reconocía que estaba tan atareada por otras partes como los demás era evidente por la forma en que exclamaba:

—Vamos Fanny —decía—, que esta es una temporada feliz para ti; pero no debes estar siempre paseando de aquí para allá, echando continuas ojeadas a los ensayos, así, de continuo. Te necesito aquí. Yo me he esclavizado, hasta casi no poder tenerme en pie, para confeccionar el traje del señor Rushworth sin que hubiera necesidad de comprar más raso; y creo que ahora puedes ayudarme a montarlo. No hay más que tres costuras; lo dejarás listo en un santiamén. Ya me consideraría yo feliz si solo tuviera que realizar la parte ejecutiva. Tú prefieres rondar por ahí, ya lo sé; pero, si nadie hiciera más de lo que haces tú, poco adelantaríamos.

Fanny tomó su labor en silencio, sin proponerse siquiera protestar; pero tía Bertram, más amable que la otra, dijo en su defensa:

—No es de extrañar, hermana mía, que Fanny esté encantada: todo eso es nuevo para ella, bien lo sabes. A ti y a mí solía entusiasmarnos una representación teatral, y así me ocurre todavía ahora; y en cuanto pueda disponer de algo más de tiempo me propongo dar también yo un vistazo a los ensayos de la obra. ¿De qué trata la comedia, Fanny? No me lo has contado nunca.

—Por Dios, no le hagas preguntas ahora —terció tía Norris—; Fanny no es de las que pueden hablar y trabajar a un tiempo. La comedia trata de *Promesas de amor*.

—Creo —dijo Fanny a tía Bertram— que se ensayarán los tres actos mañana por la noche, y esto le daría a usted ocasión de ver a todos los actores de una vez.

—Mejor será que esperes a que hayamos colgado el telón —repuso tía Norris—. Dentro de un par de días quedará colocado... Tiene muy poco sentido una obra representada sin telón. Y mucho tengo que engañarme para que no lo encuentres bellamente terminado con festones.

Al parecer, *lady* Bertram estaba muy resignada a esperar. Fanny no podía compartir la paciencia de su tía: pensaba mucho en lo que se preparaba para el día siguiente. Pues, si se ensayaban los tres actos, Edmund y la señorita Crawford actuarían juntos por primera vez. El tercer acto contenía una escena que tenía para ella un crecido interés, escena que ella deseaba y temía ver cómo sería interpretada por los dos. No había en la misma más tema que el amor: el caballero tenía que definir en qué consiste un casamiento por amor, y la dama tenía que hacerle poco menos que una declaración.

Fanny había leído la escena una y otra vez con muy amargas, muy encontradas emociones, y aguardaba el momento de verla representada casi como algo excesivamente trascendental. Ella no creía que la hubiesen ensayado ya, aunque fuese en privado.

Llegó el día siguiente, el plan para la noche seguía en pie y, al considerarlo, no disminuía la zozobra de Fanny. Estuvo trabajando muy esmeradamente bajo las orientaciones de su tía, pero su esmero y su silencio ocultaban la ausencia e inquietud de su ánimo. Y hacia mediodía se refugió con su labor en su cuarto del este, a fin de eludir todo compromiso relacionado con otro ensayo más, que ella juzgaba totalmente innecesario y que Henry acababa de proponer, de las escenas del primer acto con María Bertram, deseosa a un tiempo de disponer de algunos instantes para sí y de ahorrarse la visión del infeliz señor Rushworth. Al atravesar el vestíbulo vio que Mary y su hermana se aproximaban procedentes de la rectoría, lo que no alteró sus deseos de retirarse a su ansiado refugio; y en su cuarto del este llevaba meditando y trabajando alrededor de un cuarto de hora, sin ser molestada, cuando en su ensimismamiento oyó un ligero golpecito a la puerta, seguido de la entrada de la señorita Crawford.

—¿He acertado? Sí; este es el cuarto del este. Mi querida señorita Price, le ruego que me perdone, pero acudo a usted a propósito para suplicarle su ayuda.

Fanny, en extremo sorprendida, procuró acreditarse como dueña del aposento a través de las obligadas amabilidades, y dirigió su mirada a la reluciente parrilla de su chimenea desprovista de brasas, con expresión de pesar.

—Gracias... no siento frío, nada de frío. Permita que me quede aquí unos instantes y tenga la bondad de escucharme las intervenciones que tengo en el tercer acto. He traído mi libro, y si usted quisiera prestarse a ensayar conmigo le quedaría muy agradecida... Hoy vine aquí con el propósito de ensayarlo con Edmund... solo los dos... a última hora de la tarde, pero él no está preparado; y, aunque lo estuviera, no creo que yo pudiese salir del paso con él, sin antes haberme curtido un poco. Pues, la verdad, hay dos o tres frases que... ¿Será usted tan amable? ¿Verdad que sí?

Fanny fue de lo más cariñosa en sus contestaciones afirmativas, aunque no pudo darlas con voz muy firme.

—¿Ha dado alguna vez, por casualidad, un vistazo a la parte a que me refiero? —prosiguió la señorita Crawford, abriendo su libro—. Aquí está. No le concedía gran importancia al principio; pero, ya le digo yo que... Por ejemplo, fíjese en este párrafo, y en este, y en este. ¿Cómo voy a ser capaz de mirarle al rostro y decir tales cosas? ¿Se atrevería usted a hacerlo? Y aún, de todos modos, usted es su prima, y ahí está la gran diferencia. Debe usted ensayarlo conmigo, de modo que pueda imaginarme que usted es él y acostumbrarme poco a poco. A veces tiene usted algo que recuerda a él.

—¿De veras? Haré lo que pueda con toda mi voluntad; pero tendré que leer el papel, pues de memoria casi no lo sé.

—Es natural que no lo sepa en absoluto. Lo leerá usted, ¿verdad? Manos a la obra. Es preciso tener dos sillas a mano, para que usted las lleve hasta la boca del escenario. Aquí están... excelentes sillas escolares, que no fueron destinadas para un teatro, diría yo; mucho más adecuadas para que se sienten en ellas pequeñas niñas y las golpeen con sus pies mientras aprenden la lección. ¿Qué dirían su institutriz y su tío al ver que las utilizamos para esto? Si pudiera vernos *sir* Thomas en estos instantes, sin duda se tiraría de los pelos, pues estamos ensayando por toda la casa. Yates está gritando en el comedor. Pude oírle al subir por la escalera. Y el escenario está ocupado, naturalmente, por ese par de "ensayadores" infatigables, Agatha y Frederick. Si cuando llegue el caso no lo hacen a la perfección, habré de sorprenderme. Dicho sea de paso, entré a echarles un vistazo hace cinco minutos, y estaban precisamente en uno de los momentos en que procuran no abrazarse; y el señor Rushworth se encontraba a mi lado. A mí me pareció que el hombre empezaba a enfadarse, de modo que intenté distraerlo lo mejor que supe y, a tal efecto, le susurré al oído: "Tendremos una excelente Agatha; hay algo tan maternal en sus maneras... ¡es tan perfectamente maternal su voz y su expresión!". ¿No le parece que hice bien? El muchacho se puso de buen talante en el acto. Bueno, vamos por mi intervención.

Mary empezó, y Fanny le prestó atención con toda la sensación de humildad que la conciencia de estar sustituyendo a Edmund tenía forzosamente que producirle, pero con un semblante y una voz tan auténticamente femeninos que difícilmente podían sugerir la presencia de un hombre. Ante semejante Anhalt, sin embargo, la señorita Crawford tenía suficientes bríos; y habían llegado a la mitad de la escena cuando un golpecito en la puerta introdujo una pausa, y la entrada de Edmund, seguidamente, suspendió el ensayo.

Sorpresa, admiración y alegría produjo en los tres el inesperado encuentro; y, como Edmund venía para lo mismo que había llevado a la señorita Crawford allí, la admiración y el placer era de presumir que serían más que momentáneos en los dos. También él había traído su libro y buscaba a Fanny para rogarle que le permitiese ensayar con ella, ayudándole a prepararse para la noche, ignorando que la señorita Crawford se encontrara en la casa; y grande fue el júbilo y la satisfacción que mostraron por verse así casualmente reunidos, poniendo de relieve la coincidencia de las respectivas intenciones y coincidiendo también ambos en elogiar los amables servicios de Fanny.

Esta no podía igualar el entusiasmo de la pareja; su espíritu quedó abrumado bajo la vehemencia expresiva de los dos, y sintió que le faltaba demasiado poco para convertirse en nada para ellos, para hallar algún consuelo en el hecho de que ambos la hubiesen estado buscando. Ahora podrían ensayar juntos. Edmund lo propuso, insistió, rogó, hasta que la joven, que ya al principio no estaba maldispuesta, no pudo seguir negándose; y Fanny ya solo les sirvió para apuntar y observarles. Se le concedió, con justicia, la investidura de juez y crítico, y con insistencia le suplicaron que se prestara a ejercer tales oficios y les señalara todas las faltas que cometiesen. Pero sus sentimientos se revolvían contra ello... Ella no podía, no quería, no se atrevería a hacerlo. Aunque por otros motivos hubiera existido un reconocimiento de su autoridad en la crítica, igualmente su conciencia la hubiera privado de aventurarse a manifestar su rechazo. Demasiado era lo que en su fuero interno hallaba de censurable en una función casera, respecto de la modestia o la moralidad. Tener que apuntarles era ya bastante para ella; y, en alguna ocasión; fue más que bastante, pues no siempre pudo estar atenta al texto del libro. Mirándoles a ellos se olvidaba de sí misma; e inquieta por la creciente pasión que Edmund ponía en sus acentos llegó, en un instante dado, a cerrar el libro para mirarles en el preciso momento en que él necesitaba su ayuda. El hecho se atribuyó a la muy comprensible fatiga de Fanny, a quien no se regatearon frases de agradecimiento y de compasión; si bien es cierto que la pobre muchacha merecía que la compadecieran mucho más de lo que ellos seguramente jamás llegarían a sospechar. Por fin terminó la escena y Fanny se esforzó en añadir sus expresiones de elogio a los cumplimientos que los otros dos se hacían mutuamente; y cuando estuvo sola de nuevo, y en condiciones de recapacitar sobre todo lo sucedido, se sintió inclinada a creer que aquellos pondrían en la interpretación de sus papeles, en verdad, tal realismo y sentimiento que ello, por sí solo, habría de asegurarles el éxito, a la par que constituiría una exhibición muy triste para ella. Sin embargo, cualquiera que fuese el efecto que le produjese, tendría que resistir de nuevo la tormenta cuando llegase el día.

El primer ensayo regular de los tres actos iba a tener lugar, en efecto, aquella misma noche. La señora Grant y los Crawford se comprometieron a volver para ello lo antes posible, después de la cena, y todos los que habían de intervenir esperaban el momento con gran nerviosismo. Parecía existir con tal motivo un difundido espíritu de alegría: Tom se mostraba satisfecho por el gran paso que se daba hacia el fin perseguido, Edmund estaba de buen humor desde el ensayo de la mañana, y todos los pequeños roces e inconveniencias parecían haber desaparecido por todas partes. Todos estaban alerta e impacientes. Las damas se pusieron pronto en movimiento, no tardaron en seguirlas los caballeros y, exceptuando a *lady* Bertram, a tía Norris y a Julia, todos se reunieron en el teatro antes de la hora fijada; y, después de iluminarlo lo mejor que pudieron teniendo en cuenta que no estaba aún terminada la instalación, quedaron esperando nada más que la llegada de la señora Grant y los Crawford para su iniciación.

No se hicieron esperar mucho los Crawford, pero llegaron sin la señora Grant. Resultó que no podía acudir. El doctor Grant se había sentido indispuesto (indisposición en la que poco creía su linda cuñadita) y no podía prescindir de su mujer.

—El doctor Grant está enfermo —proclamó Mary con morbosa grandilocuencia—. No ha dejado de estar enfermo desde el momento en que, hoy, no probó un bocado de faisán. Le pareció que estaba duro, retiró el plato y no ha dejado de sufrir desde entonces.

¡Ahí estaba el gran desencanto! No poder contar con la señora Grant era algo realmente catastrófico. Su agradable carácter y jovial conformidad hacían siempre de ella un valioso elemento para el grupo, pero ahora su asistencia era absolutamente necesaria. No podían representar, no podían ensayar a satisfacción sin ella. Todas las ilusiones puestas en aquella velada quedaron destruidas. ¿Qué iban a hacer? Tom, que a su cargo tenía el papel de aldeano, estaba desesperado. Después de una pausa de muda perplejidad, empezaron algunos ojos a volverse hacia Fanny, y un par de voces a decir:

—Si la señorita Price tuviera la amabilidad de leer el papel...

Acto seguido se vio acosada de peticiones... todos la suplicaban... hasta Edmund le dijo:

—Hazlo, Fanny, si no ha de serte muy molesto.

Pero Fanny siguió resistiendo aún. No podía soportar la idea de mezclarse en aquello. ¿Por qué no podían pedírselo del mismo modo a la señorita Crawford? O mejor: ¿por qué no se había retirado a su habitación, ya que había presentido que allí estaría más segura, en vez de querer presenciar el ensayo? Ella sabía que había de ponerla furiosa y entristecerla... ella sabía que su deber era mantenerse lejos. Ahora recibía el justo castigo.

—Solo tiene que leer el papel —dijo Henry Crawford, con renovado ímpetu.

Y yo creo que lo sabe de memoria, palabra por palabra —añadió María—, pues tuvo ocasión de corregir a la señora Grant en veinte puntos, el otro día. Fanny... estoy segura de que lo sabes de memoria.

Fanny no pudo negarlo; y como todos perseveraban en sus ruegos... como Edmund repitiese su deseo, hasta con una expresión de confianza en su bondad... al fin tuvo que ceder. Procuraría hacerlo lo mejor que pudiese. Todo el mundo quedó satisfecho; y ella quedó abandonada al temblor de un corazón entregado a las más violentas palpitaciones, mientras los demás se preparaban para empezar.

Empezaron, sí; y como estuvieran demasiado inmersos en su propio bullicio para que pudiera sorprenderles algún otro inusitado procedente del otro lado de la casa, habían adelantado ya algo en el ensayo cuando de golpe se abrió la puerta de la habitación y Julia, apareciendo en el marco de la misma, con el rostro atemorizado, exclamó:

—¡Ha llegado papá! Ahora mismo acaba de entrar en el vestíbulo.

Capítulo XIX

¿Cómo vamos a describir la consternación de todos los allí reunidos? Para la mayoría fue un momento de auténtico pavor. ¡*Sir* Thomas en casa! Todos cedieron a una instantánea convicción. Nadie abrigó una esperanza de engaño u error. El semblante de Julia evidenciaba el hecho de tal modo, que lo hacía indiscutible, y después de los primeros respingos y exclamaciones no se oyó una palabra por espacio de medio minuto; se miraban los unos a los otros con cara alterada y casi todos recibieron la noticia como la más desagradable, inoportuna y abrumadora de las sorpresas. El señor Yates pudo considerar que aquello no era más que una enfadosa interrupción del ensayo por aquella noche, y el señor Rushworth pudo imaginar que era una bendición del cielo; pero todos los demás se sentían oprimidos en mayor o menor grado bajo el peso de la culpabilidad o de un indefinido temor. Todos los demás se preguntaban: "¿Qué será de nosotros? ¿Qué vamos a hacer ahora?". Fue una pausa llena de terror; y terribles a todos los oídos fueron los corroborantes ruidos de puertas que se abrían y pasos que se aproximaban.

Julia fue la primera en ponerse de nuevo en movimiento y hablar. Celos y amargura habían quedado en suspenso, se había desvanecido el egoísmo en aras de la causa común; pero, en el momento en que se abrió la puerta, Frederick estaba escuchando, arrobado, el relato de Agatha, mientras oprimía la mano de esta contra su corazón; y en cuanto Julia se dio cuenta de ello y vio que, a despecho de la impresión que causaron sus palabras, él seguía manteniendo la misma actitud y retenía la mano de su hermana, su corazón herido se inflamó nuevamente de rencor; y poniéndose tan intensamente roja como lívida había aparecido unos momentos antes, se dio vuelta para alejarse diciendo:

—Yo no tengo por qué asustarme de presentarme ante él.

Su marcha espoleó a los demás; y en el mismo instante se adelantaron los dos hermanos, sintiendo la necesidad de hacer algo. Unas pocas palabras cruzadas entre los dos bastaron. El caso no admitía divergencias de opinión: debían acudir al salón enseguida. María se unió a ellos con el mismo propósito, sintiéndose en aquellos momentos la más fuerte de los tres; pues el mismo motivo que había empujado a Julia a salir era el más dulce soporte para ella. Que Henry Crawford hubiera retenido su mano en aquel instante (un instante de prueba e importancia tan singulares) valía por años de duda y ansiedad. Ella lo interpretó como un signo de la más formal de las determinaciones, cosa que le daba ánimos para enfrentarse con su padre. Los tres salieron, sin prestar el menor caso a la repetida pregunta del señor Rushworth, de "¿Debo ir también yo? ¿No sería mejor que fuera yo también? ¿No estaría bien que yo les acompañara?". Pero, apenas hubieron traspasado el umbral de la puerta, Henry Crawford se encargó de contestar la impaciente pregunta; y, alentándole por todos los medios a que presentase sus respetos a *sir* Thomas sin más tardanza, lo empujó en pos de los otros y el hombre salió, encantado, sin pensarlo más.

Fanny quedó solamente con los Crawford y el señor Yates. Sus primos no se habían acordado siquiera de ella; y como opinaba que el derecho que tenía a contar con el afecto de *sir* Thomas era demasiado humilde para clasificarse al lado de sus hijos, estuvo contenta de quedar atrás y tener tiempo para calmarse. Su agitación y alarma excedían de cuanto pudieran sufrir los demás, por razón de un carácter al que ni siquiera la inocencia podía evitar el sufrimiento. Estuvo a punto de desmayarse; todo el antiguo temor habitual de su tío la estaba invadiendo de nuevo, junto con un sentimiento de compasión por él y por casi todos los componentes del grupo que ante él deberían justificarse, más una ansiedad indescriptible por cuenta de Edmund. Había encontrado un asiento, donde con incontenible temblor estaba soportando todos esos terribles pensamientos, mientras los otros tres, libres ya de toda restricción, desahogaban su enojo lamentando la imprevista, prematura, llegada como el más nefasto acontecimiento y deseando, con toda desconsideración, que el pobre *sir* Thomas hubiera tardado el doble en su travesía o se encontrara todavía en la Antigua.

Los Crawford ponían más vehemencia en el asunto que el señor Yates debido a su mejor conocimiento de la familia y a que preveían con mayor claridad los consiguientes perjuicios. El fin del teatro constituía para ellos una certeza; sabían que la destrucción del proyecto estaba inevitablemente al llegar. Mientras que el señor Yates consideraba que aquello no significaba más que una interrupción temporal, un fracaso del plan para aquella noche, y hasta fue capaz de sugerir la posibilidad de que el ensayo se reanudase después del té, cuando hubiese cesado el revuelo consiguiente a la llegada de *sir* Thomas, y este tuviera gusto en entretenerse viendo la función. Los Crawford hubieron de reírse al escuchar tales pronósticos; no tardaron en convenir que lo más propio era que se retirasen quedamente a su casa y propusieron al señor Yates que les acompañase y pasara la velada con ellos en la rectoría, dejando a la familia Bertram en la intimidad de su hogar. Pero el señor Yates, que nunca había sido de los que conceden mucha importancia a los derechos de parentesco o a la intimidad familiar, no pudo comprender que nada de ello fuese necesario; y por ello, dándoles las gracias, dijo que preferiría quedarse en donde estaba, que tendría ocasión de presentar sus respetos al anciano *gentleman* como era debido, puesto que había llegado y, además, que a su juicio no les parecería muy bien a los demás encontrarse con que todos se habían ido corriendo.

Fanny empezaba a recobrar la compostura y a pensar que si seguía manteniéndose oculta por más tiempo su actitud merecería la consideración de falta de respeto, cuando se tomaron las antedichas resoluciones; y, quedando encargada de excusar a Henry y a Mary Crawford, vio que estos se preparaban para marchar cuando ella abandonó la habitación para cumplir con el terrible deber de comparecer ante su tío.

Demasiado pronto se encontró ante la puerta del salón; y después de detenerse un instante para hacerse con lo que sabía que no llegaría a encontrar..., para cobrar un grado de valor que jamás había encontrado detrás de ninguna puerta... dio vuelta a la empuñadura y ante ella aparecieron las luces del salón y toda la familia reunida. Al entrar, su propio nombre llegó a su oído.

Sir Thomas estaba en aquel momento mirando en torno suyo y diciendo:

—Pero, ¿y dónde está Fanny? ¿Cómo no veo a mi pequeña Fanny?

Y al descubrirla fue a su encuentro con una amabilidad que la sorprendió y emocionó a un tiempo, llamándola "mi querida Fanny", para besarla acto seguido cariñosamente y observar, con indudable satisfacción, lo mucho que había crecido. Fanny no sabía qué sentir ni adónde mirar. Se sentía completamente agobiada. Él nunca había sido tan amable, tan amabilísimo, con ella. Su actitud parecía cambiada, hablaba con rapidez debido a la emoción producida por la alegría y todo lo que antes había de temible en su dignidad parecía diluido en ternura. La condujo más cerca de la luz y la miró de nuevo, preguntó especialmente por su salud y, a continuación, corrigiéndose, afirmó que no le era necesario preguntar, ya que su aspecto hablaba con bastante elocuencia al respecto. Y, como un ligero rubor sucediera a la anterior palidez en el rostro de la joven, quedó justificada la creencia de *sir* Thomas de que había ganado tanto en salud como en belleza. Después preguntó por su familia, especialmente por William; y fue, en definitiva, tanta su amabilidad, que ella tuvo que reprocharse lo poco que le quería, así como el haber considerado una desgracia su regreso; y cuando, al sentirse capaz de elevar la mirada hasta su rostro, observó que había adelgazado y que en su semblante curtido había huellas de la fatiga, del agotamiento, que hablaban de su vida esforzada bajo un clima ardiente, aumentó su ternura y sintió una gran tristeza al considerar la muy insospechada reacción de enojo que, probablemente, iba a producirse en él de un momento a otro.

Sir Thomas era, ciertamente, el alma de la reunión; y todos, atendiendo a sus deseos, se sentaron entonces alrededor de la chimenea. Él era quien hacía uso de la palabra, como le correspondía plenamente por derecho natural; y la sensación de delicia que le producía encontrarse de nuevo en su propia casa, rodeado de todos los suyos, después de una tan larga separación, hacía que se mostrara comunicativo y conversador en grado sumo, nada habitual en él, y que estuviera dispuesto a dar toda clase de detalles con referencia a su viaje y a contestar a todas las preguntas de sus dos hijos, casi antes de que las formularan. Sus asuntos de la Antigua habían prosperado últimamente con gran rapidez, y él había llegado directamente desde Liverpool, habiéndosele presentado la oportunidad de efectuar la travesía hasta allí en un navío particular en vez de esperar el correo; y con gran animación fue explicando todos los pequeños detalles relativos a sus gestiones y logros, a sus llegadas y partidas, sentado al lado de *lady* Bertram y mirando con sincera satisfacción a los rostros que le rodeaban, aunque interrumpiéndose más de una vez, eso sí, para subrayar su buena suerte al encontrarlos a todos en casa, a pesar de haber llegado de súbito... para expresar la satisfacción de verles a todos reunidos, exactamente como hubiera podido desearlo, aunque no se había atrevido a confiar en ello. El señor Rushworth no quedó en el olvido: se vio objeto de la más cordial acogida y el más caluroso apretón de manos, y con acentuada deferencia se le incluyó entre los elementos más íntimamente relacionados con Mansfield. No había nada desagradable en el aspecto del señor Rushworth y *sir* Thomas empezó a caerle bien desde el primer momento.

Ninguno de los componentes del círculo le escuchaba con tanto entusiasmo, tan pura satisfacción como su esposa, que se sentía realmente en extremo feliz de verle otra vez a su lado, y cuyos sentimientos se avivaron hasta tal punto con su repentino regreso, que la llevaron a un grado más próximo al paroxismo que el alcanzado en el curso de los últimos veinte años. Llegó casi a impresionarse, y seguía aún tan visiblemente animada como para dejar de lado su labor, despachar al falderillo Pug y reservar toda su atención y todo el resto de su diván a su marido. Por nada sentía inquietud alguna que viniera a nublar su alegría; ella había empleado su tiempo de modo irreprochable durante la ausencia del esposo: había hecho gran cantidad de tapetes y muchos metros de fleco; y con el mismo desembarazo hubiera respondido de la buena conducta y las provechosas actividades de sus hijos como de las propias. Era tan agradable para ella verle otra vez, oírle hablar, tener recreado el oído y toda su capacidad de comprensión absorbida por sus relatos, que entonces empezó a sentir de un modo singular lo muchísimo que le había echado de menos, y lo imposible que a ella le hubiera sido soportar una ausencia más prolongada.

Tía Norris no podía compararse en modo alguno con su hermana en cuanto a felicidad. No es que la turbaran muchos temores ante la desaprobación que *sir* Thomas habría sin duda de manifestar en cuanto descubriese el actual estado de su casa, pues en aquel asunto había procedido con tal ceguera de juicio que, excepto por la instintiva precaución con que hizo desaparecer la capa de seda rosa del señor Rushworth, en cuanto vio entrar a su hermano político, apenas podía decirse que mostrara señal alguna de inquietud; pero estaba enojada por el modo de su regreso. No le había dado ocasión de hacer nada. En vez de haberse visto requerida para ir a su encuentro fuera del salón, y verle antes que nadie, y poder difundir la buena noticia por toda la casa, *sir* Thomas, acaso con una muy razonable consideración a los nervios de su esposa y sus hijos, no había buscado más confidente que el mayordomo, al que había seguido casi al instante al interior del salón. Tía Norris se sintió defraudada, privada de unas funciones en las que siempre había confiado, ya fuera para proclamar la muerte o la llegada de su cuñado, y estaba ahora intentando ajetrearse sin tener motivo alguno de ajetreo, y procurando hacerse imprescindible donde no se requería más que sosiego y silencio. Si se hubiera prestado *sir* Thomas a comer algo, ella se hubiera dirigido al ama de llaves dándole complicadas instrucciones y hubiera insultado a los lacayos para que se dieran prisa; pero *sir* Thomas se negó rotundamente a cenar: no tomaría nada... nada más que el té... esperaría a que el té fuese servido. Sin embargo, tía Norris continuaba sugiriendo a intervalos una cosa u otra; y en el momento más interesante de la descripción de la travesía hacia Inglaterra, cuando la amenaza de un corsario francés alcanzaba su punto culminante, ella irrumpió el relato proponiéndole una sopa:

—Vaya que sí, querido Thomas; un plato de sopa te sentará mucho mejor que el té. Tomarás un plato de sopa.

Sir Thomas no pudo enfadarse.

—Siempre igual, siempre el mismo desvelo por el bienestar de los demás —fue su respuesta—. Pero, te lo aseguro, solo me apetece el té.

—Pues bien, entonces, tú que eres su esposa, María, creo que deberías ordenar que sirvieran el té inmediatamente... no estaría de más que dieras un poco de prisa a Baddeley; parece que anda muy lenta esta noche.

Aquí cerró el paréntesis y *sir* Thomas reanudó su relato.

Al fin se produjo una pausa. Los temas que cumplieron a sus inmediatas ansias de comunicación quedaron agotados, y pareció que le bastaba mirar con satisfacción en derredor, ya al uno, ya al otro de los componentes del querido círculo. Pero la pausa no fue muy larga: en la exaltación de su júbilo *lady* Bertram se volvió locuaz, y... ¡cuál no sería la impresión de sus hijos al oírle decir!:

—¿Cómo dirías que se ha divertido la gente joven últimamente, Thomas? Haciendo teatro. Todos hemos estado la mar de ocupados con lo de su representación teatral.

—¡Vamos! ¿Y qué han representado?

—¡Oh!, ellos te contarán todo lo referente a eso.

—Contarlo todo será muy pronto —terció Tom precipitadamente, y con fingido desconcierto—; pero no vale la pena aburrir ahora a papá con ello... Tiempo nos quedará mañana para contárselo. Solo hemos intentado, a fin de hacer algo y distraer a mamá, precisamente dentro de la última semana, montar unas pocas escenas... una simple fruslería. Hemos tenido unas lluvias tan copiosas, casi desde principios de octubre, que nos hemos visto poco menos que confinados dentro de casa días tras día. No he podido salir a cazar desde el día tres. En el curso de los tres primeros días se pudo hacer algo, pero en los sucesivos no ha habido posibilidad de intentarlo siquiera. El día primero me llegué a Mansfield Wood y Edmund se fue por los matorrales de Easton; entre los dos nos cobramos una docena de piezas, y cada uno de nosotros hubiera podido cazar seis docenas más; pero hemos respetado tus faisanes, papá, tanto como pudieras desearlo, te lo aseguro. No creo que vayas a encontrar tus bosques menos poblados que antes. Lo que es yo, nunca había visto el Mansfield Wood tan lleno de faisanes como este año. Espero que tú mismo no tardarás en dedicar un día a la caza, papá.

Por el momento quedó sorteado el peligro, y la tensión de Fanny se aflojó; pero cuando, poco después, fue servido el té y *sir* Thomas, abandonando su asiento, dijo que le parecía que llevaba ya demasiado tiempo en la casa sin haber dado un vistazo a sus queridas habitaciones particulares, renacieron los anteriores miedos. *Sir* Thomas desapareció antes de haberse dicho nada para prevenirle de la metamorfosis que se había operado en su aposento; y a su salida siguió un angustioso silencio. Edmund fue el primero en hablar.

—Es necesario hacer algo —dijo.

—Es hora de que nos acordemos de nuestras visitas —puntualizó María, sintiendo todavía su mano aprisionada sobre el corazón de Henry Crawford, y muy poco preocupada por el resto—. ¿Dónde dejaste a la señorita Crawford, Fanny?

Fanny contó que se habían ido los dos hermanos y cumplió el encargo que le habían dado.

—Entonces... ¡el pobre Yates está solo! —exclamó Tom—. Iré a buscarle. Nos será de utilidad su ayuda cuando todo se descubra.

Y al teatro se dirigió, a donde llegó justamente a punto de presenciar el primer encuentro entre su padre y su amigo. A *sir* Thomas le había sorprendido mucho encontrar su habitación iluminada por buen número de candelabros y un general ambiente de desorden en la colocación de sus muebles. Le llamó sobre todo la atención, el no ver la librería ante la puerta del salón de billar, pero apenas había tenido tiempo de sorprenderse por todo ello cuando a su oído llegaron unos ruidos procedentes del propio salón de billar, que le asombraron todavía más. Alguien estaba hablando allí en tono muy alto... una voz desconocida para él... y más que hablando, estaba vociferando. Se dirigió hacia la puerta, alegrándose en aquel momento de que fuera practicable al no existir el obstáculo de la librería; la abrió y se encontró en el escenario de un teatro, ante un joven que estaba vociferando y que parecía empeñado en rechazarle con sus furiosos movimientos de brazos. En el preciso instante en que Yates descubrió a *sir* Thomas, mientras soltaba su ímpetu declamatorio, acaso el mejor arranque que había tenido en el curso de todos los ensayos, Tom Bertram entró por el otro extremo de la habitación y se vio en apuros para frenar su risa. El aspecto solemne y lleno de asombro de su padre al hacer su primera aparición en un escenario, y la metamorfosis gradual que fue convirtiendo al arrebatado barón de Wildenheim en el distinguido y sencillo señor Yates, que se inclinó y presentó sus excusas a *sir* Thomas Bertram, fue una exhibición tan única, una escena tan llena de realismo y autenticidad como para no dejársela perder por nada del mundo. Sería la última... lo más probable era que fuese la última escena representada en aquel escenario; pero él estaba seguro que no hubiera podido darse otra más espectacular. La sala cerraba sus puertas con el mayor esplendor.

No había tiempo, sin embargo, para recrearse con imágenes divertidas. También él tuvo que adelantarse hasta el escenario y hacer la presentación; cosa que llevó a cabo no poco obstaculizado por una extraordinaria sensación de embarazo. *Sir* Thomas acogió al señor Yates con toda la apariencia de cordialidad propia del señor de la casa, pero, en realidad, estaba tan lejos de sentirse halagado por el compromiso de aquella amistad como por el comienzo que había tenido. La familia y las relaciones del señor Yates le eran suficientemente conocidas para que, al serle presentado este como el "amigo predilecto" —otro de los cien amigos predilectos de su hijo—, no hubiera de considerarlo algo en extremo fastidioso; y era preciso toda la felicidad de encontrarse otra vez en casa, y todo el ánimo tolerante que esta circunstancia podía favorecer, para que de *sir* Thomas no se apoderase la cólera al verse de aquel modo confundido en su propio hogar, mezclado en una estrambótica exhibición en medio de un absurdo aparato teatral y obligado, en semejante momento, a admitir la amistad de un jovenzuelo que sin duda alguna merecía su reprobación, y cuyo desparpajo y charlatanería en el curso de los cinco primeros minutos hacían pensar que era él quien se hallaba más en su casa.

Tom adivinó los pensamientos de su padre y, deseando de corazón que siguiera siempre tan bien inclinado a no expresarlos más que en parte, empezó a ver más claramente de lo que lo había visto hasta entonces que en todo aquello debía de haber algún fondo de insulto... que debía de haber alguna causa para que su padre dirigiese aquella mirada al techo y al estuco de la habitación; y que, al preguntar con moderada seriedad por el destino de la mesa de billar, procuraba no evidenciar más que una muy legítima curiosidad. Unos pocos minutos bastaron para que se acusaran tales sensaciones insatisfactorias por ambas partes; y *sir* Thomas, después de haber condescendido hasta el extremo de pronunciar unas tolerantes palabras de aprobación, en respuesta a una optimista consulta sobre lo acertado del "arreglo" que se había hecho en la sala, que formuló el señor Yates, volvió en compañía de este y de su hijo al salón, con un acusado aumento de seriedad que no pasó a todos por alto.

—Vengo de vuestro teatro —dijo, con calma, al sentarse—. Me encontré en él de un modo bastante inesperado. Su vecindad con mi habitación... en fin, por todos los conceptos, me cogió completamente por sorpresa, pues no tenía la más pequeña sospecha de que vuestras actividades teatrales hubieran adquirido un carácter tan importante. Sin embargo, parece que se ha montado un bonito tinglado, por lo que pude juzgar a la luz de las velas, que acredita la habilidad del carpintero, mi buen amigo Cristóbal Jackson.

Seguidamente, *sir* Thomas hubiera deseando cambiar de tema y sorber en paz su café, hablando de cuestiones familiares menos desagradables; pero el señor Yates, carente de intuición para discernir el sentido implícito en las palabras de *sir* Thomas, o debido a que le faltase un mínimo de prudencia, o delicadeza, o discreción para permitir que este dirigiera la conversación y esforzarse en estorbar lo menos posible, ya que se le admitía en el grupo, se empeñó en seguir sobre el tópico del teatro, en atormentarle con preguntas y consideraciones relativas al mismo asunto y, finalmente, en hacerle oír toda la historia de sus esperanzas defraudadas en Ecclesford. *Sir* Thomas le escuchó muy amablemente, pero vio en ello mucha cosa que ofendía su concepto del decoro y que vino a confirmar la mala opinión que tenía formada del modo de pensar del señor Yates, desde el comienzo al fin de su confesión; y, cuando hubo terminado, no pudo darle otro testimonio de simpatía que el que puede derivarse de una ligera inclinación de cabeza.

—Este fue, de hecho, el origen de nuestro cuadro escénico —dijo Tom, al cabo de unos instantes de reflexión—. Mi amigo Yates nos trajo la infección de Ecclesford, y se nos contagió... como siempre se contagian estas cosas, bien lo sabes, papá... prendiendo en nosotros con más fuerza, acaso, debido a que tú habías fomentado tantas veces en nosotros eso de la pronunciación y la declamación, años atrás. Fue como pisar de nuevo un terreno que ya nos era familiar.

El señor Yates arrebató el tema a su amigo en cuanto le fue posible, e inmediatamente dio una referencia a *sir* Thomas de lo que habían hecho y estaban haciendo. Le contó el gradual desarrollo de sus proyectos, la feliz solución de sus primeras dificultades y el prometedor estado actual de la cuestión, relatándolo todo con un tan ciego entusiasmo, que le llevaba no tan solo a una total inconsciencia de los movimientos de zozobra que hacían la mayoría de sus amigos en sus respectivos asientos (cambios de expresión, gestos de impaciencia, carraspeos...), sino que hasta le impedía ver el semblante que ponía la misma persona a quien se dirigía... las oscuras cejas fruncidas de *sir* Thomas, al mirar con interrogante gravedad a sus hijas y a Edmund, deteniéndose sobre todo en el último, que sentía en el fondo de su alma el significado, la censura, el reproche que se traslucía en aquella actitud. Esto no lo acusaba con menor agudeza Fanny, que había corrido atrás su silla hasta colocarla en ángulo con el extremo del sofá en que se sentaba su tía y, así medio oculta en segundo término, observaba muy bien todo lo que acontecía. Aquella mirada de reproche que a Edmund dirigió su padre, era algo que ella nunca hubiera podido sospechar; y conocer que, en cierta medida, era merecida, lo hacía más sensible, en verdad. La mirada de *sir* Thomas expresaba claramente: "En tu buen juicio, Edmund, yo confiaba; ¿cómo hacías eso?". Ella se arrodillaba en espíritu ante su tío, y su pecho se emocionaba, pugnando por exclamar: "¡Oh, no; a él no! ¡Mirad así a los demás, pero no a él!".

El señor Yates seguía hablando:

—A decir verdad, *sir* Thomas, nos encontrábamos en pleno ensayo cuando usted llegó, íbamos representando los tres actos, y en general no sin fortuna. Nuestra compañía ha quedado ahora tan dispersada, por haberse marchado a su casa los Crawford, que nada más podremos hacer esta noche; pero, si usted quiere honrarnos con su compañía mañana por la noche, estoy casi seguro de que no vamos a defraudarle con nuestra actuación; contando con su indulgencia, por supuesto, pues solo somos jóvenes aficionados... Desde luego, contando con su indulgencia.

—Mi indulgencia no habrá de faltar, caballero —replicó gravemente *sir* Thomas—, con tal que no se haga ni un ensayo más.

Y, suavizando su expresión hasta esbozar una sonrisa, agregó:

—He vuelto a mi casa para ser feliz e indulgente.

A continuación, volviéndose a nadie en particular o a todos los demás en general, dijo sosegadamente:

—En las últimas cartas que recibí de Mansfield se mencionaba al señor y a la señorita Crawford. ¿Les consideráis unos amigos agradables?

Tom era el único, entre todos ellos, capaz de dar una contestación; y, como no le guiaba ningún interés determinado con respecto a ninguno de los dos, como no le inspiraban celos ni por amor ni por su arte escénico, pudo hablar muy favorablemente de ambos:

—El señor Crawford es un muchacho muy cortés, con toda la prestancia de un *gentleman;* y su hermana, una encantadora, bella, elegante y animada muchacha.

El señor Rushworth no pudo callar por más tiempo:

—Yo no voy a decir que no tenga el aspecto de un caballero, hasta cierto punto; pero deberías contarle a tu padre que su estatura no pasa de uno setenta y cinco, pues de lo contrario va a figurarse que se trata de un hombre apuesto.

Sir Thomas no entendió muy bien esto y miró con cierta sorpresa al que acababa de decirlo.

—Si he de decir lo que pienso —prosiguió el señor Rushworth—, en mi opinión es muy desagradable estar siempre ensayando. Es como abusar de una cosa buena. Hacer comedia no me entusiasma tanto como al principio. Creo que empleamos mucho mejor el tiempo estando cómodamente sentados aquí en reunión, ociosos.

Sir Thomas le miró de nuevo y, después, contestó con una sonrisa de aprobación:

—Celebro constatar que nuestros sentimientos al respecto sean tan idénticos. Esto me causa una sincera satisfacción. Que yo sea cauto y perspicaz y sienta muchos escrúpulos que mis hijos no sienten es perfectamente natural; y no lo es menor que mi aprecio de la paz doméstica, de un hogar refractario a las diversiones bulliciosas, exceda en modo al de ellos. Pero que a su edad tenga usted ese modo de sentir es algo que le favorece mucho a usted, así como a todos los que con usted se relacionan; y estoy persuadido de la importancia de tener un aliado de tanto peso.

Sir Thomas intentó expresar su opinión del señor Rushworth con mejores términos de los que él mismo fue capaz de encontrar. Se daba cuenta de que no podía esperar un genio en el señor Rushworth; pero como muchacho juicioso y formal, con mejor sentido del que podía acreditar su anterior elocución, estaba dispuesto a tenerle en muy alta estima. A la mayoría de los presentes les fue imposible dejar de sonreír. El señor Rushworth apenas sabía qué hacer ante tanta significación; pero limitándose a mostrarse, como realmente se sentía, en extremo satisfecho con la buena opinión de *sir* Thomas, y no diciendo apenas nada, hizo lo mejor para conservar esa buena opinión por un poco más de tiempo.

CAPÍTULO XX

El primer objetivo de Edmund, a la mañana siguiente, fue ir a ver a solas a su padre y darle una exacta referencia de todo el plan de hacer teatro casero, escudando su participación solo hasta el punto que ahora, con mayor sensatez, consideraba que pudo servir a sus fines, y reconociendo, con absoluta sinceridad, que su concesión había dado tan pocos resultados como para que fuese muy dudoso el beneficio de su decisión. Al justificarse, tuvo mucho empeño en no decir nada desagradable de los otros; pero, entre todos, solo había una persona cuya conducta pudo mencionar sin necesidad de defensa o paliativos.

—A todos se nos puede echar la culpa más o menos —dijo—... a todos, menos a Fanny. Fanny es la única que mantuvo un recto juicio en todo momento, la única que se mostró consecuente. Su espíritu estuvo firmemente en contra de lo que se hacía desde el principio hasta el fin. Nunca dejó de pensar en el respeto que a ti se te debía. Hallarás en Fanny todo lo que de ella pudieras desear.

Sir Thomas juzgó toda la impropiedad de semejante proyecto entre semejante grupo y en semejante época, tan sosegadamente como su hijo pudiera suponer que habría de juzgar; le impresionó demasiado, sin duda alguna, para emplear en ello demasiadas palabras; y, después de estrechar la mano de Edmund, se propuso esforzarse en borrar la mala impresión y olvidar lo mucho que a él le habían olvidado, lo antes posible, en cuanto la casa quedara despejada de todo objeto que provocara el recuerdo y en todas sus salas quedara restablecida la normalidad. No hizo reproche alguno a sus demás hijos: más prefería creer que sentían el error a correr el riesgo de una averiguación. La repulsa que significaba poner inmediato término a todo aquello, la eliminación de todo preparativo, bastaría.

Había, sin embargo, en la casa una persona a la que él no podía dejar que reflexionase de su modo de sentir a través, simplemente, de su modo de actuar. No pudo abstenerse de hacer a la señora Norris una insinuación, referente a que había confiado en que ella, con su consejo, se habría interpuesto para evitar lo que en su buena opinión tenía sin duda que rechazar. La gente joven había sido muy desconsiderada al aprobar el plan: ellos hubieran debido ser capaces de una mayor firmeza; pero eran jóvenes y, exceptuando a Edmund, débiles de carácter, a su juicio; y mayor sorpresa tenía que causarle, por lo tanto, el consentimiento de ella, de tía Norris, a sus equivocadas decisiones, el apoyo prestado a sus peligrosos entretenimientos, que el mismo hecho de que a ellos se les hubieran ocurrido tales planes y tales diversiones. La señora Norris quedó un poco aturdida y más próxima a verse reducida al silencio de lo que se había visto en toda su vida; pues le avergonzaba confesar que en ningún momento había considerado que todo aquello estuviera tan fuera de lugar como a todas luces lo era para *sir* Thomas, y no hubiera deseado reconocer que su influencia era insuficiente... que todas sus palabras hubieran sido inútiles. Su único recurso fue esquivar el tema en cuanto pudo y torcer el curso de ideas de *sir* Thomas hacia una corriente más propicia. No era poco lo que ella podía insinuar en su propio encomio, respecto de lo que había atendido, en general, a los intereses y al bienestar de la familia Bertram, de los muchos esfuerzos y sacrificios que habían de tenérsele en cuenta, en forma de precipitadas idas y venidas y súbitos desplazamientos de su hogar, y de las incontables advertencias que oportunamente había hecho a *lady* Bertram y a Edmund para la buena economía de la casa y sobre la desconfianza que merecían ciertas personas, lo que en todo caso había reportado un considerable ahorro y hecho posible que más de un mal sirviente fuera descubierto. Pero su principal fuerza residía en Sotherton. Su más firme apoyo y mayor gloria estaba en haber entablado relación con los Rushworth. Ahí su posición era irrefutable. Se atribuía todo el mérito de haber conseguido que la admiración del señor Rushworth por María llegase a tener algún fruto.

—Si yo no hubiese estado tan activa —dijo— y empeñado en que me presentaran a su madre, y no hubiese convencido después a mi hermana para que hiciera la primera visita, es tan seguro como que ahora me encuentro aquí sentada que no se hubiera llegado a ninguna parte; pues el señor Rushworth es el tipo de joven quieto, humilde, que necesita verse muy animado, y no había pocas muchachas dispuestas a atraparlo si nosotros nos hubiéramos dormido. Pero yo no dejé piedra por mover. Estaba dispuesta a remover cielo y tierra para convencer a mi hermana, y al fin lo logré. Ya sabes la distancia que nos separa de Sotherton. Era en pleno invierno y las carreteras estaban poco menos que intransitables, pero lo logré.

—Sé lo grande, lo grande y justificada que es tu influencia sobre mi esposa y mis hijos, y tanto más he de extrañar que no la ejercieras para...

—¡Querido Thomas, si hubieras visto el estado de las carreteras ese día! Creí que íbamos a quedar atascados en ellas para siempre, a pesar de haber enganchado los cuatro caballos, por supuesto; y el viejo cochero, el pobre, no quiso ceder su puesto: extremando su celo y su amabilidad, se empeñó en conducir, a pesar de que apenas podía subir al pescante debido al reumatismo que yo le he estado tratando desde últimos de septiembre. Al fin logré curarle; pero estuvo muy enfermo durante todo el invierno. Y aquel día hacía un tiempo tan pésimo, que no pude evitar el dirigirme a su habitación instantes antes de partir, para aconsejarle que no se aventurara. Se estaba poniendo la peluca, y le dije: "Buen hombre, será mucho mejor que no nos acompañéis... ni vuestra señora ni yo hemos de correr peligro alguno; ya sabéis lo fuerte que es Stephen, y Charles ha llevado las riendas frecuentes últimamente, que estoy segura de que no hay nada que temer". Sin embargo, pronto comprendí que todo sería inútil. Estaba empeñado en ir, y, como no me gusta ser pesada y entrometida, no dije más; pero mi corazón hubo de dolerse por él a cada bache, y cuando nos metimos por los fragosos caminos que se encuentran a la altura de Stoke, que con sus lechos de piedras cubiertos de nieve y escarcha eran algo mucho peor de lo que pueda caber en tu imaginación, mi angustia por él llegaba a grado extremo. ¡Y qué no voy a decirte de los caballos! ¡Había que ver cómo tiraban los pobrecitos animales! Ya sabes lo mucho que siempre he compadecido a los caballos. Y, cuando llegamos al pie de la colina de Sandcroft, ¿qué dirías que hice yo? Vas a reírte de mí, pero es lo cierto que me apeé y subí la cuesta a pie. De veras que lo hice. Puede que no les ahorrase mucho esfuerzo, pero siempre era algo; y yo no podía soportar eso de permanecer cómodamente sentada y dejarme arrastrar hasta la cima, a expensas de esas nobles bestias. Cogí un resfriado espantoso, pero esto me tuvo sin cuidado. Mi objetivo se había conseguido con la visita.

—Espero que siempre consideraremos la relación con esa familia, digna de todas las molestias que pudo ocasionar su establecimiento. No hay nada que resulte muy convincente en los modales del señor Rushworth, pero me causó satisfacción anoche con lo que parece ser su opinión en un asunto: su decidida preferencia por una tranquila reunión familiar, en vez del ajetreo y la confusión inherentes al teatro hogareño. Parece que sus sentimientos corresponden exactamente a lo que uno cabría desear.

—Sí, sin duda; y cuanto más le conozcas tanto mejor te caerá el muchacho. No tiene una personalidad que deslumbre, pero posee otras mil excelentes cualidades; y siente por ti tal respeto, que casi han llegado a reírse de mí por ello. "Le aseguro a usted, señora Norris", me dijo el otro día la señora Grant, "que aunque el señor Rushworth fuera hijo suyo podría reverenciar más a *sir* Thomas".

Sir Thomas abandonó su propósito, vencido por las evasivas, desarmado por las adulaciones de su cuñada, y se vio obligado a darse por satisfecho con la convicción de que, cuando se trataba de una diversión inmediata para aquellos a quienes ella tanto quería, su cariño se sobreponía a veces a su buen criterio.

Sir Thomas estuvo muy ocupado aquella mañana. Poco tiempo dedicó a conversar con unos y otros. Tenía que reintegrarse a las ocupaciones habituales de su vida en Mansfield, entrevistarse con su administrador y su mayordomo, examinar, computar y, en los intervalos de su ocupación, recorrer sus cuadras, sus jardines y las plantaciones más próximas; pero, activo y metódico en su actuar, no solo todo esto había realizado cuando volvió a ocupar su puesto de jefe de la familia en la mesa a la hora del almuerzo, sino que, además, había dejado al carpintero trabajando en derribar todo lo que tan recientemente había construido en el salón de billar, y había despachado al escenógrafo, con suficiente antelación para que fuese justificado su convencimiento de que el hombre se hallaba ya ahora, por lo menos, en Northampton o más lejos aún. Sí, se había marchado el escenógrafo, después de haber ensuciado nada más que el enlosado de una habitación, estropeado todas las esponjas del cochero y conseguido que cinco de los criados inferiores se volvieran perezosos y quedaran descontentos; y *sir* Thomas tenía la esperanza de que un par de días más bastarían para borrar todo signo externo de lo que allí hubo, y hasta para la destrucción de todas las copias sin encuadernar de *Promesas de amor*, pues en el acto quemaba todas las que encontraba.

El señor Yates empezaba a entender ahora las intenciones de *sir* Thomas, aunque estaba tan lejos como antes de comprender sus razones. Él y su amigo estuvieron fuera casi toda la mañana con sus escopetas de caza, y Tom aprovechó la ocasión para explicarle, con las oportunas excusas por la rareza de su padre, lo que debía esperarse. El señor Yates lo sintió con toda la intensidad que es de suponer. Verse por segunda vez decepcionado en sus mismas ilusiones era ya un caso de mala suerte extremada; y fue tal su indignación que, de no haber sido por deferencia a su amigo, y a la hermana menor del mismo, se dijo que sin duda hubiera increpado a *sir* Thomas por lo absurdo de su proceder y hubiera discutido con él hasta hacerle entrar en razón. Esto se decía con gran firmeza mientras se encontraba en los bosques de Mansfield y durante el camino de regreso a la casa; pero había algo en la presencia de *sir* Thomas, cuando estuvieron sentados alrededor de la misma mesa, que hizo pensar al señor Yates que era más juicioso dejar que siguiera su camino, y lamentar su insensatez sin hacerle oposición. Había conocido a muchos padres desagradables hasta entonces, y había padecido las inconveniencias que los mismos provocan, pero jamás, en el curso de toda su vida, se había tropezado con uno que fuera tan ininteligiblemente moral, tan infamemente tiránico, como *sir* Thomas. Era un hombre que no se podía soportar más que en atención a sus hijos, y podía agradecerle a su hermosa hija Julia que el señor Yates se dignase permanecer unos pocos días más.

La tarde transcurrió en medio de una aparente apacibilidad, aunque casi todos los ánimos estaban contrariados; y la música que *sir* Thomas pidió a sus hijas contribuyó a ocultar la falta de armonía real. No era poca la agitación de María. Para ella era de suma importancia que ahora Henry no perdiera tiempo en declararse, y la mortificaba que pasara aunque solo fuese un día más sin apariencias de haberse avanzado nada en aquel punto. Había estado aguardando verle durante toda la mañana, y por la tarde seguía aguardándole todavía. El señor Rushworth había partido temprano, con las importantes nuevas, para Sotherton; y ella había acariciado la esperanza de que las cosas se aclarasen ya, de modo que él pudiera ahorrarse la molestia de volver nunca. Pero nadie de la rectoría se dejó ver... ni un alma viviente... ni se habían tenido de allí más noticias que unas amables líneas de felicitación e interés de la señora Grant para *lady* Bertram. Era el primer día, desde hacía muchas, muchas semanas, que habían pasado totalmente separadas las dos familias. Nunca habían pasado veinticuatro horas hasta entonces, desde que empezó el mes de agosto, sin reunirse por un motivo u otro. Fue un día triste, angustioso. Y el siguiente, aunque distinto por la clase de desgracias, no los aportó en menor grado. A unos breves momentos de júbilo febril siguieron horas de agudo sufrimiento. Henry Crawford estaba otra vez en la casa: acudió con el doctor Grant, que sentía impaciencia por ofrecer sus respetos a *sir* Thomas, y a una hora bastante temprana fueron introducidos en el comedor de los desayunos, donde se encontraba casi toda la familia. No tardó en aparecer *sir* Thomas, y María vio con felicidad y emoción cómo el hombre que ella amaba era presentado a su padre. Sus sensaciones eran indefinibles, y no lo fueron menos unos minutos después, cuando oyó que Henry Crawford, el cual se hallaba sentado entre ella y Tom, preguntaba a este si había algún plan de reanudar lo de la función después de la presente y feliz interrupción (dirigiendo amablemente una significativa mirada a *sir* Thomas), porque, en este caso, él se comprometía a volver a Mansfield en el momento en que fuese requerida su presencia: ahora debía marchar inmediatamente, para reunirse sin tardanza con su tío, en Bath: pero, si existía algún proyecto de dar la representación de *Promesas de amor*, se consideraría totalmente obligado, rompería cualquier otro compromiso que pudiera adquirir, condicionaría totalmente la estancia con su tío a la eventualidad de reunirse con ellos en el momento que fuera preciso. La representación de la comedia no debía perderse porque él estuviera fuera.

—Desde Bath, Norfolk, Londres, York... cualquiera que sea mi paradero —dijo—... desde cualquier punto de Inglaterra me reuniré con vosotros, a la hora de recibir el aviso.

Fue una suerte que en aquel instante tuviera que hablar Tom y no su hermana. Él pudo decir inmediatamente, con facilidad y soltura:

—Siento que te vayas; pero, en cuanto a nuestra comedia, esto se ha acabado ya... está completamente listo —mirando significativamente a su padre—. El escenógrafo quedó despedido ayer, y pocos vestigios quedarán del teatro mañana. Yo ya sabía que había de ser así, desde el primer momento. Es todavía pronto para ir a Bath. No encontraréis a nadie allí.

—Es, más o menos, la época en que suele ir mi tío.

—¿Cuándo piensas marchar?

—Es posible que hoy mismo me llegue ya hasta Banbury.

—¿Qué caballerizas usas cuando estás en Bath? —fue la siguiente pregunta de Tom.

Y, mientras esta derivación del tema ocupó el diálogo. María, que no carecía de orgullo ni de resolución, se preparó para intervenir en la conversación, cuando le tocara el turno, con un mínimo de aplomo.

No tardó Henry en volver el rostro hacia ella, para repetirle muchas de las cosas que ya había dicho, aunque con acentos más dulces y una marcada expresión de pesar. Pero... ¿qué importaban sus expresiones y sus acentos? Se iba; y, aunque no fuese voluntaria su partida, era su propia voluntad la que decidía permanecer alejado. Pues, exceptuando lo que pudiera deberse a su tío, todos los demás compromisos se los imponía a sí mismo. Podía hablar de obligaciones, pero ella conocía su total independencia. La mano que con tanta fuerza había aprisionado la suya contra su corazón... ¡la mano y el corazón aparecían ahora igualmente sin vida ni movimiento! A ella la sostenía su fortaleza, pero era grande el abatimiento de su espíritu. No tuvo que padecer muy largo tiempo el efecto que le producía un lenguaje que la actitud del mismo que lo utilizaba venía a contradecir, o que ocultar la conmoción de sus sentimientos bajo el disimulo a que obliga el hallarse en compañía, ya que pronto los envarados formulismos de amabilidad de todos los presentes en general reclamaron la atención de Henry, interrumpiendo las manifestaciones que por lo bajo estaba haciendo a María; y, en total, la visita de despedida, que bien claro quedaba ahora que había sido este el motivo de su presencia allí, resultó muy breve. Se había ido: había estrechado su mano por última vez, se había inclinado al partir... y ella pudo ir inmediatamente en busca de todo el consuelo que le cupiera hallar en la soledad. Se había ido Henry Crawford... había dejado la casa y, antes de que transcurrieran un par de horas, dejaría la rectoría también; y así acababan todas las ilusiones que su egoísta orgullo había despertado en María y en Julia Bertram.

Julia pudo alegrarse de que hubiera marchado. Su presencia empezaba a serle odiosa. Y, si María no pudo conquistarle, ella se había enfriado lo suficiente para prescindir de cualquier otra venganza. No sentía necesidad de añadir el escándalo a la deserción. Habiéndose marchado Henry Crawford, hasta era capaz de consolar a su hermana.

Con un más puro espíritu celebró Fanny la noticia. Se enteró durante el almuerzo, y lo consideró una bendición del cielo. Todos los demás lo comentaron con pesar y ensalzaron los méritos del ausente, con la debida graduación del sentimiento... desde la sinceridad de Edmund al expresar su consideración con excesiva parcialidad, hasta la indiferencia de su madre al hablar solo por pura rutina formulista. Tía Norris empezó a mirar inquietamente a unos y a otros y a maravillarse de que, a pesar de lo que él se había enamorado de Julia, la cosa se hubiera ido al traste, y casi llegó a temer que ella había puesto poco entusiasmo en fomentar aquel amor; pero, teniendo que velar por la felicidad de tantos, ¿cómo era posible que, aun siendo tanta su actividad, estuviera a la altura en todos los frentes?

Al cabo de un par de días, el señor Yates se había marchado también. En la partida de este tuvo *sir* Thomas un fundamental interés: deseando estar solo con su familia, la presencia de un extraño superior a señor Yates le hubiera resultado molesta; pero tratándose de él, haragán y atrevido, ocioso y derrochador, era algo irritable por todos los conceptos. De por sí, era ya un sujeto cargante, pero como amigo de Tom y admirador de Julia resultaba molesto. A *sir* Thomas le había sido totalmente indiferente que el señor Crawford se fuera o se quedase; pero, al expresar al señor Yates sus buenos deseos de que tuviera un feliz viaje, lo hizo con auténtico deleite. El señor Yates había permanecido allí hasta ver la destrucción de todos los preparativos teatrales llevados a cabo en Mansfield, la desaparición de todo lo concerniente a la representación; dejó la casa envuelta en la sobriedad que definía su carácter, y *sir* Thomas tuvo la esperanza, al verle abandonar sus paredes, de haberse librado del peor sujeto relacionado con aquel proyecto y del último que forzosamente tenía que recordarle la existencia del mismo.

Tía Norris contribuyó a que desapareciera de la vista de su cuñado una de las cosas que podían causarle disgusto. El telón, cuya confección ella había dirigido con tanto acierto y tanto éxito, se fue con ella a su casita, pues daba la casualidad de que precisamente necesitaba tejido de bayeta verde para algunos de sus trabajos.

CAPÍTULO XXI

La vuelta de *sir* Thomas introdujo un cambio impresionante en las costumbres de la familia, aparte la cuestión de *Promesas de amor*. Bajo su gobierno, Mansfield parecía otro lugar. Se fueron algunos miembros del grupo, y otros muchos quedaron apenados. Todo aparecía monótono y aburrido, en comparación con el pasado... todo quedó reducido a un sombrío círculo familiar, raras veces animado. Había poco trato con los de la rectoría. *Sir* Thomas, enemigo de confianzas en general, se mostraba a la sazón particularmente desfavorable a toda intimidad fuera de un sector: los Rushworth eran la única adición que podía admitir en su círculo familiar.

Edmund no se extrañaba de que fueran estos los deseos de su padre, y solo podía sentir la exclusión de los Grant.

—Es que ellos —comentaba con Fanny— tienen un derecho. Parece como si nos pertenecieran... como si formasen parte de nosotros. Me gustaría que mi padre se hiciera cargo de las muchas y grandes atenciones que tuvieron para mi madre y mis hermanas durante su ausencia. Temo que puedan sentirse rechazados; y lo cierto es que mi padre casi no los conoce. No llevaban aquí un año todavía, cuando él se marchó. Si los conociera mejor, valoraría en su justo término el trato de los Grant, ya que son precisamente la clase de personas que a él le gusta. A veces falta un poco de animación en casa: a mis hermanas parece que se les acabó el humor, y está claro que Tom no se encuentra nada a gusto entre nosotros. El doctor Grant y su esposa nos aportarían un poco de alegría y harían nuestras veladas más agradables, incluso para mi padre.

—¿Lo crees así? —dijo Fanny—. En mi opinión, a tu padre no le hace falta nadie más. Me parece que valora esa misma tranquilidad de que has hablado, que ese ambiente apacible en su círculo familiar es lo que más le agrada. Y no creo que estemos más serios de lo que solíamos estar antes... antes de que él se fuera, quiero decir. Por lo que puedo recordar, siempre fue más o menos igual. Nunca hubo muchas risas en su presencia. Y si alguna diferencia existe, no es mayor, creo yo, de la que una tan prolongada ausencia tiende a producir al principio. Es natural que se observe un cierto retraimiento. Pero yo no recuerdo que antes fueran nunca alegres nuestras veladas, excepto cuando tu padre estaba en Londres. Supongo que, para la gente joven, nunca son alegres las veladas cuando las personas respetables están en casa.

—Creo que tienes razón, Fanny —respondió él, al cabo de una breve reflexión—. Creo que nuestras veladas, más que haber adquirido un nuevo carácter, vuelven a ser lo que antes fueron. La novedad estuvo en que se animaran. ¡Hay que ver la impresión que puede dejar en nosotros el transcurso de unas pocas semanas! Ya me estaba pareciendo que, antes, nuestra vida jamás había sido así.

—Sin duda yo soy más seria que otras personas —dijo Fanny—. A mí las veladas no me resultan tediosas. Me gusta escuchar a mi tío cuando habla de las Antillas. No me cansaría de oírlo, aunque desarrollara el mismo tema durante una hora seguida. Para mí es un pasatiempo mucho mejor que el que he encontrado en otras cosas; pero eso será que yo soy diferente.

—¿Por qué dices esto? —inquirió él, sonriendo—. ¿Quieres que te digan que tan solo te diferencias de los demás por lo juiciosa y discreta? Pero ¿cuándo, ni tú ni nadie, ha obtenido de mí una galantería, Fanny? Ve en busca de mi padre, si quieres que te regalen los oídos. Él te complacerá. Pregúntale a tu tío lo que opina, y no escucharás pocas alabanzas; y aunque estas se refieran principalmente a tu persona, tendrás que resignarte a ello y confiar en que, al mismo tiempo, él considera tu alma igualmente hermosa.

Semejante lenguaje era tan nuevo para Fanny, que la dejó totalmente avergonzada.

—Tu tío te encuentra muy hermosa, querida Fanny, y este es el quid de la cuestión. Nadie, excepto yo, le hubiera dado a esto mayor importancia, y cualquiera, menos tú, se ofendería de que antes no la considerasen muy hermosa; pero lo cierto es que hasta ahora nunca te había admirado tu tío, y ahora sí. Ha mejorado tanto tu porte, ha ganado tanto tu rostro, y tu figura... que no, Fanny, no pretendas cambiar de conversación; se trata de tu tío. Si no puedes soportar la admiración de un tío, ¿qué va a ser de ti? En realidad, tienes que hacerte a la idea de que eres digna de que te miren. Debes procurar no preocuparte porque te conviertas en una mujer hermosa.

—¡Oh, no hables así, no hables así! —exclamó Fanny, angustiada por un mayor número de sentimientos de los que él podía suponer.

Viéndola afligida, Edmund abandonó el tema y solo añadió, con más seriedad:

—Mi padre se siente predispuesto a complacerte en todo, y yo solo desearía que le hablases más. Permaneces demasiado callada durante las veladas.

—Le hablo más de lo que antes solía; puedes estar seguro de ello. ¿No oíste cómo me interesé por el tráfico de esclavos, anoche?

—Lo oí, y tuve la esperanza de que a esta pregunta seguirían otras. A tu tío le hubiera gustado que se le hicieran más preguntas sobre el tema.

—Y yo tenía grandes deseos de hacerlas... ¡pero había allí un silencio tan rotundo! Y mientras mis primas estaban sentadas a nuestro lado sin decir una palabra, dando la impresión de que no se interesaban en absoluto por el tema, no me pareció bien seguir preguntando. Pensé que parecería como si yo quisiera destacar a costa de ellas, mostrando por los relatos de tu padre un interés y un agrado que él hubiera deseado ver en sus propias hijas.

—La señorita Crawford tenía mucha razón en lo que dijo de ti el otro día: que parece asustarte tanto la distinción y el elogio, como a otras mujeres el olvido y el desdén. Estuvimos hablando de ti en la rectoría, y esas fueron sus palabras: "Tiene mucho juicio. No conozco a nadie que sepa distinguir mejor los caracteres. ¡Es notable, en una mujer tan joven!". Realmente, te comprende mejor ella que la mayoría de los que te conocen hace mucho tiempo; he tenido ocasión de notar (a través de agudas insinuaciones fortuitas, expresión de una espontaneidad irreprimible) que podría definir a muchas otras personas con el mismo acierto, de no impedírselo los buenos modales. Me pregunto qué debe pensar de mi padre. Tiene que admirarle como hombre distinguido, de modales lo más caballerosos, dignos, serenos; pero, acaso, para quien le haya visto raras veces, su reserva pueda resultar un tanto desagradable. Si tuvieran ocasión de tratarse con frecuencia, estoy seguro de que se apreciarían mutuamente, a él le gustaría la vivacidad de Mary, y a ella no le falta talento para aquilatar las virtudes de mi padre. ¡Me gustaría que se vieran más a menudo! Espero que Mary no suponga que mi padre siente por ella alguna antipatía.

—Mary puede estar demasiado segura de la estimación de todos vosotros —dijo Fanny, exhalando un ligero suspiro—, para sentir tales aprensiones. Y que *sir* Thomas desee estar solo rodeado de su familia al principio, es algo tan natural, que a ella no puede extrañarle en absoluto. Yo diría que, dentro de poco, volveremos a reunirnos como antes, con la única diferencia que imponga el hacerlo en otra época del año.

—Este es el primer octubre que pasa en el campo desde su infancia. A Tunbridge o a Cheltenham no voy a llamarlos campo; y noviembre es un mes todavía más sombrío; y me he dado cuenta de que la señora Grant está muy inquieta porque teme que Mary encontrará Mansfield aburrido cuando avance el invierno.

Fanny hubiese podido decir mucho al respecto, pero era más seguro no decir nada y dejar intactos todos los recursos de la señorita Crawford: sus talentos, su espíritu, su importancia, sus amistades... no fuera a traicionarse con alguna observación que pareciera poco gentil. Las amables opiniones que sobre ella expresaba la señorita Crawford merecían, cuando menos, una agradecida indulgencia; así es que cambió el tema:

—Mañana, según tengo entendido, mi tío cena en Sotherton, y tú y Tom también. Poquitos quedaremos en casa. Espero que a tu padre le siga agradando el señor Rushworth.

—Esto es imposible, Fanny. Tendrá que gustarle menos después de la visita de mañana, pues estaremos cinco horas en su compañía. Me da miedo pasar un día tan aburrido, aunque no le siguiera un mal mucho mayor: la impresión que habrá de dejar en mi padre. Él no podrá seguir engañándose por mucho tiempo. Lo siento por todos ellos y daría cualquier cosa porque Rushworth y María no se hubieran conocido nunca.

Respecto de este punto, desde luego, la desilusión era inminente para *sir* Thomas. Toda su buena voluntad por Rushworth y toda la deferencia de Rushworth por él, no pudieron evitar que pronto se le hiciera evidente algún aspecto de la verdad: que Rushworth era un joven mediocre, tan ignorante de los negocios como de los libros, con opiniones vagas en general y sin que pareciera muy consciente de que así era.

Él había esperado un yerno muy distinto; y empezó a preocuparse por cuenta de María, intentando comprender sus sentimientos. Poco le fue necesario observar para darse cuenta que la indiferencia era el estado más favorable en que podían hallarse. La actitud de ella hacia el señor Rushworth era negligente y fría. No podía quererle, no lo quería. *Sir* Thomas decidió hablar seriamente con su hija. Por ventajosa que fuera la alianza, y por antiguo y público que fuera el compromiso, no debía sacrificarse a esto su felicidad. Tal vez María había aceptado al señor Rushworth sin haberlo tratado lo suficiente y, al conocerle mejor, se estuviera arrepintiendo.

Con afable solemnidad habló a su hija *sir* Thomas; le contó sus temores, escudriñó sus deseos, le suplicó que fuera abierta y sincera, asegurándole que se solventarían todos los inconvenientes y se renunciaría al compromiso, si él mismo la hacía desgraciada. Él actuaría por cuenta de ella y le devolvería la libertad. María tuvo una lucha interna durante un momento. Cuando su padre hubo terminado, pudo contestarle inmediata, decididamente y sin inquietud aparente. Le agradeció su gran interés, su paternal cariño; pero añadió que estaba del todo equivocado al suponer en ella el menor deseo de romper el compromiso, o que existía algún cambio de opinión o inclinación nacida al principio; que tenía en la mayor estima el carácter y las condiciones del señor Rushworth, y no podía dudar de que sería feliz con él.

Sir Thomas quedó satisfecho... demasiado contento, quizá, para estar satisfecho, para forzar la cuestión hasta donde su recto juicio pudiera haberse impuesto a otras consideraciones. Era una alianza de la que no hubiera prescindido sin lamentarse; y razonaba de esta suerte: Rushworth era lo bastante joven para mejorar... Rushworth tenía que mejorar, y mejoraría al estar bien relacionado; y si María se mostraba ahora tan segura de su felicidad con él (hablando, por cierto, sin el prejuicio, sin la ceguera del amor), había que creerla. Quizá no fueran vivos sus sentimientos; él nunca lo había supuesto. Pero las ventajas de orden material no contaban menos para el caso. Y si ella podía prescindir de ver en su marido un carácter brillante, destacado, era indudable que todo lo demás estaría a su favor. Una joven de buenos principios que no se casa por amor queda, por lo general, tanto más unida a sus padres; y la cercanía entre Sotherton y Mansfield mantendría lógicamente viva la tentación y sería, con toda probabilidad, constante motivo de los más gratos e inocentes entretenimientos. Tales, y otros parecidos, eran los razonamientos de *sir* Thomas, feliz al librarse de las vergonzosas dificultades de una ruptura: el asombro, las observaciones, los reproches a que hubiera dado lugar...; se alegró al ver asegurado un matrimonio que le aportaría un aumento de respetabilidad e influencia; y muy feliz al pensar que las actitudes de su hija eran de lo más favorables al caso.

Para ella la entrevista terminó tan satisfactoriamente como para él. Su estado de ánimo la llevaba a alegrarse de haberse asegurado al carro de su suerte sin revocación... de haberse entregado de nuevo a Sotherton... de verse a salvo de la posibilidad de dar a Crawford el triunfo de gobernar sus acciones y destruir sus proyectos; y se retiró orgullosa de su resolución, dispuesta tan solo a portarse en lo futuro con más prudencia ante el señor Rushworth, no fuera su padre a sospechar de ella otra vez.

De haber hablado *sir* Thomas a su hija dentro de los primeros tres o cuatro días siguientes a la partida de Henry Crawford, antes de que los sentimientos de María se hubieran calmado, antes de que ella hubiera abandonado toda esperanza con respecto a él, o de que hubiera resuelto soportar a su prometido, su contestación pudiera haber sido otra; pero pasados otros tres o cuatro días, sin que hubiera vuelto, ni carta, ni mensaje, ni síntomas de corazón enternecido, ni esperanzas sobre la ventaja de la ausencia, su corazón se había enfriado lo bastante para buscar el consuelo que el orgullo y la venganza podían proporcionarle.

Henry Crawford había destruido su felicidad, pero nunca debía enterarse que había conseguido tal cosa; no debía, encima, destruir su buena reputación, su prestigio, su porvenir. No debía imaginársela llorando en su retiro de Mansfield por él, renunciando a Sotherton y a Londres, independencia y esplendor, por culpa de él. La independencia le era más necesaria que nunca, la carencia de la misma en Mansfield se le hacía ahora más sensiblemente insoportable. Era cada vez menos capaz de soportar la sujeción impuesta por su padre. La libertad que la ausencia de este había procurado, se había convertido ahora en algo totalmente necesario. Tendría que escapar de él y de Mansfield lo antes posible y buscar consuelo en la fortuna y la importancia social, en el mundo y el bullicio, para aliviar su espíritu herido. Había tomado su resolución, y no la cambiaría.

Para estos sentimientos toda dilación, aun la dilación impuesta por los grandes preparativos, hubiera sido una tortura, y el señor Rushworth apenas pudo mostrarse más impaciente por la boda que ella misma. En cuanto a la importante preparación del espíritu, ella estaba completamente a punto, pues iba al matrimonio preparada por su odio al hogar, a la sujeción y a la tranquilidad; por la amargura de un desengaño amoroso y por desprecio al hombre con quien iba a casarse. Lo demás podía esperar. La adquisición de nuevo mobiliario y nuevos carruajes podía aplazarse hasta la primavera, en Londres, donde podría emplear más libremente su propio gusto.

Estando los mayores completamente de acuerdo a este respecto, pronto se vio que muy pocas semanas bastarían para disponer lo necesario para la boda.

La señora Rushworth estaba dispuesta a retirarse y dejar franco el camino a la afortunada joven dama elegida por su querido hijo; y muy a principios de noviembre, con su doncella, su lacayo y su carruaje, eso es, con todo el rumbo de una viuda acaudalada, salió para Bath, donde alardearía de las maravillas de Sotherton en las tertulias vespertinas, gozándolas tan plenamente, acaso, en la animada conversación alrededor de una partida de cartas, como cuando vivía en el lugar. Y antes de que mediara el mismo mes, se había celebrado la ceremonia que daba otra señora a Sotherton.

Fue una boda muy correcta. La novia iba elegantemente vestida; las dos madrinas con más sencillez, como correspondía; el padre hizo la cesión; su madre permaneció con el frasco de sales en la mano, con la esperanza de emocionarse; su tía intentó llorar, y el servicio fue leído con emotiva pomposidad por el doctor Grant. Nada pudo objetarse cuando en el vecindario se hicieron los pertinentes cuchicheos, excepto que el carruaje que condujo a la pareja de novios y a Julia desde la puerta de la iglesia hasta Sotherton, era el mismo calesín que el señor Rushworth venía usando desde hacía un año. Por todo lo demás, la etiqueta del día podía resistir hasta el examen más exigente.

Ya estaba hecho, ya se habían marchado. *Sir* Thomas sentía lo que un padre cariñoso debe sentir, y experimentó sin duda muchas de las emociones que su esposa había temido para sí, pero de las que, por fortuna, había podido librarse. Tía Norris, en extremo feliz de poder atender a las necesidades del día, que pasó en el Parque Mansfield para animar a su hermana, y bebiendo a la salud de los desposados unas copitas de más, no cabía en sí de dicha y satisfacción; porque ella había hecho la boda... todo lo había hecho ella, y nadie hubiera podido suponer, ante su confiado triunfo, que hubiese oído hablar en su vida de infelicidades conyugales, o que pudiera tener la más remota idea de las inclinaciones naturales de la sobrina que había crecido bajo su supervisión.

El plan de la joven pareja era marchar a los pocos días a Brighton y alquilar allí una casa por unas semanas. Todo lugar de moda era desconocido para María, y Brighton es casi tan animado en invierno como en verano. Cuando se agotase allí el aliciente de la novedad, habría llegado el momento de trasladarse a la más amplia esfera de Londres.

Julia iría con ellos a Brighton. Desde que cesó entre las dos hermanas la competencia, habían ido recobrando gradualmente buena parte de su antigua compenetración y, cuando menos, eran lo bastante amigas para que cada una por su lado estuviera más que contenta de estar junto a la otra en aquellas circunstancias. Alguna compañía distinta de la del señor Rushworth tenía gran importancia para la esposa de este; y Julia se sentía tan ansiosa de novedades y diversión como María, aunque no había luchado tanto para conseguirlo y podía soportar mejor una posición secundaria.

La partida de ambas produjo otro cambio material en Mansfield, un vacío que requería algún tiempo para ser llenado. El círculo familiar quedó notablemente restringido; y aunque últimamente poco contribuían las hermanas Bertram a animarlo, era normal que las echaran de menos. Hasta su madre lo hizo, y muchísimo más su bondadosa primita, que deambulaba por la casa, pensaba en ellas y sentía su ausencia, con un grado de afectuosa nostalgia que ellas nunca habían hecho gran cosa por merecer.

Capítulo XXII

La importancia de Fanny aumentó con la ausencia de sus primas. Al convertirse, como entonces ocurrió, en la única jovencita presente en las veladas del salón, en el único elemento de ese importante sector de una familia, en el que hasta entonces había ocupado un tan humilde tercer lugar, le fue imposible evitar que la mirasen más, pensaran más en ella y la atendiesen mejor de lo que antes era habitual; y el "¿dónde está Fanny?" se hizo pregunta habitual, hasta cuando nadie la requería por conveniencia personal.

No solo en el seno del hogar aumentó su valor, sino también en la rectoría. En aquella casa, en la que apenas había entrado un par de veces al año desde la muerte del señor Norris, empezó a ser la visita más deseada, la invitada de honor; y en los tristes y fangosos días de noviembre, una compañía más que aceptable para Mary Crawford. Las visitas, que empezaron por casualidad, continuaron a petición de los de la casa. La señora Grant, que en realidad estaba muy interesada en proporcionar algún aliciente a su hermana, pudo engañarse con facilidad, por gracia de la autosugestión, convenciéndose de que hacía a Fanny el más grande de los favores y le brindaba la mejor oportunidad de perfeccionar su trato social, al insistir en que la visitase a menudo.

Un día, al dirigirse Fanny al pueblo con un recado de tía Norris, fue sorprendida por un aguacero junto a la rectoría; y al ser descubierta desde una ventana mientras buscaba protección bajo las ramas casi desnudas de un roble, ya fuera de su heredad, se vio obligada, aunque no sin ofrecer una modesta resistencia por su parte, a entrar en la casa. Se había negado a los ruegos de un amable criado; pero cuando salió el doctor Grant en persona con un paraguas, no tuvo más remedio que sentirse enormemente avergonzada y entrar lo más deprisa posible; y para la pobre señorita Crawford, que precisamente había estado contemplando la triste lluvia con gran desaliento, suspirando por el derrumbe de todo su plan de ejercicio físico para aquella mañana y de toda probabilidad de ver a una sola criatura humana fuera de los suyos durante las siguientes veinticuatro horas, el ligero bullicio en la puerta de entrada y la vista de la señorita Price empapada en el vestíbulo fue algo maravilloso. El valor de un acontecimiento en un día lluvioso, en el campo, se le manifestó del modo más especial. Al instante recobró su habitual animación y se puso en actividad para ser útil a Fanny, descubriendo que se había mojado mucho más de lo que esta quería reconocer al principio y procurándole ropa seca. Y Fanny, después de verse obligada a aceptar todas esas atenciones, a dejar que la ayudaran y sirvieran señoras y criadas, se vio también obligada, de vuelta a la planta baja, a permanecer en el salón de los Grant por espacio de una hora mientras seguía lloviendo, prolongando así la bendición que para Mary Crawford representaba tener algo nuevo que mirar y en que pensar, con lo que pudo levantar su ánimo hasta la hora de vestirse para la cena.

Las dos hermanas se mostraron tan agradables y amables con ella, que Fanny hubiera gozado con la visita de no creer que se apartaba de su camino, y de haber podido prever con certeza que el cielo se aclararía una vez transcurrida la hora, evitándole el bochorno de que sacasen el coche y los caballos del doctor Grant para acompañarla a casa, medida esta con la que la habían amenazado. En cuanto a si en su casa pasaban pena debido a su prolongada ausencia con semejante tiempo, no tenía necesidad de inquietarse lo más mínimo por ello; pues como tan solo sus dos tías estaban enteradas de su salida, sabía muy bien que ni la una ni la otra iban a preocuparse y que, cualquiera que fuese la casita en que tía Norris la supusiera guarecida durante el chubasco, tía Bertram aceptaría como cosa indudable que su sobrina se hallaba en la tal casita.

Empezaba a escampar cuando Fanny, descubriendo un arpa en la habitación, hizo algunas preguntas con referencia a la misma que pronto condujeron a que quedasen de manifiesto sus grandes deseos de oírla tocar y a su confesión, que apenas pudieron llegar a creer, de que todavía no la había oído nunca desde que la habían traído a Mansfield. Para Fanny, esto parecía la cosa más natural y explicable. Apenas había estado en la rectoría desde la llegada del instrumento... ni había existido motivo para otra cosa; pero la señorita Crawford, recordando un antiguo deseo prontamente expresado sobre el particular, hubo de lamentar su gran olvido. Y enseguida, con el mejor deseo de complacer, formuló las preguntas.

—¿Quiere que toque ahora para usted? ¿Qué prefiere escuchar?

Inmediatamente inició la ejecución de la pieza escogida, contenta de tener una nueva oyente, una oyente que, además, parecía tan agradecida y admirada de su ejecución y que demostraba poseer buen gusto. Siguió tocando hasta que los ojos de Fanny, desviándose hacia la ventana ante el evidente despejo de la atmósfera, expresaron lo que ella consideraba su deber.

—Otro cuarto de hora —dijo Mary—, y veremos cómo se presenta la cosa. No se vaya apenas comienza a levantarse el tiempo. Aquellas nubes no tienen muy buen aspecto.

—Pero ya pasaron —replicó Fanny—. Estuve observándolas. Toda esa borrasca nos llega del sur.

—Venga del sur o del norte, yo conozco si una nube es negra cuando la veo; y usted no debe marcharse mientras aparezca tan amenazadora. Además, quiero tocar otra cosa todavía para usted... una composición muy hermosa, la favorita de su primo Edmund. Tiene que quedarse y oír la pieza favorita de su primo.

Fanny comprendió que debía acceder; y aunque no había esperado a que surgiera aquella alusión para pensar en Edmund, tal mención avivó en ella particularmente su recuerdo, y se lo imaginó sentado un día y otro en aquella habitación, acaso en el mismo sitio que ocupaba ahora ella, escuchando con constante placer su aire favorito ejecutado, según ella encontró, con técnica y expresión extraordinarios; y aunque también a ella le pareció bellísima la composición y le complació que le gustara lo mismo que le gustaba a él, sintió una más afanosa impaciencia por marcharse cuando terminó que la que había sentido antes; y al quedar esto claro le pidieron con tanta amabilidad que repitiera la visita, que entrara a saludarles siempre que fuera posible durante sus paseos, que volviera para escuchar de nuevo el arpa... que acabó por decirse que sería necesario hacerlo así, si en su casa no ponían ninguna objeción.

Este fue el origen de la especie de intimidad que se entabló entre ellas dentro de la primera quincena que siguió a la partida de las hermanas Bertram: intimidad principalmente derivada del deseo de algo nuevo por parte de la señorita Crawford, y que era poco profundo en los sentimientos de Fanny. Esta iba a verla cada dos o tres días. Era como una fascinación... no quedaba tranquila si no iba; y, sin embargo, no la apreciaba, ni siquiera le gustaba como amiga, ni sentía la menor gratitud porque la buscara, ahora, cuando no podía buscar a nadie más, ni hallaba en conversación más placer que el de una eventual diversión, y todavía, a veces, a costa de su criterio, cuando el motivo era bromear sobre personas o temas que ella deseaba ver respetados. Pero iba, a pesar de todo, y con frecuencia vagaban juntas durante más de media hora entre los arbustos de la señora Grant, ya que el tiempo era excepcionalmente bueno en aquella época del año, e incluso se aventuraban a veces a sentarse en uno de los bancos, entonces relativamente desabrigados, permaneciendo allí hasta que, en medio de una delicada exclamación de Fanny sobre lo prolongado de aquel otoño, se veían obligadas, ante la súbita ráfaga de un aire frío que sacudía las últimas hojas amarillas todavía prendidas en sus ramas, a levantarse y pasear para entrar en calor.

—Es bonito, muy bonito —dijo Fanny, mirando en su entorno, un día en que se encontraban así sentadas en un banco—; cada vez que vuelvo a encontrarme entre estos arbustos me sorprende más su desarrollo y belleza. Hace tres años, esto no era más que un seto vivo que crecía silvestre a lo largo de la margen superior del campo, y que nunca se pensó que fuese algo, o que pudiera convertirse en algo digno de ser valorado; y ahora es un paseo del cual sería difícil decir si es más valioso lo útil o lo decorativo. Y, acaso, dentro de otros tres años habremos olvidado... casi olvidado lo que antes fue. ¡Qué cosa tan maravillosa, tan enormemente maravillosa, la acción del tiempo y los cambios de la mente humana! —y siguiendo el curso de sus últimas ideas, poco después añadió—: Si alguna de las facultades de nuestra naturaleza puede considerarse más extraordinaria que las restantes, yo creo que es la memoria. Parece que hay algo más claramente sorprendente en el poder, en los fracasos, en las irregularidades de la memoria, que en cualquier otro aspecto de nuestra inteligencia. ¡La memoria es a veces tan fiel, tan servicial, tan obediente y, otras, tan desconcertada, tan débil... y otras aún, tan tiránica y descontrolada! Somos, indudablemente, un milagro en todos los aspectos; pero nuestra facultad de recordar y de olvidar me parece algo particularmente incomprensible.

La señorita Crawford, impasible y distraída, no tuvo nada que decir; y Fanny, comprendiéndolo así, volvió al tema que consideraba más interesante para su interlocutora:

—Puede que parezca impertinente mi elogio, pero debo admirar el gusto que la señora Grant ha puesto en todo esto. Hay una tan apacible sencillez en el trazado y detalles de este paseo... ¡y lo ha conseguido sin demasiado esfuerzo!

—Sí —asintió Mary descuidadamente—, queda muy bien para un lugar como este. Una no piensa ver grandes cosas aquí, y, entre nosotras, hasta que vine a Mansfield nunca había imaginado que un párroco rural pudiera aspirar jamás a tener un paseo de arbustos, ni nada por el estilo.

—¡Me gusta ver cómo crecen y prosperan las siemprevivas! —dijo Fanny como contestación—. El jardinero de mi tío dice siempre que esta tierra es mejor que la suya, y así parece, a juzgar por el desarrollo de los laureles y arbustos en general. ¡Y la siempreviva! ¡Qué hermosa, qué grata, qué maravillosa, la siempreviva! Cuando se piensa en esto... ¡qué asombrosa variedad, la de la naturaleza! Sabemos que en algunos parajes la variedad está en el árbol que muda sus hojas, pero esto no hace menos sorprendente que el mismo suelo y el mismo sol nutran plantas variadas, que difieren en las reglas y leyes básicas de su existencia. Pensará usted que le estoy recitando una rapsodia; pero cuando me encuentro entre la naturaleza, en especial descansando, me entrego con gran facilidad a esta especie de arrebatos admirativos. No puedo fijar la mirada en el más simple producto de la naturaleza sin encontrar motivo para una desbordada fantasía.

—Si quiere que le diga la verdad —replicó la señorita Crawford—, creo que soy algo parecida al famoso dux de la corte de Luis XIV[24], y puedo afirmar que no veo en este paseo de arbustos maravilla alguna que iguale a la de encontrarme yo en él. Si alguien me hubiera dicho un año atrás que este sería mi hogar, que iba a pasar aquí un mes y otro mes, como vengo haciendo, le aseguro que no lo hubiera creído. Ahora llevo ya aquí unos cinco meses... y es más aún: estos constituyen los cinco meses más sosegados que he pasado en mi vida.

—Demasiado sosegados para usted, supongo.

—También yo hubiera pensado lo mismo, en teoría, pero —y sus ojos brillaron mientras hablaba—, entre una cosa y otra, nunca había pasado un verano tan feliz. Aunque —añadió con aire más pensativo y bajando la voz— no puede una saber adónde conducirá todo esto.

El corazón de Fanny aceleró sus latidos y se sintió tan incapaz de suponer como de pretender nada más. Mary, sin embargo, no tardó en proseguir con renovada animación:

—Reconozco que me he acostumbrado a la vida en el campo mejor de lo que hubiera supuesto jamás. Hasta admito que pueda resultar agradable pasar en él medio año, si se dan adecuadas circunstancias... Muy agradable, vaya que sí. Una casa elegante, de tamaño moderado, en el centro del propio mundo familiar; alternar continuamente con unos y otros; dirigir la mejor sociedad de los alrededores; ser considerada, quizá, más idónea para ejercer esta autoridad que otras de mayor fortuna, y desviarse del círculo cordial de esas diversiones para tan solo, y sin nada peor, un *tête-à-tête* con la persona que una considera la más agradable del mundo. No es nada espantoso ese cuadro, ¿verdad, Fanny? No hay por qué envidiar a la nueva señora de Rushworth, aunque tenga una casa como aquella.

—¡Envidiar a María! —fue todo cuanto Fanny pudo exclamar.

—Vamos, vamos, sería muy feo en nosotras el mostrarnos exigentes con ella, pues espero que le debamos muchas horas alegres, brillantes,

24 Se trata del dux de Génova que cuando fue a visitar en 1685 a Luis XIV en Versalles manifestó "que lo que más le gustaba del lugar era verse a sí mismo en él".

felices. Confío en que iremos todos muchas veces a Sotherton otro año. Un casamiento como el que ha hecho María Bertram es una lección pública; pues el primer gusto de la esposa del señor Rushworth ha de ser el de llenar la casa y dar los mejores bailes de la región.

Fanny permaneció silenciosa y la señorita Crawford volvió a sumirse en sus pensamientos hasta que, al cabo de unos minutos, levantó de pronto la mirada y dijo:

—¡Ah¡ Ahí le tenemos.

No era, sin embargo, el señor Rushworth, sino Edmund quien se dejó ver dirigiéndose hacia ellas en compañía de la señora Grant.

—Mi hermana con el señor Bertram. No sabe usted cuánto me alegra de que se haya ausentado Tom, dando así lugar a que Edmund sea de nuevo el señor Bertram[25]. Cuando hay que distinguirlo anteponiéndole el nombre de pila, eso de señor Edmund Bertram queda tan formalista, tan feo, tan de hermano pequeño, que lo encuentro pésimo.

—¡Qué distintos nuestros pareceres! —exclamó Fanny—. Para mí, la expresión "Señor Bertram" ¡es tan fría y hueca, tan por entero desprovista de calor y de carácter! Denota que se trata de un caballero, pero nada más. En cambio, el nombre de Edmund encierra nobleza. Es un nombre que habla de heroísmo y de gesta; nombre de reyes, príncipes y grandes; y en él parece alentar el espíritu de la caballerosidad y los afectos profundos.

—Le concedo que el nombre está bien en sí, y que lord Edmund o *sir* Edmund suena divinamente; pero húndalo bajo el frío, la aniquilación, de un señor, y entonces decir señor Edmund no será más que decir señor John o señor Thomas. Bueno, ¿qué le parece si vamos a su encuentro y les desbaratamos la mitad del sermón que nos tendrán preparado sobre el sentarse al aire libre en esta época del año, pues nos habremos puesto en pie sin darles tiempo a empezar?

Edmund se reunió con ellas particularmente alegre. Era la primera vez que las veía juntas, desde que entre ambas se había iniciado ese estrechamiento de la amistad, de la cual él había oído hablar con gran satisfacción. Una amistad entre dos seres tan queridos para él era exactamente cuanto hubiera podido desear; y para dar crédito al buen criterio del enamorado, conste que él no consideraba en modo alguno a Fanny como la única, ni siquiera la principal, beneficiada con aquella amistad.

—Bueno —dijo la señorita Crawford—, ¿y no nos riñe usted por nuestra imprudencia? ¿Para qué cree usted que estábamos aquí sentadas, sino para que nos hablara de ello, y nos rogara y suplicara que no volviéramos a hacerlo más?

---

25 Tratamiento reservado para el primogénito en las familias inglesas, pero que se aplica al segundo hermano en ausencia de aquel.

—Quizás hubiera podido reñir —respondió Edmund—, si hubiera hallado aquí sentada, sola, a una de las dos; pero mientras hagan el mal juntas, puedo tolerar muchas cosas.

—No pueden haber estado sentadas mucho rato —observó la señora Grant—, porque cuando subí por mi pañolón las divisé desde la ventana de la escalera, y estaban paseando.

—Y en realidad —añadió Edmund—, tenemos hoy un tiempo tan excelente que el sentarse por unos minutos casi no puede calificarse de imprudencia. Y es que no siempre deberíamos juzgar el tiempo por el calendario. A veces podemos tomarnos mayores libertades en noviembre que en mayo.

—¡A fe mía —exclamó la señorita Crawford—, que son el par de buenos amigos más decepcionantes e insensatos que conocí jamás! ¡No hay manera de darles ni un momento de zozobra! ¡No pueden imaginarse lo que hemos sufrido, el frío que hemos llegado a padecer! Pero hace ya tiempo que considero al señor Bertram uno de los sujetos peor dotados para que una consiga excitarle con cualquier pequeña triquiñuela contra el sentido común que pueda tramar una mujer. Pocas esperanzas puse en él, desde el primer instante; pero a ti, que eres mi hermana, mi propia hermana... a ti, creo que tenía derecho a asustarte un poco.

—No te hagas ilusiones, querida Mary. No hay la menor probabilidad de que consigas conmoverme. Estoy alarmada, pero por otra causa; y si yo pudiera cambiar el tiempo, os hubiera enviado un viento del este bien afilado que no dejara de azotaros ni un instante. Porque Roberto se ha empeñado en dejar fuera algunas de mis plantas por ser las noches tan apacibles, y bien sé yo cuál será el fin: que sobrevendrá un brusco cambio de tiempo, que nos traerá una repentina helada, cogiéndonos a todos (al menos a Roberto) de sorpresa, y me quedaré sin ellas. Y lo que es peor, la cocinera acaba de decirme que el pavo, que yo tenía especial cuidado en no presentar hasta el domingo, porque sé que mi marido disfrutaría mucho más comiéndolo ese día, después de las fatigas del oficio, no aguantará más que hasta pasado mañana. Esto sí que son verdaderos contratiempos, que me hacen pensar que el tiempo es de lo más impropio e inoportuno.

—¡Las delicias de ser ama de casa en una aldea! —dijo Mary, con ironía—. Hazme una recomendación para tu jardinero y tu pollero.

—Mi querida niña, hazme tú una recomendación para el traslado del doctor Grant al decanato de Westminster o a la catedral de San Pablo, y estaré tan encantada de tus jardineros y polleros como puedas estarlo tú. Pero en Mansfield no tenemos gente de esa. ¿Qué quieres que le haga?

—¡Oh!, tú no puedes hacer más que lo que siempre has hecho: padecer incordios frecuentemente, y no perder nunca la compostura.

—Gracias; pero no es posible evitar esas pequeñas molestias, dondequiera que vivamos. Cuando te hayas establecido en la capital y yo vaya a verte, apuesto a que te encontraré también metida en tus quebraderos de cabeza, a pesar del jardinero y del pollero, o quizás debido a los mismos. Su falta de interés y de puntualidad, o sus cuentas exorbitantes y sus estafas, te arrancarán amargas lamentaciones.

—Creo que voy a ser demasiado rica para tener que lamentarme o padecer por nada parecido. Una gran renta es la mejor receta para ser feliz, y jamás he oído hablar de otra que la aventaje. Desde luego, con ella queda asegurada toda la parte de felicidad que dependan del pavo y el mirto.

—¿Piensa usted ser muy rica? —consideró Edmund poniendo una expresión que, a los ojos de Fanny, tenía mucho de profunda seriedad.

—Por supuesto. ¿Y usted no? ¿No lo pensamos todos?

—Yo no puedo proponerme nada que sea tan por completo independiente del poder de mi voluntad. Por lo visto la señorita Crawford puede elegir su grado de riqueza. Le bastará con fijar el número de miles al año que desee, y ya no cabe la menor duda de que los conseguirá. Yo tan solo me propongo no ser pobre.

—A base de moderación y economía, y limitando sus necesidades a la medida de sus ingresos, y todo eso. Le entiendo; y es un plan muy propio de una persona de su edad, que tiene unos medios tan limitados y unos deudos tan indiferentes. ¿Qué ha de pretender usted, sino un pasar decente? No le queda mucho tiempo por delante; y sus parientes no están en situación de hacer nada por usted o para hacerle sufrir con el contraste de su propia riqueza e importancia... Sea pobre y honrado, de todos modos; pero no voy a envidiarle; ni estoy muy segura ni tan solo de respetarle. Respeto muchísimo más a los que son ricos y honrados.

—Su grado de respeto por la honradez, rica o pobre, es precisamente algo que no me preocupa. Yo no tengo la intención de ser pobre. La pobreza es lo que he decidido evitar. La honradez, dentro de un nivel medio en cuanto a posibilidades económicas, es cuanto ansío que no desprecie usted.

—Pues la desprecio, si está menos alta de lo que pudiera. Debo despreciar todo lo que se conforma con la obscuridad cuando podría elevarse a un grado de distinción.

—Pero, ¿cómo puede elevarse? ¿Cómo podría, mi honradez al menos, alcanzar un grado superior?

Era esta una pregunta no tan fácil de responder y suscitó un "¡oh!" algo prolongado en la linda muchacha, hasta que pudo añadir:

—Debería figurar en el Parlamento, o haber ingresado en el Ejército hace diez años.

—Lo que es eso no viene ahora muy a colación; y en cuanto a lo de figurar en el Parlamento, creo que deberé esperar a que se convoque una asamblea especial para la representación de los segundones con menguados medios de vida. No, señorita Crawford —añadió en tono más serio, existen distinciones que, si yo creyese que no he de tener probabilidad... absolutamente ninguna probabilidad o posibilidad de conseguir, me consideraría muy desdichado; pero son de una naturaleza muy distinta.

La significativa expresión de su mirada mientras decía esto, y la complicidad que parecía haber en la actitud de Mary al contestar con alguna de sus humorísticas salidas, fueron motivos de tristeza para la observación de Fanny; y sintiéndose esta completamente incapaz de prestar a la señora Grant la atención debida, pues a su lado caminaba ahora de comparsa, había casi decidido regresar a casa enseguida, y esperaba tan solo reunir el valor necesario para exponerlo, cuando las campanadas del gran reloj de Mansfield Park, dando las tres, le hicieron darse cuenta de que, ciertamente, había estado ausente mucho más tiempo de lo habitual, y la llevaron a consultarse previamente si debía o no marcharse en el acto, y cómo hacerlo para conseguirlo sin tardar más. Con resuelta decisión inició su despedida; y al mismo tiempo Edmund empezó a recordar que su madre había preguntado por ella, y que él había acudido precisamente a la rectoría con el fin de llevarla a casa.

Creció la prisa de Fanny; y se hubiera apresurado a marcharse sola, sin aguardar en absoluto que la acompañara Edmund; pero todos aceleraron la marcha y la acompañaron hasta la casa, por la cual era preciso pasar. El doctor Grant se hallaba en el vestíbulo y, al detenerse todos para expresarle sus saludos, Fanny dedujo por la actitud de Edmund que este se proponía ir con ella. También él se estaba despidiendo. No pudo por menos que estarle agradecida. En el instante de separarse, el doctor Grant invitó a Edmund para el día siguiente a cenar con él; y Fanny tuvo apenas tiempo de sentir cierto desasosiego por tal circunstancia, cuando la señora Grant, como cayendo en la cuenta de súbito, se volvió a ella y le rogó que les concediera también el gusto de su compañía. Era este un detalle tan nuevo, un caso tan perfectamente insólito en el discurrir de la vida de Fanny, que ya no pudo quedar más sorprendida y aturdida; y mientras barboteaba su profundo agradecimiento y su... "aunque, de todos modos, creo que no estará en mi poder aceptar", miraba a Edmund en busca de reprendo y ayuda. Pero Edmund, encantado de que ella recibiera tan feliz invitación, y adivinando con media mirada y media frase que todo el reparo de la muchacha se limitaba a los obstáculos que pudiera poner su tía, pues no podía imaginarse que su madre tuviera inconveniente en prescindir de Fanny, dio en consecuencia, de modo decidido, su franco consejo en el sentido de que debía aceptar la invitación; y aunque Fanny no quería aventurarse, a pesar de esta alentadora actitud, a un vuelo de independencia tan audaz, se acordó enseguida que, de no darse aviso en contra, la señora Grant podía contar con ella.

—¿Y saben ustedes qué tendremos para comer? —dijo la señora Grant, sonriendo—; pavo, y les aseguro que un ejemplar estupendo; porque —y se volvió a su esposo—, querido, la cocinera insiste en que el pavo habrá que guisarlo mañana.

—Perfecto, perfecto —exclamó el doctor Grant—, tanto mejor; me alegro de saber que tienes algo tan bueno en casa. Pero yo diría que la señorita Price y el señor Bertram se conformarán con cualquier cosa. Ninguno de nosotros desea conocer el menú. Una reunión cordial y no una comida espléndida es lo que esperamos. Un pavo, un ganso o una pierna de cordero... o lo que tú y tu cocinera queráis darnos de cenar.

Los dos primos marcharon juntos a su casa; y, excepto por lo que se refiere a los comentarios que se hicieron en los primeros instantes sobre este convite, del cual Edmund habló con la más encendida satisfacción, considerándolo especialmente deseable para ella como estrechamiento de la amistad que con tan contento veía él entablada, el paseo fue silencioso; porque, agotado este tema, Edmund quedó pensativo y poco dispuesto a iniciar otro.

Capítulo **XXIII**

—¿Pero por qué tenía que invitar a Fanny, la señora Grant? —se preguntaba *lady* Bertram—. ¿Cómo se le pasó por la cabeza invitar a Fanny? Fanny jamás cena allí, bien lo sabéis, en ese plan. Yo no puedo prescindir de ella, y estoy segura de que ni ella misma desea ir... Fanny, tú no quieres ir, ¿verdad?

—Si se lo preguntas así —protestó Edmund, impidiendo que hablara su prima—, Fanny va a decir que no, en el acto; pero yo estoy seguro, querida madre, de que a ella le gustaría ir; y no veo razón alguna que la obligue a decir que no.

—No puedo explicarme cómo pudo ocurrírsele a la señora Grant invitar a Fanny. Jamás había hecho tal cosa. Solía invitar a tus hermanas de vez en cuando, pero jamás a Fanny.

—Si no puede usted prescindir de mí... —dijo Fanny con sacrificio.

—Pero si mi padre estará a su lado toda la tarde.

—Sin duda alguna.

—¿Y si consultaras el caso con él, a ver lo que opina?

—Esto está bien pensado. Así lo haré, Edmund. En cuanto llegue, le preguntaré a *sir* Thomas si puedo prescindir de ella.

—Como te parezca, mamá; pero yo me refería a la opinión de mi padre en cuanto a lo correcto de aceptar o no aceptar la invitación; y creo que le parecerá bien tratándose de la señora Grant, así como de Fanny, que siendo la primera invitación, se acepte.

—No sé. Se lo preguntaremos. Pero va a sorprenderse mucho de que a la señora Grant se le haya ocurrido invitar a Fanny.

No había más que decir, o que pudiera ser dicho con algún provecho, en tanto no se presentara *sir* Thomas; pero como el asunto estaba relacionada con la mayor o menor comodidad de que ella pudiera disfrutar el siguiente día por la tarde, siguió tan vivo en la cabeza de *lady* Bertram, que media hora después, al ver a su marido que asomó un momento la cabeza al interior al pasar por allí, mientras se dirigía del plantío a su alcoba, lo hizo retroceder, cuando había ya casi cerrado la puerta, llamándole así:

—Thomas, atiende un momento; tengo algo que comentarte.

Su tono de apacible languidez —pues nunca se tomaba la molestia de levantar la voz—, se hacía siempre escuchar y atender; *sir* Thomas retrocedió. Ella empezó a referirle el caso y Fanny se marchó a hurtadillas inmediatamente fuera de la habitación; porque escuchar, sabiéndose ella misma el tema de cualquier discusión con su tío, era más de lo que sus nervios podían aguantar. Estaba intranquila, se daba cuenta... más intranquila, quizá, de lo que hubiera debido estar, ya que... ¿qué importaba, en definitiva, si iba o se quedaba? Pero... si su tío estuviera largo rato considerando y sin decidirse, dando unas miradas muy serias, y estas graves miradas se dirigieran a ella, y, al fin, decidiera contra ella, probablemente no hubiera sido capaz de mostrarse debidamente sumisa e indiferente. Entretanto su causa iba bien. Así se inició, por parte de *lady* Bertram:

—Tengo que decirte algo que te sorprenderá. La señora Grant ha invitado a Fanny a cenar.

—Ya, ¿y bien? —dijo *sir* Thomas, como esperando más para llegar a sorprenderse.

Edmund desea que vaya. Pero, ¿cómo voy a pasar sin ella?

—Llegará tarde —dijo *sir* Thomas, sacando el reloj—; pero, di: ¿cuál es la dificultad que querías exponerme?

Edmund se vio obligado a hablar y llenar las lagunas del relato de su madre. Lo contó todo, y ella solo tuvo que añadir:

—¡Es tan raro! Porque la señora Grant jamás tuvo la costumbre de invitarla.

—Pero, ¿no es muy normal? —observó Edmund— que la señora Grant quiera procurar a su hermana una compañía tan agradable como la de Fanny?

—Nada puede ser más natural —dijo *sir* Thomas, al cabo de una breve reflexión—, y aunque no existiera tal hermana, para el caso, creo yo que nada podría ser más natural. Que la señora Grant se muestre cortés con las señorita Price, la sobrina de *lady* Bertram, es algo que no necesita explicación. Lo único que podría sorprenderme sería que esta fuese la primera muestra de su deferencia. Fanny estuvo muy correcta al dar solo una respuesta condicional. Ello demuestra que siente como debe. Pero como adivino que desea ir, puesto que la gente joven gusta de reunirse, no veo razón para negarle este favor.

—Pero, ¿podré pasar sin ella, Thomas?

—Sin duda alguna, creo yo.

—Bien sabes que siempre prepara ella el té cuando no está mi hermana.

—Acaso sea posible convencer a tu hermana para que pase el día con nosotros y yo estaré, desde luego, en casa.

—Muy bien, pues; Fanny puede ir, Edmund.

Las buenas nuevas pronto llegaron a ella. Edmund llamó a la puerta de su habitación, de camino para la suya.

—Bueno, Fanny, todo ha quedado felizmente resuelto, y sin la menor vacilación por parte de tu tío. No tuvo más que una opinión: debes ir.

—Gracias, cuánto me alegro... —fue la instintiva respuesta de Fanny, aunque cuando se hubo separado de él y cerrado la puerta, no pudo menos que decirse—: Y, sin embargo, ¿por qué he de alegrarme? ¿Acaso no estoy convencida de ver u oír algo que habrá de entristecerme?

Sin embargo, a despecho de este convencimiento, estaba contenta. Por intrascendente que la tal invitación pudiera aparecer a los ojos de otras personas, constituía para ella algo nuevo e importante, pues excepto el día pasado en Sotherton, apenas si había cenado nunca fuera; y aunque ahora iría solo a una distancia de medio kilómetro, para reunirse solo con tres personas, no por esto dejaba de ser una cena fuera de casa, y toda la serie de pequeñas preocupaciones relacionadas con los preparativos constituían ya, de por sí, un entretenimiento. Ella no tuvo la simpatía ni la ayuda de los que hubieran debido compartir sus sentimientos y orientar su gusto; pues *lady* Bertram jamás pensaba en ser útil a nadie y tía Norris, cuando llegó al día siguiente, respondiendo a una temprana llamada e invitación de *sir* Thomas, estaba de un pésimo talante y parecía estar solo dispuesta a aminorar el placer de su sobrina, así presente como futuro, todo lo posible.

—A fe mía, Fanny, que es grande la suerte que tienes; ¡encontrarte con tanta atención de una parte y tanta condescendencia de la otra! Deberías estarle agradecidísima a la señora Grant por haber pensado en ti, y a tu tía por permitir que vayas, y deberías considerar todo esto como algo excepcional; pues espero que te des cuenta de que no existe verdadero motivo para que alternes de ese modo en sociedad, ni siquiera para que vayas a cenar invitada fuera de casa, y que es algo que no debes esperar que vaya a repetirse nunca. Ni tampoco debes hacerte la ilusión de que esta invitación signifique ninguna fineza particular hacia ti; la fineza va dirigida a tu tío, tía y a mí. La señora Grant considera que nos debe la cortesía de hacerte algún caso, ya que de lo contrario nunca le hubiera pasado por la cabeza tan absurda idea, y puedes estar completamente segura de que si tu prima Julia estuviera aquí, no te habrían invitado para nada.

Tía Norris había desvirtuado con tanto ingenio toda la parte del favor atribuible a la señora Grant, que Fanny, viendo que se esperaba que dijera algo, pudo solo expresar que estaba muy agradecida a su tía Bertram por avenirse a prescindir de ella, y que procuraría dejar la labor de la tarde para su tía dispuesta de modo que no hubiera lugar a echarla de menos.

—¡Oh, no lo dudes! Tu tía puede pasar muy bien sin ti, de lo contrario no te hubiera dejado ir. Yo estaré aquí, de forma que puedes estar completamente tranquila por tu tía. Y espero que pases un día muy agradable y lo encuentres todo extraordinariamente grato. Pero he de observar que cinco personas es el número de comensales más extraño que soñarse pueda para sentarse alrededor de una mesa; y forzosamente ha de sorprenderme que una dama tan elegante como la señora Grant no lo haya combinado mejor. ¡Y alrededor de esa enorme mesa que tienen ellos, nada menos, tan ancha, que llena el comedor de forma tan espantosa! Si el doctor Grant se hubiera conformado con la mesa que yo dejé al abandonar la rectoría, como hubiera hecho cualquier persona en su sano juicio, en vez de poner esa otra suya tan horrorosa, que es más grande, mucho mayor, que la del comedor de aquí, cuánto mejor, infinitamente mejor, hubiera hecho, y cuánto, cuánto más se le respetaría. Porque a la gente nunca se la respeta cuando se sale de su esfera. No olvides esto, Fanny. ¡Y pensar que cinco, nada más que cinco, van a sentarse alrededor de aquella mesa! Sin embargo, yo diría que van a servir comida para diez.

La señora Norris tomó aliento y continuó hablando:

—La necedad y pretensión de la gente que se sale de su esfera para aparentar más de lo que es, me hace pensar en la oportunidad de darte un consejo, ahora que vas a alternar en sociedad; he de rogarte y suplicarte que no hagas nada por destacar, y que no hables ni expreses tu opinión como si fueras una de tus primas... como si fueras mi querida María, o Julia. Esto no quedaría nada bien, créeme. Recuérdalo: dondequiera que estés, debes ser tú la más humilde y la última; y aunque Mary Crawford está como en su casa en la rectoría, tú no estás en el caso de ella. Y en cuanto al regreso por la noche, debes aguardar hasta el momento que Edmund considere oportuno. Deja que sea él quien decida a qué hora volvéis.

—Sí, señora; nunca se me hubiera ocurrido de otro modo.

—Y si llegara a llover, cosa que me parece más que probable, pues en mi vida vi un tiempo que amenazara lluvia para la tarde de un modo tan claro, deberás arreglarte lo mejor que puedas, sin esperar que manden el coche por ti. Lo cierto es que yo no vuelvo a casa esta noche y, por lo tanto, el coche no saldrá por mi causa; así es que debes prevenirte por lo que pudiera pasar, y llevarte lo necesario para capear el temporal.

Su sobrina consideró que era perfectamente razonable. Tasaba su derecho a gozar de comodidades tan por bajo como pudiera hacerlo tía Norris; y cuando, al cabo de un momento, *sir* Thomas anunció al tiempo que abría la puerta:

—Fanny, ¿a qué hora quieres que pase a recogerte el coche? —quedó hasta tal punto sorprendida, que le fue imposible pronunciar una palabra.

—¡Querido Thomas! —exclamó tía Norris, roja de ira—. Fanny puede andar.

—¡Andar! —repitió *sir* Thomas, con la más incontestable dignidad y adentrándose más en la habitación—. ¡Mi sobrina acudir a pie a una invitación, en esta época del año...! ¿Te conviene a las cuatro y veinte?

—Sí, tío —contestó humildemente Fanny, sintiéndose casi tan culpable como un criminal ante tía Norris; y no pudiendo soportar la violencia de permanecer junto a ella en lo que podía parecer una situación triunfante, salió de la habitación siguiendo a su tío, retardándose solo lo suficiente para oír estas palabras, pronunciadas con furiosa agitación:

—¡Completamente innecesario!... ¡A qué viene tanta amabilidad! Aunque también va Edmund... Sí, claro, es por él. Recuerdo que estaba afónico el martes por la noche.

Pero esto no pudo engañar a Fanny. Se daba cuenta de que el coche se disponía para ella, solo para ella; y la atención de su tío, a continuación de las tendenciosas consideraciones de su tía, le costó unas lágrimas de agradecimiento en cuanto estuvo sola.

El coche llegó al minuto de la hora establecida; al cabo de otro minuto bajó el caballero; y como la dama, en su escrupuloso temor de retrasarse, llevaba ya bastantes minutos sentada, aguardando, en el salón, *sir* Thomas pudo verles salir con toda la puntualidad que sus correctos hábitos mantenía.

—Ahora deja que te mire, Fanny —dijo Edmund, con la amable sonrisa de un hermano cariñoso—, y te diga lo mucho que me gustas; realmente, por lo que puedo juzgar con esta luz, estás espléndida. ¿Qué te has puesto?

—El vestido nuevo que tu padre tuvo la bondad de regalarme para la boda de María. Espero que no vista demasiado; pero pensé que debía ponérmelo en cuanto pudiera, y que tal vez no se me presentará otra ocasión en todo el invierno. Quisiera que no me consideraras demasiado elegante.

—Una mujer nunca resulta demasiado elegante si viste toda de blanco. No, no veo nada ostentoso en tu atavío... nada que no sea perfectamente adecuado. Me parece muy bonito tu vestido. Me gustan esos lunares satinados. ¿No tiene la señorita Crawford un vestido bastante parecido?

Al acercarse a la rectoría pasaron junto al establo y la cochera.

—¡Hola! —dijo Edmund—. ¡Tenemos compañía! Aquí hay un coche. ¿Quién se habrá sumado a la reunión? —y bajando el cristal de la ventanilla para distinguir mejor, añadió—: ¡Es el de Crawford... la carretela de Crawford, seguro! Ahí están sus dos criados empujándolo al lugar que ocupaba anteriormente. Él estará aquí, desde luego. Esto sí que es una sorpresa, Fanny. Me alegraré mucho de verlo.

No era ocasión, ni había tiempo, para que Fanny dijera cuánto diferían sus opiniones; pero al pensar que había un personaje más, y nada menos como aquel, dispuesto a observarla, aumentó en gran manera el aturdimiento con que llevó a cabo la horrible ceremonia de entrar en el salón.

Y en el salón estaba, en efecto, Henry Crawford, que había llegado con tiempo justo para estar ahora ya preparado para la cena; y las sonrisas y la expresión complacida de los otros tres, que le rodeaban, mostraban la buena acogida que se dispensaba a su repentina decisión de pasar con ellos unos días al término de su estancia en Bath. El encuentro con Edmund fue muy amable; y, exceptuando a Fanny, todos estaban satisfechos; y hasta para ella podía resultar en cierto modo ventajosa su presencia, ya que todo aumento en el grupo más bien había de favorecer su ansiado deseo de que se le permitiera estar callada y pasar inadvertida. Pronto tuvo ocasión de comprobar que así era; pues si bien debía resignarse, según le indicaba su justo criterio y a despecho de los juicios de tía Norris, a ser la primera dama en aquella ocasión y a que se la hiciera objeto de todas las pequeñas atenciones pertinentes, se encontró, al sentarse a la mesa, con que predominaba una clase de conversación en la que no se le requirió que tomara parte para nada. Eran tantas las cosas que había que contar entre hermano y hermana acerca de Bath, tantas entre los dos jóvenes sobre caza, tanto sobre política entre Henry y el doctor Grant, y de todo y de todos entre Henry y la señora Grant, que a Fanny se le brindó la estupenda ocasión de solo tener que escuchar en silencio y de pasar un día muy agradable. Sin embargo, no pudo halagar al recién llegado con la menor muestra de interés ante el proyecto de prolongar su estancia en Mansfield y de llamar a sus monteros que le aguardaban en Norfolk, cosa que, sugerida por el doctor Grant, recomendada por Edmund y acogida con caluroso entusiasmo por las dos hermanas, pronto se adueñó de su espíritu y pareció que deseaba que Fanny le animara también a ello. Buscó la opinión de esta con respecto a la probable continuación del buen tiempo, pero ella se limitó a contestar con toda la brevedad e indiferencia que permitía la cortesía. No podía desear que se quedara, y mil veces hubiera preferido que no le hablase.

El recuerdo de sus dos primas ausentes, especialmente de María, predominaba en su pensamiento al ver ahora a Henry, cuyo ánimo aparecía sosegado, en cambio, por ningún recuerdo turbador. Aquí estaba de nuevo, en el mismo lugar donde todo había ocurrido y, a lo que parecía, tan dispuesto a quedarse y ser feliz sin las hermanas Bertram como si no hubiese conocido un Mansfield diferente al de ahora. Fanny le oyó hablar de ellas de un modo indirecto, generalizado, hasta que fueron a reunirse todos en el salón, donde Edmund entabló conversación aparte con el doctor Grant sobre algún tema de negocios que parecía absorber por completo su atención, y la señora Grant se ocupó en disponer la mesa para el té: entonces Henry empezó a hablar más concretamente de las dos hermanas, dirigiéndose a Mary. Con sonrisa significativa, lo que hizo que Fanny casi le odiara, dijo:

—De modo que Rushworth y su bella esposa se hallan en Brighton, según tengo entendido... ¡Dichoso él!

—Sí, allí estuvieron... unos quince días, ¿verdad, Fanny? Y Julia se fue con ellos.

—Y el señor Yates no estará lejos, supongo.

—¡El señor Yates! ¡Bah!, nada más hemos sabido del señor Yates. No creo que se cuenten muchas cosas suyas en la correspondencia que se recibe en Mansfield Park, ¿no es así, Fanny? Me imagino que Julia sabe muy bien lo que le conviene y no hará perder el tiempo a su padre hablándole del señor Yates.

—¡Pobre Rushworth, con sus cuarenta y dos líneas! —prosiguió Crawford—. Nadie podrá olvidarlo jamás. ¡Pobre muchacho! Me parece verlo ahora... atribulado, desesperado. Vaya, me sorprendería mucho que su dulce María llegara a desear alguna vez que le hiciera a ella cuarenta y dos líneas —añadió, con momentánea seriedad—: ella es muy superior para un hombre como él... demasiado superior.

Después, cambiando de nuevo el tono para imprimirle un carácter de delicada galantería, y dirigiéndose a Fanny, dijo:

—Usted se comportó como la mejor amiga del señor Rushworth. Su amabilidad y paciencia nunca podrán olvidarse; su infatigable paciencia al intentar que a él le fuera posible aprenderse su papel... en el intento de dotarle de un cerebro que la naturaleza le ha negado... de combinar para él una inteligencia a base de la que a usted le sobra... Puede que él no tenga comprensión suficiente para apreciar su gran amabilidad, pero me atrevo a afirmar que esta fue merecidamente estimada por todos los restantes elementos del grupo.

Fanny se sonrojó y no dijo nada.

—¡Fue un sueño, un delicioso sueño! —exclamó Henry, reanudando el tema después de haber quedado unos momentos pensativo—. Siempre recordaré nuestras actividades teatrales con exquisito placer. ¡Era tanto el interés, el entusiasmo, la ilusión que se había extendido entre todos! Todos sentíamos lo mismo. Todos nos movíamos con gran actividad. Había trabajo, ilusión, afán, bullicio durante todas las horas del día... siempre había alguna pequeña dificultad, alguna pequeña duda, algún pequeño problema que solventar. Jamás fui tan feliz.

Con callada indignación, Fanny repitió para sí: "¡Jamás fui tan feliz!... ¡Jamás tan feliz como cuando hacías lo que debieras saber que no tiene justificación!... ¡Nunca tan feliz como cuando te estabas comportando tan cruel e ignominiosamente! ¡Oh, qué espíritu tan depravado!".

—Tuvimos mala suerte, señorita Price —prosiguió él, bajando la voz para evitar que pudiera oírle Edmund, y sin sospechar en absoluto lo que ella sentía en aquellos momentos—, muy mala suerte, en verdad. Una semana más, solo otra semana, hubiera sido suficiente. Creo que si hubiera estado en nuestras manos disponer de los acontecimientos, si Mansfield Park hubiera poseído el gobierno de los vientos, solo por espacio de una o dos semanas en torno al equinoccio, la cosa hubiera cambiado. No es que nosotros fuéramos a intentar que corriese algún grave riesgo durante la travesía, desencadenando un furioso temporal, sino que solo hubiéramos recurrido a la persistencia de un viento contrario, o a una calma total. Creo, señorita Price, que también nosotros nos habríamos conformado con una semana de calma en el Atlántico, en esta estación.

Parecía decidido a lograr una respuesta; y Fanny, desviando el rostro, dijo con un tono más seguro del que solía emplear:

—Por lo que a mí respecta, caballero, no hubiera querido que su regreso se aplazara ni un solo día. Mi tío desaprobó todo aquello de un modo tan absoluto a su llegada que, en mi opinión, las cosas se habían llevado ya demasiado lejos.

Hasta aquel instante, jamás le había contestado con tanta decisión a él ni tan airadamente a nadie; y cuando hubo terminado, quedó temblorosa y se sonrojó ante su propio atrevimiento. Él quedó sorprendido; pero después de observarla en silencio por un momento, replicó empleando un tono más reposado y grave, como obedeciendo sinceramente a una conclusión a la que hubiera llegado, convencido por ella:

—Creo que tiene razón. Era algo más agradable que prudente. Empezábamos a armar demasiado bullicio.

Después, cambiando de conversación, hubiera querido interesarla en otro asunto cualquiera, pero ella contestaba con tanta esquivez y desgana, que a él le fue imposible lograr su propósito.

La señorita Crawford, que había estado echando continuas ojeadas al doctor Grant y a Edmund, observó:

—Esos caballeros deben estar discutiendo algún tema muy interesante.

—El más interesante del mundo —replicó su hermano—: el modo de hacer dinero, de cómo transformar una buena renta en otra mejor. El doctor Grant está dando instrucciones a Edmund para la vida que este pronto ha de iniciar. Me enteré de que va a ordenarse dentro de pocas semanas. De ello hablaron antes en el comedor. Me alegra saber que Edmund estará tan bien. Tendrá un bonito ingreso para criar patos y patas, y lo ganará sin gran esfuerzo. Tengo entendido que no bajará de setecientas libras al año. Setecientas libras anuales es algo estupendo para un segundón; y como, naturalmente, seguirá viviendo en su casa, podrá destinarlo todo para satisfacer sus *menús plaisirs;* y un sermón por Pascua y otro por Navidad será, me imagino, la suma total de sus trabajos.

Su hermana intentó bromear a despecho de sus sentimientos diciendo:

—Nada me divierte más como la facilidad con que los hombres sitúan en la abundancia a los que tienen mucho menos que ellos. No pondrías tú cara de pascuas, Henry, si tus *menús plaisirs* tuvieran que limitarse a setecientas libras anuales.

—Es posible; pero tú sabes bien que todo eso es muy relativo. Los derechos de nacimiento y las costumbres de cada uno es lo que vale para centrar el caso. Edmund se ha situado indudablemente bien como segundón, aunque lo sea de una casa baronial. A la edad de veinticuatro o veinticinco años dispondrá de setecientas libras anuales, sin que deba hacer nada para ello.

La señorita Crawford pudo haber dicho que algo habría que hacer y sufrir para ello, lo cual no podía considerar ella tan sencillo; pero se contuvo y lo dejó pasar, procurando aparecer tranquila e indiferente cuando los dos caballeros se unieron al grupo poco después.

—Edmund —dijo Henry Crawford—, prometo venir a Mansfield para oírle predicar su primer sermón. Vendré a propósito para animar a un joven principiante. ¿Para cuándo será eso? Señorita Price, ¿no se unirá usted conmigo para alentar a su primo? ¿No se compromete usted a escucharle con los ojos puestos fijamente en él mientras dure el sermón, como yo pienso hacer, para no perder una sola de sus palabras, o a lo sumo bajando solo un momento la mirada para anotar alguna frase singularmente hermosa? Iremos provistos de lápiz y cuartillas... ¿Cuándo será? Debe usted predicar en Mansfield, desde luego para que *lady* Bertram y *sir* Thomas puedan oírle.

—Procuraré librarme de usted, Crawford, en tanto pueda —dijo Edmund—, pues lo más probable es que consiguiera usted desconcentrarme, y me apenaría más que se lo propusiera usted que otro cualquiera.

"¿Es que no tendrá sensibilidad para apreciar esto? —pensó Fanny—. No, es incapaz de sentir nada como debiera".

Como ahora se hallaban todos reunidos y los principales conversadores charlaban entre sí, Fanny pudo gozar de tranquilidad. Terminado el té se formó una mesa de *whist* (preparada en realidad para esparcimiento del doctor Grant por su atenta esposa, aunque se convino en no considerarlo así) y Mary se acogió al arpa, de modo que Fanny no tuvo que hacer más que dedicarse a escuchar; y su tranquilidad ya no sufrió zozobra en el resto de la velada, excepto en las ocasiones en que el señor Crawford le hacía alguna pregunta y observación, a las que se veía obligada a responder. La señorita Crawford estaba demasiado mortificada por lo que había ocurrido para que su humor pudiera adaptarse a otra cosa que no fuera la música. Con ella se consolaba y entretenía a su amiga.

La seguridad de que Edmund iba a ordenarse tan pronto, cayó sobre ella como un golpe que estuvo suspendido en el aire y que hasta se tuvo por incierto y distante, y lo acusó con resquemor y mortificación. Estaba irritada contra él. Había creído que su influencia pesaba más. Había empezado a pensar en él —se daba cuenta de ello— con gran preferencia, con intención casi decidida; pero ahora se encontraba con la frialdad de sus sentimientos. Era claro que él no podía estar animado de serias intenciones, ni la quería de veras, pues que se decidía por una situación a la que bien sabía que ella nunca se rebajaría. Ella aprendería a igualarle en indiferencia. En adelante admitiría sus atenciones sin otro propósito que el de la diversión que pudiera proporcionar en el momento. Si él podía dominar así sus sentimientos, no iba ella a sufrir con los propios.

Capítulo XXIV

Henry Crawford había ya decidido a la mañana siguiente pasar otra quincena en Mansfield; y en cuanto hubo mandado por sus monteros y escrito unas líneas de explicación a su almirante, se dio la vuelta para mirar a su hermana mientras pegaba el sello en el sobre, y viendo que no había por allí ningún otro miembro de la familia, dijo, sonriendo:

—¿Y cómo te crees que pienso divertirme, Mary, los días que no vaya de caza? Empiezo a ser ya demasiado viejo para salir más de tres veces por semana; pero tengo un plan para los días intermedios. ¿Cuál dirías que es?

—En pasear conmigo a pie y a caballo, seguramente.

—No es esto exactamente, aunque me encantará hacer ambas cosas; pero eso sería ejercicio para el cuerpo nada más, y debo cuidar de mi mente. Además, eso sería en suma recreo y abandono, sin la saludable aleación del trabajo, y a mí no me gusta comerme el pan de la ociosidad. No. Mi plan consiste en hacer que Fanny Price se enamore de mí.

—¡Fanny Price! ¡Tonterías! No, no. Deberías estar satisfecho con sus dos primas.

—No puedo estar satisfecho sin Fanny Price... sin abrir una pequeña fisura en el corazón de Fanny Price. Parece que no os habéis dado perfecta cuenta del derecho que tiene a que se fijen en ella. Anoche, cuando entre nosotros estuvimos hablando de ella, me di cuenta que nadie había notado aquí de qué modo tan fantástico ha mejorado su aspecto a lo largo de las seis últimas semanas. Vosotros la veis todos los días, y por esto no reparáis en ello, pero yo te aseguro que se ha convertido en una criatura completamente distinta de lo que era en otoño. Entonces era solo una muchacha callada, modesta, aunque de aspecto nada corriente, pero ahora es francamente guapa. Yo solía pensar que no tenía figura ni un rostro atractivo; pero en esa tez suave que ella posee, que tan frecuentemente se tiñe de rubor, como sucedía ayer, hay positiva belleza; y después de haber observado sus ojos y su boca, no desespero de que sean capaces de mostrarse lo bastante expresivos, cuando ella tenga algo que expresar. Y además, su aire, su manera, su apariencia general... ¡ha mejorado de un modo tan indescriptible! Por lo menos ha crecido quince centímetros desde octubre.

—¡Bah! ¡Bah! Esto es solo porque no había ninguna mujer alta con quien compararla, y porque se puso un traje nuevo, y tú no la habías visto nunca tan bien arreglada. Es exactamente la misma que en octubre, créeme. Lo que ocurre es que no había en la reunión otra jovencita que pudiera atraerte, y tú siempre tienes que fijarte en alguna. Yo siempre la consideré bonita..., no seductoramente bella, pero "bastante bonita", según se dice corrientemente...; una clase de belleza que se hace apreciable gradualmente. Sus ojos deberían ser más oscuros, pero es dulce su sonrisa; de todos modos, en cuanto a ese maravilloso perfeccionamiento de su físico, puedes estar seguro de que todo se reduce a un modelo de traje más adecuado y a que tú no tenías a nadie más en quien fijarte; por lo tanto, si decides cortejarla, nunca podrás convencerme de que sea en respuesta a su hermosura, ni de que tenga más base que tu frivolidad e insensatez.

Su hermano se limitó a contestar con una sonrisa a esta acusación, y poco después dijo:

—No sé exactamente qué pensar de Fanny. No la comprendo. No puedo explicarme qué se proponía ayer. ¿Qué carácter tiene? ¿Es seria? ¿Es rara? ¿Es mojigata? ¿Por qué se apartaba y me miraba con tanta severidad? Apenas pude conseguir que hablara. ¡En mi vida estuve tanto tiempo al lado de una muchacha, procurando entretenerla, con tan mal resultado! ¡Nunca me había tropezado con ninguna que me mirara de un modo tan serio! Procuraré sacar de esto el mejor provecho. Sus miradas decían: "No me gustas, estoy resuelta a que no me gustes", pero yo digo que terminaré por gustarle.

—¡Tonto idiota! ¡De modo que este es su atractivo, a fin de cuentas! ¡Es esto, que veas que no te hace caso, lo que le da esa tez tan suave, y la convierte en mucho más alta, y la adorna con todas esas gracias y encantos! He de desear que no la hagas realmente infeliz; un "poco" de amor, acaso la anime y le haga algún bien; pero no quisiera que te arrojaras a fondo, porque es una excelente persona, como no las hay, y muy sensible.

—Solo puede durar quince días —replicó Henry—, y si una quincena puede matarla, es que tiene una constitución que no hay nada que pudiera salvarla. No, no quiero hacerle ningún daño, ¡pobrecita mía! Solo quiero lograr que me mire con simpatía, que me sonría tanto como se ruboriza, que me guarde una silla a su lado dondequiera que nos encontremos y que se llene de contento cuando yo la ocupe y me ponga a hablar con ella; que piense lo mismo que yo, que se interese por todo lo que poseo y por todo lo que me gusta, que trate de retenerme por más tiempo en Mansfield y sienta, cuando me vaya, que ya nunca más volveré a ser feliz. No deseo nada más.

—¡La moderación personificada! —exclamó Mary—. Ahora ya no me cabe duda alguna. En fin, tendrás bastantes ocasiones para aconsejarte a ti mismo, pues ahora nos reunimos con frecuencia.

Y sin otra reconvención, dejó a Fanny abandonada a su suerte; una suerte que, de no estar el corazón de Fanny protegido de un modo que Mary Crawford no podía sospechar, hubiese sido algo más cruel de lo que merecía; pues aunque sin duda existen muchachas de dieciocho años tan inconquistables (de lo contrario no se escribiría sobre ellas) que resulta imposible enamorarlas contra su buen juicio aun poniendo en juego toda la presión que el talento, el tacto, las atenciones y los halagos pueden ejercer, no me inclino en absoluto a creer que Fanny fuera una de ellas, o a pensar que con su natural disposición a la ternura, y con todo el buen gusto que formaba parte de su ser, hubiese podido escapar con el corazón íntegro del cortejo (aunque el asedio durase solo quince días) de un hombre como Henry Crawford, sin embargo tener que vencer la mala opinión previa que de él tenía, si no hubiera tenido ya su afecto depositado en otra persona. Sin mengua de la gran seguridad que el amor por otro y el desprecio por él confería a la paz espiritual de Fanny, que Henry pretendía alterar, sus constantes atenciones (constantes, pero no importunas, y adecuadas cada vez más a la sensibilidad y delicadeza del carácter de ella) la obligaron muy pronto a mirarle con menos aversión que antes. Ella no había olvidado el pasado en modo alguno, y le consideraba tan perverso como siempre; pero acusaba su influjo. Resultaba entretenido su trato, y sus modales habían mejorado tanto, eran tan amables, tan serios e irreprochablemente amables, que era imposible no mostrarse atenta con él a cambio.

Muy pocos días bastaron para conseguir esto; y al término de esos días sobrevinieron unas circunstancias que tendieron más bien a favorecer sus propósitos de hacerse agradable a Fanny, ya que proporcionaron a esta un grado de felicidad como para predisponer su ánimo a mostrarse amable con todos. William, su hermano, el tiernamente querido hermano que tanto tiempo llevaba ausente, estaba de nuevo en Inglaterra. Tenía una carta suya, unas pocas líneas precipitadas y felices, redactadas cuando el buque entraba en el Canal y enviadas a Portsmouth en el primer bote que partió del Antwerp, anclado en Spithead; y cuando Henry Crawford se presentó con el periódico en la mano, con el cual esperaba dar la primera noticia, la encontró temblorosa de alegría por el contenido de la carta, y escuchando con expresión radiante, llena de gratitud, la invitación amable que su tío le estaba dictando con suma compostura.

Tan solo el día anterior había quedado Crawford perfectamente enterado de la noticia, o había, de hecho, venido en conocimiento de que ella tuviera tal hermano y que estuviera en tal barco; pero el interés que entonces se despertó en él había de ser muy rápido, ya que decidió, para cuando regresase a Londres, informarse sobre el probable regreso del Antwerp del Mediterráneo, etc.; y la buena suerte que le aguardaba a la mañana siguiente, al proceder muy temprano a la lectura de la información de la Marina, parecía la recompensa a su celeridad, al saber encontrar tales métodos para hacerse agradable a Fanny, como también a su atención respetuosa con el almirante, su tío, al haber leído durante tantos años el periódico que se consideraba mejor informado sobre cuestiones navales. Resultó, sin embargo, que había llegado demasiado tarde. Todas aquellas deliciosas reacciones del primer instante, que él había tenido la esperanza de provocar, se habían esfumado. Pero su intención, la amabilidad de su intención, fue tenida en cuenta y se agradeció; y muy afectuosas y expresivas fueron las muestras de gratitud, porque Fanny se vio elevada por encima de su tímido carácter a impulsos de su cariño por William.

El hermano entrañable estaba al llegar. No cabía dudar de que obtendría permiso pronto, ya que todavía no era más que guardia marina; y como sus padres, puesto que vivían en el mismo Portsmouth, ya le habrían visto y acaso le veían a diario, sus inmediatas vacaciones debían con justicia, y sin vacilaciones, dedicarse a su hermana que era quien más le había escrito en el curso de aquellos siete años, y a su tío, que había hecho el máximo en su favor y para su progreso. En efecto, su contestación a la respuesta de Fanny, anunciando su llegada para una fecha muy próxima, se recibió en el plazo más corto; y apenas habían transcurrido diez días desde que Fanny se viera agitada con motivo de haber sido invitada por primera vez a comer fuera de casa, cuando sintió otra excitación de naturaleza mayor, vigilando desde el vestíbulo, desde el corredor, desde las escaleras, atenta al primer ruido del coche que había de traerle a su hermano.

Llegó sin novedad cuando de ese modo le estaba ella aguardando; y al no existir ceremonia ni temor que pudiera retrasar el instante de encontrarse, ella entró ya con él en la casa, y los primeros momentos de exquisita emoción no se vieron molestados ni tuvieron testigos, a no ser que fuéramos a considerar como tales a los criados, ocupados en especial en abrir las puertas. Esto era justo lo que *sir* Thomas y Edmund habían pretendido lograr, cada uno por su lado, como se lo demostraron mutuamente al quedar de manifiesto la presteza con que ambos aconsejaron a tía Norris que permaneciera en donde estaba, en lugar de precipitarse al vestíbulo en cuanto el rumor de la llegada alcanzara sus oídos.

William y Fanny no tardaron en hacer su aparición; y *sir* Thomas tuvo el placer de recibir en su protegido a una persona muy diferente, ciertamente, de la que él había formado siete años atrás: a un joven de semblante franco, abierto y de modales nada afectados, libres de hipocresía, pero correctos y respetuosos, de suerte que se honró considerándolo amigo.

Pasó algún tiempo antes de que Fanny pudiera sobreponerse a la desbordante alegría de aquella hora formada por los treinta últimos minutos de espera y los otros treinta que siguieron de fruición; y hasta tuvo que pasar algún tiempo para que pudiera decirse que su felicidad la hacía feliz, para que se desvaneciera la especie de desilusión inevitable ante el cambio operado por el tiempo en el aspecto físico y pudiera ver en él al mismo William de antes, y hablarle como había deseado su corazón durante tantos años. Este momento, sin embargo, fue llegando poco a poco, empujado por el cariño del muchacho, tan cálido como el de ella misma y mucho menos refrenado por una sujeción a los convencionalismos sociales o por la timidez. Ella era el primer objeto de su afecto, pero de un afecto que su temperamento apasionado y su espíritu valiente hacían que fuera para él tan natural expresarlo como sentirlo. A la mañana siguiente pasearon juntos con auténtico gozo, y las mañanas sucesivas renovar un *tête-á-tête* que *sir* Thomas no podía menos de observar complacido, aun antes de que Edmund se lo indicara.

Salvo los momentos de inefable felicidad que, durante los últimos meses, le había proporcionado cualquiera de las marcadas o imprevistas muestras de consideración de Edmund por ella, jamás había sentido Fanny tanto gozo como en esas charlas libres de obstáculos y temores, de igual a igual con su hermano y amigo que le abría de par en par su corazón, exponiéndole todas sus esperanzas, proyectos y afanes respecto de la bendición de ese ascenso tan soñado, tan justamente merecido y tan imparcialmente apreciado. No podía darle noticias directas y minuciosas del padre, la madre, los hermanos y hermanas, de los cuales tan pocas nuevas tenía, pero él se interesaba por todas las ventajas y todas las pequeñas molestias de su permanencia en Mansfield, mostrándose de acuerdo en considerar a cada uno de los miembros de aquella familia según la opinión que ella expresaba sobre los mismos, o difiriendo a lo sumo en un juicio menos escrupuloso y una más decidida reacción de despecho contra tía Norris; con él, en fin, (y acaso era esta la satisfacción más grata de todas ellas) todo lo malo y lo bueno de sus primeros tiempos podía recordarse otra vez, y todas las penas y alegrías juntas rememorarse con la más dulce evocación. Ventaja esta, que robustece el cariño, de forma que hasta los lazos conyugales están por debajo de los fraternales. Los hijos de una misma familia, de la misma sangre, con los mismos primeros hábitos y compañías, tienen en su poder ciertos recursos de goce mutuo que ninguna unión posterior les podrá proporcionar; y habrá de producirse un desvío prolongado y antinatural, un divorcio que ningún posterior enlace puede justificar, para que estos preciosos residuos de los afectos primeros queden totalmente olvidados. Con demasiada frecuencia, ¡ay!, sucede así. El amor fraternal, que lo es casi todo en ocasiones, otras es peor que nada. Pero en William y Fanny Price era todavía un sentimiento en toda su plenitud y vigencia, sin que se viera mermado por intereses contrapuestos ni enfriado por otros afectos ajenos, y que el tiempo y la ausencia solo contribuían a acrecentar.

Un afecto tan profundo tenía que encarecer a ambos en la opinión de cuantos tenían corazón para apreciar algo sublime. Henry Crawford quedó tan impresionado como el que más. Apreciaba la efusiva, primitiva ternura del joven marino que hacía a este decir, mostrando con la mano tendida el peinado de Fanny:

—Pues sí, ya empieza a gustarme esa moda estrafalaria, aunque al principio, cuando me dijeron que en Inglaterra se llevaban semejantes cosas, no pude creerlo; y cuando en Gibraltar, en casa del Comisario, vi que se presentaban la señora Brown y las otras señoras con el mismo tocado, creí que se habían vuelto locas; pero Fanny es capaz de hacer que me guste cualquier cosa.

Y Henry observaba, con extraordinaria admiración, el color que tenía las mejillas de Fanny, el brillo de sus ojos, el profundo interés, la absorta atención con que escuchaba a su hermano cuando este describía alguno de los peligros inminentes o espantosas escenas que indudablemente se presentan durante tan largo período en alta mar.

Era un cuadro que Henry Crawford tenía el suficiente gusto moral para tener en cuenta. Los encantos de Fanny crecían... crecían hasta doblarse; porque la sensibilidad que embellecía su expresión e iluminaba su rostro era ya una seducción en sí. Él no pudo seguir dudando de la idoneidad del corazón de Fanny. Tenía capacidad de sentimiento, de auténtico sentimiento. ¡Valdría la pena ser amado por una muchacha como aquella, excitar las primeras pasiones de su alma dulce y candorosa! El caso le interesaba más de lo que había previsto. Una quincena no era bastante. Su estancia en Mansfield se hizo indefinida.

William era con frecuencia requerido por su tío para que contara sus cosas. Sus narraciones eran en sí amenas para *sir* Thomas, pero lo que este principalmente buscaba al hacerle hablar era entender al narrador, conocer al joven muchacho por sus aventuras; y escuchaba sus claros, simples y arrebatados conceptos con plena satisfacción, al ver en ellos la prueba de unos buenos principios, conocimiento profesional, valor, camaradería, jovialidad... todo, en fin, cuanto merecía o prometía unos felices resultados. Aun siendo tan joven, William había visto mucho ya. Había estado en el Mediterráneo, en las Antillas, en el Mediterráneo otra vez... Había bajado a tierra con frecuencia por concesión del capitán, y en el curso de siete años había conocido toda la variedad de peligros que el mar y la guerra juntos pueden mostrar. Con tales méritos en su haber tenía derecho a que se le escuchara; y aunque tía Norris tuviera a bien ajetrearse por la habitación e incordiar a todo el mundo preguntando por dos hebras de hilo o por un botón de camisa usado, en medio del relato de su sobrino sobre un naufragio o una batalla, todos los demás escuchaban sin perder el hilo; y ni siquiera *lady* Bertram podía oír tales horrores, sin conmoverse o sin levantar de vez en cuando los ojos de su labor para decir:

—¡Dios mío! ¡Qué desagradable! ¡No entiendo cómo hay quien sea capaz de embarcarse!

En Henry Crawford provocaban toda clase de sentimientos. Suspiraba por haber surcado los mares, y haber hecho, visto y sufrido lo mismo. Tenía el corazón ardiente, la imaginación exaltada y sentía un gran respeto por aquel muchacho que, antes de los veinte, había pasado por tantas incomodidades físicas y dado tales pruebas de valor. La gloria del heroísmo, de la utilidad, del esfuerzo, del sufrimiento, hacía que sus hábitos de abandono egoísta apareciesen en vergonzoso contraste; y hubiera deseado ser un William Price, distinguiéndose y labrando su fortuna y personalidad de una manera tan honrada y con el mismo feliz entusiasmo que aquel muchacho, en vez de lo que era.

El deseo tenía más de impaciencia que de constancia. Le despertó de sus sueños sobre oportunidades perdidas y del pesar que le producía el no haberlas aprovechado, alguna pregunta de Edmund relativa a sus planes de caza para el día siguiente; y encontró que era también buena cosa ser ya hombre acaudalado, con caballos y mozos de cuadra a su disposición. En un aspecto era todavía mejor, pues le proporcionaba el medio de brindar una atención donde quería que alguien se sintiera obligado. Con su viveza, valor y curiosidad por todo, William manifestó su afición a la caza; y Crawford pudo ofrecerle cabalgadura sin el menor inconveniente por su parte, teniendo que salvar únicamente algunos escrúpulos de *sir* Thomas, quien conocía mejor que su sobrino el valor de semejante préstamo, y que disipar algunos temores de Fanny. Esta temía por William, en modo alguno convencida de que estuviese preparado para gobernar a un fogoso alazán de los destinados a la caza del zorro en Inglaterra, a pesar de cuanto él le pudiera contar de su maestría adquirida en varios países en lo tocante a equitación, de las incursiones a caballo en que había tomado parte ascendiendo por escarpados terrenos, de los caballos y mulos cerriles que había llegado a montar, o de las muchas veces que se había salvado de una peligrosa caída poco menos que inevitable... Hasta que volvió sano y salvo, sin accidente ni descrédito, no pudo ella desechar sus temores ni sentir el menor agradecimiento que el señor Crawford había plenamente confiado suscitar brindando su caballo. Sin embargo, cuando quedó demostrado que con ello William no había sufrido ningún daño, pudo Fanny admitir que aquello había sido una deferencia, e incluso recompensó al propietario con una sonrisa cuando le fue devuelto el animal, y acto seguido con la mayor cortesía y de un modo que no admitía resistencia, Henry lo puso de nuevo a la entera disposición del muchacho mientras permaneciera en Northamptonshire.

Capítulo XXV

Durante este período la relación de las dos familias llegó casi a recuperarse por completo, con el grado de intensidad que había existido en el último otoño, de lo que cualquier miembro del antiguo círculo íntimo había considerado que pudiese volver a ocurrir. El regreso de Henry Crawford y la llegada de William Price tuvieron mucha parte en ello, pero mucho se debió también a la tolerancia de *sir* Thomas respecto de las sociables tentativas de la rectoría. Su ánimo, libre ahora de los cuidados que le abrumaron al principio, tuvo ocasión de apreciar que los Grant y sus jóvenes huéspedes eran realmente personas dignas de conservar la amistad; y aunque estaba muy por encima de lo que pudieran ser planes o maquinaciones con vistas al más ventajoso compromiso matrimonial que pudiera preverse, según las posibilidades aparentes, de uno de los seres que él más quería, y, además, desdeñaba la ingenuidad de considerarse sagaz en estas cuestiones, no pudo menos de notar, en líneas generales e imprecisas, que el señor Crawford distinguía un tanto a su sobrina, y quizá por este motivo tampoco se abstuvo en evitar (aunque inconscientemente) la tendencia a dar un mayor asentimiento a las invitaciones, de la rectoría.

Sin embargo, su pronta conformidad en asistir a una comida en la rectoría cuando, al fin, decidieron aventurar la invitación general después de mucho debate y muchas dudas sobre si valdría la pena, "porque... ¡*sir* Thomas parecía tan mal predispuesto y *lady* Bertram era tan perezosa!", se debió tan solo a sus buenos modales y a su buena voluntad, sin que el señor Crawford tuviera nada que ver en ello, como no fuera en el sentido de que era uno más en el seno de un grupo agradable; ya que precisamente fue en el curso de esta visita cuando empezó a pensar que cualquiera de esas personas habituadas a tal clase de frívolas observaciones hubiera pensado que Henry Crawford era el admirador de Fanny Price.

En general se tuvo por agradable la reunión, compuesta, respectivamente de los que gustan de hablar y los que, en proporción acertada, gustan de escuchar; y la cena en sí se caracterizó por el buen gusto y la abundancia, de acuerdo con el estilo propio de los Grant y también, en mucho, de acuerdo con los hábitos peculiares a todos, de modo que, lógicamente, no hubo motivo para que nadie se sorprendiera, excepto tía Norris, incapaz de soportar pacientemente en ningún momento el espectáculo de la enorme mesa ni de las numerosas fuentes colocadas encima, y que de continuo se propuso acusar alguna molestia a causa del paso de los sirvientes por detrás de su silla, así como renovar su manifiesta convicción de que, entre tantas fuentes, era imposible que más de una no estuviera fría.

Durante la velada descubrieron, según lo previsto por la señora Grant y su hermana, con que, una vez cubierta la mesa de *whist,* y *lady* Bertram no tardó en hallarse en dicha mesa, quedaban bastantes elementos para un juego a la redonda; y como todos se mostraron tan dispuestos a complacer a los demás como desprovistos de una especial predilección por un juego determinado, como siempre ocurre en tales casos, se brindaron para la mesa *speculation* casi tan rápidamente como para la de *whist;* y *lady* Bertram no tardó en hallarse en la crítica situación de tener que elegir entre los dos juegos, al ser consultada si prefería la mesa de *whist,* o la otra. Dudaba. Por suerte, tenía a mano a *sir* Thomas.

—¿Qué me aconsejas, Thomas, *whist* o *speculation*?... ¿qué puede resultarme más entretenido?

Sir Thomas, después de pensárselo un momento, recomendó *speculation.* Él era jugador de *whist,* y quizá presintió que no se divertiría mucho teniéndola a ella de pareja.

—Muy bien —contestó ella, conforme—; entonces *speculation*, por favor, señora Grant. No sé jugar en absoluto, pero Fanny me enseñará.

Aquí terció Fanny, sin embargo, con sus acaloradas protestas alegando que lo ignoraba igualmente, que nunca en la vida lo había jugado ni visto jugar; y *lady* Bertram volvió a sentirse indecisa por un instante, pero al asegurarle todos que nada había tan fácil, que era el más sencillo juego

196

de baraja, y al adelantarse Henry Crawford para rogarle con la mayor formalidad que le permitiera sentarse entre ella y la señorita Price para enseñar a las dos, quedó así acordado; y *sir* Thomas, tía Norris, el doctor Grant y su esposa se sentaron a la mesa de mayor excelencia y dignidad intelectual, mientras los otros seis, bajo la dirección de la señorita Crawford, se repartían en torno a la otra. Fue una magnífica combinación para Henry Crawford, que se hallaba junto a Fanny y ocupadísimo en manejar las cartas de dos jugadores, además de las propias...; pues aunque Fanny dominaba ya a los tres minutos las reglas del juego, él tuvo que seguir inspirándole las jugadas, incitando su ambición y endureciendo su corazón, lo cual, especialmente teniendo a William por contrario, era labor que ofrecía algún problema; y en cuanto a *lady* Bertram, tuvo que seguir encargándose de su suerte y prestigio durante toda la velada, pues si al iniciarse el juego la rapidez de Henry le ahorraba a la dama hasta el trabajo de mirar sus cartas, tuvo que guiarla en todo cuanto debía hacer con ellas hasta que finalizó.

Él estaba de magnífico humor, todo lo hacía con gran desenvoltura, mostrándose acertadísimo en toda suerte de ocurrencias oportunas, rápidos recursos y atrevidas alusiones que pudieran hacer honor al juego; y la mesa redonda ofrecía, en conjunto, un contraste muy animado al lado de la rígida disciplina y el ordenado silencio de la otra.

En dos ocasiones se había interesado *sir* Thomas por la diversión y los éxitos de su esposa, pero inútilmente; no había pausa lo bastante larga para el tiempo que sus mesurados modales requería; y muy poco pudo saberse de lo que le ocurría a la dama, hasta que la señora Grant, al finalizar el primer desempate, tuvo ocasión de acercarse a ella y hacerle un cumplido.

—Espero que le guste a usted el juego.

—Oh, sí, querida. Muy divertido, por cierto. Un juego muy extraño para mí. No entiendo nada de lo que ocurre. Nunca llego a ver mis cartas; y el señor Crawford hace todo lo demás.

—Bertram —dijo Henry, algún tiempo después, aprovechando cierta languidez en el desarrollo de la partida—, aún no le he referido lo que me sucedió ayer al volver a casa.

Habían ido los dos de caza y, a la mitad de una buena batida, a cierta distancia de Mansfield, descubrió Henry que su caballo había perdido una herradura, lo cual le obligó a abandonar el terreno y efectuar el regreso de la mejor forma.

—Le conté que había perdido el camino cuando hube dejado atrás aquella antigua granja de los tejos, porque no me gusta preguntar; pero no le he contado a usted que con mi habitual buena fortuna, pues nunca me equivoco sin salir ganando, me encontré en buena hora en el mismísimo lugar que tenía gran curiosidad de conocer. De pronto, al doblar el recodo de un suave declive, me encontré en medio de una pequeña aldea solitaria entre colinas de escasa elevación, ante un arroyo que vadear, una iglesia levantada sobre una especie de loma a mi derecha (iglesia que me pareció sorprendentemente grande y distinguida para el lugar) y sin una mansión señorial o medio señorial por ninguna parte, excepto una (que supiese era la rectoría) a tiro de piedra de las citadas loma e iglesia. En definitiva, me encontré en Thornton Lacey.

—Parece algo así —dijo Edmund—; pero ¿qué camino siguió usted después de pasar por la granja de Sewell?

—Yo no respondo esas preguntas insidiosas e inoportunas; pero, a pesar de todas las preguntas que pudiera hacerme durante una hora, jamás podría demostrarme que aquello no era Thornton Lacey... porque lo era, con toda seguridad.

—¿Lo preguntó, entonces?

—No, yo nunca pregunto, sino que le dije a un hombre que estaba enderezando un seto que aquello era Thornton Lacey, y él asintió.

—Tiene usted una buena memoria. Yo no recordaba haberle contado nunca ni la mitad de cosas sobre el lugar.

Thornton Lacey era el nombre de la aldea donde Edmund tendría en breve su beneficio eclesiástico como muy bien sabía la señorita Crawford; y el interés de esta por una jota que tenía William aumentó en el acto.

—Bien —prosiguió Edmund—, ¿y qué efecto le produjo aquello? ¿Le gustó?

—Muchísimo. Es usted un hombre con suerte. Allí habrá trabajo para seis veranos al menos, antes de que la residencia pueda habitarse.

—No, no; no es tan grave como eso. Habrá que trasladar el patio de la granja, no lo niego, pero no veo que haga falta nada más. La casa no es mala, en modo alguno, y cuando haya desaparecido el patio, tendrá accesos más que pasables.

—Hay que hacer desaparecer por completo el corral y planearlo de modo que quede fuera el taller del herrero. La casa tiene que cambiarse, de modo que se oriente al Este en vez del Norte..., quiero decir que la entrada y las principales habitaciones deben estar en aquel lado, donde la vista es realmente deliciosa; estoy seguro de que se puede hacer. Y allí deberá estar el acceso, cruzando lo que ahora es el jardín. Tiene usted que plantar un jardín nuevo en lo que ahora es la parte trasera de la casa, lo que le dará un aspecto formidable con su declive hacia el sudeste. El terreno parece hecho a propósito para plantarlo. Anduve a caballo unos cincuenta metros sendero arriba, entre la iglesia y la casa, para observar con perspectiva, y aprecié que reunía todas las condiciones. Nada más fácil. Los prados que existen más allá de lo que será el jardín, así como lo que ahora lo es, que se extienden desde la callejuela donde yo estaba hacia el nordeste, eso es, hasta la carretera principal que atraviesa el pueblo, deben de unificarse todos, por supuesto; son muy bonitas esas praderas, primorosamente salpicadas de árboles. Supongo que pertenecen al beneficio eclesiástico; si no, debe usted comprarlas. Después, el arroyo... Algo habrá que hacer con el arroyo, pero no acabo de decidir el qué. Tengo dos o tres ideas al respecto.

—También yo tengo dos o tres ideas —replicó Edmund—, y una de ellas es que muy poca cosa de su plan para Thornton Lacey se pondrá jamás en práctica. Debo conformarme con bastante menos aparato y ornamentación. Me parece que la casa y posesiones pueden hacerse acogedoras y adquirir el aspecto de la residencia de un señor prescindiendo de todo gasto superfluo; esto será suficiente y, espero, bastará a cuantos me aprecien.

La señorita Crawford, algo suspicaz y resentida por cierto tono de voz y cierta mirada a hurtadillas que subrayó la última esperanza por él expresada, puso rápidamente término a sus tratos con William Price; y asegurándose la jota a un precio exagerado, exclamó:

—¡Venga, voy a jugarme el resto como una mujer valiente! La fría prudencia no se ha hecho para mí. Yo no he nacido para estar quieta sin hacer nada. Si pierdo la partida, no será porque no haya luchado para ganarla.

Suya fue la partida, aunque no le pagó lo que había entregado para asegurársela. Siguió otra mano, y Crawford empezó de nuevo con el tema de Thornton Lacey.

—Es posible que mi plan no sea el más adecuado; no he tenido muchos minutos para redondearlo. Pero usted debe hacer bastante allí. El sitio lo merece, y no quedará usted satisfecho si deja por hacer mucho de lo que se puede... Por favor: señora, no puede usted mirar sus cartas; así, déjelas echadas delante de usted... Pues sí, el sitio lo merece, Bertram. Habla usted de conferirle el carácter de una residencia señorial. Esto se conseguirá quitando el corral; pues, aparte tan espantoso obstáculo, jamás vi una casa de ese tipo que tuviera en sí un aire tan señorial, que tanto diera la impresión de algo superior a una simple rectoría... muy por encima del presupuesto de unos centenares de libras al año. No es una colección sin diseño de habitaciones pequeñas y sencillas, con tantos tejados como ventanas; no está recluida en la compacta angostura de esas granjas cuadradas; es una casa sólida, espaciosa, con aspecto de gran mansión, que suscita en uno la suposición de que una familia de abolengo campesina ha vivido allí de generación en generación, a lo largo de un par de centurias quizá más, y que el tren de vida que ahora se lleva allí no baja de dos a tres mil libras anuales.

Mary Crawford escuchaba y Edmund se mostró de acuerdo con esto.

—Por lo tanto, un aspecto de residencia señorial no hay duda de que podrá dárselo usted, con tal de que ponga manos a la obra. Pero se presta a mucho más... Déjame ver, Mary: *lady* Bertram ofrece doce por esa reina; no, no, una docena es más de lo que vale. *Lady* Bertram no quería ofrecer una docena. No hay más oferta. Sigan, sigan... Con algunas reformas semejantes a las que le he sugerido (yo no le pido precisamente que se base usted en mis ideas, aunque, dicho sea de paso, dudo que nadie pueda concebir otras mejores) le conferiría usted un carácter más soberbio. Podría elevarla a la categoría de auténtica mansión señorial. De ser simplemente la residencia de un caballero puede convertirse, mediante unas acertadas reformas, en la residencia de un hombre ilustrado, de gusto, costumbres modernas y bien emparentado. Todo eso se le puede imprimir, adquiriendo la casa un sello tal que su dueño sea considerado el mayor terrateniente de la parroquia por cualquier persona que acierte a pasar por el camino, especialmente teniendo en cuenta que no hay allí otra casa importante que pueda competir con ella; circunstancia esta, dicho sea entre nosotros, que encarece el valor de tales condiciones, en cuanto a privilegio e independencia, por encima de todo cálculo... Usted piensa como yo, sin duda —añadió, con voz más suave, dirigiéndose a Fanny—. ¿Estuvo usted alguna vez en el lugar?

Fanny respondió con una rápida negativa, y trató de ocultar su interés por la cuestión concentrando ávidamente su atención en las proposiciones de su hermano, que estaba regateando de lo lindo para embaucarla lo más posible; pero Crawford intervino así:

—No, no; no debe usted desprenderse de la reina. La ha comprado demasiado cara, y su hermano no le ofrece ni la mitad de su valor. No, no, señor; fuera manos, fuera manos. Su hermana no cede la reina. Está completamente decidida. La partida será suya —volviéndose de nuevo a Fanny—, es indudable que será suya.

—Y Fanny preferiría que la ganase William —dijo Edmund, sonriendo al mirarla—. ¡Pobre Fanny! No le permiten que se deje engañar, como ella deseara.

—Señor Bertram —dijo Mary, unos minutos más tarde—, usted sabe que Henry es un proyectista tan capacitado, que no le será posible remover nada en Thornton Lacey sin aceptar su ayuda. ¡Piense tan solo en lo útil que resultó en Sotherton! Recuerde las grandes cosas que allí se hicieron gracias a aquella visita en que todos le acompañamos, un cálido día de agosto, para recorrer los terrenos y ver cómo se alumbraba su sabiduría. Allí fuimos, nos volvimos a casa... ¡y ni se puede presumir lo que allí se hizo!

Los ojos de Fanny se habían vuelto hacia Crawford por un instante, con expresión más que adusta, hasta de reproche; pero al tropezar con su mirada, los retiró al instante. Con cierta intención, agitó él la cabeza mirando a su hermana y replicó, riendo:

—No puedo decir que se hiciera gran cosa en Sotherton; pero el día fue caluroso, y todos nos dedicamos a pasear, unos en pos de otros, desorientados —tan pronto como pudo ampararse en el murmullo general, añadió en voz baja, hablando tan solo a Fanny—: Sentiría que mis facultades de proyectista se juzgaran por lo de aquel día en Sotherton. Ahora veo las cosas de forma muy diferente. No piense usted en mí según lo que podía parecer entonces.

Sotherton era palabra para atraer la atención de tía Norris, y como precisamente disfrutaba en aquel instante de la pausa feliz que le brindó el haber asegurado una baza entre sir Thomas, que llevaba el juego, y ella, contra los difíciles contrincantes que eran el doctor Grant y su esposa, exclamó de muy buen humor:

—¡Sotherton! Vaya, aquello sí que es una finca magnífica, y pasamos allí un maravilloso día. William, la verdad es que no tienes buena suerte; pero la próxima vez que vengas espero que mis queridos señor y señora Rushworth estén en su casa, y con seguridad puedo responder de que te recibirán los dos con gran aprecio. Tus primos no son de los que olvidan a sus parientes, y el señor Rushworth es un hombre en extremo cordial. Ahora se encuentran en Brighton, ¿sabes?, en una de las mejores casas de allí, como corresponde a la extraordinaria fortuna del señor Rushworth. No sé exactamente la distancia que puede haber, pero cuando regreses a Portsmouth, si no está muy lejos, deberías acercarte y presentarles tus respetos; y yo podría, por tu mediación, enviar un paquetito que deseo hacer llegar a tus primas.

—Sería para mí un gran honor, tía..., pero Brighton está casi por Beachey Head; y aunque tuviera posibilidad de ir tan lejos, no podría aspirar a verme bien acogido en un sitio tan elegante como aquel... yo, que no soy más que un pobre y tosco guardiamarina.

Tía Norris empezaba a asegurarle con calor que podía contar con que se le recibiría con mucho placer, cuando fue interrumpida por sir Thomas, que dijo con autoridad:

—No voy a aconsejarte que vayas a Brighton, William, pues confío que pronto tendréis otras oportunidades más convenientes para encontraros; pero mis hijas tendrían mucho placer en ver a sus primos en cualquier parte, y al señor Rushworth lo encontrarás dispuesto a considerar a todos los parientes de nuestra parte como a los de la suya propia.

—Preferiría encontrarlo de secretario particular del primer lord del almirantazgo, antes que nada —fue lo único que respondió William, en voz baja, sin intención de que le oyeran, y el tema quedó visto para sentencia.

Hasta entonces *sir* Thomas no había observado nada de particular en la conducta de Henry; pero al deshacerse la mesa de *whist,* una vez terminado el segundo desempate, y dejar que el doctor Grant y tía Norris discutieran su última jugada, se convirtió en un mirón del otro grupo y notó que su sobrina era objeto de atenciones, o más bien declaraciones, de carácter bastante evidente.

Henry Crawford estaba en el primer arrebato de otro proyecto sobre Thornton Lacey y, como no lograse captar la atención de Edmund, lo detallaba a su hermosa compañera con expresión de gran formalidad. Su proyecto consistía en alquilar él la casa para el próximo invierno, a fin de poder contar con un hogar propio en aquella vecindad; y no era únicamente para disponer de él durante la temporada de caza (como entonces le estaba diciendo a Fanny), aunque este aspecto pesaba también, ciertamente, considerando que, a despecho de la gran amabilidad del doctor Grant, era imposible instalarse él y sus caballos donde ahora estaban sin estorbar materialmente; pero su afición a aquellos alrededores no se fundaba en una diversión o una estación del año; él había puesto su ilusión en contar allí con algo adónde poder acudir en toda estación del año, un pequeño refugio a su disposición donde pasar todas las fiestas y poder continuar, mejorar y perfeccionar aquella íntima amistad con la familia de Mansfield Park que para él tenía cada día más valor. *Sir* Thomas le oía sin inmutarse. No había falta de respeto en las palabras del joven; y Fanny las acogía de un modo tan digno y humilde, tan sereno y poco incitante, que no encontró nada censurable en ella. Poco decía Fanny, asintiendo solo de vez en cuando, y sin traslucir inclinación alguna a tomar para sí la menor parte del cumplido, ni fomentar los entusiasmos del galán por Northamptonshire. Al notar quién le observaba, Henry Crawford se dirigió a *sir* Thomas sin abandonar el tema, empleando un tono más corriente, pero todavía con sentimiento:

—Deseo ser vecino de usted, *sir* Thomas, como acaso me haya oído decir a Fanny. ¿Puedo contar con su aprobación, y con que no influenciará a su hijo en contra de un tal inquilino?

Sir Thomas, inclinándose cortésmente, replicó:

—Es el único modo en que no podría desear se estableciera usted como vecino permanente; pero espero y creo que Edmund ocupará su propia casa en Thornton Lacey. ¿Digo demasiado, Edmund?

Edmund, al ser requerido, tuvo que enterarse primero de qué se trataba; pero, una vez comprendida la pregunta, contestó sin rodeos:

—Ciertamente, no tengo otra intención que la de residir allí. Pero aunque lo rechace como inquilino, Crawford, venga usted como amigo. Considere la casa como medio suya todos los inviernos, y añadiremos las cuadras a su plan de mejoras, así como todas las mejoras que puedan ocurrírsele a usted durante la primavera.

—Nosotros seremos los damnificados —reanudó *sir* Thomas—. Al marchar Edmund, aunque solo sea para establecerse a ocho kilómetros de aquí, se producirá una triste reducción de nuestro círculo familiar; pero mucho más profundamente me mortificaría si cualquiera de mis hijos pudiera contentarse con menos. Es perfectamente natural que usted no haya meditado mucho sobre el asunto, señor Crawford. Pero una parroquia tiene necesidades y exigencias que solo puede conocer un clérigo que resida permanentemente en ella, y que ningún substituto puede satisfacer en la misma medida. Edmund podría, como se dice vulgarmente, hacer el trabajo de Thornton... esto es, podría leer las plegarias y predicar, sin abandonar Mansfield Park; podría acercarse todos los domingos a caballo a una casa teóricamente habitada, y cumplir con el servicio divino; podría ser el párroco de Thornton Lacey cada séptimo día, por tres o cuatro horas, si lo deseara. Pero no, esto no le será suficiente. Sabe que la humanidad necesita más lecciones de las que puede contener un sermón semanal; y que si no viviera entre sus feligreses y no demostrara ser, con su constante interés, su bienhechor y amigo, haría tan poco para el bien de ellos como para su propio bien.

El señor Crawford se inclinó, reconociendo las razones de su interlocutor.

—Nuevamente repito —añadió *sir* Thomas— que Thornton Lacey es la única casa de la vecindad en la que no me agradaría tener al señor Crawford como inquilino.

El señor Crawford se inclinó, para agradecer.

—Sin duda —dijo Edmund— mi padre entiende las obligaciones de un párroco. Hemos de esperar que su hijo demuestre que las conoce también.

Cualquiera fuese el efecto que la pequeña arenga de *sir* Thomas produjera realmente en Henry Crawford, lo cierto es que provocó cierta sensación de angustia en otras dos personas, dos de sus oyentes más atentas: Mary y Fanny. Una de ellas, como nunca había dado en pensar que Thornton Lacey iba a ser tan pronto y tan por completo la residencia de Edmund, estaba considerando, baja la mirada, lo que representaría no verle todos los días; y la otra, arrancada del grato mundo de fantasía a que se había abandonado unos instantes antes cediendo al poder descriptivo de su hermano, y no pudiendo ya, de acuerdo con el cuadro que se había formado de un Thornton futuro, excluir la iglesia, anular al clérigo y ver solo la respetable, elegante, modernizada y probable residencia de un hombre de fortuna libre, iba considerando a *sir* Thomas, con decidida animadversión, como el destructor de todo aquello, y sufría aún más por la tolerancia que la condición y los modales del barón imponían, y por no atreverse a buscar alivio en un solo intento, siquiera, de ridiculizar la causa que defendía.

Todo lo agradable de su juego especulativo concluyó de momento. Era hora de abandonar las cartas si habían de prevalecer los sermones; y se alegró de que fuera necesario poner punto final y de poder renovar su ánimo con un cambio de lugar y de vecino.

Los presentes se hallaban ahora, en su mayoría, reunidos irregularmente en torno al fuego, aguardando el momento de dar la velada por finiquitada. William y Fanny eran los más separados del grupo. Se habían sentado los dos a la otra mesa de juego abandonada, y allí estuvieron hablando muy a gusto, sin pensar en los demás, hasta que alguien del resto empezó a pensar en ellos. Henry Crawford fue el primero en orientar su silla en aquella dirección, y permaneció observándoles en silencio por espacio de unos minutos, mientras él, a su vez, era observado por *sir* Thomas, que estaba charlando, de pie, con el doctor Grant.

—Esta noche se celebra la reunión —decía William—. De hallarme en Portsmouth, quizás hubiera asistido.

—Pero tú no desearías hallarte en Portsmouth, ¿verdad, William?

—No, Fanny; te aseguro que no. Bastante me hartaré de Portsmouth y de bailar también, cuando no te tenga a mi lado. Y no sé qué podría buscar de nuevo en la fiesta, pues no encontraría pareja. Las jovencitas de Portsmouth arrugan la nariz ante cualquiera que no tenga un empleo de oficial. Un guardiamarina es como si no fuera nada. Y uno no es nada, ciertamente. ¿Recuerdas a las Gregory? Se han convertido en unas chicas extraordinariamente guapas, pero apenas se dignan dirigirme la palabra, porque a Lucy la corteja un teniente.

—¡Oh, qué vergonzoso, qué vergonzoso! Pero no te preocupes por ello, William —y mientras decía esto, sus mejillas aparecían rojas de cólera—. No vale la pena tomarlo en consideración. No hay ofensa directa para ti, eso no es más que lo experimentado por todos los grandes almirantes en su tiempo, más o menos. Debes considerarlo de esta forma, has de procurar acostumbrarte a ello como una más de las penalidades que todos los marinos deben afrontar como el mal tiempo y la vida dura, pero con la ventaja de que esto tendrá un fin, de que llegará el día en que no tendrás que soportar nada parecido. Cuando seas teniente. Piensa solo, William, en cuando seas teniente. ¡Qué poco te importarán esas menudencias!

—Empiezo a pensar que nunca llegaré a teniente, Fanny. Todos ascienden menos yo.

—¡Oh, querido William, no digas eso! No debes desanimarte así. Nuestro tío no dice nada, pero estoy segura de que hará cuanto pueda para que alcances la graduación. Sabe, tanto como tú, la importancia que tiene.

Se interrumpió al descubrir a su tío mucho más cerca de lo que sospechaba, y ambos consideraron necesario ponerse a hablar de otra cosa.

—¿Te gusta bailar, Fanny?

—Sí, mucho; solo que pronto me fatigo.

—Me gustaría ir a un baile contigo y verte bailar. ¿No hay nunca bailes en Northampton? Me gustaría verte bailar... y bailar contigo, si tú quisieras, porque aquí nadie sabría quien soy, y me gustaría ser tu pareja una vez más. Con frecuencia solíamos dar unas vueltas juntos, ¿te acuerdas?, cuando en la calle sonaba el organillo. Yo bailo bastante bien a mi modo, pero aseguraría que tú lo haces mejor —y volviéndose a su tío, que estaba ahora junto a ellos—. ¿No es cierto, tío, que Fanny baila muy bien?

Fanny, consternada por tan atrevida pregunta, no sabía adónde mirar ni cómo prepararse para la contestación. Era de esperar que algún reproche muy grave, o al menos la más fría expresión de indiferencia, pondría en aprieto a su hermano y la dejaría a ella totalmente hundida. Pero, por el contrario, en la contestación no hubo nada peor que esto:

—Siento hallarme en el caso de no poder contestar la pregunta. Nunca he visto bailar a Fanny desde que era niña, pero confío en que los dos opinaremos que se luce como una verdadera dama de salón cuando la veamos, y tal vez tengamos oportunidad de apreciarlo dentro de poco.

—Yo he tenido el placer de ver bailar a su hermana, señor Price —dijo Henry Crawford, adelantándose—, y me comprometo a responder cuantas preguntas quiera usted hacer a su entera satisfacción. Pero creo —añadió, viendo a Fanny aturdida—, que deberá ser en otro momento. Está presente una persona a la que no gusta que se hable de la señorita Price.

Cierto era que había visto bailar a Fanny una vez, e igualmente lo era que hubiese querido atestiguar ahora que ella se deslizaba con serena, grácil elegancia y un ritmo admirable; pero en realidad no podía recordar, por su vida, el papel que Fanny había hecho en el baile, y si habló fue más porque daba por descontado que ella estuvo presente, que porque recordaba nada concerniente a ella.

Pasó, sin embargo, como un admirador de su modo de bailar; y *sir* Thomas, en modo alguno molesto, prolongó la conversación sobre el baile en general, y tanto se distrajo contando los bailes de la Antigua y escuchando lo que su sobrino relataba de los diferentes estilos de danza que había contemplado por su periplo, que cuando anunciaron su coche ni siquiera lo oyó, y hasta que tía Norris armó el consiguiente jaleo no tuvo conocimiento de ello.

—Vamos, Fanny, ¿qué significa esto? Nos vamos ya. ¿No ves que se va tu tía? ¡Pronto, pronto! No puedo sufrir esto de tener aguardando al viejo Wilcox. Tendrías que acordarte siempre del cochero y de los caballos. Mi querido Thomas, habíamos dispuesto que el coche regresaría por ti, Edmund y William.

Sir Thomas no pudo discutir, por cuanto él mismo lo había dispuesto y comunicado previamente a su esposa y a su hermana; pero esto parecía haberlo olvidado tía Norris, que quería hacerse la ilusión de que era ella quien lo había ordenado todo.

Para Fanny, la última impresión de la velada fue de contrariedad, porque el chal que Edmund se disponía a tomar sin prisa de manos del criado para colocarlo sobre sus hombros, le fue arrebatado por la mano más rápida de Henry, y ella tuvo que agradecerle su más destacada atención.

Capítulo XXVI

El deseo de William de ver bailar a su hermana, produjo en su tío una impresión más que momentánea. Al expresar *sir* Thomas la esperanza de que quizá se presentara una ocasión, no lo hizo para no acordarse más de ello. Por el contrario, quería complacer a quien fuese que pudiera desear ver bailar a Fanny, y satisfacer a la gente joven en general; y habiendo meditado el asunto y tomado su resolución sosegadamente, con toda libertad, comunicó el resultado a la mañana siguiente, durante el desayuno, cuando, después de recordar y alabar lo que su sobrino había dicho, añadió:

—No quisiera, William, que abandonaras Northamptonshire sin esta satisfacción. A mí me complacería mucho veros bailar a los dos. Hablaste de los bailes que pueda ofrecer Northampton. Tus primas habían asistido a ellos alguna vez. Pero ahora, por razones diversas, no son lo que nos conviene. Sería demasiado cansado para tu tía. Creo que no debemos pensar en un baile en Northampton. Organizar uno en casa sería más aconsejable; y si...

—¡Ah, querido Thomas! —le atajó tía Norris—. Ya me lo figuraba yo. Ya sé lo que ibas a decir. Si nuestra querida Julia estuviera en casa, o nuestra queridísima María en Sotherton, de modo que existiera una razón, un motivo para un acontecimiento así, te sentirías tentado a dar un baile en Mansfield para la gente joven. Sé que lo harías. Si ellas estuvieran en casa para dar esplendor al acontecimiento, habría aquí baile estas mismas Navidades. Dale las gracias a tu tío, William; dale las gracias.

—Mis hijas —replicó *sir* Thomas, terciando muy serio— tienen sus diversiones en Brighton y, así lo espero, son muy felices; pero el baile que pienso dar en Mansfield será para sus primos. De poder hallarnos todos reunidos, es indudable que sería más completa nuestra satisfacción, pero la ausencia de unos no debe privar de divertirse a los demás.

Tía Norris no pudo añadir una sola palabra. Vio decisión en la actitud de su cuñado y le fue preciso guardar unos minutos de silencio para que la sorpresa y la irritación no desbordaran su compostura. ¡Dar *sir* Thomas un baile en semejante momento! ¡Estando ausentes sus hijas, y sin consultarla a ella! Sin embargo, pronto tuvo a mano el consuelo. Ella tendría que ser el artífice de todo. A *lady* Bertram, desde luego, se le eximiría de cuanto significase hacer, e incluso pensar, algo, y todo recaería sobre ella. Tendría que hacer los honores de la velada; y esta reflexión rápidamente le devolvió el suficiente buen humor para estar en condiciones de unirse a los demás, antes de que acabaran de expresar toda su dicha y gratitud.

Edmund, William y Fanny, cada uno a su modo, se mostraban tan gratamente complacidos, al hablar del baile prometido, como *sir* Thomas pudiera desear. Lo que en aquellos instantes sentía Edmund, era por cuenta de los otros dos. Jamás su padre había concedido un favor o mostrado una atención tan a su gusto.

Lady Bertram se mantuvo perfectamente impasible y resignada, sin hacer objeción alguna. *Sir* Thomas se comprometió a ocasionarle muy pocas molestias; y ella le aseguró que las molestias no la asustaban de ninguna manera... ya que, en realidad, no podía imaginar que fuera a producirse ninguna.

Tía Norris se disponía a exponer sus sugerencias respecto de las salas que ella consideraba más apropiadas para el caso, pero se encontró con que todo estaba ya decidido de antemano; y cuando quiso iniciar sus conjeturas e insinuaciones acerca de la fecha, resultó que ya estaba fijada también. *Sir* Thomas se había entretenido en trazar un esbozo muy completo, y en cuanto ella se resignó a escuchar pacíficamente pudo leer la lista de familias a invitar, de entre las cuales calculaba poder reunir, descontando las bajas inevitables dada la premura de la noticia, el elemento joven necesario para constituir doce o catorce parejas; y, asimismo, pudo exponer las consideraciones que le habían inducido a fijar el día 22 como fecha más conveniente. A William se le requería en Portsmouth el 24; por tanto, el 22 sería el último día de su estancia entre ellos; pero siendo tan pocos los días que faltaban, hubiera sido imprudente elegir una fecha más próxima. Tía Norris no tuvo más remedio que darse por satisfecha a base de opinar lo mismo sin rechistar, y de afirmar que estuvo a punto de proponer también ella el 22 como fecha mil veces más a propósito que otra cualquiera.

La fecha del baile era ahora ya cuestión decidida y, antes de anochecer, cosa conocida de todos los interesados. Con gran celeridad se enviaron las invitaciones, y muchas jovencitas se acostaron aquella noche con la cabeza llena de alegres preocupaciones, lo mismo que Fanny. Para ella, las preocupaciones fueron en algunos momentos algo casi al margen de la felicidad; porque, joven e inexperta, con escasos medios de elección y sin la menor confianza en su propio gusto, el "cómo voy a vestirme" se convirtió en un punto delicado y de desasosiego; y el casi único adorno que poseía —una cruz de ámbar muy bonita que William le había traído de Sicilia fue causa de su mayor apuro, pues no tenía más que un trozo de cinta para sujetarlo; y aunque una vez ya había llevado la cruz de ese modo prendida, ¿sería ello admisible en tal ocasión, al lado de los ricos atavíos con que suponía se presentarían las demás señoritas, Pero, ¡no llevarla! William había querido comprarle también una cadena de oro, pero sus medios no alcanzaron; y, por lo tanto, si no se ponía la cruz podía lesionar sus sentimientos. Eran estas abrumadoras consideraciones, suficientes para desanimarla incluso ante la perspectiva de un baile organizado principalmente para su satisfacción.

Entretanto continuaban los preparativos, y *lady* Bertram seguía sentada en su sofá sin que le produjeran la menor desazón. El ama de llaves le hacía alguna visita extraordinaria, y la doncella trabajaba con bastante celeridad en la confección de un vestido nuevo para ella. *Sir* Thomas daba órdenes, y tía Norris corría de aquí para allá. Pero todo esto no la incomodaba a ella, pues, como había previsto, "todo aquello no podía, de hecho, traerle molestia alguna".

Por aquel entonces estaba Edmund particularmente abrumado por serias preocupaciones, con el ánimo profundamente ocupado en la consideración de dos importantes acontecimientos, ahora al alcance de la mano, que iban a fijar su destino en la vida: la ordenación y el matrimonio; acontecimientos de carácter tan grave como para hacer que el baile, que pronto sería seguido de uno de ellos, apareciese como cosa más trivial a sus ojos que a los de cualquier otro miembro de la familia. El día 23 se trasladaría a casa de un amigo, cerca de Peterborough, que se encontraba en la misma situación que él, y ambos tenían que recibir órdenes dentro de la semana de Navidad. La mitad de su destino se decidiría entonces, pero era muy probable que la otra mitad no quedase tan claramente resuelta. Sus deberes quedarían establecidos, pero la esposa que habría de compartir, y estimular, y recompensar esos deberes, puede que fuera todavía inalcanzable. Conocía sus propias intenciones, pero no siempre estaba completamente seguro de conocer las de la señorita Crawford. Había puntos en los que no estaban totalmente de acuerdo, había momentos en que ella no parecía adecuada; y aunque en el fondo confiaba en su afecto, tanto como para estar resuelto (casi resuelto) a obligarla a tomar una decisión en un plazo muy corto, tan pronto como se arreglaran los diversos asuntos que tenía para solucionar y supiera lo que podía ofrecerle, sentía sin embargo muchas inquietudes y pasaba muchas horas dudando acerca del resultado. Su convicción de que ella le quería era a veces muy fuerte; podía recordar una larga serie de detalles que le animaban y en la que ella aparecía tan perfecta por lo desinteresado de su afecto como en todo lo demás. Pero otras veces la duda y el temor se confundían en sus esperanzas; y cuando pensaba en la reconocida falta de inclinación que ella sentía por la intimidad y el aislamiento, en su decidida preferencia por la vida de Londres, ¿qué podía esperar sino una negativa total? A menos que fuera una aceptación que debiera implorarse y exigiera tales sacrificios de ocupación y estado por parte de él, que su conciencia nunca le podría permitir.

El resultado de todo dependía de una pregunta: ¿Le amaba ella bastante para prescindir de lo que solía considerar puntos esenciales? ¿Le amaba suficientemente para dejar de considerar esenciales aquellos puntos? Y esta cuestión, que él se estaba repitiendo una y otra vez a sí mismo, aunque la mayoría de las veces era contestada con un "sí", obtenía otras un "no".

La señorita Crawford iba a marcharse de Mansfield dentro de poco, y ante esta tesitura el "no" y el "sí" habían alternado con gran frecuencia en los últimos días. Él había visto brillar sus ojos cuando hablaba de la carta de una amiga querida que la reclamaba en Londres para pasar con ella una larga temporada, y de la amabilidad de Henry al comprometerse a permanecer donde estaba hasta enero, a fin de poder acompañarla allá; la había oído hablar de la satisfacción de tal viaje con una animación que era un "no" en todos los sentidos. Pero esto ocurrió el primer día en que así se acordó, en la primera explosión por la alegría recibida, cuando ante sí no tenía más que las amistades a quienes iba a visitar. Después, la había oído expresarse de un modo diferente, en otro tono... un tono más moderado. La había oído decir a la señora Grant que la dejaría con tristeza; que empezaba a creer que ni las amistades ni las diversiones que iba a buscar podrían compensarla de las que dejaba allí; y que, aunque comprendía que debía ir, y sabía que lo pasaría bien una vez se encontrara en Londres, estaba ya deseando regresar de nuevo a Mansfield. En todo esto... ¿no había un "sí"?

Con esta serie de interrogantes que sopesar, ordenar y coordinar, Edmund no podía, por su parte, pensar mucho en la velada que reclamaba la atención del resto de la familia, no aguardaría con idéntico grado de fuerte interés. Aparte la alegría que proporcionase a sus primos, la velada no tenía para él más valor del que pudiera tener otro motivo cualquiera de reunión de las dos familias. En todo encuentro había esperanza de ver una confirmación del afecto de Mary Crawford; pero la agitación de un salón de baile no era, acaso, especialmente favorable al estímulo o expresión de sentimientos trascendentales. Comprometerla pronto para los dos primeros bailes era el único recurso para su personal felicidad que tenía en la mano y el único preparativo para la fiesta en que pudo tomar parte, a pesar de cuanto ocurría en su entorno, con referencia a la misma, desde la mañana hasta la noche.

El 22, día del baile, era jueves; y el miércoles por la mañana, Fanny, que no había encontrado todavía una solución satisfactoria en cuanto a lo que debería ponerse, decidió buscar consejo en las personas más competentes y acudió a la señora Grant y a su hermana, cuyo reconocido buen gusto podría sin duda aplicarse a ella sin falta; y como Edmund y William se habían ido a Northampton, y tenía motivos para creer que Henry había marchado también, bajó hasta la rectoría sin mucho temor de que le faltara ocasión para conferenciar aparte sobre aquel punto; y que la tal conferencia fuese reservada era para Fanny uno de los aspectos más importantes, ya que estaba un poco avergonzada de su petición de ayuda.

Se encontró a unos metros de la rectoría con Mary Crawford, que precisamente acababa de salir para visitarla; y como le pareció que su amiga, si bien se vio obligada a insistir en que estaba dispuesta a entrar de nuevo en la casa, no deseaba perderse el paseo, le explicó en el acto lo que la traía allí y manifestó que, si tenía la amabilidad de darle su opinión, podían hablar de ello lo mismo fuera que dentro de la casa. Mary pareció agradecida por la deferencia y, al cabo de una breve reflexión, de un modo mucho más cordial que antes, rogó a Fanny que entrara con ella, proponiéndole subir a la alcoba, donde podrían hablar tranquilamente sin molestar al doctor Grant y a su esposa, que estaban en el salón. Era precisamente el plan que necesitaba Fanny; y rebosando esta gratitud por tan pronta y amable atención, entraron, subieron y pronto estuvieron entregadas de lleno a la cuestión fundamental. La señorita

Crawford, complacida por el requerimiento, le brindó cuanto había en ella de buen gusto y ponderación, lo simplificó todo con sus sugerencias, y procuró que todo apareciese delicioso con sus animosas palabras. Una vez resuelto lo del traje en sus líneas generales, dijo Mary:

—Pero, ¿qué se pondrá usted a modo de collar? ¿No piensa lucir la cruz de su hermano?

Y al tiempo que esto decía iba desenvolviendo un paquetito que Fanny ya había observado en sus manos cuando se encontraron. Fanny confesó sus dudas y deseos al respecto: no sabía cómo ponerse la cruz, ni cómo dejar de llevarla. La respuesta que le dio Mary consistió en presentarle un joyerito e invitarla a que escogiera entre las varias cadenas de oro y gargantillas que guardaba. Aquel era el paquete de que iba provista la señorita Crawford, y tal el objeto de su proyectada visita; y del modo más cortés rogó entonces a Fanny que aceptara una para la cruz y la guardara como recuerdo, diciendo cuanto se le ocurrió para vencer los escrúpulos que al principio hicieron retroceder a Fanny con expresión de horror ante la propuesta.

—Ya ve usted que tengo una colección —le decía—... más del doble de las que uso y pienso usar jamás. No las ofrezco como nuevas. No le ofrezco más que una gargantilla vieja. Debe usted perdonarme la libertad y hacerme este favor.

Fanny se resistía todavía, y de corazón. El obsequió era demasiado valioso. Pero Mary insistía, arguyendo con tal afectuosa seriedad a propósito de William, de la cruz, del baile y de ella misma, que al fin triunfó. Fanny se vio obligada a ceder para que no la tacharan de orgullosa, o displicente, o de cualquier otra ruindad; y aceptando con humilde obediencia la proposición, procedió a escoger. Buscaba y buscaba, ansiando descubrir la que tuviera menos valor; y al fin se decidió, al imaginarse que una de las gargantillas se le ponía ante sus ojos con más frecuencia que las demás. Era de oro, primorosamente trabajada; y aunque Fanny hubiese preferido una cadenilla más larga y sencilla por considerarla más apropiada al caso, supuso, al fijarse en aquella, que elegía la que a la señorita Crawford menos le interesaba conservar. Mary sonrió en muestra de completa aprobación, y se apresuró a completar su obsequio colocándole la cadenilla alrededor del cuello y haciéndole comprobar el buen efecto que producía. Fanny no halló una sola palabra que objetar a su propiedad y, excepto lo que restaba de sus escrúpulos, quedó en extremo complacida con una adquisición tan adecuada. Quizás hubiera preferido agradecérsela a otra persona; pero esto era un sentimiento innoble. Mary Crawford se había anticipado a sus deseos con una buena voluntad que la acreditaba como sincera amiga.

—Siempre que lleve esta gargantilla me acordaré de usted —dijo— y de su gran cariño.

—Tiene que acordarse también de alguien más, cuando lleve esta gargantilla —replicó la señorita Crawford—. Tiene que pensar en Henry, porque él fue quien la eligió en primer lugar. Me la regaló él, y con la gargantilla le transfiero la obligación de recordar al donante original. Ha de ser un recuerdo familiar. No habrá de acudir la hermana a su memoria sin traerle a colación al hermano también.

Fanny, llena de asombro y confusión, hubiese deseado devolver el presente de inmediato. Aceptar lo que había sido el regalo de otra persona, de un hermano nada menos... ¡imposible! ¡No podía ser! Y con una impaciencia y un aturdimiento que divirtieron a su compañera, depositó de nuevo la gargantilla sobre el algodón y pareció resuelta, o bien a tomar otra o a no aceptar ninguna. La señorita Crawford pensó que jamás había visto una escrupulosidad de mayor gallardía.

—Pero, criatura —dijo, riendo— ¿qué es lo que teme? ¿Cree que Henry le reclamará la gargantilla como mía, o se imagina que no pasa a ser de su pertenencia con la mayor honradez del mundo? ¿O acaso se figura que se pondrá demasiado orgulloso cuando vea alrededor de su lindo cuello un adorno que con su dinero adquirió hace tres años, antes de que supiera que en el mundo existía ese cuello, O, tal vez —añadió, mirándola sutilmente—, ¿sospecha una confabulación entre nosotros, y que lo que ahora hago es con el conocimiento y por deseo de mi hermano?

Con el más intenso rubor, Fanny protestó contra tal idea.

—Pues bien, entonces —replicó Mary con mayor seriedad, pero sin creerla en absoluto—, para convencerme de que no sospecha usted ninguna conspiración, y de que es usted tan digna de confianza como yo siempre la consideré, tome la gargantilla y no hable más de ello. Que sea un regalo de mi hermano no ha de provocar el menor inconveniente en su decisión de aceptarla, pues le aseguro que tampoco influye para nada en mi decisión de prescindir de ella. Continuamente me hace regalos de estos. Son innumerables los presentes que de él tengo guardados; tantos, que me resulta totalmente imposible hacer mucho caso, y a él acordarse, ni de la mitad de ellos. En cuanto a esta gargantilla, creo que no la habré llevado ni media docena de veces. Es muy bella, pero nunca me acuerdo de ella; y aunque yo le hubiera cedido con el mayor agrado otra cualquiera que usted hubiese elegido en mi joyero, ha dado la casualidad que se ha fijado usted en la misma que, de escoger yo, hubiera seleccionado antes que otra para verla en mis manos. No diga más en contra, se lo ruego. Semejante fruslería no vale la pena de tantas reconvenciones.

Fanny no se atrevió a oponer más resistencia, y de nuevo aceptó la gargantilla, renovando su agradecimiento, aunque con menos satisfacción, pues en los ojos de Mary había una expresión que no la gustaba.

Era imposible que ella no hubiera notado el cambio de actitud de Henry Crawford. Hacía tiempo que se había dado cuenta. Era evidente que trataba de agradarle... Era galante, era atento, era algo de lo que había sido para sus primas; se proponía, según ella imaginaba, quitarle la calma engañándola como las había engañado a ellas. ¡Y acaso tuviera alguna incumbencia en lo de la gargantilla! Ella no podía estar convencida de que no la tuviera, pues Mary Crawford, complaciente como hermana, era inconsciente como mujer y como amiga.

Reflexionando, dudando y sintiendo que la posesión de lo que tanto había anhelado no le procuraba mucha satisfacción, volvía a casa, habiendo cambiado más que disminuido sus preocupaciones desde su reciente paso por aquel camino.

Capítulo XXVII

Al llegar a casa, Fanny subió rápidamente para depositar aquella inesperada adquisición, ese bien polémico de la gargantilla, en alguna caja favorita del cuarto del este que contenía todos sus pequeños tesoros; pero al abrir la puerta, ¡cuál no sería su sorpresa al encontrar allí a su primo Edmund, escribiendo en su mesa! Aquel espectáculo, que nunca había contemplado antes, resultó para ella tan inusitado como grato.

—Fanny —dijo él directamente, abandonando el asiento y la pluma para ir a su encuentro con algo en la mano—, te ruego que me perdones por estar aquí. Acudí en tu busca, y después de aguardar un poco con la esperanza de verte llegar, hice uso de tu tintero para exponer el motivo de mi vista. Ahí encontrarás el comienzo de un billete dirigido a ti; pero ahora puedo explicarte personalmente mi intención, que es, simplemente, rogarte que aceptes esta pequeña fruslería..., una cadena para la cruz de William. Debía tenerla hace una semana, pero hubo un retraso debido a que mi hermano no llegó a la ciudad hasta unos días más tarde de lo que yo creía; y ahora acabo de recoger el paquetito en Northampton. Espero que la cadenilla te guste, Fanny. Procuré tener en cuenta la simplicidad de tu gusto; aunque de todos modos sé que apreciarás mis intenciones y lo considerarás, como así es, una prueba de cariño de uno de tus más antiguos amigos.

Y apenas terminó estas palabras se alejó a toda prisa, antes de que Fanny, abrumada por mil sensaciones de pena y de alegría, pudiese decir nada; pero espoleada por un imperioso deseo, gritó enseguida:

—¡Edmund, aguarda un momento... espera, por favor!

Él se dio vuelta.

—No intentaré darte las gracias —prosiguió ella, hablando muy agitada—; mi gratitud está fuera de toda duda. Siento mucho más de lo que podría expresar. Tu bondad al acordarte de mí de esta forma, escapa a...

—Si esto es cuanto tienes que decirme, Fanny... —la atajó él, sonriendo y alejándose de nuevo.

—No, no, no es esto. Quería consultarte algo.

Casi inconscientemente, ella había desenvuelto el paquete que Edmund acababa de poner en sus manos; y al encontrarse ante una auténtica cadenilla de oro sin adornos, perfectamente sencilla, con el bello marco de un estuche de joyería, no pudo evitar un nuevo estallido de entusiasmo:

—¡Oh, esta sí que es preciosa! ¡Es lo más acertado, exactamente lo que quería! Es el único adorno que siempre tuve el deseo de poseer. Combinaría perfectamente con la cruz. Deben llevarse juntas, y así será. Ha llegado, además, en un momento tan oportuno... ¡Oh, Edmund, no imaginas tú con cuánta oportunidad!

—Querida Fanny, pones demasiada pasión en estas cosas. Me hace muy feliz que te guste la cadenilla y que haya llegado a tiempo para mañana; pero tu agradecimiento es excesivo. Créeme, no hay para mí en el mundo cosa que me haga más feliz que la de contribuir a la tuya. Sí, con seguridad puedo afirmar que no existe para mí placer más completo, más puro, y sin ambages.

Ante tales expresiones de afecto, Fanny hubiese podido permanecer una hora sin añadir una palabra más. Pero Edmund, después de aguardar un momento, la obligó a que su pensamiento descendiera de su vuelo por las regiones celestes, diciendo:

—Pero, ¿qué es lo que quieres consultarme?

Se trataba de la gargantilla, que ahora ansiaba devolver a toda costa, y esperaba que él aprobase su conducta. Le contó la historia de su reciente visita... y entonces su encanto hubo de tocar a su fin; porque Edmund quedó tan impresionado por el relato, tan ensimismado por lo que Mary Crawford había hecho, tan complacido por aquella coincidencia de conducta entre los dos, que Fanny tuvo que reconocer el poder superior, sobre el espíritu de Edmund, de otro placer, aunque no fuera tan sublime. Pasaron algunos minutos antes de que Fanny pudiera centrar la atención de su primo sobre el proyectado plan, u obtener alguna respuesta a su demanda de opinión: él estaba sumido en un ensueño de tiernas reflexiones, y solo de vez en cuando pronunciaba algunas frases de elogio; pero cuando despertó y entendió, se opuso terminantemente a lo que ella planeaba.

—¡Devolver la gargantilla! No, querida Fanny, por ningún motivo. Esto la mortificaría cruelmente. Difícilmente puede haber una sensación más desagradable que la de encontrarnos en las manos, devuelto, lo que hemos entregado con una esperanza razonable de contribuir con ello a la felicidad de un amigo. ¿Por qué privarla de una satisfacción de la que ha demostrado ser tan digna merecedora?

—Si fuera un objeto destinado a mí en primer lugar —dijo Fanny—, no hubiera pensado en devolverlo; pero tratándose de un regalo de su hermano, ¿no es justo suponer que ella preferiría no desprenderse, ya que no lo necesito?

—Ella no ha de suponer que no lo necesitas; o, al menos, que no lo aceptas. Y que en su origen fuera un regalo de su hermano no modifica en absoluto el estado de la cuestión; pues si esto no impidió que ella te lo ofreciera y tú lo aceptaras, lógicamente no puede ser obstáculo para que lo conserves en tu poder. Sin duda, es más bonita que la mía y más adecuada para lucir en un salón de baile.

—No, no es más hermosa, en modo alguno, dentro de su estilo; y para lo que yo la quiero, no resulta ni la mitad de apropiada. La cadenilla jugará incomparablemente mejor con la cruz de William que la gargantilla.

—Por una noche, Fanny, por una sola noche, si ello representa un sacrificio, estoy convencido que, en cuanto lo hayas reflexionado, harás este sacrificio antes que herir a quien se ha presentado con tanta solicitud a solucionar tus problemas. Las atenciones de Mary para contigo han sido... no diré que mayores de las que tú justamente mereces (sería yo la última persona que pensara tal cosa), pero han sido constantes; y corresponder a ellas con lo que tendría cierto aire de ingratitud, aunque sé que jamás podría envolver este significado, es algo que no forma parte de tu forma de ser, me consta. Ponte mañana la gargantilla, como así te has comprometido a hacer, y guarda la cadenilla, que no fue encargada expresamente para el baile, para otras ocasiones más corrientes. Este es mi consejo. No quisiera ver una sombra de frialdad entre las dos personas cuya intimidad he venido observando con la mayor satisfacción, y en cuyos caracteres hay tanto de similitud, en cuanto a auténtica generosidad y delicadeza natural, que hace que las escasas diferencias, debidas principalmente a las respectivas posiciones, no puedan ser obstáculo razonable que se oponga a una perfecta amistad. No quisiera que apareciese una sombra de frialdad —repitió, bajando un poco la voz—, entre los dos seres que más quiero en esta vida.

Con estas últimas palabras desapareció, y allí quedó Fanny, haciendo esfuerzos para tranquilizar su espíritu todo lo posible. Ella era uno de los dos seres que él más quería... Aquello debía confortarla. Pero la otra...

¡la primera! Nunca, hasta aquel momento, le había oído hablar tan claramente; y aunque sus palabras no le descubrieron nada que ella no hubiera descubierto ya desde hacía mucho tiempo, fueron un desengaño, porque hablaban de su convicción e intención. Estaba decidido: se casaría con Mary Crawford. Fue un golpe, a pesar de que lo venía esperando desde largo tiempo; y no tuvo más remedio que repetirse una y otra vez que era ella una de las dos personas que él más quería, para que estas palabras llegaran a producirle algún impacto. De poder creer que la señorita Crawford era digna de él, el caso sería... ¡oh, qué distinto sería!... ¡cuánto más tolerable! Pero Edmund se engañaba con ella: le concedía méritos que no tenía; sus defectos eran los mismos de siempre, pero él estaba ofuscado. Hasta que hubo vertido muchas lágrimas por aquella decepción, no pudo Fanny dominar la agitación de su espíritu; y del abatimiento que siguió solo pudo rehacerse con fervientes plegarias por la felicidad de él.

Era su intención, que al mismo tiempo consideraba su deber, procurar sobreponerse a todo cuanto fuera exagerado, a todo cuanto rozara el egoísmo, en su cariño por Edmund. Calificar o considerar aquello como una pérdida, un desengaño, sería una presunción para censurar, la cual no encontraba ella palabras suficientemente enérgicas, que satisficieran su humildad. Pensar en él del modo que en Mary estaba justificado, sería una locura. Para ella, Edmund no podía significar nada... nada para ser más querido de lo que pueda serlo un amigo. ¿Por qué tal idea le había pasado por la cabeza, aunque solo fuera para reprobarla y prohibírsela? No debía haber rozado siquiera los confines de su imaginación. Procuraría ser razonable, merecer el derecho de juzgar la personalidad de la señorita Crawford y el privilegio de dedicar a él una auténtica solicitud, con la mente sana y el corazón limpio.

Ella contaba en principio con todo el heroísmo que le dictaban sus principios, y estaba decidida a cumplir con su deber; pero como tenía también muchos de los sentimientos propios a la juventud y al sexo, no vayamos a asombrarnos demasiado si decimos que, después de hacerse todos esos buenos propósitos en cuanto al control de sí misma, cogió el pedazo de papel en que Edmund había empezado a escribirle como si se tratara de un tesoro que superara a toda esperanza de ser alcanzado, leyó con la más tierna emoción estas palabras: "Mi queridísima, Fanny: tienes que hacerme el favor de aceptar..." y lo guardó junto con la cadenilla, como la parte más preciada del regalo. Era la única cosa parecida a una carta que jamás había recibido de él; acaso nunca volvería a recibir otra; era, incluso, imposible que jamás recibiera otra que le causara tanta satisfacción, por el motivo y por la forma. Jamás habían salido de la pluma del más distinguido autor, dos líneas más queridas... nunca se vieron tan felizmente recompensadas las pesquisas del biógrafo más tenaz. Y es que el entusiasmo del amor femenino supera con creces al de los biógrafos. Para ella, para la mujer, el manuscrito en sí, con independencia de lo que transmita, es una bendición. ¡Nunca unos caracteres fueron perfilados por ningún otro ser humano como aquellos que había producido la más corriente caligrafía de Edmund! Aquel modelo, a pesar del apresuramiento con que fue escrito, no tenía defectos; y era tan perfecta la fluidez de las primeras cuatro palabras, la combinación de "Mi muy queridísima Fanny", que las hubiera contemplado eternamente.

Una vez ordenados sus pensamientos y consolado su espíritu por aquella feliz mezcla de raciocinio y debilidad, se halló en condiciones de bajar a la hora de costumbre y reanudar su tarea habitual al lado de tía Bertram, haciéndole los cumplidos de costumbre sin que pareciese deprimida.

Llegó el jueves, predestinado al gozo y a la ilusión; y empezó para Fanny con unas perspectivas más agradables que las que esos días tercos, ingobernables, suelen ofrecer; pues terminado el desayuno se recibió una nota del señor Crawford para William, exponiendo que, como se veía obligado a marcharse a Londres a la mañana siguiente para unos días, no había sabido prescindir de buscarse un compañero y, por lo tanto, esperaba que si William se decidía a abandonar Mansfield medio día antes de lo previsto, aceptase un puesto en su coche. El señor Crawford se proponía llegar a la capital a la hora en que su tío acostumbraba hacer su última cena, y William quedaba invitado a cenar con él en casa del almirante. La proposición era muy agradable para el mismo William, a quien complacía la idea de hacer el viaje en un coche tirado por cuatro caballos y en compañía de un amigo tan animado y simpático; y como le gustaba viajar veloz, al momento se puso a expresar cuanto su imaginación pudo sugerirle para subrayar su alegría y satisfacción. Y Fanny, por motivo diferente, se puso contentísima; porque el plan primitivo era que William partiese de Northampton en el correo a la noche siguiente, lo que no le hubiera permitido descansar ni una hora antes de coger el coche de Portsmouth; y aunque este ofrecimiento del señor Crawford le robaba muchas horas de su compañía, era demasiado feliz con lo de que William se ahorraría el cansancio de tal viaje, para pensar en nada más. *Sir* Thomas lo aprobó por otra razón. La presentación de su sobrino al almirante Crawford podía ser de provecho. El almirante tenía influencia, indudablemente. La comunicación fue acogida con gran satisfacción. El ánimo de Fanny se alimentó de ella durante media mañana, contribuyendo en algo al aumento de su alegría el hecho de que se marchara también el mismo que la había escrito.

En cuanto al baile, ya tan próximo, eran tantas las inquietudes, demasiados los temores que la embargaban, para que sintiera ni la mitad de la ilusión que hubiera debido sentir, o que debían suponer que sentían las muchas jovencitas que aguardaban el mismo acontecimiento con mayor sosiego, pero sin que pudiera tener para ellas la novedad, el interés, los motivos de personal satisfacción, en fin, toda una serie de circunstancias que atribuirían a su caso. La señorita Price, conocida solo de nombre por la mitad de los invitados, iba a hacer su primera aparición y tenía que ser mirada como la reina de la velada. ¿Quién podía ser más feliz que la señorita Price? Pero la señorita Price no se había formado para el oficio de presentarse; y de haber sabido bajo qué aspecto era en general considerado el baile, mucho hubiera disminuido su relativa tranquilidad y aumentado el temor que ya tenía de hacerlo mal y ser observada. Bailar sin que se fijaran mucho en ella y sin fatigarse demasiado, tener fuerzas y parejas para media velada, bailar un poco con Edmund y no demasiado con Henry, ver divertirse a William y poder mantenerse a distancia de tía Norris, era el máximo a lo que aspiraba y parecía abarcar sus más amplias posibilidades de felicidad. Como estas eran sus más grandes esperanzas, no podían prevalecer en todo momento; y en el decurso de una larga mañana, empleada casi toda al lado de sus tías, estuvo con frecuencia bajo la influencia de presentimientos menos optimistas. William, decidido a que su último día fuera de disfrutar al máximo, había salido a cazar agachadizas; Edmund se hallaba sin duda en la rectoría (ella tenía sobrados motivos para suponerlo así); y ella, teniendo que soportar sola el malhumor de tía Norris (que estaba furiosa porque el ama de llaves quería preparar la cena a su antojo) y a la que no podía eludir como, en cambio, podía el ama de llaves, acabó por pensar que todos los males estaban relacionados con el baile; y cuando la mandaron a que se vistiera con una frase de admonición, se dirigió a su alcoba tan melancólica, y se sintió tan incapaz de ser dichosa como si se lo hubieran prohibido.

Mientras subía lentamente la escalera recordó el día anterior: alrededor de aquella misma hora había vuelto de la rectoría y hallado a Emund en el cuarto del este. "¡Si hoy le encontrase también allí!", se dijo, cediendo con gusto a la ilusión.

—Fanny —la llamó en aquel instante una voz a su lado.

Dio un respingo y, al levantar los ojos, vio en el corredor que acababa de alcanzar al mismísimo Edmund, al pie de otro tramo de escalera y se le acercó.

—Tienes aspecto de fatigada, Fanny. Habrás dado un paseo demasiado largo.

—No, ni siquiera he salido.

—Entonces te has fatigado dentro de casa, lo que es peor. Hubieras hecho mejor en salir.

Fanny, que no gustaba de quejarse, halló más fácil no responder; y aunque él la miraba con su habitual ternura, ella creyó que pronto había cesado de pensar en su cansancio. No parecía estar muy animado; algo que no tenía relación con Fanny debía marchar mal. Ambos siguieron escalera arriba, pues sus habitaciones estaban en el mismo piso superior.

—Vengo de casa del doctor Grant —dijo Edmund al poco—. Puede adivinar lo que me trae allí, Fanny —parecía tan convencido, que Fanny solo pudo pensar en algo que la ponía demasiado enferma para que pudiera hablar de ello—. Deseaba comprometer a Mary Crawford para los dos primeros bailes —fue la explicación que siguió y que devolvió la vida a Fanny, capacitándola para, al ver que él esperaba que hablase, articular algo parecido a una pregunta sobre el resultado.

—Sí —contestó él—, se ha comprometido a bailarlos conmigo; pero —añadió, con una sonrisa un tanto nerviosa—, dice que será la última vez que bailemos juntos. No lo dice en serio. Supongo... espero... estoy seguro de que no hablaba en serio; pero hubiera preferido no escucharlo. Dice que nunca ha bailado con un clérigo, y que nunca lo hará. Lo que es por mí, hubiera deseado que no hubiese baile, justamente cuando... quiero decir, no esta semana, precisamente hoy... mañana voy a partir.

Fanny hizo un esfuerzo por hablar, y dijo:

—Siento mucho que haya ocurrido algo que te entristezca. Hoy debería ser un día alegre. Así lo quería tu padre.

—¡Ah, sí, sí! Y lo será. Todo acabará bien. Mi contrariedad será pasajera. En realidad, no es que considere el baile inoportuno. ¿Qué tiene que ver? Pero, Fanny —aquí la detuvo cogiendo su mano, para hablarle más bajo y con mucha seriedad—, tú sabes lo que esto significa. Tú lo ves, y podrías decirme, acaso mejor que yo a ti, cómo y por qué estoy enojado. Deja que te hable un poco. Tú eres una oyente bondadosa, y más que bondadosa. Me han afligido sus modales de esta mañana, y no puedo considerarlos bajo un prisma más favorable. Conozco sus condiciones para ser tan dulce e intachable como tú misma, pero la influencia de las personas de que antes estuvo rodeada hace que parezca..., da a su conversación, a sus opiniones personales, en ciertos momentos, un matiz de incorrección. No pensará mal, pero habla mal... habla así en plan de travesura; y aunque sé que solo es travesura, me duele en el alma.

—Es efecto de la educación recibida —dijo Fanny, con delicadeza. Edmund tuvo que mostrarse de acuerdo.

—¡Sí, aquellos tíos! Estropearon el más admirable espíritu. Porque a veces, Fanny, te lo confieso, parece que no son tan solo sus modales; parece como si hasta su espíritu estuviera corrompido.

A Fanny le pareció que esto era un llamamiento a su opinión, y por tanto, después de una breve reflexión, dijo:

—Si solo me necesitas como oyente, Edmund, seré todo lo útil que pueda; pero no estoy capacitada para ser consejera. No me pidas a mí consejo. No estoy preparada.

—Tienes razón, Fanny, al protestar contra tal oficio, pero no debes temer. Es un tema sobre el cual nunca pediré consejo; es precisamente el tema sobre el cual nadie debería pedirlo nunca; y pocos serán, me imagino, los que lo pidan, a no ser que quieran ser guiados contra su propia conciencia. Yo solo quiero hablar contigo.

—Otra cosa, aún. Perdona la libertad..., pero ten cuidado en cómo me hablas. No me cuentes ahora nada que después te puedes arrepentir. Puede llegar el momento en que...

—¡Queridísima Fanny! —exclamó Edmund, oprimiéndole la mano con sus labios, casi con el mismo calor que si hubiera sido la de Mary—. ¡Eres toda consideración! Pero no es necesaria en este caso. Ese día nunca llegará. Lo que tú insinúas no ocurrirá nunca. Empiezo a considerarlo como lo más improbable... las posibilidades van menguando; y aunque llegara a ser, nada habría que pudiésemos recordar, ni tú ni yo, con recelo, pues nunca he de avergonzarme de mis propios reparos; y si estos desaparecieran, sería debido a unos cambios que vendrían a enaltecer sus virtudes en comparación con sus antiguos defectos. Tú eres el único ser sobre la tierra a quien podía decir lo que he dicho; pero tú siempre supiste la opinión que de ella tengo; tú puedes atestiguar, Fanny, que nunca fui ciego. ¡Cuántas veces hemos hablado de sus pequeños errores! No debes temer..., casi he abandonado toda idea seria acerca de ella; pero sería un mentecato, desde luego, si, cualquiera que sea mi destino, fuera capaz de pensar en tu voluntad y simpatía sin la gratitud más sincera.

Edmund había dicho lo suficiente para conmover una experiencia de dieciocho años; había dicho lo bastante para brindar a Fanny unas emociones más dichosas que las conocidas últimamente; y con un mayor brillo en la mirada pudo responder ella:

—Sí, Edmund, estoy convencida de que tú serías incapaz de otra cosa, aunque algunos, acaso, no lo fueran. No temo escuchar nada de lo que desees decirme. No te abstengas. Dime lo que quieras.

Se encontraban ahora en el segundo piso, y la aparición de una doncella les impidió continuar la conversación. Para el bien presente de Fanny habría terminado, quizás, en el momento más oportuno. Si él hubiera podido hablar durante otros cinco minutos, nada impide creer que hubiera empezado a enumerar todos los defectos de la señorita Crawford y a expresar su abatimiento. En cambio, de este modo, se separaron, él, con miradas de agradecido afecto y ella, con el corazón lleno de gratas impresiones. No había sentido nada parecido desde hacía horas. Desde que la primera alegría por la comunicación de Henry a William se había desvanecido, su ánimo había permanecido en un estado de zozobra: sin hallar sosiego en derredor, ni esperanza en su fuero interno. Ahora todo volvía a sonreír. La buena suerte de William volvió a su mente, y le pareció que tenía más valor que al principio. Además, el baile... ¡aquella velada de placer ante sí! Ahora, sí que estaba animada, y empezó a vestirse con mucho del feliz aturdimiento que corresponde a un baile. Todo resultaba bien; no le desagradó su propio aspecto; y cuando llegó al capítulo de las gargantillas su buena suerte le pareció completa, porque en la práctica, la que le había regalado la señorita Crawford no pudo pasarla de ningún modo por la anilla de la cruz. Había decidido llevarla por complacer a Edmund; pero era demasiado gruesa para el caso. Por lo tanto, tendría que usar la de él. Y cuando, con deliciosa emoción, hubo juntado la cadenilla y la cruz, aquellos recuerdos de los dos seres más queridos a su corazón, aquellas prendas apreciadísimas hechas a su cuello, vio y percibió cuan saturadas estaban de William y de Edmund... y entonces pudo decidirse, sin que le costara ningún esfuerzo a llevar también la gargantilla de Mary Crawford.

Reconoció que era lo correcto. También la señorita Crawford tenía un derecho; y puesto que ya no usurpaba ni se interponía a otros derechos más fuertes, al cariño más auténtico de otra persona, pudo hacer a Mary esta justicia hasta con placer. En realidad, la gargantilla hacía un magnífico efecto. Y Fanny abandonó su alcoba al fin, felizmente satisfecha de sí misma y de todo lo que la rodeaba.

Tía Bertram se acordó de ella en esta ocasión con un desvelo inusitado. Nada menos se le ocurrió, de pronto, que Fanny, al prepararse para un baile, se alegraría de tener mejor asistencia que las doncellas del piso superior; y, una vez ella vestida, le mandó en efecto su doncella particular para que la atendiera... aunque demasiado tarde, por supuesto, para que le fuera de alguna utilidad. La señora Chapman llegó al ático precisamente cuando la señorita Price salía de su habitación completamente vestida, y solo hubo necesidad de algunas cortesías; pero Fanny concedió a la atención tanta importancia como pudieran concederle la misma *lady* Bertram o la señora Chapman.

Capítulo **XXVIII**

Su tío y ambas tías estaban en el salón cuando Fanny bajó. Con gran interés la observó el primero, que vio con satisfacción la elegancia de su aspecto en general, así como su acentuado atractivo. La distinción y propiedad de su vestido fue cuanto se permitió alabar delante de ella, pero en cuanto Fanny abandonó de nuevo la habitación poco después, habló de su belleza con decididas palabras de encomio.

—Sí —dijo *lady* Bertram—, tiene muy buen aspecto. Le mandé mi doncella.

—¡Qué buen aspecto! Oh, claro —exclamó tía Norris—; tiene motivos para ello, con tantas ventajas; habiéndosela formado en el seno de esta familia como se ha hecho, beneficiándose de los ejemplares modales de sus primas. Piensa solo, mi querido Thomas, en lo extraordinarias que han sido las ventajas que tú y yo hemos podido proporcionarle. El mismo traje que le has alabado es el propio regalo que generosamente le hiciste cuando la boda de nuestra querida María. ¿Qué hubiera sido de ella si no la hubiéramos acogido bajo nuestra protección?

Sir Thomas no dijo más; pero cuando se sentaron a la mesa, las miradas de los dos muchachos le dieron la seguridad de que el tema podría ser tocado de nuevo delicadamente cuando se retirasen las señoras, con más éxito. Fanny notó que su aspecto merecía la aprobación de los presentes, y al notar que producía buen efecto lo tuvo todavía mejor. Se sentía feliz por diversos motivos, y pronto se sintió más feliz aún, pues al salir de la habitación siguiendo a sus tías, Edmund, que mantenía abierta la puerta, le dijo al pasar junto a él:

—Tendrás que bailar conmigo, Fanny; tienes que reservarme dos bailes... los que tú quieras, salvo los primeros.

Ella no podía desear más. Ni casi había estado nunca tan cerca de la felicidad, en toda su vida. El alborozo que tiempo atrás apreciara en sus primas el día de un baile, ya no la sorprendía ahora. Consideró que, realmente, era algo encantador; y a continuación se dedicó a ensayar sus pasos por el salón en tanto pudo evitar que la observara tía Norris, la cual estuvo al principio entregada por completo a la tarea de arreglar de nuevo, o destrozar más bien, el magnífico fuego preparado por el mayordomo.

Transcurrió media hora que, en otras circunstancias, le hubiera parecido, cuando menos, lánguida; pero en su ánimo prevalecía todavía la felicidad. Era solo cuestión de pensar en su conversación con Edmund. ¿Y qué importaba la agitación de tía Norris? ¿Qué importaban los bostezos de *lady* Bertram?

Los caballeros se reunieron con ellas; y poco después empezó a reinar como una grata expectación ante la posible llegada de algún coche. Parecía haberse difundido una predisposición general a la alegría y el desenfado, todos estaban de pie hablando y riendo, y cada momento tenía su encanto y aportaba una ilusión. Fanny comprendía que bajo la jovialidad de Edmund tenía que haber lucha, pero era delicioso ver cómo triunfó su esfuerzo.

Cuando en realidad se oyó la llegada de los carruajes, cuando los invitados empezaron a congregarse, la alegría de su estado de ánimo quedó muy atenuada; la presencia de tantos extraños hizo que se replegara en sí misma; y, además de la gravedad y formalidad del primer gran círculo, que los modales de *sir* Thomas y de *lady* Bertram no podían contribuir a menguar, se veía obligada de vez en cuando a soportar algo peor. Su tío la presentaba aquí y allá, poniéndola en el caso de tener que hablar, y hacer reverencias, y hablar de nuevo. Era un pesado deber y nunca se sometía a él sin mirar a William, que se paseaba tranquilamente en último término, ansiando poder estar a su lado.

La entrada de los Grant y los Crawford fue una coyuntura favorable. Pronto cedió el envaramiento de la reunión ante su trato más democrático y sus mayores demostraciones de confianza. Se constituyeron pequeños grupos y todos se sintieron más a gusto. Fanny acusó la ventaja; y, al eludir las fatigas de las formas sociales, hubiera sentido nuevamente la más completa alegría de haber podido evitar que sus ojos se posaran alternativamente, ya en Edmund, ya en Mary. Esta estaba ciertamente encantadora... ¿y cuál no sería el resultado? Sus meditaciones quedaron interrumpidas al descubrir ante sí al señor Crawford, y sus pensamientos se encauzaron en otro sentido al pedirle este, casi en seguida, que le reservara los dos primeros bailes. La felicidad que sintió en aquel momento fue muy humana y diversa. Tener asegurada la pareja para el principio era una ventaja de gran importancia, pues el momento de iniciarse el baile llegaba a pasos agigantados; y ella estaba tan lejos de reconocer sus propias prendas como para imaginarse que, de no haberla solicitado Henry, hubiese sido la última que habrían ido a buscar y solo hubiera conseguido pareja a través de una serie de concesiones, alborotos y meditaciones, lo cual hubiera sido terrible; pero, al mismo tiempo, en el modo de hacer Henry la petición había cierta intencionalidad que a Fanny no le gustó; y, además, notó que echaba una mirada a su gargantilla... con una sonrisa (ella creyó ver una sonrisa) que la hizo sonrojarme y sentirse desgraciada. Y aunque no hubo una segunda mirada que la inquietase, aunque la intención de Henry parecía entonces no ser otra que la de hacerse sencillamente agradable, ella no conseguía salir de su turbación, que aumentaba al pensar que él se daba cuenta, ni pudo tranquilizarse hasta que él se alejó para hablar con algún invitado. Entonces consiguió elevarse paulatinamente al grado de auténtica satisfacción que le producía el tener pareja, una pareja voluntaria, asegurada antes de que el baile diera comienzo.

Al pasar los reunidos al salón de baile, Fanny se encontró por primera vez junto a la señorita Crawford, cuyos ojos y sonrisas se dirigieron más directa y claramente que los de su hermano a la gargantilla, y que empezaba a referirse al tema cuando Fanny, deseando abreviar, se apresuró a darle una explicación sobre la gargantilla número dos... la auténtica cadenilla. La señorita Crawford escuchaba, y todos los cumplidos e insinuaciones que pensaba hacerle quedaron olvidados. Solo una impresión la dominaba. Y demostrando que sus ojos, a pesar del brillo que tenían unos instantes antes, podían brillar aun con más fulgor, exclamó con gran satisfacción:

—¿De verdad... esto hizo Edmund? Esto refleja exactamente su carácter. A nadie se le hubiera ocurrido. ¡No encuentro palabras para alabarlo!

Y miró en derredor, como impaciente por decírselo a él. Pero no estaba cerca; en aquel momento acompañaba a unas señoras fuera del salón; y como llegara la señora Grant y las cogiese del brazo, llevando una a cada lado, no tuvieron más remedio que seguir al resto de la concurrencia.

Fanny tenía el corazón apesadumbrado, pero no había ocasión para ocuparse largo rato.... ni siquiera de los sentimientos de la señorita Crawford. Se hallaban en el salón de baile, sonaban los violines y en su ánimo había una inquietud que le impedía concentrar sus pensamientos en cosas serias. Tenía que estar pendiente de los preparativos generales y fijarse en cómo había que hacerlo todo.

A los pocos minutos se le acercó *sir* Thomas y le preguntó si tenía el baile comprometido.

—Sí, tío, con el señor Crawford —dijo Fanny.

Esta era exactamente la contestación que él deseaba escuchar. El señor Crawford no se hallaba lejos; *sir* Thomas lo condujo hasta ella, al tiempo que le decía algo que reveló a Fanny que era ella quien debía encabezar y abrir el baile... Una idea que jamás había pasado. Siempre, al analizar las minucias del baile, había dado por hecho que Edmund lo abriría con la señorita Crawford; y su impresión fue tan fuerte, que a pesar de que su tío decía lo contrario, no pudo evitar una exclamación de perplejidad, una confesión sobre su incapacidad, hasta un ruego de que la relevasen del compromiso. Que llegara a argumentar en contra de la opinión de *sir* Thomas era prueba de lo extremo de la situación; pero fue tal su espanto, a la primera insinuación, que hasta pudo mirarle al rostro y expresarle su esperanza de que pudiera arreglarse de otra manera. Sin embargo inútilmente. *Sir* Thomas sonrió, trató de animarla y después dijo con suficiente decisión y poniéndose demasiado serio para que ella se atreviera a aventurar otra palabra:

—Tiene que ser así, querida.

Y al instante se vio conducida por el señor Crawford al extremo del salón, donde aguardaron a que se le juntaran las demás parejas, una tras otra, a medida que se formasen.

Apenas podía creerlo. ¡Ella colocada a la cabeza de tantas jovencitas elegantes! La distinción era exagerada. ¡La trataban como a sus primas! Y sus pensamientos volaron hacia aquellas primas ausentes con el más sincero y tierno pesar porque no estaban en casa y no podían ocupar su puesto en el salón y participar de un placer que sería tan agradable para ellas... ¡Tantas veces como las había oído suspirar por un baile en casa, como cifrando en él la mayor de las dichas! ¡Y hallarse ausentes cuando el baile tenía lugar! ¡Y tener que abrir ella el baile... y con el señor Crawford, nada menos! Suponía que ellas no le envidiarían ahora tal distinción. Pero al recordar el estado de cosas en el pasado otoño, lo que cada cual había sido respecto de los otros cuando una vez se bailó en aquella casa, la presente combinación era algo que pasaba casi de lo que ella podía comprender.

El baile empezó. Constituyó más bien un honor que una alegría para Fanny, al principio cuando menos. Su pareja se hallaba de excelente humor e intentaba transmitírselo a ella; pero estaba demasiado asustada para disfrutar mientras no pudiese suponer que ya no la observaban. Joven, bonita e ingenua, no cometía sin embargo una torpeza que no resultara una gracia, y pocas eran las personas que no estuvieran dispuestas a elogiarla. Era seductora, era humilde, era la sobrina de *sir* Thomas... y pronto corrió la voz de que era admirada por el señor Crawford. Motivos suficientes para merecer el favor general. El propio *sir* Thomas observaba cómo se desenvolvía en la danza grandemente complacido; estaba orgulloso de su sobrina, y sin atribuir todo su encanto personal a su trasplante a Mansfield, como al parecer hacía tía Norris, estaba satisfecho de sí mismo por haberle proporcionado lo demás... la educación y los modales, que esto sí era gracias a él.

Mientras *sir* Thomas permanecía así de pie observando a su sobrina, era a su vez observado por la señorita Crawford, que adivinaba buena parte de sus pensamientos; y como, a pesar de todo lo que él la perjudicase con sus agravios, prevalecía en ella como un deseo general de acreditarse a sus ojos, aprovechó la oportunidad de pasar por su lado para decirle algo agradable sobre Fanny. Sus alabanzas fueron calurosas, y él lo acogió como ella podía desear, suscribiéndolo con todo el entusiasmo que consentían la discreción, los buenos modales y la mesurada lentitud de su lenguaje; y, por cierto, aventajando en mucho a su esposa, que se mostró menos expresiva sobre el particular cuando, unos instantes después, al descubrirla Mary muy cerca, sentada en un sofá, se giró antes de empezar un baile para hacerle un cumplido respecto de lo encantadora que estaba Fanny.

—Sí, es cierto que tiene muy buen aspecto —fue la plácida respuesta de *lady* Bertram—. Mi doncella Chapman la ayudó a vestirse. Yo se la envié. En realidad, no es que no le causara satisfacción el hecho de que admirasen a Fanny; pero mucho más la sorprendía su propia bondad de enviarle a la señora Chapman, hasta el punto de que no podía quitárselo de la cabeza.

La señorita Crawford conocía muy bien a la señora Norris para que se le ocurriera complacerla alabando a Fanny; para ella eligió una frase adecuada al caso:

—¡Ah, señora, cuánto echamos de menos a nuestra querida María Rushworth y a Julia esta noche!

Y tía Norris correspondió con todas las sonrisas y palabras amables para las que pudo hallar tiempo en medio de tantas ocupaciones como se había buscado, tales como organizar mesas de juego, hacer insinuaciones a *sir* Thomas y procurar que todas las acompañantas se trasladasen a un extremo más adecuado del salón.

La señorita Crawford se equivocó por completo, en cambio, en sus intenciones de complacer a la propia Fanny. Pretendía infundir a su corazoncito un aleteo de emoción y llenarla de gratas sensaciones al hacerla consciente de su propia importancia; y dando una interpretación errónea al sonrojo de Fanny, persistió en la misma idea cuando se dirigió a ella al término de los dos primeros bailes y le dijo, con mirada significativa:

—¿Acaso usted podría decirme por qué mi hermano se marcha mañana a Londres? Dice que tiene allí asuntos que resolver, pero no me dice de qué se tratan. ¡Es la primera vez que me niega su confianza! Pero esto es lo que nos ocurre a todas. A todas nos suplantan, tarde o temprano. Ahora, para informarme, tengo que acudir a usted. Por favor, ¿qué va a buscar Henry en Londres?

Fanny protestó, alegando que lo desconocía, con toda la energía que le permitió su turbación.

—Pues bien, entonces —replicó Mary, riendo—, debo suponer que va por el placer de acompañar a su hermano y hablar de usted durante el camino.

Fanny quedó confusa, pero con la confusión del disgusto; mientras, Mary se extrañó de que no sonriera y la consideró excesivamente timorata y muy rara, o cualquier cosa antes que insensible a las atenciones de su hermano. Fanny se divirtió mucho en el transcurso de la velada; pero las atenciones de Henry tuvieron muy poco que ver. Mucho más hubiera preferido no verse solicitada de nuevo por él tan pronto, así como hubiera deseado no verse obligada a sospechar que las preguntas que él había formulado previamente a tía Norris, relativas a la hora de la cena, tenían como único objetivo el asegurarse un puesto a su lado en aquella parte de la noche. Pero no podía evitarlo. Forzosamente tenía que notar que él la hacía objeto de todas sus preferencias, aunque no podía decir que resultara enfadoso, que hubiera indelicadeza ni ostentación en sus maneras; y a veces, cuando hablaba de William, no era en realidad desagradable, y mostraba un entusiasmo que le honraba. Pero, a pesar de todo, no contribuyeron esas atenciones de Henry a su alegría. Ella era feliz siempre que miraba a William y comprobaba lo muy a gusto que se estaba divirtiendo, cada vez que encontraba cinco minutos para dar con él una vuelta por el salón y podía escuchar lo que contaba de sus parejas; ella era feliz al saberse admirada; y ella era feliz al tener todavía por delante los dos bailes con Edmund durante casi toda la velada, pues su mano velase requerida con tanta asiduidad que su indefinido compromiso con él seguía en continua perspectiva. Y hasta fue feliz cuando los dos bailes tuvieron lugar; pero no porque de él se desprendiera alguna corriente de animación, ni debido a unas expresiones de tierna galantería como las que habían hecho su felicidad por la mañana. Edmund tenía el ánimo deprimido, fatigado, y la felicidad de Fanny se fundaba ahora en el hecho de ser ella la persona amiga cerca de la cual pudiera encontrar reposo.

—Estoy cansado de cortesías —dijo él—. He estado hablando sin parar toda la noche, sin tener nada que decir. Pero en ti, Fanny, he de hallar reposo. No necesitarás que te hable. Vamos a permitirnos el lujo del silencio.

Fanny casi prefirió abstenerse incluso de expresar su conformidad. Una lasitud que provenía en gran parte, probablemente, de los mismos sentimientos que él había confesado aquella mañana, merecía especialmente ser respetada, y ambos se comportaron a lo largo de sus dos bailes con tan formal sobriedad como para convencer a cualquier observador de que *sir* Thomas no había criado una esposa para su hijo menor.

La velada había procurado a Edmund poca satisfacción. Mary Crawford se mostró muy contenta al bailar con él, pero no era aquella alegría lo que podía hacerle bien; antes hundió que levantó su ánimo. Y después (porque se sintió impelido a buscar de nuevo) llegó a afligirse por completo con su forma de hablar de la profesión que él estaba ahora a punto de abrazar. Habían hablado y habían permanecido callados; él razonaba, ella ridiculizaba; y se habían separado al fin mutuamente irritados. Fanny, incapaz de reprimir por completo su impulso de observarlos, había visto lo bastante para estar medianamente satisfecha. Era atroz sentirse feliz cuando Edmund estaba sufriendo; incluso así, cierta felicidad le producía, y tenía que producirle, la misma convicción de que él sufría.

Cuando hubieron terminado sus dos bailes con Edmund, sus deseos de seguir bailando y su resistencia habían tocado igualmente a su fin; y como *sir* Thomas la viera pasear, más que danzar, hacia el ocaso de sus fuerzas, sin aliento y con una mano en el costado, mandó que se sentara de una vez por todas. A partir de aquel momento, Henry Crawford permaneció sentado también.

—¡Pobre Fanny! —exclamó William, acercándose hasta su lado para estar un instante con ella y manejando el abanico de su pareja como para revivirla—. ¡Qué pronto se ha rendido! ¡Vamos, si el deporte empieza justamente ahora! Espero que aún podamos resistir un par de horitas. ¿Cómo has podido fatigarse tan pronto?

—¡Tan pronto! Mi buen amigo —dijo *sir* Thomas, sacando el reloj con toda la prevención necesaria—, son las tres, y su hermana no está acostumbrada a esta clase de horario.

—Pues bien, entonces, Fanny, mañana no deberás levantarte antes de que yo me vaya. Duerme cuanto puedas y no te preocupes por mí.

—¡Oh, William!

—¡Cómo! ¿Tenías la intención de estar levantada para la hora de la despedida?

—¡Oh, sí, tío! —exclamó Fanny, abandonando el asiento con angustia para acercarse a *sir* Thomas—. Debo levantarme y desayunar con él. Será la última vez, ¿sabe usted?... la última mañana.

—Sería mejor que no lo hicieras. Tiene que haber desayunado y estar a punto de salir a las nueve y media. Señor Crawford: creo que vendrá usted a buscarlo a las nueve y media, ¿no es cierto?

Sin embargo, Fanny mostraba un deseo demasiado insistente y había en sus ojos demasiadas lágrimas para negarle aquella satisfacción; y la cosa terminó con un benévolo "bueno, bueno", que era una concesión de permiso.

—Sí, a las nueve y media —dijo Crawford a William, al tiempo que este se alejaba—; y seré puntual, porque allí no habrá hermana considerada que se levante por mí —y en tono más bajo, dirigiéndose a Fanny—: solo habrá una casa desolada de donde huir. Su hermano encontrará mañana mi idea del tiempo muy diferente del suyo.

Al cabo de una breve reflexión, *sir* Thomas rogó a Crawford que les acompañara en el desayuno por la mañana, en vez de tomarlo solo. También él, el propio *sir* Thomas, asistiría. Y la prontitud con que su invitación fue aceptada le convenció de que sus sospechas, nacidas en gran parte de aquel baile, tenía que confesárselo, eran fundadas. El señor Crawford estaba enamorado de Fanny. Y él preveía con agrado lo que había de acontecer. Su sobrina, entretanto, no pudo agradecerle lo que acababa de determinar. Había esperado tener a William dedicado exclusivamente a ella, la última mañana. Hubiera sido una indulgencia inefable. Pero aunque sus deseos se vieran frustrados, no había ánimo de rencor en su interior. Por el contrario, estaba tan poco habituada a que consultaran su gusto, o a que las cosas salieran a la medida de sus deseos, que se sintió más propensa a maravillarse y congratularse por haber conseguido tanto, que a lamentar la contrariedad posterior.

Poco después, *sir* Thomas volvió a entrometerse un poco en sus preferencias, al aconsejarle que fuera a acostarse sin dilación. "Consejo" fue la palabra, pero era el consejo del poder absoluto, y ella no tuvo más remedio que levantarse y, con el adiós muy cordial de Henry, dirigirse mansamente a la puerta del salón, donde se detuvo, como "*the lady of Branxholm-Hall*", un momento nada más, para contemplar el cuadro feliz y echar un último vistazo a las cinco o seis incansables parejas que seguían todavía entregadas de lleno al baile; y después, empezó a subir lentamente por la escalera principal, perseguida por la incesante danza, campestre, agitada por esperanzas y temores, con un regusto agridulce, fatigada y con los pies doloridos, desvelada e inquieta, pero sintiendo, a pesar de todo, que un baile era algo realmente encantador.

Al mandarla de este modo a la cama, puede que *sir* Thomas no pensara meramente en su salud. Acaso consideró que el señor Crawford había permanecido ya bastante rato sentado junto a ella, o quizá tuviera la intención de recomendarla como esposa poniendo colofón su docilidad.

CAPÍTULO XXIX

Había finalizado el baile. Pronto finalizó el desayuno también, sonó el último beso y William se fue. El señor Crawford, conforme a su advertencia, había sido muy puntual y el refrigerio fue breve y agradable.

Después que hubo contemplado a William hasta el último momento, Fanny regresó a la salita donde habían desayunado muy apenada, para dolerse del triste cambio; y su tío tuvo la amabilidad de dejarla allí llorar en paz, imaginando, acaso, que las sillas vacías de los dos muchachos fomentaban por igual su tierna expansión, y que los fríos restos de huesos de cerdo con mostaza en el plato de William se repartían los sentimientos de la niña con las cáscaras de huevo que quedaban en el de Henry Crawford. Ella lloraba por amor, como su tío suponía; pero el amor que suscitaba su llanto era fraternal, y no otro. William se había ido, y ahora le parecía a ella que había desperdiciado la mitad del tiempo que duró su visita entre inquietudes mundanas y preocupaciones egoístas que nada tenían que ver con él.

El estado de ánimo de Fanny era tal, que no podía imaginar siquiera a tía Norris en la estrechez y tristeza de su casita sin reprocharse alguna falta de atención hacia ella la última vez que estuvieron juntas; mucho menos podía estar convencida de haber hecho, dicho y pensado acerca de William todo lo debido, durante la quincena que duró su visita.

Fue un día pesaroso, triste. Poco después del almuerzo, Edmund se despidió por una semana, montó en su caballo para Peterborough... y allí quedó ella, sin ninguno de sus más entrañables afectos. De la última noche no quedaban sino recuerdos, que con nadie podía compartir. Habló a tía Bertram... tenía que hablar del baile con alguien; pero su tía sabía tan poco *enterada* de lo que había pasado, y sentía tan poca curiosidad, que la cosa se convirtió en un trabajo arduo. *Lady* Bertram no estaba segura del vestido de nadie ni del lugar que nadie ocupó en la mesa, fuera del suyo propio. No podía recordar lo que le habían dicho acerca de una de las jóvenes Maddoxe, ni lo que *lady* Prescott había observado en Fanny; no podía asegurar si el coronel Harrison se refería al señor Crawford o a William cuando dijo que era el joven más gentil del salón; alguien le había susurrado algo..., pero se había olvidado de preguntar a *sir* Thomas qué podía ser. Y estas fueron sus frases más largas y sus más claras informaciones. El resto no pasó de unos lánguidos "sí... sí... muy bien... ¿esto tú?... ¿él?... esto no lo vi... no sabría distinguir al uno del otro". Aquello era terrible. Tan solo podía considerarse mejor al lado de lo que hubieran sido las mordaces respuestas de tía Norris; pero esta se había ido a su casa, con todas las jaleas sobrantes para cuidar a una criada enferma, de modo que hubo paz y buen humor en el pequeño círculo familiar, aunque no pudiera presumir de bullicio y de mucho más.

La velada resultó tan triste como el resto del día.

—No llego a comprender lo que me pasa —dijo *lady* Bertram—. Estoy de lo más torpe. Será debido a que ayer me acosté tan tarde. Fanny, tienes que hacer algo para que no me duerma. Trae la baraja. Siento una modorra enorme. No puedo hacer ninguna labor.

Fanny trajo los naipes y estuvo jugando al *cribbage* con su tía hasta la hora de acostarse; y como *sir* Thomas leyese para sí, pasaron dos horas sin que en la habitación se oyese más que las observaciones del juego.

—Y con esto suman treinta y uno... cuatro en mano y ocho en el montón. A usted le toca repartir, tía; ¿lo hago por usted?

Fanny pensaba y volvía a pensar en el cambio que veinticuatro horas habían imprimido a la habitación y a toda aquella parte de la casa. La noche anterior hubo esperanzas y sonrisas, movimiento y animación, ruido y brillantez, en el salón, fuera del salón y por todas partes. Ahora, todo era sombrío y solitario.

Una noche de buen descanso mejoró sus ánimos. Al siguiente día pudo pensar en William con más ánimo; y como la mañana le brindó la oportunidad de comentar la noche del jueves de un modo muy agradable con la señora Grant y la señorita Crawford, con todas las exageraciones fruto de la imaginación y todas las risas divertidas, tan esenciales en remendar un baile que ya pasó, pudo después, sin gran esfuerzo, reintegrar su mente a la cotidiana normalidad y conformarse fácilmente con la tranquilidad de una sosegada semana.

En realidad, formaban ahora el grupo más reducido que Fanny había visto allí a lo largo de un día entero. Se había ausentado aquel de quien principalmente dependían la suavidad y la satisfacción de todas las reuniones y comidas familiares. Pero esto, había que aprender a soportarlo. Pronto los dejaría, de todos modos; y Fanny agradecía el poder sentarse ahora con su tío en la misma habitación, escuchar su voz, sus preguntas, y hasta contestarlas sin verse atormentada por aquellos sentimientos que tan infeliz la hicieron al comienzo.

—Echamos de menos a nuestros dos muchachos —fue el comentario que hizo *sir* Thomas, lo mismo el primer día que el segundo, al formarse el pequeño círculo después de la cena; y en consideración a los ojos anegados en lágrimas de Fanny, solo se añadió el primer día, excepto un brindis a la salud de ambos; pero al día siguiente la cosa se llevó un poco más lejos. William estaba recomendado y había que esperar su ascenso. Y hay motivos para suponer —agregó *sir* Thomas—, que en adelante sus visitas serán bastante frecuentes. En cuanto a Edmund, debemos acostumbrarnos a prescindir de él. Este será el último invierno que sea nuestro como hasta ahora.

—Sí —dijo *lady* Bertram—, pero yo desearía que no se fuera. Pienso que todos se nos van. Preferiría que permanecieran en casa.

Este deseo se refería sobre todo a Julia, que acababa de pedir permiso para trasladarse a Londres con María; y como *sir* Thomas consideró que sería mejor para sus dos hijas otorgar el permiso, *lady* Bertram, aunque con su buen natural no lo hubiera impedido, se lamentaba del cambio que ello introducía en el previsto regreso de Julia, que de otra forma hubiera tenido lugar por entonces. A esto siguió una buena cantidad de argumentos llenos de sentido común por parte de *sir* Thomas, tendentes a reconciliar a su esposa con lo acordado. Todo lo que unos padres considerados debieran sentir quedó reflejado para que ella se lo aplicara; y cuanto una madre amorosa tiene que sentir al aumentar el goce de sus hijos fue atribuido a su natural carácter. *Lady* Bertram se mostró de acuerdo con todo ello con una plácida afirmación; y al cabo de un cuarto de hora de muda reflexión, observó de manera espontánea:

—Thomas, estuve pensando; y me alegro mucho de haber acogido a Fanny, como hicimos, pues ahora que los otros se ausentaron tocamos los beneficios.

Sir Thomas mejoró en seguida esta "lisonja", añadiendo:

—Muy cierto. Damos a Fanny una prueba de lo buena chica que la consideramos alabándola en su presencia. Ahora es muy valiosa su compañía. Si nosotros pudimos favorecerla a ella, ahora es ella necesaria para nosotros.

—Sí —dijo entonces *lady* Bertram—, y es un consuelo pensar que ella no nos dejará nunca.

Sir Thomas hizo una pausa, sonrió a medias, miró a su sobrina, y después replicó muy serio:

—Supongo que no nos dejará nunca... hasta verse solicitada en otra casa que pueda brindarle, razonablemente, una felicidad mayor que la encontrada aquí.

—Y esto no es muy probable, Thomas. ¿Quién podría invitarla? A María le gustará mucho, sin duda, tenerla de vez en cuando en Sotherton, pero no se le ocurrirá pedirle que viva allí; y estoy segura de que aquí está mejor... y, además, yo no puedo prescindir de ella.

La semana que transcurría tan reposada y apaciblemente en la gran mansión de Mansfield, tuvo en la rectoría un signo muy distinto. A las dos jóvenes de las respectivas familias, cuando menos, les procuró unas sensaciones muy contrarias. Lo que para Fanny era tranquilidad y consuelo, era tedio y enojo para Mary. Ello era debido en parte a la diferencia de carácter y hábitos: una, tan fácil de contentar, la otra, tan poco acostumbrada a padecer; pero aún más podía atribuirse a la diferencia de carácter. En algunos puntos de interés, las respectivas posiciones eran completamente opuestas. Para el espíritu de Fanny, la ausencia de Edmund era en realidad, teniendo en cuenta motivo y tendencia, un alivio. Para Mary era traumática por muchos conceptos. Acusaba la falta de su compañía cada día y casi a todas horas, y la necesitaba demasiado para sentir otra cosa que no fuese mal carácter al considerar el objeto de su viaje. No hubiese podido Edmund planear nada más a propósito que aquella semana de ausencia para encarecer su importancia, al marcharse justo al mismo tiempo que su hermano, y que William Price, completando así aquella especie de deserción general de un círculo que estuvo antes tan alegre. Ella lo acusaba agudamente. Ahora no eran más que un miserable trío, confinado en casa por una racha de lluvias y nevadas, sin nada que hacer y sin novedades que esperar. Indignada como estaba con Edmund por lo empecinado a sus ideas y porque procedía, dentro de las mismas, desafiándola a ella (y tal había sido su indignación que, al separarse en el baile, apenas quedaron amigos), durante su ausencia pensaba continuamente en él, sin poderlo evitar, deteniéndose en considerar su valía y afecto y suspirando otra vez por los encuentros casi diarios de los últimos tiempos. Su ausencia era excesivamente larga. Él no debió planear aquel viaje; no debió ausentarse del hogar por una semana, cuando su separación de Mansfield estaba tan cercana. Después empezó a reprocharse las propias faltas. Lamentaba haber hablado tan vivamente en su última conversación con él. Temía haber usado algunas expresiones duras, despreciativas, al hablar del clero, y aquello no hubiera debido suceder; era de mala educación; no era correcto. Deseaba de todo corazón no haber dicho nunca tales palabras.

Su enojo no terminó con la semana. Aquellos días fueron malos, pero más tuvo que soportar todavía cuando llegó de nuevo el viernes sin que Edmund volviera; cuando el sábado llegó sin que Edmund llegara tampoco; y cuando, con motivo del breve contacto que el domingo pudo establecer con la otra familia, se enteró de que Edmund había precisamente escrito a los suyos aplazando el regreso, por haber prometido prolongar unos días la estancia en casa de su amigo.

Si ella había sentido hasta entonces impaciencia y arrepentimiento, si deploró haber dicho ciertas cosas, temiendo que produjeran en él un efecto demasiado punzante, ahora lo sentía y lo temía diez veces más. Además, tenía ahora que luchar con otro sentimiento totalmente nuevo para ella: los celos. El señor Owen, el amigo de Edmund, tenía hermanas; podía ser que él las encontrara seductoras. Pero, en cualquier caso, la prolongación de su ausencia en el momento en que, de acuerdo con los planes previstos, ella debía trasladarse a Londres, significaba algo que se le hacía irritante. De haber vuelto Henry, como había insinuado, al cabo de tres o cuatro días, ella se habría ido ya de Mansfield. Se le hizo absolutamente perentorio comunicarse con Fanny y procurar saber algo más. No podía seguir viviendo en aquel aislamiento desdichado; y emprendió el camino del Parque, arrostrando las dificultades del sendero que una semana antes hubiera considerado insuperables, por si acaso podía obtener alguna noticia satisfactoria, para oír, cuando menos, su nombre.

La primera media hora transcurrió inútilmente, porque Fanny y *lady* Bertram estaban juntas y en tanto no pudiera disponer de Fanny para sí nada había que esperar. Pero, al fin, *lady* Bertram salió de la habitación, y entonces, casi enseguida, la señorita Crawford empezó así, regulando su voz lo mejor que pudo:

—¿Y qué efecto le produce a usted la prolongada ausencia de su primo Edmund? Siendo la única persona joven de la casa, considero que usted es la persona más perjudicada. Tiene que echarle de menos. ¿Le sorprende que demore su regreso prolongando su estancia en casa de un amigo?

—No sé —dijo Fanny dubitativa—. Sí, no es que lo esperase, la verdad.

—Acaso siempre tarde en volver más de lo que dice. Es lo que suelen hacer todos los jóvenes.

—Él no lo hizo la otra vez que fue a visitar al señor Owen.

—La casa le habrá parecido más agradable, ahora. Él es un muchacho muy... muy simpático, y no puedo evitar cierta tristeza por no verle antes de que me vaya a Londres, como sin duda ocurrirá. Estoy esperando que Henry llegue de un momento a otro, y en cuanto se presente ya nada habrá que me retenga en Mansfield. Me hubiera gustado verle otra vez, lo confieso. Pero tendrá usted que transmitirle mis saludos. Sí, creo que más que saludos. ¿No falta algo, señorita Price, en nuestro idioma... algo entre recuerdos y... y cariño..., que se adapte a la especie de relación amistosa que hemos mantenido? ¡Son tantos meses de trato! Pero los recuerdos son suficientes para el caso. ¿Era larga su carta? ¿Cuenta mucho de lo que hace? ¿Son las diversiones de las próximas Navidades lo que le retiene allí?

—Yo solo conozco parte de la carta. Era para mi tío. Pero creo que era muy breve; en realidad, estoy segura de que solo contenía unas líneas. Lo único que sé es que su amigo le pidió con gran insistencia que se quedara más tiempo, y que él accedió. Pocos días más, o unos días más...; no lo recuerdo exactamente.

—Claro, sí le escribió a su padre...; pero yo pensé que podía haberse dirigido a *lady* Bertram, o a usted. Ahora bien, si escribió a su padre no es de extrañar que fuera tan conciso. ¿Quién le escribiría una plática a *sir* Thomas? Si le hubiese escrito a usted habría más detalles. Le hubiera referido bailes y reuniones. Le hubiera enviado una descripción de todo y de todos. ¿Cuántas son las hermanas Owen?

—Tres, mayores.

—¿Les gusta la música?

—No lo sé en absoluto. Nunca he oído nada sobre ello.

—Esta es la primera pregunta, ¿sabe usted? —dijo Mary, tratando de mostrarse alegre y despreocupada—, que hacen indefectiblemente todas las mujeres que tocan, al referirse a otra. Pero es absurdo hacer preguntas acerca de jovencitas..., acerca de tres hermanas que acaban de convertirse en mujeres; pues una sabe exactamente cómo son, sin que se lo digan: todas muy bien formadas y agradables, y una muy bonita. En cada familia hay una belleza; es algo que no falla. Dos tocan el piano y una el arpa; y todas cantan, o cantarían si hubieran aprendido, o cantan lo mejor que pueden por no haber aprendido; o lo que sea.

—Yo no sé nada de las hermanas Owen —dijo Fanny con tranquilidad.

—Nada sabe y menos le importa, como se dice vulgarmente. Jamás habló nadie en un tono que expresara más claramente la indiferencia. En realidad, ¿qué pueden importarle a una aquellas personas a las que ni siquiera ha visto nunca? En fin, cuando su primo regrese encontrará un Mansfield muy tranquilo..., los más bulliciosos se habrán ido: su hermano, el mío y yo misma. No me gusta la idea de dejar a mi hermana, ahora que la fecha se aproxima. Sentirá que me vaya.

Fanny se vio obligada a decir algo.

—No puede usted dudar que muchos la echarán de menos —manifestó—. Muchos, la echarán a usted a faltar.

La señorita Crawford volvió hacia ella la mirada, como intentando oír o ver algo más, y después dijo, riéndose:

—¡Oh, sí! Lo mismo que se echa de menos un diablillo ruidoso cuando cesa..., esto es, se nota una gran diferencia. Pero no intento conseguir nada; quiero decir, que no es necesario que me halague. Si, en realidad me echan de menos, bien se verá. Fácilmente podrán encontrarme los que necesiten verme. No habrá que buscarme en ninguna región incierta, o lejana, o inaccesible.

Fanny, después de esto, no consiguió hablar, y la señorita Crawford se sintió decepcionada; pues esperaba escuchar algo agradable, una seguridad acerca del poder de su influjo, que ejercita sobre una persona que, según ella creía, debía conocerlo; y volvió a nublarse su ánimo.

—Volviendo a las hermanas Owen —dijo acto seguido—..., suponga que ve a una de ellas instalada en Thornton Lacey; ¿le gustaría? Cosas más extrañas se han visto. Yo diría que ellas lo intentan. Y hacen muy bien, pues para ellas sería un bonito hogar. No me asombro ni las culpo en absoluto. Es el deber de cada cual, hacer cuanto se pueda en pro de uno mismo. Un hijo de *sir* Thomas Bertram es alguien; además, ahora se encontrará en su ambiente, entre los Owen. El padre de las muchachas es clérigo, el hermano es clérigo..., en suma, todo queda entre clérigos. O sea, que pueden considerar a Edmund como cosa propia... Les pertenece, sin ningún género de dudas. No habla usted, Fanny... Señorita Price, no dice usted nada. Pero, vamos a ver, honradamente, ¿no cree que haya que esperar esto más que otra cosa?

—No —dijo Fanny, resueltamente—. No lo espero, en absoluto.

—¡En absoluto! —exclamó Mary con rapidez—. Esto me sorprende.

Pero, yo diría que usted sabe de cierto... siempre he creído que está usted... acaso no considera usted probable que se case siquiera... al menos por el momento.

—No, no lo considero probable —dijo Fanny en voz baja, con la esperanza de no equivocarse en tal suposición ni en el conocimiento de causa.

Su compañera la miró intensamente; y cobrando nuevos ánimos por el sonrojo que tal mirada provocó, acto seguido, dijo tan solo:

—Es mejor para él.

Y cambió de tema.

Capítulo XXX

La señorita Crawford se sintió muy sosegada con esta conversación, y volvió a la rectoría con el ánimo de resistir casi otra semana en círculo tan reducido y con el mismo mal tiempo, de haberse tenido que someter a esta prueba; pero como aquella misma tarde volvió de Londres su hermano con su habitual, o más que habitual, jovialidad, no tuvo ella necesidad de medir su resistencia. El hecho de que él siguiera negándose a contarle por qué había ido a Londres fue tan solo motivo de alborozo. Un día antes, pudiera haberla encolerizado tal actitud, pero ahora resultaba una travesura muy chocante, que solo daba lugar a la sospecha de que ocultaba algo planeado como una grata sorpresa para ella. Y la sorpresa la tuvo el día siguiente. Henry había dicho que tan solo se acercaría a saludar a los Bertram y que estaría de vuelta a los diez minutos; pero llevaba ya más de una hora fuera; y cuando su hermana, que había estado esperándole para pasear juntos por el jardín, lo encontró al fin a la vuelta del sendero, le gritó, rebosante inquietud:

—¡Mi querido Henry! ¿Dónde pudiste estar metido todo este tiempo?

Él solo pudo contestar que había estado conversando con *lady* Bertram y con Fanny.

—¡Charlando con ellas una hora y media! —exclamó Mary.

Pero esto no era más que el comienzo de la sorpresa.

—Sí, Mary —dijo él cogiéndola del brazo; y se puso a pasear como sin saber dónde se hallaba—. No pude marcharme antes... ¡Fanny estaba tan encantadora! Estoy completamente decidido, Mary; mi decisión está tomada. ¿Te sorprenderá? No; tienes que haberte dado cuenta de que estoy decidido a casarme con Fanny Price.

La sorpresa fue entonces completa; porque, a despecho de cuanto pudiera esperarse de él, nunca se había infiltrado en la imaginación de su hermana la sospecha de que abrigara tales propósitos, y su semblante reflejó fielmente la perplejidad que la invadía, que él se vio obligado a repetir lo dicho con más pasión y mayor solemnidad. Su determinación, una vez admitida, no fue mal acogida. En la sorpresa había incluso satisfacción. El actual estado de ánimo de Mary, la llevaba a alegrarse de emparentar con la familia Bertram y a no ver con desagrado que su hermano se casara un poco por debajo de sus posibilidades.

—Sí, Mary —fue la concluyente afirmación de Henry—, estoy loco por ella. Tú sabes con qué frívolas intenciones comencé; pero aquí acabaron. No son pocos, y de ello me envanezco, los progresos que he hecho en su corazón; pero el mío está completamente decidido.

—¡Que muchacha más afortunada! —exclamó Mary, en cuanto pudo hablar—. ¡Qué gran partido para ella! Queridísimo Henry, este tenía que ser mi primer sentimiento; pero el segundo, que he de expresarte con la misma sinceridad, es que apruebo tu elección con toda mi alma y que preveo tu felicidad con el mismo entusiasmo como la quiero y deseo. Tendrás una deliciosa mujercita, toda gratitud y devoción. Exactamente lo que tú mereces. ¡Qué asombroso partido para ella! La señora Norris habla con frecuencia de su buena suerte; ¿qué va a decir, ahora? ¡Será la delicia de toda la familia! Y entre sus miembros cuenta ella con algunos auténticos amigos. ¡Cuánto se alegrarán! Pero cuéntamelo todo. Cuenta, y no acabes. ¿Cuándo empezaste a pensar seriamente en ella?

Nada podía haber más imposible que responder tal pregunta, aunque nada pudiera ser más agradable que escucharla. "Cómo se había apoderado de él la dulce plaga"[26], no podía decirlo; y sin dejar que acabara de expresar por tercera vez, con ligera variación de palabras, la misma convicción de su ignorancia, su hermana le interrumpió exclamando, con ánimo de averiguar:

—¡Ah, querido Henry, y esto es lo que te llevó a Londres! ¡Era este el asunto a resolver! Preferías consultar con el almirante antes de decidirte.

Pero esto lo negó él rotundamente. Conocía demasiado bien a su tío para consultarle sobre un proyecto matrimonial. El almirante odiaba el matrimonio y lo consideraba imperdonable en un joven acaudalado e independiente.

—Cuando conozca a Fanny —prosiguió Henry—, la adorará. Es exactamente la mujer que puede disipar los prejuicios de un hombre como el almirante, porque es exactamente la mujer que él cree que no existe. Es la misma imposibilidad personificada, que él describiría... si tuviera, desde luego, suficiente delicadeza de lenguaje para dar forma a sus ideas; pero hasta que la cosa no esté completamente resuelta... de modo que no pueda dar lugar a ninguna interferencia, no habrá de saber nada del

26 Verso del poeta William Whitehead (1715-1785) aludiendo al matrimonio.

asunto. No, Mary; estás completamente equivocada. No has descubierto todavía el motivo de mi viaje a Londres.

—Bueno, bueno, ya estoy satisfecha. Ahora ya sé con quién está relacionado y no tengo la menor prisa por conocer lo demás. Fanny Price... ¡Extraordinario! ¡Realmente extraordinario! ¡Que Mansfield hubiera de influir tanto en..., que tú hubieras de hallar tu destino en Mansfield! Pero tienes mucha razón; no pudiste elegir mejor. Una muchacha mejor no existe en el mundo, y a ti no te hace falta dinero; y en cuanto al parentesco, es más que bueno. Los Bertram son, sin duda alguna, una de las familias principales de esta región. Ella es sobrina de *sir* Thomas Bertram; cara al mundo, esto sería suficiente. Pero sigue, sigue. Cuéntame más. ¿Cuáles son tus planes? ¿Está ella enterada de su suerte?

—No.

—¿A qué esperas?

—A que... a que se presente muy poco más que una ocasión. Mary, ella no es como sus primas; pero creo que no la pediré en vano.

—¡Oh, no! Esto es imposible. Aunque fueras menos agradable... y suponiendo que ella no te quiera ya (y acerca de esto, por otro lado, pocas dudas me caben), podrías estar seguro. La mansedumbre y gratitud naturales en ella la asegurarían como tuya en el acto. Estoy totalmente segura de que ella no se casaría contigo sin amor: esto es, si en el mundo existe una muchacha capaz de no dejarse llevar por la ambición, he de suponer que es ella; pero pídele que te quiera y jamás tendrá valor para negarse.

Tan pronto como el entusiasmo de Mary pudo reposar en silencio, fue Henry tan feliz contándole detalles como ella escuchándolos; y siguió una conversación casi tan interesante para ella como para él mismo, aunque, en realidad, él no tenía nada que contarle fuera de sus propias emociones, ni nada que detallarle excepto los encantos de Fanny. La belleza del rostro y la figura de Fanny, las graciosas actitudes y el buen corazón y ternura de su carácter fueron apasionadamente magníficas; esa ternura que constituye una parte tan esencial del valor de toda mujer, a juicio del hombre, que aunque a veces ama a quien no la posee, jamás puede creer que carezca de ella. En cuanto a Fanny, con razón podía él confiar en su carácter y ensalzarlo. Muchas veces lo había visto sometido a prueba. ¿Es que existía alguien en la familia, exceptuando a Edmund, que de una u otra forma no la hubiera obligado de continuo a extremar su paciencia y su tolerancia? La intensidad de su corazón igualaba a su ternura? ¿Podía haber algo más alentador para un hombre que aspiraba a su amor? Después, su inteligencia era, sin lugar a dudas, clara y aguda; y sus modales eran el espejo de su propio espíritu, modesto y elegante. Pero esto no lo era aún todo. Henry Crawford poseía una dosis excesiva de buen sentido para no apreciar el valor de los buenos principios en una esposa, aunque era demasiado poco dado a la seria reflexión para conocerlos por sus propios nombres. Pero cuando afirmaba que en Fanny había aquella firmeza y regularidad de conducta, aquel alto concepto del honor, aquella observancia de la honradez que podía garantizar a cualquier hombre una seguridad plena en su fidelidad e integridad, no hacía más que expresar lo que le inspiraba el conocimiento de que ella era persona de arraigados principios religiosos.

—Podría confiar en ella total y absolutamente —dijo Henry—, y esto es lo que yo necesito.

Bien podía Mary regocijarse de los proyectos de su hermano, creyendo, como creía, que semejante opinión sobre Fanny Price apenas excedía la realidad de sus merecimientos.

—Cuanto más pienso en ello —decía Mary—, más convencida quedo de que haces lo correcto; y aunque nunca hubiera señalado a Fanny como la muchacha con mayores probabilidades de pescarte, ahora estoy persuadida de que es ella la indicada para hacerte feliz. Tu perversa intención de atentar contra su tranquilidad ha dado lugar a un noble sentimiento. En él hallaréis ambos el consiguiente beneficio.

—Estuve mal, muy mal, en mi intento de perjudicar a semejante criatura; pero entonces no la conocía. Y ella no tendrá motivos para lamentarse de la hora en que se me ocurrió la idea. Voy a hacerla muy feliz, Mary..., más feliz de lo que ella haya sido jamás, y hasta de lo que haya visto que lo era cualquiera. No me la llevaré de Northamptonshire. Dejaré Everingham y alquilaré una mansión por estos alrededores; tal vez en Stanwix Lorge. Daré Everingham en arriendo por siete años. Estoy seguro de encontrar un inquilino legal, solo con abrir la boca. Ahora mismo podría nombrar a tres personas que darían lo que les pidiera y quedarían agradecidas.

—¡Ah! —exclamó Mary—. ¡Establecidos en Northamptonshire! ¡Esto es magnífico! Así estaríamos todos juntos.

Cuando lo hubo dicho se dio cuenta, y lamentó que se le hubiera escapado; pero no había porqué turbarse, pues su hermano solo veía en ella al supuesto huésped de la rectoría de Mansfield, y replicó nada más que para invitarla a su propia casa futura del modo más cariñoso y para reclamar su derecho preferente sobre ella.

—Tendrás que dedicarnos más de la mitad de tu tiempo —dijo él—. No puedo admitir que los Grant tengan las mismas pretensiones sobre ti que Fanny y que yo; porque los dos tendremos derechos sobre ti. ¡Fanny será para ti una hermana tan auténtica!

Mary tuvo que mostrarse agradecida y asegurar que le complacería, en grado sumo; pero ahora estaba completamente decidida a no ser huésped del hermano ni de la hermana por un número de meses mucho mayor.

—¿Repartiréis el año entre Londres y Northamptonshire?

—Sí.

—Esto está bien; y en Londres, naturalmente a base de casa propia y nada de seguir con el almirante. Queridísimo Henry, será una ventaja librarte del almirante antes de que tus modales se estropeen por el contagio de los suyos, antes de que contraigas alguna de sus estúpidas ideas o aprendas a prolongar las sobremesas, como si en ello estuviera la mayor felicidad de la vida. Tú no te das cuenta de lo que vas a ganar, porque tu veneración por él te ha ofuscado; pero, en mi apreciación, el casarte pronto puede ser tu salvación. Si viera que te vas pareciendo al almirante en palabras o hechos, gesto o figura, me rompería el corazón.

—Bueno, bueno, en esto no somos de la misma opinión. El almirante tendrá sus defectos, pero es muy buena persona y para mí ha sido más que un padre. Pocos padres me hubieran dejado hacer mi voluntad ni la mitad de lo que él me lo ha permitido. No debes predisponer a Fanny contra él. Deseo que los dos se aprecien mutuamente.

Mary se abstuvo de decir lo que sentía: que no podían existir dos personas cuyos caracteres y modales estuviesen más en desacuerdo. El tiempo se encargaría de demostrárselo; pero no pudo evitar esta reflexión acerca del almirante:

—Henry, tengo en tan alto concepto a Fanny Price, que si pudiera suponer que la futura señora Crawford iba a contar con la mitad de los motivos que tuvo mi pobre y desventurada tía para aborrecer al mismo nombre, yo impediría el matrimonio, si pudiera. Pero te conozco: sé que la mujer que tú ames será la más venturosa de las esposas, y que incluso cuando cesaras de amarla, ella seguiría encontrando en ti la liberalidad y la buena educación de un caballero.

La imposibilidad de no hacer él cualquier cosa para asegurar la felicidad de Fanny Price, o de cesar de amar a Fanny Price, fue naturalmente, el argumento de la elocuente réplica de Henry.

—Si la hubieras visto esta mañana, Mary —prosiguió él—, atendiendo con aquella paciencia y aquella delicadeza inefable todas las exigencias de la estupidez de su tía, trabajando con ella y para ella, bellamente enrojecidas sus mejillas al inclinarse sobre la labor; volviendo después a su asiento para terminar una nota que previamente se había comprometido a escribir por cuenta de esa estúpida mujer; y todo eso con una gentileza tan natural... tanto, como si fuera la cosa más lógica y normal que ella no pudiera disponer de un momento para sí; peinada pulcramente, como siempre, con un pequeño rizo cayéndole hacia delante mientras escribía, y que sacudía de vez en cuando para atrás; y en medio de todo esto todavía me hablaba a intervalos, o me escuchaba, como si le fuera grato prestar atención a lo que yo decía. Si la hubieras visto así, Mary, no hubieras supuesto la posibilidad de que algún día llegue a dejar de amarla.

—¡Queridísimo Henry! —exclamó Mary y añadió, después de una breve interrupción y sonriéndole—: ¡Cuánto me alegro de verte tan enamorado! Es algo que me encanta. Pero, ¿qué dirán Julia y la joven señora Rushworth?

—No me importa lo que digan ni lo que piensen. Ahora verán qué clase de mujer es la que puede seducirme, la que puede hacerlo a un hombre de buen sentido. Deseo que el descubrimiento pueda hacerles algún bien. Y ahora verán a su prima tratada como hubiera debido serlo; y deseo que se avergüencen sinceramente de lo despreciable de su actitud desatenta y desdeñosa. Se pondrán coléricas —añadió, después de una breve pausa y en tono más frío—; María, la joven señora Rushworth, se pondrá muy colérica. Será una amarga píldora para ella... es decir, como otras píldoras amargas: un instante de mal sabor; después se traga y se olvida; pues no soy tan engreído como para imaginar que sus sentimientos han de ser más duraderos que los de otras mujeres, aunque fuera yo el causante de los mismos. Sí, Mary, mi Fanny habrá de notar una diferencia, vaya que sí... cada día, cada hora que pase, notará una diferencia en la conducta de cuantos se le aproximen; y será la consumación de mi felicidad el saber que ello se debe a mí, que soy yo quien reivindico para ella la importancia que tan justamente le corresponde. Ahora está subordinada, desamparada., sin amigos, despreciada, olvidada.

—Eso no, Henry; no de todos. No todos la tienen olvidada. Su primo Edmund jamás la olvida.

—¡Edmund! Es verdad, creo que (hablando en términos generales) es cariñoso con ella; y también *sir* Thomas, a su manera... pero es al modo de un tío rico, superior, conceptuoso, arbitrario. ¿Qué pueden hacer *sir* Thomas y Edmund juntos... qué hacen por la felicidad, el bienestar, la dignidad y el prestigio social de Fanny, comparado con lo que yo haré?

Capítulo XXXI

Henry Crawford volvió de nuevo a Mansfield a la mañana siguiente y a una hora más temprana de lo que está justificado en las visitas normales. Las dos damas de la casa se hallaban ambas en el comedor del desayuno y, afortunadamente para él, *lady* Bertram estaba a punto de salir. La encontró casi en la puerta, y como ella no estuviera en modo alguno dispuesta a molestarse inútilmente, acabó de salir después de recibirle con amabilidad, pronunciar una breve frase relativa a que la esperaban y ordenar un "pasen aviso a *sir* Thomas", a un criado.

Henry se alegró muchísimo de que se fuera, se inclinó y esperó a que hubiera desaparecido; a continuación, sin perder un instante, se volvió hacia Fanny y, sacando unas cartas, dijo con jovial expresión:

—No tengo más remedio que quedarle eternamente agradecido a quien sea que me brinde tal oportunidad de verla a usted a solas. Lo deseaba más de lo que puede usted llegar a creer. Sabiendo, como yo sé, cuáles son sus sentimientos de hermana, apenas hubiese podido tolerar que nadie más en la casa compartiese con usted el primer conocimiento de las noticias de las que soy portador. Es un hecho. Su hermano es ya teniente. Me cabe la inmensa satisfacción de felicitarla por el ascenso de su hermano. Aquí están las cartas que lo anuncian, llegadas hace un instante. Supongo le gustará a usted leerlas.

Fanny quedó sin poder articular palabra, pero a él no le hacía falta que lo hiciera. Ver la expresión de sus ojos, la trasmutación de su semblante, su creciente emoción, su mezcla de perplejidad, confusión y alegría, era suficiente. Ella tomó las cartas que él le ofrecía. La primera era del almirante, informando en pocas palabras a su sobrino de que había conseguido su objetivo: el ascenso del joven Price; e incluyendo otras dos cartas, una del secretario del primer lord a un amigo, a quien el almirante había encargado la tramitación del asunto, y la otra, de dicho amigo para él, donde quedaba de manifiesto que el primer lord había tenido nada menos que una gran complacencia en atender la recomendación de *sir* Charles; que *sir* Charles estaba muy encantado de haber tenido ocasión de demostrar al almirante Crawford la gran estima en que le tenía, y que el cometido desempeñado por el señor William Price como segundo teniente en la corbeta de su majestad *Thrush* había llenado de alegría a un extenso círculo de gente importante.

Mientras sus manos temblaban al sostener estas cartas, corrían sus ojos de una a la otra y se henchía su alma de alegría, Crawford prosiguió así, para expresar su interés por el acontecimiento con sincero entusiasmo:

—No voy a hablarle de mi propia felicidad, aun siendo tan grande, porque solo pienso en la que usted debe experimentar. En comparación con usted, ¿quién tiene derecho a sentirse feliz? Casi he llegado a reprocharme la prioridad en conocer lo que hubiera debido saber usted antes que nadie. Sin embargo, no he perdido un instante. Esta mañana llegó tarde el correo; pero después no ha existido otro momento de retraso. No intentaré describirle lo impaciente, lo nervioso, lo frenético que me tuvo este asunto... ¡la tremenda pena, el cruel desencanto que sufrí al no poder dejarlo resuelto durante mi estancia en Londres! Allí aguardé día tras día con la esperanza de conseguirlo, pues nada más querido que lograr este objetivo podía retenerme en la capital. Pero, aunque mi tío compartió mi anhelo con todo el afecto e interés que yo hubiera deseado, y se aprestó a ayudarme inmediatamente, surgieron dificultades motivadas por la ausencia de un amigo y los compromisos de otro, y al fin me sentí incapaz de seguir aguardando hasta que se resolvieran; y sabiendo que dejaba el asunto en tan buenas manos, el lunes partí, confiando que no pasarían muchos correos sin que me siguieran unas cartas como estas. Mi tío, que es la mejor persona del mundo, se ha preocupado, como yo sabía que no podía dejar de hacerlo habiendo conocido a su hermano. Estaba encantado con él. Ayer no me hubiera permitido decirle lo encantado que quedó el almirante, ni repetirle la mitad siquiera de lo que dijo en su encomio. Preferí aplazarlo hasta que se demostrara que sus alabanzas eran los de un amigo, como ahora queda demostrado. Ahora puedo decir que ni siquiera yo podía aspirar a que William Price despertara un mayor interés, o que se viera acompañado de mejores deseos ni altas recomendaciones que las que le ha otorgado mi tío voluntariamente, después de la tarde que pasaron juntos.

—Entonces... ¿todo esto ha sido obra de usted? —exclamó Fanny—. ¡Dios mío! ¡Qué amable, qué amabilísimo! En realidad usted... ¿fue porque usted lo deseó? Ruego que me perdone, pero estoy desconcertada. ¿De modo que el almirante Crawford lo solicitó? ¿Cómo pudo ser...? Estoy estupefacta.

Henry estuvo encantado de hacérselo más inteligible, partiendo de un punto anterior y deteniéndose muy especialmente en lo que él había participado. Su último viaje a Londres lo había efectuado con el solo objeto de presentar a su hermano en Hill Street, y convencer a su tío para que se valiera de toda la influencia que pudiera tener para lograr el ascenso. Este había sido el asunto que lo había llevado allí. No lo había comunicado a nadie; no había susurrado a nadie una sílaba sobre el particular, ni siquiera a Mary; mientras no tuvo el éxito asegurado, no quiso que nadie compartiera sus sentimientos. Pero este había sido el porqué de su viaje. Y hablaba con tal pasión de lo intenso que había sido su afán, y empleaba unas expresiones tan arrebatadas, abundando tanto en el más profundo interés, en el doble motivo, en los propósitos y anhelos que no cabía expresar, que Fanny no hubiese podido mostrarse insensible ante aquella riada, de haberse hallado en condiciones de prestar atención; pero su corazón estaba tan colmado y sus sentidos tan pasmados todavía, que no llegaba a enterarse más que de un modo imperfecto de cuanto le decía, incluso cuando se refería a William, y decía tan solo, cuando Henry hacía una pausa:

—¡Qué amable, qué amabilísimo! ¡Oh, señor Crawford, le quedamos eternamente agradecidos! ¡Mi William, mi queridísimo William!

De pronto, se puso en pie de un salto y corrió hacia la puerta, exclamando:

—Voy a ver a mi tío. Mi tío debe saberlo cuanto antes.

Pero esto Henry no pudo consentir. La oportunidad era demasiado buena, y sus ansias demasiado impulsivas. Fue tras ella inmediatamente. "No debía irse, tenía que concederle cinco minutos más". Y la tomó de la mano, y la condujo de nuevo a su asiento, y ya estaba a la mitad de la subsiguiente explicación cuando ella se dio cuenta de por qué la había retenido, sin que hasta aquel momento lo hubiera sospechado tan solo. Sin embargo, al comprenderlo y ver que Henry pretendía hacerle creer que ella había despertado en su corazón unas sensaciones que hasta entonces no había conocido, y que cuanto había hecho por William había que relacionarlo con su enorme e incomparable devoción por ella, se sintió en extremo consternada y, por unos instantes, incapaz de hablar. Lo consideró todo como una nimiedad, como simple frivolidad y galanteo, con el único propósito de hallar un pasatiempo temporal; no pudo menos de sentirse incorrecta e indignamente tratada, de un modo que no merecía; pero él y esta forma de proceder venían a ser una misma cosa, formando una sola pieza con lo que antes había tenido ella ocasión de ver; y ahora se abstendría de mostrarle ni la mitad del disgusto que sentía, porque por otra parte le debía una gratitud que ninguna falta de delicadeza podía convertir en fruslería. Mientras el corazón le saltaba aún de alegría y reconocimiento por lo de William, no podía acusar un grave resentimiento por nada que tan solo a ella la hiriese; y después de haber retirado por dos veces la mano, y por dos veces intentado en vano apartarse de él, se puso en pie y dijo, con gran agitación:

—No siga, señor Crawford, se lo suplico. Le ruego que no continúe. Esta forma de hablarme es muy desagradable para mí. Debo marcharme. No puedo soportarlo.

Pero él continuaba hablando, describiendo su amor, solicitando una correspondencia y, finalmente, con palabras tan claras que no podían tener más que un significado hasta para ella, le ofreció su persona, su nombre, su fortuna... todo, en fin; y aunque seguía sin poder suponer que hablara en serio, apenas podía aguantarlo. Él le exigía una respuesta.

—¡No, no, no! —exclamó ella, escondiendo el rostro—. Todo esto es absurdo. No me aflija. No puedo escucharle más. Su amabilidad en el caso de William me obliga con usted más de lo que cabe expresar con palabras; pero no quiero, no puedo soportar, no debo escuchar esas... No, no; no piense en mí. Aunque ya sé que no piensa en mí en realidad. Sé muy bien que no hay nada de esto.

Acababa de soltarse de él y, en aquel preciso momento, se oyó la voz de *sir* Thomas hablando a un criado camino de la habitación donde se encontraban. No había tiempo para más argumentos o más súplicas, aunque fuese una cruel necesidad separarse de ella en el momento en que, para el espíritu confiado y orgulloso de Henry, parecía ser tan solo la humildad lo que se oponía en el camino de la felicidad perseguida. Fanny salió precipitadamente por una puerta opuesta a aquella por donde iba a entrar *sir* Thomas; y estaba ya paseándose arriba y abajo de su cuarto del este en medio de la mayor confusión de sentimientos encontrados, antes de que *sir* Thomas hubiera terminado sus amabilidades y excusas, o de que empezara a enterarse de las gratas nuevas que su visitante venía a comunicarle.

Fanny estaba emocionada, preocupada, temblorosa por todo; agitada, feliz, angustiada, profundamente agradecida, sumamente enfadada. ¡Era algo increíble! ¡Él se había portado de un modo imperdonable, incomprensible! Pero eran tales sus hábitos, que no podía hacer nada sin mezclar un poco de perversidad. Previamente la había hecho la más feliz de las criaturas humanas, y ahora la insultaba... No sabía qué pensar, cómo enjuiciarlo, cómo considerarlo. Hubiera preferido que no hablase en serio; y, sin embargo, ¿qué podía excusar la utilización de tales palabras y ofrecimientos, si era solo con el propósito de jugar con ella?

Pero William era teniente. Esto era un hecho sin lugar a dudas, y sin posible engaño. Fanny se proponía recordar, en adelante, solo esto y olvidar todo lo demás. Era de creer que el señor Crawford no volvería a hablarle de aquel modo; y en tal caso... ¡cómo le apreciaría por su bondad con William! Fanny decidió no alejarse de su cuarto del este hasta más allá del rellano de la escalera principal, en tanto no estuviera segura de que el señor Crawford había abandonado la casa; pero en cuanto estuvo convencida de que lo había hecho, bajó con impaciencia para ir al encuentro de su tío y gozar de la alegría que este sintiera tanto como de la propia, así como de sus informes o conjeturas respecto del probable destino de William. *Sir* Thomas estaba tan contento como ella pudiera hacerlo, y muy amable y comunicativo; y sostuvo con él una conversación tan agradable acerca de su hermano, que llegó a sentirse como si nada hubiera ocurrido ofensivo para ella, hasta que se enteró, hacia el final, de que el señor Crawford se había comprometido a volver para comer con ellos aquel mismo día. Era esta una noticia extraordinariamente desagradable, pues aunque tal vez él no pensaría para nada en lo ocurrido, para ella sería muy angustioso verle de nuevo tan pronto.

Intentó superarlo lo mejor que pudo. Al acercarse la hora de la comida se esforzó mucho en sentir y mostrarse como de costumbre; pero le resultó totalmente imposible no aparecer más tímida y agobiada cuando el invitado entró en la habitación. Nunca hubiera supuesto que el mismo día de tener conocimiento del ascenso de William concurrieran unas circunstancias capaces de producirle tantas sensaciones desagradables.

El señor Crawford no solamente estaba en la habitación: pronto estuvo junto a ella. Tenía que entregarle una nota de parte de su hermana. Fanny no tuvo el valor de mirarle, pero en su voz no había reticencia alusiva a su reciente desatino. Ella desdobló el papel, contenta de poder hacer algo, y con la satisfacción, al ponerse a leer, de notar que el tráfago de tía Norris, que también comía allí, le servía un poco de escudo y así pasaba más inadvertida.

«Mi querida Fanny..., pues ahora podré llamarla siempre de esta manera, para inmenso alivio de una lengua que ha estado tropezando con el señorita Price durante, al menos, las seis últimas semanas: no puedo dejar partir a mi hermano sin enviarle unas líneas para hacerle extensiva mi felicitación y darle, con la mayor alegría, mi consentimiento y aprobación. Adelante, mi querida Fanny, y sin miedo; no puede haber inconvenientes notorios. Me he permitido suponer que la seguridad de mi consentimiento tendrá algún valor; así es que puede dedicarle esta tarde sus más tiernas sonrisas, y devolvérmelo más feliz incluso de lo que se fue.

»Suya afectísima,

M.C.»

Estas líneas no eran adecuadas para hacer a Fanny ningún bien; pues aunque leyó la nota con demasiada precipitación y aturdimiento para formar un claro juicio de lo que Mary quería decir, era evidente que se proponía cumplimentarla por la inclinación de su hermano, y hasta aparentar que creía formal la tal inclinación. Fanny no sabía qué hacer ni qué pensar. Había desventura en la idea de que fuese formal; era algo que la llenaba de confusión e inquietud en todo caso. Se sentía mortificada cada vez que le hablaba el señor Crawford, y le hablaba con demasiada frecuencia; y temía que en la voz y en el gesto de Henry al dirigirse a ella hubiese un algo muy distinto de cuando se dirigía a los demás. Para ella no hubo tranquilidad durante la comida de aquel día... Apenas probó nada; y cuando *sir* Thomas, de buen humor, observó que la alegría le quitaba el apetito, fue tal su vergüenza que hubiera querido desaparecer bajo tierra, por temor a la interpretación del señor Crawford; pues aunque nada hubiese podido inducirla a volver sus ojos hacia la derecha, donde se sentaba Henry, notó que los de él se volvían inmediatamente para observarla.

Fanny permaneció más callada que nunca. Apenas intervino en la conversación, ni siquiera cuando era William el tema de la misma, pues su nombramiento procedía también del lado derecho, y le resultaba desagradable esta relación.

Le pareció que *lady* Bertram tardaba más que nunca en abandonar la mesa, y empezaba a desesperar de que llegara el fin de aquella situación cuando, por fin, se trasladaron a la salita y constituyeron las señoras un grupo aparte. Entonces tuvo ocasión de pensar libremente, mientras sus tías agotaban el tema del ascenso de William, comentándolo a su manera.

Tía Norris parecía acusar tanta satisfacción por el ahorro que ello supondría para *sir* Thomas, como por todo lo demás. Ahora, William estaría en condiciones de mantenerse, lo que representaría una gran ventaja para su tío, pues no se sabía lo que había llegado a costarle; y, desde luego, también sería un alivio para ella, en cuanto a regalos. Estaba muy contenta de haber dado a William lo que le dio al partir. Muy contenta, por supuesto, de haberlo podido hacer, sin inconveniente de orden material, precisamente en aquella ocasión... de haber podido darle algo de alguna importancia (esto es, para ella, teniendo en cuenta la limitación de sus medios), porque ahora todo podría serle de utilidad, ayudándole a equipar su camarote. Bien sabía ella que el muchacho tendría que hacer algún gasto, que muchas cosas las tendría que comprar... aunque seguramente sus padres le orientarían de modo que pudiera conseguirlo todo muy barato; pero ella estaba muy contenta de haber aportado su óbolo para aquel fin...

—Me alegro de que le dieras algo importante —dijo *lady* Bertram, con la calma menos inocente—, pues yo solo le di diez libras.

—¡Vaya! —exclamó tía Norris, enrojeciendo—. A fe que se habrá marchado con los bolsillos bien forrados... ¡y sin costarle nada el viaje hasta Londres!

—Thomas me dijo que con diez libras tenía de sobra.

Tía Norris, no sintiéndose en absoluto inclinada a discutir si era bastante o no esa cantidad, optó por desarrollar el tema partiendo de otro punto.

—Es sorprendente —dijo— lo mucho que cuestan los jóvenes a aquellos que los estiman..., ¡lo que cuesta educarlos y darles un camino! Poco se imaginan ellos lo que significa, lo que sus padres o sus tíos y tías tienen que gastar por ellos en el transcurso de un año. Mira, ahí tienes a los hijos de nuestra hermana: me atrevo a decir que nadie creería lo que todos ellos, en conjunto, cuestan al año a *sir* Thomas, para no hablar de lo que yo hago por ellos.

—Sí, tienes mucha razón, hermana, en lo que dices. Pero... ¡pobres criaturas!, ellos no pueden evitarlo; y tú sabes que eso significa muy poco para *sir* Thomas.

—Fanny, espero que William no se olvide de mi chal si va a las Indias Orientales; y también le encargaré algo más que valga la pena tener.. Me parece que tendré dos chales, Fanny.

Fanny, entretanto, hablando solo cuando no podía evitarlo, trataba ansiosamente de entender lo que el señor Crawford y su hermana se proponían. Todo inducía a creer que no eran sinceros, excepto sus palabras y modo de actuar. Cuanto pudiera considerarse natural, probable, razonable, estaba en contra; así todos los principios y opiniones generales de los dos hermanos, como los pocos merecimientos de ella misma. ¿Cómo podía ella provocar un sentimiento verdadero en un hombre que había conocido a tantas, tenido la admiración de tantas, y flirteado con tantas, infinitamente superiores a ella; que parecía tan poco propenso a dejarse impresionar seriamente, hasta cuando alguien sufría por él; que se había mostrado tan frívolo, indiferente e insaciable en este aspecto; que lo era todo para todos, y parecía no encontrar a nadie indispensable para él? Y además, cómo era posible suponer que su hermana, con todas sus elevadas y mundanas ideas sobre el matrimonio, iba a favorecer algo que tuviera un sentido formal por aquel lado? Nada podía ser menos natural, tanto en el uno como en la otra. Fanny se avergonzó de haberlo puesto en duda siquiera. Cualquier cosa era posible imaginar antes que una inclinación auténtica, o la aprobación de la misma, hacia ella. De esto estaba plenamente convencida antes de que *sir* Thomas y el señor Crawford se reunieran con ellas. La dificultad estuvo en mantener tal convicción de un modo tan absoluto una vez Henry se hubo instalado allí; ya que por una o dos veces fijó en ella una mirada, como involuntariamente, que no supo clasificar entre las de significado corriente. En otro hombre cualquiera, al menos, ella hubiera dicho que significaba algo muy vehemente y deliberado. Sin embargo, siguió tratando de creer que no pasaba de lo que él había dirigido a menudo a sus primas y a otras cincuenta mujeres.

Pensó que él deseaba hablarle sin que le oyeran los demás. Se imaginó que lo estaba intentando, a intervalos, durante toda la tarde, siempre que *sir* Thomas salía de la habitación con tía Norris, y puso mucho cuidado en evitar toda oportunidad.

—Por fin —para la inquietud de Fanny resultó un por fin, aunque no era demasiado tarde— empezó él a hablar de marcharse; pero el consuelo de aquella decisión quedó anulado al volverse acto seguido Henry hacia ella para decirle:

—¿No tiene que enviarle usted nada a Mary? ¿No hay contestación a sus líneas? Quedará defraudada si no recibe nada de usted. Por favor, escríbale, aunque sea una sola línea.

—¡Oh, sí, claro! —exclamó Fanny, levantándose deprisa, con el apresuramiento del sofoco y de las ganas de escabullirse—. Le escribiré enseguida.

Se dirigió, por tanto, al escritorio donde solía escribir por cuenta de su tía y preparó el material, sin saber ni remotamente qué iba a escribir. Había leído la esquela de Mary una sola vez; y dar contestación a algo tan imperfectamente comprendido constituía un auténtico aprieto. Nada práctica en esa clase de correspondencia a través de notas, si le hubiera quedado tiempo para detenerse en escrúpulos y temores respecto del estilo, los hubiera sentido en abundancia; pero era necesario escribir algo en el acto, y con un solo propósito decidido (el de no dar la impresión que meditaba algo realmente intencionado), escribió lo que sigue con mano temblorosa, reflejo de la inquietud de su corazón:

«Le quedo muy agradecida, mi querida señorita Crawford, por su amable felicitación, en cuanto me corresponde con mi queridísimo William. El resto de su nota, bien lo sé, no significa nada; de todos modos, soy yo tan inferior para una cosa de esas, que espero me perdone si le pido que no le preste mayor atención. Conozco demasiado a su hermano para no comprender sus prácticas; si él me comprendiera tan bien a mí, seguramente que se portaría de otro modo. No sé lo que escribo, pero me haría usted un gran favor si no volviera a mencionar jamás este asunto. Con gracias por haberme honrado con sus líneas, quedo, querida señorita Crawford», etc., etc.

El final apenas era inteligible, debido a su creciente miedo, pues notó que el señor Crawford, so pretexto de recoger la nota, se aproximaba a ella.

—No vaya a creer que vengo a apremiarla —dijo en voz baja, apreciando el pasmoso nerviosismo con que ella puso fin al escrito—, no vaya a suponer que fuera este mi propósito. No se apresure, se lo suplico.

—No, gracias. Ya he terminado, ahora mismo... al momento estará listo... le quedaré muy agradecida... si tiene la bondad de entregar esto a Mary.

Fanny sostenía la nota, y él tuvo que tomarla; y como ella se dirigió inmediatamente, y desviando la mirada, a la chimenea para reunirse con los demás, él no tuvo más remedio que marcharse sin demora.

Fanny pensó que nunca había conocido un día tan agitado, lo mismo de inquietud que de satisfacción; pero, afortunadamente, la satisfacción no era de las que mueren con el día, pues todos los días se renovaría el conocimiento del ascenso de William, mientras que la zozobra, así lo esperaba, no volvería ya. No le cabía la menor duda de que su nota les parecería excesivamente mal escrita, que su lenguaje avergonzaría a un niño, pues la angustia no le había permitido arreglarlo; pero al menos les convencería a los dos de que no la engañaban ni la complacían las atenciones del señor Crawford.

Capítulo XXXII

Fanny no había olvidado en modo alguno al señor Crawford cuando se despertó a la mañana siguiente; pero recordaba también el contenido de su contestación escrita y no se sentía menos optimista en cuanto a sus efectos que la noche anterior. Con tal de que el señor Crawford deseara marcharse... Este era su más ferviente deseo: que se fuera y se llevara a su hermana consigo, como estaba planeado, ya que por ello había vuelto a Mansfield. Y por qué no lo había hecho ya, era algo que ella no podía explicarse, pues lo cierto era que la señorita Crawford no deseaba retrasar la partida. Fanny había esperado, durante la visita del día anterior, que se citara la fecha; pero él solo habló del viaje como de cosa próxima.

Como había quedado tan satisfactoriamente convencida del efecto que producirían sus líneas, no pudo menos de sorprenderse cuando, por casualidad, vio al señor Crawford dirigirse nuevamente a la casa, y a una hora tan temprana como el día anterior. Su visita no tendría nada que ver con ella, pero haría todo lo posible para evitar su presencia; y como en aquel momento se dirigía al piso superior, decidió permanecer arriba mientras durase la visita, a menos que la reclamasen; pero teniendo en cuenta que tía Norris estaba todavía en la casa, parecía no haber mucho peligro de verse solicitada.

Permaneció algún tiempo sentada, llena de nerviosismo, escuchando, temblando y temiendo a cada instante que la llamara; pero como no oyese pasos acercarse al cuarto del este, fue recobrando gradualmente el sosiego, se sintió capaz de ocuparse en algo y concibió la esperanza de que el señor Crawford hubiera acudido y se marchara sin obligarla a ella a saber nada de lo tratado.

Casi media hora había transcurrido y se sentía cada vez más tranquila cuando, de pronto, se oyó el ruido continuado de unos pasos que se aproximaban... unos pasos fuertes, mesurados, inusuales en aquella parte de la casa. Eran de su tío. Los conocía tan bien como su voz; tanto como esta la había hecho temblar en otro tiempo, la hacía ahora temblar de nuevo el pensar que subía para hablarle, cualquiera que fuese el asunto. Fue, en efecto, *sir* Thomas quien abrió la puerta, al tiempo que preguntaba si ella estaba allí y si se podía entrar. El terror de sus antiguas visitas ocasionales a aquella habitación pareció renovarse nuevamente en Fanny, que tuvo la sensación de que iba a examinarla otra vez de francés e inglés.

Ella estuvo, sin embargo, perfectamente atenta colocando una silla para él y procurando mostrarse satisfecha con la visita; pero en su azoramiento no tuvo siquiera en cuenta las deficiencias del aposento hasta que él, deteniéndose en seco apenas acababa de entrar, dijo muy sorprendido:

—¿Por qué no tienes hoy fuego en la chimenea?

Las tierras estaban cubiertas de nieve y Fanny se abrigaba con un chal. Vaciló, antes de responder:

—No tengo frío. Nunca permanezco aquí mucho tiempo en esta época del año.

—¿Pero tienes fuego, constante?

—No, tío.

—¿Cómo se explica esto? Aquí tiene que haber algún error. Yo tenía entendido que hacías uso de esta habitación a fin de que pudieras encontrar en ella todas las comodidades. En tu dormitorio, ya sé que no puede haber fuego. Aquí ha habido un enorme malentendido que debe rectificarse. No es nada conveniente para ti permanecer aquí sentada, aunque solo sea media hora al día, sin calefacción. No eres fuerte. Estás helada. Tu tía no debe haberse dado cuenta de esto.

Fanny hubiera preferido callar; pero al verse obligada a hablar, no pudo abstenerse, para hacer justicia a la tía que le era más querida, de decir algo en que las palabras "tía Norris" fueron distinguibles.

—Ya comprendo —dijo su tío, recordando y no deseando saber más— Ya comprendo. Tu tía Norris siempre abogó, y con mucho, porque se educara a la juventud sin indulgencias innecesarias; pero en todo debe haber moderación. Ella es también muy severa consigo misma, lo cual tiene que influir, desde luego, en su opinión acerca de las necesidades de los demás. Y en otro aspecto, lo comprendo también perfectamente. Bien sé cuales fueron siempre sus sentimientos. Su teoría era buena en sí, pero puede que en tu caso se haya llevado, y yo creo que se ha llevado, demasiado lejos. Me consta que a veces, en algunos puntos, se ha establecido injusta distinción; pero es demasiado bueno el concepto en que te tengo, Fanny, para suponer que vayas a guardar nunca rencor por ello. Tienes una comprensión que te impedirá considerar las cosas solo en parte, a juzgar con parcialidad los resultados. Debes considerar el pasado, en todo su conjunto, tener en cuenta tiempos, personas y probabilidades, y apreciarás que no eran menos amigos tuyos los que te educaban y preparaban para esa condición de mediocridad que parecía ser tu destino. Aunque tales precauciones pudieran resultar prácticamente innecesarias, la intención era buena; y de esto puedes estar segura: todas las ventajas de la prosperidad las tendrás dobladas gracias a las pequeñas privaciones y limitaciones que se te impusieron. Estoy seguro de que no defraudarás la opinión que de ti he formado, tratando siempre a tu tía Norris con el respeto y la atención debidos. Pero basta de eso. Siéntate, querida. He de hablarte unos minutos, pero no quiero entretenerte mucho rato.

Fanny obedeció, bajando los ojos y ruborizándose. Después de una breve pausa, *sir* Thomas, procurando reprimir una sonrisa, prosiguió:

—Tal vez no estés enterada de que esta mañana he tenido una visita. Poco tiempo llevaba en mi despacho, después del desayuno, cuando apareció el señor Crawford. Acaso puedas conjeturar el motivo que lo ha traído aquí.

El sonrojo de Fanny crecía más y más; y su tío, notando que estaba aturdida hasta el punto de hacérsele imposible hablar, tanto como levantar los ojos, desvió su propia mirada y, sin detenerse más, procedió a referir su entrevista con el señor Crawford.

El señor Crawford había venido a declararse enamorado de Fanny, hacer concretas proposiciones sobre ella y pedir la autorización de su tío, que parecía estar en el lugar de sus padres; y lo había hecho todo tan bien, mostrándose tan sincero, tan liberal, tan correcto, que *sir* Thomas, considerando además que sus propias réplicas y observaciones habían sido muy adecuadas, tuvo sumo gusto en contar los pormenores de la conversación; y, lejos de adivinar lo que ocurría en el interior de su sobrina, se figuraba que con semejantes detalles se complacía ella mucho más que él mismo. Así es que estuvo hablando por espacio de varios minutos sin que Fanny se atreviese a interrumpirle. Apenas si alcanzaba a desearlo. Era excesiva la turbación de su espíritu. Había cambiado de postura; y con la mirada estática, fija en una de las ventanas, escuchaba a su tío, llena de angustia y consternación. Él calló un momento, pero ella apenas había llegado a darse cuenta de la pausa cuando *sir* Thomas, poniéndose en pie, dijo:

—Y ahora, Fanny, desempeñada una parte de mi misión y una vez tú enterada de que todo esto se apoya sobre una base totalmente segura y satisfactoria, voy a completarlo induciéndote a que me acompañes abajo, donde encontrarás a alguien más digno de ser escuchado, aunque puedo presumir de haber sido un interlocutor nada despreciable. El señor

Crawford, como tal vez hayas previsto, está todavía aquí. Se encuentra en mi despacho, con la esperanza de verte.

Al escuchar esto, puso Fanny una expresión, dio un respingo, lanzó una exclamación, que sorprendió a *sir* Thomas; pero, cuál no sería su asombro al oírla exclamar:

—¡Oh, no, tío! No puedo, de veras que no puedo ir abajo, a su encuentro. El señor Crawford debiera saber... tiene que saberlo; ayer le dije bastante para que quedara convencido... ayer me habló de ello... y le dije sin tapujo que era un tema muy desagradable para mí, y que no estaba en mi poder corresponderle.

—No alcanzo a comprenderte —dijo *sir* Thomas, sentándose de nuevo— ¡Que no puedes corresponderle! ¿Qué significa esto? Ya sé que te habló ayer y, según tengo entendido, encontró en ti todo el ánimo para seguir adelante que pudiera darle una muchacha prudente. A mí me gustó mucho tu conducta durante la velada; fue prueba de una discreción altamente recomendable. Pero ahora, cuando él ha hecho su declaración tan correcta y honestamente... ¿cuáles pueden ser tus escrúpulos, ahora?

—¡Se engaña usted, tío! —exclamó Fanny, impelida por la ansiedad del instante a decirle, hasta a su tío, que estaba en un error—. Está totalmente equivocado. ¿Cómo ha podido el señor Crawford decir tal cosa? Yo no le di ánimos ayer. Al contrario, le dije... no puedo recordar las palabras exactas, pero estoy segura que le dije que no quería escucharle, que era muy desagradable para mí por todos los conceptos, y que le rogaba que no volviera jamás a hablarme de aquel modo. Estoy segura de que le dije todo esto, y más; y más le hubiera dicho todavía de haber tenido la absoluta certeza de que se proponía algo en serio; pero a mí no me gustaba... yo no podía... atribuir a sus palabras un sentido más formal del que pudieran tener. Yo creí que, para él, todo eso quedaría en nada.

No pudo decir más; había quedado casi sin respiración.

—¿He de entender —dijo *sir* Thomas, rompiendo un breve silencio— que tienes la intención de rechazar al señor Crawford?

—Sí, señor.

—¿Lo rechazas?

—Sí, señor.

—¡Rechazar al señor Crawford! ¿Con qué excusa? ¿Por qué razón?

—Yo... yo no puedo quererle bastante, tío, para casarme con él.

—¡Es muy extraño! —dijo *sir* Thomas, con mesurado tono de disgusto—. Aquí hay algo que mi comprensión no alcanza a entender. He aquí a un joven enamorado de ti, poseedor de cuanto puede acreditar a un pretendiente: no solo posición social, fortuna y personalidad, sino también una simpatía poco corriente, un trato y una conversación gratos a todo el mundo. Y no se trata de un conocido de hoy; hace bastante tiempo que lo conoces. Su hermana, además, es una íntima amiga; y él hizo por tu hermano aquello, lo cual me hizo suponer que habría de ser para ti recomendación suficiente, de no existir otra. Quién sabe cuándo hubiera sacado a William adelante con mi influencia. Él lo ha logrado ya.

—Sí —dijo Fanny con voz entrecortada, baja la mirada y sonrojada de nuevo; y se sintió casi avergonzada de sí misma, después del cuadro que había dibujado su tío, por no gustarle el señor Crawford.

—Tenías que darte cuenta —reanudó *sir* Thomas—, tenías que notar, de un tiempo para acá, cierta atención en la actitud del señor Crawford hacia ti. Esto no puede haberte cogido de sorpresa. No podían pasarte inadvertidas sus deferencias; y aunque siempre las recibiste dignamente (nada tengo que reprocharte por este lado), jamás noté que te resultaran molestas. Casi me inclino a creer, Fanny, que no sabes exactamente lo que quieres.

—¡Oh, sí, tío! Sí que lo sé. Sus atenciones eran siempre... lo que no me gustaba.

Sir Thomas la miró más asombrado todavía.

—Esto está fuera de mis alcances —dijo—. Esto requiere una explicación. Joven como eres, sin haber tratado apenas a ningún hombre, es casi imposible que tu corazón...

Se interrumpió y la miró fijamente. Vio en sus labios formado un no, aunque la palabra no llegó a proferirse, pero su rostro se tiñó de rojo. Esto, sin embargo, en una muchacha tan humilde, podía ser muy compatible con la inocencia; y decidiendo al menos mostrarse satisfecho, añadió acto seguido:

—No, no. Ya sé que esto está fuera de toda duda... que es completamente imposible. Bien, no hay más que decir.

Y nada dijo por espacio de unos minutos. Se puso a meditar muy hondamente, mientras su sobrina meditaba también, tratando de armarse de valor y prepararse contra ulteriores interrogatorios. Hubiera preferido morir antes que confesar la verdad; y esperaba, con un poco de reflexión, hallar la suficiente fortaleza para no traicionarse.

—Aparte del interés que la elección del señor Crawford parece justificar —dijo *sir* Thomas, empezando de nuevo con gran serenidad—, el hecho de que desee casarse tan pronto le acredita a mis ojos. Soy un defensor de los casamientos a temprana edad, cuando existen medios favorables, y me gustaría que todos los hombres, disponiendo de ingresos suficientes, fijaran su vida lo antes posible a partir de los veinticuatro años. Tanto es así, que me entristece pensar cuan poco probable es que mi hijo mayor, tu primo Tom, se case pronto; pero, de momento, me parece que el matrimonio no entra en sus cálculos ni pensamientos. Desearía verle más inclinado a establecerse —aquí echó una ojeada a Fanny—. A Edmund, teniendo en cuenta sus tendencias y hábitos, lo considero mucho más inclinado a casarse joven que su hermano. Es indudable que él, según ha deducido últimamente, ha descubierto a la mujer en quien podría depositar su amor; lo cual, estoy convencido de ello, no le ha ocurrido a mi hijo mayor. ¿No es así? ¿Estás de acuerdo conmigo, querida?

—Sí, señor.

Lo dijo débilmente, pero sosegadamente, y *sir* Thomas quedó aliviado por lo que a los primos se refería. Pero la desaparición de su alarma no sirvió de nada a Fanny. Al confirmarse lo inexplicable de su actitud, aumentó el disgusto de su tío; este se puso en pie y empezó a pasear por la habitación tan enfadado que Fanny pudo imaginar, ya que no se atrevió a levantar la mirada, para decir poco después, con tono autoritario:

—¿Tienes alguna razón, jovencita, para pensar mal del carácter del señor Crawford?

—No, señor.

Hubiera querido añadir: "... pero de sus principios, sí que la tengo"; sin embargo, le faltó el valor ante la aterradora perspectiva de discutir, explicar y, quizá, no convencer. El mal concepto en que le tenía se fundaba principalmente en observaciones que, por consideración a sus primas, apenas podía atreverse a mencionar ante el padre. María y Julia, y especialmente María, estaban tan estrechamente ligadas a la mala conducta del señor Crawford, que Fanny no podía describir la personalidad de este sin traicionarlas. Ella había concebido la esperanza de que para un hombre como su tío, de tan excelente criterio, tan honorable, tan bueno, el simple conocimiento de una decidida aversión por parte de ella sería suficiente. Grande fue su pena al encontrarse con que no era así.

Sir Thomas se acercó a la mesa ante la que estaba ella sentada, temblando de angustia, y con acentuado tono de fría severidad dijo:

—Me doy cuenta de que es inútil hablar contigo. Mejor hubiera sido poner fin a esta enojosa entrevista. No debemos esperar por más tiempo al señor Crawford. Por lo tanto, solo añadiré, considerando que es mi deber exponer mi opinión sobre tu conducta, que has dado al traste con todas mis esperanzas y que demuestras tener un carácter completamente opuesto a lo que yo había pensado. Pues yo tenía, Fanny, y supongo que mi conducta lo habrá demostrado, una muy favorable opinión de ti, desde que regresé a Inglaterra. Te consideraba particularmente libre de tozudeces, engreimientos y de toda propensión a ese espíritu de independencia tan preponderante en estos tiempos modernos, hasta entre las jóvenes, y que resulta más ofensivo y desagradable que cualquier defecto corriente. Pero ahora me has demostrado que puedes ser obstinada y retorcida, que puedes y quieres decidir por tu cuenta, sin la menor consideración o deferencia hacia aquellos que tienen ciertamente algún derecho a guiarte... sin pedirles siquiera consejo. Te has mostrado muy distinta de lo que yo había imaginado. Las ventajas o desventajas para tu familia... para tus padres, para tus hermanos y hermanas, parece que ni por un instante te has detenido a considerarlas en esta ocasión. Lo mucho que ellos podrían beneficiarse, lo mucho que ellos habrían de alegrarse de semejante colocación, nada significa para ti. Piensas solo en ti misma; y solo porque no sientes exactamente por el señor Crawford lo que una imaginación joven, exaltada, se figura que es indispensable para ser feliz, decides rechazarlo de pleno, sin pedirte siquiera un poco de tiempo para pensarlo... sin dejar un poco más de margen a la fría reflexión, a un concienzudo examen de tus verdaderas inclinaciones... y, en pleno arrebato de insensatez, estás desechando una oportunidad de casarte con un partido deseable, honroso, digno, como acaso nunca más se te vuelva a presentar. Aquí tienes a un hombre joven de buen sentido, con temperamento, carácter, modales y fortuna, que te profesa un gran afecto y que pretende tu mano del modo más noble y desinteresado; y deja que te diga, Fanny, que acaso vivas otros dieciocho años sin que te pretenda otro hombre con la mitad del patrimonio del señor Crawford ni con la décima parte de sus méritos. Contento le hubiera yo cedido cualquiera de mis propias hijas. María se casó dignamente; pero si el señor Crawford me hubiera pedido la mano de Julia, se la hubiera concedido con mayor y más profunda satisfacción de la que tengo al conceder la de María al señor Rushworth —después de una breve pausa añadió—: Y me hubiera sorprendido muchísimo que alguna de mis hijas, al recibir una proposición de casamiento, en cualquier ocasión, y aun siendo solo la mitad de deseable que esta, se hubiera opuesto de un modo inmediato y perentorio, y sin tener la delicadeza de consultar mi opinión o mi criterio, con una rotunda negativa. Me hubiera sorprendido y me hubiera herido mucho tal proceder. Lo hubiera considerado una flagrante violación del respeto y del deber. A ti no hay que aplicarte la misma regla. Tú no me debes la sumisión de una hija. Pero, Fanny, si en tu corazón puede caber la ingratitud...

Se interrumpió. Fanny sollozaba en aquellos momentos tan amargamente que, a pesar de lo furioso que él estaba, no quiso insistir más sobre aquel punto. Ella sentía que se le destrozaba el corazón con aquella descripción del concepto que merecía a su tío... ¡con aquellas acusaciones, tan duras, tan múltiples, alzándose en tan espantosa progresión! Terca, obstinada, egoísta... y desagradecida. Todo eso la consideraba su tío. Ella había defraudado sus esperanzas, había destruido el buen concepto en que la tenía... ¿Qué sería de ella?

—Lo siento mucho —dijo Fanny de un modo inarticulado, entre sollozos—. Lo siento mucho, de veras.

—¡Lo sientes! Sí, espero que lo sientas; y seguramente tendrás motivo de lamentar, por mucho tiempo, lo sucedido este día.

—Si me fuera posible obrar de otro modo... —dijo ella, haciendo otro gran esfuerzo—; pero estoy completamente convencida de que nunca podría hacerle feliz, y de que yo misma me sentiría muy desdichada.

Nuevo torrente de lágrimas; pero, a despecho de esta nueva riada, y a despecho de la funesta palabra "desdichada" que sirvió para provocarla, *sir* Thomas empezó a pensar que tal vez tuviera alguna parte en ello cierta tendencia conciliatoria, cierto principio de rectificación, y a inferir que sería favorable la súplica personal del joven pretendiente. Sabía que Fanny era muy tímida y nerviosa, y se dijo que no era del todo improbable que su estado de ánimo fuese tal, que un poco de tiempo, un poco de presión, un poco de paciencia..., una juiciosa mezcla de todo ello por parte del galán, pudiera producir los normales efectos. Si el caballero estuviera dispuesto a perseverar..., con tal que su amor fuera suficiente para llevarle a perseverar... *Sir* Thomas empezaba a sentirse nuevamente esperanzado. Y después de hacerse estas reflexiones que confortaron su espíritu, dijo, empleando un tono convenientemente grave, pero menos iracundo:

—Vamos, vamos criatura, enjuga tu llanto. De nada sirven estas lágrimas; nada pueden arreglar. Ahora, debes acompañarme abajo. El señor Crawford lleva ya demasiado tiempo aguardando. Debes darle tu respuesta personalmente: no puedes esperar que vaya a conformarse con menos; y solo tú puedes explicarle la razón de esa errónea interpretación de tus sentimientos en que, desgraciadamente para él, ha incurrido. Yo soy totalmente incapaz de ello.

Pero Fanny mostró tal oposición, tal aflicción ante la idea de acudir a su lado, que *sir* Thomas, después de considerarlo un poco, juzgó que sería mejor transigir. Sus esperanzas respecto de la proyectada entrevista sufrieron, por tanto, una ligera depresión; pero al mirar a su sobrina y ver el estado de su ánimo y su rostro a consecuencia del llanto vertido, pensó que había tanto que perder como que ganar con una pronta entrevista. En consecuencia, diciendo algunas palabras desprovistas de especial significación, se fue él solo, dejando a su pobre sobrina llorando por lo ocurrido, sumida en un mar de desconsuelo.

En el ánimo de Fanny todo era confusión. El pasado, el presente, el futuro, todo se le aparecía terrible. Pero la ira de su tío era lo que le causaba la pena más profunda. ¡Egoísta y desagradecida! ¡Que él la considerase así! Ya siempre sería desgraciada. No tenía a nadie que se pusiera de su parte, que la aconsejara, que hablase por ella. Su único amigo estaba ausente. Él hubiese podido sosegar a su padre. Pero todos, quizás todos, la considerarían egoísta y desagradecida. Es posible que tuviera que soportar el reproche una y otra vez; tendría que oírlo, o verlo, o reconocer su existencia en cuanto se relacionase con ella. No pudo menos que sentir cierto rencor contra el señor Crawford; sin embargo, ¡y si la amaba realmente, y era desgraciado también! Todo era un conjunto de desgracias por todas partes.

Al cabo de un cuarto de hora, aproximadamente, volvió su tío; al verle, Fanny estuvo a punto de desmayarse. Pero le dirigió la palabra tranquilamente, sin severidad, sin reproches, y ella revivió un poco. Además, había también consuelo en sus palabras, tanto como en su tono, pues empezó diciendo:

—El señor Crawford se ha ido; acaba de dejarnos. No es necesario repetir lo que ha ocurrido. No quiero agravar tu sentimiento, refiriéndote lo que ha sentido él. Baste con decir que se ha conducido del modo más generoso y caballeroso, y me ha confirmado en la favorabilísima opinión que me merece su capacidad de comprensión, corazón y temple. Ante mi exposición de lo que tú estabas sufriendo, inmediatamente, y con la mayor delicadeza, abandonó su pretensión de verte por el momento.

Aquí Fanny, que había alzado la mirada, la bajó de nuevo.

—Por supuesto —prosiguió su tío—, como cabe suponer, ha pedido hablar contigo a solas, aunque solo sea por espacio de cinco minutos; una petición muy normal, una aspiración demasiado justa para negársela. Pero no se ha fijado nada en concreto; acaso mañana o cuando tu espíritu esté más calmado. De momento, lo único que debes hacer es tranquilizarte. Reprime ese llanto; solo contribuye a agotarte. Si, como quiero suponer, deseas hacerme algún caso, no te abandonarás a esas crisis emocionales, sino que procurarás razonar y mostrar una mayor entereza de ánimo. Te aconsejo que salgas, pues el aire fresco te hará bien. Date un paseo de una hora por los caminos enarenados, entre los matorrales; nadie te molestará allí, y será lo mejor para tomar el aire y hacer ejercicio. Y, Fanny —añadió, volviéndose otra vez por un momento—, abajo no haré mención alguna de lo sucedido; ni siquiera se lo contaré a tía Bertram. No es ocasión de divulgar el contratiempo; no digas tú nada tampoco.

Era esta una orden para ser obedecida con el mayor júbilo; era un proceder bondadoso que Fanny agradecía en el alma. ¡Ahorrarle los interminables reproches de tía Norris! La dejó con el corazón henchido de gratitud. Cualquier cosa podía resultar más soportable que tales reproches. Ni siquiera la perspectiva de entrevistarse con el señor Crawford podía abrumarla tanto.

Salió de la casa al instante, como le había recomendado su tío, y siguió al pie de la letra su consejo, hasta donde le fue posible: contuvo su llanto y con el mayor celo trató de contener sus lágrimas y fortalecer su espíritu. Quería demostrar a *sir* Thomas que deseaba complacerle y ansiaba reconquistar su favor; pues él le había dado otro poderoso motivo para esforzarse, al ocultar a sus tías la totalidad de aquel asunto. No despertar sospechas a través de su aspecto o porte constituía ahora un objetivo que valía la pena conseguir; y se sintió capaz de casi cualquier cosa que la pusiera a salvo de tía Norris.

Quedó perpleja, profundamente perpleja, cuando, de vuelta de su paseo, lo primero que vio al entrar en su cuarto del este fue un magnífico fuego ardiendo, llameando en la chimenea. ¡Tenía lumbre! Casi era demasiado. Que le concediera semejante indulgencia, justamente en aquellos instantes, provocaba en ella una gratitud hasta aflictiva. Se maravilló de que *sir* Thomas tuviera tiempo de acordarse de aquella minucia; pero no tardó en enterarse, por la espontánea información de una criada que acudió para atizar el fuego, de que así sería todos los días. *Sir* Thomas había dado las oportunas órdenes en tal sentido.

—¡Tendría que ser yo una fiera, realmente, para ser desagradecida! —exclamó en un soliloquio—. ¡Que el cielo me impida ser desagradecida!

No vio más a su tío, ni a tía Norris, hasta que se reunieron para comer. La actitud de su tío con respecto a ella fue lo más parecida posible a lo normal. Estaba segura de que él no pretendía mostrar ningún cambio, y que era solo su propia conciencia la que la llevaba a imaginar que existía alguna diferencia; pero su tía pronto empezó a mostrarse belicosa con ella; y al constatar lo mucho y lo desagradablemente que la simple cuestión de haber salido a pasear sin el permiso de su tía podía apurarse, se dio cuenta Fanny de cuán grande era su razón al bendecir la bondad de *sir* Thomas, que le había librado las censuras de aquel mismo espíritu de reproche aplicado a una cuestión de mayor importancia.

—De haber sabido que salías, te hubiera encargado que te acercaras hasta mi casa con algunas instrucciones para Fanny —dijo tía Norris—; pero, al ignorarlo, y aun representando para mí un gran inconveniente, me he visto obligada a ir a hacerlo yo misma. Casi no disponía de tiempo para ello, y tú pudiste ahorrarme la molestia solo con que hubieras tenido la amabilidad de hacerme saber que salías. A ti te hubiera dado lo mismo, supongo, pasear por el plantío de arbustos que acercarte hasta mi casa.

—Recomendé a Fanny los arbustos, por ser el lugar más seco —terció *sir* Thomas.

—¡Oh! —exclamó tía Norris, quedando momentáneamente azorada—; fue una gran amabilidad, Thomas; pero no sabes lo seco que es el sendero que lleva a mi casa. Por ese lado, Fanny hubiera dado un paseo igualmente saludable, con la ventaja de hacer algo útil y complacer a su tía. Suya es toda la culpa. Cuando menos, podía decirme que iba a salir. Pero hay algo en Fanny... Ya lo he observado en varias ocasiones: le gusta hacer las cosas a su modo, no quiere que le dé órdenes, va a pasear por su cuenta, siempre que puede; es evidente que hay en ella cierto espíritu de secretismo, de independencia e insensatez, del cual le aconsejaría que dejara a un lado.

Sir Thomas pensó que, como reflexión general sobre Fanny, nada podía ser más injusto, a pesar de que él mismo, aquel mismo día, había expresado los mismos conceptos; y procuró cambiar la conversación. Lo procuró repetidas veces antes de conseguirlo, porque tía Norris carecía del suficiente juicio necesario para notar, ni entonces ni nunca, hasta qué punto *sir* Thomas consideraba bien a su sobrina, o lo lejos que estaba de desear que se ensalzaran los méritos de sus propias hijas a costa de menospreciar los de Fanny. Tía Norris estuvo hablando a Fanny y lamentando su paseo secreto hasta la mitad de la cena.

Calló, sin embargo, al fin; y la velada se presentó con un cariz más calmado para Fanny y una mayor cordialidad de lo que ella hubiera podido esperar después de aquella mañana tan tormentosa; pero, tenía, ante todo, la certeza de haber procedido correctamente, de que no la habían cegado sus propias convicciones... De la pureza de sus intenciones podía responder. Y, en segundo lugar, esperaba que el disgusto de su tío fuera cediendo, y cedería más aún cuando examinara el caso con más ecuanimidad y reconociera, como un hombre bueno debe reconocer, lo calamitoso e imperdonable, lo irremediable y malvado que sería casarse sin amor.

Cuando la entrevista que la amenazaba para la mañana siguiente hubiese terminado no podría menos de hacerse la ilusión de que el asunto había concluido por fin; y de que, una vez lejos el señor Crawford de Mansfield, todo quedaría pronto zanjado como si no se hubiera dado el caso. No quería, no podía creer que lo que el señor Crawford sintiera por ella le atormentase mucho tiempo; su espíritu no era de esa clase. Londres le curaría pronto. En Londres aprendería pronto a sorprenderse de su apasionamiento, y le agradecería a ella su sano juicio, que le salvaba de las terribles consecuencias.

Mientras Fanny estaba elucubrando estas esperanzas, poco después del té, reclamaron a su tío fuera de la habitación; caso este demasiado corriente para que ella pudiera sorprenderse, y ni siquiera se acordó más de ello hasta que, a los diez minutos, reapareció el mayordomo y se dirigió directamente hacia ella para decirle:

—*Sir* Thomas desea hablar con usted, señorita, en su despacho.

Entonces se le ocurrió de qué podía tratarse; por su mente cruzó una sospecha que la hizo palidecer. Pero se puso en pie inmediatamente, dispuesta a obedecer, cuando tía Norris la llamó:

—¡Aguarda, aguarda, Fanny! ¿Qué haces? ¿Adónde vas? No tengas prisa. Puedes estar segura que no es a ti a quien quiere ver; es a mí, no lo dudes —mirando al mayordomo—; lo que pasa es que tienes mucho afán de colocarte delante de todo el mundo. ¿Para qué iba a necesitarte *sir* Thomas? Es a mí, Baddeley, a quien se refiere usted; voy enseguida. El recado era para mí, Baddeley, estoy segura; *sir* Thomas me llama a mí, no a la señorita Price.

Pero Baddeley se mantuvo firme.

—No, señora, es a la señorita Price; estoy seguro de que es a la señorita Price.

Y acompañó a sus palabras de una media sonrisa que quería decir: "No creo que usted sirviera para el caso, en absoluto".

Tía Norris, muy descontenta, tuvo que calmarse antes de poder reanudar su labor; y Fanny, agitada por la certeza de lo que la esperaba, salió para encontrarse un minuto después, como había adivinado, a solas con el señor Crawford.

Capítulo XXXIII

La entrevista no fue tan breve ni tan definitiva como había previsto. El galán no se conformó tan fácilmente. Estaba dispuesto a perseverar, tanto como pudiera desearlo *sir* Thomas. Tenía una vanidad que le llevaba decididamente, en primer lugar, a creer que ella le amaba, aunque quizá sin saberlo; y después, al verse finalmente obligado a reconocer que ella sabía cuáles eran sus propios sentimientos, a estar convencido de que con el tiempo podría lograr que esos sentimientos llegaran a ser lo que él quisiera.

Estaba enamorado, muy enamorado; y era el suyo un amor que, al actuar sobre un espíritu vivo, apasionado, más ardiente que delicado, hacía que el cariño de Fanny le pareciese más importante por serle negado, y le llevó a la decisión de conseguir el triunfo, tanto como la felicidad, al obligarla a que lo amase.

No desesperaría, no iba a desistir. Tenía fundadas razones para una firme constancia; la sabía poseedora de todas las virtudes que pudieran justificar la más ardiente esperanza de hallar a su lado una perdurable felicidad; su misma conducta de aquella ocasión, al poner de manifiesto el desinterés y delicadeza de su carácter (cualidades que él consideraba muy poco habituales, desde luego), contribuía a avivar sus deseos y a confirmarle en su decisión. No sabía que atacaba a un corazón ya comprometido. De eso, no tenía la menor sospecha. Más bien la consideraba una muchacha que nunca había detenido lo bastante su pensamiento en esas cosas para estar en peligro; que de ello la había protegido su juventud..., una juventud espiritual tan encantadora como la de su cuerpo; a quien la humildad había impedido entender el sentido de las atenciones que él le prodigara, y que estaba todavía abrumada por lo repentino de unos requerimientos tan absolutamente inesperados, así como por la novedad de una situación que su fantasía nunca había pensado que pudiera suceder.

¿No se desprendía de ello, sin la menor duda, que cuando fuese comprendido habría de triunfar? Él lo creía sin pestañear. Un amor como el suyo, en un hombre como él, podía contar con que, perseverando, se vería correspondido, y a no muy largo plazo; y le entusiasmaba hasta tal punto la idea de obligarla a quererle en muy poco tiempo, que apenas se dolía de que no lo quisiera ya. Tener que vencer una pequeña dificultad no era un mal para Henry Crawford; era algo que más bien le infundía incluso más ánimos. Ya había comprobado su actitud para ganar corazones con excesiva facilidad. Ahora se hallaba ante una situación nueva y estimulante.

Para Fanny, sin embargo, que demasiadas contrariedades había conocido durante su vida para ver en ello el menor encanto, todo eso era ininteligible. Le veía empeñado en perseverar. Pero cómo podía ser capaz, después de haberla oído expresarse en el lenguaje que ella se consideró obligada a emplear, no llegaba a comprenderlo. Le dijo que no le amaba, que no podía amarle, que estaba segura de que no le amaría jamás; que semejante cambio en sus sentimientos era totalmente imposible; que era una cuestión muy traumática para ella; que había de rogarle que nunca volviese a mencionarla, que la dejara marchar sin retenerla más y considerase el asunto terminado para siempre. Y como él siguiera presionando, añadió que, en su opinión, tenían unos gustos tan distintos, que hacían incompatible un mutuo afecto; y que no podían ser el uno para el otro debido al carácter, formación y costumbres respectivos. Todo esto le había dicho, con la vehemencia de la sinceridad; pero no fue suficiente, pues acto seguido negó él que hubiera la menor incompatibilidad de caracteres, ni nada en sus gustos que les impidiera congeniar, y declaró rotundamente que seguiría amándola y no abandonaría la esperanza.

Fanny conocía bien su propio sentir, pero no podía juzgar el efecto que producía su modo de expresarlo; su modo era irremediablemente gentil, y no se daba cuenta de hasta qué punto dejaba oculta la firmeza de su propósito. Su apocamiento, gratitud y dulzura hacían que toda expresión de indiferencia pareciese casi un sacrificio de abnegación... Parecía, al menos, que le diera a ella misma tanta pena como a él. El señor Crawford ya no era el el señor Crawford que, como admirador clandestino, insidioso, traidor de María Bertram, se había ganado su desprecio; aquel cuya sola presencia se le había hecho insoportable; en quien ella no podía creer que existiese una sola cualidad buena, y cuyos poderes, incluso el de resultar agradable, ella apenas había calibrado. Ahora era el señor Crawford quien se le dirigía con apasionado y desinteresado amor; cuyos sentimientos se habían convertido, al parecer, en cuanto pueda haber de noble y recto; cuyos proyectos de felicidad se cifraban todos en un casamiento por amor; que estaba expresando lo mucho que valoraba las virtudes que la adornaban y describía su cariño una y otra vez, demostrando, hasta dónde puede demostrarse con palabras y, además, con el lenguaje, el tono y el espíritu de un hombre de despierta inteligencia, que la quería por su dulzura y su bondad; y, para que nada faltara... ¡era ahora el señor Crawford que había logrado el ascenso de William!

Existía un cambio, y existían unos favores que forzosamente habían de producir algún efecto. Ella hubiera podido rechazarle con toda la dignidad de la virtud ofendida en los terrenos de Sotherton o en el teatro de Mansfield Park; pero ahora se le acercaba con unos derechos que reclamaban un tratamiento diferente. Tenía que mostrarse amable y compasiva. Debía considerarse honrada, y lo mismo pensando en ella que en su hermano, tenía que sentir una profunda gratitud. Efecto de todo ello fue un modo de expresarse tan doliente y turbado, con unas palabras entremezcladas con su negativa tan expresivas de gratitud y pesar, que, para un temperamento fatuo y creído como el de Crawford, la autenticidad o al menos el grado de su indiferencia podía muy bien ser discutible; de forma que no estuvo él tan falto de lógica como Fanny le consideró, en sus manifestaciones de que estaba dispuesto a perseverar sin tregua, en vez de mostrarse desengañado, y que pusieron término a la entrevista.

Solo de mala gana se resignó Henry a separarse de ella; pero al despedirse no había en su aspecto el menor síntoma de desesperación que desmintiera sus palabras, o que diera esperanzas a Fanny de que sería más razonable de lo que afirmaba ser.

Ella quedó enojada. No pudo evitar cierto rencor ante aquella perseverancia tan egoísta y ruin. Ahí estaba de nuevo aquella falta de delicadeza y consideración que anteriormente la había impresionado y desagradado. Ahí estaba de nuevo algo de aquel mismo señor Crawford que había condenado. ¡Cómo se evidenciaba una grosera falta de sensibilidad y generosidad cuando quería satisfacer sus deseos! Y, ¡ah, cómo se notaba que nunca existieron unos principios para contrarrestar, como deber, lo que le faltaba de corazón! Aunque ella tuviera el suyo tan desocupado... como acaso debiera tenerlo, jamás hubiese podido Henry conquistarlo.

Así pensaba Fanny con total sinceridad y serena tristeza en el curso de sus meditaciones, sentada ante aquella condescendencia y aquel lujo excesivos de tener fuego en su cuarto del este, considerando el pasado y el presente, preguntándose qué iba a ocurrir todavía, en un estado de nerviosa agitación que le impedía ver nada claro, excepto la imposibilidad de poder llegar nunca, en ningún caso, a querer a Crawford, y la felicidad de tener el calor de un fuego ante el que poder sentarse y pensarlo.

Sir Thomas se vio obligado, o se obligó a sí mismo, a aguardar hasta la mañana para saber lo ocurrido entre los jóvenes. Entonces vio a Crawford, que le dio su referencia. La primera sensación fue de decepción; había esperado algo mejor; había creído que una hora de súplicas por parte de un joven como Henry Crawford tenía que producir un cambio mayor en una muchacha de carácter tan dulce como Fanny Price; pero halló inmediato consuelo en los decididos propósitos y ansias de perseverar del enamorado; y viendo tan confiado en el éxito al primer interesado, no tardó *sir* Thomas en confiar también.

Por su parte no omitió amabilidad, cumplimiento o cortesía que pudiera ayudar al proyecto. Honró la firmeza del señor Crawford, ensalzó a Fanny y puso de manifiesto que aquellas relaciones seguían siendo lo más deseable que pudiera haber en Mansfield Park, el señor Crawford sería siempre bien recibido; no tenía más que consultar su propio juicio y sus sentimientos en cuanto a la frecuencia de las visitas, lo mismo ahora que en adelante. En todos los familiares y amigos de su sobrina solo podía caber una opinión, un deseo, con referencia al caso; la influencia de todos los que la querían había de inclinarla en aquel sentido. Dijo cuanto podía dar ánimos a Henry, y este los acogió con agradecida satisfacción y los dos caballeros se separaron como excelentes amigos.

Satisfecho de que la causa estuviera encarrilada de forma más apropiada y esperanzadora, *sir* Thomas resolvió abstenerse de importunar más a su sobrina y de mostrar una clara presión. Consideró que la amabilidad sería el mejor camino para influir en su ánimo. Las súplicas procederían de una sola persona. La abstención de la familia en un punto respecto del cual ella no podía dudar de los deseos que todos habían de sentir, sería el medio más seguro de conseguir algún avance. De acuerdo con este principio, *sir* Thomas aprovechó la primera ocasión para decir a Fanny con indulgente gravedad, a propósito para dominarla:

—Bueno, Fanny, he visto nuevamente a al señor Crawford, y por él he sabido exactamente cómo están las cosas entre vosotros. Es el joven más extraordinario, y pase lo que pase, debes darte cuenta de que has creado un afecto de carácter nada corriente; aunque, por ser tú tan joven y tener poco conocimiento de la pasajera, variable, inconstante naturaleza del amor, como generalmente se da, no puede sorprenderte, como a mí, cuánto hay de maravilloso en una perseverancia semejante contra el desaliento. En su caso, todo es cuestión de sentimiento; él no pretende que se le reconozca ningún mérito por ello; acaso no tenga derecho a ninguno. Sin embargo, por haber elegido tan bien, su constancia tiene un carácter muy elogiable. De no haber sido tan intachable su elección, yo hubiera condenado su perseverancia.

—Por cierto —dijo Fanny—, lamento mucho que el señor Crawford continúe con... Ya sé que me hace un gran honor, y me considero inmerecidamente honrada; pero estoy tan convencida, y así se lo he dicho, de que nunca podré...

—Querida —la interrumpió *sir* Thomas—, no hace falta que digas nada. Conozco tan bien tus sentimientos como tú debes conocer mis deseos y mis lamentos. No hay más que decir ni que hacer. A partir de este momento, el tema no habrá de volver a tratarse entre nosotros. No tendrás nada que temer, ni que te inquiete por ello. No puedes suponerme capaz de intentar convencerte para que te cases contra tus preferencias. Tu felicidad y conveniencia es cuanto tengo presente, y nada se te pide fuera de que soportes los esfuerzos del señor Crawford para convencerte de que esa felicidad y prosperidad tuyas no son incompatibles con las de él. Corre con su propio riesgo. Tú pisas terreno firme. He accedido a que te vea siempre que nos visite, lo mismo que si nada de eso hubiera ocurrido. Lo verás, estando rodeada de todos nosotros, como antes, y procurando evitar todo recuerdo desagradable. Por otra parte, va a marcharse tan pronto de Northamptonshire, que ni siquiera este pequeño sacrificio se te pedirá muchas veces. El futuro puede ser muy incierto. Y ahora, querida Fanny, este asunto queda zanjado entre nosotros.

La promesa de que él partía, fue lo único en que pudo pensar Fanny con gran alborozo. Sin embargo, fue también sensible a las amables expresiones de su tío y a su tono condescendiente; y al considerar cuán lejos estaba él de conocer toda la verdad, reconoció que no tenía derecho a sorprenderse de la línea de comportamiento que había adoptado. De él, que había casado una hija con el señor Rushworth... ciertamente no cabía esperar románticas delicadezas. Ella tenía que cumplir con su deber, y confiar que el tiempo haría su deber más fácil de cumplir.

Aunque solo contaba dieciocho años, no podía suponer que la pasión del señor Crawford fuese a durar para siempre; no podía menos de imaginar que una resuelta y constante indiferencia por su parte tendría que acabar a la larga con las ilusiones del cortejador. Cuánto tiempo concedía ella, en su fantasía, al predominio de las mismas, es ya otra cuestión. No sería correcto averiguar en una jovencita la exacta estimación de sus propios encantos.

A despecho de su proyectado silencio, *sir* Thomas se vio obligado a mencionar una vez más el asunto a su sobrina, a fin de prepararla brevemente sobre la notificación del mismo a sus tías; medida que él hubiera querido evitar todavía, pero que se hizo necesaria ante la total oposición del señor Crawford a todo procedimiento secreto. No tenía él el menor propósito de ocultarlo a nadie. Era totalmente conocido en la rectoría, donde gustaba de hablar sobre el futuro con sus dos hermanas, y sería muy grato para él tener testigos de excepción atentos al progreso de su conquista. Al enterarse de esto *sir* Thomas, comprendió la necesidad de hacer partícipes del caso a su esposa y a su cuñada, sin tardanza; aunque, por cuenta de Fanny, casi temía tanto como ella el efecto que la comunicación produciría a tía Norris. Consideraba fuera de lugar su erróneo aunque bien intencionado celo. *Sir* Thomas, en realidad, no estaba por entonces muy lejos de clasificar a tía Norris como una de esas personas bien intencionadas que están siempre cometiendo equivocaciones y cosas muy desagradables.

Tía Norris, sin embargo, le quitó un peso de encima. Él hizo presión para que observara la indulgencia y el silencio más estrictos hacia su sobrina; y ella no solo lo prometió, sino que cumplió su promesa. Lo único que hizo fue mostrar su creciente indignación. Estaba furiosa, amargamente furiosa; pero era mayor su cólera por haber recibido Fanny semejante ofrecimiento, que porque lo hubiera rechazado. Era una injuria y una afrenta para Julia, que hubiera debido ser la elegida del señor Crawford; y, con independencia de esto, estaba disgustada con Fanny porque había prescindido de ella; que ella hubiera querido desvirtuar la sensación de encumbramiento en la persona que siempre había intentado hundir.

Sir Thomas le concedió en aquel caso más mérito de discreción mayor del que merecía; y Fanny hubiese llegado a bendecirla por limitarse a mostrarle su desagrado, sin obligarla a oírlo.

Lady Bertram lo tomó de otro modo. Había sido una belleza, y una belleza que había prosperado, toda su vida. Belleza y fortuna era cuanto excitaba su respeto. La noticia de que Fanny era requerida en matrimonio por un hombre rico, bastó para que esta se elevara mucho en su opinión. Convencida por ello de que Fanny era muy hermosa, cosa de la que había dudado hasta entonces, y de que se casaría ventajosamente, hasta sintió una especie de orgullo al llamar a su sobrina.

—Bueno, Fanny —dijo, tan pronto estuvieron solas... (y, por cierto, había conocido algo parecido a la impaciencia por encontrarse a solas con ella; y su rostro, mientras hablaba, traslucía una extraordinaria animación)—. Bueno, Fanny, esta mañana he tenido una sorpresa muy agradable. Debo hablarte de ello una vez siquiera; le dije a Thomas que debía hablarte, aunque solo fuera una vez... y, después, ya estaré satisfecha. Te felicito, mi querida sobrina —y mirándola con satisfacción añadió—: ¡Hum...! Desde luego, somos una hermosa familia.

Fanny se sonrojó y, de momento, no supo qué decir; pero enseguida, con la esperanza de cogerla por su punto flaco, respondió:

—Querida tía, usted no podía desear que hubiese sido otra mi decisión, estoy segura. Usted no puede desear que me case; porque me echaría de menos, ¿no es cierto? Sí, estoy segura de que sería demasiado lo que me echaría de menos, para desear que me case.

—No, querida; no iba a pensar en lo que te echaría de menos cuando te sale al paso una proposición como esa. Podría muy bien prescindir de ti, si te casaras con un hombre de posición tan buena como la del señor Crawford. Y debes tener presente, Fanny, que es deber de toda muchacha aceptar un ofrecimiento tan excepcional como este.

Era quizá la única regla de conducta, el único consejo que Fanny había recibido de su tía en el curso de ocho años y medio. Esto la hizo callar. Comprendió lo inútil de una discusión. Si los sentimientos de su tía iban en sentido contrario a los suyos, nada podía esperarse de apelar a su entendimiento. *Lady* Bertram estaba muy comunicativa.

—Algo quiero decirte, Fanny —prosiguió—: estoy segura de que se enamoró de ti la noche del baile; estoy segura de que la cosa se enredó aquella noche. Tu aspecto era extraordinario. Todo el mundo lo dijo. Así lo dijo *sir* Thomas. Y ya sabes que dispusiste de la Chapman para que te ayudara a vestir. Le diré a Thomas que estoy segura de que todo viene de aquella noche.

Y continuando este curso de animados pensamientos, añadió poco después:

—Y algo más voy a decirte, Fanny... Es más de lo que hice por María; la próxima vez que Pug tenga cría te regalaré un cachorro.

Capítulo XXXIV

Edmund había de enterarse de grandes cosas a su vuelta. Muchas sorpresas le aguardaban. La primera no fue la de menos interés: la presencia de Henry Crawford y su hermana, que paseaban por la carretera cuando él llegó en el coche. Había creído, teniendo en cuenta los propósitos de ellos, que se encontrarían muy lejos de allí. Había prolongado su ausencia más de una quincena a propósito, para evitar a Mary Crawford. Volvía a Mansfield con el ánimo dispuesto a alimentarse de recuerdos tristes y tiernas evocaciones, y se encontraba de pronto ante la linda muchacha en persona, apoyada en el brazo de su hermano; y se veía, además, acogido con una bienvenida francamente amistosa por parte de la mujer en quien pensaba unos momentos antes, considerándola a setenta kilómetros de distancia y más lejos, mucho más lejos de él por sus inclinaciones de lo que cualquier distancia pudiera expresar.

La acogida que le dispensó no hubiera llegado a soñarla de haber esperado encontrarla allí. Volviendo de cumplir un propósito como el que había motivado su ausencia, Edmund hubiera esperado cualquier cosa antes que una actitud de satisfacción y unas palabras sencillas y agradables. Fue bastante para que se alegrara su corazón y hacer que llegara a casa en el estado más propicio para apreciar todo el valor de las otras gratas sorpresas que le aguardaban.

Pronto quedó enterado del ascenso de William, con todos los detalles; y teniendo en su pecho aquella secreta provisión de optimismo para contribuir a su alegría, halló en ello una fuente de sostenida animación durante la cena.

Después, cuando quedó a solas con su padre, conoció la historia de Fanny; y entonces vino en conocimiento de todos los grandes acontecimientos de la última quincena y del actual estado de cosas en Mansfield.

Fanny sospechó lo que ocurría. Tanto prolongaban su estancia en el comedor, que tuvo la seguridad de que estaban hablando de ella; y cuando al fin el té los sacó de allí, y pensó que Edmund iba a verla otra vez, se sintió terriblemente culpable. Edmund se aproximó a ella, se sentó a su lado, le cogió una mano y se la estrechó con cariño; y en aquel instante pensó Fanny que, de no ser por la ocupación y atenciones que el servicio del té requería, se hubiera traicionado dejándose arrastrar por la emoción a un exceso imperdonable.

Sin embargo, con aquella acción, Edmund no se proponía darle los ánimos y la incondicional aprobación que ella dedujo de la misma. Solo quería expresarle que se hacía partícipe de cuanto a ella pudiera interesar, y testimoniarle que lo que acababan de decirle avivaba sus cariñosos sentimientos. Él estaba, en realidad, enteramente del lado de su padre en aquella cuestión. Su sorpresa no fue tan grande como la de su padre, al enterarse de que ella había rechazado a Crawford, porque, lejos de suponer que sintiera por él nada parecido a una preferencia, siempre había creído más bien lo contrario, y pudo imaginar perfectamente que el caso la había cogido desprevenida; pero ni el propio *sir* Thomas era más partidario que él de aquellas relaciones. A su juicio, ya no podía ser más recomendable aquel casamiento; y mientras ensalzaba a Fanny por lo que había hecho dada su actual indiferencia, alabándola en unos términos bastante más entusiastas que los que *sir* Thomas hubiera podido suscribir, esperaba muy de veras, lleno de confianza, que al fin habría boda y que, unidos por un mutuo afecto, resultaría que sus caracteres eran tan exactamente afines el uno para el otro como él empezaba seriamente a pensar. Crawford había procedido con demasiada precipitación. No le había dado a ella tiempo de sentirse atraída. Había comenzado al revés. Sin embargo, con las condiciones que él poseía y con el buen talante de ella, Edmund confiaba en que todo contribuiría a un feliz desenlace. Entretanto, bastante vio lo muy aturdida que estaba Fanny para guardarse muy bien de provocar nuevamente su zozobra con una sola palabra, una mirada o un gesto.

Crawford les visitó el día siguiente, y en atención al regreso de Edmund, a *sir* Thomas le pareció más que natural invitarle a comer. Era, en realidad, un detalle obligado. Henry aceptó, desde luego, lo que proporcionó a Edmund una magnífica oportunidad para observar cómo adelantaba con Fanny y qué margen de confianza inmediata podía inferir para sí del comportamiento de ella; y fue tan poco, tan poquísimo (toda eventualidad, toda probabilidad alentadora, se apoyaba tan solo en su turbación; de no existir motivo alguno de esperanza en su confusión, no cabría ponerla en nada más), que casi estuvo dispuesto a sorprenderse de la perseverancia de su amigo. Fanny lo merecía todo; la consideraba digna de cualquier extremo de paciencia y de todo esfuerzo mental; pero pensó que él no se vería capaz de insistir cerca de mujer alguna sin algo más para alentarle de lo que pudo descubrir en los ojos de su prima. Puso su mejor voluntad en creer que Henry veía más claro que él; y esta fue la conclusión más consoladora para su amigo a que pudo llegar, una vez observado todo lo ocurrido antes, durante, y después de la comida.

Durante la velada se dieron algunas circunstancias que consideró más prometedoras. Cuando él y Crawford entraron en el salón, *lady* Bertram y Fanny estaban sentadas en silencio, dedicadas con tanta atención a la labor como si nada más hubiera de importancia en el mundo. Edmund no pudo menos de notar la profunda tranquilidad que reinaba allí.

—No estuvimos tan calladas todo el rato —replicó su madre—. Fanny estuvo leyendo para mí, y solo dejó el libro cuando les oyó llegar.

Y, en efecto, sobre la mesa había un libro que parecía acabado de cerrar: un tomo de Shakespeare.

—Frecuentemente me lee pasajes de esos libros —agregó *lady* Bertram—; y estaba a la mitad de un magnífico parlamento de ese personaje... ¿cómo se llama, Fanny?... cuando oímos sus pasos.

Crawford cogió el volumen.

—Permítame el placer de terminar ese parlamento, señora —dijo—; lo encontraré enseguida.

Y tomando con cuidado el libro, dejando que las hojas siguieran su propia inclinación, lo encontró... o se equivocó solo en una o dos páginas, acertando lo bastante para satisfacer a *lady* Bertram, la cual aseguró, en cuanto le oyó nombrar al cardenal Wolsey[27], que había dado con el mismísimo parlamento en cuestión. Ni una mirada, ni un ofrecimiento de ayuda había brindado Fanny; ni pronunció una sílaba en pro o en contra. Toda su atención estaba volcada en la labor. Parecía haberse propuesto no interesarse por nada más. Pero la afición pesaba más en ella. No consiguió abstraer su mente ni cinco minutos; se vio impelida a escuchar. Henry leía de forma extraordinaria, y a ella le gustaba en extremo escuchar a un buen lector. A lectores buenos, sin embargo, estaba ya acostumbrada a escucharlos: su tío leía bien, sus primos todos... Edmund, muy bien; pero en el modo de leer de Henry Crawford había una variedad de tonos excelentes, superior a lo que hasta entonces había tenido ocasión de conocer. El Rey, la Reina, Buckingham, Wolsey, todos fueron desfilando por turno; pues con el más feliz acierto, con las mayores facultades para amoldarse y con la mayor intuición, siempre daba, a voluntad, con la mejor escena o el menor parlamento de cada personaje; y lo mismo si se trataba de dignidad u orgullo, ternura o remordimiento, o lo que hubiere que expresar, sabía hacerlo con idéntica soltura. Había auténtico dramatismo. Su modo de actuar en escena enseñó primero a Fanny el placer que cabe hallar en una obra, y su modo de leer hacía que evocase todo lo sentido al verle actuar; aunque quizá lo saboreaba ahora con mayor delectación, por ser cosa imprevista, al par que desprovista del mal efecto que en ella solía producir el espectáculo de Henry Crawford con María Bertram en el escenario.

Edmund observaba el progreso de su atención, y era divertido y grato para él ver cómo Fanny gradualmente descuidaba la labor que, al princi-

---

27 Personaje de la Reforma Anglicana y de *Enrique VIII* de Shakespeare.

pio, parecía absorberla por completo; cómo le iba resbalando de las manos mientras permanecía inmóvil, inclinada sobre la misma; y, finalmente, cómo su mirada, que tan empeñada pareció en evitarle durante todo el día, se volvía para fijarse en Crawford... para fijarse en él durante varios minutos, para fijarse en él, en fin, hasta que su atracción hizo volver la de Henry hacia ella, y el libro se cerró, y quedó rota la magia. Entonces ella se recluyó otra vez en sí misma, se sonrojó y se puso a trabajar con tanto afán como antes; pero aquello había bastado para dar ánimos a Edmund en cuanto a las probabilidades de su amigo; y al darle cordialmente las gracias, creyó expresar también los íntimos sentimientos de Fanny.

—Esa debe de ser una de sus obras preferidas —dijo—; la lee como si la conociera muy bien.

—Creo que será mi preferida desde ahora —replicó Crawford—; pero no recuerdo haber tenido en las manos un tomo de Shakespeare desde antes de cumplir los quince años. Vi representar una vez *Enrique VIII*, o me habló de ello alguien que lo había representado... No recuerdo exactamente si fue esto o aquello. Pero uno se familiariza con Shakespeare sin saber cómo. Forma parte del carácter de todo inglés. Sus pensamientos y bellezas están tan esparcidos que uno los respira por doquier; se intima con él por instinto. No hay persona con un poco de cerebro que se ponga a leer al azar un buen pasaje de cualquiera de sus obras sin entrar en el acto en la corriente de su significado inmediato.

—Sin duda está uno familiarizado con Shakespeare, hasta cierto punto —dijo Edmund—, desde los tiernos años. Sus más famosos pasajes los cita todo el mundo; se encuentran en la mitad de los libros que leemos, y todos hablamos a lo Shakespeare, empleamos sus símiles y definiciones; pero de esto a darle su puntual sentimiento, como usted le dio, hay mucha diferencia. Conocerle por fragmentos y frases sueltas es bastante normal; conocer su obra a fondo, tal vez no sea nada extraordinario; pero leerlo bien en voz alta denota un talento excepcional.

—Caballero, me hace usted un gran honor —fue la respuesta de Henry, que acompañó de una grave reverencia burlesca.

Ambos caballeros miraron entonces a Fanny, para ver si le arrancaban una palabra de admiración, aunque presintiendo ambos que no podía ser. Su admiración estuvo en su atención; podían conformarse con ello.

Lady Bertram expresó su elogio, y no a medias:

—Realmente, me parecía estar en el teatro —dijo—. Lamento que mi esposo no estuviera presente.

Crawford quedó en extremo complacido. Si *lady* Bertram, con toda su incompetencia y languidez, pudo sentir así, la inferencia de lo que su sobrina, despierta e ilustrada, tuvo que sentir, le animaba.

—Tiene usted grandes condiciones de actor, se lo aseguro, señor Crawford —agregó *lady* Bertram, seguidamente—; y he de decirle que estoy convencida de que, un día u otro, se arreglará usted un teatro en su casa de Norfolk.

—¿De veras, lo cree usted? —replicó él con presteza—. No, no; eso no será nunca. Está usted completamente equivocada. ¡Nada de teatro en Everingham! ¡Oh, no!

Y miró a Fanny con expresiva sonrisa, que evidentemente quería significar: "Esa dama nunca permitiría un teatro en Everingham".

Edmund lo vio todo, y vio a Fanny tan decidida a no verlo, como para darse perfecta cuenta de que lo dicho por Henry bastaba para que ella entendiera el exacto sentido de la protesta; y aquella rápida percepción de la galantería, aquella inmediata comprensión de lo insinuado, le pareció algo más bien favorable que negativo.

La conversación se prolongó sobre el tema de la lectura en voz alta. Los dos jóvenes eran los únicos que hablaban, de pie, junto a la chimenea, comentando lo mucho que se descuidaba y desatendía en la preparación; el total descuido de este aspecto en los sistemas ordinarios de enseñanza en las escuelas para niños; en lo cual era normal (aunque en algunos casos casi aberrante) el grado de ignorancia y torpeza en ciertos hombres, hasta sensibles e instruidos, al verse de pronto en la presión de leer en voz alta, como había ocurrido en varios casos que les eran conocidos; citando ejemplos de dislates y omisiones, analizando las causas secundarias, la falta de educación de la voz, de justeza en la entonación y la modulación, de sutileza y énfasis adecuado... debido todo a la causa principal: la falta, desde un principio, de estudio y hábito. Y Fanny escuchaba de nuevo con gran interés.

—Hasta en mi carrera —dijo Edmund, sonriendo— ¡qué poco se estudia el arte de leer! ¡Qué pocas veces se consigue un estilo claro y una buena dicción! Sin embargo, más he de referirme al pasado que al presente. Ahora existe un amplio espíritu de superación; pero entre los que se ordenaron hace veinte, treinta o cuarenta años, en su mayoría, a juzgar por sus demostraciones, debían creer que leer era leer y predicar era predicar. Ahora es diferente. Existe un criterio más justo sobre la cuestión. Se considera que la claridad y la fuerza pueden pesar en la predicación de las verdades más sólidas; además, se ha generalizado el espíritu de observación y el buen gusto, existe un juicio crítico más difundido que antaño; en cada congregación ha aumentado la proporción de los que entienden un poco en la materia y están en condiciones de juzgar y criticar.

Edmund ya había practicado una vez el servicio litúrgico desde su ordenación; y al quedar esto de manifiesto, le dirigió Crawford una serie de preguntas relativas a sus impresiones al respecto; preguntas hechas, si bien con la viveza de un amistoso interés y una pronta curiosidad, sin rasgo alguno de aquel espíritu burlón o tono de liviandad que Edmund sabía lo ofensivo que era para Fanny, de modo que las respondió con sumo placer; y cuando Crawford consultó su opinión y dio la propia acerca del modo más adecuado de recitar ciertos pasajes del servicio religioso, demostrando haber pensado antes en aquella cuestión, y haberlo hecho con conocimiento de causa, Edmund sintió una satisfacción mucho mayor todavía. Este era el camino para llegar al corazón de Fanny. A ella no se la conquistaba con todo lo que la galantería, la agudeza y el buen humor juntos pudieran conseguir; o, al menos, no sería posible conquistarla con todo eso tan pronto, sin recurrir al sentimiento y sensibilidad, y seriedad en las cuestiones serias.

—Nuestra liturgia —observó Crawford— posee bellezas que ni tan solo un estilo descuidado, negligente, en la lectura puede destruir; pero contiene también redundancias y repeticiones que requieren una lectura correcta para no ser notadas. Por lo que a mí respecta, al menos, debo confesar que no siempre estoy lo atento que debiera —aquí dirigió una breve mirada a Fanny—, que de cada veinte veces, diecinueve me pongo a pensar en cómo tal o cual plegaria debería leerse, y me dan grandes deseos de leerla yo mismo. ¿Decía usted algo —preguntó ansiosamente, acercándose a Fanny y suavizando la voz; y como ella contestara que no, añadió—: ¿Está segura de que no ha hablado? Vi un movimiento en sus labios. Me figuré que acaso iba a decirme que debería estar más atento, y no permitir que divagara mi pensamiento. ¿No iba a decirme esto?

—No, por supuesto que no; conoce usted muy bien su obligación para que yo... incluso en el caso...

Se interrumpió; notó que se metía en un buen lío y no hubo manera de que añadiese otra palabra, ni aun recurriendo a súplicas y esperas durante varios minutos. Entonces él volvió a coger el hilo, prosiguiendo como si no hubiera existido tan tierna interrupción:

—Menos corriente es todavía escuchar un buen sermón que una lectura de oraciones. Un sermón bueno en sí no es cosa excepcional. Más difícil es hablar bien que componer bien; es decir, las reglas y trucos de la composición son frecuentemente objeto de estudio. Un sermón totalmente bueno, totalmente bien dicho, es una verdadera satisfacción para el espíritu. Nunca he podido escuchar uno de esos sin el mayor respeto y admiración, y sin sentirme más que medio decidido a ordenarme y predicar yo mismo. Hay algo en la elocuencia del púlpito, cuando existe realmente elocuencia, digno de las más altas alabanzas y honor. El predi-

cador que sabe conmover e impresionar a una masa de oyentes tan hete-
rogénea, con tiempo y temas limitados, ya gastados por su vulgarización;
que sabe decir algo nuevo o sorprendente, algo que atraiga la atención,
sin ofender el buen gusto ni herir los sentimientos de sus oyentes, es
hombre al que, por sus públicas funciones, nunca podría uno honrar
como se merece. A mí me gustaría ser este hombre.

Edmund se rio.

—Sí, me gustaría. En mi vida he escuchado a un predicador notable
sin sentir una especie de envidia. Pero yo necesitaría un auditorio de
Londres. No podría predicar más que a gente culta... a los que fueran
capaces de apreciar mi peroración. Y no sé si me gustaría predicar con
frecuencia; de cuando en cuando... quizás una o dos veces en la primavera, después de ser esperado con ansiedad seis domingos seguidos; pero
no de modo seguido. Si tuviera que hacerlo seguido, no me resultaría.

Aquí, Fanny, que no podía menos de escuchar, negó con la cabeza
involuntariamente, y en el acto se trasladó Crawford de nuevo a su lado
para rogarle que le explicara el significado de su ademán; y como Edmund se diera cuenta, al ver que su amigo corría la silla para sentarse
junto a Fanny, de que iba a iniciarse un ataque a fondo, utilizando bien
escogidas miradas y palabras a media voz, se deslizó con todo el disimulo posible hacia un rincón, les volvió la espalda y tomó un periódico,
deseando de verdad que la pequeña Fanny se dejara convencer y explicara su movimiento de cabeza a satisfacción del ardiente enamorado;
y formalmente se propuso ahogar todo rumor de la conversación bajo
murmuraciones propias acerca de anuncios varios, como: "Maravillosa
finca en el Sur de Gales..." "A los padres y tutores..." y "Caballo de caza
perfectamente entrenado". Fanny, entretanto, enfadada consigo misma
por no haber permanecido tan inmóvil como callada, y sintiendo en el
alma ver los disimulos de Edmund, intentaba, con todos los recursos
de su natural modesto y dulce, rechazar a Henry y esquivar sus miradas tanto como sus preguntas; y él, imperturbable, persistía en las dos
cosas.

—¿Qué significado tenía ese movimiento de cabeza? —preguntaba—.
¿Qué quería expresar? Su desaprobación, supongo. Pero, ¿de qué? ¿Qué
dije yo que pudiera desagradarle? ¿Le pareció que hablaba de ese tema
impropiamente, con frivolidad o con irreverencia? Dígame solo si fue así.
Dígame al menos si estuve mal. Me gustaría rectificar. Vamos, vamos,
se lo ruego; deje por un momento la labor. ¿Qué significaba ese movimiento de cabeza?

Inútilmente repetía ella una y otra vez:

—Por favor, no insista usted... Por favor, señor Crawford.

Y en vano trataba de apartarse. Siempre en voz baja, siempre con el mismo tono vehemente y la misma proximidad, seguía él insistiendo con las mismas preguntas. La agitación y el disgusto de Fanny eran cada vez mayores.

—¿Cómo se atreve usted? —dijo—. Llega usted a asombrarme... me sorprende que sea usted capaz...

—¿Se asombra usted? —replicó él—. ¿Está sorprendida? ¿Hay algo en mi ruego que usted no entienda? Voy a explicarle enseguida todo lo que hace que insista de ese modo, todo lo que hace que me interese por cuanto usted hace e insinúa, y excita ahora mi curiosidad. No permitiré que su sorpresa dure mucho tiempo.

Aun a pesar suyo, Fanny no pudo evitar una media sonrisa; pero no respondió.

—Agitó usted la cabeza al confesar yo que no me gustaría comprometerme en las obligaciones de un clérigo para siempre, de un modo constante. Sí, esta fue la palabra: constante... Es una palabra que no me asusta. La deletrearía, la leería, la escribiría ante quien fuese. No veo nada alarmante en la palabra. ¿Cree usted que debería alarmarme?

—Tal vez —dijo Fanny, hablando al fin por hastío—, tal vez pensé que era una lástima que no se conociera usted siempre tan bien como pareció que se conocía en aquel instante.

Crawford, encantado de haber conseguido que hablase aunque fuera así, se propuso mantener el diálogo en pie; y la pobre Fanny, que había esperado hacerle caer con aquel reproche extremo, vio con tristeza que se había equivocado, y que solo habían pasado de un motivo de curiosidad y de un juego de palabras a otro. Henry siempre encontraba algo para suplicar que le fuera explicado. La ocasión era única. No se le había presentado otra igual desde que la viera en el despacho de su tío; ninguna otra se le ofrecería antes de abandonar Mansfield. Que *lady* Bertram estuviera sentada al otro lado de la mesa era una fruslería, pues siempre se la podía considerar medio dormida; y los anuncios que leía Edmund seguían siendo de primera ayuda.

—Bien —dijo Crawford, al cabo de un conjunto de rápidas preguntas y forzadas respuestas—, estoy más contento de lo que estaba, porque ahora entiendo con mayor claridad la opinión que tiene de mí. Me considera usted inconstante... que con facilidad cedo al último capricho; que fácilmente me entusiasmo... y fácilmente me canso. Teniendo de mí esta opinión no es extraño que... Pero, ya se verá. No es con protestas como he de intentar convencerla de que me juzga usted mal; no es diciéndole que son firmes mis sentimientos. Mi conducta hablará por mí... La ausencia, la distancia, el tiempo hablarán por mí. Ellos le demostrarán que, en la medida que alguien pueda merecerla, yo la merezco a usted. Es usted infinitamente superior a mis méritos; todo eso yo lo sé. Posee usted cualidades que jamás no había yo supuesto que existieran en tal grado en ninguna criatura humana. Tiene usted ciertos rasgos angélicos superiores a... no solamente superiores a lo que uno ve, porque nunca se ven cosas así, sino superiores a lo que uno pudiera imaginar. Pero aun siendo así no me asusto. No es por igualdad de méritos por lo que cabe ganar su corazón. Ni siquiera se debe pensar en ello. Aquel que mejor comprenda y honre sus virtudes, que la ame con más devoción, será quien más derecho tendrá a ser correspondido. Sobre esta base se asienta mis esperanzas. Este es el derecho que me asiste para merecerla, y se lo demostraré; y la conozco demasiado bien para, una vez convencida de que mi afecto es tal cual ahora le declaro, no abrigar la más ferviente esperanza. Sí, querida, dulce Fanny. Bueno... —viendo que ella se echaba para atrás, disgustada—, perdóneme. Tal vez no tenga aún derecho. Pero, ¿de qué otro modo podré llamarla? ¿Supone usted que la tengo de continuo presente en mi imaginación con otro nombre? No; es en mi "Fanny" en quien pienso todo el día y sueño toda la noche. Le ha conferido usted al nombre una tal realidad de dulzura, que nada podría describirla a usted con otro que la pueda descubrir mejor.

Fanny casi no hubiera podido resistir allí sentada por más tiempo, cuando menos sin intentar zafarse, a despecho de la oposición excesivamente pública que preveía, de no haber llegado a sus oídos el rumor del socorro que se aproximaba, aquel rumor que hacía rato esperaba y que, según a ella le parecía, se retrasaba demasiado.

La solemne procesión, encabezada por Baddeley, de la mesa del té, el jarro y el servicio de pasteles, hizo su aparición y la liberó de un penoso cautiverio de cuerpo y espíritu. Crawford se vio obligado a retirarse. Fanny recobró la libertad, debía darse prisa, estaba protegida.

A Edmund no le pesó verse de nuevo admitido entre los que podían hablar y oír. Pero, aunque la conferencia le pareció muy larga y como al mirar a Fanny, vio en ella más bien encendidas sus mejillas que enojo, se inclinó a creer que no pudo decirse y escucharse tanto sin algún provecho para el orador.

Capítulo **XXXV**

Edmund había llegado a la conclusión de que correspondía por entero a Fanny decidir si entre ellos debía mencionarse su posición con respecto a Crawford; y había decidido que si no partía de ella la iniciativa, nunca aludiría él al problema. Pero al cabo de un par de días de mutua reserva, su padre le indujo a cambiar de idea y a probar la eficacia de su influencia a favor de su amigo.

La fecha, y una fecha muy próxima, se había fijado ya para la partida de Crawford; y *sir* Thomas pensó que no sería de más hacer otro esfuerzo en pro del enamorado antes de que abandonara Mansfield, de modo que todas sus profesiones y promesas de amor inalterables contaran con un mínimo de esperanza para sostenerse lo más posible.

Sir Thomas sentía el más cordial anhelo de que el carácter del señor Crawford fuese constante en ese punto. Deseaba que fuese un modelo de fidelidad, e imaginaba que el mejor medio de conseguirlo sería no someterlo a una prueba durante demasiado tiempo.

A Edmund no le desagradó que su padre interviniera en la cuestión; anhelaba conocer los sentimientos de Fanny. Ella solía consultarle en todas sus dificultades, y él la quería demasiado para resignarse a que le negara ahora su confianza. Esperaba serle útil, estaba seguro de que le sería útil. ¿A quién más podía ella abrir su corazón? Aunque no necesitaba consejo, sin duda necesitaría el consuelo de la conversación. Fanny se apartaba de él, silenciosa y reservada; era un estado de cosas antinatural... una situación que él había de forzar, pudiendo además creer que esto era lo que ella más deseaba.

—Hablaré con ella, padre; aprovecharé la primera oportunidad para hablarle a solas —fue el resultado de tales consideraciones; y al informarle *sir* Thomas de que precisamente entonces estaba ella paseando sola por los arbustos, fue inmediatamente a su encuentro.

—He venido a pasear contigo, Fanny —le dijo—. ¿Me dejas? —añadió, tomándola del brazo—. Hace mucho tiempo que no hemos dado juntos un agradable paseo.

Fanny asintió más bien con la mirada que de palabra. Tenía el ánimo por los suelos.

—Pero, Fanny —añadió él a continuación—, para que el paseo sea agradable, es preciso algo más que pisar juntos esta grava. Tienes que hablarme. Sé que algo te preocupa. Sé en qué estás pensando. No puedes suponer que no estoy enterado. ¿Es que todos me hablarán de ello menos la propia Fanny?

Fanny, a la vez agitada y deprimida, replicó:

—Si todos te hablaron ya de ello, nada quedará que pueda contarte yo.

—Respecto de los hechos, tal vez no; pero sí de los sentimientos, Fanny. Nadie más que tú podría revelármelos. No pretendo obligarte, sin embargo. Si es que no lo deseas tú misma, ya he finalizado. Imaginé que podía ser un alivio para ti.

—Me temo que pensemos de modo demasiado diferente para que yo encuentre alivio hablando de lo que siento.

—¿Supones que pensamos diferente? No lo creo yo así. Me atrevería a decir que, si comparáramos nuestros respectivos puntos de vista, resultarían tan coincidentes como en todo solían ser siempre. Concretando: considero la proposición de Crawford como la más ventajosa y deseable, de poder tú corresponder a sus sentimientos; considero lo más natural que toda tu familia desee que pudieras corresponder a los mismos; pero siendo así que no puedes, has hecho exactamente lo que debías al rechazarle. ¿Puede haber ahí alguna discrepancia entre nosotros al respecto?

—¡Oh, no! Pero yo creía que me censurabas. Me imaginaba que estabas contra mí. ¡Qué gran alivio!

—Este alivio pudiste tenerlo antes, Fanny, si lo hubieras buscado. Pero, ¿cómo pudiste suponer que estaba contra ti? ¿Cómo pudiste imaginar que fuese yo un defensor del matrimonio sin amor? Y aunque en general fuese ligero respecto de esas cuestiones, ¿cómo pudiste imaginarme así, siendo tu felicidad la que estaba en juego?

—Tu padre me juzgó mal, y yo sabía que te había hablado.

—Hasta ahora, Fanny, creo que has obrado perfectamente bien. Puedo lamentarlo, puedo estar sorprendido... Aunque esto apenas, porque sé que no has tenido tiempo siquiera de enamorarte; pero considero que has hecho perfectamente bien. ¿Es que cabe ponerlo en duda? Sería para nosotros lamentable dudarlo. Tú no lo amas; nada hubiese podido justificar que lo aceptaras.

Habían pasado días y días sin que Fanny hallara tan gran consuelo.

—Así de intachable ha sido tu comportamiento, y estaban completamente equivocados los que deseaban que obraras de otro modo. Pero el asunto no termina aquí. No es el de Crawford un afecto corriente; persevera con la esperanza de crear aquella estimación que antes no creó. Esto, bien lo sabemos, tiene que ser obra del tiempo. Pero —y aquí sonrió cariñosamente—, deja que triunfe al fin, Fanny..., deja que triunfe al fin. Has demostrado tu integridad y desinterés; demuestra ahora que eres agradecida y tierna de corazón. Entonces serás el modelo de la mujer perfecta, para lo cual creí que habías nacido.

—¡Oh, nunca, nunca, nunca! ¡Jamás conseguirá ese triunfo conmigo!

Y esto lo dijo ella con una pasión que dejó perplejo a Edmund e hizo que ella se ruborizara al acordarse de sí misma, cuando vio la sorpresa de su primo y le oyó replicar:

—¡Jamás! Fanny... ¡tan firme y decidida! Esto no parece propio de ti, de tu modo de ser racional.

—Quiero decir —exclamó ella, pesarosa— que creo que nunca, hasta donde cabe prever lo futuro... creo que jamás corresponderé a su afecto.

—He de aguardar mejores resultados. Me consta más de lo que pueda constarle al propio Crawford, que el hombre que pretenda tu amor (estando tú debidamente enterada de sus intenciones), habrá de desarrollar una muy ardua labor, pues ahí están todos tus antiguos afectos y costumbres alineados en orden de batalla; y antes de que consiga ganar para sí tu corazón, tendrá que desprenderlo de los lazos que le unen a una serie de motivos circundantes, animados e inanimados, que se han ido reforzando a lo largo de tantos años, y que, de momento, han de resistirse considerablemente a la sola idea de separación. Ya sé que la aprensión de verte obligada a marchar de Mansfield reforzará por algún tiempo tu ánimo contra él. Hubiese preferido que él no se sintiera obligado a descubrir sus intenciones. Hubiera deseado que él te conociera tan bien como yo, Fanny. Dicho sea entre nosotros, creo que te habríamos vencido. Mis conocimientos teóricos y los suyos prácticos, aunados, no hubiesen podido fracasar. Tenía él que ajustarse a mis planes. Sin embargo, debo esperar que el tiempo, al demostrar (como firmemente creo que así será) que es digno de ti por lo invariable de su afecto, le dará su recompensa. No puedo suponer que no tengas el deseo de amarle: el deseo natural de la gratitud. Debes tener algún sentimiento por el estilo. Tienes que lamentar tu propia indiferencia.

—Somos tan distintos —dijo Fanny, evitando una respuesta directa—, somos tan distintos, tanto, en todos nuestros gustos y costumbres, que considero completamente imposible que juntos llegásemos nunca a ser ni siquiera medianamente felices, aun cuando pudiese sentir algo por él. Nunca existieron dos seres más opuestos. No tenemos un solo gusto en común. Seríamos muy desdichados.

Te equivocas, Fanny. Esa disparidad no es tan grande. Hasta os parecéis bastante. Vuestros gustos coinciden en más de un caso. Tenéis los mismos gustos en moral y en literatura. Ambos poseéis un corazón ardiente y bondadosos sentimientos; y, Fanny, quien le haya oído leer a Shakespeare y te haya visto escucharle la otra noche, ¿creerá que no podéis ser el uno para el otro? Te olvidas de ti misma. Hay una marcada diferencia en vuestros caracteres, lo admito: él es animado, tú eres seria; pero tanto mejor; su ánimo sostendrá el tuyo. Es en ti natural dejarte deprimir con facilidad e imaginar las dificultades mayores de lo que son. Su jovialidad vendrá a contrarrestar esa tendencia. Él no ve dificultades en nada y su optimismo y alegría será un constante apoyo para ti. Que en este aspecto seáis diferentes, Fanny, no pesa lo más mínimo contra vuestras posibilidades de mutua felicidad. No lo creas en absoluto. Yo mismo estoy convencido de que es una circunstancia más bien favorable. Estoy persuadido de que es mejor que sean diferentes los caracteres; quiero decir, diferentes en la manifestación del ánimo, en los hábitos, en la mayor o menor preferencia por reunirse en sociedad, en la propensión a charlar o a permanecer callado, a estar serio o alegre. Cierto contraste en este aspecto, de ello estoy profundamente convencido, contribuye a la felicidad conyugal. Excluyo los extremos, por supuesto; y una coincidencia demasiado exacta en todos esos puntos sería el camino más seguro para llegar a un extremo. Una oposición, suave y constante, es la mejor salvaguardia de los modales y de la conducta.

Fácilmente pudo Fanny adivinar dónde tenía él puesto ahora su pensamiento. El poder de Mary Crawford se manifestaba de nuevo con toda su fuerza. Edmund hablaba de ella con satisfacción desde su vuelta al hogar. Aquello de esquivarla había terminado ya. Precisamente el día anterior había comido en la rectoría.

Después de darle ocasión de que se entregara a tal dulces pensamientos por unos minutos, Fanny, considerando que a ella correspondía hacerlo, volvió al tema del señor Crawford y dijo:

—No es solo por una cuestión de carácter por lo que le considero inadecuado para mí... aunque, en este aspecto, creo que la diferencia que nos separa es enorme y abismal, y más que eso. Su desparpajo me abruma con frecuencia. Pero hay algo en él que repudio más todavía. Debo decirte, Edmund, que no puedo aprobar su modo de ser. No le tengo en buena consideración desde los ensayos de la comedia. Entonces le vi comportarse, según mi opinión, de un modo tan incorrecto y cruel (me permito hablar de ello ahora, porque todo pasó)... tan incorrecto con el pobre señor Rushworth, sin que al parecer le importase ponerle en evidencia y ofenderle y dedicando a mi prima María unas atenciones que... en definitiva, recibí entonces una impresión que nunca podré olvidar.

—Mi querida Fanny —replicó Edmund, sin apenas escucharla hasta el final—, no queramos, ninguno de nosotros, que se nos juzgue por lo que parecíamos en aquel período de general locura. La época del teatro casero, es la época que con más aversión puedo recordar. María se portó mal, Crawford se portó mal, todos juntos nos portamos mal; pero nadie tanto como yo. En comparación conmigo, todos los demás tenían disculpa. Yo estuve haciendo el idiota, teniendo abiertos los ojos.

—Como simple espectadora, acaso vi más yo de lo que tú pudiste ver; y creo que el señor Rushworth estuvo a veces muy celoso.

—Muy posible. No me extraña. Nada podía ser más impropio que todo aquel jaleo. Me horroriza pensar que María fuese capaz de secundarlo; pero si ello pudo presentarse, no debe sorprendernos el resto.

—Tendría que estar yo muy equivocada si no fuese cierto que, antes de lo del teatro, creía Julia que el señor Crawford se dedicaba a ella.

—¡Julia! A alguien le oí decir que estaba enamorado de Julia; pero nunca pude observar nada de eso. Sin embargo, Fanny, aunque espero hacer justicia a las buenas cualidades de mis hermanas considero muy posible que desearan, una o las dos, atraer la admiración de Crawford, y que quizá mostrasen tal deseo de un modo más claro de lo que era juicioso. Recuerdo muy bien que tenían una marcada predilección por su compañía; y viéndose así animado, un hombre como Crawford, gentil, y puede que un poco irreflexivo, no es extraño que llegase a... No pudo haber nada muy profundo, pues está claro que él no llevaba ninguna intención; su corazón estaba reservado para ti. Y debo decirte que esto ha hecho que ganara muchísimo en mi opinión. Es algo que le honra muchísimo; demuestra la justa estima en que tiene la bendición de un hogar feliz y un amor puro. Prueba que su tío no le ha echado a perder. Prueba, en fin, que él es exactamente lo que yo frecuentemente quería creer que era, y temía que no fuese.

—Tengo la convicción de que no piensa como debiera sobre cosas serias.

—Di, mejor, que nunca ha pensado en cosas serias; creo que es este el caso. ¿Cómo podría ser de otro modo, con tal educación y tal consejero? Teniendo en cuenta lo pernicioso del ambiente que respiraron, ¿no es extraordinario que sean como son? Estoy dispuesto a reconocer que, hasta aquí, Crawford se ha dejado guiar demasiado por sus sentimientos. Afortunadamente, esos sentimientos han sido, en general, buenos. Tú aportarás el resto. Desde luego, no puede haber un hombre más afortunado que él al enamorarse de semejante criatura..., de una mujer que, firme como una roca en sus principios, posee una dulzura de carácter tan ideal para recomendarlos. Ha sabido elegir su pareja, vaya que sí, pero tú harás de él lo que te propongas.

—¡No me comprometería a desempeñar semejante cargo! —exclamó Fanny, con marcado acento de inhibición—... ¡semejante cometido de tan alta responsabilidad!

—¡Cómo siempre, convencida de tu incapacidad para lo que sea! ¡Siempre imaginándolo todo demasiado excesivo para ti! Bien, si yo no puedo persuadirte de que han de modificarse tus sentimientos, confío que tú misma lo hagas. Sinceramente confieso mi anhelo de que lo consigas. No es poco el interés que tengo en los progresos de Crawford. Por estar tan ligada a tu felicidad, Fanny, la suya reclama mis mejores deseos. Ya ves que no puede ser pequeño mi interés por la bienandanza de Crawford.

Demasiado bien lo veía Fanny para tener nada que decir, y ambos siguieron paseando unos cincuenta metros, silenciosos y abstraídos. Edmund fue el primero en romper de nuevo el silencio:

—Ayer quedé muy complacido al ver como ella hablaba de este tema; quedé muy complacido, porque no estaba seguro de que lo considerase todo bajo una perspectiva tan justa. Sabía que él estaba muy enamorado de ti, sin embargo temía que ella no se tomara como merece tu valía para que te quisiera su hermano, y que lamentase que él no se hubiera fijado con preferencia en una mujer de rancio abolengo o fortuna. Temía que se manifestara en ella la influencia de esas máximas mundanas que con demasiada frecuencia habrá escuchado en su vida. Pero no fue así. Habló de ti, Fanny, como era de desear. Quiere este enlace tanto como tu tío o como yo mismo. Estuvimos hablando de ello largo y tendido. Yo no hubiera sacado a colación el tema, aunque ansiaba conocer su opinión; pero no llevaba aun cinco minutos en la habitación cuando ella lo enfocó con aquella sinceridad y aquella delicadeza que le son proverbiales, con ese espíritu y esa sinceridad que en tan gran parte informan su mismo ser. La señora Grant se rio por la rapidez con que lo había sacado.

—Entonces... ¿estaba también presente la señora Grant?

—Sí; cuando llegué a casa, encontré juntas a las dos hermanas; y una vez hubimos empezado, ya no dejamos de hablar de ti, Fanny, hasta que aparecieron Henry y el doctor Grant.

—Hace más de una semana que no he visto a Mary Crawford.

—Sí; y ella lo lamenta, aunque reconoce que quizás haya sido mejor. La verás, sin embargo, antes de que se vaya. Está muy enfadada contigo, Fanny; debes estar preparada para eso. Ella dice que está muy enfadada, pero ya puedes imaginar su enojo. Es el pesar y la desilusión de una hermana que cree a su hermano con derecho a poseer cuanto pueda desear, desde el primer instante. Está dolida, como tú lo estarías por William; pero te aprecia y te estima de todo corazón.

—Ya sabía que estaría muy enfadada conmigo.

—Queridísima Fanny —dijo Edmund, estrechando su brazo para atraerla hacia sí—, no vaya a apenarte la idea de su enfado. Es más de palabra que de sentimiento. Su corazón se hizo para el amor y la ternura, no para el rencor. Me hubiese gustado que oyeras su tributo de alabanza; que hubieras podido ver la expresión de su rostro cuando dijo que tú debías ser la esposa de Henry. Observé que al nombrarte decía siempre "Fanny", cosa que antes no solía hacer; y sonaba a cariño de hermana.

—Y la señora Grant... ¿qué decía?... ¿hablaba también?... ¿estuvo allí todo el tiempo?

—Sí, se mostró completamente de acuerdo con su hermana. La sorpresa ante tu negativa, Fanny, parece que fue extraordinaria. Que pudieras rechazar a un hombre como Henry Crawford, parece que es más de lo que ellas pueden llegar a entender. Dije por ti cuanto pude; pero, la verdad, tal como ellas consideran el caso, debes demostrarles que estás en tu sano juicio lo antes posible, mediante un cambio de actitud; nada más conseguirá satisfacerlas. Pero esto es coaccionarte. Ya he terminado; no te apartes de mí.

—Yo hubiera creído —dijo Fanny, cerrando una pausa durante la cual se esforzó en concentrarse—, que toda mujer tenía que admitir la posibilidad de que un hombre no fuese aceptado, no fuese amado por otra mujer, por una al menos, por agradable que él sea para la generalidad. Aunque reúna todas las perfecciones del mundo, creo que no debería dejarse sentado como indudable que un hombre tiene que ser aceptado por todas las mujeres que a él se le antoje querer. Pero, aun suponiéndolo así, concediendo al señor Crawford todos los derechos que sus hermanas le atribuyen, ¿cómo iba a estar yo preparada para acogerle con algún sentimiento de correspondencia a los suyos? Me cogió de sorpresa. Yo no había sospechado que su modo de portarse conmigo anteriormente tuviera algún significado; y es natural que yo no me hiciera el propósito de quererle, solo porque hacía de mí un caso de jugar conmigo, al parecer, a falta de otra mejor. En tal ocasión hubiera sido el colmo de la vanidad hacerme ilusiones respecto al señor Crawford. Estoy segura de que sus hermanas, que tan alto lo valoran, lo hubieran considerado así, suponiendo que él nada les hubiera insinuado. ¿Cómo podía entonces sentir... sentirme enamorada de él en el instante en que me dijo que él lo estaba de mí? ¿Cómo iba yo a tener un afecto a su disposición, para el instante en que él lo demandase? Sus hermanas deberían considerarme tan bien como a él. Cuanto más altos sus merecimientos, tanto más impropio de mí haber pensado siquiera en él. Y... y... tenemos unas ideas muy distintas sobre la naturaleza del sexo femenino, si ellas pueden suponer a una mujer capaz de corresponder tan pronto a un afecto como el que este parece implicar.

—Mi querida, queridísima Fanny: ahora conozco la verdad. Sé que es esta la verdad; y muy dignos de ti son estos sentimientos. Ya antes te los había atribuido. Pensé que sabía comprenderte. Has dado ahora exactamente la misma explicación que yo aventuré por ti ante tu amiga y la señora Grant, y ambas quedaron más satisfechas, aunque tu impulsiva amiga se resistió un poco más a aceptarla debido a la fuerza de su cariño por Henry. Les dije que tú eras la criatura humana en quien más dominaba la costumbre y menos la novedad; y que el mismo carácter de novedad en la declaración de Crawford era desfavorable para él; que por ser tan nueva y reciente no podía obrar en su favor; que tú no podías tolerar cosa alguna a la que no estuvieras acostumbrada... y otras muchas cosas con el mismo fin, para darles una idea de tu carácter. Mary nos hizo reír con sus planes para estimular a su hermano. Sugirió que habría que inducirle a perseverar con la esperanza de verse amado algún día, y de conseguir que sus declaraciones fueran acogidas más favorablemente al cabo de unos diez años de matrimonio feliz.

Fanny pudo con dificultad esbozar la sonrisa que aquí se esperaba de ella. Sus sentimientos estaban alborotados. Temía haber hecho mal, hablando demasiado, exagerando la precaución que había considerado necesaria... Guardándose de un peligro para exponerse a otro. Y que le repitieran las gracias del señor Crawford en aquel momento, y sobre aquel asunto, era un agravio amargo.

Edmund vio fatiga y angustia en su rostro, y de inmediato resolvió abstenerse de toda insistencia y no volver a mencionar siquiera el nombre de Crawford, excepto en cuanto pudiera tener relación con lo que había de resultarle agradable a ella. Basándose en este principio, dijo poco después:

—Se marchan el lunes. Por lo tanto, puedes tener la seguridad de que verás a tu amiga, bien mañana o el domingo. Realmente, se van el lunes; ¡y pensar que estuve a un paso de dejarme convencer para quedarme en Lessingby hasta ese mismo día! Casi lo había ya prometido. ¡Qué distinto hubiera sido todo! Esos cinco o seis días más en Lessingby, quizá me hubiera arrepentido toda la vida.

—¿Tan a punto estuviste de quedarte allí?

—Tanto. Me insistieron con la más amable sonrisa, y casi había accedido. De haber recibido alguna carta de Mansfield informándome de cómo seguíais por aquí, creo que me hubiera quedado, en efecto; pero nada sabía de lo acontecido aquí en el transcurso de una quincena, y me pareció que llevaba ya bastante tiempo ausente.

—¿Lo pasaste bien allí?

—Sí; es decir, fue por culpa de mi estado de ánimo si no lo pasé mejor. Eran todos muy agradables. Dudo que ellos pensaran lo mismo de mí. Llevaba dentro una especie de intranquilidad, de la que no pude librarme hasta que me encontré de nuevo en Mansfield.

—Y las hermanas Owen... ¿te resultarían agradables, verdad?

—Sí, mucho. Son unas muchachas simpáticas, animadas, desprovistas de afectación. Pero yo ya no sirvo, Fanny, para departir con chicas vulgares. Esas jovencitas, con toda su alegría y naturalidad, no pueden resultarle a un hombre acostumbrado al trato de mujeres inteligentes. Son dos modos distintos de ser. Tú y la señorita Crawford habéis conseguido que me vuelva demasiado exigente.

A pesar de todo, Fanny seguía aún abrumada y deprimida; bien claro lo decía su aspecto. Era preferible no prolongar la conversación; y entendiéndolo así, Edmund la condujo, con la afable autoridad de un guardián privilegiado, al interior de la casa.

Capítulo XXXVI

Edmund creía estar ya totalmente enterado de cuanto Fanny pudiera contar, o dejar abierto a conjeturas, acerca de sus sentimientos, y se sentía satisfecho. Como él había supuesto antes, Crawford había procedido con demasiada precipitación, y era necesario dejar que el tiempo se encargara de que ella se familiarizase con la idea, primero, y le resultara después agradable. Tendría que acostumbrarse a considerar que Henry la amaba, y entonces ya no estaría lejos de corresponderle con su afecto.

Esta es la opinión que dio a su padre como resultado de la conversación mantenida, y recomendó que nada más le dijera a ella, que no se intentara coaccionarla o persuadirla, sino que se dejara todo a la diligencia de Crawford y a la reacción natural de su propio espíritu.

Sir Thomas prometió que así lo haría. Le pareció acertada la apreciación de Edmund en cuanto al ánimo de Fanny. Suponía que eran estos los sentimientos de ella, pero consideraba como una desgracia que los tuviera; porque, menos inclinado que su hijo a confiar en el futuro, no podía evitar el temor de que si era preciso conceder a Fanny tanto tiempo para familiarizarse, no se decidiría a acoger favorablemente las declaraciones del enamorado antes de que a este se le acabasen los deseos de hacerlas. Nada podía hacerse, sin embargo, sino aceptar así las cosas con resignación y esperar que todo terminase de la mejor forma posible.

La prometida visita de "su amiga", como Edmund llamaba a la señorita Crawford, suponía una tremenda amenaza para Fanny, y hacía que viviera en una constante zozobra. Como hermana, tan parcial e irritada, y tan poco escrupulosa en el hablar, y por otro lado tan triunfante y segura… era por muchos conceptos un motivo de angustiosa inquietud. Su descontento, su perspicacia y su desparpajo era un conjunto espantoso que afrontar; y la confianza en que otras personas estarían presentes cuando se encontraran era el único consuelo para Fanny ante aquella perspectiva. Se ausentaba lo menos posible de *lady* Bertram, no se acercaba a su cuarto del este y no daba ningún paseo solitario por los arbustos como precaución, para evitar cualquier ataque repentino.

Lo consiguió. Se hallaba a seguro en el comedor para los desayunos con su tía, cuando apareció la señorita Crawford. Pasado el primer susto, y viendo que en la actitud y las palabras de Mary había una expresión mucho menos intencionada de lo que había esperado, Fanny empezó a concebir la esperanza de que no se vería en el caso de tener que soportar nada peor que una media hora de moderado nerviosismo. Pero con esto esperaba demasiado. La señorita Crawford no era una esclava de las circunstancias. Estaba decidida a hablar con Fanny a solas, y en consecuencia le dijo, sin esperar más que lo prudente, en voz baja:

—Necesito hablar unos minutos con usted, en alguna parte.

Palabras que Fanny sintió correr por todo su cuerpo, en todos sus latidos y en todos sus nervios. Negarse era imposible. Sus hábitos de pronta sumisión, por el contrario, la llevaron a ponerse en pie casi en el acto y a guiarla fuera de la habitación. Lo hizo con profundo disgusto, pero era inevitable.

Apenas llegaron al vestíbulo cesó toda contención por parte de Mary Crawford. Agitó la cabeza mirando a Fanny con maliciosa, aunque afectuosa, expresión de reproche, le cogió una mano y parecía dispuesta a empezar allí mismo, casi incapaz de poderlo evitar. Sin embargo, dijo tan solo:

—¡Malvada, más que malvada! No sé cuándo acabaré de reñirla.

Y tuvo discreción bastante para reservarse lo demás hasta que pudieran estar seguras entre cuatro paredes para ellas solas. Fanny, naturalmente, subió la escalera y condujo a su invitada hasta el aposento que ahora estaba siempre dispuesto confortablemente; sin embargo, abrió la puerta con el corazón abatido, sintiendo que la aguardaba una escena más angustiosa que cuantas habían tenido por testigo aquel mismo lugar. Pero el ataque que iba a desencadenarse contra ella quedó al menos pospuesto, gracias al súbito cambio de ideas en la mente de la señorita Crawford, gracias a la profunda impresión de su espíritu al encontrarse de nuevo en el cuarto del este.

—¡Ah! —exclamó, con súbita animación—. ¿Estoy otra vez aquí? ¡El cuarto del este! Solo una vez había estado en esta habitación —y después de una pausa para mirar en derredor y, a lo que parecía, rehacer mentalmente lo que había sucedido allí, añadió—: solo una vez. ¿Lo recuerda? Vine para ensayar. Su primo vino también. Y ensayamos. Usted era nuestro público y nuestro apuntador. Fue un ensayo inolvidable. Jamás lo olvidaré. Aquí estábamos, precisamente en este lado de la habitación; aquí estaba su primo, aquí yo, aquí las sillas. ¡Ah! ¿Por qué esos momentos no pueden durar siempre?

Afortunadamente para su compañera, no aguardaba respuesta alguna. Tenía la mente totalmente ocupada por sus propios recuerdos. Estaba entregada a un ensueño de agradables evocaciones.

—¡La escena que ensayábamos era tan especial! El tema de la misma tan... tan... ¿cómo diría yo? Él tenía que hacerme la descripción del matrimonio y recomendármelo. Me parece verle ahora, intentando mostrarse tan formal y sosegado como corresponde a un Anhalt, a lo largo de sus dos largos parlamentos. "Cuando dos corazones afines se encuentran en la vida matrimonial, puede llamarse al matrimonio vida feliz". Me imagino que, por mucho tiempo que transcurra, jamás se me borrará la impresión que guardo de sus miradas y su voz al pronunciar esas palabras. ¡Fue curioso, muy curioso, que nos correspondiera representar semejante escena! Si yo tuviera la facultad de poder revivir una sola semana de mi existencia, sería esa semana, la semana de los ensayos, la que reviviría. Diga usted lo que quiera, Fanny, habría de ser esa, pues jamás, en ninguna otra, conocí una felicidad tan exquisita. ¡Ver cómo llegaba a doblegarse su firme voluntad! ¡Fue algo tan delicioso que ni se puede expresar! Pero, ¡ah!, al terminar aquella tarde se destruyó todo. Con la noche llegó su inoportuno tío. ¡Pobre *sir* Thomas! ¿quién tenía deseos de verle?... Ahora bien, Fanny, no se imagine que me propongo hablar sin respeto de *sir* Thomas, aunque es verdad que le odié por espacio de muchas semanas. No, ahora le hago justicia. Es exactamente cual debe ser el jefe de una familia como esta. Nada, con toda sinceridad, que ahora creo que les quiero a todos.

Y habiendo dicho esto, con un grado de ternura y convicción como Fanny nunca había visto en ella, y que ahora le pareció muy decoroso, se apartó un instante para tomar aliento.

—Me ha dado un pequeño arrebato al entrar en este cuarto, como habrá notado —dijo a continuación, sonriendo con malicia—, pero ya pasó. De modo que lo mejor será que nos sentemos y charlemos amigablemente; pues para reñirla, Fanny, que es a lo que vine con decidida intención, no tengo valor cuando llega el instante —y abrazándola efusivamente, añadió—: ¡Mi buena y dulce Fanny! Cuando pienso que la veo por última vez hasta no sé cuándo, me siento totalmente incapaz de hacer nada más que quererla.

Fanny se emocionó. No había esperado nada de aquello, y sus sentimientos raras veces podían resistir la melancólica influencia de la palabra "última". Se puso a llorar como si quisiera a Mary más de lo que en realidad podía; y esta, más suavizada aún al verla tan impresionada, se apoyó en ella con cariño y dijo:

—Me resulta odioso tener que dejarla. Donde voy, no he de encontrar a nadie que sea ni la mitad de cariñoso. ¿Quién dice que no seremos hermanas? Yo sé que lo seremos. Siento que hemos nacido para ser familia; y estas lágrimas me convencen de que lo siente usted así también, Fanny.

Fanny salió de su ofuscación y, contestando solo en parte, dijo:

—Pero si usted solo va de un grupo de amigos a otro. Se instalará en la casa de una amiga muy querida.

—Sí, muy cierto, la señora Fraser ha sido mi íntima amiga durante años. Pero no siento los menores deseos de estar con ella. Solo puedo pensar en los amigos que dejo..., en mi excelente hermana, en usted y en los Bertram en general. Hay entre ustedes mucho más amor del que una suele encontrar por esos mundos. Aquí me dan todos la impresión de que se puede confiar en ustedes, cosa que, en el trato corriente, es totalmente imposible. Preferiría haber convenido con la señora Fraser que no iría a su casa hasta después de Pascua, época mucho mejor para visitarla; pero ahora ya no puedo saltarme el compromiso. Y cuando la deje a ella, he de ir a casa de su hermana, *lady* Stornaway, porque más bien era esta, de las dos, mi amiga íntima; pero no me he ocupado mucho de ella en estos tres últimos años.

Tras esta alocución, las dos muchachas permanecieron silenciosas por espacio de unos minutos, dejándose llevar de sus respectivos pensamientos..., meditando Fanny sobre las distintas clases de amistad, Mary sobre algo de tendencia filosófica. Esta fue la primera en volver a hablar:

—¡Qué perfectamente recuerdo mi decisión de buscarla aquí arriba, dispuesta a dar con el cuarto del este, sin tener la menor idea de dónde pudiera hallarse! ¡Qué bien recuerdo lo que iba pensando al venir, y el momento en que asomé la cabeza y la vi a usted aquí, sentada a esta mesa trabajando, y después la sorpresa de su primo cuando abrió la puerta y se encontró aquí conmigo! No diga, que ocurrírsele a su tío volver precisamente aquella tarde... jamás hubo en mi vida unos días como aquellos!

De nuevo se abandonó a un breve arrebato de abstracción; cuando, sacudiéndolo de pronto, de este modo acometió a su interlocutora:

—Vamos, Fanny; la veo a usted en un completo ensimismamiento... pensando, sin embargo, en alguien que siempre piensa en usted. ¡Oh, si pudiera llevármela por algún tiempo a nuestro círculo de Londres, para que se diera cuenta de la impresión que causa allí su influjo sobre Henry! ¡Oh, las envidias y rencores de tantas y tantas docenas de fracasadas...; el asombro, la incredulidad que habrá de suscitar la noticia de lo que usted ha logrado! Porque, quede esto en secreto. Henry es como el héroe de un viejo romance y llega a gloriarse de sus cadenas. Tendría que venir a Londres para saber apreciar su conquista. ¡Si viera cómo le cortejan, y cómo a mí me cortejan por él! En realidad, sé muy bien que en casa de la señora Fraser no me dispensarán una acogida ni la mitad de cálida, a consecuencia de los proyectos de mi hermano. Cuando sepa la verdad, lo más probable es que desee que me vuelva a Northamptonshire. Porque el marido de mi amiga, el señor Fraser, tiene una hija, de su primera esposa, que es ya mayor y está loca por casarse, y quería pescar a Henry. ¡Oh!, ha intentado conseguirlo utilizando todos los trucos. Permaneciendo aquí, inocente y modosa, no puede tener idea de la sensación que va usted a causar, de la curiosidad que habrá por verla, del sinfín de preguntas que habré de responder. La pobre Margaret Fraser me acosará sin cesar, interesándose por sus ojos, y sus dientes, y la forma de su peinado, y quién le hace el calzado. Preferiría que Margaret se hubiera casado, para bien de mi pobre amiga; pues considero a los Fraser tan desgraciados, poco más o menos, como la mayoría de los matrimonios. Y, sin embargo, fue un partido extraordinario para Janet. Todos estábamos encantados. No podía hacer otra cosa que aceptarle, pues él era rico y ella no lo era; pero el hombre se muestra cada día más malhumorado y exigente, y quiere que una mujer joven, una hermosa y joven mujer de veinticinco años, sea tan seria como él. Y mi amiga no sabe manejarlo bien; parece que no sabe cómo encauzar las cosas para vivir lo mejor posible. Y hay entre ellos un aire de irritación que, para no decir algo peor, es prueba de muy mala educación. En aquella casa recordaré con respeto los hábitos conyugales de la rectoría de Mansfield. Hasta el doctor Grant muestra una total confianza en mi hermana y tiene en cierta consideración sus puntos de vista, lo que hace que una perciba que hay un mutuo afecto; pero entre los Fraser no verá nada de eso. Mi corazón quedará en Mansfield para siempre, Fanny. Mi propia hermana como esposa, *sir* Thomas Bertram como marido, son mis modelos de perfección. La pobre Janet se engañó lamentablemente; y, sin embargo, no es que actuase a la ligera; no se precipitó al matrimonio sin pensárselo; no hubo falta de previsión. Se tomó tres días para reflexionar, y durante esos tres días pidió consejo a todos los parientes cuya opinión valió la pena, y acudió en especial a mi difunta tía, cuyo conocimiento del mundo hacía que su criterio fuese justamente reconocido por todos los jóvenes relacionados con ella; y mi tía decidió a favor del enlace. Así es que parece que no hay nada que pueda asegurar una agradable vida matrimonial. Tanto no puedo decir respecto de mi amiga Flora, que dio calabazas a un magnífico muchacho en el Blues, para unirse a ese horrendo de lord Stornaway, que tiene poco más o menos, Fanny, la inteligencia del señor Rushworth, pero mucho peor figura y la índole de un pícaro. Yo tuve mis dudas entonces en cuanto a lo acertado de su elección, pues él no tiene siquiera el aire de un *gentleman;* pero ahora estoy segura de que se equivocó. A propósito Flora Ross se moría por Henry el primer invierno que apareció en sociedad. Pero si fuera a enumerarle todas las mujeres que yo sé que se han enamorado de él, no acabaría nunca. Solo usted, nada más usted, insensible Fanny, es capaz de pensar en él con una especie de indiferencia. ¿Pero es, en realidad, tan insensible como aparenta? No, no, ya veo que no.

Era, en efecto, tan intenso el color que en aquellos momentos cubría el rostro de Fanny, como para justificar en certidumbre la sospecha de una mente predispuesta.

—¡Excelente criatura! No quiero hacerla sufrir. Todo seguirá su curso. Pero, querida Fanny, debe usted reconocer que no estaba tan desprevenida cuando se le planteó la cuestión como se figura su primo. De alguna manera tuvo que dar cabida a algunos pensamientos acerca de ello, a algunas suposiciones en cuanto a lo que pudiera ser. Forzosamente había de notar que él trataba de complacerla dedicándole cuantas atenciones podía. ¿No estuvo, en el baile, por entero consagrado a usted? Incluso antes del baile: ¡la gargantilla! ¡Oh!, la recibió usted valorando su significado, tan a sabiendas como pudiera desearlo un corazón, lo recuerdo perfectamente.

—¿Quiere usted decir, entonces, que su hermano sabía de antemano lo de la gargantilla? ¡Oh, señorita Crawford! Eso no fue ni justo ni limpio.

—¡Sí lo sabía! Todo fue obra suya, idea suya. Me avergüenza decir que a mí no se me había ocurrido; pero me encantó intervenir a propuesta suya, en beneficio de los dos.

—No diré —replicó Fanny— que no sintiera algún temor en aquella ocasión, pues noté algo en su mirada que me asustó; pero no al principio. Nada sospeché al comienzo... nada, en absoluto. Es esto tan cierto como que ahora estoy sentada aquí. Y de haberlo sospechado, nada hubiese podido inducirme a aceptar el regalo. En cuanto al comportamiento de su hermano, en efecto, noté algo especial. Lo venía notando desde hacía poco tiempo, quizá dos o tres semanas; pero consideré que no significaba nada; interpreté simplemente que era su modo normal, y estaba tan lejos de suponer como de desear que se hiciera algún pensamiento serio con relación a mí. Yo no fui, señorita Crawford, una observadora poco atenta de lo que ocurría entre él y cierta persona de esta familia, durante el verano y el otoño pasados. Estuve callada, pero no ciega. Y pude ver que el señor Crawford se permitía galanterías que no significaban nada.

—¡Ah! No puede negarlo. Se ha entregado de vez en cuando a lamentables coqueteos, importándole muy poco el estrago que pudo realizar en los corazones femeninos. Muchas veces le he reñido por ello; pero es su único defecto. Y he de decir que muy pocas jovencitas merecen que sus sentimientos sean tenidos en cuenta. Por otra parte, Fanny, ¡qué gloria la de tener cautivo al hombre a quien tantas niñas casaderas han lanzado el anzuelo, la de tenerlo una en su poder para ajustarle todas las cuentas contraídas con nuestro sexo! ¡Oh!, estoy segura de que no cabe en la idiosincrasia femenina rechazar semejante triunfo.

Fanny meneó la cabeza.

—No puedo considerar bien a un hombre que juega con los sentimientos de cualquier mujer; con ello se causan a menudo sufrimientos mayores que lo que pueda pensar un observador ocasional.

—No lo defiendo: lo dejo por entero a merced de usted; y cuando él la tenga en Everingham, no me importa que le predique tanto como quiera. Pero una cosa debe tener en cuenta: que su defecto, eso de gustarle que las chicas se enamoren un poco de él, no es ni la mitad de peligroso para la felicidad de una mujer que una propensión a enamorarse él mismo, cosa a la que nunca se inclinó. Y creo, seriamente y de verdad, que ha quedado prendado de usted como nunca lo estuvo de ninguna; que la quiere con toda su alma. Si hubo alguna vez un hombre que amase para siempre a una mujer, creo que a Henry le ocurrirá lo mismo con usted.

Fanny no pudo evitar una débil sonrisa, pero nada quiso objetar.

—No recuerdo haber visto nunca a Henry tan feliz —prosiguió Mary— como cuando hubo conseguido el ascenso de su hermano.

Con esto acababa de lanzar una directa ofensiva sobre los sentimientos de Fanny.

—¡Ah, sí! ¡Qué amable, qué amabilidad la suya!

—Me consta que hubo de poner en ello un gran esfuerzo, porque sé cuáles eran las piezas que tenía que mover. Al almirante le disgusta tener que molestarse y le irrita que le pidan favores; y hay tantas peticiones de muchachos que atender, que de no intervenir una amistad y una energía muy decididas nada se consigue. ¡Qué feliz debe sentirse William! ¡Cómo me gustaría verlo!

El ánimo de Fanny se vio arrastrado al más angustioso de sus cambiantes sufrimientos. El recuerdo de lo que hizo en favor de William era siempre el más poderoso obstáculo para toda decisión contra el señor Crawford; y quedó meditando sobre ello hasta que Mary, que se había limitado, primero, a contemplarla con satisfacción y, después, a murmurar algo sin especial interés, reclamó de pronto su atención diciendo:

—Me pasaría aquí el día sentada charlando con usted, pero no debemos olvidar a las señoras de abajo; de modo que, adiós, mi querida, mi adorable, mi excelente Fanny, pues aunque nominalmente nos separemos en el salón, aquí debo despedirme de usted en particular. Y me despido, anhelando una feliz reunión y confiando que, cuando volvamos a encontramos, será en unas circunstancias que permitan a nuestros corazones abrirse sin una sombra de reserva.

Un efusivo, muy efusivo, abrazo y cierta afectación en el acento acompañaron estas palabras.

—Veré pronto a su primo en Londres; él dice que irá sin tardar mucho; y creo que *sir* Thomas también, en el curso de la primavera; y a su primo mayor, y a los Rushworth, y a Julia, estoy segura de que los veré muchas veces; a todos, menos a usted. Dos favores he de pedirle, Fanny: uno, la correspondencia. Tiene que escribirme, y el otro, que visite con frecuencia a mi hermana y la consuele de mi ausencia.

El primero, al menos, de esos favores, hubiera preferido Fanny que no se lo pidieran; pero le era imposible rehusar la correspondencia; hasta le era imposible no acceder con más prontitud de lo que su propio criterio le aconsejaba. No cabía resistencia ante un afecto tan manifiesto. Su natural estaba especialmente dotado para apreciar un trato cariñoso; y por haberlo recibido hasta entonces en pocas ocasiones, tanto más la impresionaba el de la señorita Crawford. Además, sentía por ella gratitud por haber hecho de aquel *tête-à-tête* algo mucho menos doloroso de lo que sus temores le habían pronosticado.

Había pasado ya, y ella había escapado sin reproche y sin pesquisas. Su secreto seguía siendo suyo; y mientras fuese así, se veía capaz de resignarse a casi todo lo demás.

Por la tarde hubo otra despedida. Henry Crawford acudió y estuvo un rato con ellos; y como el estado de ánimo de Fanny no fuera previamente el más tenso, por unos momentos se enterneció su corazón al verle allí, pues en realidad parecía sufrir. Muy distinto a su habitual actitud, casi no dijo nada. Era evidente que se sentía abrumado; y Fanny tuvo que compadecerse de él, aunque con la esperanza de que no volviera hasta que fuera el marido de otra mujer.

Cuando llegó el momento del adiós, si él le hubiera cogido la mano, ella no se hubiera negado; sin embargo, nada dijo Henry, o nada que ella pudiera oír; y cuando hubo salido de la habitación, quedó ella más contenta de que aquel rasgo de amistad no hubiera tenido lugar.

Al día siguiente, los Crawford se habían marchado de Mansfield.

Capítulo XXXVII

Una vez se hubo ido el señor Crawford, el primer objetivo de *sir* Thomas fue que se le echara de menos; y este concibió grandes esperanzas de que su sobrina encontrase un vacío en la pérdida de aquellas atenciones que antes había considerado, o imaginado, perniciosas. Ahora sabía lo que era tener importancia, lo había gustado en la forma más halagadora; y él esperaba que la pérdida de aquella admiración, el hundirse otra vez en la nada, despertaría en el espíritu de Fanny una muy saludable nostalgia. La observaba con esta idea, pero apenas podía decir con qué provecho. Difícil se le hacía apreciar si había en su ánimo algún cambio. Era ella siempre tan dulce y reservada que sus emociones escapaban de *sir* Thomas. No la comprendía; de ello se daba perfecta cuenta. Y por tanto acudió a Edmund para saber hasta qué punto la afectaba la actual situación y si era más o menos feliz que antes.

Edmund no apreciaba en ella síntoma alguno de arrepentimiento, y consideró a su padre un tanto irrazonable por suponer que tres o cuatro días bastasen para ello.

Lo que principalmente sorprendía a Edmund era que su prima no echara de menos, de un modo más claro, a la hermana de Henry, a la compañera y amiga que tanto había representado para ella. Le extrañaba que Fanny hablara tan poco de ella y tan poco tuviera que decir, espontáneamente, en cuanto a su pesar por la separación.

¡Ay! Aquella hermana, aquella amiga y compañera, era la principal cruz de su tranquilidad. Si ella hubiera podido considerar el destino de Mary tan desligado de Mansfield como estaba decidida a que lo fuera el de su hermano; si le hubiera cabido la esperanza de que ella tardaría en volver tanto como muy inclinada estaba a creer que tardaría Henry, se le hubiera aliviado el corazón, sin duda. Pero cuanto más recordaba y observaba, tanto más profundo era su convencimiento de que todo seguía ahora un curso más favorable que nunca para el casamiento de Edmund con la señorita Crawford. Por parte de él la inclinación era más fuerte; por la de ella, menos equívoca. Los prejuicios, los escrúpulos de Edmund basados en su integridad, parecían todos dejados a un lado..., nadie podía saber cómo; y las dudas y vacilaciones de Mary, motivadas por su ambición, se habían igualmente superado, y también sin razón clara. Solo cabía imputarlo a un creciente cariño. Los buenos sentimientos de él y los malos de ella se rendían al amor, y este amor tendría que unirlos. Él iría a Londres en cuanto dejara resuelto algún asunto relativo a Thornton Lacey..., quizá dentro de unos días. Hablaba de su viaje, le gustaba comentarlo; y una vez se reuniera con ella... Fanny no podía dudar del resultado. La aceptación por parte de Mary era tan segura como la declaración de Edmund; y, sin embargo, prevalecían en aquella unos principios deplorables que hacían el proyecto penosísimo para Fanny, independientemente (ella creía que independientemente) de sus propios sentimientos.

En la misma conversación sostenida hacía poco entre ambas, la señorita Crawford, a pesar de ciertas demostraciones de ternura y de su mucha amabilidad personal, siguió mostrando una mente extraviada, y confusa, y sin sospechar en absoluto que fuese así; oscura, y creyendo que irradiaba luz. Podía amar a Edmund, pero no le merecía por ningún otro concepto. Fanny apenas creía que pudiera unirles un segundo sentimiento afín; y los sabios más experimentados la perdonarían por considerar la posibilidad de un futuro mejoramiento de la señorita Crawford como una esperanza casi imposible, por creer que si la influencia de Edmund, en aquella época de enamoramiento, de tan poco había servido para aclarar su juicio y centrar sus ideas, acabaría él por rendirse y agotar toda su valía al lado de aquella esposa, en unos años de matrimonio.

La experiencia hubiese previsto algo mejor para cualquier pareja de las mismas circunstancias, y la imparcialidad no hubiera negado en la señorita Crawford la participación de esa naturaleza común a todas las mujeres que habría de llevarla a adoptar, como propias, las opiniones del hombre que ella quería y respetaba. Pero como aquella era la convicción de Fanny, mucho sufría por tal causa y nunca podía hablar sin pena de la señorita Crawford.

Sir Thomas, entretanto, seguía con sus esperanzas y sus observaciones, considerándose todavía con derecho, dado su conocimiento de la naturaleza humana, a esperar que se manifestara el efecto de la pérdida de influjo e importancia en el ánimo de su sobrina, y que las pasadas atenciones del enamorado produjeran en ella un regusto, un deseo de volver a gustarlas; mas, poco después, hubo que resignarse a no tener de momento una visión total y exacta de todo ello, ante la perspectiva de otra visita, cuya sola presencia había él de considerar que bastaría para sostener los ánimos que tenía bajo estudio. William había obtenido un permiso de diez días, que dedicaría a Northamptonshire, y allí se dirigía, convertido en el más feliz de los tenientes por ser su ascenso el más reciente, para mostrar su felicidad y describir su uniforme.

Llegó; y le hubiera encantado exhibir el uniforme allí también, de no haberle impedido las rígidas ordenanzas usarlo fuera del servicio. De modo que el uniforme se quedó en Portsmouth, y Edmund conjeturó que antes de que Fanny tuviera ocasión de verlo, toda su lozanía, y toda la frescura de la ilusión de su poseedor, se habría marchitado. Se habría convertido en símbolo afrentoso; porque, ¿qué puede haber más impropio o indigno que el uniforme de un teniente que lleva de teniente uno o dos años, y ve que otros ascienden a capitán antes que él? Así razonaba Edmund, hasta que su padre le hizo partícipe de un proyecto que permitía considerar la probabilidad de que Fanny viera al segundo teniente del *H. M. S. Thrush* en la plenitud de su gloria.

El proyecto consistía en que ella acompañase a su hermano a la vuelta de este a Portsmouth y pasara algún tiempo con sus familiares. Se le había ocurrido a *sir* Thomas en una de sus profundas meditaciones, como una providencia justa y deseable; pero, antes de decidirse totalmente, consultó a su hijo. Edmund lo consideró por todos lados, y no vio en ello sino un total acierto. La cosa era buena en sí, y no podía ser más oportuna la ocasión; además, no cabía duda de que sería en extremo agradable para Fanny. Esto bastó para que se determinara *sir* Thomas; y un decisivo: "Pues así se hará", cerró aquella etapa del proyecto. *Sir* Thomas quedó no poco contento, previendo unos beneficios aparte y además de lo hablado con su hijo; pues su móvil principal al preparar aquel viaje tenía muy poco que ver con la conveniencia de que ella viera a sus padres otra vez, y nada en absoluto con la idea de procurarle una alegría. Deseaba, ciertamente, que fuera con gusto, pero no menos ciertamente deseaba que llegara a estar francamente aburrida de su hogar antes de dar por terminada allí su estancia; que un poco de abstinencia de los refinamientos y lujos de Mansfield Park la llevase a pensar más cuerdamente y la inclinara a justipreciar el valor de aquel otro hogar más estable, e igualmente amable para ella, que se le había ofrecido.

Era un plan terapéutico para el entendimiento de su sobrina, que él debía considerar actualmente enfermo. Una permanencia de ocho o nueve años en los escenarios de la riqueza y la abundancia habían desequilibrado algo su facultad de juzgar y comparar. La casa de su padre, con toda probabilidad, le enseñaría a apreciar el valor de una buena renta; y confiaba hacer de ella la mujer más juiciosa y feliz para toda la vida mediante el experimento fraguado.

De haber sido Fanny nada más que un poco aficionada a los arrobamientos, le hubiera dado uno muy fuerte cuando estuvo en conocimiento del proyecto; al ver que su tío le brindaba la ocasión de visitar a sus padres y hermanos, de los que había permanecido alejada casi la mitad de su vida; la ocasión de regresar por un par de meses al escenario de su infancia, con William como protector y compañero de viaje, y la seguridad de continuar al lado de su hermano hasta el último instante de su permanencia en tierra. De no poder evitar alguna vez una explosión de contento, esta tenía que producirse en aquella ocasión, pues era inmensa su alegría; pero era la suya una clase de felicidad sosegada, profunda, íntima; y aun sin pecar nunca de charlatana, más se inclinaba todavía a callar cuando sentía con más fuerza. De momento pudo solo agradecer y aceptar. Después, familiarizada ya con la alegre visión tan de repente abierta ante sus ojos pudo hablar más ampliamente a William y a Edmund de lo que sentía pero quedaban todavía tiernas emociones que era imposible revestir con palabras. El recuerdo de sus antiguas alegrías y de lo que había sufrido al verse arrancada de los mismos volvió a ella con espectacular fuerza, y le parecía como si la vuelta al hogar paterno fuera a remediar cuantas penas había desde entonces padecido su vida, aparte de la separación. Verse de nuevo en el centro de aquel círculo, querida de todos, y hasta más querida por todos de lo que fuera jamás; sentir cariño sin temor ni limitación; sentirse igual a los que la rodeasen; verse libre de cualquier alusión a los Crawford, estar a salvo de cualquier mirada que pudiera ella suponer un reproche a propósito de los mismos... Era este un proyecto para ser saboreado con una intensidad que solo a medias podía manifestarse.

Y Edmund, además... Pasar dos meses alejada de él (y tal vez le permitiesen prolongar hasta tres meses la ausencia), tenía que ser para ella un gran bien. Con tierra por medio, sin el asedio de sus miradas y de sus bondades, a salvo de la perpetua tortura de estar leyendo en su corazón y de esforzarse en evitar sus confidencias, estaría en mejores condiciones para razonar más juiciosamente; sería capaz de imaginárselo en Londres, arreglando allí todas sus cosas, sin sentirse tan desgraciada. Lo que en Mansfield hubiera sido duro de soportar, iba a convertirse en Portsmouth en un mal menor.

El único inconveniente estaba en la duda de si tía Bertram se conformaría con quedarse sin ella. A nadie más era Fanny imprescindible; pero su tía acaso la echara de menos hasta tal punto, que no quería ni pensarlo. Y esta parte de la cuestión fue, en efecto, la más difícil de resolver por *sir* Thomas; y la que solo él, y nadie más, hubiese podido solventar.

Pero él era quien mandaba en Mansfield Park. Cuando tomaba una decisión sobre cualquier medida a adoptar, conseguía siempre llevarla a cabo; también ahora, abundando en palabras sobre el tema, explicando y subrayando el deber que tenía Fanny de ver a su familia alguna vez, indujo a su mujer a que la dejara marchar..., consiguiéndolo, sin embargo, más por sumisión que por convicción; pues, fuera de que *sir* Thomas consideraba que Fanny debía ir, y por lo tanto tenía que ir, de muy poco más llegó a convencerse *lady* Bertram. En la plácida soledad de su trasalcoba, en el curso de sus imparciales meditaciones, sin la coacción de los aturdidores argumentos de su marido, no podía reconocer la necesidad de que Fanny fuese cerca de un padre y una madre que tanto tiempo habían podido pasar sin aquella hija, cuando ella tanto la necesitaba. Y en cuanto a no echarla de menos, que durante la discusión del caso con tía Norris fue el caballo de batalla, se opuso *lady* Bertram con todas sus fuerzas a admitir tal cosa.

Sir Thomas había apelado a su razón, a su conciencia, a su dignidad. Lo calificó de sacrificio, y como tal lo pidió a su bondad y abnegación. Pero tía Norris quería persuadirla de que se podía muy bien prescindir de Fanny (estando ella dispuesta a dedicar a su hermana todo el tiempo que fuera preciso) y, en fin, de que no podía en realidad necesitarla o echarla de menos.

—Puede que sea así —se limitó a responder *lady* Bertram—, y hasta diría que tienes mucha razón; pero yo estoy segura de que voy a echarla mucho de menos.

El paso siguiente fue ponerse en contacto con Portsmouth. Fanny escribió ofreciendo su visita; y la respuesta de su madre, aunque breve, fue tan cariñosa (en pocas líneas expresaba una tan espontánea y maternal alegría ante la perspectiva de volver a ver a su hija) que confirmó en Fanny todas sus previsiones de felicidad a su lado, y la convenció de que encontraría ahora a una tierna y cariñosa amiga en la "mamá" que, por cierto, antes jamás había mostrado por ella una muy notable inclinación, pero fácilmente podía suponer que esto había sido culpa suya o fruto de su imaginación. Probablemente se había hecho extraña a su amor con la debilidad y displicencia de su carácter apocado, o había sido inmoderada al desear una participación de cariño mayor de la que a una sola podía corresponder, entre tantos. Ahora, que había aprendido a hacerse útil y a reprimirse mejor, y que su madre no estaría ya tan ocupada en las incesantes tareas de una casa llena de niños, habría tiempo y gusto para toda grata sensación, y ambas serían pronto lo que madre e hija deben ser, entre sí.

El plan hizo a William casi tan feliz como a su hermana. Para él sería el mayor placer tenerla a su lado hasta el momento de embarcar, y acaso la encontraría todavía allí al regreso de su primer crucero. Además, tenía grandes deseos de enseñarle el *Thrush* antes de que la nave abandonara el puerto. Era el *Thrush*, realmente, la mejor corbeta en servicio. También en el arsenal se habían introducido varias mejoras que deseaba mostrarle.

No tuvo reparos en añadir que tener a Fanny una temporada en casa sería una gran ventaja para todos.

—No sé a qué será debido —continuó—, pero en casa parece que hace falta alguien que tenga la pulcritud y el orden que tú pones en todas las cosas. La casa está siempre revuelta. Tú harás que las cosas vayan mejor, estoy seguro. Le dirás a nuestra madre cómo debería estar todo, y serás útil a Susan, y enseñarás a Betsey, y harás que los muchachos te quieran y te obedezcan. ¡Qué bien y qué acogedor quedará todo!

Cuando llegó la respuesta de la señora Price, vieron que les quedaban ya muy pocos días de estancia en Mansfield; y parte de uno de estos días lo pasaron nuestros jóvenes viajeros llenos de alarma a propósito del viaje, porque cuando llegó el momento de hablar del modo de realizarlo, y tía Norris vio que toda su ansiedad por ahorrar el dinero de su cuñado era inútil y que, a pesar de sus deseos e insinuaciones en favor de un medio de transporte más barato por tratarse de Fanny, lo efectuarían en silla de posta; cuando vio que *sir* Thomas entregaba, en efecto, unos billetes de banco a William para tal fin, se le ocurrió la idea de que en el carruaje habría sitio para una tercera persona, y sintió de pronto unos imperiosos deseos de ir con ellos... de acompañarles y visitar a su pobre y querida hermana, la señora Price. Dio a conocer sus pensamientos: "tenía que decir" que estaba más que medio decidida a partir con sus sobrinos; que sería para ella una gran alegría; que no había visto a su pobre y querida hermana desde hacía más de veinte años; que sería un descanso para los dos hermanos la compañía de una persona respetable y de experiencia durante el viaje ; y que no podía menos de pensar que su pobre y querida hermana la consideraría muy poco amable si no aprovechaba aquella ocasión para ir a verla.

William y Fanny quedaron horrorizados ante semejante idea.

Todo el agrado de su encantador viaje se veía destruido en un momento. Se miraron con mutua expresión de pesar. Un par de horas duró la incertidumbre. Nadie intervino para animarla ni para disuadirla. Dejaron a tía Norris que resolviera por sí misma. La cosa acabó, para inmensa satisfacción de sobrino y sobrina, al recordar que no era posible prescindir de ella en Mansfield Park en aquellos momentos; que era ella demasiado necesaria a *sir* Thomas y a *lady* Bertram para cargar con la responsabilidad de dejarlos, ni que fuera una sola semana, y por lo tanto debía sacrificar, desde luego, cualquier otra satisfacción al de serles útil.

En realidad, se le había ocurrido que, aunque nada le costaría el viaje hasta Portsmouth, difícilmente podría evitarse los gastos de vuelta. De modo que dejó a su pobre y querida hermana abandonada al desencanto de ver que ella desaprovechaba semejante oportunidad, y así empezaron, acaso, otros veinte años de separación.

Los planes de Edmund se vieron alterados por este viaje a Portsmouth y la ausencia de Fanny. También él tuvo que sacrificarse por Mansfield Park, tanto como su tía. Según lo planeado debía encontrarse, por aquellas fechas, camino de Londres; pero no podía dejar a sus padres precisamente cuando los demás seres que mayor consuelo y contento podían darles estaban todos ausentes; y con pesar, sentido pero no manifestado, aplazó por una o dos semanas el viaje que había preparado con la esperanza de que fijaría para siempre su felicidad.

Habló de ello a Fanny. Le dijo que sabía tanto ya, que debía saberlo todo. Fue, en resumen, otro discurso confidencial sobre la señorita Crawford; y a Fanny le dolió tanto más porque se daba cuenta de que era la última vez que el nombre de la señorita Crawford se mencionaba entre los dos con algún resto de libertad. Todavía otra vez le hizo Edmund mención de ella. *Lady* Bertram había estado diciendo a su sobrina, a última hora de la tarde, que le escribiera pronto y con frecuencia, prometiéndole que ella le correspondería regularmente; y Edmund, en el momento oportuno, añadió en un susurro:

—Y también yo te escribiré, Fanny, cuando tenga algo importante que contarte..., algo que supongo te gustará saber, y de lo que sin duda no te gustaría enterarte tan pronto por otro medio.

Si Fanny hubiese podido dudar del significado de aquellas palabras mientras le escuchaba, la viva ilusión que observó en su rostro al levantar la mirada hubiera desvanecido toda duda.

Debía armarse de valor para cuando llegase aquella carta. ¡Que una carta de Edmund tuviera que ser motivo de terror! Empezó a darse cuenta de que no había pasado todavía por todos los cambios de opinión y sentimiento que el transcurso del tiempo y la variación de circunstancias ocasionan en este mundo los cambios. Las vicisitudes del espíritu humano no se habían agotado todavía en ella.

¡Pobre Fanny! Por más que marchara con gusto e ilusión, sus últimas horas en Mansfield Park tenían que acarrearle tristeza. Había en su corazón mucha de ella al despedirse. Tuvo lágrimas para cada una de las habitaciones de la casa, y muchas más para cada uno de sus queridos moradores. No sabía arrancarse del lado de su tía, porque le constaba que iba a echarla de menos; besó la mano de su tío con mal reprimido llanto, porque le había disgustado; y en cuanto a Edmund, no pudo ella hablar, ni mirar, ni pensar, cuando a él se dirigió por último; y no fue hasta después que todo hubo pasado, cuando se dio cuenta de que él acababa de darle el cariñoso adiós de un hermano.

Todo esto sucedió la noche anterior a la partida, pues el viaje debía emprenderse muy temprano a la mañana siguiente; y cuando los integrantes del pequeño círculo familiar, aun disminuido, se reunieron en torno a la mesa del desayuno, de William y de Fanny se habló ya como suponiéndoles al término de la primera etapa de su trayecto.

Capítulo XXXVIII

La novedad del viaje y la felicidad de estar junto a William no tardaron en producir un natural beneficio en el ánimo de Fanny, en cuanto Mansfield Park hubo quedado atrás; y al término de la primera etapa, cuando tuvieron que abandonar el carruaje de *sir* Thomas, pudo ella despedirse del viejo cochero y encargarle los pertinentes saludos con serena cordialidad y alegría.

La agradable charla entre hermano y hermana era sostenida sin solución de continuidad. Cualquier cosa era motivo de diversión para el radiante espíritu de William, que ponía de manifiesto su júbilo y buen humor en los intervalos de sus conversaciones sobre temas más elevados, las cuales acababan siempre, cuando no empezaban, con alabanzas al *Thrush*, haciendo conjeturas sobre la posible misión que se le daría, planeando alguna acción victoriosa contra una fuerza superior que le daría ocasión, suponiendo "eliminado" al primer teniente (y aquí William se mostraba muy poco compasivo con él), le daría ocasión, decía, de adelantar otro paso en su carrera lo antes posible; o especulando sobre las partes que le corresponderían del botín, que generosamente distribuiría entre los suyos, reservando solo lo necesario para hacer cómoda y acogedora la pequeña villa donde pasaría con Fanny la edad madura hasta los últimos días de su vida.

Las preocupaciones más inmediatas a Fanny, en cuanto se relacionaba con el señor Crawford, no intervinieron para nada en la conversación. William sabía lo ocurrido y de corazón lamentaba que los sentimientos de su hermana hubieran de ser tan fríos para el hombre a quien él debía considerar la mejor persona del mundo; pero estaba en la edad en que ante todo cuenta el amor y no podía, por tanto, censurarla; y conociendo sus deseos al respecto, no quería afligirla con la más ligera alusión al asunto.

Ella tenía razones para creer que Henry no la había olvidado todavía. Repetidas veces había recibido noticias de su hermana durante las tres semanas transcurridas desde que abandonaron Mansfield, y todas las cartas contenían unas líneas escritas por él, apasionadas y decididas como sus palabras. Era una correspondencia que a Fanny le resultaba tan desagradable como había temido. El estilo de Mary, vivo y afectuoso, era un mal de por sí, independientemente de lo que Fanny se veía obligada a leer, salido de la pluma del hermano, pues Edmund no sosegaba hasta que ella le leía en voz alta lo esencial de cada escrito; y después tenía que escuchar las admiraciones que él prodigaba al lenguaje de Mary y a la intensidad de sus afectos. Había, en realidad, tanto de mensaje, de alusión, de reminiscencia... tanto de Mansfield en todas las cartas, que Fanny no podía menos de suponer que estaban escritas a propósito para que Edmund se enterase del contenido; y verse en el caso de tener que prestarse a aquellos fines, forzada a sostener una correspondencia que le traía las atenciones del hombre a quien no amaba y la obligaba a fomentar la pasión adversa del hombre amado, era una cruel pesadumbre. También en este aspecto le prometía alguna ventaja su desplazamiento. Al no hallarse ya bajo el mismo techo que Edmund, confiaba que la señorita Crawford no tendría para escribirle motivo de fuerza suficiente que la compensara de la molestia, y que una vez en Portsmouth, la correspondencia iría menguando hasta ya no realizarse.

Haciéndose tales reflexiones, entre otras mil, Fanny proseguía su viaje felizmente y con satisfacción, y con toda la rapidez que racionalmente podía esperarse en el lluvioso mes de febrero. Atravesaron Oxford, pero solo pudo echar una ojeada fugaz al colegio de Edmund, y no hicieron alto hasta llegar a Newbury, donde una apetitosa comida, unido almuerzo y cena, puso punto final a las satisfacciones y fatigas de la jornada.

El nuevo día les vio partir a hora temprana; y sin incidentes ni demoras fueron avanzando con regularidad y alcanzaron los alrededores de Portsmouth cuando en el cielo había todavía bastante luz para que Fanny, mirando en torno, pudiera maravillarse de los nuevos edificios. Cruzaron el puente levadizo y entraron en la ciudad; y empezaba tan solo a anochecer cuando, a indicaciones de la potente voz de William, se internó el vehículo con su traqueteo por una estrecha calle, partiendo de High Street, para detenerse a la puerta de una pequeña casa, actual domicilio del señor Price.

Fanny estaba llena de emoción e inquietud, de esperanza y recelo. Al momento de detenerse el coche, una sirvienta de aspecto desaliñado, que al parecer les esperaba en la puerta, se adelantó más dispuesta a facilitar noticias que ayuda y enseguida empezó a decir.

—El *Thrush* ha salido del puerto, señorito, y uno de los oficiales estuvo aquí para...

Fue interrumpida por un muchacho alto y delgado, de once años, que salió disparado del interior de la casa, empujó a la muchacha a un lado y, mientras William cuidaba de abrir él mismo la portezuela, gritó:

—¡Llegas justo a tiempo! Llevamos media hora aguardándote. El *Thrush* salió del puerto esta mañana. Yo lo vi. Fue un espectáculo magnífico. Y creen que recibirá orden de salir a la mar dentro de un día o dos. El señor Campbell estuvo aquí a las cuatro y preguntó por ti. Tiene en el muelle uno de los botes del *Thrush* para volver al barco a las seis, y dijo que esperaba que llegarías a tiempo para ir con él.

Un par de miradas a Fanny, mientras William la ayudaba a apearse, fue toda la espontánea atención que le dedicó este hermanito; pero no se opuso a que ella le diera un beso, aunque seguía por entero entregado a la minuciosa descripción de la salida del *Thrush* fuera del puerto, cosa por la cual tenía un muy legítimo derecho a interesarse, pues en aquella nave iba a empezar, entonces precisamente, su carrera de marino.

Un momento después, Fanny se encontró en el estrecho pasillo de la casa y en los brazos de su madre, que salió a su encuentro con expresión de auténtico cariño en su rostro, cuyas facciones le eran a Fanny tanto más queridas por cuanto le recordaban las de tía Bertram; y allí acudieron también dos hermanas: Susan, una guapa muchacha de catorce años, de bonito desarrollo, y Betsey, la más joven de la familia, de unos cinco años; ambas se alegraron a su modo, de ver a Fanny, aunque sin la ventaja de unos buenos modales para recibirla. Pero no eran modales lo que Fanny buscaba. Con tal que la quisieran se daría por satisfecha.

Acto seguido fue introducida en una salita, tan pequeña, que su primera impresión fue que se trataba de un cuarto de paso para otro mejor, y aguardó un instante a que la invitaran a seguir; pero al ver que no había otra puerta y observar algunos detalles indicativos de que allí estaba el salón, centró su pensamiento, se recriminó a sí misma y se dolió de que los otros hubieran podido sospechar algo en aquel sentido. Su madre, sin embargo, no estaba ya junto a ella para tener ocasión de sospechar nada. Había vuelto a la puerta de la calle para dar la bienvenida a William.

—¡Oh, mi querido William! ¡Cuánto me alegra verte! Pero, ¿sabes lo del *Thrush*? Salió ya del puerto, tres días antes de lo que podíamos llegar a imaginar; y no sé qué voy a hacer con las cosas de tu hermano Sam. Es imposible dejarlas listas a tiempo; pues acaso llegue mañana la orden de zarpar. Me ha cogido totalmente desprevenida. Y tú, además, tienes que ir enseguida a Spithead. Campbell estuvo aquí, lleno de inquietud al ver que no llegabas; ¿y qué vamos a hacer, ahora? Yo que me había prometido una velada tan agradable junto a vosotros, y ahora, de pronto, todo se me echa encima a la vez.

Su hijo contestó sin darle importancia que los contratiempos sirven siempre para conseguir después algo mejor, y le quitó hierro al inconveniente que para él representaba verse obligado a marchar tan pronto, con tanta premura.

—Desde luego, hubiese preferido que el *Thrush* permaneciera en el puerto, a fin de poder pasar unas horas agradables en vuestra compañía; pero siendo así que hay un bote en el muelle, mejor será que me vaya rápidamente, ya que no hay más remedio. ¿Hacia qué lado de Spithead se encuentra el *Thrush*? ¿Junto al *Canopus*? Pero no importa. Fanny está en la salita; ¿por qué hemos de permanecer nosotros en el corredor? Vamos, madre; apenas ha visto todavía a su querida Fanny.

Ambos entraron; y la señora Price, después de besar de nuevo a su hija muy afectuosamente y hacer algún comentario acerca de lo crecida que estaba, muy naturalmente empezó a condolerse de las fatigas y necesidades de los dos viajeros.

—¡Pobres hijos míos! ¡Qué cansados debéis estar! Y ahora, ¿qué vais a tomar? Empezaba a creer que no ibais a llegar nunca. Hacía media hora que Betsey y yo estábamos pendientes de vuestra llegada. ¿Llevaréis muchas horas sin haber probado nada? ¿Y qué quisierais tomar ahora? Yo no sabía si preferiríais algo de carne, o tan solo una taza de té, después del viaje; de lo contrario hubiese tenido algo preparado. Y ahora temo que Campbell vuelva antes de que haya tiempo de asar una tajada, y no hay ninguna carnicería cerca. Es muy incómodo no tener una carnicería en la misma calle. Estábamos mucho mejor situados en la otra casa. Tal vez os apetezca un poco de té en cuanto esté listo.

Ambos declararon que lo preferirían a cualquier otra cosa.

—Entonces, Betsey, querida, corre a la cocina y mira si Rebecca ha puesto el agua; y dile que traiga los cacharros para el té en cuanto pueda. Me gustaría tener arreglada la campanilla; pero Betsey es una pequeña mensajera muy apañada.

Betsey fue a cumplir el encargo con gran rapidez, orgullosa de mostrar sus habilidades ante su nueva y distinguida hermana.

—¡Por todos los santos! —prosiguió la ansiosa madre—. ¡Vaya fuego más precario tenemos! Y diría que estáis los dos muertos de frío. Acerca más tu silla, querida. No sé en qué estaría pensando Rebecca. Estoy segura de haberle dicho que trajera algo de carbón, hace media hora. Susan, tú debías cuidar del fuego.

—Yo estaba arriba, mamá, trasladando mis cosas —replicó Susan, empleando un tono firme, de inhibición, que sobrecogió a Fanny—. Usted misma acaba de decirme que mi hermana Fanny y yo ocuparíamos la otra habitación; y no pude conseguir que Rebecca me ayudara en nada.

Ruidos diversos impidieron que se alargara la discusión. En primer lugar, entró el cochero reclamando que se le abonara el importe del viaje; después, hubo una disputa entre Sam y Rebecca sobre la forma de subir al piso el baúl de Fanny, que él quería manejar a su antojo; y, por último, entró el señor Price, que fue precedido de su potente voz al lanzar cierta exclamación de la familia de los truenos para apartar a puntapiés, en el corredor, el maletín de su hijo y la sombrerera de su hija, y reclamar una vela. Nadie, sin embargo, le procuró la vela y él entró en la salita seguidamente.

Fanny, con alguna vacilación, se había puesto en pie para ir a su encuentro, pero volvió a sentarse al notar que él no la distinguía en la oscuridad ni pensaba en ella. Estrechando afectuosamente la mano de su hijo, y hablando con ardor, empezó en el acto el señor Price su discurso:

—¡Ah! Bienvenido, muchacho. Celebro verte de nuevo. ¿Sabes las noticias? El *Thrush* salió del puerto esta mañana. La cosa va en serio, ya lo ves. ¡Voto al demonio..., llegas a punto crudo! Estuvo aquí el doctor, preguntando por ti: un bote le aguarda en el muelle y marchará a Spithead a eso de las seis, de modo que lo mejor será que vayas con él. Estuve en casa de Turner por lo de tu rancho; todo quedará arreglado. No me extraña que mañana se recibiera la orden de zarpar; pero es imposible navegar con este viento, si habéis de hacer rumbo al oeste; y el capitán Walsh cree, precisamente, que tomaréis esta dirección, junto con el *Elephant*. ¡Voto al demonio..., ojalá podáis! Pero el viejo Scholey me decía ahora mismo que, según su parecer, primero os mandaron acompañar al *Texel*. Bueno, bueno, estamos dispuestos a lo que sea. Pero, ¡voto al demonio..., te has perdido un maravilloso espectáculo al no estar aquí esta mañana para ver al *Thrush* salir del puerto! Yo no me lo hubiera dejado perder ni por mil libras. El viejo Scholey vino corriendo a la hora del desayuno para decir que había soltado amarras y empezaba a deslizarse. Yo pegué un brinco y dando solo un par de zancadas me planté en el muelle. Si jamás existió una perfecta belleza flotante, esta es el *Thrush*; y allí está, fondeando en Spithead, y no se encontraría un inglés que no lo tomase por uno de los veintiocho cañones. Esta tarde me pasé dos horas contemplándolo desde el terraplén. Está junto al *Endymion*, entre este y el *Cleopatra*, precisamente hacia el este de la máquina de arbolar.

—¡Ah! —exclamó William—, ahí, ni más ni menos, es donde yo lo hubiera emplazado. Es el mejor amarradero de Spithead. Pero tenemos aquí a Fanny, padre —añadió, conduciéndole hacia donde ella se encontraba—; está esto tan oscuro que no la has visto siquiera.

Confesando que se había olvidado por completo de ella, el señor Price saludó entonces a su hija; y después que le hubo dado un cordial abrazo, tras observar que se había hecho una mujer y que pronto necesitaría marido, pareció muy inclinado a olvidarla de nuevo.

Fanny volvió a sentarse, profundamente afligida por el lenguaje de su padre y por el olor a licor de su aliento; y él siguió hablando tan solo a su hijo, y tan solo del *Thrush*, aunque William, a pesar de lo mucho que le interesaba el tema, intentó varias veces hacerle pensar en Fanny, en su larga ausencia y en su largo viaje.

Después de permanecer todavía algún tiempo a oscuras, llegó una vela; pero, como el té no apareciera todavía, según los partes que Betsey traía de la cocina, no había muchas esperanzas de verlo aparecer antes de una considerable espera, William decidió ir a cambiarse de traje y hacer los preparativos necesarios para embarcar, lo que le permitiría tomar después el té más sosegado.

Al salir él de la habitación, dos muchachos de cara sonrosada, sucios y andrajosos, de unos ocho y nueve años de edad, entraron atropellándolo todo. Acababan de regresar de la escuela y venían impacientes por ver a su hermana y contar que el *Thrush* había salido del puerto. Eran Tom y Charles. Charles había nacido después de la partida de Fanny, pero de Tom había cuidado con frecuencia, ayudando a su madre, y ahora sentía un sumo placer particular al volverlo a ver. A los dos besó muy tiernamente, pero a Tom quería retenerlo junto a ella para reconstruir las facciones del bebé amado y para hablarle de su preferencia infantil por ella. Sin embargo, Tom no estaba dispuesto a soportar tal tratamiento. Llegaba a casa, no para estar quietecito y prestarse a que le hablaran, sino para correr y hacer jaleo; pronto se soltaron de Fanny los dos muchachos y se pusieron a jugar en la entrada de la salita, dando portazos hasta que a ella le produjo una gran jaqueca.

Ahora había visto ya a todos los que habitaban la casa. Quedaban todavía dos hermanos entre ella y Susan, uno de los cuales era escribiente de una oficina pública en Londres y el otro guardiamarina a bordo de un buque que hacía el comercio con la India. Pero si bien había visto a todos los miembros de la familia, todavía no había oído todo el ruido que eran capaces de hacer. En el transcurso de otro cuarto de hora pudo escuchar bastantes más. William no tardó en llamar a su madre y a Rebecca desde el descansillo del segundo piso. Estaba apurado porque no encontraba algo que había dejado allí. Se había extraviado una llave, Betsey fue acusada de haber cogido su sombrero nuevo, y se habían olvidado por completo de la ligera, pero esencial, reforma que le habían prometido hacer en el corpiño de su uniforme.

La señora Price, Rebecca, Betsey... todas subieron para defenderse, hablando todas a la vez, pero Rebecca más alto que ninguna; y la cosa hubo de atemperarse, lo mejor posible, con toda precipitación, mientras William trataba en vano de mandar abajo de nuevo a Betsey o de impedir, al menos que estorbase donde estaba. Todo esto, como estaban abiertas casi todas las puertas de la casa, se oía muy bien desde la salita, excepto cuando lo sofocaba, de cuando en cuando, el ruido más fuerte que hacían Sam, Tom y Charles persiguiéndose arriba y abajo por las escaleras, revolcándose y soltando agudos chillidos.

Fanny estaba como atontada. Lo reducido de la casa y el poco grueso de las paredes le acercaban tanto el ruido que, junto con la fatiga del viaje y sus recientes impresiones, se le hacía poco menos que difícil de aguantar. Dentro de la salita, sin embargo, había todavía bastante tranquilidad, pues habiendo desaparecido Susan con los demás, solo quedaron allí Fanny y su padre; y este sacó el periódico, préstamo habitual de un vecino, para enfrascarse en su lectura sin acordarse, al parecer, que ella existiera. Sostenía la única vela disponible entre él y el periódico, prescindiendo totalmente de que ella pudiera necesitar alguna luz; pero Fanny no tenía nada que hacer y se alegraba de tener aquella pantalla ante su sufriente cabeza, mientras permanecía allí sentada, triste y mustia, en angustiosa contemplación.

Ya estaba en su casa. Pero, ¡ay!, no era aquel el hogar, no era aquella la acogida que... Se reprimió; no era razonable... ¿Qué derecho tenía a representar algo importante para su familia? Ninguno..., ¡hacía tanto tiempo que se había alejado! Los asuntos de William eran primordiales; siempre había sido así, y ella le reconocía todos los derechos. Sin embargo... ¡haberle dicho o preguntado tan poco acerca de ella! ¡No hacerle siquiera una pregunta interesándose por Mansfield! Le producía dolor que se olvidaran de Mansfield; de los amigos que tanto habían hecho... ¡de sus caros, carísimos amigos! Pero allí, un solo tema lo absorbía todo. Acaso debía ser así. El destino del *Thrush* tal vez justificaba ahora un interés esencial. En un par de días se vería la diferencia. A la corbeta debía echarse la culpa. Sin embargo, pensó que en Mansfield no hubiera sido así. No; en casa de tu tío se hubiera tenido en consideración el momento y el tiempo oportunos, se hubiera mantenido el tema dentro de sus justos límites, con una moderación, una propiedad y una atención para cada cual, al revés de lo que allí sucedía.

La única interrupción que sufrieron esos pensamientos en el curso de casi media hora, se debió a un súbito estallido de su padre, no muy a propósito para sosegarlos. Al alcanzar los gritos y porrazos en el pasillo una intensidad más extremada que de ordinario, exclamó:

—¡El diablo se lleve a esas fieras! ¡Qué manera de gritar! ¡Hay que ver, y Sam grita más que todos juntos! Este muchacho tiene condiciones para contramaestre. ¡Eh... a ver, tú... Sam! Para este silbato si no quieres que vaya por ti.

Esta amenaza fue tan palpablemente despreciada que, si bien antes de que transcurrieran cinco minutos los tres muchachos irrumpieron juntos en la salita y se sentaron, Fanny solo pudo atribuirlo a que por el momento estaban grandemente fatigados, como parecían indicar sus rostros encendidos y jadeantes respiraciones; especialmente teniendo en cuenta que todavía se coceaban unos a otros en las espinillas, para lanzar inmediatamente prontos chillidos en las barbas de su mismo padre.

Cuando nuevamente se abrió la puerta fue para algo más agradable: para dar paso al servicio de té, que Fanny había empezado casi a perder la esperanza de que apareciese aquella noche. Susan, ayudada de una sirvienta, cuyo aspecto deleznable hizo comprender a Fanny, con gran sorpresa, que la que antes había visto era la sirvienta principal, entró todo lo necesario para tomarlo. Al tiempo que ponía la olla en la lumbre, Susan miraba a su hermana, como indecisa entre la satisfacción triunfante de mostrar su actividad y utilidad y el temor de que considerase que se humillaba con el desempeño de semejantes oficios. Dijo que había estado en la cocina para dar prisa a Sally y ayudarla a preparar las tostadas y extender la mantequilla sobre el pan, pues de lo contrario no sabía cuándo hubiesen tomado el té, y ella estaba segura de que su hermana necesitaría tomar algo después del viaje.

Fanny quedó muy agradecida. No pudo menos de confesar que tomaría muy a gusto un poco de té, y Susan se puso a prepararlo inmediatamente, como complacida de disponerlo todo ella sola; y con solo algún que otro ruido innecesario y unos pocos intentos absurdos para que sus hermanitos guardaran mejor orden del que ella podía imponer, desempeñó muy bien su cometido. El espíritu de Fanny quedó tan confortado como su cuerpo; su cabeza y su corazón pronto se sintieron aliviados con aquella oportuna amabilidad. Susan tenía un aire sincero y sensible; era como William, y Fanny tuvo la esperanza de que se mostraría, lo mismo que él, muy dispuesta y con buena voluntad hacia ella.

A este punto, más tranquila había llegado el estado de cosas, cuando reapareció William seguido de cerca por su madre y Betsey. Él, con su completo uniforme de teniente, que daba realce a su estatura, seguridad y gallardía a sus movimientos, y con la más feliz de las sonrisas, adelantó directamente hacia Fanny, que abandonó su asiento, quedó mirándole por un instante con muda admiración y después le echó los brazos al cuello para desahogar, sollozando, sus encontradas emociones de alegría y pesar que la abrumaban.

Ansiosa porque no fueran a creer que era desdichada, pronto consiguió recuperarse; y secándose las lágrimas, pudo apreciar con detenimiento y admirar una por una las llamativas prendas que constituían el uniforme, mientras se renovaba su ánimo al escuchar a su hermano, que con júbilo expresaba sus esperanzas de que todos los días tendría ocasión de pasar unas horas en tierra, antes de hacerse a la mar, y hasta de llevarla a Spithead para que viera la corbeta.

El siguiente tumulto se produjo a la llegada del señor Campbell, médico del *Thrush*, joven muy amable, que venía en busca de su amigo y para el cual se encontró una silla con dificultad, y una taza y un plato mediante un rápido lavado a cargo de Susan. Después de otro cuarto de hora de charla formal entre los caballeros, de ruido en ruido y de alboroto en alboroto, hasta verse al fin hombres y niños en revuelta barahúnda, llegó el instante de la partida. Todo estaba preparado. William se despidió... y todos ellos salieron; porque los tres muchachos, a despecho de los ruegos de su madre, decidieron acompañar a su hermano y al señor Campbell hasta la salida, y el señor Price fue al mismo tiempo a devolver el periódico a su vecino.

Algo parecido a la tranquilidad podía esperarse entonces; y en efecto, en cuanto Rebecca se dejó convencer para que se llevara el servicio de té, y la señora Price hubo dado unas vueltas alrededor a la habitación buscando una manga de camisa, que Betsey sacó al fin de un cajón de la cocina, la pequeña reunión compuesta por elementos del sexo femenino quedó bastante sosegada; y la madre, después de lamentar una vez más que fuera imposible tener lo de Sam preparado a tiempo, quedó libre de otra ocupación para poder pensar en su hija mayor y en los amigos que acababa de dejar. Empezó a hacerle algunas preguntas, siendo una de las primeras:

—¿Cómo se arregla con el servicio mi hermana Bertram? ¿Tiene tan mala suerte como yo, que no puedo conseguir una criada medianamente decente?

Este tema pronto apartó su mente de Northamptonshire y la fijó en sus propios problemas hogareños; y el carácter espantoso de todas las sirvientas de Portsmouth, entre las cuales creía que las dos que tenía en casa eran las peores, llenó por completo su conversación. Los Bertram quedaron todos arrinconados en el olvido, ocupada como estaba en detallar los defectos de Rebecca, contra quien Susan tuvo también mucho que decir, y la pequeña Betsey mucho más, y que parecía tan absolutamente desprovista de un solo aspecto positivo, que Fanny no pudo menos de aventurar, prudentemente, la suposición de que su madre se proponía despedirla en cuanto cumpliera el año de contrato en la casa.

—¡El año! —exclamó la señora Price—. Te aseguro que espero librarme de ella antes de que cumpla el año, porque no le cae hasta noviembre. Hay una crisis de sirvientas en Portsmouth, querida, que es un verdadero milagro pasar más de medio año sin cambiar de chica. Yo ya no tengo esperanzas de encontrar una definitiva; y si fuera a prescindir de Rebecca, solo conseguiría algo peor. Y, sin embargo, no creo que sea muy difícil de contentar; y te aseguro que aquí no tienen una carga nada pesada, pues siempre hay una muchacha auxiliar y frecuentemente hago yo misma la mitad del trabajo.

Fanny permanecía callada, pero no porque estuviera convencida de que no podía hallarse solución para alguno de esos males. Mientras observaba a Betsey, no pudo menos de recordar en especial a otra hermana, una muy graciosa pequeñina, que no era mucho más joven que la que ahora tenía delante cuando ella marchó a Northamptonshire, y que había muerto pocos años después. Recordaba que tenía un algo especialmente afable y tierno. Fanny, en aquellos tiempos de su niñez, la prefería a Susan; y cuando la noticia de su muerte llegó por fin a Mansfield, estuvo muy afligida durante algún tiempo. La presencia de Betsey trajo de nuevo a su mente la imagen de la pequeña Mary, pero por nada del mundo hubiese querido apenar a su madre mencionándola. Mientras Fanny la observaba haciéndose estas consideraciones, Betsey, a corta distancia, sostenía algo en alto para llamar la atención de su mirada, al tiempo que procuraba ocultarlo a la de Susan.

—¿Qué tienes ahí, cariño? —le preguntó Fanny—. Ven aquí, enséñamelo.

Era un cuchillo de plata. De un brinco se puso Susan en pie, afirmando que era suyo y con la intención de quitárselo; pero la pequeña corrió en busca de protección junto a su madre, y Susan pudo solo quejarse, lo que hizo con mucha vehemencia y con la clara esperanza de interesar a Fanny en su favor. Dijo que era muy triste que ella no pudiese tener su cuchillo; porque el cuchillo era suyo; su hermanita Mary se lo había dejado a ella, antes de morir, y lo natural hubiera sido que se lo dieran, para guardarlo con sus cosas hacía tiempo. Pero mamá no se lo permitía y siempre dejaba que Betsey lo cogiera; y al final resultaría que Betsey lo estropearía y se apropiaría de él, a pesar de que mamá le había prometido que Betsey no lo tendría nunca en sus manos.

Fanny tuvo una fuerte impresión de disgusto. Todo sentimiento de deber, honor y ternura fue agraviado con la perorata de su hermana y la réplica de su madre.

—Vamos, Susan —exclamaba la señora Price, en tono de lamento—, vamos, ¿cómo puedes ser tan regañona? Siempre estás peleándote por ese cuchillo. Quisiera que no fueras tan pelotera. ¡Pobrecita Betsey! ¡Qué pendenciera es Susan contigo! Pero tú no debiste cogerlo, querida, cuando te mandé buscar en el cajón. Ya sabes que te dije que no lo tocaras, porque Susan se pone tan aburrida con esto... Tendré que esconderlo otra vez, Betsey. ¡Pobrecita Mary, poco podía imaginar que sería una causa de discordia cuando me lo dio a guardar, dos horas tan solo antes de morir! ¡Pobre almita! Apenas se la podía oír cuando me dijo tan cariñosamente: "Que se quede Susan con mi cuchillo, mamá, cuando yo esté muerta y enterrada". ¡Pobre corazoncito! Estaba tan aficionada a él, Fanny, que lo quiso tener junto a sí en la cama, durante toda la enfermedad. Se lo regaló su buena madrina, la anciana esposa del almirante Maxwell, solo seis semanas antes de que enfermara sin remedio. ¡Pobre angelito mío! En fin, la muerte se la llevó para evitarle mayores sufrimientos... Lo que es mi pequeña Betsey —acariciándola— no ha tenido la suerte de una madrina tan ventajosa. Tía Norris vive demasiado lejos para acordarse de criaturitas como tú.

Fanny no traía por cierto más encargo de tía Norris que un mensaje, para expresar su esperanza de que su ahijada fuese una buena niña y aprendiese en su libro. Por un instante se había escuchado en el salón de Mansfield Park un ligero murmullo relativo al propósito de mandarle un libro de oraciones; pero no se produjo un segundo murmullo reiterativo de tal intención. Tía Norris, sin embargo, trajo de su casa un par de viejos devocionarios de su esposo con esa idea; pero después de examinarlos se disipó su arrebato de generosidad. El uno resultó que tenía un tipo de letra demasiado pequeño para los ojos de una niña, y el otro, que era demasiado pesado para que lo llevase Fanny con comodidad.

Fanny, cada vez más fatigada, aceptó agradecida la primera invitación que se le hizo para ir a acostarse; y antes de que Betsey terminara de llorar por habérsele concedido permanecer levantada tan solo una hora extraordinaria en honor de su hermana, había salido ya, dejándolo todo abajo otra vez en confusa zarabanda: pidiendo los muchachos queso tostado, reclamando a gritos el padre su ron con agua, y sin encontrar nadie a Rebecca, que nunca estaba donde debía estar.

Nada había que pudiera levantar su ánimo en la pequeña alcoba, pobremente amueblada, que habría de compartir con Susan. Ciertamente, la estrechez de las habitaciones del piso y de la planta, lo angosto de la escalera y el pasillo, la impresionaron más de lo que hubiese podido imaginar. Pronto aprendió a pensar con respeto en su pequeño ático de Mansfield Park, debiendo reconocer que era esta una casa demasiado pequeña para que nadie se pudiera sentir a gusto en ella.

Capítulo **XXXIX**

Si hubiese podido *sir* Thomas calibrar cuáles eran los sentimientos de su sobrina cuando esta escribió la primera carta a su tía, no hubiera desesperado; pues aunque una noche de buen reposo, la sonriente mañana, la esperanza de ver pronto a William de nuevo y el estado relativamente tranquilo de la casa, por haberse marchado Tom y Charles a la escuela, Sam a campar por sus respetos y su padre a regodearse con sus habituales esparcimientos, le permitieron expresarse en un tono más animado sobre el tema del hogar paterno, acusaba aun en aquel favorable momento el lastre de otros muchos inconvenientes que cuidó de ocultar en su escrito. De haber conocido su tío la mitad tan solo de las impresiones que ella recibiera antes de finalizar la primera semana, hubiera pensado que el señor Crawford podía estar seguro de conseguirla, y se hubiera felicitado de su propia sagacidad.

Antes de que terminara la semana fue todo desilusión. En primer lugar, William había partido. El *Thrush* había recibido la orden, el viento había cambiado y él hubo de embarcar a los cuatro días escasos de su llegada a Portsmouth; y durante esos días solo le vio dos veces, de un modo accidental y precipitado, por haber desembarcado en misión de servicio. No había podido conversar libremente con él, ni pasear por las murallas, ni visitar el arsenal, ni ver el *Thrush*: nada de lo que habían proyectado, con la seguridad de llevarlo a cabo, fue posible. Por aquel lado todo se había ido al garete, menos el afecto de William. Su último pensamiento, al marchar, fue para ella. Ya en la calle, retrocedió hasta la puerta para decir:

—Cuide de Fanny, madre. Es delicada y no está hecha a pasar fatigas como nosotros. A usted la encomiendo: cuide de ella.

William se fue; y la casa donde la dejaba era (Fanny no podía ocultárselo a sí misma), en casi todos los aspectos, precisamente el reverso de lo que ella pudiera desear. Era la mansión del ruido, del desorden y de la mala educación. Nadie ocupaba el lugar que le correspondía, nada se hacía como era debido. No podía respetar a sus padres como hubiera gustado. La confianza en su padre nunca había sido grande; pero lo encontró más despreocupado de la familia, de hábitos peores y modales más groseros de lo que había previsto. No carecía de habilidad, pero sí de curiosidad y de conocimientos, aparte los de su profesión. No leía más que el periódico y el boletín de la Armada; no hablaba más que del arsenal, del puerto, de Spithead y del Motherbank; juraba y bebía, era sucio y grosero. Ella no podía recordar nada parecido a la ternura en su modo de tratarla cuando niña. Solo le había quedado una vaga impresión de rudeza y mal carácter; y ahora apenas si se había fijado en ella, excepto para hacerla objeto de alguna broma de mal gusto.

Mayor fue la decepción en cuanto a su madre; de ella había esperado mucho, y casi no encontró nada. Todas las halagüeñas suposiciones de que representaría algo importante para ella pronto se derrumbaron. La señora Price no era adusta; pero en vez de ganarse su afecto y confianza y hacerse cada vez más querida, su hija nunca encontraba en ella una ternura mayor que la que pudo apreciar el día de su llegada. Su instinto natural quedó pronto satisfecho, y el cariño de la señora Price no tenía otro fundamento. Su corazón y su tiempo estaban ya totalmente ocupados; no tenía horas ni sentimientos libres que dedicar a Fanny. Sus hijas nunca habían representado mucho para ella. Estaba enamorada de sus hijos, especialmente de William; y Betsey fue la primera de las niñas que mereció su especial afecto. Para con esta era indulgente hasta un extremo de imprudencia. William era su orgullo; Betsey su cariño; y John, Richard, Sam, Tom y Charles acaparaban el resto de su solicitud maternal, alternándose sus inquietudes y satisfacciones. Estos se repartían su corazón; su tiempo lo dedicaba principalmente a la casa y a las criadas. Pasaba los días en una especie de lento movimiento... Siempre atareada, sin adelantar; siempre retrasada y lamentándolo, sin modificar sus procedimientos; deseando ahorrar sin plan ni método; descontenta de las criadas, sin habilidad para mejorarlas, y lo mismo al ayudarlas, que al reprenderlas, que al condescender, sin autoridad alguna para acaparar su respeto.

Comparándola con sus dos hermanas, la madre de Fanny se parecía mucho más a *lady* Bertram que a tía Norris. Era un ama de casa por necesidad, sin nada de la afición que tía Norris sentía por ello, ni nada de su característica energía. Su disposición natural tendía a la indolencia y a la relajación, como la de *lady* Bertram; y una vida semejante de opulencia y pasividad se hubiera ajustado mucho mejor a sus aptitudes que no este mundo de esfuerzos y sacrificios en que la había colocado su imprudente boda. Hubiera desempeñado el papel de dama importante tan bien como *lady* Bertram, pero tía Norris hubiera sido una madre respetable de nueve hijos con escasos ingresos.

Mucho de esto, Fanny no pudo menos que darse cuenta. Por escrúpulo no daba forma en su mente a las palabras; pero tenía que notar, y notaba, que su madre era parcial e injusta, que era persona zafia, desaliñada, que no enseñaba ni dominaba a sus hijos, cuya casa era el escenario del desorden y la incomodidad de extremo a extremo, y que no tenía talento, ni conversación, ni afecto para ella, ni curiosidad por conocerla mejor, ni el menor deseo de ser su amiga, ni la menor inclinación a estar en su compañía que pudiera aminorar en Fanny el efecto de tales impresiones.

Fanny sentía auténtica impaciencia por ser útil y no dar la impresión de que estaba en un plano superior al del hogar de sus padres, o en cierto modo incapacitada o mal dispuesta, debido a su diferente educación, a contribuir con su ayuda al bienestar general y, por ello, se puso a trabajar enseguida para Sam; y trabajando desde primera a última hora del día, con dedicación y gran presteza, consiguió adelantar tanto, que el muchacho pudo embarcar finalmente con más de la mitad de su ropa blanca terminada. Fanny sintió una gran satisfacción al comprobar su utilidad, al tiempo que no podía concebir cómo se hubieran apañado sin ella.

Fanny más bien sintió que se fuera Sam, a pesar de lo turbulento y abrumador que era, también era listo e inteligente y con gusto se prestaba a que lo mandasen a cualquier recado por la ciudad; y si bien desdeñaba las prédicas de Susan, que eran muy razonables en sí, pero fuera de lugar y de una vehemencia inoportuna, empezaba a sentirse influido por los servicios y la suave persuasión de Fanny; y esta se dio cuenta de que el mejor de los tres hermanos menores se había ido al partir él, pues Tom y Charles estaban lejos, tan lejos al menos como pudiera justificarlo la diferencia de años que se llevaban con Sam, de esa edad en que la sensibilidad y la razón pueden sugerir medios para captarse amigos y procurar mostrarse menos antipático. Pronto desesperó de producirles la menor impresión; eran incorregibles, pese a cuantos medios habilidosos tuviera ella tiempo y paciencia de emplear. Todas las tardes, al regreso de la escuela, se libraban de nuevo a sus juegos salvajes por toda la casa; y Fanny no tardó en aprender a suspirar al aproximarse la media fiesta de todos los sábados.

Otro tanto ocurría con Betsey, criatura mimada, impulsada a considerar al alfabeto su mayor enemigo, a la que se consentía permanecer entre las criadas cuanto quisiera para incitarla después a que contara todo lo malo que de ellas había visto, de modo que Fanny estaba casi tan a punto de perder la esperanza de poder quererla como de poder ayudarla. En cuanto al carácter de Susan, le inspiraba muchas dudas. Sus continuas discordias con su madre, sus irreflexivas querellas con Tom y con Charles y su impaciencia con Betsey apenaban tanto a Fanny que, aun admitiendo que tales reacciones fuesen hasta cierto punto provocadas, temía que la disposición de quien podía llevarlas tan adelante estuviera muy lejos de ser amistosa, o de procurarle algún sosiego.

Tal era el hogar que había de hacerla olvidar de Mansfield e inducirla a pensar en Edmund con sentimientos más moderados. Por el contrario, no podía pensar en otra cosa que en Mansfield, en sus queridos habitantes, en sus felices costumbres. Todo cuanto la envolvía en su actual residencia estaba en oposición con aquello. La elegancia, la corrección, el orden, la armonía y, acaso sobre todo, la paz y tranquilidad de Mansfield, volvían ahora a su recuerdo a todas horas del día, ante la preponderancia de todo lo contrario en el hogar de Portsmouth.

Vivir dentro de un ruido incesante era, para una naturaleza y un temperamento delicados y nerviosos como los de Fanny, un mal que ninguna añadidura de elegancia o armonía hubiese llegado a compensar por entero. Esta era la mayor desgracia. En Mansfield jamás se oían ruidos de contienda, ni voces levantadas, ni explosiones abruptas ni violentas amenazas; todo seguía un curso regular, dentro de un orden placentero; a cada cual se le reconocía la importancia debida; se tenían en consideración los sentimientos de cada uno. Si podía suponerse que faltaba ternura, el buen sentido y la buena educación suplían aquella falta; y en cuanto a los pequeños enojos que introducía tía Norris, eran breves, eran fruslerías, eran como una gota de agua en el océano, comparadas con el incesante tumulto de su actual hogar. Aquí todos eran escandalosos, todas las voces eran estentóreas (excepto, tal vez, la de su madre, que se parecía a la blanda monotonía de la de *lady* Bertram, solo que perjudicada por el mal humor). Cualquier cosa que se necesitara se pedía a gritos, y las criadas se excusaban a gritos desde la cocina. De continuo se cerraban las puertas con desusados golpes, nunca estaban las escaleras sin que alguien subiera o bajara por ellas, nada se hacía sin estruendo, nadie permanecía sentado en reposo y nadie podía imponer silencio al hablar.

Al comparar las dos casas, tal como las veía antes de terminar la primera semana, Fanny estuvo tentada de aplicarles la célebre sentencia del doctor Johnson sobre el matrimonio y el celibato, diciendo que, aunque Mansfield Park pudiera entrañar alguna pena, Portsmouth no podía entrañar ningún placer.

Capítulo XL

No tenía Fanny poca razón al suponer que ahora no le llegarían las noticias de la señorita Crawford a un ritmo tan intenso como al iniciarse su correspondencia. La siguiente carta de Mary llegó después de un intervalo decididamente más largo que el anterior. Pero, en cambio, no acertó al suponer que aquella pausa representaría un gran alivio para ella. Se había producido en su espíritu otra extraña revolución. Tuvo, realmente, una alegría al recibir la carta. En su actual destierro de la buena sociedad, y alejada de todo aquello que solía interesarla, una carta de alguien que pertenecía al grupo donde vivía su corazón, escrita con aprecio y cierta elegancia, tenía que ser bien recibida. El argumento usual, alegando crecientes compromisos, servía de excusa por no haber escrito antes.

«Y ahora que he comenzado —decía, a continuación—, no valdría la pena que usted lea mi carta, pues al pie de la misma no irá ninguna pequeña dedicatoria de amor, no irán las tres o cuatro líneas apasionadas del más rendido H. C. del mundo, porque Henry se encuentra en Norfolk. Sus asuntos le llamaron a Everingham hace diez días, o tal vez fingió que lo llamaban, por aquello de viajar al mismo tiempo que usted lo hacía. Pero el caso es que allí está y, dicho sea de paso, su ausencia puede explicar bastante la negligencia de su hermana en escribir, pues no ha habido ningún "Bueno, Mary, ¿cuándo escribes a Fanny? ¿No es hora de que escribas a Fanny?" que me animara. Al

fin, después de varias tentativas para reunirnos, he visto a sus primas, "la querida Julia y la queridísima María". Ayer me encontraron en casa y estuvimos muy contentas de volvernos a ver. "Parecíamos muy contentas" de vernos, y realmente creo que nos alegramos un poco. Tuvimos un sinfín de cosas de qué hablar. ¿Debo decirle qué cara puso la joven señora Rushworth cuando se mencionó el nombre de Fanny? Nunca me he inclinado a creer que ella carezca de serenidad, pero demostró no tener la suficiente para sus necesidades de ayer. En el aspecto general, Julia era la que estaba más favorecida de las dos... al menos después que salió a relucir el nombre de usted. María ya no se recuperó desde el momento en que hablé de "Fanny", y de igual modo que lo haría una hermana. Pero se acerca el día en que la joven señora Rushworth podrá lucir bien; nos mandó tarjeta de invitación a su primera fiesta, para el día 28. Entonces aparecerá en toda su brillantez, pues abre una de las mejoras casas de Wimpole Street. Yo estuve en ella hace un par de años, cuando pertenecía a lady Lascelle, y la prefiero a casi todas las que conozco en Londres; y de seguro que María tendrá entonces la sensación de que —para decirlo con frase vulgar— ve recompensado su sacrificio. Henry no hubiera podido brindarle una casa semejante. Espero que lo tendrá presente y se conformará, lo mejor que pueda, con ser la reina de un palacio, aunque el rey luzca mejor en segundo plano. Por todo lo que me han dicho y he conjeturado, el barón de Wildenheim continúa dedicando sus atenciones a Julia, pero no sé que ella haga nada para fomentar en serio esas ilusiones. Un pobre barón no es buena pesca, y no creo que pueda serlo en este caso; pues, quítele usted sus rentas y no le queda nada al pobre barón. ¡Qué diferencia puede representar el cambio de una vocal! ¡Si sus rentas fuesen al menos iguales a su declamación![28] *Su primo Edmund se mueve con lentitud, detenido tal vez por obligaciones parroquiales. Puede que haya alguna anciana en Thornton Lacey a quien convertir. Prefiero no considerarme descuidada por una joven. Adiós, mi querida, dulce, Fanny. Larga es esta carta de Londres. Contésteme con una suficiente para alegrar los ojos de Henry, cuando regrese, y envíeme una referencia de los gallardos capitanes que usted desdeña por él».*

Había en esta carta abundante materia para la meditación, especialmente para desagradables meditaciones; y sin embargo, con todo el desasosiego que proporcionaba la lectura, la ponía en contacto con los ausentes, le hablaba de personas y cosas por las cuales nunca había sen-

---

28   Juego de palabras intraducibles, integrado por las voces *rent* (renta) y *rant* (declamación).

tido tanta curiosidad como ahora, y contenta hubiera estado de tener asegurada una carta como aquella todas las semanas. La correspondencia con *lady* Bertram era lo único que le despertaba un mayor interés.

En cuanto a las relaciones con que podía contar en Portsmouth, para distraerla de las deficiencias de su hogar paterno, no había una sola familia dentro del círculo de amistades de sus padres que le causara la menor satisfacción; no veía a nadie en cuyo obsequio deseara vencer su propia reserva y timidez. Los hombres todos le parecían bastos, descaradas todas las mujeres, unos y otras maleducados; y tan pocos motivos de satisfacción daba como recibía al serle presentados nuevos, lo mismo que antiguos, conocidos.

Las jovencitas que al principio se acercaban a ella con cierto respeto, en consideración a que venía de la casa de un "noble", pronto se ofendían por lo que calificaban de "humos"; pues, como no tocaba el piano ni llevaba lujosas pellizas, en cuanto la habían observado mejor, no podían reconocerle ningún derecho de superioridad.

El primer consuelo auténtico que tuvo Fanny, en compensación de los males del hogar; el primero que su buen juicio pudo aprobar por completo, y que le brindaba alguna promesa de estabilidad, fue un más exacto conocimiento de Susan, y la esperanza de poder prestarle alguna ayuda. Susan siempre se había mostrado amable para con ella, pero el definido carácter de sus modales en general la había sorprendido y alarmado, y hubo de pasar al menos una quincena para que empezara Fanny a comprender una disposición tan diferente de la suya propia. Susan veía que muchas cosas iban mal en su casa y deseaba arreglarlas. Que una chiquilla de catorce años, guiada solo por su razón privada de apoyo, equivocase el método con que introducir la reforma, no era de extrañar; y Fanny se sintió pronto más dispuesta a admirar la inteligencia natural de quien, siendo tan joven, tenía una tan exacta visión de las cosas, que a censurar con mucha severidad los defectos de comportamiento a que la conducía dicha cualidad. Susan no hacía más que obrar de acuerdo con las mismas verdades, y persiguiendo el mismo orden, que suscribía el criterio de la propia Fanny, pero que esta, debido a su carácter más condescendiente y resignado, no hubiera sido capaz de defender. Susan procuraba ser útil donde Fanny solo hubiera podido retraerse y llorar. Y de que Susan prestaba una utilidad pudo Fanny darse cuenta; de que las cosas, aun con lo mal que iban, peor hubieran sido sin tal intervención, y de que lo mismo su madre que Betsey se veían frenadas en su tendencia a ciertos excesos de abandono y vulgaridad, ciertamente despreciables.

En toda discusión con su madre, Susan llevaba siempre la ventaja a punto de razón, y nunca era de ver un mimo maternal para sobornarla.

El ciego cariño, que tanto daño suscitaba a su alrededor, jamás lo había ella conocido. No existía gratitud por unas ternuras pasadas o presentes, que la ayudara a soportar mejor las prodigadas con exceso a los otros.

Todo esto se hizo gradualmente palpable, y Susan fue apareciendo a los ojos de Fanny como un motivo de respeto y compasión a la vez. Que, sin embargo, era incorrecto su proceder, muy incorrecto a veces, sus recursos con frecuencia mal elegidos e inoportunos, y su actitud y lenguaje frecuentemente indefendibles, Fanny no podía dejar de apreciarlo; pero empezó a abrigar la esperanza de que todo ello podría corregirse. Veía que Susan la respetaba y deseaba ganarse su buena opinión; y sin embargo lo nuevo que era para Fanny cualquier cosa parecida al ejercicio de una autoridad, sin embargo lo nuevo que era para ella imaginarse capaz de guiar o enseñar a alguien, tomó la resolución de hacer a Susan ocasionales insinuaciones y tratar de darle, en su beneficio, unas nociones más justas del respeto que era debido a cada cual, así como de lo que sería en ella un proceder más acertado; cosas que la educación de Fanny, más favorecida, había inculcado a su espíritu.

Su influencia o, por lo menos, el ser consciente de ella y ponerla en práctica, se originó mediante un acto de bondad para con Susan, el cual, después de muchas vacilaciones impuestas por sus escrúpulos de delicadeza, decidió realizar. Al comienzo se le había ocurrido que una pequeña suma de dinero podría, tal vez, restablecer para siempre la paz en la penosa cuestión del cuchillo de plata, que se disputaban ahora de continuo; y los caudales que ella poseía (su tío le dio diez libras al partir), hacían que pudiera ser tan generosa como deseaba. Pero estaba tan poco habituada a hacer favores, excepto a los pobres de solemnidad, era tan inexperta en cuanto representase corregir males o conferir beneficios entre sus iguales, y estaba tan temerosa de dar la sensación de que se elevaba a un plano de gran señora dentro de su casa familiar, que necesitó algún tiempo para decidir si no sería una inconveniencia de su parte hacer tal regalo. Se decidió, sin embargo, al fin; compró para Betsey un cuchillo de plata, que fue aceptado con gran ilusión, pues la particularidad de ser nuevo le daba sobre el otro todas las ventajas que pudiera apetecer. Susan entró en plena posesión del suyo, Betsey declaró lindamente que teniendo ahora uno mucho más bonito nunca pediría el de su hermana, y ninguna queja fue elevada a su madre, igualmente satisfecha, cosa que Fanny había considerado casi imposible. La acción respondió por completo: suprimió totalmente un motivo de altercados familiares y fue el medio de que Susan le abriera el corazón, brindándole así un nuevo objeto en que poner su cariño y su interés. Susan demostraba tener delicadeza: satisfecha como estaba de gozar en propiedad de aquello por lo que estuvo luchando por lo menos dos años, temía sin embargo que el juicio de su hermana le fuera adverso y que, en el fondo, le hiciera el reproche de haber batallado hasta el punto de hacer necesaria aquella adquisición para la tranquilidad de la casa.

Su natural salió a la luz. Reconocía sus excesivos recelos, se censuraba por haber puesto tanto empeño en la contienda; y a partir de aquel instante, Fanny, comprendiendo el valor de su buena disposición, y notando lo muy inclinada que estaba a consultar su opinión y someterse a su criterio, empezó de nuevo a sentir la bendición del efecto y a concebir la esperanza de ser útil a una jovencita tan necesitada de ayuda y tan merecedora de ella. Le dio consejos, consejos demasiado sensatos para que pudiera oponerles resistencia una mente sana; y los daba, además, con tanta dulzura y consideración, que no hubiesen podido irritar a un carácter imperfecto. Y Fanny tuvo la dicha de observar con frecuencia sus buenos efectos. No esperaba más quien, teniendo en cuenta lo obligado y prudente que era mostrar sumisión y tolerancia, veía también, con perspicacia inspirada en una afinidad de sentimientos, todo lo que frecuentemente había de resultar intolerable para una jovencita como Susan. De lo que más llegó pronto a maravillarse fue, no de que ciertas provocaciones hubiesen llevado a Susan a mostrarse irrespetuosa e intolerante a pesar de su buen criterio, sino de que ese buen criterio, ese magnífico sentido, pudieran albergarse en ella; y de que, crecida en medio del abandono y el error, tuviera unas ideas tan justas acerca de lo que sería propio: ella, que no había tenido un primo Edmund que dirigiera sus pensamientos o fijara sus principios.

La mayor intimidad así comenzada entre ellas fue para ambas una ventaja fundamental. Permaneciendo las dos arriba, en su habitación, se ahorraban una buena parte de los alborotos familiares. Fanny tenía paz y Susan aprendió a considerar que no era una desgracia emplearse en algo con tranquilidad. Allí no tenían calefacción; pero esto era una privación familiar, hasta para Fanny, y la sufría mejor porque le recordaba su cuarto del este. Era el único punto de semejanza. En cuanto al espacio, luz, mobiliario y vista, nada de común había entre las dos habitaciones; y con frecuencia exhalaba un suspiro recordando sus libros, cajas y demás alicientes de aquel rincón. Poco a poco, las dos jovencitas llegaron a pasar la mayor parte de todas las mañanas en el piso alto, dedicándose solo al principio a hacer labores y charlar; pero después de unos días el recuerdo de dichos libros se hizo tan vívido y acuciante, que Fanny no tuvo más remedio que tratar de conseguir nuevamente algunos. No los había en casa de su padre; pero la riqueza es opulenta y osada, y parte de la de Fanny halló su campo de aplicación en una librería circulante. Se hizo suscriptora... asombrándose de ser algo *in propia persona,* asombrándose de sus propios actos en todos los sentidos. ¡Ser una arrendadora, una seleccionadora de libros! ¡Y proponerse el perfeccionamiento de alguien con su elección! Pero así era. Susan nunca había leído nada, y Fanny ansiaba hacerla partícipe de los primeros placeres que ella misma había sentido, e inspirarle una afición por la biografía y la poesía, que era lo que le causaba mayor deleite.

En esta ocupación esperaba, además, enterrar algunos recuerdos de Mansfield, que con demasiada facilidad se adueñaban de su mente si ocupaba tan solo sus dedos. Por aquellos días especialmente, esperaba que le sería provechoso distraer sus pensamientos acompañando a Edmund en su viaje a Londres, para donde, según la autorizada información contenida en la última carta de su tía, sabía que había salido. No dudaba de lo que iba a seguirse. La prometida notificación pendía sobre su cabeza. Las llamadas del cartero por la vecindad empezaron a constituir un cotidiano temor; y si leyendo podía ahuyentar la idea, siquiera por espacio de media hora, algo ganaba con ello.

Capítulo XLI

Había transcurrido una semana desde que supusiera a Edmund en Londres, y Fanny continuaba sin saber nada de él. De este silencio cabía extraer tres conclusiones, entre las cuales fluctuaba su mente, que consideraba, por turnos, como más probable la una que las otras. O su viaje había quedado aplazado de nuevo, o no había tenido todavía ocasión de hablar a solas con Mary Crawford, o era demasiado feliz para ponerse a escribir cartas.

Por entonces, cuando Fanny llevaba unas cuatro semanas ausente de Mansfield (este punto lo tenía ella siempre presente y contaba todos los días) y se disponía una mañana a subir como de costumbre al piso con Susan, las detuvo la llamada de un visitante, al cual comprendieron que no les sería posible esquivar debido a la presteza con que Rebecca acudió a la puerta, obligación que siempre le interesaba más que ninguna.

Era la voz de un caballero; una voz que hizo palidecer a Fanny, al tiempo que el señor Crawford entraba en el recibidor.

El buen sentido de Fanny siempre respondía cuando de veras era requerido; de modo que fue capaz de presentar a su madre al visitante y de justificar que recordaba su nombre como el de "el amigo de William" aunque previamente no se hubiera creído con valor para pronunciar una sílaba en tal momento. El saber que allí solo era conocido como el amigo de William representaba para ella de alguna ayuda. Después de la presentación, sin embargo, y una vez sentados todos de nuevo, el espanto que la acometió al preguntarse adonde podría conducir tal visita fue apabullante, hasta el punto de que creyó estar a punto de desmayarse.

Mientras se esforzaba por conservar el sentido, Henry, que al principio se le había acercado con el aire animado de siempre, desvió prudente y amablemente la mirada, dándole tiempo para recuperarse a la vez que se dedicaba por entero a la madre, hablándole y prestándole su atención con la mayor cortesía y propiedad, y también con cierto grado de intimidad, o cuando menos de interés, resultando perfectos sus modales.

Los de la señora Price estaban también en su mejor punto. Estimulada ante semejante amigo de su hijo, regulada por el deseo de darle una favorable impresión, se mostraba desbordante de gratitud, de auténtica gratitud maternal, y esto solo podía resultar agradable. Dijo que el señor Price había salido y lo lamentaba muchísimo. Fanny se había recobrado lo suficiente para decirse que ella no podía lamentarlo; pues a sus muchos motivos de zozobra se añadía el muy grave de su vergüenza por el hogar en que él la encontraba. Podía reprocharse esta debilidad, pero no había reproche que sirviera para el caso. Estaba avergonzada, y más la hubiera avergonzado todavía su padre que todo lo demás.

Hablaron de William, tema que jamás podía fatigar a la señora Price; y los elogios del señor Crawford fueron tan cálidos como pudiera desearlo hasta el corazón de la misma madre. Esta se decía que en su vida había conocido un hombre tan agradable, y solo se asombró de que, siendo tan importante y agradable, no hubiese rendido viaje a Portsmouth ni para visitar al almirante del puerto, ni al comisionado, ni siquiera con la intención de llegarse a la isla o ver el astillero. Ninguna de todas esas cosas, que ella siempre había considerado prueba de importancia, o modo de emplear la riqueza, le habían traído a Portsmouth. Había llegado a última hora de la noche anterior, se proponía pasar allí un par de días, se hospedaba en el Crown, se había encontrado casualmente con uno o dos oficiales de la marina conocidos, pero su viaje no obedecía a ninguno de aquellos motivos.

Después que hubo facilitado toda esa información, consideró que no era descabellado suponer que podía ya dirigir la mirada y la palabra a Fanny; y ella se sintió bastante capaz de tolerar lo uno y lo otro, y enterarse de que había pasado media hora junto a su hermana la víspera de su salida de Londres; de que ella le enviaba sus más efusivas expresiones de afecto, pero no había tenido tiempo de escribirle; de que él se consideró feliz de poder ver a Mary aunque solo fuese media hora, habiendo permanecido escasamente veinticuatro en Londres, a su regreso de Norfolk y antes de partir de nuevo; de que Edmund se hallaba en la capital, donde permanecería unos días, según tenía entendido; de que no le había saludado personalmente, pero sabía que estaba bien y que había dejado bien a todos en Mansfield; se enteró, en fin, de que Edmund iba a cenar, lo mismo que el día anterior, con los Fraser.

Fanny escuchó, impasible, hasta el último detalle mencionado; es más, le pareció un alivio para su fatigado espíritu llegar a una certeza; y las palabras: "así, a estas horas, estará ya todo arreglado" las dijo para sus adentros, sin traslucir más signo de emoción que un ligero enrojecimiento de sus mejillas.

Después de hablar otro poco de Mansfield, tema por el cual el interés de Fanny era manifiesto, Crawford empezó a insinuar la conveniencia de un inmediato paseo matinal.

—La mañana es deliciosa —dijo— y en esta estación del año las mañanas radiantes se convierten tan frecuentemente en desapacibles, que lo más prudente sería aprovecharla sin tardanza.

Pero, como esas insinuaciones no consiguieron nada, acto seguido procedió a recomendar sin tapujos ni rodeos a la señora Price y a sus hijas que dieran un paseo sin pérdida de tiempo. Entonces llegaron a un acuerdo. Resultó que la señora Price casi nunca se asomaba siquiera a la calle, excepto los domingos; manifestó que raramente podía, con tanta familia, disponer de un momento para salir a pasear.

—En tal caso —sugirió Henry—, ¿no podría usted convencer a sus hijas para que aprovecharan este tiempo tan espléndido, y concederme el placer de acompañarlas?

La señora Price se mostró muy agradecida y complaciente. Dijo que sus hijas vivían muy recluidas, que Portsmouth era una ciudad muy aburrida y casi nunca salían, y que le constaba que debían hacer algunas compras y les gustaría mucho tener ocasión para ello.

La consecuencia fue que Fanny, por extraño que le pareciera... extraño, molesto y pesaroso, se encontró a los diez minutos caminando en dirección a High Street, acompañada de Susan y de Henry Crawford.

Pronto vino a sumarse una nueva inquietud a su inquietud, una nueva confusión a su confusión; pues, apenas habían alcanzado High Street, se tropezaron con su padre, cuya apariencia no era mejor por ser sábado aquel día. El hombre se detuvo; y, a pesar de su facha poco distinguida, Fanny se vio obligada a presentarlo al señor Crawford. No podía ella dudar de la clase de impresión que recibiría Henry; seguro que sentiría vergüenza y disgusto a la vez. Pronto se alejaría de ella, y dejaría de sentir la menor inclinación por semejante boda. Y sin embargo, a pesar de lo mucho que había deseado un remedio para aquel mal, era este una especie de remedio que resultaba casi peor que la enfermedad; y creo yo que apenas se encontraría a una niña casadera en todo el Reino Unido que no prefiriese resignarse con la desgracia de ser pretendida por un hombre inteligente, agradable, a verle ahuyentado por la vulgaridad de sus parientes más próximos.

El señor Crawford no pudo seguramente observar a su futuro suegro con la menor idea de tomarle por modelo en el arte de vestir; pero, según Fanny de golpe, y con gran alivio, constató, su padre se mostró como un hombre muy diferente, un señor Price muy distinto en su manera de comportarse ante aquel forastero que le merecía el mayor respeto, a lo que era en casa, en el seno de la familia. Ahora, sus modales, aunque no refinados, eran más que pasaderos: eran gratos, animados, varoniles; sus expresiones eran las de un padre afectuoso y de un hombre sensible; su costumbre de hablar en voz alta quedaba muy bien al aire libre de la vía pública, y no se le oyó una sola palabra malsonante. Tal fue su instintivo cumplido a las buenas maneras del señor Crawford; y, cualesquiera que fuesen las consecuencias, la inmediata sensación de Fanny fue muchísimo más agradable.

El resultado de las cortesías entre ambos caballeros fue el ofrecimiento que hizo el señor Price de enseñar al señor Crawford el astillero; invitación que Henry, deseoso de aceptar como un favor lo que con tal intención se le brindaba (aunque había visto una y mil veces el astillero), y con la esperanza de estar así más tiempo junto a Fanny, se mostró muy dispuesto a aprovechar, agradecido, siempre que las señoritas Price no temieran cansarse; y como, de un modo u otro, se averiguase, o se infiriese, o al menos se las indujera a considerar que no sentían tal temor, decidieron ir todos al astillero; y de no haberlo evitado el señor Crawford, el señor Price les hubiera llevado allá directamente, sin la menor consideración a las compras que sus hijas debían efectuar en High Street. Sin embargo, Henry cuidó de que se les concediera ir a las tiendas que pensaban visitar, ya que para ello habían salido ex profeso; y ello no les retardó mucho, porque Fanny era tan incapaz de suscitar impaciencias o de hacerse esperar, que antes de que los caballeros, mientras permanecían a la puerta, pudieran hacer más que empezar a ocuparse de las últimas disposiciones navales, o establecer el número de navíos de tres puentes entonces en activo, sus acompañantes estaban ya dispuestas a reanudar el paseo.

Terminadas las compras, emprendieron sin más dilación el camino del astillero; y el paseo se hubiera efectuado, en opinión del señor Crawford, de un modo muy singular, de haberse dejado por entero en manos del señor Price la conducción del grupo, pues se dio cuenta de que no le importaba que las jovencitas siguieran detrás sin alcanzarles, o intentándolo como pudieran, mientras ellos seguían adelante con paso vivo. Consiguió introducir algunas mejoras ocasionales, aunque no del alcance deseado. No hubiera querido separarse en absoluto de ellas; y cuando, en cualquier cruce o aglomeración, el señor Price no hacía más que gritar: "¡Aquí, muchachas, aquí! ¡Ven, Fan... Su... tened cuidado..., estad a la mira!", él hubiera querido prestarles su personal asistencia.

Una vez llegaron al astillero, Henry empezó a confiar en la posibilidad de alguna conversación aparte con Fanny, al ver que se les juntaba un colega haragán del señor Price que acudía a dar su cotidiano vistazo al curso que seguían las cosas por allí, y que sin duda resultaría un compañero de charla más interesante que él para el padre de las niñas; y, en efecto, al cabo de unos momentos, parecían ambos muy satisfechos paseando juntos de un lado para otro y discutiendo asuntos de mutuo e inagotable interés, mientras los jóvenes se sentaban en las cuadernas del astillero o hallaban asiento a bordo de algún navío de las gradas de construcción, que todos fueron a ver. Fanny, muy convenientemente estaba necesitada de descanso. Crawford no hubiese podido desearla más fatigada o más dispuesta a sentarse; pero sí hubiera deseado verse libre de la hermanita. Una chiquilla avispada de la edad de Susan, era la peor tercera persona del mundo..., era exactamente lo contrario de *lady* Bertram... todo ojos y oídos. Ante ella, no había forma de enfocar la cuestión principal. Hubo de contentarse con mostrarse simpático en común, dejar que Susan tuviera su parte de diversión y permitirse, de vez en cuando, una mirada o una insinuación a Fanny, mejor enterada y más en el caso. De lo que más habló fue de Norfolk: había pasado allí una temporada, y todo iba adquiriendo una mayor relevancia gracias a sus actuales proyectos. Un hombre como él no podía venir de ningún lugar, de ningún medio social, sin traer consigo algo con que entretener; sus viajes y sus relaciones, todo era interesante, y Susan se divirtió de un modo totalmente nuevo para ella. Para Fanny, el relato contenía algo más que la accidental amenidad de las reuniones a que él había asistido. Sus palabras explicaban la causa particular, que mereció la aprobación de Fanny, de su viaje a Norfolk, singular en aquella época del año. Había ido realmente para activarse en cuestiones de interés, como la renovación de un arriendo, del cual dependía el bienestar de una numerosa y (creía él) industriosa familia. Había sospechado que su apoderado traía algún asunto entre manos... que intentaba predisponerle contra personas merecedoras de toda consideración; y había determinado ir personalmente a investigar a fondo la realidad del caso. Había investigado y su desplazamiento había sido más beneficioso todavía de lo que había previsto, había sido útil a más personas de las que comprendiera su plan inicial, y ahora podía felicitarse por ello y sentía que al cumplir un deber había asegurado una porción de gratos recuerdos para su espíritu. Se había presentado a varios arrendatarios que nunca había visto hasta entonces; había empezado a saber de la existencia de cabañas que, a pesar de hallarse dentro de su misma propiedad, no conocía todavía. Esto era hacer puntería, y buena puntería, sobre Fanny. Era un gusto oírle hablar tan decorosamente. En esto se había portado como debía. ¡Ser el amigo de los pobres y los oprimidos! Nada podía ser tan grato para ella; y estaba a punto de obsequiarle con una mirada de aprobación, que él mismo se encargó de anular al añadir algo demasiado intencionado, relativo a su esperanza de tener pronto una asistencia, una persona amiga, una guía para todos sus planes de utilidad o caritativos a desarrollar en Everingham; alguien que hiciera de Everingham, y todo lo relacionado con este lugar, algo más querido todavía de lo que siempre fuera.

Ella volvió la cabeza, deseando que él no continuara por aquel camino. Se sentía dispuesta a conceder que Henry tal vez tuviera mejores cualidades de las que ella había supuesto. Empezaba a considerar la posibilidad de que al fin se convirtiera en una buena persona; pero era y siempre sería totalmente inadecuado para ella, y no debía pensar en ella.

Henry se dio cuenta de que ya había dicho bastante sobre Everingham, de que mejor sería cambiar de tema, y volvió a Mansfield. No hubiese podido elegir mejor; era un tópico a propósito para atraerse otra vez la atención y la mirada de Fanny, casi al instante. Constituía para ella una verdadera satisfacción oír hablar de Mansfield. Por llevar ahora tanto tiempo separada de cuantos conocían el lugar, la voz que lo mencionaba le pareció la de un auténtico amigo, dando lugar a sus cariñosas exclamaciones en alabanza de sus bellezas y delicias; y con el honroso tributo que dedicó a sus moradores, le brindó a ella la oportunidad de gratificar su espíritu en el más encendido elogio, de hablar de su tío como del ser más inteligente y bueno, y de su tía atribuyéndole el más dulce de los dulces caracteres.

También él sentía un gran afecto por Mansfield; así lo decía. Miraba al porvenir con la esperanza de pasar mucho, muchísimo tiempo de su vida allí... siempre allí o en sus cercanías. En especial proyectaba pasar allí un verano y otoño muy felices, aquel mismo año. Notaba que sería así; estaba seguro de ello: un verano y un otoño mil veces superiores a los últimos; dentro de un medio igualmente animado, entretenido, social, pero en unas circunstancias de indescriptible superioridad.

—Mansfield, Sotherton, Thornton Lacey... —continuó—; ¡qué sociedad se albergará en esas casas! Y acaso pueda agregarse una cuarta, por San Miguel... Un pequeño pabellón de caza en las cercanías de todos tan queridas... porque en cuanto a compartir Thornton Lacey, como una vez insinuara Edmund Bertram, con buen humor, creo prever dos inconvenientes... dos inconvenientes auténticos, encantadores, irresistibles, como objeción a ese plan.

Fanny calló por doble motivo; aunque, pasada la ocasión, lamentara no haberse esforzado por conocer una mitad de lo insinuado por Henry y no haberle animado a decir algo más de su hermana Mary y de Edmund. Era un tema del cual debía acostumbrarse a hablar, y la debilidad de querer esquivarlo pronto sería en ella algo completamente imperdonable.

Cuando el señor Price y su amigo vieron todo lo que quisieron o tuvieron tiempo de ver, los demás estaban listos para regresar; y durante el paseo de vuelta, Crawford consiguió un minuto de charla privada con Fanny, a la que pudo decir que el único asunto que le traía a Portsmouth era verla a ella; que había acudido por un par de días por ella y nada más que por ella, porque no podía soportar una tan larga y absoluta separación. Esto entristeció a Fanny, la entristeció de veras; y sin embargo, a pesar de esto y de las otras dos o tres cosas que hubiera preferido que él no dijera, lo consideró en total muy mejorado desde la última vez que lo había visto. Era mucho más delicado, correcto y atento para con los sentimientos de los demás, de lo que jamás se había mostrado en Mansfield; nunca le había parecido tan agradable... tan cerca de resultarle agradable; su conducta respecto al señor Price no podía ofender, y en el caso que hizo de Susan había algo particularmente cortés y amable. Decididamente, había mejorado. Fanny deseaba que hubiese transcurrido ya el día siguiente, deseaba que él hubiese venido tan solo por un día; pero no lo pasó tan mal como esperaba; ¡era tanto el placer de hablar de Mansfield!

Antes de separarse, ella tuvo que agradecerle otra delicadeza, y no pequeña. Su padre le pidió que les hiciera el honor de acompañarlos en la comida, y Fanny tuvo solo tiempo para un escalofrío de espanto antes de que él manifestara su imposibilidad de aceptar, por haber contraído un compromiso con anterioridad. Se había comprometido ya para aquel día y para el siguiente: se trataba de la invitación de un amigo que encontró en el Crown, y no podía negarse; sin embargo, tendría el honor de visitarles de nuevo el día siguiente, etc. Y así se despidieron, sintiendo Fanny una verdadera felicidad por haberse escapado de tan terrible amenaza.

¡Tenerle allí, integrando semejante reunión familiar en torno a la mesa durante la comida, hubiera sido espantoso! Los guisos de Rebecca, el servicio de Rebecca, el modo de comer de Betsey, sin contención y cogiéndolo todo a su antojo, era algo a lo que Fanny no estaba bastante hecha todavía para que sus comidas pudieran ser a menudo tolerables.

Pero, ella era refinada tan solo por delicadeza natural, mientras él se había educado en escuela de lujo y sibaritismo.

Capítulo XLII

El día siguiente, acababan los Price de salir para la iglesia cuando de nuevo apareció el señor Crawford. No les alcanzó con el único objeto de saludarles, sino para juntarse a ellos; le pidieron que les acompañase a la capilla de la guarnición, que era exactamente lo que él quería, y allá se dirigieron todos juntos.

Ahora podía verse a la familia en su aspecto favorable. La naturaleza les había concedido una porción de belleza nada desdeñable, y el domingo se encargaba siempre de vestirlos con las galas de sus más limpias epidermis y sus mejores trajes. El domingo siempre proporcionaba este consuelo a Fanny, y en esta ocasión era mayor que nunca. Su pobre madre no parecía tan indigna de ser hermana de *lady* Bertram como era capaz de parecer. Con frecuencia le oprimía a Fanny el corazón pensar en el contraste que ofrecían la una respecto a la otra; pensar que donde la naturaleza había puesto tan poca diferencia, las circunstancias hubieran creado tanta, y que su madre, tan hermosa como *lady* Bertram y algunos años más joven, tuviera una apariencia mucho más desgastada y mustia, tan desalentada, tan desaliñada, tan abandonada. Pero el domingo la convertía en una muy apreciable y tolerable señora Price, cuando salía a la calle con su simpática colección de criaturas, dándose un pequeño respiro al cabo de una semana de cuidados, sin descomponerse más que en el caso de ver a sus niños correr hacia un peligro o si Rebecca pasaba por su lado con una flor en el sombrero.

En la capilla hubo de separarse el grupo, pero el señor Crawford tuvo buen cuidado en no quedar separado de la fracción femenina; y a la salida continuó todavía con ellos, agregándose al paseo familiar por la muralla.

La señora Price daba su paseo semanal por la muralla todos los domingos que hacía buen tiempo, a lo largo de todo el año. Siempre iba allí directamente una vez terminada la función matinal, para no regresar a casa hasta la hora de comer. Era su lugar público: allí encontraba a sus conocidos, se enteraba de algunas noticias, hablaba de lo malas que eran las criadas de Portsmouth y cogía ánimos para los seis días siguientes.

Allá se dirigieron, pues, sintiéndose el señor Crawford muy feliz por considerarse especialmente encargado de atender a las chicas de Price; y poco tiempo llevaban paseando cuando, sin que apenas se dieran cuenta... no hubiesen podido decir cómo... Fanny no podía creerlo, él se había situado ya entre las dos y había enlazado un brazo de cada una a los suyos, sin que ella supiera evitarlo o poner término a aquella situación. Esto la desazonó durante un rato; sin embargo, lo mismo el día que el espectáculo que se abría a sus ojos, brindaban encantos que no podían dejar de resistirse.

El día era especialmente delicioso. Era marzo en el calendario, pero era abril la templada atmósfera, la suave y constante brisa, el radiante sol, que en ocasiones se nublaba de vez en cuando; y todo aparecía tan hermoso bajo el influjo de aquel cielo, persiguiéndose los juegos de sombras proyectadas sobre los barcos de Spithead y más allá, en la isla, con los matices siempre cambiantes del mar, entonces en su creciente, danzando jubiloso y quebrándose en la escollera con un rumor tan agradable...; todo ello brindaba a Fanny una combinación de encantos tan maravillosa, que poco a poco llegó casi a olvidarse de las circunstancias en que le era dado gozarlos. Es más: de no haber tenido aquel brazo en que apoyarse, pronto lo hubiera necesitado; pues le hubieran faltado las fuerzas para pasear durante dos horas, al darse el caso, como generalmente ocurría, tras una semana de inactividad. Fanny empezaba a acusar el efecto de haber suspendido su ejercicio habitual y regular; había perdido fondo en cuanto a salud desde su llegada a Portsmouth; y de no ser por el señor Crawford y el magnífico tiempo, pronto se hubiera rendido en aquella ocasión.

La belleza del día y del paisaje lo acusaba él lo mismo que ella. Frecuentemente se detenían obedeciendo a un mismo gusto y sentimiento, y se apoyaban en el muro durante unos minutos para mirar y admirar; y considerando que él no era Edmund, no pudo menos Fanny de reconocer que era bastante sensible a los encantos de la naturaleza y muy hábil para expresar su admiración. Ella se abandonaba de vez en cuando a un dulce éxtasis, circunstancia que él pudo aprovechar en alguna ocasión para mirarla al rostro; y el resultado de tales observaciones fue la afirmación de que su rostro, aunque tan cautivador como siempre, no aparecía tan radiante como debía estar. Ella dijo que se encontraba muy bien, no gustándole que pudiera suponerse otra cosa; pero, en su apreciación de conjunto, él quedó convencido de que su actual residencia no podía satisfacerla y, por lo tanto, no podía ser saludable para ella; y empezó a mostrar ansia por un pronto regreso de Fanny a Mansfield, donde la felicidad de ella, y la de él al verla, habría de ser mucho mayor.

—Lleva ya un mes aquí, ¿verdad?

—No; no un mes completo. Mañana hará cuatro semanas que llegué de Mansfield.

—Es usted en extremo escrupulosa y honrada en sus cuentas. A eso, yo lo llamaría un mes.

—No lo hará hasta el martes al atardecer.

—Y se trata de una visita de dos meses, ¿no es cierto?

—Sí. Mi tío habló de dos meses. Creo que no será menos.

—¿Y cómo va a efectuar el regreso? ¿Quién vendrá a recogerla?

—No lo sé. Todavía nada me ha comunicado referente a esto mi tía. Acaso me quede más tiempo. Puede que no convenga recogerme exactamente al término de los dos meses.

Tras una breve reflexión, el señor Crawford replicó:

—Conozco Mansfield, conozco sus costumbres y conozco sus defectos respecto a usted. Conozco el peligro de que se hayan olvidado por el momento de usted, hasta el punto de sacrificar su bienestar a la imaginaria conveniencia de un solo ser de la familia. Me doy cuenta de que pueden dejarla aquí semana tras semana, en tanto a *sir* Thomas no le sea posible disponerlo todo para venir él mismo, o enviar a la sirvienta de su cuñada, sin que ello envuelva la más leve alteración del programa que pueda haber establecido para el trimestre siguiente. Esto no puede ser. Dos meses es mucho tiempo; seis semanas creo que serían suficientes. Hablo en consideración a la salud de su hermana —agregó, dirigiéndose a Susan—; pues opino que este confinamiento en Portsmouth no puede beneficiarla. Ella necesita constante ejercicio y buen aire. Cuando usted la conozca tan bien como yo, estoy seguro de que estará de acuerdo en que le es indispensable, y nunca debería permanecer tanto tiempo alejada del aire puro y la libertad del campo. Por lo tanto —hablando de nuevo a Fanny—, si nota que se siente peor y surge alguna dificultad para su regreso a Mansfield... sin aguardar a que se cumplan los dos meses: a este extremo no debe concederle la menor importancia; si se siente aunque solo sea un poquitín más débil o abatida que lo normal, solo debe ponerlo en conocimiento de mi hermana, insinuárselo tan solo: ella y yo acudiremos inmediatamente y la devolveremos a Mansfield. Ya sabe usted la facilidad y el placer con que lo haríamos. No ignora la ilusión a que ello daría lugar.

Fanny le dio las gracias, pero trató de quitarle importancia.

—Estoy hablando muy en serio —replicó Henry—, como usted sabe perfectamente. Y espero que no oculte usted cruelmente cualquier tendencia a una indisposición. No, no hará usted eso... no podría hacerlo; pues tan solo mientras diga usted positivamente, en todas las cartas dirigidas a Mary, "sigo bien", y yo sé que no puede usted decir ni escribir una mentira, solo mientras así lo haga consideraremos que se encuentra con excelente salud.

Fanny le dio las gracias otra vez, pero estaba afectada y angustiada hasta tal punto, que le fue imposible decir gran cosa, y ni siquiera estaba segura de lo que debía decir. Esto ocurrió hacia el final del paseo. Henry las acompañó hasta el último instante, sin dejarlas hasta que, ya en la puerta de la casa, comprendió que iban a comer y se despidió pretextando que lo esperaban en otra parte.

—Preferiría no verla tan fatigada —dijo, reteniendo todavía a Fanny cuando los demás ya habían entrado—. Desearía dejarla con mejor salud. ¿Puedo hacer algo por usted en Londres? Tengo algunas intenciones de volver pronto a Norfolk. No estoy satisfecho de Maddison. Estoy seguro de que todavía procura engañarme, si puede, e intenta poner a un primo suyo en cierto molino que yo tengo destinado a otra persona. Tendré que ir y entenderme directamente con él. He de hacerle saber que no me dejo embaucar en el sur de Everingham más que en el norte; que en adelante seré yo el dueño de mi hacienda. Antes no fui lo suficientemente explícito con él. El daño que un hombre como ese hace en una heredad, tanto respecto a la fama de su jefe como al bienestar de los pobres, es algo inconcebible. Casi estoy decidido a volver a Norfolk enseguida y arreglarlo todo de modo que no se preste a más chanchullos. Maddison es un individuo inteligente; no me propongo desplazarlo, con tal que él no intente suplantarme a mí; pero sería tonto dejarme engañar por un hombre que no tiene sobre mí ninguna autoridad, y peor que tonto dejar que me introdujera allí a un sujeto desalmado y opresor, en vez de un hombre honrado, a quien en parte ya se lo he prometido. ¿No sería peor que tonto? ¿Debo ir? ¿Me lo aconseja usted?

—Se lo aconsejo. Usted sabe perfectamente lo que está bien.

—Sí, cuando me da usted su opinión, siempre sé lo que está bien. Su juicio es mi regla de comportamiento.

—Oh, no; no diga usted eso. Todos llevamos en nosotros mismos un guía mejor de lo que pueda serlo otra persona. Adiós; deseo que tenga mañana un buen viaje.

—¿No hay nada que pueda hacer por usted en Londres?

—Nada. Se lo agradezco muchísimo.

—¿No tiene ningún encargo para nadie?

—Mis afectuosos saludos para su hermana, se lo ruego; y cuando vea a mi primo... a mi primo Edmund... desearía que tuviera la amabilidad de decirle... que supongo que pronto tendré noticias suyas.

—Pierda cuidado; y si se muestra perezoso o negligente, yo mismo le escribiré sus excusas...

No pudo decir más, pues Fanny dio a entender que no estaba dispuesta a que la retuviera por más tiempo. Estrechó su mano, la miró y se fue. Él fue a pasar el tiempo como pudo durante las tres horas siguientes, con otras amistades, hasta que el mejor almuerzo que una fonda importante pueda ofrecer estuvo dispuesto para deleite de los comensales; ella entró inmediatamente en busca de su comida, mucho más frugal.

Muy distinto era el carácter de sus respectivos menús; y de haber tenido él conocimiento de las muchas privaciones, además de la del ejercicio, que ella padecía en casa de sus padres, se hubiera hecho cruces de que su aspecto no fuera mucho peor de lo que había advertido. Estaba tan poco hecha a los budines y guisos de Rebecca, servidos a la mesa, como así ocurría, con aquel acompañamiento de platos medio limpios y cuchillos y tenedores ni medio limpios siquiera, que frecuentemente se veía obligada a diferir su más grata comida hasta que podía mandar por la tarde a sus hermanos a comprar galletas y bollos. Habiéndose criado en Mansfield, era ya muy tarde para curtirse en Portsmouth; y aunque *sir* Thomas, de haberlo sabido todo, hubiese podido considerar que su sobrina se hallaba en el camino más prometedor para rendirse, acosada por las necesidades del cuerpo tanto como por las del alma, a una más justa apreciación de la buena compañía y buena fortuna del señor Crawford, probablemente hubiera temido llevar más lejos su experimento, a menos de exponer a Fanny a morir en él.

Fanny quedó deprimida para todo el resto del día. Aunque estaba relativamente segura de que no volvería a ver al señor Crawford, no podía evitar sentirse de aquella manera. Era separarse de alguien que tenía el carácter de persona amiga; y aunque, bajo un aspecto, se alegraba de su partida, le parecía ahora como si la hubiese abandonado todo el mundo; era una especie de renovada separación de Mansfield; y no podía pensar que él regresaba a Londres, y con frecuencia departiría con Mary y Edmund, sin que la invadiera un sentimiento tan semejante a la envidia que se aborrecía a sí misma por albergarlo.

Su desánimo no se vio aminorada por nada de lo que ocurría a su alrededor. Un par de amigos de su padre pasaron allí la larga e interminable velada, como sucedía siempre que su padre no iba a reunirse con ellos; y desde las seis hasta las nueve y media, el ruido y el ponche se dieron casi sin tregua. Se sentía muy desanimada. La asombrosa mejora que seguía imaginando en Henry era lo que más cerca estaba de proporcionarle algún consuelo dentro de la corriente de sus pensamientos. Al no tener en cuenta lo distinto del medio en que poco a poco lo había visto, ni lo mucho que podía atribuirse a efecto de contraste, estaba completamente convencida de que ahora era mil veces más gentil y considerado para con los demás que antes. ¿Y si así era en las cosas pequeñas, no había de serlo en las grandes? Viéndolo tan ansioso porque ella no se perjudicase en su salud y bienestar, tan sensible como ahora se mostraba, y en realidad parecía, ¿no podía justamente suponerse que no seguiría mucho tiempo persistiendo en su empeño tan angustioso para ella?

Capítulo **XLIII**

Era de suponer que el señor Crawford habría iniciado su viaje de regreso a Londres, a la mañana siguiente, pues no volvieron a verle en casa del señor Price; y, dos días después, ello fue para Fanny un hecho comprobado gracias a la siguiente carta de Mary, que abrió y leyó por otro motivo con la más ansiosa curiosidad:

«Tengo que poner en su conocimiento, queridísima Fanny, que Henry ha estado en Portsmouth para verla a usted; que dio un paseo delicioso con usted por el astillero el sábado pasado, y otro más digno de comentario todavía el día siguiente, por la muralla, donde el aire balsámico, el centelleo del mar y las dulces miradas y conversación se conjugaron en la más deliciosa armonía y suscitaron emociones que provocan el mayor arrobamiento hasta al recordarlas. Esta, según he podido deducir, es la sustancia de mi información. Él quiere que le escriba esta carta, pero no sé qué más puedo comunicarle fuera de la citada visita a Portsmouth y de los dos paseos citados, y que fue presentado a la familia de usted, en especial a una encantadora hermanita, preciosa muchacha de quince años, que formó parte del grupo en el paseo por las murallas y recibió, supongo, su primera lección de amor. No tengo tiempo para escribirle muy extensamente; pero, además, hacerlo estaría fuera de lugar, pues esta es una simple carta de negocios, redactada con el propósito de comunicarle una información necesaria, y que no podría aplazarse sin riesgo de grave perjuicio. Querida, mi queridísima Fanny, si estuviera usted aquí ¡cuántas cosas le contaría! Podría escucharme hasta cansarse, y aconsejarme hasta sentirse todavía más cansada; pero es imposible trasladar ni una centésima parte de lo mucho que bulle en mi mente; así que me abstendré del todo, dejando que adivine usted lo que le plazca. No tengo noticias para usted. Es usted bastante sagaz, desde luego; y estaría muy mal que la atormentase con los nombres de la gente y la relación de las fiestas que ocupan mi tiempo. Debí mandarle una crónica de la primera recepción de su prima, la señora Rushworth; pero tuve pereza, y ahora pasó ya demasiado tiempo; baste decir que todo fue exactamente como podía desearse, de un tono que todas sus relaciones pudieron observar con agrado, y que el vestido y las maneras de ella la acreditaron por completo. Mi amiga, la señora Fraser, está loca por una casa como aquella, y tampoco a mí me disgustaría... Voy a trasladarme a casa de lady Stornaway después de Pascua; parece que se siente muy ani-

mada, y muy feliz. Me imagino que lord Stornaway es muy alegre y agradable en el seno del hogar, y no le considero tan mal parecido como antes... al menos, una ve cosas mucho peores. Al lado de su primo Edmund, no resulta, desde luego. ¿Qué diré del héroe que acabo de mencionar? Si omitiera por entero su nombre, parecería sospechoso. Entonces, diré que le hemos visto dos o tres veces, y que a mis amigas de aquí les ha impresionado mucho, con su aspecto tan gentil. La señora Fraser (no juzgue usted mal) dice que no conoce en Londres más que a tres hombres que tengan tan buena presencia, tan buena estatura y tan buen porte; y debo confesar que, cuando comió aquí el otro día, no había ninguno que pudiera compararse con él, y éramos un grupo de dieciséis personas. Afortunadamente, nadie puede basarse hoy en una diferencia de indumentaria para cotillear, pero..., pero..., pero... Suya afectísima.

»Casi me olvidaba (por culpa de Edmund, le tengo en la cabeza más de lo que me conviene) de algo muy importante, que debo decirle de parte de Henry y de la mía propia: me refiero a lo de llevarla a usted de nuevo a Northamptonshire. Mi querida criaturita, no vaya a permanecer en Portsmouth hasta perder su hermoso aspecto. Esas perversas brisas del mar son la ruina de la salud y la hermosura. Mi pobre tía siempre se sentía perjudicada cuando se hallaba a una distancia inferior a los diez kilómetros de la costa, cosa que el almirante no creyó jamás, ciertamente, pero que yo sé que es así. Estoy a disposición de usted y de Henry, con tal que me avisen con una hora de antelación. Me gustaría el plan, y haríamos un pequeño rodeo para enseñarle a usted, de paso, Everingham, y acaso no le importaría a usted pasar por Londres y ver el interior de St. George, en Hannover Street. Solo que, en tal ocasión, debería usted mantenerme separada de su primo Edmund; no me gustan las tentaciones. ¡Qué carta tan larga! Una palabra más. Veo que Henry tiene cierta intención de volver a Norfolk para algún asunto que usted apruebe; pero esto no será posible hasta mediada la próxima semana. Es decir, en todo caso no podré prescindir de él hasta pasado el día 14, pues damos una fiesta ese día, por la tarde. El valor de un hombre como Henry en tales ocasiones es algo que no puede usted imaginar; de modo que debe usted confiar en mi palabra si le digo que es inestimable. Verá a los Rushworth, y confieso que esto no me disgusta, pues siento alguna curiosidad; y creo que lo mismo le ocurre a él, aunque no quiere reconocerlo».

Era esta una carta para ser devorada primero con rapidez, después para ser leída con detenimiento; para dar mucho tema a la reflexión y para dejar en el ánimo una incertidumbre mayor que nunca. La única certeza que podía deducirse de ella era que todavía nada decisivo había tenido lugar. Edmund no había hablado todavía. Lo que la señorita Crawford sentía en realidad; cómo se proponía obrar, u obraría, sin o contra su propósito; si la importancia de Edmund para ella era la misma que antes de la última separación; si, disminuida, era probable que disminuyese más, o bien que se restableciera... eran motivos de cábalas sin fin, temas para ser meditados durante aquel día y muchos días más sin llegar a ninguna conclusión. La idea que se imponía con mayor frecuencia era que Mary, después de mostrarse más fría y vacilante, a consecuencia de su vuelta a las costumbres londinenses, se daría cuenta al fin de que estaba demasiado encariñada con él para no aceptarle. Trataría de ser más ambiciosa de lo que el corazón le iba a permitir. Vacilaría, coaccionaría, pondría condiciones, exigiría mucho, pero, finalmente, claudicaría. Esto era lo que con más frecuencia preveía Fanny. ¡Una casa en Londres! Eso, lo creía imposible. Sin embargo, no podía conjeturarse lo que la señorita Crawford no sería capaz de pedir. La perspectiva era para su primo cada vez peor. Una mujer que podía hablar de él, refiriéndose solo a su aspecto exterior... ¡qué cariño más vergonzoso! Buscar confirmación en los elogios de la señora Fraser! ¡Ella, que le había tratado con intimidad durante medio año! Fanny se avergonzaba de ella. Los pasajes de la carta que se referían a Henry y a ella misma la hirieron, en comparación, muy poco. Que Henry volviese a Norfolk antes o después del 14 era un asunto que a ella le traía sin cuidado, desde luego, aunque, considerándolo todo, pensó que él debía querer ir sin demora. Que Mary Crawford tratara de asegurarse un encuentro entre él y María Rushworth, era algo que entraba de lleno en su peor línea de conducta, algo tremendamente desagradable e imprudente; pero esperaba que él no obraría impulsado por una curiosidad tan degradante. Él no reconocía tal impulso, y su hermana hubiera debido creerle dotado de mejores sentimientos que los de ella misma.

Fanny sintió todavía más impaciencia que antes por recibir otra carta de Londres, a continuación de haber recibido esta; y durante unos días estuvo tan inquieta por todo lo que había ocurrido y lo que podía ocurrir, que sus habituales lecturas y conversaciones con Susan quedaron poco menos que suspendidas. No podía concentrar su atención como hubiera deseado. Si el señor Crawford se había acordado del mensaje que ella le diera para su primo, creía probable, de lo más probable, que Edmund le escribiera en todo caso; nada más de acuerdo con su bondad habitual; y hasta que se hubo librado de esta idea, que poco a poco fue extinguiéndose al no llegar carta alguna en el curso de otros tres o cuatro días, vivió en un estado de extrema zozobra y ansiedad.

Al fin se impuso algo parecido al sosiego. Era preciso dominar la impaciencia, y no permitir que la deprimiera y la dejase incapacitada para todo. El tiempo contribuyó, sus propios esfuerzos hicieron algo más, y así pudo reanudar sus atenciones a Susan, despertándose de nuevo el mismo interés que sentía por su hermana.

Susan se estaba encariñando mucho con Fanny, y aunque sin nada de aquella temprana afición a los libros que tan fuerte había sido en ella, con una disposición mucho menos inclinada a las ocupaciones sedentarias, o al saber por el saber, era tan grande su deseo de no parecer ignorante que, junto a su fácil, clara comprensión de las cosas, la convertía en la más atenta, aprovechada y reconocida discípula. Fanny era su oráculo. Las explicaciones y observaciones de Fanny eran el más importante complemento para cualquier ensayo o capítulo de historia. Lo que Fanny le contaba de épocas pasadas quedaba más grabado en su mente que las páginas de Goldsmith[29]; y hacía a su hermana el obsequio de preferir su estilo al de cualquier autor impreso. Le faltaba el hábito de iniciación a la lectura desde los primeros años.

Sus conversaciones, sin embargo, no siempre giraban en torno a temas tan elevados como la moral o la historia; otros tenían también su hora; y entre los de menor importancia, ninguno se repetía con tanta frecuencia ni tardaba tanto en agotarse como el de Mansfield Park: la descripción de las personas, los modales, las diversiones y las costumbres de aquel lugar. Susan, con su gusto innato por todo lo elegante y placentero, escuchaba con fruición, y Fanny no podía por menos de concederse el gusto de extenderse sobre un tema tan querido para ella. Esperaba que de ello no resultase ningún mal; aunque, al poco tiempo, la gran admiración de Susan por cuanto se hacía o se decía en casa de su tío y su fervoroso anhelo de ir a Northamptonshire, parecían casi condenar a Fanny por excitar sentimientos que no podía satisfacer.

La pobre Susan reunía unas condiciones no mucho más a propósito para adaptarse a su hogar que las de su hermana mayor; y como Fanny se iba dando exacta cuenta de esto, empezó a sentir que cuando llegase el momento de abandonar Portsmouth, su dicha se vería no poco nublada por el hecho de dejar a Susan allí. Que una muchacha tan susceptible de mejoramiento tuviera que dejarse en tales manos era algo que la angustiaba más y más. Si ella llegara a disponer un día de un hogar para invitarla... ¡qué bendición! Y de haberle sido posible corresponder al amor de

---

29   Oliver Goldsmith, célebre poeta, novelista, dramaturgo y ensayista irlandés del siglo XVIII.

Henry Crawford, la probabilidad de que él estaría muy lejos de oponerse a tal propósito hubiera contribuido más que nada al mayor incremento de su bienestar. Lo consideraba realmente bonachón, e imaginaba que acogería un proyecto de aquella clase con la mayor generosidad.

CAPÍTULO XLIV

De los dos meses, habían pasado casi siete semanas cuando la carta ansiada, la carta de Edmund, llegó a manos de Fanny. Al abrirla y ver su extensión, se dispuso a leer el pormenorizado detalle de su felicidad y una profusión de amorosas alabanzas dedicadas a la afortunada criatura que era la dueña de su destino. Este era el contenido de la carta:

«Querida Fanny: Excúsame por no haberte escrito antes. Crawford me dijo que deseabas noticias mías, pero me resultó imposible escribirte desde Londres y me convencí de que comprenderías mi silencio. De haber podido mandarte unas pocas líneas felices, estas no se hubieran hecho esperar; pero en ningún instante tuve motivo para hacer nada parecido. He vuelto a Mansfield en un estado de inseguridad mayor que cuando me fui. Mis esperanzas son mucho menores. Es probable que ya estés enterada de todo esto. Con el cariño que te tiene Mary, es lo más natural que te haya contado lo bastante de sus sentimientos para darte una aceptable idea de los míos. Ello no habrá de impedirme, sin embargo, comunicártelos yo mismo. En cuanto a lo de hacerte depositaria de nuestras respectivas confidencias no ha de haber antagonismo. No hago preguntas. Hay algo consolador en la idea de que tenemos la misma amiga, y que cualesquiera sean las divergencias de opinión que puedan existir entre ella y yo, los dos estamos unidos en nuestro afecto hacia ti. Será para mí un consuelo contarte cómo están ahora las cosas, y cuáles son mis planes en la actualidad, si puede decirse que tengo alguno. Regresé a Mansfield el pasado sábado. Estuve tres semanas en Londres y la vi, para lo que es Londres, con mucha frecuencia. Recibí de los Fraser cuantas atenciones podía razonablemente esperar. Diría, en cambio, que no fui razonable al abrigar esperanzas de una relación tan constante como en Mansfield. Más me dolió su conducta, sin embargo, que la menor frecuencia de nuestros encuentros. Si la hubiera ya visto así cuando partió de Mansfield, no hubiese tenido derecho a lamentarme; pero desde el primer momento la encontré cambiada. Al recibirme se mostró tan distinta a cuanto yo había aguardado, que estuve casi decidido a marcharme de Londres

acto seguido. No es necesario que me extienda en detalles. Tú conoces el punto flaco de su carácter y puedes imaginar los sentimientos y expresiones que fueron mi padecer. Estaba de muy buen humor y rodeada de aquellos que prestan a su espíritu, demasiado vivo, el apoyo de su mal juicio. No me gusta la señora Fraser. Es una mujer insensible, vana, casada nada más que por conveniencia y, aunque evidentemente infeliz en su matrimonio, no atribuye el desengaño a errores de buen juicio o de carácter, o a la desproporción de edad, sino a que, después de todo, es menor su opulencia que la de algunas de sus amistades, en especial que la de su hermana, lady Stornaway, y es una partidaria decidida de todo lo mercenario y ambicioso, con tal que lo sea bastante. Considero la intimidad de Mary con esas dos hermanas como la mayor desgracia de su vida y de la mía. Hace años que la llevan por el mal camino. Si fuera posible apartarla de ellas... Y a veces no desespero de conseguirlo, pues, a lo que parece, son ellas principalmente las que la tienen en gran estima; pero ella, en cambio, estoy seguro de que no las quiere como te quiere a ti. Cuando pienso en el gran afecto que por ti siente, y en todo lo que hay de sensato y recto en su conducta como hermana, me parece una criatura muy diferente, capaz de todo lo noble, y me siento inclinado a censurarme por mi interpretación demasiado dura de un carácter frívolo. No puedo dejarla, Fanny. Es la única mujer del mundo en quien podría pensar con la intención de hacerla mi esposa. Si no creyera que siente por mí alguna inclinación, no diría yo esto, desde luego; pero creo que sí la siente. Estoy convencido de que existe en ella una decidida preferencia. No tengo celos de nadie en especial. Es de la influencia del mundo elegante, en su conjunto, de lo que estoy celoso. Son los hábitos de la riqueza lo que temo. Sus ideas no exceden de lo que su propia fortuna puede garantizar, pero van más allá de lo que nuestras rentas, unidas, podrían autorizar. Uno halla consuelo, sin embargo, hasta en esto. Podría soportar mejor el perderla por no ser bastante rico, que por causa de mi profesión. Ello probaría tan solo que su afecto no alcanza al sacrificio, cosa que, en realidad, casi no tengo derecho a pedirle; y si me rechaza, creo que este será el verdadero motivo. Sus prejuicios, estoy seguro, no son tan fuertes como antes. Aquí estoy vertiendo mis pensamientos a medida que brotan de mi cerebro; acaso sean a veces contradictorios, pero no por eso serán un reflejo menos fiel de mi ánimo. Una vez que he empezado, es para mí un placer contarte todo lo que alberga mi corazón. No la puedo dejar. Con los lazos que ya ahora nos unen y los que, espero, nos unirán, dejar a Mary Crawford sería renunciar a la intimidad de algunos de los seres que más quiero en el mundo, excluirme a mí mismo de las casas y amistades a las que, en cualquier otro caso de aflicción, acudiría en busca de consuelo. Debo considerar que la pérdida de Mary implicaría la pérdida de Henry y de Fanny. Si fuera cosa decidida, si ella me hubiera rechazado, espero que sabría sobrellevarlo y vería el modo de aflojar su presa en mi espíritu; y en el curso de unos pocos años... Pero estoy escribiendo bobadas. Si me rechazara, tendría que soportarlo; y mientras viva no podré dejar de pretenderla. Esta es la verdad. El único problema es ¿cómo? ¿Cuál será el medio más apropiado? A veces pienso en volver a Londres después de Pascua, y a veces resuelvo no hacer nada hasta que ella regrese a Mansfield. Aun ahora habla con gusto de venir a Mansfield para junio; pero junio está muy lejos todavía, y me parece que lo que haré será escribirle. Estoy casi decidido a explicarme por carta. Llegar pronto a una certidumbre es mi objetivo fundamental. Mi actual situación es tristemente irritante. Considerándolo bien, creo que una carta será el mejor medio para explicarle. Por escrito, me veré capaz de decir muchas cosas que no podía decirle de palabra, y ella tendrá tiempo de reflexionar antes de decidir su contestación; y me asusta menos el resultado de una reflexión que un impulso repentino... Creo que me asusta menos. El mayor peligro para mí sería que consultase a la señora Fraser, encontrándome yo lejos, sin poder defender mi causa. Con una carta me expongo al grave perjuicio de esa consulta; y donde un criterio es algo deficiente en cuanto a lo de tomar decisiones acertadas, un consejero puede, en un momento nefasto, conducir a una determinación que acaso después se tenga que lamentar. Tendré que reflexionarlo un poco mejor. Esta extensa carta, llena tan solo de preocupaciones mías, sería suficiente para fatigar hasta la amistad de una Fanny. La última vez que vi a Henry Crawford fue en la reunión de la señora Fraser. Cada vez me satisface más todo lo que veo y oigo de él. No hay una sombra de vacilación. Está muy seguro de sus intenciones y obra de acuerdo con su resolución: inestimable cualidad. No pude verle a él y a mi hermana mayor en la misma sala, sin recordar lo que tú me contaste una vez, y reconozco que no se trataron como amigos. Noté una marcada frialdad por parte de María. Vi que él retrocedía, sorprendido, y lamenté que la actual señora Rushworth conservara algún resentimiento por un antiguo y supuesto desaire inferido a la señorita Bertram. Desearás conocer mi opinión sobre el grado de bienestar de María como esposa. No hay apariencia de infelicidad. Espero que se lleven ambos bastante bien. Comí dos veces en Wimpole Street y hubiera podido hacerlo con más frecuencia, pero es fastidioso estar con Rushworth para tratarle como hermano. Julia, parece que se divierte muchísimo en Londres. Yo poco disfruté allí, pero menos me divierto aquí; constituimos un grupo que no tiene nada de jovial. Es mucho lo que te echamos en falta. Yo siento tu ausencia más de lo que soy capaz de escribir. Mi madre te manda sus más cariñosas expresiones y espera recibir pronto tus noticias. Habla de ti casi sin parar y a mí me apena tener que preguntarme cuántas semanas tardará todavía en gozar de tu compañía. Mi padre tiene la intención de venirte a buscar él mismo, pero no será hasta después de Pascua, cuando le reclamen sus asuntos en Londres. Espero que seas feliz en Portsmouth; pero eso no debe convertirse en una visita de un año. Te necesito en casa, para contar con tu opinión acerca de Thornton Lacey. Tengo pocos ánimos para llevar a cabo grandes reformas, mientras no sepa si allí habrá un ama de casa algún día. Me parece que, en definitiva, voy a escribirle. Es cosa decidida que los Grant marchan para Bath; saldrán el lunes de Mansfield. Me alegro. No tengo bastante humor para estar a gusto con nadie. Pero tu tía parece que se considera muy desafortunada por el hecho de que semejante información sobre las novedades de Mansfield salga de mi pluma en vez de la suya.

»*Siempre tuyo, queridísima Fanny.*»

—Nunca más... no, nunca, jamás, volveré a desear que me llegue una carta —fue la secreta declaración de Fanny, cuando hubo terminado esta—. ¿Qué pueden traerme, sino penas y desilusiones? ¡Hasta después de Pascua! ¿Cómo voy a soportarlo? ¡Y tía Bertram, la pobre, hablando de mí a todas horas!

Fanny controló como pudo la tendencia de esos pensamientos, pero estuvo a medio minuto de dar pábulo a la idea de que *sir* Thomas era muy poco amable, tanto respecto de su tía como de ella misma. En cuanto al tema principal de la carta, nada contenía que pudiera calmar su enfado. Estaba casi exasperada en su disgusto e indignación con Edmund.

—Nada bueno puede salir de este aplazamiento —pensó—. ¿Por qué no ha quedado ya acordado? Él está ciego y nada conseguirá abrirle los ojos... no, nada podrá abrírselos, después que ha tenido tanto tiempo la verdad ante sí, completamente en vano. Se casará con ella, y será infeliz y desgraciado. "¡Con el cariño que me tiene Mary!" No puede ser más absurdo. Ella no quiere a nadie más que a sí misma y a su hermano. ¡Que sus amigas "la llevan extraviada hace años!". Lo más fácil es que ella haya sido las que las haya desencaminado. Acaso todas han estado corrompiéndose unas a otras; pero sí es cierto que el entusiasmo de las otras por ella es mucho más fuerte que el de ella por las otras, tanto menos probable es que haya sido ella la perjudicada, salvo por las adulaciones. "La única mujer del mundo en quien podría pensar con la intención de hacerla su esposa". Lo creo firmemente. Es un cariño que le dominará toda la vida. Tanto si ella lo acepta como si lo rechaza, su corazón está unido a ella para, siempre. "Debo considerar que la pérdida de Mary significaría para mí la pérdida de Henry y de Fanny". ¡Edmund, tú no me conoces! ¡Nunca emparentarán las dos familias, si no estableces tú la conexión! ¡Oh!, escríbele, escríbele. Acaba de una vez. Pon término a esta incertidumbre. ¡Decídete, entrégate, condénate a ti mismo!

Sin embargo, tales sensaciones se acercaban demasiado al rencor para que guiaran por mucho tiempo los soliloquios de Fanny. Pronto estuvo más tranquila y desgraciada. El tierno cariño de Edmund, sus cálidas expresiones, su trato confidencial, la impresionaban profundamente. Era demasiado bueno con todos. En resumen, se trataba de una carta que no la cambiaría por el mundo entero y cuyo valor nunca apreciaría suficiente. En esto acabó la cosa.

Todos los aficionados a escribir cartas sin tener mucho que contar, grupo que comprende una gran parte del mundo femenino al menos, convendrán con *lady* Bertram en que estuvo de mala suerte en lo de que un capítulo tan importante de las actualidades de Mansfield, como la certeza del viaje de los Grant a Bath, se diera en un instante en que ella no podía aprovecharlo; y reconocerán que hubo de ser muy mortificante para ella ver que caía en la desagradecida pluma de su hijo, que lo trató con la mayor concisión posible al final de una extensa carta, en vez de serle reservado a ella, que hubiera llenado con ese tema casi una página de las suyas. Pues aunque *lady* Bertram brillaba bastante en el arte epistolar, ya que desde los primeros tiempos de casada, a falta de otra ocupación y debido a la circunstancia de tener *sir* Thomas sus actividades en el Parlamento, se dedicó a cultivar y sostener una correspondencia con sus amistades, y había adquirido para su uso un encomiable estilo amplificativo y copioso en tópicos comunes, de modo que le bastaba un tema insignificante para desarrollarlo a placer..., sin embargo, le era indispensable tener algo sobre qué escribir, incluso dirigiéndose a su sobrina; y estando tan cerca de perder la provechosa fuente de los síntomas gotosos del doctor Grant y de las visitas matinales de su esposa, fue muy duro para ella verse privada de uno de los últimos usos epistolares a que hubiese podido destinarles.

Sin embargo, se le preparaba una pingüe compensación. La hora de la suerte llegó para *Lady* Bertram. A los pocos días de recibir la carta de Edmund, Fanny tuvo una de su tía que empezaba así:

«Mi querida Fanny: Tomo la pluma para comunicarte una noticia muy alarmante, que no dudo habrá de causarte gran preocupación».

Esto era mucho mejor que tomar la pluma para enterarla de todos los detalles del proyectado viaje de los Grant, pues la presente información era de una naturaleza que prometía a su misma pluma ocupación para muchos días venideros, ya que se trataba, nada menos, de que su hijo mayor se hallaba gravemente enfermo, de lo cual habían tenido noticias por una carta ingente pocas horas antes.

Tom había salido de Londres, con un grupo de jóvenes, para Newmarket, donde una caída sin darle importancia y unos excesos en la bebida le habían producido fiebre; y cuando los demás se fueron, no pudiendo él seguirles, lo dejaron en casa de uno de aquellos jóvenes, abandonado a las delicias de la enfermedad y la soledad, sin más asistencia que la de los criados. En vez de sentirse pronto mejor, lo bastante para seguir a sus amigos, se agravó considerablemente; y no pasaron muchos días sin que se diera cuenta de que estaba tan enfermo, que creyó adecuado, lo mismo que su médico, mandar aviso a Mansfield. Y *lady* Bertram, después de relatar el caso en resumen, observaba:

«Esta angustiosa noticia, como supondrás, nos ha afectado extraordinariamente, y no podemos evitar que nos invada una gran alarma y aprensión respecto del pobre enfermo, cuyo estado teme mi esposo que sea muy crítico. Edmund se ha ofrecido generosamente para ir a cuidar a su hermano; pero con satisfacción puedo añadir que tu tío no me dejará en esta triste ocasión, lo que sería una prueba demasiado dura para mí. A Edmund le echaremos mucho de menos en nuestro reducido círculo; pero espero y confío que encontrará al pobre enfermo en un estado menos alarmante de lo que se ha temido, y que podrá traerle pronto a Mansfield, cosa que sir Thomas opina que debería hacerse, pues considera que sería lo mejor en todos los sentidos; y yo me hago la ilusión de que el pobrecillo paciente estará pronto en condiciones de soportar el traslado sin mucho inconveniente ni daño. Y como no puedo dudar de que unes tu sentimiento al nuestro, querida Fanny, en esta triste circunstancia, volveré a escribirte muy pronto».

El sentimiento de Fanny en tal ocasión era, ciertamente, más profundo y genuino que el estilo literario de su tía. Por todos sentía verdadero pesar. Tom enfermo de gravedad, Edmund ausente para cuidarle y el reducido y triste círculo familiar de Mansfield, eran preocupaciones que anulaban a todas las demás, o a casi todas. Solo un pequeño resto de egoísmo pudo hallar en sí, nada más que para preguntarse si Edmund habría escrito a la señorita Crawford antes de que se le presentara aquel requerimiento del deber; pero en ella no podía manifestar sentimiento alguno que no fuese puramente solidario y desinteresadamente ansioso ante la mala nueva. Su tía no se olvidó de ella: le escribió una y otra vez. En Mansfield se recibían frecuentes partes de Edmund, y esos partes se transmitían regularmente a Fanny, a través del mismo estilo difuso y la misma mezcla de suposiciones, esperanzas y temores, persiguiéndose y generándose unos a otros al azar. Era como si jugara a tener miedo. Los sufrimientos que *lady* Bertram no "veía" ejercían escaso dominio sobre su imaginación; y escribía muy cómodamente sobre inquietudes, ansiedades y pobres enfermos, hasta que Tom fue efectivamente trasladado a Mansfield y pudo ella, por sus propios ojos, contemplar lo alterado de su aspecto. Entonces, una carta que previamente había empezado para Fanny, fue terminada a través de un estilo muy diferente... de un lenguaje en el que había auténtico pesar y alarma; entonces, se expresó por escrito como lo hubiera hecho de palabra.

«*Acaba de llegar, querida Fanny, y lo han subido arriba; he quedado tan impresionada al verle, que no sé qué hacer. Estoy segura de que ha llegado muy grave. ¡Pobre, Tom! Me da mucha pena, y estoy muy asustada, lo mismo que su padre. ¡Cuánto me gustaría que estuvieras aquí para consolarme! Pero tu tío espera que mañana se encontrará mejor y dice que no debemos olvidar el cansancio que le habrá causado el viaje*».

La auténtica solicitud que ahora había despertado en su pecho maternal, no se desvaneció pronto. La extremada impaciencia de Tom por ser trasladado a Mansfield y gozar los consuelos del hogar y la familia, de los que tan poco se acordara mientras no le faltó la salud, sin duda influyó en que se le trasladara allí demasiado pronto, ya que volvió a un estado febril y más alarmante que nunca por espacio de una semana. Todos se asustaron muy en serio. *Lady* Bertram escribía sus cotidianos temores a su sobrina, de la que podía ahora decirse que vivía de cartas, y pasaba todo el tiempo entre la angustia que le producía la recibida hoy y la espera de la que habría de llegarle al día siguiente. Sin que le tuviera un particular afecto a su primo mayor, su tierno corazón la llevaba a sentir que no podía prescindir de él; y la pureza de sus principios aumentaba su compasión al considerar cuan poco útil, cuan poco abnegada había sido (al parecer) la vida de Tom.

Susan fue su única compañera y confidente en esta, como en la mayoría de las ocasiones. Susan estaba siempre dispuesta a escuchar y a compadecerse. Nadie más podía interesarse por un infortunio tan remoto como el de un enfermo en una familia residente a más de cien kilómetros de distancia... Nadie, ni siquiera la señora Price, que se limitaba a hacer preguntas si veía a su hija con una carta en la mano, o la tranquila observación, de cuando en cuando:

—Mi pobre hermana debe de estar muy preocupada.

Con una separación de tantos años y situadas, respectivamente, en un plano tan distinto, los lazos de la sangre se habían convertido en poco más que nada. El mutuo afecto, en su origen tan reposado como el temperamento de una y otra, no era ya más que un simple recuerdo. La señora Price hacía tanto por *lady* Bertram como *lady* Bertram hubiera hecho por la señora Price. Hubiesen podido desaparecer tres o cuatro de los Price, lo mismo algunos que todos, excepto Fanny y William, y *lady* Bertram no hubiera prestado mucha atención por eso; o tal vez hubiera escuchado de labios de su hermana Norris el comentario hipócrita de que había sido una gran suerte y una bendición para su pobre hermana Price tener una familia tan bien dotada para pasar a mejor vida.

Capítulo XLV

Cuando casi llevaba una semana en Mansfield, desapareció el peligro inmediato de Tom, y tanto se habló de su mejoría que su madre se tranquilizó por completo; pues, acostumbrada a verle en aquel estado de gravedad y postración, sin que a sus oídos llegaran más que las noticias buenas y sin ir jamás con el pensamiento más allá de lo que oía; sin la menor predisposición a la alarma ni la menor aptitud para captar una insinuación, *lady* Bertram era la persona más a propósito para las pequeñas ficciones de los médicos. La fiebre había remitido; la fiebre había sido su mal; por lo tanto, pronto estaría bien de nuevo. *Lady* Bertram no podía ser menos optimista, y Fanny compartió la seguridad de su tía hasta que recibió unas líneas de Edmund, escritas con el propósito de darle una idea más clara sobre el estado de su hermano, y darle a conocer las aprensiones de su padre y propias, teniendo en cuenta lo que había dicho el médico respecto a ciertos síntomas de tisis que parecían apoderarse de su organismo al desaparecer la fiebre. Juzgaban que lo mejor era no atormentar a *lady* Bertram con alarmas que, era de esperar, resultarían infundadas; pero no había razón para que Fanny desconociera la verdad: temían por sus pulmones.

Unas pocas líneas de Edmund bastaron para darle una visión del paciente y lo que era la habitación del enfermo bajo una luz más clara y real de lo que podían ofrecerle todos los pliegos de *lady* Bertram. Difícilmente hubiera podido encontrarse en la casa otra persona que no pudiera describirlo, según su apreciación personal, mejor que ella; otra persona que no fuera en ciertas ocasiones más útil a su hijo. Ella no sabía hacer más que deslizarse en silencio y contemplarlo; pero cuando el enfermo estaba en condiciones de hablar, de que le hablaran o le leyeran, Edmund era el preferido. Tía Norris le mortificaba con sus cuidados, y *sir* Thomas no sabía reducir el tono ni la voz al nivel de su debilidad e irritabilidad. Edmund lo era todo en todo. Al menos así quería considerarlo Fanny, que notó que su cariño por él era más fuerte que nunca al saber cómo cuidaba, sostenía y animaba a su hermano enfermo. No era tan solo la debilidad de la reciente enfermedad lo que había que cuidar; también había, según pudo descubrir ahora Fanny, nervios muy alterados que calmar y ánimos muy deprimidos que levantar; e imaginaba que había, además, un espíritu muy necesitado de un buen guía.

En la familia no había antecedentes de tisis, por lo que Fanny se inclinaba más a tener esperanzas que a temer por su primo..., excepto cuando pensaba en Mary Crawford; porque Mary le daba la impresión de ser la niña de la suerte, y para su egoísmo y vanidad sería una gran suerte que Edmund se convirtiera en el único hijo varón.

Ni siquiera en el cuarto del enfermo era olvidada la dichosa Mary. La carta de Edmund llevaba esta posdata:

> *«Sobre el asunto de mi anterior misiva, había ya empezado una carta cuando hube de ausentarme por la enfermedad de Tom; pero ahora he cambiado de idea, pues temo la influencia de sus amistades. Cuando Tom mejore, iré yo mismo».*

Tal era el estado de cosas en Mansfield, y así continuó, sin modificarse apenas, hasta Pascua. El renglón que a veces añadía Edmund en las cartas de su madre, bastaba para tener al corriente a Fanny. La mejoría de Tom era de una lentitud exasperante.

Llegó Pascua... singularmente retrasada aquel año, como Fanny había advertido con tristeza en cuanto se enteró de que no tendría oportunidad de abandonar Portsmouth hasta que pasara. Llegó la Pascua, y nada sabía todavía de su vuelta... ni siquiera de su marcha a Londres, que debía preceder a ella. Su tía expresaba frecuentemente el deseo de tenerla a su lado; pero no llegaba aviso ni mensaje de su tío, del cual dependía todo. Suponía que no consideraba todavía oportuno dejar a su hijo; pero era un cruel, un terrible aplazamiento para ella. Abril tocaba a su fin. Pronto se cumplirían tres meses, en vez de dos, que se había alejado de todos ellos, y que venía pasando sus días como en una condena, aunque les quería demasiado para desear que lo interpretaran exactamente así. Sin embargo, ¿quién podía decir hasta cuándo no habría ocasión para acordarse de ella o irla a buscar?

Su impaciencia, su anhelo, sus ansias de estar con ellos eran tales, que de continuo le traían a la memoria un par de líneas del *Tirocinium*, de Cowper[30]: "Con qué intenso deseo clama por su hogar", era frase que tenía siempre en los labios como la más fiel descripción de un deseo que no podía suponer más vivo en el pecho de ningún escolar.

Cuando iba camino de Portsmouth, gustaba de llamarlo su hogar, se deleitaba diciendo que iba a su casa; esta expresión le había sido muy querida, y lo era todavía, pero tenía que aplicarla a Mansfield. Aquel era ahora su hogar. Portsmouth era Portsmouth; Mansfield era su casa. Así lo había establecido hacía tiempo, en el abandono de sus meditaciones secretas; y nada más consolador que hallar en su tía el mismo lenguaje: "No puedo menos de decirte lo mucho que siento tu ausencia del hogar en estos momentos angustiosos, de verdadera prueba para mi espíritu. Confío y espero, y sinceramente deseo, que nunca más vuelvas a estar tanto tiempo ausente de casa". Estas frases que ya no podían ser más agradables para ella. Aun así, eran para deleitarse con ellas en secreto. La delicadeza para con sus padres hacía que pusiera mucho cuidado en no traslucir aquella preferencia por la casa de su tío. Siempre pensaba: "Cuando vuelva a Northamptonshire" o "cuando regrese a Mansfield, haré esto y aquello". Así fue durante largo tiempo; pero, al fin, el deseo se agudizó, desbordó toda precaución y Fanny se sorprendió de pronto hablando de lo que haría cuando volviese a casa, sin casi darse cuenta. Se lo reprochó interiormente, se puso roja y quedó mirando al padre y a la madre, llena de temor. No hacía falta que se inquietara por eso. No dieron muestra de enfado, ni siquiera de que la habían oído. No sentían nada de celos por Mansfield. Tanto les daba que prefiriese estar aquí o allí.

Era triste para Fanny perderse todo el encanto de la primavera. Antes, no sabía los placeres que le quedarían vedados si pasaba marzo y abril en una ciudad. No sabía, antes, hasta qué punto la habían complacido el brote y el desarrollo de la vegetación. ¡Cuánto había fortalecido, así su cuerpo como su espíritu, contemplar el progreso de esa estación que no puede, a pesar de su volubilidad, dejar de ser cautivadora! ¡Y observar sus

---

30   Poema del inglés William Cowper (1731-1800), que trata del consejo que da a un amigo para que no envíe a su hijo al colegio y lo eduque en casa.

crecientes encantos, desde las primeras flores en los rincones más cálidos del jardín de su tía, hasta el verdecer en los plantíos de su tío y la gloria de sus bosques! Perderse tales placeres no era una fruslería; verse privada de ellos por hallarse recluida en medio del ruido, gozando de aquel confinamiento, de aire enrarecido y malos olores en sustitución de la libertad, la naturaleza, la fragancia y la vegetación, era infinitamente peor. Pero todavía eran débiles estos estímulos de pesar comparados con el que le producía la convicción de que la echaban de menos sus mejores amigos y el deseo de ser útil a los que la necesitaban.

De hallarse en casa hubiera podido prestar algún servicio a todos y cada uno de sus deudos. Tenía la seguridad de que hubiese sido útil a todos. A todos habría ahorrado algún esfuerzo, mental o físico; y aunque solo fuera para sostener el ánimo de su tía Bertram, preservándola de los males de la soledad, o del mal todavía mayor de una compañera inquieta, oficiosa, demasiado propicia a exagerar el peligro con objeto de resaltar su importancia, habría sido una gran ventaja que ella estuviera allí. Se complacía en imaginar cuánto hubiese podido leer para su tía, cuánto hubiese podido hablarle, intentando al mismo tiempo hacerle comprender el bien que sin duda representaba lo que estaba ocurriendo, y preparar su ánimo para lo que pudiera suceder. ¡Y cuántos viajes arriba y abajo de la escalera le hubiera ahorrado, y cuántos mensajes hubiera transmitido!

A Fanny le sorprendía que las hermanas de Tom pudieran continuar tranquilamente en Londres, en aquellas circunstancias; a lo largo de una enfermedad que, con distintas alternativas en cuanto a gravedad, llevaba ya un proceso de varias semanas de duración. Ellas podían volver a Mansfield cuando quisieran; para ellas el viaje no suponía ninguna dificultad, y Fanny no podía comprender cómo ambas seguían todavía sin aparecer. En caso de que a María Rushworth se le antojase que existían obligaciones inoportunas, no había duda de que Julia podía abandonar Londres en el momento que ella eligiera. A lo que parecía, según una de las cartas de tía Bertram, Julia había ofrecido volver si la necesitaban; pero esto fue todo. Estaba claro que prefería quedarse donde estaba.

Fanny se sintió inclinada a considerar la influencia de Londres muy contraria a todos los nobles afectos. Veía la prueba de ello en la señorita Crawford, tanto como en sus primas. El afecto de Mary por Edmund había sido noble, el aspecto más noble de sus sentimientos; en su amistad hacia la misma Fanny no hubo, cuando menos, nada sin tacha. ¿Dónde quedaba ahora uno y otro sentimiento? Llevaba Fanny tanto tiempo sin recibir carta de ella, que tenía algún motivo para no hacer gran caso de una amistad que daba tan pocas señales de vida. Llevaba varias semanas sin tener noticias de la señorita Crawford ni de sus demás conocidos residentes en la capital, excepto las que recibía a través de Mansfield, y empezaba a sospechar que nunca llegaría a saber si el señor Crawford había marchado otra vez a Norfolk, mientras no se encontrasen, y que nada más sabría de Mary aquella primavera, cuando vino la siguiente carta a resucitar viejas sensaciones y crear algunas nuevas:

«*Perdóneme, querida Fanny, tan pronto como pueda, por mi largo silencio, y actúe como si pudiera perdonarme al instante. Esta es mi humilde petición y mi esperanza, pues es usted tan buena que estoy segura de recibir mejor trato del que merezco, y le escribo ahora para suplicarle una inmediata contestación. Necesito saber cuál es el estado de cosas en Mansfield Park; y usted, sin duda alguna, está en perfectas condiciones de contármelo. Insensible tendría que ser quien no se condoliera por la pena que les aflige; y por lo que me han dicho, es muy poco probable que el pobre Tom Bertram llegue a restablecerse del todo. Al principio, poco caso hice de su enfermedad. Le consideraba una de esas personas que se inquietan e inquietan a los demás por cualquier indisposición sin importancia; y me preocupé más que nada por los que debían cuidarle; pero ahora me han asegurado en confidencia que se trata en realidad de algo grave, que los síntomas son de lo más alarmante y que parte de la familia, por lo menos, está enterada. De ser así, es seguro que usted está incluida en esa parte de la familia, la de las personas con juicio, y por lo tanto le ruego que me diga hasta qué punto he sido bien informada. No hace falta que le diga cuánto me alegraría si resultara que ha habido algún error, pero la noticia me impresionó tanto que, lo confieso, todavía ahora me estremezco sin poderlo evitar. Ver segada la vida de un joven tan magnífico, en la flor de la juventud, es algo espantoso. El pobre sir Thomas lo sentirá tremendamente. Yo misma siento una gran inquietud ante el caso. ¡Fanny, Fanny: ya veo que se sonríe maliciosamente! Pero, por mi honor, jamás he sobornado a un médico, en mi vida. ¡Pobre muchacho! Si es que ha de morir, habrá dos "pobres muchachos" menos en el mundo; y con el rostro muy alto, y sin temblor en la voz, diría ante quien fuese que ni la riqueza ni la dignidad podían caer en manos que más lo merecieran que las de Edmund. Fue una insensata precipitación la de las pasadas Navidades, pero el mal de unos pocos días puede borrarse en parte. El barniz y los dorados pueden ocultar muchas manchas. No habrá más pérdida que la del "esquire" delante de su nombre. Con un afecto auténtico como el mío, Fanny, se podría pasar por alto mucho más. Escríbame a la vuelta de correo; juzgue de mi ansiedad, y no juegue* con ella. *Cuénteme toda la verdad, puesto que usted la sabe de fuente original. Y ahora no se moleste en avergonzarse de mis sentimientos ni de los suyos. Créame, no solo son naturales; son filantrópicos y virtuosos. Dejo a su conciencia que examine si no combinaría mejor con todas las posesiones de los Bertram un "sir Edmund" que cualquier otro "sir" imaginable. De haberse encontrado los Grant en casa no la hubiese molestado a usted; pero actualmente es usted la única a quien puedo acudir para saber la verdad, pues a sus primas no las tengo a mi alcance. La joven señora Rushworth ha pasado la Pascua con los Aylmers, en Twickenham (como usted sabrá, sin duda), y todavía no ha regresado; y Julia está con los primos que viven cerca de Bedford Square, pero he olvidado el nombre y la calle. Sin embargo, incluso pudiéndome dirigir a ellas, siempre la preferiría a usted, pues me ha llamado la atención que sean tan enemigas de interrumpir sus diversiones como para cerrar los ojos a la verdad. Supongo que las vacaciones de Pascua de María Rushworth no se alargarán mucho ya; no hay duda de que habrán sido para ella unas vacaciones totales: los Aylmers son gente agradable y, teniendo ausente al marido, es indudable que se ha divertido. He de creer que ella misma ha sido quien ha animado al señor Rushworth para que fuera a Bath a buscar a su madre; pero ¿cómo van a llevarse ella y la suegra en la misma casa? A Henry no le tengo a mano, de forma que nada puedo decirle de su parte. ¿No cree usted que Edmund hubiese venido a Londres hace tiempo, de no ser por la enfermedad de su hermano? Suya siempre,*

Mary.»

«P. D.—Había ya empezado a doblar la carta cuando llegó Henry; pero no me trae ninguna información que me evite enviarla. María Rushworth sabe que se teme una recaída; Henry la vio esta mañana y me dice que hoy vuelve la joven señora Rushworth a su casa de Wimpole Street; la anciana señora ha llegado ya. Ahora no vaya a intranquilizarse con raras suposiciones, porque él había pasado unos cuantos días en Richmond. Lo hace así todas las primaveras. Tenga la seguridad de que no le importa nadie más que usted. En este mismo momento está loco por verla y preocupado tan solo por encontrar el medio de conseguirlo, y de conseguir que sus gustos lo sean para usted. Para demostrarlo repite, con mayor viveza, lo que le dijo en Portsmouth sobre lo de acompañarla a casa, y yo me sumo a él con toda mi alma. Querida Fanny, escríbanos enseguida y díganos que acepta. Nos hará un bien para todos. Él y yo podemos alojarnos en la rectoría, como usted sabe, y no causaremos la menor molestia a nuestros amigos

de Mansfield Park. Sería realmente agradable verles de nuevo a todos, y un pequeño aumento de personas con quien relacionarse podría ser de gran consuelo para ellos. En cuanto a usted se refiere, sin duda considera que es tanto lo que la necesitan allí, que no puede en conciencia (con lo responsable que es usted) mantenerse alejada, teniendo manera de acudir. No tengo tiempo ni paciencia para transmitirle la mitad de los mensajes que Henry me da para usted; bástele saber que el móvil de ambos y cada uno de nosotros es un inalterable afecto».

El disgusto de Fanny por casi todo el contenido de esta carta, unido a su extremo rechazo a juntar, gracias a aquel viaje, a la autora con Edmund, la incapacitaban para juzgar imparcialmente si debía o no aceptar el ofrecimiento final. Para ella, personalmente, era de lo más tentador. Encontrarse, quizás a los tres días, trasladada a Mansfield, era una imagen que se le ofrecía como la mayor dicha; pero hubiera representado un gran inconveniente deber esa dicha a unas personas en cuyos sentimientos y conducta, especialmente ahora, veía aspectos tan reprobables: los sentimientos de la hermana, la conducta del hermano; la fría ambición de ella, la desatinada vanidad de él. ¡Mantener todavía la relación, acaso el flirteo, con la esposa de Rushworth! Se sintió confundida. Había llegado a considerarlo mejor. Afortunadamente, sin embargo, no tuvo que seguir luchando, para decidirse, entre inclinaciones opuestas y dudosas nociones del deber; no era ocasión para determinar si debía mantener separados o no a Edmund y a Mary. Podía acudir a una regla que lo solucionaría todo. Su temor de *sir* Thomas y el miedo a tomarse con él una libertad, le hicieron ver en el acto, claramente, lo que debía hacer. Debía rechazar de lleno la proposición. Si su tío quisiera, mandaría por ella; y si Fanny ofreciera un regreso anticipado, sería por su parte una petulancia que casi nada podría justificar. Dio las gracias a la señorita Crawford, pero con una firme negativa. Dijo que su tío, según ella sabía, se proponía recogerla personalmente; y que puesto que la enfermedad de Tom se había prolongado tantas semanas, sin que durante ese tiempo la considerasen a ella necesaria de ningún modo, había de suponer que su regreso no sería bien acogido en aquel instante y que sin duda resultaría un estorbo.

Lo que le contó respecto del actual estado de su primo se ajustaba con precisión a lo que ella creía sobre el particular, y por lo tanto supuso Fanny que esta información llevaría al exaltado espíritu de Mary a confiar en todo lo que estaba deseando. Al parecer perdonaría a Edmund su condición de clérigo si cumplía ciertas condiciones de riqueza; y esta, sospechó Fanny, era toda la conquista sobre unos prejuicios, de la que

Edmund estaba dispuesto a congratularse con tanta facilidad. Mary solo había aprendido a pensar que nada importa sino el dinero.

Capítulo XLVI

Como Fanny no podía dudar de que su negativa iba a producir una verdadera decepción, estaba casi segura, conociendo el temperamento de Mary, que insistirían de nuevo; y aunque transcurrió una semana sin que le llegara una segunda carta, seguía todavía con la misma idea cuando la recibió.

Al tomarla en sus manos, pudo darse cuenta enseguida de que contenía muy poco texto y conoció que sería como una carta urgente de negocios. El objeto de la misma era incuestionable. Y un par de segundos bastaron para sugerirle la probabilidad de que se trataba simplemente de notificarle que los dos, Mary y Henry, estarían en Portsmouth aquel mismo día, y para sumirla en un mar de agitación ante la duda sobre lo que debería hacer en tal caso. Sin embargo, si dos segundos pueden rodearnos de dificultades, otro segundo puede dispersarlas; y antes de abrir la carta, la posibilidad de que el señor y la señorita Crawford hubiesen recurrido a *sir* Thomas y obtenido su permiso empezó a tranquilizarla. La carta decía así:

> «*Un rumor de lo más escandaloso y malvada acaba de llegar hasta mí; y le escribo, querida Fanny, para prevenirla en el sentido de que no debe conceder a ese rumor la menor veracidad, en caso de que llegue a propagarse por todo el país. Esté segura de que ha habido algún error; un par de días bastarán para aclarar las cosas y, en todo caso, para demostrar que Henry es inocente y que, pese a un momentáneo aturdimiento, no piensa más que en usted. No comente una palabra de ello... no escuche nada, no suponga nada, no murmure nada; espere a que yo le escriba otra vez. Estoy segura de que todas esas habladurías se acallarán y nada se probará sino la necedad de Rushworth. Si se han ido, apostaría mi vida a que solo se han ido a Mansfield, y Julia con ellos. Pero ¿por qué no nos permitió que fuéramos por usted? Deseo que no tenga que arrepentirse. Suya.*», etc.

Fanny quedó petrificada. Como ningún rumor perverso ni escandaloso había llegado a ella, le fue imposible entender gran parte de la extraña carta. Pudo tan solo inferir que se refería a Wimpole Street y al señor Crawford, y tan solo conjeturar que alguna imprudencia de bulto había ocurrido en aquel sector, como para escandalizar a la sociedad y provocar, según temía la señorita Crawford, los celos de la misma Fanny, si llegaba a enterarse. Mary no necesitaba preocuparse por ella. Fanny lo lamentaba solo por las partes interesadas y por Mansfield, si hasta allí habían de llegar los rumores; pero esperaba que no fuese así. Si los Rushworth habían ido a Mansfield, según podía inferirse de lo que Mary decía, no era fácil que les hubiera precedido nada desagradable o, al menos, que pudiera causar alguna impresión.

En cuanto al señor Crawford, Fanny aguardaba que el caso serviría para que él mismo se diera cuenta de sus intenciones, para convencerlo de que era incapaz de mantener un afecto constante por ninguna mujer del mundo, y avergonzarlo de su insistencia en pretenderla a ella.

Era muy extraño. Fanny había empezado a creer que él la quería, de verdad, y hasta a imaginar que con un afecto algo mayor que lo común; y Mary, su hermana, aun insistía en que a él no le importaba ninguna otra mujer. Sin embargo, debió de haber una marcada exhibición de atenciones dedicadas a María Rushworth, debió cometer alguna tremenda indiscreción, pues Mary no era de las que pudieran dar importancia a una indiscreción leve.

Muy inquieta quedó Fanny; y así tendría que continuar hasta que Mary le escribiese otra vez. Le resultaba imposible borrar la carta de su pensamiento, y no podía desahogarse hablando de ella con nadie. No hacía falta que la señorita Crawford le recomendara el secreto con tanta insistencia; debió confiar en su buen sentido respecto del miramiento que había de tener con su prima.

Llegó el siguiente día, sin que llegara una segunda carta. Fanny se sintió defraudada. Durante toda la mañana apenas si pudo pensar en otra cosa; pero cuando por la tarde volvió su padre con el periódico, como de costumbre, estaba tan lejos de esperar que le fuera posible elucidar algo por aquel conducto que, por un momento, llegó incluso a olvidarse del asunto.

Estaba sumida en otros pensamientos. El recuerdo de su primera tarde en aquella habitación, de su padre con el periódico, se adueñó de su mente. No se precisaba ahora bujía alguna. El sol estaba todavía a una hora y media sobre el horizonte. Se dio cuenta de que había pasado, realmente, tres meses allí. Y los rayos del sol, que entraban de lleno en la habitación, en vez de alegrarla, aumentaban todavía su tristeza; pues la luz solar se le aparecía como algo totalmente distinto en la ciudad que en el campo. Aquí, su poder era tan solo un resplandor, un resplandor sofocante y enfermizo, que solo servía para hacer resaltar las manchas y las suciedad que de otro modo hubieran pasado inadvertidas. No había salud ni alegría en el sol de la ciudad. Fanny se hallaba envuelta en una llamarada de sofocante calor, en una nube de polvo movedizo; y su mirada podía solo vagar de las paredes, manchadas por la marca que en ellas había ido dejando la cabeza de su padre, a la mesa, cortada y destrozada por sus hermanos, donde estaba la bandeja del servicio de té, nunca limpia del todo, las tazas y los platos a medio secar, la leche, mezcla de grumos flotantes ligeramente azulados, y el pan con mantequilla, que por momento se volvía más grasiento todavía de lo que había salido de manos de Rebecca. Su padre leía el periódico y su madre se lamentaba como de costumbre, mientras se preparaba el té, de lo gastada que estaba la alfombra, y expresaba su deseo de que Rebecca la remendase. Y Fanny no despertó de su meditación hasta que su padre le dirigió una fuerte llamada, después de murmurar y reflexionar sobre un párrafo determinado.

—¿Cuál es el nombre de tus primos casados, que viven en Londres? —preguntó.

Una breve reflexión le permitió contestar:

—Rushworth, padre.

—¿Y no viven en Wimpole Street?

—Sí, señor.

—Entonces, el diablo anda metido entre ellos, está claro. Ahí lo tienes —alargándole el periódico—; mucho bien te harán esos parientes distinguidos. No sé qué pensará *sir* Thomas de tales cosas; puede que sea de esos caballeros demasiado cortesanos y refinados para querer menos a su hija. Pero, ¡voto al diablo...!, si fuera hija mía, le estaría dando con la correa hasta que no pudiera más. Una buena paliza a los dos sería el mejor medio de prevenir esas cosas.

Fanny leyó para sí que "con infinito pesar el periódico debe comunicar a los lectores un escándalo matrimonial en la familia del señor R, de Wimpole Street; la bellísima señora de R., cuyo nombre había figurado no hace mucho en el capítulo de «bodas», y que prometía convertirse en la figura que daría el tono al mundo elegante, ha abandonado la casa de su esposo en compañía del conocido y seductor señor C, íntimo amigo y asociado del señor R., sin que se sepa, ni siquiera en la redacción de este periódico, adónde han huido".

—Es un error, padre —dijo Fanny al instante—; tiene que ser un error... no puede ser verdad... se refería a otras personas.

Hablaba movida por el instintivo deseo de aplazar la vergüenza; hablaba con la resolución que brota de la desesperanza, porque decía lo que no creía, lo que no podía creer. Fue el choque de la convicción ante la lectura. La verdad se precipitó sobre ella; y después fue para ella misma motivo de perplejidad que hubiera sido capaz de hablar, o siquiera de respirar, en aquellos momentos.

Al señor Price le importaba muy poco la noticia para convertirla en motivo de discusión.

—Puede que todo sea mentira —concedió—; pero hay tantas señoras distinguidas cargadas de líos hoy en día, que uno no se puede fiar de nadie.

—Desde luego, espero que no sea verdad —dijo la señora Price con voz lastimera—; ¡sería tan horrible! Si no le he dicho una vez a Rebecca lo de la alfombra, se lo habré dicho lo menos cien veces: ¿no es verdad, Betsey? Y no le costaría más que diez minutos de trabajo.

El horror que se apoderó del ánimo de Fanny, al tener la convicción de que se había cometido aquella falta y empezar a concebir algo de los sufrimientos que traería consigo, difícilmente puede narrarse. Al principio quedó sumida en una especie de perplejidad; pero a cada instante se precipitaba en ella la percepción del horrible daño. No podía dudar; no se atrevía a abrigar la esperanza de que el suelto no fuera verdadero. La carta de la señorita Crawford, cuyo texto había releído varias veces como para recordar de memoria todos sus renglones, coincidía de una manera escalofriante con la nota del periódico. La encendida defensa que Mary hacía de su hermano, su manifiesta esperanza de que se acallaran los rumores, su evidente zozobra, todo se correspondía por entero con algo muy grave; y si existía en el mundo una mujer de carácter definido que pudiera considerar una fruslería aquel pecado de primera magnitud, que pudiera tratar de disculparlo y desear que quedara impune, Fanny podía contar con que la señorita Crawford era esa mujer. Ahora se daba cuenta de su equivocación respecto de quienes se habían ido. No se trataba del señor Rushworth y su esposa, sino de esta esposa y el señor Crawford.

A Fanny le parecía que nunca, hasta ahora, había recibido tan fuerte conmoción. No podía sosegar. Pasó la tarde sin un momento de respiro en su aflicción; pasó la noche completamente desvelada. No hacía más que pasar de sensaciones de repugnancia a estremecimientos de horror. El caso era tan espantoso, que hubo momentos en que su corazón lo rechazaba como imposible, en que se decía que no podía ser. Una mujer que llevaba tan solo seis meses de casada; un hombre que se confesaba enamorado, hasta comprometido con otra, siendo esta otra una pariente tan próxima de aquella; toda la familia, ambas familias, tan estrechamente unidas con múltiples lazos, tan amigas, tan íntimas... Era una mezcla de culpas demasiado horrible, una concentración de perversidad demasiado vil para que la naturaleza humana fuera capaz de ella, no encontrándose en un estado de completa barbarie. Sin embargo, su juicio le decía que era así. La inconsistencia de los afectos de Henry, oscilando al dictado de su vanidad, la decidida inclinación de María y la insuficiencia de principios en ambos, apuntaban la posibilidad; la carta de Mary ratificaba el hecho.

¿Cuál sería la consecuencia? ¿A quién no iba a dejar herido? ¿Qué proyectos no iba a alterar? ¿La paz de quien no quedaría truncada para siempre? La misma Mary... Edmund... Pero acaso fuera peligroso profundizar tanto. Fanny se ciñó, o intentó ceñirse, al aspecto simple, indudable, de la desgracia familiar que habría de envolverlo todo, si, en efecto, había culpa comprobada y escándalo público. Los sufrimientos de la madre, los del padre... Aquí detuvo Fanny su pensamiento; los de Julia, los de Tom, los de Edmund... En este punto se detuvo más tiempo incluso. Eran los dos —sir Thomas y Edmund— a los que el caso afectaría de forma más horrible. La paternal solicitud, el alto sentimiento del honor y el decoro de sir Thomas; la rectitud de principios, el carácter confiado y la genuina fuerza de sentimientos de Edmund, hacían pensar a Fanny que apenas les sería posible conservar la vida y la razón ante semejante afrenta; y le parecía que, por lo que únicamente a este mundo se refiere, el mayor bien para todos los consanguíneos de María Rushworth sería una inmediata aniquilación.

Nada sucedió el día siguiente, ni al otro, que aliviase el horror de Fanny. Dos correos pasaron sin traer refutación alguna, pública ni privada. No llegaba una segunda carta de la señorita Crawford con una explicación que desvirtuara el efecto de la anterior; no llegaba noticia alguna de Mansfield, aunque había pasado tiempo suficiente para que su tía volviera a escribirle. Ello era un mal augurio. Fanny apenas conservaba una sombra de esperanza que aliviase su espíritu y quedó reducida a un estado de abatimiento, palidez y temblor que a ninguna madre afectuosa, excepto a la señora Price, le hubiera pasado inadvertido. Al tercer día pudo oírse en la puerta el aldabonazo infernal y otra carta fue depositada en sus manos. Llevaba el matasellos de Londres y era de Edmund.

«*Querida Fanny: Ya conoces nuestra presente desgracia. ¡Que Dios te ayude a soportar tu parte! Llevamos aquí dos días, pero no hay nada que hacer. No hemos podido localizarlos. Puede que no conozcas el último golpe: la fuga de Julia. Se ha marchado a Escocia con Yates. Abandonó Londres pocas horas antes de llegar nosotros. En cualquier otro momento esto nos hubiera parecido horrible. Ahora nos parece que no es nada; sin embargo, es una grave complicación. Mi padre no está desbordado. No cabía aguardar otra cosa. Todavía es capaz de pensar y hacer; y te escribo, obedeciendo a su deseo, para proponerte que vuelvas a casa. Está impaciente porque vuelvas allí a causa de mi madre. Yo estaré en Portsmouth a la mañana siguiente de recibir tú la presente, y espero encontrarte dispuesta para emprender el regreso a Mansfield. Mi padre desea que invites a Susan para que te acompañe por unos meses. Arréglalo como gustes; dile lo que consideres oportuno. Estoy seguro de que apreciarás esta prueba de cariño en tales momentos. Haz justicia a su intención, aunque yo no me exprese con claridad. Ya puedes imaginar mi estado actual. No tiene fin la desgracia que se ha desencadenado sobre nosotros. Llegaré temprano, en el correo. Tuyo»*, etc.

Jamás estuvo Fanny tan necesitada de algo que le levantase el ánimo. Nunca había conocido otro igual al que le brindaba aquella carta. ¡Mañana! ¡Abandonar Portsmouth mañana! Estaba, notaba que estaba, en peligro de sentirse exquisitamente feliz, cuando tantos eran desgraciados. ¡Un mal que le procuraba tanto bien! Temía acostumbrarse a ser insensible a él. Marcharse tan pronto, enviada a buscar tan amablemente, reclamada como un consuelo y con libertad de llevarse a Susan, era en suma tal combinación de favores, que inflamó su corazón y, por cierto espacio de tiempo, pareció alejar las penas y hacerla incapaz de compartir propiamente el sufrimiento, hasta el de aquellos que más albergaba en su corazón. La fuga de Julia solo podía afectarla relativamente poco. Le causó sorpresa y asombro; pero era algo que no podía apoderarse de ella, que no podía detenerse en su mente. Tuvo que obligarse a reflexionarlo y reconoció que era terrible y cruel; pero con facilidad se distraía en medio de las ansiosas, urgentes, alegres ocupaciones relacionadas con la cita que ella tenía para el día siguiente.

No hay nada como la actividad, una premiosa, indispensable actividad, para aliviar las penas. Una ocupación, aun siendo melancólica, puede disipar la melancolía; y las ocupaciones de Fanny eran un compendio de esperanza. Tenía tanto que hacer que ni siquiera la dramática historia de María Rushworth (confirmada ahora como cierta hasta el último extremo) la impresionaba como al principio. No tenía tiempo para estar triste. Esperaba estar de viaje a las veinticuatro horas. Tenía que hablar con sus padres, preparar a Susan, arreglarlo todo. Las cuestiones a solucionar se presentaban en ininterrumpida sucesión; el día contaba apenas con suficientes horas. Por otra parte, la felicidad que ella proporcionaba a los demás, felicidad muy poco ensombrecida por la fatal noticia que brevemente precedió a la restante información...; el jubiloso consentimiento del padre y de la madre para que Susan la acompañara...; el general contento que parecía acusarse ante la partida de ambas...; la alegría de la propia Susan...: todo contribuía al sostenimiento de su espíritu.

La aflicción de los Bertram fue poco sentida en el hogar de sus padres. La señora Price habló de su pobre hermana solo unos minutos, pero la cuestión de cómo encontrar algo donde meter la ropa de Susan, pues Rebecca había usado y destrozado todas las maletas, la preocupaba grandemente. En cuanto a Susan, que se veía inesperadamente complacida en el supremo anhelo de su corazón, y que no conocía personalmente a los que había pecado ni a los que estaban sufriendo, si pudo evitar el constante desbordamiento de su regocijo, era cuanto podía esperarse de la virtud humana a los catorce años...

Como en realidad nada se dejó a la decisión de la señora Price ni a los buenos oficios de Rebecca, todo se llevó a cabo racional y convenientemente, y las dos hermanas quedaron preparadas para salir al día siguiente. La ventaja de un largo sueño que las preparase para el viaje que iban a emprender, no pudieron tenerla. El primo que viajaba hacia ellas no podía menos de estar presente en el espíritu de ambas, lleno el uno de felicidad, moviéndose el otro entre constantes alternativas y un indescriptible aturdimiento.

Hacia las ocho de la mañana estaba Edmund en la casa. Sus primas le oyeron entrar, desde arriba, y Fanny bajó. La idea de que iba a verlo enseguida, unida al conocimiento de lo que él debía sufrir, hizo retroceder sus primeros impulsos. ¡Tenerle tan cerca, y tan triste! Casi no podía dominar su emoción cuando entró en la salita. Edmund estaba solo y se dirigió a ella inmediatamente; y Fanny se sintió oprimida contra el corazón de su primo mientras escuchaba solo estas palabras, susurradas:

—¡Mi Fanny... mi única hermana... mi único consuelo, ahora!

Ella fue incapaz de decir nada, y tampoco él pudo añadir más durante unos minutos.

Edmund se apartó para serenarse, y cuando habló de nuevo, aunque su voz temblaba todavía, mostraba en su actitud el deseo de dominarse y la resolución de evitar toda ulterior alusión.

—¿Has desayunado ya? ¿Cuándo estarás dispuesta? ¿Viene Susan? —fueron preguntas que se sucedieron una tras otra.

Su mayor deseo era ponerse en camino lo antes posible. Tratándose de Mansfield, el tiempo era precioso; y su estado de ánimo hacía que solo hallara consuelo en el movimiento. Acordaron que avisaría para que el carruaje estuviera en la puerta media hora después. Edmund había desayunado ya y declinó la invitación de acompañarlas mientras ellas lo hacían. Dijo que daría un paseo por las murallas y volvería a recogerlas con el carruaje... Se había marchado de nuevo, contento de librarse hasta de Fanny.

Parecía muy enfermo; era evidente que sufría bajo las más violentas emociones, que estaba decidido a controlar. Fanny comprendía que era así, pero era terrible para ella.

Llegó el carruaje y Edmund entró de nuevo en la casa inmediatamente, con el tiempo justo para dedicar unos minutos a la familia y ser testigo (aunque nada vio) de la tranquilidad con que se separaban las hermanas, y muy a punto para evitar que las niñas se sentaran a la mesa del desayuno, la cual, gracias a una gran e inusitada actividad, estaba ya completamente dispuesta cuando Fanny empezó a alejarse en el coche.

Que su corazón quedó repleto de gozo y gratitud al pasar las barreras de Portsmouth, y que en el rostro de Susan campeaban las más francas sonrisas, fácilmente puede deducirse. Sin embargo, como iba sentada delante y la protegía el ala de su sombrero, esas sonrisas no fueron percibidas.

Parecía que iba a ser un viaje silencioso. Fanny oía con frecuencia los profundos suspiros de Edmund. De haberse encontrado a solas con ella le hubiera abierto su corazón, a pesar de todas las resoluciones; pero la presencia de Susan lo frenaba, y pronto no pudo soportar sus propios intentos de hablar sobre los más variados temas.

Fanny le observaba con inagotable solicitud; y a veces, al tropezarse sus miradas, renovaba en él una afectuosa sonrisa que la consolaba. Pero el primer día de viaje transcurrió sin oírle una palabra acerca de los motivos que lo angustiaban. La mañana siguiente dio ocasión para algo más. Un momento antes de partir de Oxford, mientras Susan, tras los cristales, observaba con atención concentrada a una numerosa familia que salía de la fonda, los otros dos permanecían de pie junto al fuego; y Edmund, particularmente impresionado por lo enfermiza que parecía Fanny y atribuyéndolo, por ignorar los cotidianos quebrantos sufridos en casa de sus padres, en una proporción exagerada... atribuyéndolo todo al reciente suceso, tomó su mano y le dijo en voz queda, pero con acento expresivo:

—No me extraña... Tienes que sentirlo... tienes que padecer. ¡Cómo se concibe que un hombre, después de quererte, pueda dejarte tirada! Pero el tuyo... tu caso era reciente comparado con... ¡Fanny, considera el mío!

La primera parte del viaje ocupó una larga jornada y los había dejado, casi agotados, en Oxford; pero la segunda terminó mucho más temprano. Mucho antes de la hora habitual de la cena estaban en las cercanías de Mansfield, y al acercarse al amado lugar los corazones de las dos hermanas desfallecieron un poco. Fanny empezaba a temer el encuentro con sus tías y con Tom, bajo aquella espantosa humillación; y Susan a sentir con alguna preocupación que sus mejores modales, todos sus conocimientos últimamente adquiridos acerca de las costumbres que imperaban allí, estaban a punto de ser puestos a prueba. Ante ella surgían visiones de buena y mala crianza, de antiguas vulgaridades y nuevos refinamientos; y mucho meditaba sobre tenedores de plata, servilletas y lavamanos de cristal. Fanny observaba a cada paso lo que había cambiado el campo desde febrero; pero cuando penetraron en el parque su percepción y su placer aumentaron en intensidad. Hacía tres meses, tres meses completos, que lo había abandonado, y la diferencia correspondía a la que media entre el invierno y el verano. Su mirada descubría por todas partes céspedes y plantíos del verde más tierno; y los árboles, aunque no del todo cubierto de hojas, se mostraban en ese delicioso estado en que el perfeccionamiento de la belleza se presiente próximo, y en que, aun cuando es ya mucho lo que se ofrece a la vista, queda más todavía para la imaginación. Su gozo, sin embargo, era solo para ella. Edmund no podía compartirlo. Ella lo miraba, pero él se reclinaba en el respaldo, sumido en una tristeza más honda que nunca y con los ojos cerrados, como si le abrumara presenciar la satisfacción de alguien y tuvieran que omitirse las deliciosas imágenes del hogar.

Esto hizo que Fanny se entristeciera de nuevo; y el conocimiento de lo que allí debía sufrirse revestía hasta la misma casa (moderna, aireada y bien situada como estaba) de un aspecto triste.

Una de las personas pertenecientes al grupo de los que allí sufrían los esperaba con una impaciencia como nunca había conocido hasta entonces. Apenas acababa Fanny de pasar ante los graves criados, cuando *lady* Bertram, procedente del salón, salió a su encuentro, excepcionalmente con paso presuroso; y cayendo en sus brazos, dijo:

—¡Fanny, querida! Ahora tendré un consuelo.

Capítulo XLVII

Las tres personas que, de la familia, había en la casa constituían un grupo realmente amargado, creyéndose cada una de ellas más desgraciada que las otras dos. Sin embargo, tía Norris, por ser la más afecta a María, era en realidad la que más padecía. María era su favorita, la más querida de todos; el casamiento había sido obra suya, como ella misma acostumbraba a alardear con tanto orgullo en el corazón, y aquel nefasto resultado la dejó prácticamente hundida.

Era una persona transformada, callada, estupefacta, indiferente a cuanto ocurría. La ventaja de quedarse con su hermana y su sobrino, con toda la casa bajo su cuidado, la había desaprovechado por completo; era incapaz de dirigir o mandar, y hasta de sentirse útil para algo. Al acusar una auténtica aflicción, se habían anulado todas sus energías activas; y ni *lady* Bertram ni el propio Tom habían recibido de ella la menor ayuda o intento de ayuda. No hizo por ellos más de lo que cada uno de ellos hiciera por los otros dos. Todos se habían sentido abandonados, desamparados por igual; y ahora, la llegada de los otros no hacía más que poner de relieve su mayor desgracia. Su hermana y su sobrino sintieron alivio, pero no lo hubo para ella. Edmund fue casi tan bien recibido por su hermano como Fanny por tía Bertram. Pero tía Norris, en vez de hallar consuelo en la presencia de alguno de los dos, se sintió todavía más irritada a la vista de la persona a quien, en la ceguera de su cólera, hubiese sido capaz de acusar de espíritu maligno, culpable de la tragedia. Si Fanny hubiese aceptado a Henry Crawford, aquello no hubiera acontecido.

La presencia de Susan era, también, un insulto. Tía Norris no tuvo ánimos para dedicarle más que unas miradas de reprobación, pero la consideró una espía, una intrusa, una sobrina indigente y todo cuanto pudiera haber de más odioso. Su otra tía recibió a Susan con suave amabilidad. *Lady* Bertram pudo no dedicarle mucho tiempo ni muchas palabras, pero apreciaba que, como hermana de Fanny, tenía unos derechos en Mansfield y se dispuso a besarla y a apreciarla; y Susan quedó más satisfecha, pues llegaba sabiendo perfectamente que de tía Norris no podía esperarse sino mal humor; e iba tan bien provista de felicidad, contaba tanto, dentro de aquella dicha suprema, la suerte de ahorrarse otros muchos males que tenía por ciertos, que hubiera podido soportar una cantidad de indiferencia mucho mayor de la que halló en los demás.

La dejaban mucho tiempo sola, dándole ocasión de familiarizarse con la casa y sus alrededores como pudiera, y pasaba sus días felizmente haciéndolo así, mientras aquellos que en otro caso la hubieran atendido permanecían encerrados u ocupados, cada cual con la persona que, por entonces, dependía completamente de ellos en todo lo que pudiera representar un alivio: Edmund, tratando de enterrar sus sufrimientos en el esfuerzo de aliviar los de su hermano; Fanny, consagrada a tía Bertram, volviendo a sus antiguos menesteres con más que su antiguo celo y pensando que nunca podría hacer bastante por quien tanto parecía necesitarla.

Hablar del horrible asunto con Fanny, hablar y lamentarlo, era todo el consuelo de *lady* Bertram. Escucharla y conllevar sus penas, y brindarle la voz del cariño y la simpatía en contestación, era cuanto Fanny podía hacer por ella. Intentar consolarla de otro modo era por demás inútil. El caso no admitía consuelo. *Lady* Bertram no tenía profundidad de pensamiento; pero, guiada por *sir* Thomas, juzgaba con acertado criterio todos los puntos importantes. Veía, por lo tanto, en toda su enormidad lo que había ocurrido; y no quería ella, ni pretendía que Fanny se lo aconsejara, quitarle importancia a la culpa y a la infamia.

Sus afecciones no eran intensas ni su espíritu tenaz. Pasado algún tiempo, Fanny vio que no sería imposible dirigir sus pensamientos hacia otros temas y resucitar algún interés por sus ocupaciones habituales; pero siempre que *lady* Bertram volvía sobre el caso, solo podía verlo a una luz única que le mostraba la pérdida de una hija y un baldón imborrable.

Fanny se enteró por ella de todos los detalles que se habían hecho públicos ya. Su tía no era una narradora muy metódica; pero con la ayuda de algunas cartas de y para *sir* Thomas, más lo que ya sabía y lo que pudo racionalmente conjeturar, pronto estuvo en condiciones de comprender cuanto podía desear respecto de las circunstancias inherentes a la historia.

La joven señora Rushworth se había marchado a Twickenham para las fiestas de Pascua, invitada por una familia con la que había intimado hacía poco: una familia animada y placentera y, probablemente, de una moral y una discreción en consonancia, ya que en aquella casa tenía entrada el señor Crawford siempre que lo deseara. Que este se encontraba en las cercanías de la misma localidad, era ya conocido de Fanny. El señor Rushworth había viajado por entonces a Bath, para pasar unos días con su madre y traerla consigo a su regreso a Londres, y María quedó con esos amigos sin freno alguno. Ni tan solo la compañía de Julia, pues esta se había trasladado dos o tres semanas atrás de Wimpole Street a casa de unos parientes de *sir* Thomas; traslado que sus padres atribuían ahora a ciertas medidas de conveniencia relacionadas con el señor Yates. Muy poco después del regreso de los Rushworth a Wimpole Street, *sir* Thomas recibió una carta de un viejo e íntimo amigo de Londres, el cual, habiendo visto y oído una serie de cosas más que alarmantes por aquel lado, escribía a *sir* Thomas recomendándole que se desplazara él mismo a la capital y, poniendo a contribución su influencia cerca de su hija, acabase con una intimidad que estaba ya dando lugar a comentarios procaces y, evidentemente, intranquilizaba al señor Rushworth.

Sir Thomas se disponía a actuar según la carta, sin comunicar su contenido a nadie en Mansfield, cuando recibió otra, urgente, del mismo amigo, que le revelaba la situación en extremo desesperada a que se había llegado en la cuestión de los jóvenes. La joven señora Rushworth había abandonado la casa de su esposo; el señor Rushworth había acudido preso de cólera y aflicción a él (el señor Harding) en busca de consejo; el señor Harding temía que se hubiera cometido, al menos, alguna flagrante indiscreción. La doncella de la vieja señora Rushworth amenazaba de un modo alarmante. Él hacía cuanto estaba a su alcance para acallarlo todo, con la esperanza de que volviese la esposa, pero veía sus esfuerzos hasta tal punto contrarrestados en Wimpole Street por la influencia de la madre del señor Rushworth, que eran de temer las peores consecuencias.

Esta espantosa información no pudo ocultarse a la familia. *Sir* Thomas partió y Edmund quiso acompañarle. Los demás quedaron en un estado de calamitoso abatimiento, inferior tan solo al que siguió al recibo de las sucesivas cartas de Londres. Todo era ya del dominio público, no había remedio. La sirvienta de la señora Rushworth, madre, tenía el escándalo en la mano y, sostenida por su señora, no iba a callarse. Las dos damas, incluso dentro del corto lapso que estuvieron juntas, habían estado en desacuerdo; y el rencor de la suegra contra la nuera podía, acaso, atribuirse tanto a la falta personal de respeto con que fue tratada, como a su sentimiento por su hijo.

Como quiera que fuese, no había forma de gobernarla. Pero, aunque hubiera sido menos empecinada, o menos influyente en su hijo (el cual siempre se dejaba llevar del último que le hablaba, de la persona que podía cogerlo por su cuenta para hacerse con su voluntad), el caso hubiera sido igualmente desesperado, pues la joven señora Rushworth no reaparecía y todo llevaba a la conclusión de que estaba oculta en alguna parte con el señor Crawford, que se había marchado de casa de su tío, como para un viaje, el mismo día que ella se ausentó de la suya.

Sir Thomas, sin embargo, prolongó todavía un poco su permanencia en Londres, con la esperanza de descubrir su refugio y arrancarla de una constante inmoralidad, aunque todo se había perdido por el lado de la fama.

Fanny apenas podía dejar de pensar en el actual estado anímico de *sir* Thomas. Solo uno de sus hijos no constituía a la sazón para él una fuente de aflicción. Los males de Tom habían empeorado mucho con la impresión recibida por la conducta de su hermana; y su convalecencia había experimentado un retroceso alarmante, que hasta *lady* Bertram se sorprendió ante la marcada diferencia y no dejaba de transmitir regularmente sus temores a su marido; y la huida de Julia, golpe adicional que recibió *sir* Thomas a su llegada a Londres, aunque de momento quedara amortiguado su efecto, tenía que ser, Fanny lo sabía, muy doloroso para él. Veía que lo era. Sus cartas expresaban cuánto lo sentía. En cualquier caso hubiera sido desagradable una alianza con Yates; pero tramarla de aquel modo a escondidas y elegir aquel momento para consumarla, mostraba los sentimientos de Julia a una luz que no podía ser más desfavorable y añadía los más serios agravantes a la insensatez de su elección. *Sir* Thomas lo calificaba de mal negocio, hecho de la peor manera y en el momento peor; y aunque Julia fuera más perdonable que María, en la misma proporción en que la locura lo es más que el vicio, su padre no podía menos de considerar que el paso que había dado abría camino a las peores consecuencias, en el sentido de un fin como el de su hermana para lo futuro. Tal era su opinión en cuanto a la pendiente por la que ella se había despeñado.

Fanny compadecía profundamente a *sir* Thomas. No le quedaba más consuelo que el de Edmund. Sus otros hijos tenían que romperle el corazón. Fanny confiaba que el disgusto que ella misma le causara, por diferenciarse sus razonamientos de los de tía Norris, habría desaparecido ya. Ella quedaba justificada. El propio señor Crawford la absolvía plenamente por su conducta al rechazarle; pero esto, aunque de capital importancia para ella, poco había de servirle de consuelo a *sir* Thomas. Los disgustos de su tío eran cruel sufrimiento para ella; pero ¿qué podían su justificación, su gratitud o su cariño hacer por él? Su apoyo no podía estar más que en Edmund.

Se equivocaba, sin embargo, al suponer que Edmund no era también motivo de aflicción para su padre en aquellos momentos. Era una pena de naturaleza mucho menos aguda que la que le causaban los demás; pero *sir* Thomas consideraba la felicidad de su hijo en extremo comprometida por el delito de su hermana y de su amigo, que le obligaba a alejarse de la mujer a quien pretendiera con indudable afición y grandes posibilidades de éxito, y quien por todos los conceptos, excepto por el de tener un hermano tan mezquino, hubiera representado una alianza sumamente apetecible. *Sir* Thomas se dio cuenta de lo mucho que Edmund tenía que sufrir por su cuenta, como añadidura a todo lo demás, cuando estuvieron en Londres; había visto o conjeturado cuáles eran sus sentimientos; y teniendo motivos para suponer que había tenido lugar una entrevista con la señorita Crawford, la cual solo había servido para aumentar los padecimientos de Edmund, puso gran empeño, tanto por esta como por las otras razones, en que abandonara la capital y le encargó recoger a Fanny para llevarla a casa, junto a su tía, con el propósito de favorecerlo y aliviarlo a él tanto como a los demás. Fanny no estaba en el secreto de los sentimientos de su tío, como *sir* Thomas no estaba en el secreto de la naturaleza de la señorita Crawford. Si a él le hubieran hecho confidente de la conversación que esta sostuvo con su hijo, no hubiera deseado que se casaran, aunque las veinte mil libras de ella fueran cuarenta mil.

Para Fanny no había duda de que Edmund quedaba para siempre alejado de la señorita Crawford; y sin embargo, en tanto no supo que él pensaba lo mismo, no le bastó a Fanny su propia convicción. Creía que él pensaba así, pero necesitaba tener la certeza de ello. De haber querido Edmund hablarle ahora con la misma franqueza de antes, que a veces había resultado excesiva para ella, hubiera sido un gran alivio. Pero esto, bien lo veía Fanny, no había que esperarlo. Le veía raras veces, y nunca solo; probablemente evitaba encontrarse a solas con ella. ¿Qué podía deducir de tal actitud? Que su conciencia sometía por entero su privativo e íntimo dolor a la parte de amargura que le correspondía en aquella aflicción familiar; o bien que lo sentía con demasiada intensidad para hacerlo objeto de la menor confidencia. Este debía ser el estado en que se hallaba. Se sometía, pero dentro de unos tormentos que no admitían palabras. Mucho, mucho habría de esperar hasta que el nombre de Mary volviera a salir de sus labios o se renovara aquel intercambio confidencial que antes había existido entre ellos.

Y muy larga se le hizo la espera a Fanny. Habían llegado a Mansfield en jueves y no fue hasta el domingo por la tarde cuando Edmund empezó a hablarle del asunto. Era una lluviosa tarde de domingo, momento ideal como no existe otro para, si se tiene a mano a una persona amiga, sentir la necesidad de abrir el corazón y contarlo todo. Edmund estaba sentado junto a ella. Nadie más había en la habitación, excepto *lady* Bertram, que después de escuchar un emotivo sermón había llorado hasta dormirse... Era imposible no hablar; y así, con sus habituales rodeos, sin relación apenas con lo que iba a decir, y su habitual declaración de que si quería escucharlo unos minutos, sería muy breve y nunca más volvería a abusar de aquel modo de su amabilidad (Fanny no había de temer una reincidencia: sería un tema rigurosamente tabú), se entregó al lujo de relatar circunstancias y sensaciones de primordial interés para él, a la persona de cuyo afecto y compasión estaba plenamente convencido.

Fácil es imaginar cómo le escuchaba Fanny, con qué preocupación y curiosidad, con qué dolor y cuánto placer, cómo observaba la alteración de su voz y con qué cuidado fijaba los ojos en cualquier parte, menos en él. El comienzo fue alarmante. Había visto a Mary Crawford. Se le había invitado a verla. Había recibido una nota de *lady* Stornaway encareciéndole la visita; e interpretando que ello quería significar la última, definitivamente la última entrevista con ella en nombre de una amistad, y atribuyendo a Mary todos los sentimientos de vergüenza y desventura que la hermana de Crawford hubiera debido conocer, a ella había acudido con el ánimo tan predispuesto a la ternura y la adhesión, que Fanny, llevada de sus temores, consideró por un momento imposible que fuera aquella la última entrevista. Pero al avanzar él en su relato se disiparon esos temores. Ella le había recibido, dijo Edmund, con un semblante serio... sí, realmente serio... y hasta afligido; pero antes de que él fuera capaz de pronunciar una frase inteligible, ella había ya enfocado el tema de un modo que, lo confesaba, le había dejado horrorizado.

"Me enteré de que estaba usted en Londres", me dijo. "Deseaba verlo. Hablemos de este desgraciado asunto. ¿Hay algo que pueda igualarse a la locura de nuestros dos parientes?". Yo no pude responder, pero creo que mi actitud lo hizo por mí. Ella se sintió reprobada. ¡Qué aguda es a veces su sensibilidad! Entonces, con un aire y un tono más serios, añadió: "No pretendo defender a Henry a costa de su hermana". Así empezó; pero lo que dijo a continuación, Fanny, no se presta... casi no se presta a que te lo repita. No recuerdo todas sus palabras. Ni me detendría en ellas si pudiera recordarlas. En síntesis, fueron la expresión de un gran berrinche por la locura de los fugitivos. Reprochaba a su hermano la insensatez de dejarse arrastrar por una mujer que siempre le tuvo sin cuidado, de haberse prestado a lo que le haría perder a la mujer que adoraba; pero censuraba, todavía más la insensatez de María por haber sacrificado su magnífica posición, sumergiéndose en un mundo de dificultades, con la ilusión de ser realmente amada por un hombre que ya mucho antes le había mostrado su indiferencia. Figúrate cuál no sería mi impresión. Oír a la mujer a quien... ¡Calificarlo de insensatez nada más! ¡Examinarlo todo con aquella complacencia, con tanta ligereza, con tanta frialdad! ¡Nada de repugnancia, ni horror, ni femineidad! ¿He de decir, acaso, sin púdica aversión? Esto es lo que el mundo consigue. ¿Pues dónde, Fanny, encontraríamos una mujer mejor dotada por la naturaleza? ¡Echada a perder, desperdiciada!

Después de una breve reflexión, prosiguió con una especie de calma desesperada.

—Te lo contaré todo y habré terminado para siempre. Mary lo veía solo como una insensatez, y una insensatez infamada solo por el escándalo. La falta de una elemental discreción, de precaución; que él fuera a Richmond para todo el tiempo que ella estuvo en Twickenham; que ella pusiera su fama en manos de una sirvienta... En una palabra, era el descubrimiento... ¡Oh, Fanny! ¡Era la falta de reserva, no la misma falta, lo que ella censuraba! Era la imprudencia, que había llevado las cosas a un extremo, obligando a su hermano a abandonar sus proyectos más queridos para huir con ella.

Hizo una pausa.

—¿Y qué —preguntó Fanny, creyéndose obligada a expresar algo—, qué conseguiste tú decir?

—Nada, nada que resultara comprensible. Estaba como aturdido. Ella continuó; empezó a hablar de ti... sí, entonces empezó a hablar de ti, lamentando, lo mejor que pudo, la pérdida de semejante... Sobre esto habló muy juiciosamente. Pero es que a ti siempre te hizo justicia. "Henry se ha perdido una mujer—dijo: como nunca volverá a encontrarla. Ella lo habría sujetado; ella le hubiera hecho feliz para siempre". Fanny amadísima, espero que te cause más satisfacción que dolor esta visión retrospectiva a lo que pudo haber sido... pero que ya jamás podrá ser. ¿No deseas que me calle? Si lo deseas, dímelo con una palabra, con una mirada, y enmudeceré.

No hubo palabra ni mirada.

—¡Dios sea loado! —exclamó Edmund—. Todos deseábamos averiguarlo, pero parece haber sido un misericordioso designio de la Providencia que el corazón que nunca conoció el engaño no tenga que sufrir. Mary habló de ti con gran elogio y cálido afecto; sin embargo, todavía en esto hubo un resabio... un rasgo de concesión al mal. Pues en medio de sus alabanzas, se atrevió a exclamar: "¿Por qué no había de aceptarlo? Ella tiene toda la culpa. ¡La muy boba! Jamás se lo perdonaré. Si lo hubiera aceptado, como debía, ahora estarían a punto de casarse, y Henry sería demasiado feliz y estaría demasiado atareado para desear otras cosas. No se hubiera tomado la molestia de ponerse nuevamente en tratos con la joven señora Rushworth. Todo hubiera terminado en un coqueteo normal, estancado, en encuentros anuales en Sotherton y en Everingham". ¿Hubieras tú sido capaz de creer esto de ella? Pero el hechizo está roto. He abierto los ojos.

—¡Es cruel! —dijo Fanny—. ¡Muy cruel! ¡En tales momentos permitirse bromear, hablar con ligereza! ¡Y contigo! ¡Es una auténtica crueldad!

—¿Crueldad, dices? En esto discrepamos. No, su naturaleza no es cruel. No considero que se propusiera herir mis sentimientos. El mal reside más adentro..., en su total ignorancia, en no tener siquiera sospecha de que tales sentimientos existan, en una perversión de la mentalidad que hace que para ella sea natural tratar el asunto como lo hizo. Habló, ni más ni menos, como de costumbre ha oído siempre hablar a los otros, como se imagina que hablaría cualquiera. Sus defectos no son de carácter. Ella no querría por gusto afligir a nadie sin necesidad; y aunque quizá me engañe, no puedo menos que pensar que, por mí, por mis sentimientos, ella hubiera... Sus defectos hay que achacarlos a falta de principios, Fanny; a un embotamiento de la sensibilidad y a una mente corrompida, viciada. Tal vez sea mejor para mí, ya que poco puedo lamentar el haberla perdido. No es así, empero. Con gusto me sometería al dolor más intenso que pudiera representar su pérdida, antes de tener que pensar de ella como pienso. Así se lo dije.

—¿Se lo dijiste?

—Sí, esto fue lo que le dije al abandonarla.

—¿Cuánto tiempo estuvisteis hablando?

—Veinticinco minutos. Sí, ella dijo a continuación que todo lo que ahora se podía hacer era facilitar un casamiento entre los dos. Hablaba de ello, Fanny, con una voz más firme de la que a mí me puede salir.

Edmund se vio obligado a interrumpirse más de una vez antes de seguir.

"Debemos convencer a Henry para que se case con ella, me dijo, cosa que, teniendo en cuenta su honor, más su propia certeza de que para siempre se ha quedado sin Fanny, no desespero de que se consiga. De Fanny tiene que renunciar. No creo que, ni siquiera él, pueda aspirar ahora a que le sonría el éxito con una muchacha del carácter de Fanny Price; y, por lo tanto, creo que no habremos de tropezar con ningún obstáculo insuperable. Mi influencia, que no es poca, se empleará toda en tal sentido; y una vez casados y convenientemente apoyada por su misma familia, que es gente respetable, podrá recobrar su puesto en la sociedad, hasta cierto punto. En determinados círculos, ya lo sabemos, jamás será admitida; pero dando buenos convites y grandes fiestas, no serán pocos los que se sientan satisfechos de tratarse con ella. Y hoy en día hay sin duda más liberalidad y franqueza para estas cosas que en otros tiempos. Lo que yo aconsejo es que su padre no se mueva. No deje usted que vaya a perjudicar su propia causa con intervenciones. Convénzale de que lo mejor que puede hacer es dejar que las cosas sigan su curso. Si mediante sus esfuerzos oficiosos induce a María a que deje a mi hermano, habrá muchas menos probabilidades de que Henry se case con ella que si permanece a su lado. Yo sé cómo se le puede influir. Que tenga *sir* Thomas confianza en su honor y compasión, y todo acabará bien; pero si se lleva a su hija, nos destruirá el mejor asidero".

Después de repetir estas palabras de Mary, quedó Edmund tan deprimido que Fanny, contemplándole con silenciosa pero cariñosa compasión, casi lamentó haber tratado aquel tema. Tardó bastante Edmund en poder seguir. Al fin dijo:

—Ahora, Fanny, pronto habré finalizado. Te he repetido en substancia todo lo que ella me dijo. En cuanto me fue posible hablar, le repliqué que no había supuesto posible, dado mi estado de ánimo al entrar en aquella casa, que pudiera ocurrir algo capaz de herirme todavía más, pero que ella se había encargado de abrirme una herida más profunda mediante cada una de sus frases; que, aun cuando a lo largo de nuestro trato había yo acusado con frecuencia cierta divergencia en nuestras opiniones, así como en alguna apreciación momentánea, nunca había llegado mi imaginación a concebir que la discrepancia pudiera ser tan enorme como ahora acababa ella de sacar a la luz; que su modo de tratar la espantosa ofensa cometida por su hermano y mi hermana (en cuál de los dos estaba la mayor perversión no pretendía yo decirlo)..., su modo de hablar de la ofensa en sí, aplicándole todos los reproches menos el justo; considerando sus malas consecuencias solo en el sentido de que habrían de ser afrontadas o superadas con un desafío a la decencia y con impúdico descaro; y por último, y sobre todo, recomendándonos una complicidad, un compromiso, una aquiescencia para la continuidad del pecado, en prenda a la eventualidad de un casamiento que, pensando como ahora pienso de su hermano, más bien debería impedirse que buscarse... Todo esto me convenció, muy traumáticamente, de que nunca la había comprendido hasta entonces, y de que, en lo que se refiere a su mente, había sido en una mujer creada por mi imaginación, no en la señorita Crawford, en quien yo había sido capaz de soñar durante tantos meses. Le dije que, acaso, fuera para mí mejor así: había menos motivos que lamentar en el sacrificio de una amistad, unos sentimientos, unas esperanzas que, de todos modos, hubiera tenido que arrancar ahora de mi alma; y que, sin embargo, debía y quería confesarle que, de haber podido devolverla al lugar que siempre había ocupado en mi imaginación, lo hubiese preferido, con el consiguiente aumento de mi dolor por la separación, porque así me habría quedado el derecho a una ternura y una estimación por ella. He aquí lo que le dije, el extracto de mi réplica; pero, como supondrás, no fue con la calma y la mesura con que te lo he repetido. Ella quedó perpleja, enormemente perpleja... más que eso. Vi cómo cambiaba su semblante. Se puso intensamente roja. Creí ver una mezcla de sentimientos diversos: una fuerte, aunque breve lucha, medio deseo de rendirse a la verdad, medio sentido de la vergüenza. Pero el carácter... el carácter se impuso. De haber podido, se hubiera echado a reír. Fue una especie de risa su contestación: "Estupendo discurso, a fe mía. ¿Es un fragmento de su último sermón? A este paso pronto habrá convertido a todo el mundo en Mansfield y en Thornton Lacey; y cuando vuelva a saber algo de usted, será porque se le cite como famoso predicador en alguna importante sociedad de metodistas o como misionero en tierras lejanas". Mary intentaba hablar con desparpajo, pero no estaba tan despreocupada como quería aparentar. Yo solo le dije en respuesta que, desde el fondo de mi corazón, le deseaba felicidad y esperaba formalmente que pronto aprendiera a pensar con más rectitud, y que no tuviera que deber el conocimiento más preciado que se puede adquirir (el conocimiento de nosotros mismos y de nuestro deber) a las lecciones del sufrimiento; e inmediatamente salí de la habitación. Me había alejado unos pasos, Fanny, cuando oí que la puerta se abría detrás de mí. "El señor Bertram", dijo Mary. Me di vuelta. "Señor Bertram", repitió, con una sonrisa; pero era una sonrisa que no encajaba con la conversación que acabábamos de sostener... Una sonrisa atrevida, juguetona, que parecía invitar para dominarme; al menos así me pareció. Resistí; el impulso del momento me llevó a resistir... y seguí adelante. Desde entonces me he arrepentido algunas veces, por un instante, de no haber vuelto atrás; pero sé que hice bien. ¡Y este fue el fin de nuestras relaciones! ¡Y qué clase de relaciones han sido! ¡Cómo me dejé engañar! ¡Tanto me engañé en el hermano como en la hermana! Te agradezco la paciencia, Fanny. Este ha sido el mejor alivio para mí. Y ahora, se acabó esta conversación.

Y tanto creía Fanny en sus palabras, que por espacio de cinco minutos estuvo convencida de que, en efecto, había finalizado. Después, sin embargo, volvieron los comentarios sobre lo mismo, o algo semejante; y fue necesario, nada menos, que *lady* Bertram se desvelara por completo para que de verdad se pusiera término a aquella conversación. Mientras esto no ocurrió, continuaron hablando de Mary Crawford tan solo, del gran afecto que le profesaba a él, de los encantos que le había prestado la naturaleza, de lo excelente que hubiera sido de haber caído a tiempo en buenas manos. Fanny, que ahora tenía libertad para hablar con sinceridad, consideró más que justificado añadir, a fin de que él conociera el auténtico carácter de Mary, alguna insinuación sobre la influencia que el estado de salud de Tom podía suponerse que tendría en ella para que deseara una total reconciliación. No era esta una indirecta agradable. La humana condición se resistió bastante a admitir tal posibilidad. Hubiera sido mucho más grato suponerla más desinteresada en su afecto; pero la vanidad de Edmund no era tan recia como para luchar largo rato contra la razón. Se resignó a creer que la enfermedad de Tom había influido en ella, reservándose tan solo el consolador pensamiento de que, considerando la fuerte oposición ejercida por unos hábitos contrarios, su afecto por él había sido en realidad mayor del que podía esperarse, y por él, precisamente, había estado más cerca de obrar bien. Fanny pensaba exactamente lo mismo; y ambos estuvieron igualmente de acuerdo en cuanto al perdurable efecto, la imborrable impresión que semejante desengaño había de producir en el espíritu de Edmund. Sin duda el tiempo mitigaría un tanto sus sufrimientos, pero no dejaba de ser un caso del cual nunca llegaría a consolarse totalmente; y en cuanto a encontrar un día otra mujer que lograra..., era algo que no podía mencionarse, en absoluto, sino con indignación. La amistad de Fanny era su único refugio.

Capítulo XLVIII

Que sean otras plumas las que se detengan en la descripción de infamias y desventuras. La mía abandona en cuanto puede esos odiosos temas, impaciente por devolver a todos aquellos que no estén en gran falta un discreto bienestar, y por terminar con todos los demás.

Mi Fanny, desde luego, tengo la satisfacción de poder afirmar que por entonces había de sentirse feliz, a pesar de todo lo que había sufrido y en medio de la aflicción de los que la rodeaban. Poseía manantiales de gozo que imponían su curso. Había regresado a Mansfield Park, era útil, era apreciada, estaba a salvo del seño Crawford; y cuando regresó *sir* Thomas, de él recibió cuantas pruebas podía darle, dentro del melancólico estado de ánimo en que se encontraba, de su perfecta aprobación y creciente consideración; y con lo feliz que todo esto tenía que hacerla, todavía más, porque Edmund no era ya la ingenua víctima de la señorita Crawford.

Cierto es que el propio Edmund estaba muy lejos de sentirse feliz. Sufría a causa de la decepción y el arrepentimiento, doliéndose de que las cosas fueran así y suspirando porque fueran como no podrían ser jamás. Fanny lo comprendía, y le pesaba; pero era un pesar tan fundado en la satisfacción, con tal tendencia a una paz espiritual y tan en armonía con las más gratas sensaciones, que no pocos se hubieran considerado dichosos de poder cambiar por él sus mayores alegrías.

Sir Thomas, pobre *sir* Thomas... Era padre, y, consciente de los errores de su propia conducta como tal, era a quien más se le alargaría el sufrimiento. Comprendía que no hubiera debido autorizar aquella boda; que los sentimientos de su hija le eran bastante conocidos para incurrir en culpa al autorizarla; que al hacerlo había sacrificado la rectitud a la conveniencia y se había dejado gobernar por móviles egoístas y mundanos prejuicios. Estas eran reflexiones que requerían algún tiempo para desaparecer; pero el tiempo lo consigue casi todo. Y aunque poco consuelo podría recibir del lado de María Rushworth para el disgusto que le había causado, había de encontrar en sus otros hijos un consuelo mayor de lo que nunca supusiera. El casamiento de Julia se convirtió en algo menos traumático de lo que él había considerado al principio. Ella se humilló, con el deseo de ser perdonada; y el señor Yates, anhelando realmente verse acogido en el seno de la familia, se mostró dispuesto a respetarle y dejarse guiar por él. No era un personaje muy consistente, pero había esperanza de que se volviera menos fatuo..., de que resultara al menos tolerablemente doméstico y tranquilo; y de todos modos fue consolador el descubrimiento de que sus bienes eran bastantes más y sus deudas muchas menos de lo que se supusiera, y el hecho de que le tratase y consultase como al amigo más digno de confianza. También hallaba consuelo en su hijo Tom, que iba recobrando poco a poco la salud sin recobrar la despreocupación y la frivolidad de sus pasadas costumbres. Había mejorado muchísimo gracias a su enfermedad. Había sufrido y aprendido a pensar: dos ventajas que antes nunca conociera; y como el reproche de que se hiciera objeto a sí mismo lo provocara el deplorable suceso de Wimpole Street, del cual se consideraba cómplice por las peligrosas intimidades a que había dado lugar con su injustificable teatro casero, produjo en su espíritu una impresión que, contando él veintiséis años y no estando falto de buen sentido ni buenas compañías, hubo de ser durable en sus beneficiosos efectos. Se convirtió en lo que debía ser: útil a su padre, formal y sensato, y dejó de vivir únicamente para él.

Esto era en verdad consolador. Y tan pronto como *sir* Thomas pudo confiar en tales motivos de optimismo, empezó Edmund a contribuir al sosiego de su padre mejorando en el único aspecto en que, también él, le había causado pesar: mejorando su estado de ánimo. Después de pasarse el verano paseando por aquellos alrededores y sentándose a la sombra de los árboles en compañía de Fanny, hasta tal punto había conseguido con sus razonamientos infundir resignación a su espíritu, que volvió a ser un Edmund más que pasablemente alegre.

Estas eran las circunstancias y las esperanzas que iban contribuyendo paulatinamente al alivio de *sir* Thomas, amortiguando su pena por lo perdido y reconciliándole en parte consigo mismo; aunque la zozobra que le producía la convicción de sus propios errores en la educación de sus hijas no podría jamás eliminarla por completo.

Demasiado tarde se daba cuenta de cuán desfavorable tiene que ser para la formación de la juventud el trato sumamente contradictorio que María y Julia habían siempre conocido en casa, donde los excesivos halagos e indulgencias de su tía habían contrastado de continuo con la severidad de su padre. Ahora veía lo equivocado que estuvo al esperar que los errores de tía Norris podría él contrarrestarlos haciendo todo lo contrario; claramente comprobó que no había hecho más que aumentar el mal, al acostumbrar a sus hijas a reprimirse en su presencia, de forma que jamás pudo saber cómo eran en realidad, mandándolas para todo lo que fueran indulgencias a la persona que solo había podido atraérselas por la ceguera de su pasión y con sus excesivos elogios.

En esto había obrado con lamentable torpeza; pero, a pesar de todo, *sir* Thomas empezaba a considerar que no fue esta la mayor equivocación en su plan educativo. Era indudable que se había prescindido de algo esencial, pues de lo contrario el tiempo se hubiera encargado de anular las malas consecuencias de aquel aspecto. Temía que se hubieran descuidado unos principios, unos principios básicos... que nunca se les hubiera enseñado debidamente a sus hijas a dominar las inclinaciones e impulsos de sus caracteres, mediante ese sentido del deber que por sí solo puede ser suficiente. Se las instruyó en la teoría de la religión, pero sin acostumbrarlas a practicarla en la vida cotidiana. El distinguirse por su elegancia y educación (legítimo anhelo de su juventud), no pudo ejercer en ellas una influencia útil en aquel sentido, un efecto moral en su espíritu. Quiso que fueran buenas, pero sus cuidados se habían dirigido a la inteligencia y a los modales, no a las inclinaciones; y en cuanto a humildad y abnegación, temía que nunca hubiesen escuchado de unos labios que esas virtudes pudieran serles de provecho.

Con amargura deploraba una deficiencia que casi no comprendía cómo se había desatado. Tristemente reconocía que, a pesar de lo mucho que le había costado y preocupado darles una educación completa y cara, había educado a sus hijas sin que supieran nada de sus deberes fundamentales, y sin que él conociera sus respectivos caracteres y temperamentos.

El apasionado espíritu y los fuertes arrebatos de María, en especial, era algo que solo llegó a conocer a través de sus tristes efectos. No hubo manera de persuadirla para que dejara al señor Crawford. Esperaba casarse con él, y juntos continuaron hasta que hubo de convencerse de que era inútil su esperanza, y hasta que el desengaño y el infortunio, consecuencia de esta convicción, la pusieron de un humor tan amargo y le hicieron sentir por él algo tan parecido al hastío, que por un tiempo fueron ellos mismos su mutuo castigo, hasta producirse una voluntaria separación.

María, al vivir con Henry, solo había conseguido que este le reprochara el haber arruinado su felicidad con Fanny; y al dejarlo no se llevó más consuelo que el de haberlos separado. ¿Qué miseria podría superar a la de semejante espíritu en una situación similar?

El señor Rushworth no tuvo inconveniente en facilitar un divorcio; y así terminó un matrimonio cuyas circunstancias, ya al contraerse, hacían prever que un final más venturoso solo podría ser efecto de la buena suerte, no de la lógica. María le había despreciado y amaba a otro; y él se daba perfecta cuenta de que era así. Las indignidades de la estupidez y los desengaños de una pasión egoísta no pueden despertar mucha piedad. El castigo sucedió a su conducta, como un castigo más grave sucedió al más grave delito de su esposa. Rushworth quedó desligado del compromiso, para sentirse mortificado e infeliz hasta que otra linda jovencita pudiera atraerlo de nuevo al matrimonio, predisponiéndole a un segundo ensayo más afortunado, era de esperar, que el primero; si habían de engañarlo, que lo engañaran al menos con buen talante y buena suerte. Pero María tuvo que recluirse con sentimientos mucho más graves en un retiro obligado por el reproche de la sociedad, que no podría dar lugar a una segunda primavera para sus ilusiones ni para su reputación.

Dónde se la podría acomodar fue tema de las más tristes y graves consultas. Tía Norris, cuyo afecto parecía aumentar con el desprestigio de su sobrina, hubiese querido verla refugiada en el hogar, apoyada por todos. *Sir* Thomas no quería oír hablar de ello; y el enojo de tía Norris contra Fanny fue tanto mayor, por considerar que la causa estaba en que ella residía allí. Se empeñaba en atribuir los escrúpulos de su cuñado a la presencia de Fanny, aunque *sir* Thomas le aseguró con toda solemnidad que, de no haber existido allí jovencita alguna, ni otra gente joven de uno u otro sexo bajo su tutela, que pudiera correr un peligro con la compañía o verse perjudicada por la índole de María, en ningún caso hubiera él provocado a la vecindad un insulto tan mayúsculo como el de suponer que le mirarían la cara a su hija. Como tal, como hija (esperaba que hija penitente), habría de protegerla, de procurarle todo bienestar y alentarla con todos los estímulos a obrar bien, dentro de lo que permitían sus posiciones respectivas; pero no podía ir más lejos que eso. María había destruido su propia reputación, y él no quería, con un inútil intento de restablecer lo que jamás podría lograrse, prestarse a sancionar el vicio o, buscando aminorar sus calamidades, ser en todo caso cómplice de que se arrastrase a la familia de otro hombre a la desgracia que él mismo había conocido.

La cosa acabó en la resolución de tía Norris de abandonar Mansfield para consagrarse a su desventurada María, y en disponer para las dos una residencia en otro lugar, alejado y escondido, donde, encerradas juntas y casi sin más compañía, sin afecto por un lado y sin juicio por el otro, puede razonablemente suponerse que sus respectivos temperamentos acabaron por ser su mutuo castigo. El traslado de tía Norris a otra parte fue el gran consuelo complementario en la vida de *sir* Thomas. La opinión que de ella tenía había ido perdiendo favoritismo desde su regreso de Antigua. En todos los tratos que había tenido con ella desde entonces, en su habitual intercambio de ideas, en cuestiones de importancia o en la simple conversación, había ella ido retrocediendo, con regularidad, en su aprecio, convenciéndole de que, o el paso del tiempo la había favorecido muy poco, o él había valorado en demasía su buen juicio y soportado su carácter con asombrosa paciencia. Llegó a constituir para él un constante malestar, tanto más enfadosa por cuanto parecía no haber posibilidad de que cesara sino con la vida; le parecía una parte de sí mismo que habría de sufrir para siempre. Verse libre de ella era, por lo tanto, una felicidad tan grande que, de no haber dejado tras de sí motivos de amargos recuerdos, hubiera podido surgir el peligro de que *sir* Thomas se sintiera tentado casi a celebrar un mal que le procuraba semejante bien.

Nadie la echó de menos en Mansfield. Jamás fue capaz de conquistarse siquiera el afecto de los que más quería; y desde la fuga de María se había amargado tanto su carácter que su presencia era un sufrimiento para todos. Ni siquiera Fanny tuvo lágrimas para tía Norris..., ni siquiera cuando se fue para siempre.

Si Julia escapó del desastre mejor que María, fue debido, hasta cierto punto, a una favorable diferencia de temperamento y circunstancias, pero mucho más a que no fue tanto la mimada de aquella misma tía, a que fue menos adulada y maleada por ella. Su belleza y merecimientos se mantuvieron siempre en segundo término. De siempre se había acostumbrado a considerarse a sí misma un poco inferior a María. Su carácter era por naturaleza más dulce que el de su hermana; sus sentimientos, aunque vivos, eran más dúctiles; y la educación recibida no le había conferido a ella un grado tan pernicioso de orgullo.

Esto había hecho que soportara tanto mejor el desencanto de Henry Crawford. Pasada la primera amargura que le produjo la convicción de que era despreciada, consiguió relativamente pronto estar en condiciones de no pensar más en él; y cuando el trato se renovó en Londres, y frecuentar la casa del señor Rushworth se convirtió en objetivo del señor Crawford, ella tuvo el acierto de marcharse de allí y elegir aquel momento para dedicar unos días a sus otros amigos de la capital, a fin de guardarse contra el peligro de sentirse de nuevo excesivamente atraída. Esta fue la causa de su traslado a casa de sus primos. La conveniencia del señor Yates nada tuvo que ver con ello. Julia había aceptado sus atenciones durante algún tiempo, pero estaba muy lejos de pensar en aceptarlo algún día; y de no haberse producido el estallido que provocó la conducta de su hermana, lo que aumentó su temor al padre y al hogar, pues imaginó que ante lo ocurrido se ejercería sobre ella una mayor dureza y sujeción, le hizo tomar la precipitada decisión de escapar a tales horrores, a todo peligro, es probable que el señor Yates nunca hubiera conseguido su propósito. No se había fugado llevada de sentimientos más allá de los de una alarma egoísta. Le pareció que era lo único que podía hacer. El delito de María había dado lugar al desatino de Julia.

Henry Crawford, estropeado por una emancipación temprana y malos ejemplos familiares, abusó demasiado tiempo de los frívolos caprichos de una vanidad sin límites. Una vez, su misma vanidad le había puesto, por una coyuntura imprevista e inmerecida, en el camino de la felicidad. De haberse conformado con la conquista del cariño de aquella dulce doncella, de haber puesto el suficiente entusiasmo para vencer la resistencia, para ganarse con su proceder la estimación y la ternura de Fanny Price, hubiera tenido de su parte todas las probabilidades de éxito y felicidad. Su afecto había ya logrado algo. La influencia de ella sobre él le había ya dado algún fruto sobre ella. De haber merecido más, no cabe la menor duda que más hubiera conseguido, en especial una vez celebrado aquel matrimonio que había de representar para él una gran ayuda, al comprender Fanny que debía sojuzgar su primera inclinación, y al darle ocasión de verla con frecuencia. De haber perseverado, y noblemente, Fanny hubiera sido su premio, una recompensa que se le hubiera ofrecido sin obstáculos, dentro de un prudente plazo a partir del casamiento de Edmund con Mary. De haber obrado como se proponía, y como sabía que era su deber, marchando para Everingham a su regreso de Portsmouth, hubiera decidido la felicidad de su destino. Pero se le hizo presión para que permaneciera allí, para que asistiera a la fiesta de la señora Fraser; se quedó por la adulación a su vanidad, y porque allí se encontraría con la joven señora Rushworth. Curiosidad y vanidad se dieron cita, y la tentación del placer inmediato fue demasiado fuerte para un espíritu no acostumbrado a sacrificar nada al deber. Decidió aplazar su viaje a Norfolk, resolvió que una carta serviría para el caso, o que el caso carecía en sí de importancia, y se quedó. Vio a la hermosa señora Rushworth, fue recibido por ella con una frialdad que hubiera debido parecerle repulsiva y establecer para siempre una aparente indiferencia entre los dos; pero se sintió mortificado, no pudo soportar eso de verse rechazado por la mujer cuyas sonrisas habían estado tan por completo rendidas a sus órdenes; debía esforzarse en dominar tan orgullosa exhibición de rencor; no era más que enojo a causa de Fanny; tenía que sacar ventaja de ello y hacer de la señora Rushworth otra vez aquella María Bertram, en cuanto a la manera de tratarlo.

Con este espíritu inició el ataque, y con optimista perseverancia pronto hubo restablecido la especie de trato familiar, de coqueteo, de galanteo, que era a lo que se limitaba su propósito; pero al triunfar sobre la discreción que, aun fundada en la cólera, hubiese podido salvarlos a los dos, quedó sometido a la fuerza de unos sentimientos más apasionados en ella de lo que había pensado. María lo amaba: sin disimulo ponía de manifiesto que las atenciones que él le dedicaba tendiendo a retractarse, no la satisfacían. Él quedó aprisionado en las redes de su propia vanidad, sirviendo de excusa el amor tan poco como imaginarse pueda, y sin la menor inconstancia de fidelidad respecto a Fanny. Ocultar a esta y a los Bertram lo que ocurría fue su principal objeto. El secreto no podía ser más importante para la fama de María de lo que él lo consideraba para la suya propia. A su regreso de Richmond, le hubiera gustado no ver ya más a la señora Rushworth. Todo lo que siguió fue el resultado de la imprudencia de ella; y si con ella huyó al fin, fue porque no pudo evitarlo, suspirando por Fanny, hasta entonces, pero suspirando por ella mucho más cuando todo el escándalo de la intriga se hubo desvanecido, habiéndole bastado unos pocos meses para aprender, por la fuerza del contraste, a valorar todavía más alto su dulzura de carácter, pureza de pensamiento y excelencia de principios.

La condenación, la pública condenación de una falta, aunque afectase en una justa medida también a "él", no es, ya lo sabemos, una de las protecciones que la sociedad procura a la virtud. Los castigos de este mundo son menos eficientes de lo que pudiera desearse; pero incluso prescindiendo de que más tarde fuera llamado a un juicio más severo, muy bien podemos suponer que, tratándose de un hombre de la sensibilidad de Henry Crawford, este iba haciendo acopio de buenas provisiones de malestar y pesar, malestar que a veces habría de llevarle a reprocharse su propia conducta, pesar que con frecuencia se convertiría en desesperación, por haber correspondido en aquella forma a la hospitalidad, destruido la paz familiar, perdido su mejor, más digno y querido círculo de amistades, y haberse jugado de aquel modo el cariño de la mujer que había amado, no sin razón, tan sincera como apasionadamente.

Después de lo sucedido, tan propio para lastimar e indisponer a las dos familias, la continuación de los Bertram y los Grant en tan estrecha vecindad hubiera sido algo en extremo muy lamentable; pero la ausencia de los últimos, prolongada expresamente durante unos meses, se resolvió muy felizmente con la necesidad o, al menos, la posibilidad de un traslado definitivo. El señor Grant, gracias a una recomendación sobre cuya eficacia había casi dejado de hacerse ilusiones, logró una canonjía en Westminster, lo cual, al proporcionar la ocasión de abandonar Mansfield, una excusa para residir en Londres y un aumento de ingresos para hacer frente a los gastos del cambio, fue tan bien acogido por los que marcharon como por los que se quedaban.

La señora Grant, que había nacido para amar y sentirse amada, hubo de alejarse con cierta nostalgia del escenario y las personas a que estaba acostumbrada; pero esa misma disposición feliz tenía que asegurarle, en cualquier parte y en cualquier medio de relación plurales motivos de gozo y esparcimiento; y otra vez tendría un hogar que poder ofrecer a Mary. Mary se había ya cansado bastante de sus amigos, de vanidades, ambiciones, amor y desengaños en el transcurso del último medio año, para sentir ahora la necesidad del auténtico cariño que hallaría en el corazón de su hermana, y de la serena tranquilidad de sus costumbres. Vivieron juntas; y cuando el doctor Grant fue llevado a una apoplejía y a la muerte por la implantación de tres comidas extraordinarias a la semana, ellas continuaron viviendo en común; porque Mary, aunque perfectamente decidida a no enamorarse nunca más de un segundón, tardaba en hallar entre los partidos más convincentes o entre los vanos presuntos herederos que estaban a las órdenes de su hermosura y de sus veinte mil libras alguno que pudiera satisfacer el mejor gusto que ella había adquirido en Mansfield, alguno cuyo carácter y hábitos pudieran justificar la esperanza de una felicidad hogareña como la que allí había aprendido a amar, o que consiguiera quitarle suficientemente a Edmund de la cabeza.

Edmund la aventajaba mucho en ello. No tuvo que esperar y desear, huérfano de afectos, un objeto digno de sustituirla a ella en su corazón. Apenas dejó de suspirar por Mary Crawford y de expresar a Fanny lo imposible que era para él volver a encontrar una mujer como aquella, empezó ya a preguntarse si un tipo muy distinto de mujer no podría convenirle tanto, o acaso mucho más; si la propia Fanny no estaba convirtiéndose en algo tan querido, tan importante para él, en todas sus sonrisas y en todos sus aspectos, como antes lo fuera Mary Crawford; y si no habría de ser posible lanzarse a la esperanzada empresa de persuadirla de que el profundo y fraternal afecto que sentía por él sería base suficiente sobre la que cimentar su amor de esposa.

Expresamente prescindo de citar fechas en esta ocasión, dejando a cada cual en libertad de fijarlas a su gusto, convencida de que el conjunto de pasiones irremediables y la transferencia de insustituibles amores tienen que variar mucho, en cuanto a tiempo, según las personas. Únicamente ruego que todo el mundo crea que exactamente en el instante en que fue muy natural que así ocurriera, y no una semana antes, Edmund dejó de pensar en Mary y se sintió tan impaciente por casarse con Fanny como la propia Fanny pudiera desear.

Con la estimación que, ciertamente, de siempre le tenía, una estimación fundada en los más puros merecimientos de la inocencia y el desamparo, y completada por todos los incentivos de una creciente perfección, ¿podía haber algo más natural que el cambio en él operado? Amándola, guiándola, protegiéndola como siempre hiciera desde cuando ella contaba diez años; habiendo en tan importante proporción contribuido a una formación de su espíritu con sus desvelos; dependiendo de sus atenciones todo el bienestar que ella sintiera, lo que constituía para él un objetivo de la más viva y primordial importancia, objetivo más querido que ninguno de los que pudiera tener en Mansfield, por lo mismo que le convertía en algo tan importante para ella... ¿qué podía añadirse ya, como no fuera que debía aprender a preferir unos claros y dulces ojos a unos negros y chispeantes? Y estando siempre con ella, siempre hablando confidencialmente, y hallándose sus sentimientos justamente en ese favorable estado que ocurre a un reciente desengaño, esos dulces ojos claros no podían tardar mucho en conseguir la victoria.

Una vez emprendido, y dándose cuenta de que así lo hacía, este camino en pos de la felicidad, nada hubo por el lado de la prudencia que pudiera frenarle o retrasar su marcha... ninguna duda en cuanto a los merecimientos de ella, ningún temor en cuanto a gustos opuestos, ni nada de esforzarse en bosquejar nuevas esperanzas de felicidad basándose en una disparidad de caracteres. El espíritu, la disposición, las opiniones y los hábitos de Fanny no requerían ocultaciones, ni que uno se hiciera vanas ilusiones en el presente, ni tuviera que fiar en un futuro ascenso. Hasta en el rigor de su reciente obcecación, había él reconocido la superioridad espiritual de Fanny. ¡Cuál no sería ahora su apreciación de la misma! Ella era, desde luego, demasiado para lo que él merecía. Pero como nadie se figura nunca estar aspirando a más de lo que merece, Edmund se puso a perseguir muy formal y resueltamente aquel favor, y no hubo de pasar mucho tiempo sin que ella le animara. Aun con lo tímida, prudente y recelosa que ella era, resultaba imposible que una ternura como la que guardaba en su corazón no diera lugar, a veces, a las más firmes esperanzas de éxito, aunque quedara para más tarde el revelarle toda la maravillosa y sorprendente verdad. Su felicidad al saberse amado desde hacía tanto tiempo por un corazón como aquel, debió de ser lo bastante extraordinaria para que podamos estar seguros de que hizo uso de un lenguaje tan arrebatado como se quiera para expresársela a ella o a sí mismo; debieron de ser unos momentos de sublime felicidad. Pero también la felicidad sentida por la otra parte fue de las que no caben en los límites de un relato. Que nadie presuma de saber traducir los sentimientos de una mujer joven al obtener la seguridad de un amor para el que casi no se atreviera a guardar una esperanza.

Descubiertas sus mutuas inclinaciones, no surgió ninguna dificultad seguidamente, no hubo inconveniente alguno de carácter económico ni por parte de los padres. Era un enlace que los deseos de *sir* Thomas hasta habían prevenido. Harto de parentescos ambiciosos e interesados, apreciando cada vez más los auténticos valores morales y espirituales, y deseoso, sobre todo, de sujetar con la mayor seguridad cuanto le quedaba de felicidad hogareña, había considerado con sincera satisfacción la más que eventual posibilidad de que los dos jóvenes hallaran en la unión de sus corazones el mutuo consuelo de sus respectivos desengaños.

El jubiloso consentimiento que dio a la petición de Edmund, la conciencia de haber realizado una gran adquisición al asegurarse a Fanny como hija, contrastaban no poco con sus antiguos prejuicios sobre el particular, cuando se debatió el asunto de la adopción de la pobre niña...; uno de esos contrastes que el tiempo siempre establece entre los planes y las obras de los mortales para experiencia de los mismos y diversión del prójimo.

Fanny era sin duda la hija que necesitaba. Su bondad innata había producido un caudal de inagotable consuelo para él mismo. Su liberalidad se veía recompensada con creces, y la nobleza que siempre había guiado sus intenciones respecto de ella lo merecía. Pudo haberle dado una niñez más feliz; pero fue solo un error de criterio lo que le había hecho aparecer siempre tan rígido, evitando que ella empezara antes a quererle; y ahora, conociéndose bien uno a otro, su mutuo afecto era muy sólido. Después de establecerla en Thornton Lacey atendiendo con cariño a todo lo necesario para su felicidad, su objetivo de casi todos los días había pasado a ser el de trasladarse allí para verla, o para llevársela consigo.

El cariño egoísta que le profesaba *lady* Bertram desde hacía tanto tiempo, hacía que esta no pudiera aceptar con gusto la separación. No había hijo ni sobrina cuya felicidad pudiera hacerle desear la boda. Pero la separación pudo llevarse a cabo porque allí estaba Susan para sustituir a su hermana. Susan se convirtió en la sobrina de turno, encantada de serlo, estando tan capacitada para el caso por la viveza de su espíritu y su afición a la actividad, como Fanny lo fuera por la dulzura de su carácter y sus profundos sentimientos de gratitud. Jamás pudo prescindirse de Susan. Primero como consuelo para Fanny, después como auxiliar y por último como sustituta, se había establecido en Mansfield con todas las apariencias de que su permanencia allí iba a ser igualmente por tiempo indefinido. Su carácter menos tímido y su temple más fuerte hacían que allí todo fuese fácil para ella. Dotada de perspicacia para comprender rápidamente el carácter de aquellos que debía frecuentar, y sin timidez natural que le impidiera expresar cualquier deseo importante, no tardó en hacerse simpática y útil a todos; y después de la partida de Fanny la sucedió con tan feliz acierto en el desempeño de sus funciones para procurar un constante bienestar a su tía, que incluso se convirtiera gradualmente en la más querida de las dos. En la utilidad de Susan, en la excelencia de Fanny, en la invariable buena conducta y creciente gloria de William y en la general felicidad y prosperidad de los demás miembros de la familia, que mutuamente se ayudaban a progresar, acreditando así la protección y el apoyo que él les prestaba, *sir* Thomas veía motivos, constantemente reiterados motivos de satisfacción por lo que había hecho por todos ellos, motivos que le hacían reconocer las ventajas del esfuerzo y la disciplina en los primeros años, y veía también en todo ello la causa de haber nacido para luchar y sufrir.

Con tan genuinas virtudes y tan auténtico amor, sin dejar de tener además amigos y fortuna, la felicidad de los primos casados ha de parecernos tan segura como pueda serlo la felicidad en esta tierra. Igualmente formados en el amor a la vida familiar, y amantes de los placeres de la vida en el campo, hicieron de su casa el hogar del amor y el bienestar; y para completar el venturoso cuadro, la adquisición del beneficio eclesiástico de Mansfield, a la muerte del doctor Grant, se realizó justamente cuando llevaban de casados tiempo suficiente para que empezaran a necesitar un aumento de ingresos y a considerar un inconveniente la distancia que les separaba de la casa paterna.

Por ello se trasladaron a Mansfield; y la rectoría aquella, a la que, mientras perteneció tanto al uno como al otro de sus anteriores propietarios, nunca Fanny había podido acercarse sin una penosa sensación de represión y temor, se convirtió pronto en algo tan querido a su corazón y tan perfectamente agradable a sus ojos, como desde mucho antes lo fuera todo lo demás, dentro del paisaje que se extendía bajo el manto de Mansfield Park.

LOS WATSON

El martes, trece de octubre, se realizaría el primer baile de invierno de la ciudad de D., en Surrey, y todos esperaban que fuese excelente e inolvidable. Se daba por seguro que una extensa lista de familias del condado asistiría, y había esperanzas muy optimistas de que allí estarían los Osborne. Por supuesto, la invitación de los Edwards a los Watson fue inmediata. Los Edwards eran personas adineradas que vivían en la ciudad y mantenían su propio carruaje. Los Watson eran pobres, vivían en una aldea a unas tres kilómetros de distancia y no tenían nada similar a un coche. Pero desde que se habían comenzado a realizar bailes en el lugar, siempre los primeros tenían la costumbre de, en cada regreso mensual durante el invierno, invitar a los segundos a vestirse, cenar y dormir en su casa. En la presente oportunidad, ya que solamente dos hijas del señor Watson se encontraban en casa, y una siempre le era necesaria como compañía, ya que estaba enfermo y había perdido a su mujer, solamente la otra se podía beneficiar de la gentileza de sus amigos. La señorita Emma Watson, que había regresado hacía poco a su familia después de atender y cuidar a una tía que la crió, haría su primera aparición pública en el vecindario, y su hermana mayor, cuyo placer por los bailes no había disminuido después de diez años de disfrute, tuvo el mérito de felizmente comprometerse a llevarlos por la mañana a ella y a sus mejores vestidos en la antigua silla de posta hasta D.

La señorita Watson, mientras avanzaban por el polvoriento sendero, instruía y advertía a su inexperta hermana de la siguiente manera:

—Creo que será un baile excelente, y apenas necesitarás pareja entre tantos oficiales. Encontrarás a la criada de Mrs. Edwards muy dispuesta a ayudarte, y te recomendaría que preguntaras a Mary Edwards su opinión si no te sientes segura, ya que tiene un gusto excelente. Si Mr. Edwards no pierde su dinero a las cartas, te quedarás hasta tan tarde como quieras; si lo pierde, quizá las apresure a regresar a casa... pero tendrás asegurada una buena sopa. Confío en que estarás maravillosa. No me asombraría que te consideraran una de las jóvenes más hermosas del salón; siempre es importante la novedad. Tal vez Tom Musgrave note tu presencia; pero te recomendaría que no lo animes de ninguna manera. Por lo general presta atención a cualquier muchacha nueva; le fascina flirtear, pero jamás tiene serias intenciones.

—Creo que te he escuchado hablar de él anteriormente —dijo Emma—. ¿Quién es?

—Un muchacho de mucha fortuna, muy independiente, y notoriamente agradable. Donde quiera que vaya es un favorito universal. La mayor parte de las jóvenes de por aquí están enamoradas de él, o lo han estado en algún momento. Creo que soy la única que ha escapado con el corazón entero de todas ellas; y, aun así, cuando llegó a la comarca hace seis años, fui la primera a la que prestó atención. Y me prestó mucha atención. Comentan algunos que, aparentemente, jamás le ha gustado tanto otra muchacha, aunque siempre actúa de forma especial con una u otra.

—¿Y cómo es que el único frío fue tu corazón? —dijo Emma, con una sonrisa.

—Para ello hubo una razón —contestó Miss Watson, ruborizándose—. Emma, no me trataron muy bien. Confío en que tengas mucha más suerte.

—Te suplico, querida hermana, que me disculpes si inconscientemente te causé algún sufrimiento.

—Cuando por primera vez conocimos a Tom Musgrave —siguió Miss Watson, sin escucharla, aparentemente—, yo me encontraba muy apegada a un muchacho que se llamaba Purvis, un amigo de Robert que estaba mucho con nosotros. Todos pensaban que saldría una pareja de ahí.

Un suspiro acompañó a estas palabras, que Emma respetó callada; pero, después de una pausa muy breve, su hermana siguió.

—Lógicamente, te preguntarás por qué no se realizó, y por qué él contrajo matrimonio con otra mujer mientras que yo sigo soltera. Pero se lo tendrías que preguntar a ella, no a mí... deberías preguntárselo a Penélope. Sí, Emma, detrás de todo ello estuvo Penélope. Ella piensa que, con tal de conseguir esposo, todo vale. Yo confié plenamente en ella; pero ella lo puso en contra mía, con el propósito de ganarlo para ella, y todo finalizó con menos visitas en cada ocasión y, poco después, contrayendo matrimonio con otra. Penélope no le da importancia a su comportamiento, pero para mí es una traición muy grande. Arruinó mi dicha. Jamás amaré a otro hombre como amé a Purvis. Pienso que él y Tom Musgrave no deben ser mencionados juntos el mismo día.

—Con lo que relatas de Penélope me dejaste impresionada —dijo Emma—. ¿Una hermana puede hacer algo semejante? ¡Traición entre hermanas, rivalidad! Temo conocerla. Pero espero que no fuese de esa manera; en su contra jugaban las apariencias.

—No, a Penélope tú no la conoces. Por contraer matrimonio no hay nada que no hiciera. Ella misma te lo diría así. No le vayas a confiar ningún secreto, que mi ejemplo te sea útil, en ella no te fíes; posee varias virtudes, pero, si puede beneficiarse ella, no tiene buena fe ni escrúpulos ni honor. De todo corazón deseo que esté muy bien casada. Puedo afirmar que prefiero que, antes que yo, ella esté bien casada.

—¡Antes que tú! Sí, imagino. Poca inclinación puede sentir hacia el casamiento un corazón herido como el tuyo.

—No mucha, realmente, pero ya sabes que hemos de contraer matrimonio. En lo que a mí respecta, me las podría arreglar perfectamente sola; de vez en cuando algo de compañía y un agradable baile, para mí serían suficiente, si se pudiese ser joven para siempre; pero nuestro padre no puede mantenernos, y es terrible envejecer y ser pobre y que se rían de ti. Es cierto, a Purvis lo he perdido, pero muy pocas personas contraen matrimonio con su primer amor. A un hombre no debería rechazarlo solamente porque no sea Purvis. Lo cual no quiere decir que alguna vez pueda perdonar a Penélope.

Emma asintió en señal de aprobación.

—Con todo, Penélope ha tenido sus dificultades —siguió Miss Watson—. Con Tom Musgrave tuvo una triste desilusión, quien después trasladó sus atenciones de mí a ella, y a quien ella tenía mucho afecto; pero él jamás tiene la pretensión de nada serio, y cuando jugó con ella el tiempo suficiente, comenzó a desairarla a favor de Margaret, y la pobre Penélope se sintió muy infortunada. Ha estado, desde entonces, tratando de establecer algún compromiso en Chichester... no nos dirá con quién, pero pienso que se trata de un viejo rico, un tal doctor Harding, tío de la amiga a la que va a visitar; por él se ha tomado muchas molestias, y ha invertido mucho tiempo sin ningún propósito, aparentemente. Cuando el otro día se fue dijo que sería la última vez. Imagino que no conocías cuál era su interés especial en Chichester, ni podías adivinar el objetivo que la podía separar de Stanton precisamente cuando tú volvías a casa después de estar ausente durante tantos años.

—No, no tenía ni la más mínima sospecha, por supuesto. Justamente en ese instante consideré su compromiso con Mrs. Shaw muy desafortunado para mí. Esperaba encontrar a todas mis hermanas en casa, para poder hacerme amiga de cada una inmediatamente.

—Intuyo que el doctor ha padecido una crisis asmática, y que por ese motivo ella se apresuró. Los Shaw se encuentran más bien de su lado... al menos eso creo; pero ella no me ha comentado nada. Prefiere seguir su propia recomendación, dice, y con mucha razón, que "Muchos cocineros dañan el caldo".

—Siento mucho sus preocupaciones —dijo Emma—, pero no me agradan sus opiniones ni sus planes. Le tendré temor. Debe tener un carácter muy atrevido y masculino. Estar tan empeñada en contraer matrimonio, perseguir a un hombre simplemente por su posición, es algo que me asombra; no lo puedo comprender. Es un gran mal la pobreza, pero para una mujer educada, instruida y sensible no debería ser el más grande. Para mí sería preferible ser maestra de colegio (y no se me puede ocurrir nada peor) que contraer matrimonio con un hombre que no me gustara.

—Antes que ser maestra de colegio, yo preferiría hacer cualquier cosa —dijo su hermana—. Emma, yo he ido a la escuela y sé qué vida llevan; tú jamás has ido. No me disgustaría menos que a ti contraer matrimonio con un hombre poco agradable; pero no creo que existan demasiados hombres desagradables; pienso que podría agradarme cualquier hombre con una renta confortable y con buen humor. Imagino que nuestra tía te crió para ser muy refinada.

—Realmente, no lo sé. Mi comportamiento habrá de decirte cómo fui criada. Yo misma no puedo juzgarlo. El método de nuestra tía no lo puedo comparar con el de ninguna otra persona, porque desconozco ningún otro.

—Pero, por muchas cosas, puedo ver que eres muy refinada. Desde que regresaste a casa lo he observado permanentemente, y temo que no será para tu dicha. Penélope se va a reír mucho de ti.

—Estoy segura de que eso no me causará felicidad. Si mis opiniones son equivocadas, las debo corregir; si se encuentran por encima de mi situación, debo esforzarme por ocultarlas; pero dudo que sean ridículas... ¿Penélope es muy ingeniosa?

—Sí; es muy vehemente, y jamás se preocupa de lo que comenta.

—Supongo que Margaret es más amable.

—Sí, especialmente cuando está acompañada. Cuando hay alguien alrededor es todo amabilidad y bondad, pero, entre nosotras, es algo obstinada y fastidiosa. ¡Pobre muchacha! Está convencida de que Tom Musgrave está más seriamente enamorado de ella de lo que jamás ha estado de nadie, y espera constantemente que él se le declare. Este año es la segunda vez que pasará un mes con Robert y Jane con la intención de incitarle con su ausencia; pero estoy convencida de que está en un error, y de que él no tiene más intención de correr tras ella hasta Croydon de la que tenía en marzo pasado. Nunca contraerá matrimonio, a menos que pueda hacerlo con alguien de excelente posición... Miss Osborne, tal vez, o alguien similar.

—Elizabeth, tu relato de ese tal Tom Musgrave me inclina muy poco a querer conocerlo.

—No me asombra, le tienes miedo.

—No, para nada; lo desprecio y me desagrada.

—¡Despreciar a Tom Musgrave y desagradarte! No, eso jamás podrás. Si repara en ti te desafío a no alegrarte. Espero que baile contigo, y me arriesgaría a decir que lo hará, a menos que los Osborne lleguen allí con un gran grupo, en cuyo caso no conversará con nadie más.

—¡Da la impresión de que tiene los modales más fascinantes! —dijo Emma—. Muy bien, ya veremos cuán irresistibles nos encontramos mutuamente Mr. Tom Musgrave y yo. Imagino que en cuanto entre en el salón de baile lo voy a reconocer; debe llevar en su rostro algo de su encanto.

—Te aseguro que no le encontrarás en el salón de baile: irás temprano, para que Mrs. Edwards tenga un buen lugar al lado del fuego, y él jamás llega hasta tarde. Si van los Osborne, aguardará en el callejón y entrará con ellos. Emma, me gustaría ir para vigilarte. Si tan solo fuese un buen día con papá, me echaría el chal por los hombros y, en cuanto le hubiese preparado el té, James me llevaría y para cuando comenzara el baile, podría estar contigo.

—¡Cómo! ¿Vendrías en esta silla de posta con noche cerrada?

—Lo haría con seguridad. Mira, te comenté que eras muy refinada, y he ahí un ejemplo de ello.

Emma no contestó durante un instante. Y dijo finalmente:

—Elizabeth, desearía que no hubieses insistido en que fuese a ese baile; desearía que tú fueses en mi lugar. Lo disfrutarías más que yo, definitivamente. Aquí soy una perfecta extraña, y no conozco a nadie, con excepción de los Edwards; por tanto, mi disfrute es muy dudoso. Entre todos tus conocidos, el tuyo sería cierto. Para cambiar de idea no es demasiado tarde. A los Edwards, que estarán más alegres con tu compañía que con la mía, les bastarían muy pocas disculpas, y yo volvería con papá de muy buena gana; y, en absoluto, no temería guiar a casa a este tranquilo y viejo animal. Hallaría la forma de mandarte tus ropas.

—Mi querida Emma —dijo Elizabeth, cariñosamente—, ¿piensas que haría algo semejante? ¡Por nada del mundo! Pero siempre recordaré tu generosidad y bondad al proponerlo. ¡Desde luego, tienes un dulce temperamento! ¡Jamás había encontrado nada igual! ¿De verdad dejarías de asistir al baile para que yo pudiera ir? Emma, créeme, como para eso no soy tan egoísta. No; a pesar de que soy nueve años mayor que tú, yo no seré quien te prive de que seas admirada. Eres muy bella, y estaría muy mal que no tuvieses la misma oportunidad que hemos tenido toda de buscar tu felicidad. No, Emma, no serás tú quien se quede en casa este invierno. Estoy segura de que, a los diecinueve años, nunca habría perdonado a quien no me permitiera asistir a un baile.

Emma expresó su agradecimiento, y se quedaron en silencio durante unos minutos. La primera en hablar fue Elizabeth:

—¿Te vas a fijar en con quien baila Mary Edwards?

—Si puedo, recordaré a sus parejas; pero ya sabes que para mí todos serán extraños.

—Solamente observa si baila en más de una ocasión con el capitán Hunter... en este sentido tengo algunos temores. Ya sabes, no es que les gusten los oficiales a sus padres, pero, si lo hace, con el pobre Sam todo se habrá terminado. Prometí escribirle algunas palabras relatándole con quien bailó.

—¿Sam está enamorado de Miss Edwards?

—¿Es que no lo sabías?

—¿Pero cómo podría saberlo? ¿En Shropshire cómo podría haberme enterado de lo que está sucediendo de ese cariz en Surrey? Era poco probable que tan delicadas circunstancias hayan formado parte de la poca comunicación que ha habido durante los últimos catorce años entre tú y yo.

—Me asombra no haberlo mencionado jamás cuando te escribí. Desde que viniste a casa, me he encontrado tan ocupada con mi pobre padre y con nuestra gran colada que no he tenido tiempo de relatarte nada; pero, por supuesto, di por sentado que estabas enterada de todo. Lleva muy enamorado de ella estos dos años, y le produce mucha decepción no poder darse siempre una escapada a nuestros bailes; pero Mr. Curtis no prescinde de él habitualmente, y en Guildford justamente esta es una época de enfermedades.

—¿Piensas que Miss Edwards le corresponde?

—Creo que no: es hija única, como sabes, y por lo menos tendrá diez mil libras.

—Pero aun así nuestro hermano podría gustarle.

—¡Oh, no! Mucho más alto apuntan los Edwards. Sus padres nunca lo consentirían. Ya lo sabes, Sam es solamente un cirujano. En ocasiones creo que ella piensa que es atractivo. Pero Mary Edwards es más bien reservada y correcta; no siempre conozco lo que está pensando.

—Creo que es una lástima que se vea animado a pensar en ella ni en lo más mínimo, a menos que Sam se sienta en terreno seguro por parte de la propia dama.

—Un caballero joven debe pensar en alguien —dijo Elizabeth—, y ¿por qué no habría de ser tan dichoso y afortunado como Robert, que tiene seis mil libras y una excelente esposa?

—Todos no debemos esperar ser afortunados individualmente —contestó Emma—. Es suerte para todos la suerte de un integrante de una familia.

—Estoy convencida que la mía está toda por venir —dijo Elizabeth, suspirando al recordar a Purvis—. Ya he sido bastante desdichada; y de ti no puedo decir mucho más, ya que nuestra tía contrajo matrimonio nuevamente de manera tan tonta. Bueno, me atrevería a decir que tendrás un buen baile. La siguiente esquina nos conducirá hasta el sendero principal: por encima del seto puedes ver la torre de la iglesia, y muy cerca está el White Hart. Por saber qué vas a pensar de Tom Musgrave me muero de ganas.

Los últimos sonidos audibles de la voz de Miss Watson fueron estos, antes de traspasar las puertas del sendero principal y entrar a la frontera de la ciudad, cuya confusión y ruido transformaban la charla en algo poco deseable. Pesadamente, la vieja yegua trotaba, sin necesidad de alguna dirección de las riendas para tomar el desvío correcto, y solamente cometiendo una equivocación, al proponerse detenerse frente a la sombrerería antes de encaminarse hasta la puerta de la casa del señor Edwards.

Mr. Edwards habitaba en la mejor casa de la calle, situada en el mejor sitio, con permiso de la residencia recién construida del banquero, Mr. Tomlison, en el campo, en las afueras de la ciudad, que tenía una chimenea y muchos arbustos.

Con cuatro ventanas a cada lado de la puerta, flanqueadas por contras y cadenas, y con un altillo de peldaños de piedra frente a la puerta, la casa del señor Edwards era más alta que las de la mayoría de sus vecinos.

—Muy bien, ya llegamos —dijo Elizabeth, al pararse el carruaje—, sanas y salvas, y llegar solo nos ha llevado treinta y cinco minutos, según el reloj del mercado, lo que pienso está muy bien, aunque para Penélope no sería nada. ¿No es una bella ciudad? Como ves, los Edwards viven muy a la moda y tienen una casa señorial. Te puedo asegurar que abrirá la puerta un hombre con la cabeza empolvada y de librea.

Emma solamente había visto a los Edwards en Stanton una mañana, por tanto, para ella eran extraños y, a pesar de que su ánimo no era en forma alguna insensible a los placeres de la tarde, cuando pensó en todo cuanto les precedía, se sintió algo incómoda. Además, su charla con Elizabeth causándole algunas desagradables impresiones en referencia a su propia familia, la había dispuesto más a las impresiones desagradables por cualquier otro motivo, y aumentó su sentimiento de torpeza el precipitarse a una intimidad fundamentada en tan poco conocimiento.

En las maneras de Mrs. y Miss Edwards nada hubo que produjera una transformación inmediata en esas ideas. Aunque mujer muy gentil y cordial, la madre tenía un aire reservado, y mucha cortesía formal; y la hija, una amable joven de veintidós años, con el cabello envuelto en papel, daba la impresión de haber asumido con mucha naturalidad algo del estilo de su madre, que la crió. Enseguida, Emma se vio sola para indagar cómo podrían ser, cuando Elizabeth se vio forzada a volver rápidamente; y lo único que rompió, a intervalos, un silencio de media hora, antes de que se les uniese el señor de la casa fueron algunos muy lánguidos comentarios sobre la probable brillantez del baile. A diferencia de las damas de la familia, Mr. Edwards tenía un aire mucho más desenvuelto y más comunicativo; acababa de venir de la calle, y estaba preparado para relatar cuanto pudiera ser interesante. Después de una gentil recepción de Emma, se dirigió a su hija con un:

—Mary, te traigo excelentes noticias: en el baile esta noche los Osborne estarán seguro. Al White Hart se han solicitado, para las nueve, caballos para dos carruajes para el castillo de Osborne.

—Me contenta saberlo —dijo Mrs. Edwards—, porque su presencia da crédito a nuestra velada. Dispondrá a muchas personas a acudir al segundo baile saber que los Osborne estuvieron en el primero. Es más de lo que merecen, ya que, de hecho, no agregan nada al placer de la tarde: vienen muy tarde y se marchan muy temprano... Pero siempre tienen su encanto las personas de estirpe y categoría.

Mr. Edwards comenzó a narrar todos los demás detalles de las noticias de las que le había provisto su visita matutina al salón-bar, y charlaron con mucha vivacidad hasta que llegó la hora de que Mrs. Edwards se vistiera, y se aconsejó encarecidamente a las jóvenes que no perdieran el tiempo. Emma fue llevada a unos salones muy acogedores, y con respecto a las atenciones de Mrs. Edwards la dejaron sola, empezó la feliz ocupación, primera dicha del baile. Preparándose juntas a ratos era como, inevitablemente, las jóvenes se iban conociendo mejor. Emma pensó que Miss Edwards era el vivo retrato de la sensatez, una mente modesta y nada presumida, y con deseo de querer ser muy servicial; y cuando volvieron al salón, donde Mrs. Edwards se sentaba respetablemente vestida con uno de sus dos trajes de satén para la temporada invernal, y un nuevo gorro de la sombrerería, en él entraron con sonrisas más naturales y serenas de las que tenían cuando se fueron. Entonces había que examinar sus trajes: Mrs. Edwards se reconocía a sí misma muy pasada de moda para darle su aprobación a cualquier extravagancia moderna, por muy consentida que estuviera; y aunque satisfecha por el excelente aspecto de su hija, solo mostró una reservada admiración; pero Mr. Edwards, no menos complacido con Mary, a expensas de ella dirigió algunos elogios de bien humorada galantería a Emma. La conversación llevó a comentarios más íntimos, y, amablemente, Miss Edwards preguntó a Emma si no le decían frecuentemente que era muy parecida a su hermano menor. Emma creyó percibir, acompañando a la pregunta, un tenue enrojecimiento, y resultó todavía más sospechosa la manera en que Mr. Edwards intervino en el tema:

—Creo, Mary, que no le estás haciendo un gran halago a Miss Emma —dijo rápidamente—. Mr. Sam Watson es un buen muchacho, y me atrevería a comentar que un cirujano muy capaz; pero, como para hacer de un parecido con él algo muy halagador, su complexión se ha visto muy expuesta a muchos desgastes.

Mary pidió disculpas, algo confundida: no consideraba un gran parecido en absoluto poco compatible con distintos grados de belleza. Podía haber un parecido en la cara, y la complexión e incluso los rasgos ser muy diferentes.

—De la belleza de mi hermano nada sé —dijo Emma—, ya que desde que tenía siete años no lo veo, pero mi padre dice que tenemos un gran parecido.

—¡Mr. Watson! —dijo Mr. Edwards—; bueno, usted me sorprende. En el mundo no existe menor parecido; sus ojos son marrones, los de su hermano son grises; él tiene una boca ancha y cara alargada. ¿Tú ves algún parecido, querida?

—No, ni el más pequeño. La señorita. Emma Watson trae mucho a mi mente a su hermana mayor; en ocasiones veo rasgos de Miss Penélope, y en una o dos ocasiones he tenido un atisbo del señor Robert, pero con Mr. Samuel no percibo parecido alguno.

—Entre ella y Miss Watson veo muy claramente el parecido —contestó Mr. Edwards—, pero no logro verlo en los otros. Pienso que no se parece mucho a nadie de la familia, excepto a Miss Watson, pero estoy completamente seguro de que entre ella y Sam no existe parecido.

Solucionado el asunto, se prepararon para cenar.

—Miss Emma, su padre es uno de mis más antiguos amigos —comentó Mr. Edwards, al tiempo que le servía vino y tomaban asiento alrededor de la chimenea para disfrutar del postre—. Haremos un brindis porque mejore su salud. Me produce una enorme preocupación que esté tan enfermo, se lo puedo asegurar. En sociedad no conozco a nadie a quien le agrade más jugar a las barajas, y a muy pocas personas que hagan pocas trampas. Que se vea privado de ese placer es muy lamentable. Ya que ahora tenemos un tranquilo y pequeño Club de *whist* que se reúne en el White Hart tres veces a la semana, y ¡cuánto lo disfrutaría si tan solo pudiese recuperar la salud!

—Señor, me atrevería a decir que sí, y deseo que así sea, lo deseo con todo mi corazón.

—Tu club sería más adecuado para un enfermo —dijo la Sra. Edwards— si no se reunieran tan tarde.

Precisamente este era un viejo motivo de queja.

—¡Querida, tan tarde! ¿De qué estás hablando? —dijo el esposo, con tenaz tono de broma—. En casa siempre estamos antes de medianoche. Se reirían en el castillo de Osborne si te escucharan llamarle a eso tarde: allí hacia la medianoche se están levantando de la cena.

—Bueno, eso no tiene nada que ver —respondió la esposa, con serenidad—. No pueden servirnos de ejemplo los Osborne. Mejor harían reuniéndose todas las noches y regresando dos horas antes.

Hasta aquel momento, el asunto se estaba volviendo molesto, pero Mr. y Mrs. Edwards eran lo bastante sensatos como para jamás sobrepasar ese límite, y Mr. Edwards cambió de tema de inmediato.

Vivió suficiente tiempo en la ociosidad de una ciudad para volverse un poco chismoso y, estando algo ansioso por saber más de las circunstancias de su joven invitada que ya les habían llegado, empezó con:

—Miss Emma, creo recordar muy bien a su tía, hace unos treinta años; estoy muy seguro de que en los viejos salones de Bath bailé con ella, el año antes de contraer matrimonio. En ese entonces era una dama maravillosa, pero, como los demás, imagino que desde aquellos tiempos habrá envejecido un poco. Espero que con su segunda elección sea dichosa.

—Eso creo, señor, eso espero —dijo Emma, con cierta turbación.

—Me parece que no hacía mucho que Mr. Turner había fallecido.

—Casi dos años, señor.

—Olvidé cómo se llama ahora.

—O'Brien.

—Ah, ya lo recuerdo, ¡irlandés!, se instaló en Irlanda. Por supuesto, señorita Emma me sorprende que usted no deseara acompañarla a ese país, pero para ella debe ser una gran pérdida, ¡infortunada mujer!, después de haberla criado como si fuera su propia hija.

—Señor, no fui tan desagradecida —dijo Emma, acalorada—, como para querer estar en ningún sitio más que con ella. No les convenía... al capitán O'Brien no le convenía que yo integrara el grupo.

—¡Capitán! —dijo Mrs. Edwards—. ¿Entonces el caballero está en la armada?

—Sí, señora.

—Querida mía, no hay manera de resistirse a unos galones. Sí, no existe nada como esos oficiales para cautivar a las damas, ancianas o jóvenes...

—Confío en que lo haya —dijo, con gravedad, Mrs. Edwards, con una rápida mirada a su hija; y Emma se recuperó de su propia perturbación justo a tiempo para mirar el sonrojo en las mejillas de Miss Edwards, recordando lo que Elizabeth había comentado del capitán Hunter y preguntándose, dudosamente, por su influencia y la de su hermano.

—Las mujeres de cierta edad deberían ser sumamente cuidadosas con quien eligen por segunda vez —señaló Mr. Edwards.

—No debería limitarse a las damas de edad ni a las segundas elecciones el cuidado... la discreción —agregó su esposa—. Para las muchachas en la primera son casi igual de necesarias.

—Querida, incluso más —contestó él—, porque las muchachas tienen más posibilidades de padecer por más tiempo por sus efectos. Cuando una mujer mayor hace una estupidez, no está en el curso natural de las cosas que la tenga que sufrir durante muchos años.

Emma se pasó la mano por los ojos, y Mrs. Edwards, al darse cuenta, cambió a un tema menos angustioso para todos.

La tarde se hizo larga para ambas jóvenes, debido a que no tenían nada más que hacer que esperar la hora de irse, y, aunque a Miss Edwards la perturbaba mucho la muy temprana hora que su madre siempre fijaba para irse, era esperada con algo de impaciencia la hora en sí misma.

Supuso algún alivio la llegada del té a las siete y, por fortuna, siempre Mr. y Mrs. Edwards, cuando iban a estar despiertos hasta tarde, tomaban una taza extra y comían una magdalena adicional, lo cual extendió la ceremonia casi hasta el instante esperado.

Se escuchó pasar el carruaje de los Tomlison un poco antes de las ocho, lo cual constituía la señal acostumbrada para que Mrs. Edwards llamara el suyo a la puerta; el grupo fue trasladado, en pocos minutos, de la calidez y la tranquilidad de un salón placentero al ruido, la algarabía y el aire seco del ancho callejón de entrada de una posada. Protegiendo con mucho cuidado su vestido, mientras atendía aun con más solicitud a la adecuada seguridad de los hombros y gargantas de las muchachas a su cargo, Mrs. Edwards mostró el camino al tiempo que subían la amplia escalera, en tanto que ningún sonido de baile, con excepción del chirrido de un violín, bendijo los oídos de quienes la seguían. A Miss Edwards, aventurándose a preguntar con muchas ansias si ya habían llegado muchas personas, le dijo el camarero, como esperaba, que en la estancia se encontraba la familia Tomlison. Al atravesar una corta galería hasta el salón de reuniones, brillante de luces frente a ellos, fueron abordados por un muchacho con chaqué y botas, que se encontraba de pie bajo el dintel de una habitación, aparentemente con la intención de mirarles pasar.

—¡Ah, señora Edwards! ¿Cómo está? Miss Edwards, ¿qué tal está usted? —dijo, con aire desenfadado—. Ustedes están, por lo que veo, decididas a llegar a una buena hora, como lo hacen habitualmente. Encendieron las velas hace poco.

—Señor Musgrave, ya lo sabe, me gusta tener un buen lugar cerca del fuego —contestó Mrs. Edwards.

—Ahora yo me voy a vestir —dijo él—. Espero al bobo de mi amigo. Será un baile famoso. Los Osborne vendrán, es seguro, puede contar con ello, ya que esta mañana estuve con lord Osborne.

El grupo siguió de largo. El traje de raso de Mrs. Edwards se deslizó sobre el suelo pulido de la sala de baile hasta la chimenea del piso superior, donde tan solo un grupo estaba sentado formalmente, mientras que tres o cuatro oficiales formaban otro grupo que entraba y salía del salón de cartas contiguo. A continuación tuvo lugar un rígido encuentro entre esos vecinos cercanos y, tan pronto como todos estuvieron sentados nuevamente, Emma, con el leve suspiro que requería la solemne escena, dijo a Miss Edwards:

—Entonces el caballero con el que nos cruzamos en la galería es Mr. Musgrave. Según tengo entendido, es reconocido como alguien muy agradable.

Dubitativamente, Miss Edwards contestó:

—Sí, es muy estimado por muchas personas, pero no somos muy cercanos.

—Es rico, ¿cierto?

—Creo que tiene unas ochocientas o novecientas libras anuales. Cuando era muy joven entró en su posesión, y mis padres creen que eso ha hecho que más bien sea muy inestable. No son sus partidarios.

La apariencia fría y vacía de la estancia y el recatado aire del diminuto grupo de mujeres en el extremo de esta, pronto comenzaron a disiparse. Se escuchó el animoso ruido de otros coches, y entradas permanentes de acompañantes corpulentos e hileras de jóvenes elegantemente trajeadas fueron recibidos, al lado de algún lozano caballero rezagado, de vez en cuando, que, si no lo bastante enamorado como para estacionarse junto a alguna bella criatura, sí parecía alegre de escaparse al salón de barajas.

Entre el progresivo número de militares, en ese instante uno se abrió camino hasta Miss Edwards con un aire de satisfacción que evidentemente reveló a su acompañante que era el capitán Hunter; y Emma, que en ese momento solo podía observarla, la encontró muy angustiada, pero de ninguna manera molesta, y la escuchó cómo se comprometía a los dos bailes iniciales, lo cual hizo que pensara que su hermano Sam no tenía alguna posibilidad.

Mientras tanto, Emma no pasó sin ser admirada u observada. Un rostro nuevo, y muy bello, no podía ser despreciado. De un grupo a otro susurraron su nombre, y no bien terminaba la orquesta de dar la señal de que iba a tocar una tonada favorita, pareciendo ser la llamada a los muchachos a su deber y a las personas al centro del salón, se halló comprometida a bailar con un compañero oficial que el capitán Hunter le había presentado.

Emma Watson tenía apariencia de saludable vigor y era robusta, regordeta y de talla media. Era muy morena su piel, pero limpia, brillante y suave, lo cual, unido a una mirada alegre, una tierna sonrisa y un franco semblante, le daban belleza como para atraer y expresión como para hacer a esa belleza prosperar en conocimiento más íntimo. No teniendo motivo alguno para no estar complacida con su compañero, para ella la noche comenzó muy agradablemente, y sus sentimientos coincidían a la perfección con la repetida observación de los otros de que se trataba de un excelente baile. Apenas finalizaban los dos primeros bailes cuando el ruido recurrente de carruajes después de una prolongada interrupción llamó la atención de todos, y por todo el salón se repitió: "¡Vienen los Osborne!, ¡Vienen los Osborne!". Después de algunos minutos de extraordinaria algarabía afuera y expectante curiosidad dentro, el importante grupo hizo su aparición precedido por el atento dueño de la posada para abrirles una puerta que jamás estaba cerrada. Eran lady Osborne; su hijo, lord Osborne; su hija, Miss Osborne; Miss Carr, amiga de su hija; Mr. Howard, antiguo tutor de lord Osborne y ahora clérigo de la parroquia en la cual se levantaba el palacio; Mrs. Blake, una hermana viuda que estaba viviendo con él; el hijo de esta, un buen pequeño de diez años; y Mr. Tom Musgrave, quien quizá, encerrado en su propio cuarto, habría estado aguardando, durante la última media hora, con impaciencia muy amarga el sonido de la música. Se detuvieron en su ascenso hasta el salón casi inmediatamente detrás de Emma para recibir los halagos de algunos conocidos, y esta escuchó a lady Osborne señalar que había decidido venir temprano para complacer al hijo de Mrs. Blake, al que inusualmente le encantaba bailar. Mientras pasaban, Emma los miró a todos, pero especialmente, y con mayor interés, a Tom Musgrave, que realmente era un muchacho elegante y atractivo. De las mujeres, lady Osborne era la más excelente persona: aunque cercana a los cincuenta años, era muy bella, y tenía toda la dignidad de su categoría.

Lord Osborne era un muchacho muy refinado, pero en él había un aire muy frío, descuidado, incluso de falta de delicadeza que en un salón de baile le hacía parecer fuera de su elemento. De hecho, había venido solamente porque era su obligación agradar al municipio; no le agradaba la compañía femenina, y jamás bailaba. Mr. Howard era un hombre de apariencia agradable de poco más de treinta años.

Emma, al final de los dos bailes, se encontró, no supo cómo, sentada entre el grupo de los Osborne y de inmediato se vio encandilada por el bello rostro y los animados gestos del pequeño, en pie delante de su madre, preguntándose cuándo comenzarían.

—La impaciencia de Charles no le asombrará —dijo Mrs. Blake (una simpática y vivaz mujer de treinta y cinco o treinta y seis años de edad) a una dama que se encontraba en pie muy cerca de ella— cuando se dé cuenta de lo excelente pareja que es. La señorita Osborne tuvo la gentileza de prometerle bailar las dos primeras melodías con él.

—¡Oh, sí! Esta semana nos hemos comprometido —dijo el pequeño—, y vamos a bailar mejor que las demás parejas.

La señorita Osborne, Miss Carr y un grupo de hombres jóvenes estaban en pie, al otro lado de Emma, inmersos en una conversación sumamente animada, y, poco después, vio al más elegante de los oficiales del grupo andar hacia la orquesta para solicitar un baile, en tanto que Miss Osborne, pasando ante ella y caminando hacia su expectante compañero, dijo rápidamente:

—Charles, te pido disculpas por no mantener mi promesa, pero estas dos primeras canciones las bailaré con el coronel Beresford. Sé que me perdonarás, y por supuesto que bailaré contigo después del té.

Y, sin aguardar a una respuesta, se volvió nuevamente a Miss Carr y, al minuto siguiente, fue conducida por el coronel Beresford para comenzar el baile. Si el rostro feliz del pobre niño había resultado interesante a Emma, definitivamente aquel súbito revés le resultó muy bajo: era el vivo retrato de la desilusión, con la mirada hundida hacia el suelo, las mejillas coloradas, los labios temblorosos. Su madre, reprimiendo su propia angustia, intentó suavizar la de él con la ilusión de la segunda promesa de Miss Osborne; pero, pese a que se las ingenió para pronunciar, con un esfuerzo de juvenil valor un "¡Oh, no me importa!", era muy evidente, por la permanente agitación de su semblante, que le importaba mucho. Emma no pensó ni analizó: sintió y actuó.

—Señor, si lo desea, sería muy dichosa de bailar con usted —dijo con buen humor, extendiendo su mano sin la más mínima afectación.

Recobrando en un instante todo su gozo inicial, el pequeño miró con alegría a su madre; y dando un paso al frente con un sencillo y honesto "Gracias, señora" estuvo inmediatamente preparado para atender a su recién conocida. Fue más extenso el agradecimiento de Mrs. Blake; con una mirada de lo más expresiva de satisfacción inesperada y vivo agradecimiento, con repetidos y fervientes agradecimientos por tan gran y condescendiente gentileza con su hijo se volvió a su vecina. Emma, que, para ser sinceros, podía asegurar que no podía dar más placer del que ella misma sentía, y Charles, luciendo sus guantes y emocionado por tenerlos puestos, se unieron al grupo que en ese instante se formaba de manera muy rápida casi con igual satisfacción. Era una pareja que no podía ser mirada sin asombro. Al cruzarse con ella durante la danza le valió una prolongada mirada de Miss Osborne y de Miss Carr.

—Charles, te doy mi palabra que estás de suerte —dijo la primera, cuando giraba a su alrededor—. Estás con una compañera mejor que yo.

A lo cual el dichoso Charles contestó:

—Sí.

Tom Musgrave, que estaba bailando con Miss Carr, la miró inquisitivamente en varias ocasiones, y, después de un rato, el propio lord Osborne se aproximó y, con la excusa de hablarle a Charles, se quedó mirando a su compañera. Emma, aunque muy angustiada por tanta observación, no podía arrepentirse de lo que hizo, con lo felices que había hecho tanto al pequeño como a su madre, la última de los cuales no perdía la ocasión de dirigirse a ella con la más cariñosa amabilidad. Su pequeño acompañante, se dio cuenta, aunque inclinado primordialmente a danzar, no era renuente a conversar, cuando tenía algo que decir a sus observaciones o preguntas y, a través de las inevitables preguntas, pudo descubrir que tenía dos hermanos y una hermana, que vivían todos, ellos y su madre con su tío en Wickstead, que su tío le enseñaba latín, que le encantaba montar y tenía un caballo propio que le había regalado lord Osborne, y que ya en una oportunidad había salido con los sabuesos de lord Osborne.

Emma, al final de estos bailes, encontró que se preparaban a tomar el té; Miss Edwards la previno para estar a mano de una manera que la convenció de que era muy importante para Mrs. Edwards tenerlas a las dos cerca cuando se fueran al salón de té, y, en consecuencia, Emma estuvo pendiente para hacerse con un lugar apropiado. Siempre, cuando pasaban a tomar un refrigerio, uno de los placeres del grupo era ocasionar algo de aglomeración y de revuelo. El salón de té era una pequeña estancia dentro del salón de cartas, al pasar por el cual, el punto en que el corredor se estrechaba con unas mesas, Mrs. Edwards y su grupo se vieron rodeados por unos instantes. Ocurrió cerca de la mesa de juegos de lady Osborne. Mr. Howard, que formaba parte de esta, estaba hablando con su sobrino, y Emma, al darse cuenta de que era el objeto de atención tanto de lady Osborne como de él, desvió la mirada justo a tiempo para evitar parecer que oía a su joven compañero exclamar jubiloso:

—¡Oh, tío! ¡Ve a mi compañera, es tan bella!

No obstante, debido a que enseguida se pusieron nuevamente en movimiento, Charles se vio apresurado a seguir sin tener tiempo de recibir la respuesta de su tío. Cuando se entraba en el salón de té, en el cual estaban servidas dos largas mesas, se podía ver a lord Osborne solo en el extremo de una, como si tratara de alejarse del baile lo más que podía, para observar boquiabierto sin restricción y disfrutar de sus propios pensamientos. Charles, enseguida, se lo señaló a Emma:

—Lord Osborne está allí; vamos usted y yo a sentarnos junto a él.

—No, no —dijo, riendo, Emma—; usted se debe sentar con mis amigos.

Entonces, Charles se vio lo suficientemente libre para aventurar algunas preguntas por su parte.

—¿Qué hora es?

—Las once.

—¡Las once! Pues para nada estoy adormilado. Mamá dijo que lo más seguro era que me iba a dormir antes de las diez. ¿Usted cree que Miss Osborne mantendrá la promesa que me hizo, cuando termine el té?

—¡Oh, sí, me imagino! —pese a que tenía la impresión de no poseer mejores razones que aportar que el que Miss Osborne no la mantuvo anteriormente.

—¿Usted cuándo visitará el castillo de Osborne?

—Tal vez, jamás. Yo no soy conocida de la familia.

—Pero entonces podría venir a Wickstead a visitar a mamá, y ella la podrá llevar al castillo. Allí hay un extraño zorro disecado que es terrorífico, y un tejón; cualquiera pensaría que están vivos. Es una lástima que usted no los pueda ver.

Cuando se levantó del té, por el placer de ser los primeros en salir de la sala ocurrió una nueva rebatiña, que por casualidad se vio aumentada porque uno o dos de los equipos de jugadores de cartas acababan de disolverse y los jugadores se encontraban dispuestos a moverse justamente por el mismo camino. Entre ellos se encontraba Mr. Howard, con su hermana tomada del brazo; y, en cuanto tuvieron cerca a Emma, Mrs. Blake dijo, llamando su atención con un gentil toque:

—Mi querida señorita Watson, su bondad con Charles se la agradece toda su familia. Déjeme presentarle a Mr. Howard, mi hermano.

Emma realizó una reverencia, el caballero correspondió, hizo una petición muy rápida para que le concediera el honor de los dos próximos bailes, a lo cual ella contestó con igual rapidez y, enseguida, se apresuraron en direcciones contrarias. Emma estaba muy complacida con la situación; en Mr. Howard había un aire caballeroso, serenamente alegre que encajaba con ella; y, unos minutos después, el valor de su compromiso se vio incrementado cuando, mientras se sentaba en el salón de cartas, un tanto escondida por una puerta, escuchó a lord Osborne, que estaba ocupando una mesa vacía próxima a ella, llamar a Tom Musgrave y comentarle:

—¿Por qué usted no baila con esa bella muchacha Emma Watson? Deseo que baile con ella, y yo me aproximaré y estaré detrás de usted.

—Mi señor, en este preciso momento me estaba decidiendo a ello; yo mismo me presentaré y bailaré con ella.

—Sí, hágalo; y si encuentra que no quiere hablar mucho con usted, dentro de un rato me la puede presentar.

—Mi señor, muy bien. Si es igual que sus hermanas, solamente deseará que la escuchen. Ahora mismo iré. En el salón de té la encontraré. Esa anciana estirada de Mrs. Edwards jamás se cansa del té.

Se fue, con lord Osborne tras él, y Emma no perdió tiempo en abandonar su rincón y apresurarse en la dirección contraria, olvidando en su apuro que dejaba atrás a Mrs. Edwards.

—Estuvimos a punto de perderla —dijo Mrs. Edwards que, en menos de cinco minutos, la siguió con Mary—. Si quiere esta sala en vez de la otra, no hay motivo para que no se encuentre aquí, pero preferiblemente vamos a quedarnos todos juntos.

Emma se ahorró el inconveniente de pedirle disculpas al unírseles en ese instante Tom Musgrave, quien, pidiendo en voz alta a Mrs. Edwards el honor de presentarle a Miss Emma Watson, dejó a la buena mujer sin más posibilidad que la de testificar con la frialdad de sus maneras que lo estaba haciendo en contra de su voluntad. Sin pérdida de tiempo, fue solicitado el honor de bailar con ella y Emma, a pesar de que le agradaba ser considerada una joven muy bella tanto por un plebeyo como por un lord, estaba tan poco dispuesta a favorecer al propio Tom Musgrave que encontró mucha complacencia en confesar su compromiso previo. Él se vio claramente asombrado y perturbado. Quizás el estilo de su último compañero le había llevado a creerla no abrumada de peticiones.

—Charles Blake, mi pequeño amigo —dijo— no debe esperar absorberla durante toda la noche. Nunca podríamos sufrirlo. Está en contra de las reglas de la velada, y estoy completamente seguro de que jamás sería consentido por nuestra excelente amiga Mrs. Edwards, presente aquí. Como para dar licencia a tan peligrosa particularidad es muy buena juez del recato.

—¡Señor, no bailaré con el señorito Blake!

Algo desconcertado, el caballero tan solo pudo esperar ser más afortunado en otra oportunidad, y no pareciendo deseoso de dejarla, a pesar de que su amigo lord Osborne esperaba bajo la puerta el resultado, como percibió Emma con cierto divertimento, empezó a realizar preguntas amables sobre su familia.

—¿Y cómo es que no tenemos el placer de ver esta noche a sus hermanas aquí? No sabemos cómo tomarnos este abandono, ya que nuestras reuniones se han acostumbrado a contar con la presencia de ellas.

—La única que se encuentra en casa es mi hermana mayor, y no podía dejar solo a mi padre.

—¡La única en casa Miss Watson! ¡Usted me deja sorprendido! Parece que fue anteayer cuando las vi a las tres en la ciudad. Pero me temo que últimamente he sido un pésimo vecino. Adonde quiera que voy escucho terribles quejas por mi descuido, y tengo que confesar que desde que estuve en Stanton hace una vergonzosa temporada. Pero el momento me voy a esforzar por tratar de enmendar el pasado.

La serena gentileza de Emma al contestar debió golpearlo de modo muy diferente al animador afecto que estaba habituado a recibir de sus hermanas, y quizá le dio la novedosa sensación de querer más atención de la que ella le brindaba y de dudar de su propia influencia. En ese instante recomenzó el baile; Miss Carr estaba impaciente por que la reclamaran, todos fueron invitados a ponerse en pie, y la curiosidad de Tom Musgrave se mitigó al ver a Mr. Howard aproximarse y pedir la mano de Emma.

—A mí me servirá igual —fue lo que dijo lord Osborne cuando su amigo le llevó las nuevas y, durante los dos bailes, estuvo permanentemente a espaldas del señor Howard.

La única parte desagradable del compromiso fue la frecuencia de su aparición allí, fue la única objeción que podía formular a Mr. Howard. Con respecto a él mismo, lo halló tan agradable como parecía; a pesar de que conversó de los temas más comunes y generales, tenía una manera inteligente de expresarse, sin afectación, que hacía que valiera la pena escucharlo, y solamente lamentó que hubiera sido incapaz de transmitir a su alumno unos modales tan íntegros y honestos como los suyos. Se hicieron muy cortos ambos bailes, y para considerarlos así contaba con la autoridad de su compañero. Los Osborne y su séquito se pusieron en movimiento al concluir.

—Finalmente nos vamos —dijo su señoría a Tom—. ¿Usted cuánto tiempo más permanecería en este sitio paradisíaco? ¿Quizás hasta que amanezca?

—¡No, mi señor, a fe! Ya he tenido bastante. Se lo puedo asegurar, por aquí no me verán de nuevo en cuanto tenga el honor de acompañar a lady Osborne hasta su carruaje. Me retiraré con tanto secreto como pueda al rincón más alejado de la casa, donde estaré perfectamente cómodo y pediré un tarro de ostras.

—Vaya pronto a visitarme al castillo, y tráigame noticias de cómo es su apariencia a la luz del sol.

Como si fuesen viejas conocidas, Emma y Mrs. Blake se separaron, y Charles, al menos una docena de veces, le estrechó la mano y le dijo adiós. Recibió algo de Miss Osborne y Miss Carr, algo así como una reverencia muy brusca. Lady Osborne, incluso, le dirigió una mirada de autosatisfacción, y su señoría volvió y todo, después que los otros se encontraron fuera de la sala, para pedirle disculpas y buscar en el asiento de la ventana que se encontraba detrás de ella unos guantes que apretaba en su mano visiblemente. Ya que no se vio a Tom Musgrave nuevamente, podemos imaginar que su plan tuvo éxito, e imaginarle mortificado con su tarro de ostras en medio de una aburrida soledad, o asistiendo con mucho gusto a la patrona en la barra para preparar negus frescos para los alegres bailarines del piso de arriba. Emma no pudo evitar echar en falta al grupo por el cual había sido, aunque en algunos aspectos de manera desagradable, distinguida; y, en comparación con los otros, los dos bailes que siguieron y cerraron resultaron más bien deslucidos. Habiendo Mr. Edwards tenido suerte en las cartas, en la sala fueron de los últimos.

—Bueno, aquí nos encontramos nuevamente —dijo, con pesar, Emma cuando entró en el comedor, donde estaba preparada la mesa, y la pulcra criada de mayor jerarquía encendía las velas—. ¡Mi querida señorita Edwards, qué rápido ha finalizado! Desearía que todos pudiéramos regresar nuevamente.

Con amabilidad, manifestaron mucho placer por que hubiese disfrutado tanto de la reunión, y Mr. Edwards fue tan vehemente como ella misma en los elogios sobre la brillantez, la animación y la plenitud del evento, aunque debido a que todo el tiempo había estado en la misma mesa en la misma sala sin cambiar de silla más que en una ocasión, se habría dicho una cuestión apenas percibido; pero ganó cuatro manos de cinco, y todo salió muy bien. En el transcurso de las observaciones y retrospectivas que siguieron durante la bienvenida sopa, su hija sintió los beneficios de este satisfecho estado de ánimo.

—Mary, ¿y cómo es que no has bailado con ninguno de los Tomlison? —dijo su madre.

—Cuando me lo pedían siempre estaba comprometida.

—Creí que las dos últimas piezas las bailarías con Mr. James. Mrs. Tomlison me dijo que te lo iba a pedir, y yo, dos minutos antes, te había oído decir que no estabas comprometida.

—Sí, pero hubo una equivocación, me confundí. Yo no sabía que estaba comprometida. Pensé que era para los dos bailes siguientes, si nos quedábamos tanto; pero el capitán Hunter me dio la seguridad de que era para aquellos dos.

—Mary, así que acabaste con el capitán Hunter, ¿verdad? —dijo su padre—. ¿Y con quién comenzaste?

—También con el capitán Hunter —repitió en un tono muy humilde.

—¡Mmm! Desde luego, eso es ser constante. Pero, ¿con quién otro caballero bailaste?

—Con Mr. Styles y con Mr. Norton.

—¿Y ellos quiénes son?

—Mr. Norton es primo del capitán Hunter.

—¿Y Mr. Styles?

—Uno de sus íntimos amigos.

—Bueno, todos del mismo regimiento —agregó Mrs. Edwards—. Toda la noche Mary estuvo rodeada de uniformes. Debo confesar que me habría gustado más verla bailar con algunos de nuestros viejos vecinos.

—Sí, sí; a nuestros antiguos vecinos no los debemos descuidar. Pero ¿qué pueden hacer las muchachas si esos soldados son más rápidos que el resto de las personas en el salón de baile?

—Pienso, señor Edwards, que no dar oportunidad a comprometerse a tantos bailes con antelación.

—No, tal vez no; pero querida, recuerdo cuando tú y yo lo hacíamos igual.

Mrs. Edwards se quedó callada, y Mary respiró nuevamente. A continuación vinieron una gran cantidad de alegres y graciosos comentarios, y Emma se fue a la cama fascinada, con la cabeza llena de Howards, Osbornes y Blakes.

Trajo muchas visitas la mañana siguiente. Era una costumbre del lugar visitar siempre a Mrs. Edwards la mañana siguiente a un baile, y esta vecinal tendencia se vio aumentada en el presente caso por un espíritu colectivo de curiosidad debido a Emma, ya que todos querían ver nuevamente a la joven que fue admirada por lord Osborne la noche anterior. Muchos fueron los ojos, y muchos los grados de aprobación con que la examinaron. Unos no vieron falta, y otros no vieron hermosura. Para unos su piel morena era la aniquilación de toda gracia, y otros no pudieron ser convencidos de que no era ni la mitad de bella de lo que fue hace diez años Elizabeth Watson. Discutiendo los méritos del baile con toda esa sucesión de compañía se pasó muy rápida la mañana, y Emma se sorprendió al descubrir que de repente ya eran las dos, y pensó en que no había tenido noticia de la silla de posta de su padre. Después de este descubrimiento, se dirigió en dos ocasiones a la ventana a observar la calle, y casi iba a solicitar permiso para hacer sonar la campanilla y hacer algunas preguntas, cuando le quitó un peso de encima el leve sonido de un carruaje deteniéndose frente a la puerta. Otra vez fue hasta la ventana, pero en vez del práctico, aunque poco elegante, equipamiento familiar, vio un carruaje distinguido de dos caballos. Poco después fue anunciado Mr. Musgrave, y ante aquel sonido Mrs. Edwards adoptó su mirada más rígida. Sin embargo, lejos de consternarse por su aire gélido, a cada una de las damas presentó sus respetos sin impropia desenvoltura, dirigiéndose seguidamente a Emma, y dándole una nota que tenía el honor de traerle de parte de su hermana, a la cual, indicó, se necesitaba, a través de él, respuesta verbal.

La nota que Emma comenzó a leer antes de que Mrs. Edwards le hubiese suplicado prescindir de toda ceremonia tenía unas breves líneas de Elizabeth informándole que su padre, a consecuencia de hallarse inusualmente bien, tomó la inesperada decisión de ocuparse de sus visitas pastorales ese día, y que, ya que su camino quedaba muy alejado de D., le era imposible venir hasta la mañana siguiente, a menos que los Edwards la obligaran, lo que apenas era de esperar, o que ella pudiese hallar algún medio adecuado, o que no le importase ir andando desde tan lejos. Apenas echó un vistazo a la totalidad, cuando se vio forzada a escuchar el relato más detallado de Tom Musgrave.

—No hace más que diez minutos que he recibido esa nota de las hermosas manos de Miss Watson —dijo —; la hallé en el pueblo de Stanton, adonde mi buena fortuna me indujo a conducir mis caballos. En ese instante estaba buscando á alguien a quien emplear para la encomienda, y fui lo bastante afortunado como para persuadirla de que no encontraría un mensajero ni más veloz ni más voluntarioso que yo. Mire, no existe nada que vaya en contra de mi interés. Mi recompensa será el gusto de llevarla en mi vehículo hasta Stanton. Traigo órdenes de su hermana en el mismo sentido, aunque no están escritas.

A Emma no le agradaba la propuesta, se sentía angustiada... no quería estar en términos de intimidad con quien la hacía. Y así, con mucho temor de abusar de los Edwards como deseosa de irse a casa, estaba indecisa con respecto a cómo declinar la oferta completamente. Mrs. Edwards permanecía callada, ya por no comprender el caso o por esperar a ver en qué sentido se inclinaban los deseos de la muchacha. Emma le dio las gracias, pero se manifestó muy reacia a ocasionarle tantas molestias.

—Realmente esas molestias son una delicia, un honor, un placer... ¿ mis caballos o yo qué tenemos que hacer?

Incluso así, ella tenía dudas:

—Pienso que debo pedirle licencia para declinar su apoyo. La distancia no es mayor a la de un paseo y me da algo de temor el tipo de coche.

Mrs. Edwards no se quedó callada por más tiempo. Se interesó por los detalles, y después dijo:

—Estaremos extremadamente dichosos, señorita Emma, si usted nos concede hasta mañana el placer de su compañía, pero si no puede hacerlo así de forma adecuada, nuestro carruaje está totalmente a su disposición, y con la oportunidad de visitar a su hermana Mary estará fascinada.

Eso era lo que Emma había estado esperando, y con el mayor agradecimiento aceptó la oferta, alegando que, como Elizabeth se encontraba sola en casa, su deseo era estar de regreso para la hora de la cena. El proyecto se encontró con la vehemente oposición del visitante:

—Por supuesto que no puedo consentirlo. No me debo ver privado de la dicha de acompañarla. Le puedo asegurar que no hay posibilidad de temer a mis caballos. Usted misma los puede guiar. Sus hermanas conocen lo tranquilos que son; ninguna de ellas tiene el más mínimo escrúpulo en fiarse de mí, ni siquiera en una carrera. Créame —agregó, bajando la voz—, usted está segura... el riesgo es solo para mí.

Por todo eso, Emma no se encontraba más dispuesta a obligarle.

—Y con respecto a utilizar el carruaje de Mrs. Edwards el día después de un baile, es algo bastante fuera de lo común, se lo puedo asegurar... jamás había escuchado algo semejante anteriormente. Señora Edwards, ¿verdad que el viejo cochero estará tan negro como sus caballos?

Las damas se mostraron firmes en su silencio, no se dieron por aludidas, y el caballero se vio obligado a rendirse.

—¡Anoche qué gran baile tuvimos! —exclamó, a continuación una pausa muy breve—. Después de que los Osborne y yo nos fuimos, ¿cuánto tiempo se quedaron ustedes?

—Tuvimos dos bailes más.

—Creo que es muy fatigoso quedarse hasta tan tarde. Imagino que no era muy numeroso su grupo.

—Sí, casi igual como antes, con excepción por los Osborne. En ninguna parte no parecía haber lugares vacíos, y todos bailaron hasta el mismo final con inusual ánimo.

Aunque contra su voluntad, Emma dijo esto.

—¡Vaya! Tal vez debería haberlo intentado nuevamente con usted, si me hubiera dado cuenta, pues me agrada más bailar que no hacerlo. La señorita Osborne es una joven encantadora, ¿no?

—No me parece bella —contestó Emma, a quien todo eso iba especialmente dirigido.

—Quizá no sea terriblemente bella, pero sus modales son encantadores. Y Fanny Carr es una criatura de lo más interesante. Uno no puede imaginar nada más agudo e ingenuo al mismo tiempo. Y, señorita Watson, ¿usted qué piensa de lord Osborne?

—Aunque no fuese lord sería atractivo y quizá demostraría mejor crianza, estaría más deseoso de agradar y mostrarse agradado en el sitio correcto.

—¡Le juro que usted es muy severa con mi amigo! Le puedo asegurar que lord Osborne es un muy buen muchacho.

—Sus virtudes no las discuto, pero su aire poco atento no me agrada.

—Si no se tratara de una infracción de la confianza —contestó Tom, con una significativa mirada—, tal vez sería capaz de granjearle una opinión más favorable al infortunado Osborne.

Emma no lo animó a que lo hiciera, y él se vio forzado a guardarle el secreto a su amigo. Se vio obligado también a finalizar su visita, ya que habiendo Mrs. Edwards solicitado su carruaje, por parte de Emma no había tiempo que perder para prepararse. La señorita Edwards la acompañó a casa, pero se quedó con ellos tan solo unos minutos, porque ya era la hora de la cena en Stanton.

—Muy bien, mi apreciada Emma —dijo Miss Watson en cuanto se encontraron solas—, todo el resto del día me tienes que contar cosas, o no me daré por satisfecha; pero Nanny traerá la cena, antes de nada. ¡Pobrecita! Como ayer no vas a cenar, ya que solo tenemos ternera frita. ¡Mary Edwards está muy encantadora con su nueva cazadora! Y cuéntame ahora que te han parecido todos, y qué debo decirle a Sam. He comenzado la misiva, mañana Jack Stokes pasará a buscarla, ya que, al día siguiente, su tío pasará a un kilómetro de Guildford.

Nanny llegó con la cena.

—Nosotras mismas nos serviremos —prosiguió Elizabeth— de esa manera no perderemos más tiempo. Así que, ¿no has deseado venir con Tom Musgrave?

—No; me dijiste tanto en su contra que no podía querer ni el compromiso ni la intimidad que habría conllevado el uso de su coche. Ni siquiera la apariencia de ello me habría gustado.

—Pues hiciste muy bien; aunque me asombra tu entereza, y creo que yo no lo hubiera hecho. Daba la impresión de que estaba tan entusiasmado con traerte que no pude decir que no, aunque juntarlos iba en contra de lo que pienso, conociendo tan bien sus trucos; pero me estaba muriendo por verte, y esa era una manera rápida de traerte a casa. Por otra parte, ¡quién habría supuesto tanta gentileza! Nadie habría imaginado a los Edwards permitiéndote utilizar su carruaje después de tener fuera hasta tan tarde a los caballos. Pero, ¿qué le voy a decir a Sam?

—No le animarás a pensar en Miss Edwards si te guías por mí. El padre está resueltamente en su contra, la madre no le muestra favor alguno, y dudo mucho que a Mary le interese para nada. En dos ocasiones bailó con el capitán Hunter, y pienso que, en general, le da tantos ánimos en lo que respecta a su disposición y las circunstancias en que está. Una vez mencionó a Sam, y realmente con algo de turbación; pero quizá se debiese simplemente a los comentarios de que le gusta, que quizás hayan llegado a sus oídos.

—¡Oh, querida! Sí, ha escuchado mucho de eso de todos nosotros. ¡Pobre Sam! Es tan desdichado como los otros. Emma, por mi vida, no puedo evitar sentir lástima de quienes llevan a cuestas la cruz del amor. Bueno, comienza ya, y dime todo tal como sucedió.

De inmediato, Emma obedeció, y Elizabeth oyó con muy pocas interrupciones hasta que escuchó lo de tener de pareja a Mr. Howard.

—¡Cielos! ¡No me digas! ¡Bailar con Mr. Howard! Vaya, él es más bien uno de los de gran estirpe. ¿No le encontraste excesivamente arrogante?

—Sus modales son de una clase que me da más confianza que los de Tom Musgrave.

—Muy bien, sigue. Tener algo que ver con el grupo de los Osborne me habría aterrorizado hasta quedarme en blanco.

Emma finalizó su relato.

—Así que en realidad no bailaste en absoluto con Tom Musgrave; pero debe haberte agradado... debes estar conquistada completamente.

—Elizabeth, no me gusta. Acepto que son buenas su persona y apariencia, y que, hasta cierto punto, sus modales... su trato, más bien... es agradable, pero en él no veo nada más que admirar. Al contrario, parece muy frívolo, muy engreído, absurdamente ansioso de distinción, y totalmente deleznable en algunos de los medios que toma para llegar a eso. En él hay una ridiculez que me entretiene, pero su compañía no me produce ninguna otra agradable emoción.

—¡Querida Emma! No eres igual a nadie de este mundo. Es muy bueno que Margaret no esté por aquí. No me ofendes, a pesar de que apenas te puedo creer, pero Margaret nunca disculparía semejantes palabras.

—Quisiera que Margaret le hubiese escuchado declarar que no sabía que estuviese en la región; aseguró que solamente parecían haber pasado dos días desde que la había visto.

—Sí, eso suena a él; y no obstante ese es el hombre que ella se imagina tan terriblemente enamorado de ella. Emma, como muy bien sabes, no soy su partidaria, pero seguro te ha parecido agradable. ¿Con la mano en el corazón puedes decir que no es así?

—Por supuesto que puedo, las dos manos, y lo más estiradas que puedo.

—Me encantaría saber a qué hombre sí encuentras agradable.

—Se llama Howard.

—¡Howard! ¡Ay de mí! En él no puedo pensar más que jugando a las cartas con lady Osborne y siendo muy orgulloso y presumido. Sin embargo, debo admitir que para mí es un alivio descubrir que puedes hablar de Tom Musgrave como lo haces. Mi corazón desconfiaba de que te cayera demasiado bien. De antemano hablaste con tal firmeza que sentía temor de que fuera tristemente castigado tu fanfarroneo. Solamente confío que dure, y que él no siga prestándote mucha atención. Para una mujer es duro oponerse a las halagadoras maneras de un hombre inclinado a agradarla.

Cuando su discreta comida en compañía finalizó, Miss Watson no pudo evitar señalar cuan confortablemente habría pasado.

—Me resulta tan encantador —dijo— que todo transcurra en calma y buen humor. Nadie puede imaginar lo mucho que detesto las peleas.

Por eso, a pesar de que no hemos comido más que ternera frita, ¡todo ha sido tan bueno! Desearía que a todos los pudiera satisfacer tan fácilmente como a ti; pero la pobre Margaret es demasiado irritable, y Penélope acepta que antes que no suceda nada, prefiere mantener una pelea.

Por la tarde, volvió Mr. Watson sin haber empeorado a causa del esfuerzo y consecuentemente complacido con lo que había hecho, y alegre de relatarlo al lado de la chimenea. En las incidencias de una visita pastoral, Emma no había previsto ningún interés propio, pero cuando escuchó hablar de que Mr. Howard era el pastor, y de que le había dado un muy buen sermón, no pudo evitar escuchar con mayor atención e interés.

—No sabría explicar cuándo he escuchado un discurso que conectara más conmigo —siguió Mr. Watson—, o mejor expresado. Lee muy bien, con mucha propiedad, de una manera impresionante y, a la vez, sin mueca teatral alguna ni agresividad. Debo confesar que no me agrada mucho la acción en el púlpito; no me agradan el aire estudiado ni las modulaciones artificiales de la voz que, por lo general, tienen los más admirados y populares predicadores. Para inspirar devoción es mucho más apropiada una pronunciación sencilla y evidencia mucho mejor gusto. Mr. Howard leyó como un caballero y como un erudito.

Charló de la comida, y de lo que él había tomado.

—He pasado el día —agregó—, en general, muy a gusto. Mis antiguos amigos estaban muy sorprendidos de verme entre ellos, y debo decir que todos me prestaron mucha atención, y parecían tristes por encontrarme enfermo. Hicieron que me sentara cerca de la chimenea, y como las perdices estaban muy condimentadas, el doctor Richards las envió al otro lado de la mesa "para que no incomoden a Mr. Watson", lo que me pareció muy gentil por su parte. Pero la atención del señor Howard fue lo que más me gustó.Hasta la habitación en que cenamos hay unos peldaños muy empinados, lo que no le va muy bien a mi pie gotoso y, desde el primero hasta el último, Mr. Howard caminó a mi lado e hizo que lo agarrara del brazo. Me sorprendió de manera muy favorable en un caballero tan joven, pero estoy convencido de que no tenía derecho a esperarlo, ya que jamás en mi vida lo había visto. Por el camino, me preguntó por una de mis hijas pero ignoro por cuál. Imagino que ustedes lo sabrán.

Después del baile, al tercer día, al tiempo que Nanny, cinco minutos antes de las tres, comenzaba a trabajar en el salón con la bandeja y los cuchillos, se vio atraída a la puerta por un ruido tan seco como solo puede producir el extremo de una fusta y, aunque encargada por Miss Watson de no permitir que entrara nadie, regresó después de medio minuto con una mirada de perturbada incomodidad y mantuvo la puerta abierta para Tom Musgrave y lord Osborne. Se puede imaginar fácilmente el asombro de las muchachas. En aquel instante ningún visitante habría sido bienvenido, pero unos visitantes como esos —o por lo menos uno noble y desconocido como lord Osborne— resultó verdaderamente muy angustioso.

Daba la impresión de que él mismo estaba un poco avergonzado cuando, al ser presentado por su voluble y osado amigo, susurró algo sobre tener el honor de esperar a Mr. Watson. Aunque Emma estaba muy alejada de disfrutar de la visita, no podía más que tomar el halago de la misma para sí. Veía con claridad la inconsistencia de semejante relación con el muy humilde estilo de vida que se veían forzadas a llevar; y habiéndose habituado en casa de su tía a muchas de las cosas elegantes de la vida, era completamente consciente de todo cuanto debía resultar francamente absurdo y ridículo para las personas ricas en su actual hogar. Elizabeth sabía muy poco del pesar de tales sentimientos. Su razón más justa o su mente sencilla la salvaban de tal martirio y no se sentía particularmente abochornada, a pesar de estar hundida bajo el peso de un sentido general de inferioridad. Como los caballeros ya habían sabido por Nanny, Mr. Watson no se encontraba lo bastante bien como para bajar las escaleras. Muy preocupados, se sentaron, lord Osborne junto a Emma, y el práctico señor Musgrave, muy animado por su propia importancia, al otro extremo de la chimenea, con Elizabeth. Él no se había quedado callado, pero en cuanto lord Osborne expresó confiar en que en el baile Emma no se hubiese resfriado, durante algún tiempo no tuvo más que decir y solamente se pudo regalar la vista con unos vistazos a su bella vecina. Emma no estaba inclinada al molestarse mucho en que él se entretuviera, y después de un arduo trabajo mental, él comentó que hacía un día excelente, y siguió preguntando:

—¿Esta mañana fueron a pasear?

—No, señor; nos pareció que estaba muy nublado.

—Usted debería llevar botines —después de otra breve pausa—. Nada le da más realce a unos bellos tobillos que un botín; son muy bonitas las galochas de nanquín con ribetes negros. ¿Los botines no le gustan?

—Sí, pero, no son apropiados para caminar por el campo a menos que sean tan resistentes como para perder su belleza.

—Cuando está nublado las damas deberían montar. ¿Usted sabe montar?

—No, señor.

—Imagino que no todas las damas lo hacen; una mujer jamás tiene mejor apariencia que a caballo.

—Pero es posible que no toda mujer tenga los medios o la afición.

—Todas tendrían la afición si supieran lo favorecedor que les resulta, y supongo, señorita Watson, que los medios llegarían poco después, una vez que tuvieran la inclinación.

—Usted piensa que nosotras siempre logramos lo que queremos. Ese es un tema sobre el que las damas y los caballeros han estado mucho tiempo en desacuerdo, pero, sin pretender resolverlo, puedo decir que existen algunas circunstancias que ni siquiera las mujeres pueden controlar. Señor, la economía femenina juega un gran papel, pero no puede transformar en grande una pequeña renta.

Lord Osborne guardó silencio. Su forma de expresarse no fue ni sentenciosa ni sarcástica, pero en su leve seriedad hubo algo, también en las propias palabras, que hizo que él reflexionara; y, cuando habló nuevamente con ella, fue con un grado de considerada propiedad totalmente diferente del estilo medio torpe, medio audaz de sus señalamientos anteriores. En él era algo nuevo desear agradar a una dama; era la primera ocasión que percibía a lo que estaba abocada una mujer en la situación de Emma; pero no lo sintió sin efecto, porque no le faltaban ni sensatez ni buena disposición.

—Tengo entendido que hace mucho que no está en esta región —dijo, en el tono de un caballero—. Espero que le agrade.

Con una respuesta llena de gracia y una vista más generosa de su cara que la que ella había concedido hasta el instante fue recompensado. Se sentó en silencio durante algunos minutos más, desacostumbrado a esforzarse y dichoso de contemplarla, mientras Tom Musgrave charlaba con Elizabeth, hasta que fueron interrumpidos por la entrada de Nanny, quien, abriendo la puerta a medias y asomando la cabeza, dijo:

—Señora, disculpe, el señor desea saber por qué no puede tomar la cena.

Los caballeros, que hasta el momento habían ignorado toda señal, aun positiva, de la cercanía de dicha comida, se pusieron en pie de un salto pidiendo disculpas, mientras que Elizabeth ordenaba con energía a Nanny que le dijera a Betty que subiera el pollo.

—Siento mucho que esto ocurra —agregó, volviéndose de buen humor hacia Tom Musgrave—, pero ya saben que nuestros horarios son muy tempranos.

Por lo que a él tocaba, Tom no tenía nada que decir, lo sabía muy bien, y más bien le dejó perplejo tan honesta simplicidad y la desvergonzada sinceridad. Llevaron algún tiempo los cumplidos de despedida de lord Osborne, pareciendo incrementarse su inclinación a hablar a causa de la brevedad del instante que le podían conceder. Aconsejó realizar ejercicio para desafiar al mal tiempo; elogió nuevamente los botines; suplicó que se le permitiera a su hermana mandar a Emma el nombre de su zapatero; y finalizó diciendo:

—La semana próxima mis sabuesos estarán de caza por esta región. Creo que el viernes a las nueve rastrearán el bosque de Stanton. Lo digo con la esperanza de que salgan a ver lo que sucede. Si es soportable la mañana, les suplico que nos hagan el honor de darnos personalmente sus buenos deseos.

Sorprendidas por lo que su visitante acababa de decir, las hermanas se miraron la una a la otra.

—¡Será un gran honor! —dijo Elizabeth, finalmente—. ¿Quién pensaría que lord Osborne visitaría Stanton? Es muy atractivo, pero Tom Musgrave parece con mucho el más inteligente y a la moda de los dos. Estoy feliz de que no me relatara nada. Por nada del mundo me habría atrevido a hablar a un hombre tan elevado. Tom estuvo muy agradable, ¿no? Pero, ¿al entrar le escuchaste preguntar dónde estaban las señoritas Penélope y Margaret? Me sacó de mis casillas. Estoy feliz de que Nanny no colocara el mantel... habría parecido tan poco elegante... no destacaba la bandeja sola...

Sería afirmar algo muy poco veraz, y describir a una joven muy extraña, decir que Emma no se sentía halagada por la visita de lord Osborne; pero la satisfacción de ahora en manera alguna era total: su venida era una clase de atención que podía halagar su vanidad, pero con su orgullo no encajaba; y habría preferido saber que él quería realizar la visita sin decidirse a hacerla, que haberle visto en Stanton.

Entre algunos sentimientos poco satisfactorios, se preguntó por qué Mr. Howard no se tomó la misma libertad para venir y acompañar al señor; pero quería pensar que o bien no sabía nada de ello, o que había rehusado cualquier participación en una decisión que comportaba en su forma tanta falta de educación como impertinencia. Mr. Watson estuvo muy lejos de contentarse cuando escuchó lo que había sucedido; algo malhumorado por el permanente dolor, y se limitó a replicar, poco dispuesto a alegrarse:

—¡Bah! ¡Bah! ¿Qué interés tendría lord Osborne en venir? Durante catorce años he vivido aquí sin que se diera cuenta nadie de la familia. Es alguna tontería de ese holgazán de Tom Musgrave. La visita no la puedo devolver. Ni aunque pudiera, lo haría.

Y cuando se encontraron nuevamente con Tom Musgrave, se le encargó llevar un mensaje de disculpas al castillo de Osborne, con la excusa más que suficiente del frágil estado de salud del señor Watson.

Después de aquella visita transcurrieron tranquilamente una semana o diez días antes de que una nueva algarabía se alzara para interrumpir ni siquiera durante medio día la serena y cariñosa relación entre las hermanas, cuya mutuo afecto crecía con el conocimiento íntimo entre las dos como resultado de tal relación. La primera situación que irrumpió en esta seguridad fue la llegada de una misiva desde Croydon anunciando un regreso inmediato de Margaret, y una visita de dos o tres días por parte del señor Robert Watson y su esposa, que se comprometieron a traerla a casa y querían ver a su hermana Emma.

Para llenar los pensamientos de las hermanas en Stanton y para ocupar las horas de al menos una de ellas era una expectativa suficiente, ya que como Jane había sido una mujer de fortuna, fueron considerables los preparativos para su entretenimiento, y como Elizabeth en su gobierno de la casa siempre tenía más buena voluntad que método, no podía hacer ninguna transformación sin causar revuelo. Para Emma una ausencia de catorce años había convertido a todos sus hermanos y hermanas en extraños, pero en sus esperanzas en Margaret había más que la torpeza de tal alineación: había escuchado cosas que le hacían tener pánico a su regreso; y el día que vio al grupo llegar a Stanton le pareció el probable fin de casi todo lo que había resultado cómodo y agradable en la casa.

En numerosos asuntos, Robert Watson era abogado en Croydon; y por tal razón muy satisfecho consigo mismo, y por haber contraído matrimonio con la única hija del abogado con el que fue pasante, tenía una fortuna de seis mil libras. La esposa de Robert no estaba menos feliz consigo misma por tener seis mil libras, y por poseer ahora una residencia muy elegante en Croydon, donde daba refinadas fiestas y vestía magníficos trajes. No había nada notable en su persona; sus modales eran engreídos y descarados. Margaret era bella, tenía una figura ligeramente hermosa, y le hacía más falta el semblante que buenos rasgos; pero la expresión seca y ansiosa de su rostro hacía su belleza poco apreciable en general. Cuando se encontró con su hermana largamente ausente, como en cualquier oportunidad de mostrarse, sus maneras fueron todo cariño y su voz todo gentileza; permanentes sonrisas y una muy lenta articulación, que cuando estaba decidida a agradar eran sus recursos constantes.

En aquel instante estaba "tan encantada de ver a la querida Emma" que durante un minuto apenas pudo decir una palabra.

—Estoy convencida de que seremos muy buenas amigas —señaló con mucho afecto cuando se sentaron juntas.

Ante tal propuesta, Emma apenas sabía cómo contestar, y era incapaz de tratar de imitar la manera en que fue expresada. La esposa de Robert Watson la observó con una curiosidad muy familiar y victoriosa compasión: en el momento del encuentro la pérdida de la riqueza de la tía era lo que más estaba en su pensamiento; y no podía sino ser consciente de cuánto era preferible ser la hija de un hombre con propiedades en

Croydon que la sobrina de una anciana que se lanzaba en los brazos de un capitán irlandés. Robert era despreocupadamente gentil, producto de ser un hombre próspero; más interesado en pagar al conductor, arremeter contra el descomunal avance de las postas, y reflexionar sobre una dudosa media corona, que recibir a una hermana que ya no era probable que fuera a tener una propiedad que él pudiera dirigir.

—Elizabeth, la carretera que tienen en la aldea es infame —dijo—; peor de lo que jamás estuvo. ¡Por todos los santos! Si viviera cerca de ustedes haría una acusación. ¿Ahora quién es el topógrafo?

En Croydon había una pequeña sobrina por la cual preguntar afectuosamente por parte de la bondadosa Elizabeth, que lamentaba mucho que no integrara el grupo.

—Eres muy buena —contestó su madre—, y te puedo asegurar que fue muy difícil convencer a Augusta de que vendríamos sin ella. Me vi obligada a decirle que solo íbamos a la iglesia, y a prometerle que regresaríamos enseguida por ella. Pero ya sabes que no podríamos traerla sin su criada, y soy tan maniática como siempre en tenerla atendida apropiadamente.

—¡Tierno corazoncito! —dijo Margaret—. Dejarla casi me parte el corazón.

—¿Y entonces por qué tenías tanto apuro en escaparte corriendo de ella? —dijo la esposa de Robert—. Lamentablemente, eres una joven muy mezquina. Me pasé todo el camino peleando contigo, ¿o no es cierto? Una visita como esta, ¡jamás había escuchado algo semejante! Sabes lo felices que estamos de tener a cualquiera de ustedes con nosotros, así fuera durante meses; pero siento mucho —dijo con una sonrisa muy aguda— que no hayamos sido capaces este otoño de hacerte Croydon agradable.

—Mi querida Jane, no me atormentes con tus burlas. Ya sabes qué alicientes tenía para regresar a casa. Libérame, te lo suplico. Para tus estocadas no soy contrincante.

—Bueno, solo te suplico que no vuelvas a tus vecinos en contra del lugar. Quizá, si tú no te entrometes, Emma esté tentada a regresar con nosotros y quedarse hasta Navidades.

Emma se sintió sumamente agradecida.

—Te aseguro que en Croydon tenemos muy buena sociedad. No frecuento los bailes, son mixtos; pero nuestras fiestas son excelentes y muy selectas. La semana pasada puse en mi salón siete mesas. ¿Qué te parece Stanton? ¿Te gusta el campo?

—Mucho —contestó Emma, que, muy a propósito, juzgó una respuesta global.

Vio que su cuñada enseguida la menospreciaba. La esposa de Robert

Watson estaba de hecho preguntándose a qué tipo de casa podría haberse habituado Emma en Shropshire, dando por hecho que la tía podría haber tenido seis mil libras.

—Emma es muy encantadora —susurró Margaret a Mrs. Watson, en su tono más lánguido.

Emma se encontraba muy angustiada por esta conducta, y no le pareció mejor cuando, cinco minutos más tarde, escuchó a Margaret decir a Elizabeth, con un acento rápido y cortante, absolutamente diferente al primero:

—¿Desde que Pen se marchó a Chichester has sabido algo de ella? El otro día recibí una carta. No creo que de todo ello vaya a sacar nada. Supongo que volverá tan "señorita Penélope" como se marchó.

Esa, temió, sería la voz habitual de Margaret cuando hubiera pasado la novedad de su propia presencia; con aquella idea el tono de artificial delicadeza no casaba. Para prepararse para la cena las damas fueron invitadas a subir a la planta superior.

—Jane, espero que encuentres todo tolerablemente cómodo —dijo Elizabeth, cuando abrió la puerta del cuarto vacío.

—Mi tierna criatura —contestó Jane—, conmigo no utilices ceremonias, te lo suplico. Soy de esas que aceptan siempre las cosas tal como vienen. Confío en poder hospedarme durante dos o tres noches en una pequeña dependencia sin hacer un papelón. Cuando los vengo a ver siempre deseo ser tratada más bien en familia. Y, además, espero que para nosotros no hayas organizado una gran cena. Recuerda: nosotros jamás cenamos.

—Imagino —dijo Margaret a Emma rápidamente— que tú y yo estaremos juntas; Elizabeth siempre se encarga de tener un cuarto para ella sola.

—No. Elizabeth me cedió la mitad de la suya.

—¡Oh! —dijo con voz suavizada, más bien atormentada al descubrir que no iban a abusar de ella—. Siento mucho no tener el placer de tu compañía, particularmente debido a que estar sola mucho tiempo me pone nerviosa.

Emma fue la primera de las mujeres en regresar al salón. Cuando entró, encontró solo a su hermano.

—Emma, de manera que —dijo— en tu propia casa eres más bien una extraña. Estar aquí debe ser para ti bastante extraño. ¡Tremendo papelón el que ha hecho la tía Turner! ¡Por Dios! A una mujer jamás se le debería confiar dinero. Siempre dije que, en cuanto su esposo falleció, debería haber fijado algo para ti.

—Pero eso habría significado confiarme dinero —contestó Emma—, y también yo soy una mujer.

—Sin que tú tuvieses poder alguno sobre él en el presente, podría haber sido asegurado para tu uso futuro. ¡Para ti qué golpe debe haber supuesto! Encontrarte, en vez de heredera de ocho mil o nueve mil libras, devuelta sin un chelín para representar una carga para tu familia. Confío en que la vieja se encolerice por ello.

—De ella no hables de manera irrespetuosa; conmigo ha sido muy buena, y si ha hecho una imprudente elección, con toda seguridad ella misma padecerá las consecuencias más que yo.

—No intento afligirte, pero sabes que todos deben pensar que es una vieja chiflada. Pensaba que Turner era reconocido como un hombre extraordinariamente inteligente y sensato. ¿Cómo diablos llegó a dictar ese testamento?

—En mi opinión, el excelente juicio de mi tío no se ve impugnado por su afecto a mi tía. Para él fue una muy buena esposa. Son siempre las más confiadas las mentes más generosas e ilustradas. Ha sido desafortunado el suceso, pero la memoria de mi tío me es más querida, si ello puede ser posible, por tal prueba de dulce respeto hacia mi tía.

—Esa es una extraña manera de hablar. Sin haberle dejado disponer de todo, ni de parte de su voluntad, podría haber provisto decentemente a su viuda.

—Es posible que mi tía se haya equivocado —dijo Emma vehementemente—; se ha equivocado, pero en el comportamiento de mi tío no hubo falta. Yo era sobrina de ella, y él le dejó a ella el placer y el poder de proveerme.

—Pero ella ha cedido, desafortunadamente, el placer de proveerte a tu padre sin el poder. En resumidas cuentas, esa es la cuestión. Después de mantenerte alejada de tu familia durante un tiempo lo bastante largo como para borrar todo natural cariño entre nosotros, y de criarte, imagino, de manera superior, sin un solo chelín eres devuelta por sus propias manos.

—Tú ya conoces —contestó Emma, peleando con las lágrimas— el triste estado de salud de mi tío. Incluso estaba más enfermo que papá. De casa no podía salir.

—No intento hacerte llorar —dijo Robert, con más suavidad; y, después de un breve silencio, agregó cambiando de tema—: Acabo de volver del cuarto de papá; se ve muy indiferente. Cuando fallezca será un triste final. ¡Qué lástima que ninguna de ustedes se pueda casar! Como las demás, debes venir a Croydon y allí ver qué puedes hacer. Creo que si Margaret hubiese poseído mil o mil quinientas libras, algún muchacho se habría fijado en ella.

Cuando los otros se reunieron con ellos, Emma se alegró; era preferible ver las delicadezas de su cuñada que escuchar a Robert, que la había enfadado a la par que entristecido. Exactamente igual de elegante que estuvo en su fiesta, Mrs. Watson entró pidiendo disculpas por su vestimenta.

—No deseaba hacerlos esperar —dijo—, así que me coloqué lo primero que hallé. Creo que soy una triste figura. Mi estimado señor Watson —dijo a su esposo—, no te has puesto más polvo en el cabello.

—No, ni tengo el propósito de hacerlo. Pienso que en mi cabello hay polvo de sobra para mis hermanas y mi mujer.

—Deberías, de hecho, hacer antes de cenar algún cambio en tu vestimenta cuando te encuentres de visita, aunque en casa no lo hagas.

—Boberías.

—Es muy raro que no te agrade hacer lo que hacen otros caballeros. Todos los días de sus vidas, antes de cenar, Mr. Marshall y Mr. Hemmings se cambian de ropa. ¿Y para qué te arreglé tu nuevo abrigo, si jamás te lo pones?

—Alégrate con estar maravillosa tú misma, y deja tranquilo a tu esposo.

Emma (aunque sin ánimos que le facilitaran tales necedades), con el objetivo de poner punto final a este altercado y suavizar la irritación evidente de su cuñada, comenzó a elogiar su vestido. Provocó una satisfacción inmediata.

—¿De verdad te gusta? —preguntó—. Me hace muy dichosa. Ha sido muy admirado, pero en ocasiones pienso que el diseño es excesivamente amplio. Mañana me pondré uno que pienso te gustará más que este. ¿Viste el que le di a Margaret?

La cena llegó, y con excepción de cuando Mrs. Watson miraba la cabeza de su esposo, siguió alegre y displicente, reprendiendo a Elizabeth por la profusión en la mesa, y quejándose absolutamente por la entrada del pavo asado, que representó la única excepción al "he aquí la cena".

—Te suplico que hoy no veamos el pavo. Verdaderamente me aterroriza hasta la angustia el número de platos que ya tenemos. Te lo ruego, no comamos pavo.

—Querida —contestó Elizabeth—, el pavo ya está asado, y es igual de sencillo dejarlo en la cocina que traerlo. A parte de eso, si está cortado, tengo la esperanza de que mi padre se pueda sentir tentado a comer algo, ya que es uno de sus platos predilectos.

—Querida, lo puedes traer, pero puedes estar segura de que no lo voy a tocar.

Como para unirse al grupo durante la cena, Mr. Watson no estaba suficientemente bien, pero lograron convencerlo para que bajara a tomar el té con ellos.

—Quisiera jugar esta noche a las cartas —dijo Elizabeth a Mrs. Watson, después de ver a su padre sentado en su butaca cómodamente.

—Querida, no por mi causa, te lo suplico. Tú ya sabes que no soy jugadora. Pienso que una agradable conversación es infinitamente mejor. Digo siempre que para romper algún círculo formal en ocasiones, las cartas están muy bien, pero entre amigos a mí jamás me gustan.

—Estaba pensando en algo para entretener a mi padre —contestó Elizabeth—, si no te desagradara. Comenta que su cabeza no soportaría el *whist*, pero quizá se sentiría tentado a sentarse con nosotros si hacemos una ronda.

—Mi querida criatura, por todos los medios. Estoy a tu servicio por completo; sencillamente no me obligues a elegir el juego, nada más. En Croydon ahora lo único a lo que se juega es a "la especulación", pero puedo jugar a cualquier cosa. No debe ser fácil entretenerle cuando en casa solo están una o dos. ¿Por qué no le convences para jugar al *cribbage!* la mayoría de las noches que no teníamos compromiso, Margaret y yo jugamos al *cribbage!*

En ese instante, un sonido parecido al de un carruaje lejano se escuchó; todos oyeron; se volvió más nítido; realmente se estaba aproximando. Era un sonido poco usual a cualquier hora del día en Stanton, ya que la aldea no quedaba en ningún sendero público y, con excepción de la del rector, allí no vivía ninguna familia hidalga. Con mucha rapidez las ruedas se acercaban; la expectación colectiva obtuvo respuesta en dos minutos; más allá de cualquier duda se detuvieron ante la reja de la casa parroquial. ¿Pero quién sería? Con toda seguridad era una silla de posta. La única criatura en que podía pensarse era Penélope; quizás había encontrado alguna oportunidad inesperada para volver. Continuó una breve pausa de suspense. Sobre el camino adoquinado que conducía, bajo las ventanas de la casa, a la puerta principal, y después en el corredor, se sintieron pasos. Definitivamente, eran los pasos de un hombre. Penélope no podía ser. Quizás era Samuel. Se abrió la puerta, y apareció, envuelto en una capa de viaje, a Tom Musgrave. Estuvo en Londres, ahora se dirigía a casa, y se desvió medio kilómetro de su camino simplemente para una visita de diez minutos en Stanton. Le fascinaba sorprender a la gente con visitas inesperadas a horas insólitas y, en el caso presente, tuvo el motivo adicional de poder informar a las señoritas. Watson, a quienes esperaba encontrar sentadas calmadamente con sus labores después del té, que se iba a casa para una cena a las ocho.

Sin embargo, tal como sucedió, no causó más asombro del que recibió cuando, en vez de ser llevado a la pequeña sala acostumbrada, le abrieron la puerta del salón grande (por cada lado, un pie mayor que el otro) y miró un círculo de gente elegante a las que de inmediato no logró reconocer, dispuesta con todos los honores de los invitados, alrededor de la chimenea, y a Miss Watson sentada en la excelente mesa de Pembroke, con los cacharros del té frente a ella. Sorprendido, durante unos segundos permaneció en pie en completo silencio.

—¡Musgrave! —dijo Margaret, con voz dulce.

Él se recompuso y caminó, fascinado de encontrar a ese círculo de amigos, y agradeciendo su buena suerte por el inesperado placer. Le extendió la mano a Robert, hizo muchas reverencias y le sonrió a las damas, y todo ello lo hizo con mucha gracia; pero en lo que se refería a cualquier particularidad de trato o emoción hacia Margaret, Emma, que lo miró con detenimiento, no observó nada que no justificara la opinión de Elizabeth, a pesar de que las modestas sonrisas de Margaret implicaban que creía que la visita era para ella. Sin mucha dificultad, fue convencido de que se quitara el abrigo y tomara el té con ellos. Ya que el que cenara a las ocho o a las nueve, como señaló, era una cuestión de poca importancia. Y sin aparentemente buscar, no rechazó la silla junto a Margaret, que ella diligentemente le proporcionó. De esta manera le aseguraba de sus hermanas, pero no estaba en su poder cuidarse de inmediato de las demandas de su hermano; ya que como había manifestado llegar de Londres, y tan solo hacía cuatro horas se había ido, el último informe sobre los asuntos públicos y la opinión general del día debían ser expuestos ante Robert, pudiendo ceder su atención a los reclamos menos importantes y nacionales de las mujeres. No obstante, al final, se vio libre para escuchar el suave discurso de Margaret, al tiempo que hablaba de sus miedos de que hubiese tenido un viaje de lo más terrible, oscuro y frío.

—No debería usted, de hecho, haberse ido tan tarde.

—Bueno, no pudo ser más temprano —contestó él—. Por una charla en el Bedford con un amigo me vi detenido. Todas las horas se parecen para mí. Miss Margaret, ¿cuánto hace que está aquí?

—Esta misma mañana llegamos; esta mismísima mañana me trajeron mis gentiles hermanos. Qué singular, ¿no?

—Estuvo fuera durante una temporada, ¿verdad? Creo que unos quinces días.

—Señor Musgrave, usted puede llamar temporada a unos quince días —dijo Mrs. Watson de forma cortante—, pero nosotros creemos que un mes es muy poco. Le puedo asegurar que la hemos devuelto a su hogar después de un mes totalmente contra nuestra voluntad.

—¡Un mes! ¿Ha estado fuera un mes realmente? Como vuela el tiempo, es increíble.

—Puede suponer —dijo Margaret, casi en susurro—, al encontrarme nuevamente en Stanton cuáles son mis emociones; usted ya conoce lo mala huésped que soy. Y por ver a Emma estaba tan excesivamente impaciente; me causaba terror el encuentro y, a la vez, suspiraba por él. ¿Usted comprende la clase de sentimiento?

—Para nada —dijo él en voz alta—. Yo nunca podría sentir temor por un encuentro con Miss Emma Watson... ni con otra de sus hermanas.

Fue afortunado que agregara este final.

—¿Me estaba hablando a mí? —dijo Emma, que escuchó su nombre.

—No, para nada —contestó—, pero estaba pensando en usted, como muchos, más lejos, estarán haciendo en este momento. Miss Emma, no está nublado, hace un tiempo maravilloso para la caza.

—¿Verdad que Emma es encantadora? —murmuró Margaret—. Encuentro que supera mis más cariñosas expectativas. ¿Usted había visto alguna vez algo más perfectamente hermoso? Pienso que incluso usted ahora prefiere las naturalezas morenas.

Musgrave dudó. Margaret era rubia, y no tenía intención de adularla especialmente, pero Miss Osborne y Miss Carr también eran rubias y su devoción hacia ellas decidió el asunto.

—La complexión de su hermana —dijo, finalmente— es todo lo hermosa que puede ser una complexión oscura, pero aun profeso mi preferencia por la piel clara. ¿Ha visto a Miss Osborne? Ella es muy rubia y es mi modelo de verdadera complexión femenina.

—¿Es ella más rubia que yo?

Tom no respondió.

—Señoras, por mi honor —dijo, mirándose a sí mismo—, al aceptarme en su salón tan poco arreglado estoy endeudado con su condescendencia. Realmente no consideré lo poco digno que soy de estar aquí o me habría quedado alejado. Si me viera en estas condiciones, lady Osborne me diría que me estoy volviendo tan descuidado como su hijo.

Las damas no querían respuestas gentiles, y Robert Watson, mirando disimuladamente su propia cabeza en el espejo de enfrente, dijo con igual gentileza:

—Usted no puede estar menos arreglado que yo. Aquí llegamos tan tarde que no tuve tiempo ni para empolvarme el cabello nuevamente.

Emma no pudo impedir adentrarse en los que imaginaba serían los sentimientos de su cuñada en ese instante.

Tom, cuando quitaron los cacharros del té, empezó a hablar de su carruaje, pero cuando sacaron la vieja mesita para los naipes y una baraja tolerablemente nueva del aparador por Miss Watson, la petición colectiva le urgió tanto a unirse al grupo que aceptó quedarse otro cuarto de hora. Emma incluso estuvo encantada con que se quedara, ya que estaba comenzado a pensar que las fiestas familiares pueden ser las peores de todas, y también los demás estaban fascinados.

—¿A qué están jugando? —dijo él, mientras se encontraban en pie alrededor de la mesa.

—Creo que a la especulación —dijo Elizabeth—. Mi hermana lo recomienda, supongo que nos gustará a todos. Tom, sé que a usted le gustará.

—Ahora en Croydon es el único juego de grupo al que se juega —dijo Mrs. Watson—; nunca pensamos en jugar a ningún otro. Me complace que sea de sus predilectos.

—¡Ay de mí! —comentó Tom—. Será mi favorita cualquier cosa que usted decida. En mis tiempos pasé algunas horas agradables jugando a la especulación, pero hace mucho que no juego. A la veintiuna se juega en el castillo de Osborne. Últimamente no he jugado más que a las veintiuna. Ustedes se sorprendería con el ruido que hacemos allí... ponemos a temblar el magnífico y majestuoso salón antiguo. Lady Osborne asegura que en ocasiones no se puede ni escuchar hablar a sí misma. Es sabido que a lord Osborne le fascina, y jamás he visto a nadie mejor repartiendo barajas... tiene mucho ánimo y rapidez, no deja a nadie ni soñar con sus cartas. Quisiera que pudieran verle guardar sus propias cartas. ¡Vale cualquier cosa de la Tierra!

—¡Desdichada de mí! —dijo Margaret—. ¿Y entonces por qué no jugamos a las veintiuna? Pienso que es mejor juego que la especulación. No puedo decir que la especulación me guste mucho.

En apoyo del juego, Mrs. Watson no ofreció ni una palabra más. Estaba totalmente derrotada, y las modas del castillo de Osborne pospusieron a las de Croydon.

—Señor Musgrave, ¿en el castillo ve a muchos habitantes de la casa parroquial? —dijo Emma, al tiempo que tomaban asiento.

—Oh, sí, están allí casi siempre. Mrs. Blake es una alegre y encantadora dama, ella y yo somos muy amigos, ¡y Howard es un hombre bondadoso y muy caballeroso! Se lo puedo asegurar, ninguno de ellos se ha olvidado de usted. Supongo que de vez en cuando se ruboriza. ¿El pasado sábado, alrededor de las nueve de la noche, no se sintió acalorada? Yo le diré por qué fue... veo que se está muriendo por saberlo. Le dice Howard a lord Osborne...

En ese momento crucial fue interpelado por los demás para poner las reglas del juego y establecer los puntos discutibles, y su atención se centró tanto en el juego, y después en el desarrollo del mismo, que jamás regresó a lo que había dicho anteriormente; y Emma, aunque muy atormentada por la curiosidad, no se atrevió a recordárselo nuevamente.

Fue una muy útil adición a la mesa. Habrían sido, sin él, un grupo de familiares tan cercanos que habría sido poco interesante, y quizá mantenido pocos miramientos; pero su presencia aseguró las buenas maneras y le proporcionó variedad. De hecho, destacaba como un jugador muy cualificado, y en pocas ocasiones parecía muy rezagado. Jugaba con el alma, y tenía mucho que relatar; y, aunque por sí mismo no era ingenioso, en ocasiones podía usar el ingenio de un amigo que no estaba presente y tenía una forma muy vivaz de hablar de los lugares comunes o referir simples pequeñeces, que en una mesa de naipes causaba un efecto. A este habitual medio de entretenimiento fueron añadidas las costumbres y bromas del castillo de Osborne. Les obsequió con una imitación del estilo de lord Osborne de tapar sus propias cartas, repitió las ocurrencias de cierta dama y detalló los descuidos de otra.

Mientras estaba inmerso en tan agradables ocupaciones, el reloj dio las nueve, y cuando Nanny llegó con el cuenco de gachas de su señor, tuvo el placer de hacerle la observación a Mr. Watson de que tenía que dejarlos durante la cena, ya que él se marchaba a su propia casa a cenar. Se solicitó que trajeran el carruaje, y fueron inútiles todas las súplicas para que se quedara más tiempo, debido a que sabía muy bien que si permanecía allí se vería forzado en diez minutos a quedarse a cenar, lo cual era casi insoportable para un hombre cuyo corazón se había habituado hacía mucho a llamar cena a su siguiente comida. Margaret, al hallarlo decidido a marcharse, empezó a hacerle gestos con la cabeza y guiños a Elizabeth para que le invitara a cenar al día siguiente, y Elizabeth, finalmente incapaz de resistir insinuaciones que su propio carácter hospitalario y sociable secundaban más que a medias, hizo la invitación: todos se sentirían muy dichosos si le concediese la visita a Robert.

—Con el mayor gusto —fue su respuesta inicial; y después de un instante—. O sea, si me es posible llegar a tiempo aquí; pero me iré de caza con lord Osborne y por tanto no me debo comprometer. A menos que me vean, no cuenten conmigo.

Y complacido con la incertidumbre en que les había dejado, se marchó.

Con la felicidad que sentía su corazón en circunstancias que eligió considerar como especialmente propicias, Margaret de buena gana habría convertido a Emma en su confidente cuando, a la mañana siguiente, se quedaron solas por un corto espacio, y llegó tan lejos como a decir, por ejemplo:

—Mi querida Emma, el muchacho que estuvo aquí la pasada noche y que volverá hoy me interesa más de lo que tal vez te hayas dado cuenta...

Pero, aparentando no comprender nada extraordinario en sus palabras, Emma dio una respuesta muy poco comprometida y, poniéndose en pie de un salto, escapó de un tema que era odioso a sus sentimientos. Como Margaret no dejaba que se repitiesen dudas con respecto a si Musgrave vendría a cenar, se hicieron preparativos para su entretenimiento que sobrepasaban con mucho los que fueron estimados para el día antes, y relevando totalmente a su hermana de la superintendencia, estuvo media mañana en la cocina, regañando, dirigiendo y supervisando.

No obstante, después de una enorme dosis de suspense ansioso y cocina indiferente se vieron obligados a sentarse a la mesa sin su invitado. Tom Musgrave jamás llegó, y Margaret no sintió tanto dolor como para ocultar su irritación con su decepción, ni reprimir su temperamento poco agradable. La calma del grupo para lo que quedaba del día y la totalidad del siguiente, que también incluía la duración de la visita de Jane y Robert, se vio incesantemente invadida por su molesto enojo y sus ataques lastimeros. De los dos, Elizabeth era el objeto habitual. Margaret sentía mucho respeto por la opinión de su hermano y hermana como para comportarse de forma correcta con ellos, pero Elizabeth y las sirvientas no acertaban a hacer bien absolutamente nada; y Emma, en la cual ya no parecía pensar, halló la continuidad de la voz gentil menos duradera de lo que calculó. Queriendo estar lo menos posible entre ellos, a Emma le pareció magnífica la alternativa de estar arriba con su padre, y rogó con vehemencia ser su acompañante perenne todas las tardes; y ya que a Elizabeth le agradaba mucho la compañía como para preferir, a cualquier costo, no estar abajo; ya que prefería conversar de Croydon con Jane, pese a todas las perversas interrupciones de Margaret, a sentarse a solas con su padre, que con frecuencia no podía aguantar hablar en absoluto, la cuestión se solucionó de dicha forma, en cuanto pudo convencerla para creer que no se trataba de sacrificio alguno por parte de su padre. El cambio resultaba de lo más aceptable y delicioso para Emma. Su padre, si se encontraba enfermo, necesitaba poco más que silencio y amabilidad; y, siendo un hombre instruido e inteligente, era, cuando podía charlar, una compañía muy grata. Emma, en su habitación se encontraba protegida de las terribles torturas de las desavenencias familiares y de la desigualdad social; de aguantar la prosperidad insensible, la presunción corta de inteligencia y la alocada insensatez injertadas en una disposición hostil. Aun así padecía observando su existencia, tanto cuando recordaba como cuando proyectaba a futuro; pero, por ahora, dejó de sentirse martirizada por sus efectos. Podía leer y pensar, era libre, aunque su situación era tal que la meditación resultaba apenas algo tranquilizante. Los males derivados de la pérdida de su tío ni eran insignificantes, ni era probable que disminuyeran; y cuando pudo pensar libremente, haciendo un contraste entre pasado y presente, el uso de la mente y la disipación de ideas desagradables que solamente la lectura produce la hacían volverse agradecida hacia algún libro.

Había sido realmente asombrosa la transformación en su hogar, sociedad y estilo de vida, a consecuencia del fallecimiento de un amigo y la imprudencia de otro. De ser el principal motivo de esperanza y atención para un tío que había formado su pensamiento con el cuidado de un padre, y de dulzura para una tía cuyo afable carácter se había regocijado en brindarle todo tipo de lujo; de ser el alma y la vida de una casa donde todo había sido elegancia y comodidad, y la predecible heredera de una resuelta independencia había pasado a no tener importancia para ninguna persona... una carga para esos cuyo cariño no podía esperar, un complemento para una casa ya saturada, asediada por mentes inferiores, con pocas ocasiones de bienestar doméstico e igual de poca esperanza de apoyo futuro. Afortunadamente para ella, era de naturaleza alegre, ya que el cambio había sido suficiente para sumir en el abatimiento a espíritus frágiles.

Para volver con ellos a Croydon, se vio muy presionada por Robert y Jane, y halló varias dificultades en que aceptaran su negativa, ya que tenían muy buen concepto de su propia gentileza y situación para imaginar que pudieran parecer menos beneficiosas para nadie. Aunque evidentemente en contra de sí misma, Elizabeth los apoyó, urgiendo a Emma a hablar en privado.

—Emma, no sabes lo que estás rechazando —dijo—, ni lo que tendrás que soportar en casa. Por todos los medios te recomiendo que aceptes la invitación; en Croydon siempre sucede algo animado. Casi todos los días tendrás compañía, y Robert y Jane serán muy cordiales contigo. Con respecto a mí, sin ti no me encontraré peor de lo que ya estoy habituada a estar; pero para ti son nuevas las desagradables maneras de la pobre Margaret, y, si te quedas en casa, te sacarán de quicio más de lo que imaginas.

Los visitantes partieron sin ella, porque Emma, por supuesto, no se vio influida, con excepción para tener a Elizabeth en mayor aprecio, por esas representaciones.

SANDITON

Capítulo I

Viajando desde Tunbridge y hacia la parte de la costa de Sussex que queda entre Hastings y Eastbourn, una dama y un caballero se vieron forzados por algunas razones a dejar el camino principal y seguir por una avenida llena de hundimientos, terminando por volcarse al tratar de ascender trabajosamente esa pendiente mitad arena, mitad piedra. Justamente al pasar por la única casa señorial próxima a la avenida sucedió el accidente. El conductor, al indicársele que tomara esa dirección, había imaginado en un primer instante su necesario destino, dedicándole después las miradas peor dispuestas al verse forzado a seguir de largo. De hecho, tanto se encogió de hombros y tanto refunfuñó; tanto se compadeció de sus caballos y con tanta fuerza los había retenido, que muy bien pudo haber sido objeto de la sospecha de haberlos volcado adrede (particularmente debido a que el coche no era de su señor) si no hubiera sido innegable que el sendero se había vuelto considerablemente peor que al inicio, en cuanto quedaron atrás las dependencias de la casa mencionada, manifestando con profético rostro que más allá podrían continuar con seguridad ningunas ruedas diferentes de las de una carreta. Se vio disminuida la gravedad de la caída por su paso lento y por lo angosto de la vía, y el hombre, después de salir con dificultad y auxiliar a la dama, comprobó que en principio ninguno sufrió más daños que unas pocas magulladuras y el zarandeo. Pero el caballero se había torcido el tobillo en el curso de la liberación, y resintiéndose de ello en breve, se vio forzado después a detener tanto sus reclamos al cochero cuanto sus felicitaciones para su esposa y para sí mismo, así como tomar asiento en el pescante, incapaz de permanecer de pie.

—Aquí algo no está bien —dijo, colocándose la mano en el tobillo—, pero, querida, no te angusties —agregó mirándola con una sonrisa—; como sabes, no podría haber sucedido en mejor sitio. No hay mal que por bien no venga. Lo mejor, tal vez.

Pronto obtendremos socorro: pienso que allí reside mi cura —dijo, indicando el extremo de una casita de apariencia cuidada que se podía ver sobre una colina a poca distancia, románticamente ubicada entre árboles—. ¿Acaso ese no promete ser el lugar preciso?

Su mujer anhelaba fervientemente que lo fuera... pero estaba angustiada, aterrada e inmóvil, incapaz de sugerir o hacer algo; y sintiendo su primer alivio verdadero cuando divisó a algunas personas que venían a socorrerlos. El accidente fue presenciado desde un campo de heno contiguo a la mansión que dejaron atrás, y las personas que se acercaban eran un hombre apuesto y de saludable apariencia y caballeresco, de edad mediana y dueño del lugar, que en ese momento casualmente estaba con sus labradores y, de entre estos, tres o cuatro de los más hábiles, que se habían unido a su jefe; por no nombrar a los demás hombres, mujeres y niños que estaban en el campo, no muy alejados de allí. Mr. Heywood, que era el nombre del mencionado dueño, se aproximó saludando con mucha cortesía, demostrando mucha preocupación por el incidente, algo de asombro frente al hecho de que alguien hubiese tratado de transitar ese sendero en un carruaje, y ofreciendo su ayuda enseguida. Con muestras de educado agradecimiento fue recibida su cortesía y el viajero dijo, mientras que uno o dos de los hombres prestaban su ayuda al cochero para girar el carruaje:

—Caballero, usted es extremadamente servicial, y le tomo la palabra. Me arriesgaría a decir que la lesión de mi pierna es una insignificancia, pero en estos casos siempre es preferible tener la opinión de un doctor sin perder tiempo; y, ya que la carretera no parece que tenga aquí un estado favorable como para que yo camine hasta su casa, le agradecería que enviara a una de estas bondadosas personas a buscar al médico.

—¡A buscar al doctor, señor! —contestó Mr. Heywood—. Creo que no hallará médico alguno por aquí cerca; pero me arriesgaría a asegurar que sin él nos las arreglaremos muy bien.

—Bueno, señor: si él no está disponible, igual de bien será útil su aprendiz, o incluso mejor. Preferiría, de hecho, que me viera su aprendiz, que me atendiera su aprendiz. Estoy convencido de que en tres minutos una de estas generosas personas puede traerlo: no necesito preguntar si esa es su casa —dijo mirando en dirección a la pequeña casa— ya que, excepto la suya, en este sitio no hemos hallado otra que pueda ser la vivienda de un caballero.

Mr. Heywood pareció muy sorprendido, y contestó:

—Señor, ¿cómo dice? ¿Usted espera hallar un doctor en esa casa? Le puedo asegurar que en la parroquia no tenemos ni médico ni aprendiz.

—Señor, discúlpeme —contestó el otro—, lamento que parezca que le estoy llevando la contraria, pero aunque usted pueda no tener conciencia del hecho por la extensión de la parroquia o por algún otro motivo... un instante... ¿será posible que me haya confundido de sitio? ¿Esto no es Willingden? ¿Acaso no estoy en Willingden?

—Sí, señor, esto es Willingden ciertamente.

—Caballero, entonces estoy en condiciones de probarle que ustedes tienen en la parroquia un doctor, lo sepa usted o no. Señor, mire —dijo, extrayendo de su bolsillo una agenda— si es tan gentil de mirar estos anuncios que, ayer por la mañana en Londres, yo mismo recorté del *Morning Post* y de la *Gaceta de Kent*, pienso que se convencerá de que no estoy hablando por hacerlo. Se dará cuenta de que es el anuncio de la disolución de una sociedad médica en su propia parroquia... abundante trabajo... temperamento irreprochable... respetables referencias... queriendo establecerse por su cuenta... Usted mismo lo puede leer —dijo mostrándole los dos pequeños recortes rectangulares.

—Señor —respondió el Sr. Heywood con una bien humorada sonrisa—, aunque me enseñara todos los periódicos que se imprimen en el reino durante una semana, no lograría convencerme de que hay médico en Willingden, ya que habiendo vivido en este lugar desde que nací, desde mi infancia hasta ahora cincuenta y siete años, creo que habría tenido noticia de esa persona. Puedo asegurar, como mínimo, que no tendría mucho trabajo. Verdaderamente, si gente de calidad hubiese de transitar habitualmente esta avenida en sillas de posta, sería muy buena idea que un doctor tomase una casa en lo alto de la colina; pero, en lo que se refiere a esa pequeña casa, le puedo asegurar, señor, que es, de hecho, pese a su apariencia cuidada a esta distancia, un condominio tan insignificante como cualquier otro del lugar, y que tres ancianas viven en un extremo y un pastor mío en el otro.

Al tiempo que hablaba, tomó los pedazos de papel y, habiéndolos mirado, agregó:

—Señor, creo que tengo una explicación. Su equivocación radica en el sitio: en este territorio hay dos Willingdens, y sus anuncios se están refiriendo al otro, que se llama Great Willingden, o Willingden Abbots, y se encuentra a siete kilómetros de aquí, casi en el corazón de Weald, al otro lado de Battel. Y nosotros —dijo hablando con algo de orgullo—, no nos encontramos en Weald, señor.

—Estoy convencido de que no en el corazón de Weald —contestó en tono agradable, el viajero—. Remontar su colina nos ha llevado media hora. Muy bien, caballero; me atrevería a decir que es como usted asevera, y que he cometido una detestable, garrafal y estúpida equivocación... con los apuros del momento... hasta media hora antes de partir de la ciudad los anuncios no llamaron mi atención, cuando todo se encontraba en la turbulencia y confusión que siempre ocurren en las breves permanencias allí... Ya sabe, con tanto el revuelo, uno jamás es capaz de completar nada hasta que el coche se encuentra en la puerta, y no busque más dándome por satisfecho con una corta indagación, al confirmar que realmente teníamos que pasar a un kilómetro o dos de *Willingden*... Querida —dijo, hablando con su esposa— siento mucho haberte metido en este problema. Pero por mi pierna no te asustes. Mientras no la muevo no me duele, y en cuanto estas buenas personas hayan logrado poner en pie el carruaje y girar a los caballos, lo mejor que haremos es regresar sobre nuestros pasos hasta el sendero de Turnpike, después dirigirnos a Hailsham y, desde allí, hasta casa, sin tratar de hacer más nada. Desde Hailsham llegaremos en dos horas a casa. Y, como ya lo sabes, nuestro remedio está a mano una vez en casa. En poco tiempo me tendrá nuevamente en pie un poco de nuestra vigorizante brisa de mar. Querida, cuenta con ello, es precisamente un caso para el mar. Lo ideal serán el aire salino y la inmersión. Ya tengo la sensación de que será de esa manera.

Mr. Heywood les interrumpió en ese punto de la forma más amistosa, suplicándoles que no pensasen en seguir camino hasta que le hubiesen examinado el tobillo y hubiesen ingerido algún refrigerio, e invitándoles muy amablemente a usar, para los dos propósitos, su casa.

—Estamos bien provistos siempre —dijo— de todos los medicamentos comunes para las contusiones y las distensiones y, y estoy seguro de que a mi esposa y a mis hijas les dará mucho gusto ayudarlos a usted y a esta dama por cualquier medio a su disposición.

Al intentar mover el pie, un par de punzadas dispusieron al viajero a considerar con más detenimiento de lo que lo había hecho en un primer instante las ventajas de una asistencia inmediata, y consultando a su mujer con las concisas palabras de "Pienso que sería lo mejor para nosotros, querida" se dirigió nuevamente hacia Mr. Heywood y dijo:

—Señor, antes de aceptar su hospitalidad, y con objeto de que desaparezca cualquier impresión poco favorable que esta especie de irreflexiva aventura en que me encuentra pudiese haber provocado en usted, déjeme decirle quiénes somos. Me llamo Parker, Mr. Parker, de Sanditon. Esta dama, mi esposa, es Mrs. Parker. Y vamos camino a casa provenientes de Londres. Quizá mi nombre (pese a que no soy de manera alguna el primero de mi familia en ser dueño de tierras en la parroquia de Sanditon), a esta distancia de la costa, sea desconocido, pero Sanditon... ¡todos han escuchado hablar de Sanditon, el preferido entre los emergentes jóvenes balnearios! Indudablemente, el enclave favorito de cuantos pueden estar en la costa de Sussex, el que promete ser el más elegido por el hombre y el que más ha favorecido la naturaleza.

—Sí, he oído hablar de Sanditon —contestó Mr. Heywood—. Se oye, cada cinco años, hablar de tal o cual lugar nuevo comenzando en la costa, y se pone de moda. La gran pregunta es cómo pueden llenarse la mitad de ellos. Dónde se puede encontrar personas con el tiempo o el dinero para visitarlos... pésima cosa para un país, que sin duda eleva el costo de las provisiones y transforma en inútiles a los pobres... como me arriesgaría a decir, señor, que convendrá.

—Caballero, ¡en absoluto, en absoluto! —dijo Mr. Parker entusiasmado—. Más bien al contrario, se lo puedo asegurar. Una idea común, pero equivocada. Es probable que sea aplicable a sitios grandes, excesivamente grandes, como Brighton, o Worthing, o Eastbourne, pero no a un pequeño pueblo como Sanditon, cuyas dimensiones eliminan la probabilidad de experimentar cualquiera de los males de la civilización, en tanto que la expansión del lugar, los edificios, los viveros, la demanda de cualquier cosa, y el seguro recurso de las mejores corporaciones, esas familias capitalistas, asiduas y constantes, de detallista gentileza y temperamento, que en cualquier sitio son una bendición, despiertan la laboriosidad de los pobres y entre ellos difunden comodidades y mejoras de todo tipo. No, señor, se lo puedo asegurar, Sanditon no es un sitio...

—Caballero, no tenía intención de buscar ninguna excepción en particular —contestó el Sr. Heywood—. Sencillamente creo que nuestras costas están completamente atestadas de esos sitios. Pero, ¿no sería preferible que le llevásemos...

—Sí, nuestras costas están atestadas... —repitió Mr. Parker—. Quizá sobre ese punto no estemos completamente en desacuerdo; por supuesto, hay bastantes. No hacen falta más, nuestras costas ya están suficientemente provistas. Para los gustos y finanzas de todo el mundo hay un lugar idóneo. Y esas buenas personas que tratan de aumentar el número son muy ilógicas, en mi opinión, y muy pronto, por la falacia de sus cálculos, se descubrirán a sí mismas embaucadas. Señor, pero un sitio como Sanditon, diría que era deseado, reclamado. La naturaleza, había hablado con las palabras más comprensibles, lo había señalado. Excelente brisa marina, la más pura de la costa, reconocida como tal; un lugar inmejorable para el baño, con arena dura, aguas muy profundas a diez yardas de la orilla, sin algas, sin rocas resbaladizas, sin fango... Jamás hubo un sitio más manifiestamente diseñado por la naturaleza como recurso para el enfermo, justo el territorio del que millares parecían necesitados... ¡y a la más deseable distancia de Londres! Más cerca que Eastbourne, a un kilómetro exacto. Caballero, tan solo piense en el beneficio de ahorrarse un kilómetro completa en un largo viaje. Pero Brinshore, en cambio, que me atrevería a asegurar que es el lugar que tiene en mente... las tentativas de dos o tres especuladores, el último año, para montar esa mísera aldea, estando como está situada Brinshore, entre un lodazal estancado, un agreste páramo y las emanaciones permanentes de un arrecife de algas fétidas, no pueden parar en nada más que su propia desilusión. En nombre del buen sentido, en Brinshore, ¿qué hay de recomendable? Caminos proverbialmente abominables, el aire más insano, un agua salobre más allá de lo creíble, la poca posibilidad de tomar un buen té en tres kilómetros a la redonda... Y en lo que se refiere a la tierra, es tan ingrata y tan fría que apenas se le puede arrancar un repollo. Señor, puede estar seguro de ello, es una descripción fiable de Brinshore, no estoy exagerando ni en lo más mínimo, y si le han contado algo diferente...

—Jamás en mi vida lo había escuchado nombrar, caballero —dijo Mr. Heywood—. No tenía idea de que en el mundo existiera tal sitio.

—¿Ah, no? Querida, ahí lo tienes —dijo, volviéndose jubiloso hacia su esposa—. ¡La de Brinshore es una gran celebridad! Este caballero no tenía idea de que existía ese sitio. Señor, por tanto, creo que a Brinshore le podríamos aplicar ese verso del poeta Cowper cuando describió a la aldeana religiosa, que se oponía a Voltaire: "Ella jamás había escuchado hablar de cuanto estaba a una distancia de su hogar de más de medio kilómetro".

—Caballero, de todo corazón, aplíquele los versos que quiera, pero a mí me encantaría ver algo aplicado a su pierna y, a juzgar por la cara de su esposa, estoy completamente seguro de que ella también comparte mi opinión y piensa que perder más tiempo es una lástima... Allí están mis hijas para hablar por sí mismas y por su madre —se podía ver saliendo de la casa a dos o tres muchachas de apariencia refinada seguidas por otras tantas criadas—. Comenzaba a preguntarme si no habría llegado hasta allí la algarabía. De inmediato, en un paraje solitario como este, una cosa así causa revuelo. Señor, ahora veamos cuál es la mejor manera de trasladarlo a la casa.

Las muchachas se acercaron y dijeron cuanto era adecuado para confirmar el ofrecimiento de su padre y, sin afectación alguna, trataron de hacer que los extraños se sintieran cómodos. Y ya que Mrs. Parker estaba extremadamente ansiosa por sentirse aliviada y tranquila, y su marido, a estas alturas, no menos dispuesto en ese sentido, fueron suficientes unos pocos escrúpulos amables, particularmente después de descubrirse que el carruaje, después que lo pusieron en pie, sufrió tales desperfectos por el lado del choque que para su uso inmediato era inservible.

Por lo tanto, el carruaje fue transportado hasta un granero vacío y a Mr. Parker lo llevaron a la casa.

Capítulo II

No fue ni efímera ni irrelevante la relación tan curiosamente iniciada. Los viajeros se vieron detenidos en Willingden durante toda una quincena, ya que el esguince del señor Parker era muy serio como para que se pudiera mover antes de ese tiempo.

Cayeron en muy buenas manos. Eran una familia totalmente respetable los Heywood, y toda atención posible era dispensada a los dos de la manera menos presuntuosa y más amable. Ella era entretenida y consolada con permanente amabilidad y él atendido y cuidado. Y, ya que toda demostración de hospitalidad y simpatía era recibida como debía; ya que no existía mejor voluntad por una parte que agradecimiento por la otra, ni carencia alguna de modales, por lo general agradables, por ninguna, en el transcurso de esas dos semanas llegaron a apreciarse los unos a los otros en extremo.

Enseguida se revelaron el temperamento e historia del señor Parker. Contó de buena gana cuanto sabía de sí mismo, ya que era muy sincero; e incluso de cuanto para sí mismo estaba oculto, como los Heywood se pudieron dar cuenta su charla ofrecía información.

Debido a ello, se le podía calificar de entusiasta; y un completo entusiasta en lo referente a Sanditon. Daba la impresión de que su razón de vivir eran Sanditon y su éxito como pequeño balneario de moda. Solamente era un pueblo tranquilo y sin pretensiones tan solo unos pocos años antes, pero algunas ventajas naturales en su ubicación y algunas condiciones accidentales, le sugirieron a él y a la otra principal terrateniente, la probabilidad de transformarse en un negocio provechoso, y en ello se involucraron hasta tal punto, y proyectado y construido, y elogiado y divulgado hasta lograr cierto renombre al alza, que Mr. Parker apenas podía pensar en algo distinto en este momento.

Los hechos que más claramente les había informado eran que tenía treinta y cinco años de edad, dichosamente casado los últimos siete, y que tenía esperando en casa cuatro maravillosos hijos. Que era miembro de una familia respetable y distinguida y disfrutaba de una fortuna regular, pese a que no era grande. Que no era profesional, al ser sucesor como primogénito en la propiedad que habían mantenido o atesorado antes que él dos o tres generaciones de ancestros. Que tenía dos hermanos y dos hermanas, todos independientes y solteros, y que el mayor de los primeros estaba, debido a una herencia colateral, tan bien aprovisionado como él mismo.

Su propósito cuando dejó el sendero principal en busca del doctor del anuncio también fue explicada claramente: no había sido la de torcerse el tobillo u ocasionarse daño alguno en provecho del susodicho ni (como Mr. Heywood había acertado a imaginar) la de formar con él alguna sociedad. Únicamente era consecuencia de su deseo de que algún médico se estableciera en Sanditon, lo que pensó que podría encontrar en Willingden, debido a lo que la naturaleza del anuncio le indujo.

Estaba seguro de que el beneficio de un doctor al alcance contribuiría manifiestamente a promover el auge y bonanza del sitio; que de hecho tendería a producir una afluencia extraordinaria. Su deseo no era otro. Tenía motivos poderosos para pensar que, el año anterior, una familia se vio desaconsejada de probar Sanditon por esa razón, y quizá muchas más. Apenas se podría esperar que sus propias hermanas, desafortunadamente enfermas, y a quienes estaba deseoso por llevar a Sanditon ese verano, corrieran el riesgo de instalarse en un sitio donde no tuvieran una inmediata recomendación médica.

Mr. Parker, en conjunto, era indudablemente un afectuoso hombre de familia que amaba a su esposa, hijos, hermanos y hermanas y, en general, un hombre de gran corazón, liberal, caballeroso, sencillo de agradar; de carácter optimista, con más imaginación que sensatez. Y, evidentemente, Mrs. Parker era una bondadosa y afable mujer de carácter dulce; la mujer más adecuada de la Tierra para un hombre de gran intelecto, pero sin la capacidad de contribuir con la fría reflexión que su propio marido requería en ocasiones, y tan totalmente dispuesta a ser conducida en todo momento que, ya arriesgara él su riqueza o se torciera el tobillo, ella se mantenía inútil igualmente.

Para él, Sanditon era como una segunda esposa y otros cuatro hijos, apenas menos amado y verdaderamente más encantador. De él podía hablar sin cesar. No solamente exhibía los títulos más altos, los de sitio de nacimiento, propiedad y hogar, sino que era su negocio, su caballo de carreras su mina y su lotería; su trabajo, su esperanza, su ilusión y su porvenir.

Demostraba estar extremadamente deseoso de llevar hasta allí a sus gentiles y buenos amigos de Willingden, y sus esfuerzos en pro de este objetivo eran tan desinteresados y llenos de agradecimiento como cariñosos. Se quería asegurar la promesa de una visita, recibir a tantos integrantes de la familia cuantos su propia casa pudiera alojar, que le siguiesen a Sanditon tan pronto como pudieran. Y preveía que todos se beneficiarían del mar, aunque era indudable que ellos disfrutaban de excelente salud. Daba por seguro que nadie podía hallarse verdaderamente bien, que nadie (así disfrutara en el presente momento del aspecto de buena salud, gracias a la ayuda casual del buen ánimo y del ejercicio) podía encontrarse ciertamente en un estado de segura y perenne salud sin pasar cerca del mar al menos seis semanas al año. Juntos, el aire marino y los baños eran casi infalibles, siendo uno u otros el remedio para todo desorden de los pulmones, de la sangre o del estómago. Eran antirreumáticos, antibiliosos, antiespasmódicos, antipulmonías y antisépticos. Al lado del mar nadie podía resfriarse, junto al mar nadie necesitaba apetito, nadie necesitaba fuerza, nadie requería buen ánimo. Eran fortificantes, vigorizantes, curativos, suavizantes y relajantes, (supuestamente en igual medida que poco necesarios), en unas ocasiones uno, en otras, los demás. Los baños eran el correctivo seguro si la brisa del mar fracasaba; y la brisa marina por sí sola estaba evidentemente diseñada por la naturaleza como cura, cuando no se recomendaba el baño. No obstante, no logró imponerse su elocuencia: los señores Heywood jamás abandonaban su casa. Durante mucho tiempo, sus movimientos se habían limitado a un círculo reducido, y eran más viejos en hábitos que en años, porque se habían casado muy jóvenes y tuvieron una numerosa familia. Mr. Heywood, con excepción de dos viajes anuales a Londres para cobrar sus dividendos, no se trasladaba más allá de donde sus pies o su viejo caballo bien domesticado podían conducirle; y las aventuras de Mrs. Heywood se limitaban a visitar a sus vecinos algunas veces, en el viejo coche que fue nuevo cuando contrajeron matrimonio, y que aun, diez años atrás, se encontraba a la moda en la mayoría de edad de su hijo mayor.

Poseían muchas propiedades, suficientes para, de haber tenido una familia de dimensiones razonables, haberles permitido gozar de los cambios y lujos acordes a su nivel; suficientes para haberse permitido un carruaje nuevo, síntomas de gota, un invierno en Bath, mejores senderos y un mes, esporádicamente, en Tunbridge Wells. Sin embargo, la crianza, educación y ubicación de catorce hijos necesitaba de una forma de vida muy sosegada, ordenada y sensata, y les forzaba a mantenerse saludables en Willingden. Lo que en primer término la sensatez había encarecido, ahora se había vuelto agradable por la costumbre. Jamás salían de casa, y en comentarlo encontraban satisfacción. Pero muy alejados de querer que sus hijos hicieran otro tanto, se alegraban de inducirlos a salir al mundo tanto como pudieran. Que sus hijos salieran, que ya ellos permanecerían en casa. Y daban la bienvenida a todo cambio que pudiese reportarles lazos ventajosos o relaciones respetables a sus hijos e hijas, aunque encontraban su hogar muy confortable.

Entonces, no se opusieron dificultades y hubo acuerdo y placer generales cuando los señores Parker cejaron en su empeño de pedir una visita familiar y limitaron sus esperanzas a llevar consigo a una de las hijas.

Sobre Miss Charlotte Heywood recayó su invitación, una joven muy agradable de veintidós años, la mayor de las hijas que estaban en la casa, y la que les había resultado más atenta y servicial, bajo las instrucciones de su madre; la que les conocía mejor y más les había atendido.

Charlotte, que tenía muy buena salud, iría a tomar los baños y a mejorar si era posible, así como a disfrutar de cuantos placeres Sanditon pudiera brindarle como testimonio del agradecimiento de aquellos con quienes se marchaba, y a comprar en la galería nuevos broches, nuevos guantes y nuevos parasoles, para sus hermanas y para ella misma, que Mr. Parker quería ansiosamente financiar.

Con respecto a Mr. Heywood, solo se le pudo convencer de la promesa de que remitiría a Sanditon a todos cuantos pidieran su recomendación, y que por nada de este mundo se vería inducido a gastar siquiera cinco chelines en Brinshore, en la medida en que podía hablarse del porvenir.

Capítulo III

En cada vecindario debería vivir una gran mujer.

Lady Denham era la gran mujer de Sanditon, y Mr. Parker, en su viaje desde Willingden hasta la costa, se la describió a Charlotte con muchos más detalles de los que se le había pedido antes.

En Willingden había sido mencionada a menudo, por necesidad, ya que siendo su colega en las actividades comerciales, durante mucho tiempo no se podía hablar sobre el propio Sanditon sin nombrar a lady Denham, ni mencionar que era una anciana millonaria, que había enterrado a dos esposos, que conocía el valor del dinero, que era muy respetada y que tenía una prima pobre que vivía con ella. Ya todos ellos eran hechos conocidos, pero algunos detalles más sobre su historia y su temperamento fueron muy útiles para aliviar el hastío de una prolongada pendiente, o de un pesado trecho de sendero, y para dar a la muchacha visitante un conocimiento adecuado de una persona con la que ahora podía esperar relacionarse diariamente.

Lady Denham, Brereton de soltera, nació en la riqueza, pero no para la enseñanza. Su primer esposo fue un tal señor Hollis, un hombre con considerables posesiones en la comarca, entre ellas una enorme porción de la parroquia de Sanditon, con una mansión y una casa solariega. Él era un anciano y ella tenía unos treinta años cuando contrajeron matrimonio.

Podían ser muy difíciles de comprender a cuarenta años de distancia sus razones para tal unión, pero tan bien había agradado y cuidado ella a Mr. Hollis que, a su fallecimiento, este se lo legó todo, sus bienes y posesiones, y todos a su disposición. Se vio inducida a contraer matrimonio nuevamente después de varios años de viudez. El fallecido Sir Harry Denham, de Denham Park, en Sanditon, tuvo mucho éxito en atraerlas a ella y a su gran fortuna, pero no logró tener éxito en los proyectos que se le habían atribuido de enriquecer para siempre a su familia: ella fue demasiado precavida como para dejar nada fuera de su dominio y, cuando al fallecimiento de Sir Harry ella volvió de nuevo a su propia casa de Sanditon, se decía que presumió ante una amiga de que "aunque no recibió nada de la familia, con excepción del título, tampoco le dio nada a él".

Se suponía que había contraído matrimonio por el título, y Mr. Parker le reconocía tal valor aparentemente que le daba a su comportamiento esa lógica explicación.

—En ocasiones hay —dijo— algo de presunción, pero no es insultante. Y hay instantes, hay asuntos en los que su amor por el dinero es llevado excesivamente lejos. Pero es una mujer muy buena, muy buena;

una vecina muy atenta, servicial y valiosa, con un temperamento alegre, amistoso e independiente; y a su falta de cultura se le puede imputar completamente sus faltas. Tiene un buen juicio innato, pero es demasiado inculta. Posee una mente muy activa y, en general, excelente salud para una mujer de setenta años, y con un espíritu realmente digno de admiración se involucra en la mejora de Sanditon, aunque de vez en cuando expresa un poco de estrechez de miras. Es incapaz de anticiparse tanto como me agradaría, y frente a un insignificante gasto presente se alarma sin considerar las ventajas que, en uno o dos años, le reportará. O sea, en ocasiones pensamos diferente, vemos las cosas de forma distinta, señorita Heywood. Pero hay que escuchar con cautela a quienes narran su propia historia; usted juzgará por sí misma cuando nos vea juntos.

Ciertamente, lady Denham era una gran dama más allá de las miserias y desgracias de la sociedad, ya que tenía muchos miles de libras anuales que legar, y tres grupos diferentes de personas para halagarla: sus propias relaciones (que, razonablemente, podía querer el reparto entre ellos de sus treinta mil libras originales); los beneficiarios legales del señor Hollis (que debían aguardar ser más deudores del sentido de la justicia de ella de lo que él les había dejado serlo del suyo); y a esos integrantes de la familia Denham para los cuales su segundo esposo esperaba haber hecho una adquisición muy buena.

Indudablemente, había sido atacada durante mucho tiempo, y seguía siéndolo, por todos ellos o por parte de ellos. Y de estas divisiones, Mr. Parker no dudaba en asegurar que los familiares del señor Hollis eran los que menos disfrutaban de su favor y, los que más, los de Sir Harry Denham.

Pensaba él que los primeros se habían perjudicado irremediablemente a través de expresiones de muy poco prudente y no justificado rencor al instante del fallecimiento del señor Hollis; mientras que los segundos agregaban a la ventaja de ser el remanente de una relación que ella realmente estimaba, la de haberle sido conocidos desde su niñez y la de estar siempre allí para cuidar sus intereses mediante una razonable atención.

El actual barón, Sir Edward, sobrino de Sir Harry, vivía permanentemente en Denham Park, y Mr. Parker tenía pocas dudas de que él y su hermana, Miss Denham, que vivía con él, en su testamento serían los primeros recordados. Así lo esperaba francamente: Miss Denham tenía una renta muy insignificante, y para su rango en la sociedad, su hermano era un hombre muy pobre.

—Es un cariñoso amigo de Sanditon —dijo Mr. Parker—, y si estuviese en su poder, su mano sería tan liberal como su corazón. ¡Sería un noble colaborador! En este momento, hace lo que puede; se está haciendo cargo de la placentera casita Ornee que lady Denham le ha concedido en un franja de Waste Ground, para la cual no tengo la más mínima duda de que, incluso antes de final de esta temporada, tendremos más de un candidato.

Mr. Parker, hasta hacía un año, había pensado que Sir Edward no tenía rivales en la posibilidad de que la sucedería en todo cuanto ella iba a legar, pero en este momento hay que tomar en cuenta los derechos de otra persona, los de una muchacha que lady Denham se ha visto obligada a recibir en su familia. Después de haber protestado siempre contra tales prácticas, y después de haber disfrutado mucho de las derrotas que había infligido a todo intento de sus familiares de presentar a esta o aquella muchacha como su acompañante en Sanditon House, regresó con ella de Londres durante el último San Miguel una tal señorita Brereton, que competía con sus méritos por el favor hacia sir Edward, y en asegurar para sí misma y para su familia la porción de propiedad acumulada que tenían ciertamente el derecho a heredar.

Mr. Parker hablaba cariñosamente de Clara Brereton, y el interés de su historia aumentó en gran manera con la presentación de este personaje. Ahora, Charlotte escuchó con mayor interés, y con verdadero placer cuando la oyó describir como fascinante, sencilla, amable, gentil, siempre sensata, y ganando, indudablemente, terreno en el cariño de su patrona por su natural valía.

Ternura, belleza, dependencia y pobreza no requieren que actúe sobre ellas la imaginación de un hombre. Las mujeres se compadecen enseguida de otras mujeres, con algunas excepciones.

Él dio detalles sobre las circunstancias que llevaron a la admisión de Clara en Sanditon como no mal ejemplo de esa combinación de temperamento, esa unión que percibía en lady Denham de estrechez de miras con gentileza y buen sentido e incluso con liberalidad.

Después de haber evitado durante muchos años Londres, justamente por causa de esos primos que permanentemente le escribían, invitaban y martirizaban, y a quienes ella estaba decidida a mantener a distancia, se vio forzada a ir allí el último San Miguel con la certeza de verse, por lo menos 15 días, detenida allí.

Se alojó en un hotel, viviendo por su propia cuenta tan juiciosamente como pudo, con la finalidad de desafiar la reputada carestía de esos hospedajes, y solicitando, al finalizar el tercer día, la cuenta, que podía juzgar apropiada a su estado.

Era suficiente su importe como para decidirla a no permanecer ni una hora más en la casa, y ya se estaba preparando para dejar el hotel contra todo riesgo, llena de mucha rabia y perturbación derivadas de la creencia de que allí se estaba produciendo un evidente abuso y de la ignorancia de dónde instalarse en mejores condiciones, cuando los primos, esos afortunados y diplomáticos primos, que daba la impresión de que siempre la estaban espiando, en tan crucial instante se presentaron por sí mismos y, escuchando su situación, la convencieron de aceptar un hospedaje para el resto de su estancia como el que podía ofrecer su sencilla y humilde casa en un sitio inferior de Londres.

Se había ido allá. Se sintió complacida con el recibimiento y con la hospitalidad y atención que recibió de todos (encontró a sus buenos primos, los Brereton, personas muy meritorias, en contra de sus expectativas) y, al final, se vio impulsada, cuando conoció personalmente la escasez de su renta y sus problemas pecuniarios, a invitar a una de las jóvenes de la familia a pasar con ella el invierno. Estaba dirigida la invitación a una, por seis meses, con la posibilidad de ser sustituida por otra; pero, al elegir a una de ellas, lady Denham mostró el lado bueno de su personalidad, ya que, pasando por alto a las verdaderas hijas de la casa, escogió a Clara, una sobrina más desamparada y digna de compasión que cualquiera de las otras, dependiente debido a su pobreza (una carga añadida en un círculo distinguido) y que desde todo punto de vista se encontraba tan abajo que debía resignarse a una situación poco mejor que la de una institutriz, incluso con todos sus derechos y sus naturales legados.

Clara volvió con ella y, aparentemente, se había asegurado una muy buena posición en el respeto de lady Denham, debido a sus propios méritos y su sensatez. Ya hacía mucho que los seis meses habían expirado sin que se hubiera insinuado ni una palabra de ningún intercambio o cambio.

Generalmente, estaba muy bien considerada, y todos percibían la influencia de su suave y dulce carácter. Se habían esfumado completamente los prejuicios con los que se topó al principio en algunos escenarios. La tenían por digna de confianza y por ser la compañía adecuada para conducir y suavizar a lady Denham, que abriría su mano y expandiría su mente.

Ella era tan encantadora como extremadamente gentil, y ese encanto y gentileza ya eran completos, porque había contado con el beneficio de la brisa de Sanditon.

Capítulo IV

Cuando, en una aldea a dos kilómetros de la costa, pasaron cerca de una casa de moderado tamaño, muy bien sembrada y con la reja en perfecto estado, y exuberantes jardín, huerto y pradera, que son los mejores adornos de esas viviendas, Charlotte preguntó:

—¿De quién es esa casa de apariencia tan acogedora? Da la impresión de que cuenta con muchas comodidades como las de Willingden.

—¡Ah! —dijo Mr. Parker—. Esa es mi vieja casa, la casa de mis ancestros; donde nacimos y nos criamos todos mis hermanos, hermanas y yo, y en la que nacieron mis tres hijos mayores; donde vivimos Mrs. Parker y yo hasta hace dos años, cuando terminaron de construir nuestra nueva casa. Me alegra que le guste. Es antigua y digna... y Hillier la mantiene en perfecto estado... Es decir, se la entregué al encargado de mis tierras. De esa manera, él obtiene una casa mejor y yo una mejor ubicación. Sanditon está tras aquella colina, el Sanditon moderno, un sitio hermoso. Ya sabe, nuestros antepasados construían siempre en agujeros. Estábamos aquí, atrapados en este distante recoveco, sin aire ni ventanas, a solamente un kilómetro y tres cuartos de distancia de la mejor extensión de mar entre las montañas del sur y el fin del mundo, y sin sacar de ello el menor beneficio. Cuando lleguemos a Trafalgar House no pensará que he hecho un mal intercambio que, por cierto, querría no haber llamado Trafalgar, ya que ahora Waterloo está más de moda. No obstante, Waterloo se encuentra en la reserva, y si este año tenemos bastante apoyo para arriesgarnos con una pequeña circunvalación, como espero que tendremos, entonces lo podremos llamar Waterloo Crescent, y nos colocará a la cabeza de los arrendadores el nombre agregado a la forma que siempre adopta la construcción. Tendremos, en una buena temporada, más peticiones de las que podremos atender.

—Fue una casa muy cómoda siempre —dijo Mrs. Parker, mirándola a través de la ventanilla trasera con algo parecido a la nostalgia del arrepentimiento—. Y un jardín excelente, tan hermoso...

—Amor mío, sí, pero se puede decir que eso nos lo llevamos con nosotros. Como antes, nos provee de toda la fruta y verdura que queramos y, de hecho, tenemos toda la comodidad de un huerto muy bueno sin la permanente molestia de su cuidado ni la molestia, cada año, de su vegetación descompuesta. ¿En octubre quién puede aguantar un parterre de repollos?

—¡Pero, querido, si teníamos la posibilidad de servirnos de tantas hortalizas como anteriormente, ya que si en alguna ocasión no recuerdan traérnoslas, siempre la podemos comprar en Sanditon House, el jardinero de allí siempre se alegra de dárnoslas! Pero era un buen sitio para que los niños jugaran y corriesen. ¡En verano daba tanta sombra!

—Tendremos bastante sombra en la colina, querida, y en el transcurso de unos pocos años más que suficiente. Causa sorpresa general el crecimiento de mis plantaciones. Tenemos, entre tanto, el toldo, que nos brinda, de puertas para adentro, la más completa comodidad; y en cualquier instante te puedes hacer con un gran gorro en Jebb's o con un parasol para la pequeña Mary en Whitby's. Con respecto a los pequeños, debo decir que para mí es mejor verlos corriendo al sol que lo contrario. Querida, estoy seguro de que estamos de acuerdo en que deseamos que, tanto como sea posible, nuestros hijos sean muy robustos.

—Sí, claro, estamos de acuerdo, y a Mary le compraré un parasol del que se podrá sentirse sumamente orgullosa. Se paseará con él solemnemente, creyéndose una pequeña mujer. ¡Oh! No tengo ninguna duda de que estamos mejor donde estamos en este momento. Si cualquiera de nosotros desea tomar un baño, no tenemos que andar ni un cuarto de kilómetro de distancia. Pero... ya sabes —dijo mirando todavía atrás—, a uno le agrada ver a un antiguo amigo, un lugar donde se ha sido dichoso. Da la impresión de que de las tormentas del invierno pasado los Hillier ni se enteraron. Puedo recordar que vi a Mrs. Hillier después de una de esas aterradoras noches, cuando nosotros habíamos sido literalmente agitados en nuestra cama, y ella no parecía para nada consciente de que se hubiera salido de lo normal el viento.

—Sí, sí, es posible. Nosotros tenemos toda la grandiosidad de la tempestad, con menos riesgo real, porque el viento no se topa con nada que se le oponga o que lo confine alrededor de la casa, sencillamente ruge y sigue de largo; al tiempo que en esta alcantarilla no se conoce nada del estado del aire, debajo de las copas de los árboles, y sus habitantes pueden verse completamente sorprendidos por una de esas terroríficas corrientes que, cuando se alzan, ocasionan más destrucciones en un valle que el peor temporal en una región abierta. Pero en referencia a las hortalizas, querida, dijiste que cualquier olvido accidental es suplido en un instante por el jardinero de lady Denham; pero, se me ocurre que deberíamos ir a otro lugar en esos momentos, principalmente al viejo Stringer y a su hijo. Yo lo convencí para que abriera un establecimiento, y creo que no le va muy bien; es decir, aun no ha transcurrido tiempo suficiente: indudablemente le irá muy bien, pero inicialmente es una labor dura y, por lo tanto, le debemos dar toda la ayuda que nos sea posible, cuando suceda que necesitemos cualquier verdura o fruta (y no estaría de más que las necesitásemos habitualmente, no recordar una cosa u otra frecuentemente); un suministro simbólico, ya sabes, para que el pobre Andrew no pierda su trabajo cotidiano, pero, de hecho, comprar a los Stringer nuestro principal consumo.

—Está muy bien, amor mío, eso se puede realizar con facilidad, y la cocinera estará fascinada, le será muy cómodo, ya que ahora se está quejando del viejo Andrew siempre, dice que jamás le trae lo que le pide. Ahora, por cierto, que dejamos atrás la antigua casa, ¿qué es esa idea de transformarla en un hospital que anda comentando tu hermano Sidney?

—¡Querida, es una broma suya simplemente! Desea recomendarme que construya un hospital. Intenta reírse de mis mejoras. Ya lo sabes, Sidney dice cualquier cosa. Siempre a todos nos ha dicho cuanto se le ha ocurrido. Pienso, señorita Heywood, que la mayoría de las familias tienen en su seno un integrante así. En la mayoría de las familias siempre hay alguien favorecido con un espíritu o habilidad superiores para decir cualquier cosa. Sidney es el de la nuestra, él es un muchacho muy inteligente y encantador. Su único defecto es que es muy mundano como para asentarse. Se encuentra aquí y allá y en todos los lugares. Me encantaría que lo conociera, ojalá viniera a Sanditon. ¡Y para el lugar sería excelente! Un muchacho como Sidney, a la moda y con su apariencia pulcra... Mary, tú y yo sabemos qué maravilloso efecto tendría: en perjuicio de Eastbourne y Hastings, más de una familia distinguida, más de una madre sensata, más de una hija bella, vendrían a nosotros con toda seguridad.

En ese instante se acercaban a la parroquia y al auténtico pueblo de Sanditon, que se levantaba a los pies de la colina que se disponían a subir; una colina cuya ladera se encontraba cubierta por los bosques y recintos de Sanditon House y cuya cima terminaba en una bajada abierta donde las construcciones recientes podían ser rápidamente observadas. Solamente un ramal del valle, serpenteando de manera más oblicua hacia el mar, dejaba atravesar un arroyo nada desdeñable, cuya desembocadura formaba una tercera prolongación habitable, con un grupo pequeño de casas de pescadores.

El pueblo poseía poco más que casitas de campo, pero habían capturado la moda actual, como Mr. Parker indicó fascinado a Charlotte, y dos o tres de las de mejor apariencia tenían carteles blancos donde se podía leer: "Se da hospedaje" y en el verde prado de una vieja granja, más adelante, se podían divisar completamente dos mujeres muy elegantes, vestidas de blanco, con sus taburetes plegables y sus libros. Y, al doblar la esquina de Baker's Shop, se podía escuchar el sonido de un arpa que salía por la ventana del piso superior.

Al señor Parker lo llenaron de placer esas vistas y sonidos. No es que sintiera preocupación alguna por el pueblo en sí mismo (pensando que estaba muy alejado de la playa, allí nada había hecho), pero era la prueba más evidente de que todo el sitio estaba a la moda cada vez más. La colina estaría casi repleta si el pueblo podía atraer a las personas. Presentía una temporada sorprendente. Por las mismas fechas (finales de julio), el año anterior, en el pueblo no había ni un solo inquilino, ni podía recordar a ninguno en toda la estación veraniega, excepto una familia con pequeños que provenía de Londres buscando el aire marino después de haber pasado la tosferina, cuya madre, por temor a una recaída, no los dejaba ni aproximarse a la orilla.

—¡Por fin, civilización, civilización! —exclamó, con júbilo, Mr. Parker—. Querida Mary, mira las ventanas de William Heeley: ¡botas de nanquín y zapatos azules! ¿En el viejo Sanditon quién habría esperado ver algo similar? Cuando pasamos por aquí hace un mes no había zapatos azules, es algo de este mes. ¡Realmente glorioso! Bueno, pienso que ya ha valido para algo el día. Entonces, a nuestra colina, a nuestra colina saludable ahora.

Cuando subieron, pasaron ante las puertas de Sanditon House, y vieron, asomando entre la arboleda, la parte superior de la propia casa. En ese extremo de la parroquia era el último edificio de las viejas épocas. Lo moderno empezaba un poco más arriba, y al comenzar el descenso pudieron ver, Charlotte con la serenidad de una curiosidad divertida y Mr. Parker con una mirada anhelante que esperaba ver apenas casas vacías, Denham Place, Prospect House y Bellevue Cottage.

De los que había calculado, había más anuncios en las ventanas, y menos evidencias de concurrencia en la colina, menos coches, menos personas paseando. Imaginó aquella hora del día en que todos estarían volviendo de airearse para la cena, pero siempre atraían a algunos las dunas y el malecón, y la marea debía estar subiendo; a medio subir en ese instante.

Deseaba estar en las dunas, en los acantilados, en su propia casa y, a la vez, en cualquier lugar fuera de su casa. Con la simple visión del mar se elevaron sus ánimos y ya casi podía sentir que su tobillo se fortalecía.

En el punto más elevado de la pendiente estaba Trafalgar House, un edificio elegante y ligero que se alzaba en medio de una pequeña zona de césped con plantaciones muy recientes alrededor, a centenar de metros de la cumbre de un abrupto, pero no muy alto acantilado; era el edificio más próximo al mismo, excepción hecha de una hilera de elegantes casas con balcones y un enorme paseo en frente, llamado malecón, pero con pretensiones de convertirse en el bulevar del lugar. La mejor sombrerería y la librería se encontraban en esta hilera; y el hotel y los billares, un poco más alejados.

Comenzaba allí el descenso a la playa y a las duchas, el cual era, por tanto, el punto preferido para la moda y la belleza. En Trafalgar House, que se elevaba a poca distancia detrás del paseo, los viajeros se acomodaron con calma, y todo fue dicha y alegría entre papá, mamá y los niños; mientras tanto, Charlotte, después que tomó posesión de su apartamento, tuvo suficiente entretenimiento colocándose frente a su extenso mirador veneciano y contemplando, por encima de la miscelánea prolongación de edificios aun sin terminar, tejados y sábanas ondeantes, hacia el océano, danzando y resplandeciendo bajo la luz del sol con mucha frescura.

CAPÍTULO V

Mr. Parker estaba examinando algunas misivas cuando se reunieron antes de la cena.

—¡No es posible, ni una sola línea de Sidney! —dijo—. Es un muchacho muy perezoso. Pensé que me habría enviado una respuesta, porque le escribí relatándole mi accidente en Willingden. Aunque tal vez esto signifique que vendrá personalmente. Espero que sea así. Pero aquí está una carta de una de mis hermanas. Ellas jamás me fallan. Las únicas corresponsales en que se puede confiar son las mujeres. Mary, ahora —dijo a su esposa mientras sonreía—, antes de abrirla: ¿del estado de salud de sus remitentes qué diremos? O, mejor dicho, si Sidney estuviera aquí, ¿qué diría? Miss Heywood, Sidney es un muchacho desvergonzado, y debe saber que él aseguraría que en las lamentaciones de mis dos hermanas existe una buena dosis de imaginación, pero no es así realmente, o solo en muy poca medida. Como nos habrá escuchado decir con frecuencia, tienen una terrible salud, y padecen de una diversidad de desórdenes muy serios. No creo, de hecho, que sepan lo que es un día con salud, pero, a la vez, son unas damas tan útiles y buenas y poseen tanta disposición de temperamento que, allí donde se puede hacer algún bien, se obligan a sí mismas con un ímpetu que para quienes no las conocen profundamente, tienen una apariencia maravillosa. Pero realmente en ellas no hay afectación. Sencillamente tienen constituciones más frágiles y mentes más fuertes que las que uno se encuentra frecuentemente, ya sea junto o por separado. Y lamento decir que nuestro hermano pequeño, que está viviendo con ellas y no sobrepasa mucho los veinte años, se encuentra casi tan enfermo como están ellas. Es tan frágil que no puede ejercer profesión alguna. Realmente no es una broma, pero Sidney se ríe de él, aunque muy a mi pesar, frecuentemente hace que me ría de ellos. Ahora bien; si él se encontrara aquí, estoy seguro de que se estaría burlando de que, según esta misiva o bien Arthur, o bien Susan, o bien Diana, dentro del último mes habrán estado a punto de fallecer.

Sacudió la cabeza, y habiendo echado una ojeada a la carta, empezó:

—Es muy lamentable para mí comunicar que no hay esperanza de encontrarme con ustedes en Sanditon. En serio, por su parte, una relación regular; muy regular. Te apenará, Mary, escuchar lo enfermos que han estado y están aun. Con su permiso, señorita Heywood, leeré en voz alta la misiva de Diana. Me agrada mucho que mis amigos se conozcan entre ellos, y creo que esta es la única forma de relación que podré conseguir entre ustedes. Y ante la explicación de Diana no puedo mostrar reparo alguno, ya que sus cartas la muestran tal como es, la persona más amistosa, cariñosa y afectuosa del mundo, y causará, por tanto, una excelente impresión.

Entonces leyó:

Apreciado Tom:

Tu accidente nos entristeció mucho a todos, y si no hubieras dado la seguridad de que te hallabas en tan buenas manos, al siguiente día de recibir tu misiva te habría ido a ver a toda costa, aunque esta me encontró sufriendo una crisis más fuerte de lo acostumbrado de mi viejo padecimiento, la bilis espasmódica, y con muy pocas fuerzas para arrastrarme del sofá a la cama.

Pero dime, ¿cómo fue el trato hacia ti? En la próxima dame más pormenores. Si ciertamente se trató de una simple torcedura, como tú la llamas, nada habría sido más apropiado que la fricción, fricción solamente con las manos, imaginando que pudiera ser aplicada enseguida.

Casualmente, me encontraba visitando a Mrs. Sheldon hace dos años cuando su cochero, mientras limpiaba el carruaje, se torció el tobillo y apenas pudo caminar cojeando hasta la casa; pero, debido al uso rápido de la fricción aplicada a un constante ritmo (y, con mis propias manos, froté su tobillo durante seis horas continuas), en tres días se recuperó.

Mi apreciado Tom, muchas gracias por la bondad que demuestras hacia nosotros, y que tuvo tanto que ver en tu accidente. Pero te suplico que jamás vuelvas a exponerte al riesgo buscando a un boticario por motivo nuestro, debido a que, así tuvieses instalado en Sanditon al hombre más experto en su arte, para nosotros no sería recomendación suficiente: con toda la tribu médica hemos roto completamente. Inútilmente hemos consultado médico tras médico, hasta llegar a convencernos de que por nosotros nada pueden hacer, y de que debemos, en busca de algún alivio, confiarnos a nuestro propio conocimiento de nuestras terribles naturalezas. Pero si crees recomendable para el sitio tener un doctor, con mucho gusto asumiré el encargo, y no tengo ninguna duda de que, en breve, tendré éxito.

Con respecto a viajar a Sanditon, por mi parte es casi imposible. Me da mucha vergüenza decir que no me arriesgo a intentarlo, ya que mis sentidos me dicen claramente que, en mi estado actual, el aire marino quizá supondría para mí la muerte. Y sé que ninguno de mis queridos acompañantes me lo permitirá, ni yo les alentaré a que te hagan una visita ni por una noche. Realmente, incluso dudo de que los nervios de Susan pudieran aguantar el esfuerzo: ha padecido tanto con el dolor de cabeza, y la aliviaron tan poco la seis sanguijuelas diarias por diez días, que pensamos conveniente cambiar de medidas; y, convencida después de un examen de que en las encías se originaba gran parte de su mal, la convencí para atacar su desorden ahí. En consecuencia, le extrajeron tres muelas, e indudablemente está mejor, pero sus nervios se encuentran perturbados en gran medida. Solo puede hablar en susurros, y esta mañana se desmayó en dos ocasiones cuando el pobre Arthur trató de contener la tos. Me alegra notificarte que él está tolerablemente bien, aunque más lánguido de lo que me agradaría, y siento temor por su hígado.

De Sidney no he sabido nada desde que estuvieron juntos en el pueblo, pero imagino que no ha podido ejecutar sus proyectos en Wight, o ya lo habríamos sabido como sucede habitualmente.

Te deseamos sinceramente una excelente temporada en Sanditon y, aunque personalmente no podemos contribuir a tu beau monde, hacemos cuanto es posible para mandarte compañía que merezca la pena tener. Pienso que con seguridad podemos calcular dos grandes familias fijas, una un internado femenino, o academia, de Camberwell y la otra de indianos millonarios de Surry. No te diré a cuantas personas hemos tenido que emplear para la tarea, pero el triunfo lo compensa ampliamente.

Con cariño, tuyos.

—Bueno —dijo al finalizar Mr. Parker—, aunque me atrevería a comentar que Sidney hallaría esta misiva extremadamente divertida y durante media hora nos haría reír, declaro que yo, en persona, no la encuentro sino muy encomiable o muy lastimosa. Pese a todos sus sufrimientos, ¡se nota lo mucho que se implican en promover el bien de las demás personas! ¡Es que se preocupan tanto por Sanditon! Dos familias grandes... Quizá, una para Prospect House; y la otra, para el n° 2 de Denham Place o para la casa del final del malecón; y en el hotel hay camas extras. Miss Heywood, le comenté que mis hermanas son muy buenas mujeres.

—No tengo ninguna duda de que deben de ser maravillosas —dijo Charlotte—. El estilo alegre de la misiva me sorprende, considerando el estado en que las dos hermanas parecen encontrarse. ¡De una vez tres muelas! ¡Qué horror! Da la impresión de que su hermana Diana está tan enferma cuanto es posible, pero más angustiosas que todo lo demás son esas tres muelas de su hermana Susan.

—¡Oh! Están tan habituadas a la operación... a cualquier operación... y son tan fuertes.

—Me atrevería a decir que sus hermanas saben de lo que hablan, pero parecen muy extremas sus medidas. Me da la impresión de que, ante cualquier patología, estaría tan deseosa de recomendación profesional, que me arriesgaría muy poco por mí, o por alguien a quien le tuviera afecto. Pero por supuesto, nosotros hemos sido siempre una familia tan sana que lo que puede hacer la costumbre del autodiagnóstico no lo puedo juzgar.

—Bueno, a decir verdad —comentó Mrs. Parker—, sinceramente creo que, en ocasiones, las señoritas Parker llevan las cosas muy lejos, y tú, querido mío, también, ya lo sabes. Frecuentemente, crees que, si se dejaran en paz a sí mismas, especialmente Arthur, se encontrarían mejor. Estoy segura de que crees que es una lástima que, en lo de estar enfermo, le presten tanta atención.

—Bueno, mi querida Mary, bueno. Te puedo asegurar que para el pobre Arthur es desafortunado verse, en esta época de su vida, animado a abandonarse a la enfermedad, está mal; está mal que piense que, para cualquier profesión, está muy enfermo, y que a los veintiún años se quede sentado preocupándose de lo infortunado que es, sin idea alguna de tratar de mejorarla o de encontrar cualquier trabajo que pudiese ser útil para sí mismo o para otros; pero conversemos de cosas más agradables e interesantes. Lo que necesitábamos es precisamente esas dos grandes familias... sin embargo... ¡Morgan llamando a cenar es algo todavía más agradable!

Capítulo VI

Poco después de la cena el grupo se puso en marcha. Sin una visita al atardecer a la biblioteca y a su libro de suscripciones Mr. Parker no podía darse por satisfecho, y Charlotte estaba fascinada de ver tantas cosas y tan rápido como fuera posible en un lugar donde era nuevo absolutamente todo.

Ellos salieron en el instante más calmado del día en un balneario, cuando estaba en marcha en casi todo hospedaje habitado la importante cuestión de la cena o de sentarse después de ella. Se podía ver algún solitario anciano aquí y allá, forzado a salir tarde y a andar por asuntos de salud, pero, en general, había una total ausencia de personas, en el malecón, los acantilados y las dunas había vacío y calma. Se encontraban desiertas las tiendas. Daba la impresión que los sombreros de paja y los encajes colgaban abandonados a su suerte tanto dentro de la casa como fuera, y en la librería, Mrs. Whitby se sentaba, a la espera de trabajo, en la dependencia interior a leer una de sus propias novelas.

Era común y corriente la lista de suscriptores. Lady Denham, Miss Brereton, Mr. y señora Parker, Sir Edward Denham y Miss Denham, cuyos nombres se podía decir que precedían la temporada, los seguían nada mejor que Mrs. Mathews, Miss Mathews, Miss E. Mathews, Miss H. Mathews, el doctor Brown y señora, Mr. Richard Pratt, el teniente Smith, el capitán de navío Little, Mrs. Jane Fisher, Miss Fisher, Miss Scroggs, el reverendo Hanking, Mr. Beard, el abogado Grays, Mrs. Davis y Miss Merryweather. Mr. Parker no podía por menos de sentir que la lista no solamente no gozaba de distinción, sino que era más pequeña de lo que esperaba. Solo era julio, no obstante, los meses importantes eran agosto y septiembre. Siempre eran un consuelo, además, las dos grandes familias prometidas procedentes de Camberwell y Surry.

Sin demora, Mrs. Whitby volvió de su receso literario, fascinada de ver nuevamente a Mr. Parker, cuyos modales le conquistaban la simpatía de todas las personas, y estaban inmersos en sus diversas formalidades y saludos, al tiempo que Charlotte, habiendo agregado su nombre a la lista como ofrenda inicial de éxito para la temporada, se encontraba ocupada en algunas compras inmediatas a favor del bien de todos, cuando Mrs. Whitby, con los rizos lustrosos, salió rápidamente de su *toilette* para ofrecerle todas sus baratijas elegantes.

Por supuesto, la galería tenía de todo (de todos los objetos inútiles del mundo sin los que uno no puede vivir), y entre tanta hermosas tentaciones, y con la excelente voluntad por parte del señor Parker de animar la venta, Charlotte comenzó a creer que debía dominarse (o más bien pensó que a los veintidós años no tenía pretexto para comportarse de otra forma), y que no sería propio de ella gastarse la primera tarde todo el dinero. Cogió un libro, que era un volumen de *Camilla*. Ella no tenía la juventud de *Camilla*, pero tampoco tenía intención de entristecerse, de manera que se alejó de los cajones donde los anillos y los broches llamaban la atención con su fascinación reprimida, y canceló lo que había adquirido.

A continuación, para su particular satisfacción iban a pasear por el acantilado, pero, al abandonar la galería, se encontraron con dos mujeres cuya llegada ocasionó un necesario revuelo, Miss Brereton y lady Denham. Estuvieron en Trafalgar House; allí las remitieron a la galería, y a pesar de que lady Denham era en buena medida excesivamente activa como para que andar un kilómetro le pareciera algo que requería descanso y hablaba ya de irse directamente, los Parker sabían que lo más conveniente para ella era dirigirse sin demora a su propia casa e invitarla a tomar el té con ellos y, por lo tanto, el inmediato regreso sustituyó el paseo por el acantilado.

—No, no —dijo su señoría—, no haré que apresuren su té por culpa mía, sé que les agrada tomarlo más tarde. A mis vecinos mis horarios tempraneros no causarán molestia. No, no, Miss Clara y yo volveremos y tomaremos nuestro propio té. Salimos sin otro propósito. Solamente deseábamos verles y asegurarnos de que en verdad habían vuelto, pero ahora regresaremos para tomar nuestro propio té.

No obstante, se dirigió hacia Trafalgar House y con tranquilidad tomó posesión del salón, sin parecer escuchar, mientras entraban, ninguna de las órdenes que Mrs. Parker daba a la servidumbre para que directamente trajeran el té. Charlotte se consoló por la pérdida del paseo cuando se vio acompañada por aquellas en referencia a las cuales la charla de la mañana le creó mucha curiosidad.

En cuanto a lady Denham era de estatura mediana, erguida, de movimientos desenvueltos, corpulenta; de astuta mirada y aire de estar complacida de sí misma, pero de cara agradable, y pese a que sus modales más bien eran descarados y ordinarios incluso para alguien que aseguraba hablar con sinceridad, en ella había buen humor y gentileza; mucha cortesía y excelente disposición de entablar relación con Charlotte y una franqueza en el recibimiento que dispensaba a sus antiguos amigos que inspiraba la misma buena voluntad que daba la impresión que sentía. Y, con respecto a Miss Brereton, su aspecto justificaba de manera tan completa los elogios que Mr. Parker le había dirigido que Charlotte pensó que nunca había contemplado a una muchacha más interesante y encantadora.

De alta estatura, con elegancia, regularmente hermosa, con mucha delicadeza de constitución, ojos de un color azul tenue y trato dulcemente modesto si bien con gracia natural, Charlotte solamente podía contemplar en ella lo que de más bello y cautivador puede existir en la representación más perfecta de todas las heroínas que figuraban en los numerosos libros que dejaron en los estantes de Mrs. Whitby. Quizás en parte se debiera a que salió hace poco de una librería, pero no era capaz de borrar la idea de una completa heroína de Clara Brereton, a favor de la cual tanto jugaba su situación en referencia a lady Denham. Daba la impresión de que era colocada con ella con la intención de ser víctima de siniestros propósitos. Parecían no dejar otra elección esa pobreza y el estado de dependencia unidos a esos méritos y belleza.

En la propia Charlotte, esos sentimientos no eran producto de ningún espíritu novelesco. No; ella era una muchacha muy seria, que había leído bastantes novelas como para que estas dieran diversión a su imaginación, pero no para nada influenciada por ellas de manera no racional; y aunque los primeros cinco minutos sintió satisfacción imaginándose las arbitrariedades y abusos que tenían que acumularse sobre la interesante Clara, particularmente bajo la forma del más bárbaro comportamiento por parte de lady Denham, no mostró renuencia alguna a aceptar, como consecuencia de la observación subsiguiente, que parecían tratarse de la forma más natural y desenvuelta.

En lady Denham no pudo apreciar nada peor que la vieja formalidad de llamarla siempre señorita Clara, ni nada censurable en el nivel de observancia y atención que ponía Clara. De una parte parecía agradecido y cariñoso respeto y, de la otra, protectora amabilidad.

Sobre Sanditon, su actual número de visitantes y las posibilidades de una excelente temporada versó completamente la conversación. Era notorio que lady Denham se mostraba más angustiada, con más miedo a las pérdidas que su socio. Ella deseaba que el sitio se llenara más rápido, y hacia la probabilidad de que los alojamientos quedaran sin ocupación en algunos casos parecía albergar muchas angustiosas aprehensiones. No dejaron de mencionar a las dos grandes familias de Miss Diana Parker.

—Muy bien, excelente —dijo su señoría—. Suena muy bien, traerá dinero. Indianos y una escuela, suena muy bien.

—Según creo, no hay personas que gasten más profusamente que los indianos —comentó Mr. Parker.

—¡Ay, yo también he escuchado eso! Y se creen iguales, tal vez a las antiguas familias del reino, porque tienen los monederos llenos. Ahora bien; quienes derrochan su dinero tan a manos llenas jamás se detienen a pensar en si pueden estar ocasionando daño elevando el precio de todo. Y he escuchado que ese es habitualmente el caso con los indianos. De manera, señor Parker, que no tendremos mucho que agradecerles si vienen aquí para encarecer nuestros productos básicos.

—Mi apreciada señora; solamente pueden elevar el costo de los artículos de consumo, con una demanda tan extraordinaria por su parte y tal difusión de dinero entre nosotros que nos traerán más beneficios que perjuicios. Nuestros panaderos, carniceros y comerciantes en general no pueden volverse ricos sin traernos bonanza. Nuestras rentas podrían estar en riesgo si ellos no ganan, pero en proporción su beneficio puede ser el nuestro, mediante el aumento del valor de nuestras casas.

—¡Oh, bueno! Pero no me agradaría que la carne se pusiera cara, con todo, y la mantendré barata tanto tiempo como sea posible. Ay, me doy cuenta que esta muchacha está sonriendo; me atrevería a decir que cree que soy una criatura rara; pero ella, a su debido tiempo, también llegará a preocuparse por esos asuntos. Sí, sí, querida, puede tener la seguridad de ello; se encontrará, con el tiempo, pensando en el costo de la carne, aunque quizá no tenga tantos sirvientes a los que alimentar como yo. Y no creo que esté peor que esos que tienen menos sirvientes. Como todo el mundo sabe no soy una mujer de despilfarros, y nunca mantendría Sanditon House como lo hago si no fuera por lo que le debo a la memoria del pobre señor Hollis, no es por mi gusto. Bueno, señor Parker, y lo otro es un internado, un internado francés, ¿cierto? En ello no hay ningún daño. Permanecerá sus seis semanas y, quién sabe, en un grupo tan grande puede que algunas estén tuberculosas y deseen leche de burra, y ahora mismo yo tengo dos burras lecheras. Aunque tal vez las de menor edad estropeen los muebles. Confío en que tengan una gobernanta muy estricta que las vigile y las cuide.

Con respecto a la cuestión que le había llevado a Willingden, el pobre señor Parker no logró más crédito de lady Denham del que había logrado de sus hermanas.

—¡Cielos! —exclamó ella—. Mi buen señor, ¿cómo se le ocurrió algo semejante? Siento mucho que sufriera un accidente, pero, creo que se lo merecía.

—¡Ir a buscar un médico!

—¿Por qué? ¿Aquí qué haríamos con un médico? Si hubiese un doctor al alcance solo serviría para reanimar a los criados y para que los pobres se crean enfermos. ¡Oh, debemos rogar para no tener ninguno de esa tribu en Sanditon! Como estamos nos va muy bien. Están las colinas, la leche de burra y el mar; y le dije a Mrs. Whitby que si alguien llega a preguntar por un caballo de cámara, a cambio de una tarifa justa puede complacerle (pobre caballo de cámara del señor Hollis, casi nuevo). ¿Y la gente qué más puede querer? Llevo viviendo aquí setenta años y no he necesitado tomar ni un purgante más que en dos ocasiones, y por la cuenta que me trae jamás en toda mi vida le he visto el pelo a un doctor. Y realmente pienso que mi pobre y amado sir Harry ahora aun estaría vivo si tampoco hubiera visitado a uno nunca. El hombre que le sacó de entre los vivos recibió diez pagos, uno tras otro. Señor Parker, se lo ruego, aquí nada de médicos.

En ese momento trajeron el té.

—¡Oh, mi apreciada señora Parker! No debió hacerlo. ¿Por qué lo hizo?

Casi iba a desearles buenas tardes. Pero creo que Miss Clara y yo debemos quedarnos, ya que ustedes son tan gentiles.

CAPÍTULO VII

A la mañana siguiente, la popularidad de los Parker les atrajo algunas visitas; entre ellas, la de sir Edward Denham y su hermana, quienes, habiendo estado en Sanditon House, siguieron su camino para presentar sus respetos; y Charlotte, a tiempo para verlos a todos, se acomodó en el salón con Mrs. Parker, después de cumplir con su deber de redactar una misiva.

Los únicos que podían suscitar atención particular eran los Denham. Charlotte estaba dichosa de completar su conocimiento de la familia siéndoles presentada, y los halló, o por lo menos a la mejor parte (ya que, mientras se encuentra soltero, se puede pensar en ocasiones que el caballero es la mejor parte de la pareja) muy dignos de atención.

La señorita Denham era una maravillosa muchacha, aunque muy reservada y fría, dando la impresión de ser una persona que reemplazaba con orgullo su importancia y con desagrado su pobreza, y a quien reconcomía completamente el deseo de un vestido más espléndido que el humilde traje con que viajaba, el cual, a los ojos de todos, el cepillo se estaba llevando por delante.

Sir Edward, muy superior a ella en modales y aire, era realmente atractivo, pero todavía era mucho más notable por su exquisito trato y por su deseo de causar placer y de prestar atención. En la estancia entró evidentemente bien, habló mucho (y mucho con Charlotte, a cuyo lado casualmente tomó asiento) y de inmediato percibió que tenía una maravillosa cara, una agradable y dulce voz, y mucha variedad de temas de charla.

Le agradaba. Seria como era, lo encontraba encantador, y no se debatía con las suposiciones de si él pensaba igual que se podían deducir de que él, de manera evidente, ignorara los intentos de su hermana por irse, permaneciendo donde se encontraba y continuando con su charla.

Por la vanidad de mi heroína no pediré excusas. Si en el mundo existen damiselas de su edad con menos tendencia a la imaginación y más descuidadas por ser agradable, yo no las conozco ni jamás quiero conocerlas.

Finalmente, a través de las bajas ventanas francesas del salón que dominaban el sendero y todos los caminos que atravesaban la colina, Charlotte y sir Edward, desde donde se encontraban sentados, no podían evitar mirar a lady Denham y a Miss Brereton pasando, y al momento en la cara de sir Edward hubo un leve cambio, que las siguió con mirada angustiosa mientras seguían paseando, seguido de una precipitada propuesta a su hermana no ya de irse, sino de pasear juntos por el malecón, lo cual dio un giro muy rápido a las fantasías de Charlotte, la curó de su fiebre de media hora, y la puso en mejor disposición de juzgar, cuan agradable había sido verdaderamente, cuando sir Edward se fue: «Tal vez estuvieron muy bien su aire y su trato; y no le hacía daño su título».

Muy pronto se vio nuevamente acompañada por él. En cuanto su casa estuvo libre de las visitas matutinas, el primer objetivo de los Parker fue salir ellos mismos, y la atracción para todos era el malecón. Todos los que pasearan debían empezar por el malecón, y allí encontraron reunido al grupo de los Denham, sentados en uno de los dos bancos verdes cercanos al camino de grava, aunque, si bien a primera vista reunidos, muy claramente divididos una vez más, estando sir Edward y Miss Brereton sentados en un extremo y las dos damas superiores sentadas en el otro.

A Charlotte, a primera vista, se le reveló que el aire de sir Edward era el de un hombre enamorado. No había ninguna duda de su devoción hacia Clara. Resultaba menos obvio cómo Clara la recibía, aunque se inclinaba a creer que no de manera muy favorable, ya que, pese a que estaba sentada con él aparte, como se ha dicho (lo que quizá no había sido capaz de impedir) tenía un aire serio y sereno.

Pero era indudable que la muchacha del otro extremo del banco estaba pasando un verdadero martirio. La diferencia en la cara de Miss Denham que se había sentado en su frío esplendor en el salón de Mrs. Parker para ser extraída de su silencio gracias a los esfuerzos de los demás, y el de Miss Denham tomada del brazo de lady Denham, oyendo y conversando con sonriente atención o afectuoso entusiasmo, era sumamente impactante (y muy entretenido); o muy taciturno, como requerirían una historia moralizante o una sátira. Para Charlotte el temperamento de Miss Denham estaba muy claro. Pero el de sir Edward necesitaba una observación más prolongada: la asombró separándose de inmediato de Clara al reunirse con los demás y mostrándose de acuerdo en dar un paseo, y dirigiendo exclusivamente hacia ella todas sus atenciones.

Colocándose junto a ella, parecía decidido a alejarla del resto del grupo cuanto pudiera y a dedicarle la totalidad de su charla. Empezó a hablar del mar y de la orilla, en un tono de mucho gusto y sentimiento, y con energía recorrió todas las frases acostumbradas usadas para elogiar su sublimidad, y descriptivas de las inenarrables emociones que producen en las mentes sensibles: la espantosa majestuosidad del mar durante una tempestad, su superficie de espejo cuando está tranquilo, el hinojo marino y las gaviotas, lo hondo de sus abismos, sus terribles transformaciones, sus pavorosos engaños, los marineros enfrentándose al peligro en él en un día de sol y abrumados por la súbita tormenta ... todos fueron tratados fluida y entusiastamente. En general, lugares comunes, pero que, proviniendo de los labios de un atractivo sir Edwards, funcionaban muy bien de manera que no pudo evitar pensar que era un hombre muy sensible ... hasta que el número de sus citas comenzó a abrumarla y con algunas de sus frases se sintió desconcertada.

—¿Usted recuerda —dijo— los bellos versos de Scott sobre el mar? ¡Oh, transmiten una gran descripción! Cuando paseo por aquí no salen jamás de mi mente. ¡Debe tener el temperamento de un asesino el hombre que es capaz de leerlos sin conmoverse! Dios me proteja de encontrarme desarmado con semejante individuo.

—¿Pero a qué descripción se está refiriendo? —preguntó Charlotte—. En este instante no puedo recordar en los poemas de Scott ninguna referida al mar.

—¿Ah, no? Yo tampoco puedo recordar ahora mismo con exactitud el comienzo... pero... su descripción de la mujer no la puede haber olvidado... "¡En nuestras horas dichosas, oh, mujer..." ¡Magnífico, magnífico! Ya habría sido inmortal aunque no hubiera escrito nada más. Y también esa descripción simpar e inigualable del afecto paterno... "Con menos de la tierra en ellos que del cielo /Algunos sentimientos son dados a los mortales, etc". Pero, ya que estamos conversando sobre poesía, señorita Heywood, ¿usted qué piensa de los versos que Burns le dedicó a su Mary? ¡Oh, en ellos hay bastante patetismo como para volverle loco a uno! Si en alguna ocasión existió un hombre capaz de sentir, ese fue Burns: Wordsworth tiene el auténtico alma de la poesía, Montgomery posee todo el fuego de esta; en sus placeres de la esperanza, Campbell ha llegado al límite de nuestra sensibilidad... "Pocas y espaciadas como las visitas de un ángel"... ¿usted puede concebir nada más repleto de sublimidad, más conmovedor, más subyugante que ese verso?... Sin embargo, señorita Heywood, Burns... tengo que confesar mi predilección por él. Scott tiene un error, y es su carencia de pasión; descriptivo, elegante, dulce... pero sumiso. A los hombres que no son capaces de hacer justicia a las virtudes de la mujer los desprecio; a veces de él parece irradiar un destello de sentimiento, como en los versos que mencionamos ("¡En nuestras horas dichosas, oh, mujer...!"); pero Burns se encuentra siempre en llamas. El altar en que la fascinante mujer se sentaba consagrada era su alma, su espíritu realmente exhalaba el incienso que le es debido...

—Con gran deleite he leído muchos poemas de Burns —dijo Charlotte en cuanto tuvo ocasión de decir algo—, pero no me encuentro tan llena de poesía como para separar completamente la poesía de un hombre de su temperamento, y... en, buena medida, interfieren en mi disfrute de sus versos las conocidas irregularidades del desdichado Burns. Tengo muchas dificultades para tener confianza en la nobleza y fidelidad de sus sentimientos como amante. En la franqueza de los afectos de un hombre al que describen como a él, que sentía, escribía, y después olvidaba, no tengo fe...

—¡Oh, no, no! —dijo sir Edward extasiado—. ¡Él era toda pasión y sinceridad! Quizá pueden haberle llevado a cometer algunas aberraciones su genio y su vulnerabilidad, pero, ¿quién es perfecto? Esperar del alma de un genio de elevados vuelos los servilismos de una mente corriente sería caer en lo hipercrítico y lo pseudofilosófico. Tal vez no son compatibles con algunas de las prosaicas decencias de la existencia los destellos del talento provocados por un sentimiento apasionado en el pecho del hombre. Y usted, mi encantadora señorita Heywood, no puede —dijo hablando con aire de honda convicción—, como ninguna mujer puede, ser juez imparcial de lo que un hombre puede verse inducido a decir, escribir o hacer por los soberanos impulsos de una ilimitada pasión.

Estaba muy bien todo aquello, pero, si Charlotte lo había entendido, no era muy moral, y, no sintiéndose, por otro lado, agradada de manera alguna por su extraño estilo para adular, contestó con gravedad:

—Realmente no sé nada de ese tema... Hoy hace un día encantador. Pienso que debe ser del sur este viento.

—¡Dichoso tú, viento, que atraes los pensamientos de Miss Heywood!

Ella comenzó a considerarle sumamente imbécil.

Acababa de entender que su decisión de pasear con ella sirvió para picar a Miss Brereton; lo pudo ver en una o dos miradas ansiosas que dirigió hacia donde estaba ella. Pero no podía comprender por qué tenía que decir tantas estupideces, a menos que no supiese hacerlo de otra manera. Daba la impresión de que era muy sentimental, muy lleno de algún que otro sentimiento, y muy inclinado a las palabras difíciles más a la moda; pero, imaginaba, no tenía una mente muy lúcida, y, en buena medida, hablaba de memoria. El futuro aclararía más su temperamento, pero, cuando se hizo la proposición de dirigirse a la galería, sintió que ya había tenido bastante sir Edward para una mañana, y aceptó, con mucho gusto, la invitación de lady Denham de quedarse con ella en el malecón.

Los demás las dejaron, sir Edward con rostro de muy educada desesperación al alejarse, y ellas unieron sus amabilidades; o sea, lady Denham, como una verdadera gran dama, charló y charló solamente de sus propias cuestiones, y Charlotte oyó, entreteniéndose en considerar el contraste entre sus dos acompañantes.

Realmente, en el discurso de lady Denham no había ningún sentimiento dudoso, ni ninguna frase de difícil interpretación. Así, tomando a Charlotte del brazo con la frescura de alguien que piensa que cualquier atención por su parte es un honor, y comunicativa, ya por la influencia de un gusto natural por conversar o por estar consciente de su propia importancia, dijo inmediatamente con mirada de maliciosa agudeza y con tono de gran complacencia:

—La señorita Esther desea que los invite a ella y a su hermano a que pasen conmigo una semana en Sanditon House, igual que hice el pasado verano, pero esta vez no lo haré. Ha tratado de convencerme de todas las formas posibles, elogiando esto y aquello, pero vi claramente sus propósitos. Querida, no es muy sencillo engañarme.

No se le ocurrió a Charlotte nada más inofensivo que hacer la simple pregunta de:

—¿La señorita Denham y sir Edward?

—Exactamente, querida. Mis hijitos, como les llamo en ocasiones, porque los llevo mucho de la mano. El verano pasado por estas fechas los tuve conmigo, durante una semana, de lunes a lunes, y estaban encantados y muy agradecidos. Ya que son unos muchachos muy buenos, querida. No desearía que usted pensara que solamente los atiendo por el pobre sir Harry. No, no, por sí mismos lo merecen, o de lo contrario, puede tener la seguridad de que no los tendría tanto junto a mí. Yo no soy mujer que ayude a los demás con una venda en los ojos. Me preocupo siempre, antes de mover ni un dedo, por saber dónde me encuentro y con qué tengo que lidiar. En toda mi vida no creo que nadie se haya excedido conmigo, y para una mujer que ha estado casada en dos ocasiones eso es mucho decir. El pobre sir Harry, aquí entre nosotras, pensó inicialmente que había obtenido más; pero —agregó con un leve suspiro— ahora ya no está, y a los muertos no debemos hacerles recriminaciones. Jamás dos personas no podrían haber vivido más dichosas juntas que nosotros, y él era todo un caballero de antigua y distinguida familia y un hombre muy honorable. Y cuando falleció, le di su reloj de oro a sir Edward.

Comentó esto dirigiéndole una mirada a su acompañante, que implicaba su deseo de provocar una gran impresión; pero, no viendo ninguna entusiasmada sorpresa en la cara de Charlotte, agregó con rapidez:

—Querida, él no se lo había dejado a su sobrino, no fue legado. En el testamento no estaba. Solamente me dijo, y en una sola ocasión, que sería deseable que su sobrino tuviese su reloj; pero, si no hubiera querido, yo no estaba obligada.

—¡Realmente fue muy amable por su parte! Sumamente generoso —dijo Charlotte, totalmente forzada a simular admiración.

—Sí, querida; y por él esto no es lo único amable que he hecho. He sido con sir Edward una amiga muy liberal. Y, mucha falta que le hace, pobre muchacho. Ya que aunque yo solo soy la viuda y él es el heredero, entre nosotros las cosas no deben estar como están entre esas dos facciones habitualmente. De la herencia Denham no recibo ni un chelín. No tiene que hacerme ningún pago. Créame, no tolera que otros estén por encima de él. La que lo ayuda a él soy yo.

—Verdaderamente, es un muchacho muy agradable, especialmente elegante en su trato.

Esto lo dijo primordialmente por comentar algo, pero Charlotte vio claramente que la exponía a las sospechas de lady Denham, que le dirigió una mirada perspicaz y contestó:

—Sí, sí, es muy apuesto, y es de esperar que de esa manera lo vea alguna dama de mucha riqueza, ya que sir Edward debe contraer matrimonio por dinero. Frecuentemente él y yo hemos hablado sobre ese tema. Un muchacho atractivo como él le dedica habitualmente sonrisitas y risas y halagos a las jóvenes, pero sabe que debe contraer matrimonio por dinero. Y sir Edward es un muchacho que tiene excelentes ideas y es muy firme en lo importante y primordial.

—Con sus virtudes y ventajas personales —comentó Charlotte— sir Edward Denham, si así lo desea, puede estar casi seguro de obtener a una esposa de fortuna.

Para alejar cualquier sospecha pareció suficiente esta gloriosa opinión.

—¡Eso es muy sensato, querida! —dijo lady Denham—. ¡Y si tan solo pudiéramos atraer a Sanditon a alguna joven heredera! ¡Pero son excesivamente escasas las herederas! Desde que Sanditon se abrió al público, creo que nunca hemos tenido a alguna heredera aquí, ni siquiera a una coheredera. Llega familia tras familia, pero, hasta donde sé, entre cien no hay ni una que tenga alguna propiedad real, ni en fondos ni en tierras. Tal vez rentas, pero no propiedades. Abogados de la ciudad, clérigos, puede ser, u oficiales semirremunerados, o viudas con un beneficio... y esas personas, ¿qué bien pueden reportarle a nadie (con excepción el de arrendar nuestras casas desiertas)? Y creo, entre nosotras, que son muy estúpidos por no permanecer en sus casas. Muy bien; ¡si pudiésemos traer a una joven heredera que enviaran aquí por motivos de salud (y si le hubieran prescrito leche de burra yo podría proporcionársela), y hacer que se enamorara de sir Edward tan pronto como se hubiera recuperado!

—Eso sería muy afortunado, realmente.

—Y Miss Esther también debe contraer matrimonio con un hombre con fortuna, debe hacerse con un esposo rico. ¡Ah, merecen mucha compasión las jóvenes damiselas sin dinero! Pero —agregó después de una corta pausa—, si Miss Esther piensa hablarme de invitarles a quedarse en Sanditon House, muy pronto se dará cuenta de que se equivocó. Como ya sabrá, desde el último verano las cosas han cambiado para mí. Supone una enorme diferencia el que ahora tenga conmigo a Miss Clara.

Con tanta seriedad comentó esto que Charlotte inmediatamente vio en ello una señal de verdadera sagacidad y se preparó para comentarios de mayor peso; no obstante, fue seguido solamente por:

—No tengo deseos de ver mi casa tan atiborrada como un hotel, ni quiero que mis criadas estén toda la mañana ocupadas sacando el polvo a las habitaciones. Todos los días tienen que poner en orden tanto el dormitorio de Miss Clara como la mía, pero querrían más sueldo si tuviesen más trabajo.

Charlotte no estaba preparada para objeciones de esta clase, y le resultó imposible incluso demostrar simpatía, por lo que no pudo decir nada. Lady Denham, con mucho júbilo, agregó de inmediato:

—Querida, y además de todo eso, en perjuicio de Sanditon, ¿debo llenar mi casa? Si las personas quieren estar junto al mar, ¿por qué no se hospedan? Hay bastante casas solitarias aquí, en este mismo malecón hay tres; en frente, ahora mismo, tenemos nada menos que tres anuncios de alquiler los números tres, cuatro y ocho. Es posible que Corner House sea excesivamente grande para ellos, pero cualquiera de las otras dos son pequeñas casas muy bonitas y bien cuidadas, muy adecuadas para un caballero joven y su hermana. Querida, por eso la próxima vez que Miss Esther comience a comentar sobre la humedad de Denham Place, y de lo bien que le sientan siempre los baños, les recomendaré que vengan y, durante quince días, alquilen alguno de estos hospedajes. Eso sería muy justo, ¿no lo cree? Como usted sabe, la caridad comienza por uno mismo.

Entre la indignación y la diversión se dividían los sentimientos de Charlotte y se quedó callada de manera muy educada, ya no daba para más su paciencia. Pero sin molestarse en escuchar por más tiempo, y con pura conciencia de que lady Denham aun estaba hablando de la misma forma, dejó que sus pensamientos por sí mismos se formaran una opinión tal que así:

—Es muy mezquina. No esperaba algo tan malo. Mr. Parker fue muy gentil cuando habló de ella: en su juicio, evidentemente, no se puede confiar, su buena naturaleza lo conduce a equivocación; es muy amable como para ver claramente. Definitivamente, debo juzgar por mí misma. Y le perjudica la propia vinculación entre ellos; él la ha convencido de unirse al mismo negocio, y debido a que, en ese terreno, su meta es la misma, supone que ella siente igual que él en referencia a los demás. Pero ella es excesivamente mezquina. En ella no veo nada bueno. ¡Pobre señorita Brereton! Y a quienes están a su alrededor ella los hace mezquinos. Ese infortunado sir Edward y su hermana... no puedo decir hasta qué punto la naturaleza les había destinado a ser respetables, pero, en su servilismo hacia ella, se ven forzados a ser mezquinos. Y yo, por prestarle atención con la apariencia de coincidir con ella, también soy mezquina. Cuando los ricos son miserables las cosas son así.

CAPÍTULO VIII

Ambas mujeres siguieron andando juntas hasta que los demás se reunieron con ellas, seguidos por uno de los muchachos Whitby al salir de la librería sacándose de bajo el brazo cinco volúmenes para distracción de sir Edward, quien dijo, acercándose a Charlotte:

—Supondrá ya cuál fue nuestra ocupación. Para elegir algunos libros mi hermana quería mi recomendación. Leemos mucho y tenemos bastantes horas de ocio. Yo no soy un lector de novelas que no tiene criterio. Me merece el más grande de los desprecios la simple basura de la biblioteca común. Nunca me escuchará aconsejar las pueriles emanaciones que no exhiben sino discrepantes principios poco posibles de fusionar, o esas frívolas tramas de ocurrencias ordinarias de las que no puede ser extraída alguna deducción que pueda ser interesante. Inútilmente podemos colocarlas en un alambique literario: nada destilarán que pueda agregarse a la ciencia. No tengo dudas de que me comprende.

—Bueno, yo no estoy del todo segura de hacerlo. Pero me atrevería a decir que me dará una idea más clara si usted describiese la clase de novelas que sí aprueba.

—Muy bien, mi justa interrogadora, con el mayor de los placeres. Las novelas que apruebo son esas que con grandiosidad exponen la naturaleza humana, las que la exhiben en las sublimidades del intenso sentimiento, las que expresan la evolución de la poderosa pasión desde el germen inicial de una naciente vulnerabilidad hasta las más grandes energías de la razón medio destronada; en las que podemos ver la fuerte chispa de los encantos y virtudes de la mujer provocar tal fuego en el espíritu del hombre como para inducirlo (aun a riesgo de una aberración desde el punto de vista de las primitivas obligaciones), contra todo obstáculo, poniendo en riesgo todo, a lograr estar con ella. Esas son las obras que leo con placer y, confío, con mucho provecho. En los más espléndidos retratos de elevadas concepciones se extienden indomable decisión, visiones infinitas, ardor ilimitado, e incluso, cuando las situaciones son desfavorables a las grandes intrigas del personaje principal, el dominante y poderoso héroe, nuestros corazones se detienen, nos dejan llenos de generosas emociones hacia él. Sería pseudofilosofía asegurar que no nos sentimos más emocionados por la brillantez de su carrera que por las serenas y mórbidas virtudes de cualquier personaje contrario. Solo es dádiva nuestra aprobación de estos últimos. Son estas las novelas que engrandecen las primitivas capacidades del corazón y que no pueden causar negligencia de temperamento del hombre más versado y menos pueril o poner en entredicho su juicio.

—Si lo comprendo bien —dijo Charlotte—, en materia de novelas nuestro gusto es totalmente diferente.

Y en este punto, por encontrarse Miss Denham muy cansada de todos ellos como para permanecer allí más tiempo, se vieron obligados a separarse.

Lo cierto era que sir Edward, a quien sus circunstancias le habían confinado en gran medida a un mismo sitio, leyó más novelas sentimentales de lo que podía imaginarse. Su mente pronto había sido cautivada por todas las apasionadas y más censurables novelas de Richardson, y todos cuantos autores aparecieron después para continuar los pasos de Richardson en punto a la determinada persecución de la mujer desafiando cuantas oposiciones de conveniencia y sentimiento tuvieran lugar, habían formado su temperamento y ocupado la mayor parte de sus horas literarias.

El temple, el garbo, la sagacidad y la perseverancia del villano de la historia pesaba para sir Edward más que todos sus absurdos y atrocidades, que poseía una malsana obstinación de criterio que debía ser atribuida a no poseer naturalmente una mente muy privilegiada.

Para él, tal comportamiento era propio de un genio, del sentimiento y la pasión. Le inflamaba y le interesaba, y siempre estaba más ansioso por su triunfo y lamentaba más sus turbaciones de lo que los autores podrían haber esperado jamás.

A pesar de que a este tipo de lecturas le debía muchas de sus ideas, no sería justo decir que no leía nada más, o que no estuviera su lenguaje formado por un conocimiento más general de la literatura moderna: todos los ensayos, epistolarios, libros de viajes y críticas del día los leía; y con la misma mala fortuna que le hacía derivar solamente engañosos principios de lecciones de moralidad e incentivos para el vicio de la historia de su derrocamiento, en el estilo de nuestros escritores más aprobados hallaba solamente frases intrincadas y palabras difíciles.

Resultar ser un auténtico seductor era el más grande objetivo en la vida de sir Edward. Esto se le antojaba por poseer con unas ventajas personales, como las que sabía que poseía, y unos talentos de los que también se consideraba acreedor. Muy en el estilo de Lovelace, pensaba estar formado para ser un hombre peligroso. Creía que comportaba cierto grado de fascinación el mismo nombre de sir Edward. No era sino la más mínima parte del personaje que tenía que interpretar ser, en general, galante y diligente con la belleza; y dar magníficos discursos a todas las jóvenes bellas.

De acuerdo con su visión de la sociedad, tenía derecho a aproximarse a Miss Heywood, o a cualquier otra muchacha con pretensiones de ser bonita, con grandes elogios y éxtasis basado en un poco de conocimiento. Pero solamente tenía planes serios con Clara; a quien se proponía seducir era a ella. Ya estaba decidida la seducción. De todas las maneras posibles lo exigía la situación de ella. En el favor de lady Denham ella era su rival; era dependiente, joven y encantadora. Muy pronto él había entendido lo necesario de la cuestión, y ya llevaba mucho tiempo intentando, con prudente perseverancia, quebrantar sus principios y causar buena impresión en su corazón.

Ya Clara había visto sus propósitos, y no tenía la más mínima intención de permitirle que la sedujera, pero, como para confirmar la clase de afecto que habían despertado sus encantos, lo soportaba con bastante paciencia. Realmente, a sir Edward un mayor grado de desaliento no lo hubiese afectado. Incluso estaba armado contra la más extrema aversión o desprecio. Tendría que raptarla si no podía ganarla por el cariño. Él sabía cómo hacerlo. Al asunto ya había dedicado muchas meditaciones. Era lógico que desease sorprender con algo nuevo, si se viera forzado a actuar, para superar a esos que lo precedieron, y sentía mucha curiosidad respecto a determinar si la región de Tombuctú no tendría alguna casa solitaria apropiada para el recibimiento de Clara; pero, ¡ay!, no eran compatibles con su monedero los gastos de unas medidas de estilo tan solemne, y la sensatez le forzaba a preferir para el objeto de sus afectos, conocido para casi todos, el más silencioso tipo de desgracia y ruina.

Capítulo IX

Mientras ascendía desde las dunas hacia el malecón, Charlotte tuvo el placer de ver un día, poco después de su llegada a Sanditon, un noble carruaje con caballos de posta detenido frente a la puerta del hotel, como si hubiera llegado recientemente, y por el gran número de equipaje descargado, y que transportaban, era de esperar, a alguna distinguida familia dispuesta a pasar una larga temporada.

Alegre por tener tan excelentes noticias para Mr. y Mrs. Parker, que se habían marchado a casa poco antes, caminó hacia Trafalgar House con toda la presteza que le quedaba después de haberse pasado las últimas dos horas enfrentada a un viento muy fino que soplaba en la orilla de forma directa; pero aun no había alcanzado la pequeña avenida cuando vio a una mujer caminando con mucha agilidad tras ella a poca distancia y, convencida de que no era ninguna conocida, se decidió a darse prisa y, de ser posible, entrar antes que ella en la casa. Pero se lo impidió el paso de la desconocida: Charlotte se encontraba sobre los escalones y ya había llamado, aunque la puerta todavía no había sido abierta, cuando la otra atravesó la avenida; y cuando apareció el criado, las dos estaban igualmente preparadas para entrar en la casa.

La desenvoltura de la mujer, su "¿Qué tal, Morgan?" y el semblante de Morgan cuando la miró, le produjeron un instante de sorpresa, pero al momento siguiente Mr. Parker apareció en el vestíbulo para recibir a su hermana, a quien había visto desde la sala, y fue presentada a Miss Diana Parker de inmediato.

Sí hubo una buena dosis de asombro, pero todavía más placer en verla. Nada podría haber más amable que su recibimiento tanto por parte del esposo como de la esposa.

No sabían cómo había llegado, y con quién, pero estaban muy felices de que hubiera podido afrontar el viaje, y de que, por supuesto, se quedaría con ellos.

La señorita Diana Parker tenía alrededor de treinta y cinco años, era de mediana estatura y delgada, de apariencia muy delicada más que enfermiza, con una cara muy agradable y con aspecto animado. En desenvoltura y sinceridad, aunque con más decisión y menos tibieza en su tono, sus modales se parecían a los de su hermano. Sin demora, comenzó a hablar de sí misma, agradeciéndoles por su invitación, pero estaba fuera de todo asunto, ya que los tres habían venido y tenían el propósito de quedarse una temporada y buscar algún hospedaje.

—¿Cómo? ¡Los tres! ¡Arthur y Susan! ¿También pudo venir Susan? ¡Por instantes esto mejora!

—Sí, es cierto, todos hemos venido. Nada más se podía hacer, más bien era inevitable. Ya te lo contaré todo. Pero, mi querida Mary, quiero ver a los niños, manda a buscarlos.

—¿Y Susan qué tal resistió el viaje? ¿Arthur cómo está? ¿Pero cómo es que no vino contigo?

—Susan lo resistió magníficamente. Ni la noche antes de salir, ni la noche pasada en Chichester pegó ojo, y en ella eso no es tan común como en mí; tenía miles de miedos por ella, pero lo ha resistido muy bien y, en consecuencia, hasta que divisamos el pobre viejo Sanditon no tuvo ninguna crisis de nervios, y la crisis no fue muy violenta, cuando llegamos al hotel ya casi se le había pasado, así que, con la única asistencia del señor Woodcock, la sacamos muy bien del carruaje y cuando la dejé se encontraba dirigiendo cómo iban a disponer el equipaje, y ayudando al viejo Sam a desamarrar los baúles. Les manda todo su afecto, y mil veces lamenta ser una criatura tan miserable por no haber podido venir conmigo. Y con respecto al pobre Arthur, tenía muchas ganas, pero no me pareció seguro que se arriesgara, porque hace tanto viento que, ya que estoy convencida de que sobre él pende el lumbago, así que lo ayudé a colocarse su gran abrigo y lo mandé al malecón a buscarnos hospedaje. La señorita Heywood debe haber visto frente al hotel nuestro carruaje. En cuanto la vi delante de mí por la pendiente, la reconocí. Estoy tan feliz, querido Tom, de ver que estás caminando tan bien. Deja que te palpe el tobillo. Eso es, en perfectas condiciones y limpio. Está un poquitito afectado el juego de tus tendones, pero apenas se nota. Bueno, ahora, en daré la explicación de por qué estoy aquí. En mi misiva te hablé de los indianos y las alumnas, las dos familias numerosas que esperaba asegurarte.

Mr. Parker, en este punto, aproximó más su silla a su hermana, y, afectuosamente, la tomó de nuevo de la mano mientras contestaba:

—Sí, sí. ¡Has sido tan amable y activa!

—Los indianos —siguió ella—, a quienes considero los más deseables de los dos grupos, lo mejor de lo mejor, son una tal señora Griffiths y su familia. Yo solamente les conozco a través de otras personas. Habrás escuchado que yo he mencionado a Miss Capper, amiga íntima de mi muy íntima amiga Fanny Noyce; pues bien, Miss Capper es muy íntima de una señora de apellido Darling, que mantiene con la propia señora Griffiths correspondencia permanente. Como te puedes dar cuenta, tan solo un pequeña cadena nos separa, y teniendo Mrs. Griffiths el propósito de viajar al mar para beneficiar a sus jóvenes hijos y habiéndose fijado en la costa de Sussex, pero estando poco decidida sobre dónde (deseaba algo privado), redactó una carta para pedir la opinión de Mrs. Darling, su amiga. La señorita Capper estaba quedándose, por casualidad, en casa de Mrs. Darling cuando llegó la misiva de Mrs. Griffiths, y fue consultada sobre el asunto. El mismo día, ella escribió a Fanny Noyce diciéndoselo, y Fanny, preparada en nuestro favor, enseguida tomó la pluma y me anunció la situación, pero sin decir nombres, que solamente trascendieron recientemente.

En mi opinión solo había una cosa que hacer. A vuelta de correo contesté a la misiva de Fanny y presioné a favor de la recomendación de Sanditon (Fanny había temido que, para recibir a semejante familia, no tuviesen una casa lo bastante grande). Pero me da la impresión de que estoy liando hasta el infinito mi historia. Ya se pueden imaginar cómo se logró todo. Poco después, por la misma sucesión de eslabones, tuve el placer de escuchar que Sanditon fue recomendado por Mrs. Darling, y que los indianos estaban muy dispuestos a viajar hacia allá. Cuando te escribí ese era el estado de las cosas. Sin embrago, hace dos días... sí, anteayer... de nuevo tuve noticias de Fanny Noyce, diciendo que había escuchado de Miss Capper, que por una misiva de Mrs. Darling supo que Mrs. Griffiths expresó en una carta a Mrs. Darling sus dudas en referencia a Sanditon... ¿me están comprendiendo? Antes que no hablar claramente preferiría cualquier cosa...

—¡Oh, perfectamente, perfectamente! ¿Y entonces?

—El motivo de su duda era no tener relaciones en el sitio ni medios de saber si al llegar aquí tendría buenas viviendas. Y era especialmente escrupulosa en tales temas más por causa de una tal señorita. Lambe (una muchacha, quizás una sobrina, a su cuidado) que por su propia causa o la de sus hijas. La señorita Lambe tiene una gran riqueza (es más rica que las demás), pero tiene una salud muy frágil. Por todo ello uno ve con claridad la clase de mujer que debe ser Mrs. Griffiths: tan incapaz e indolente como nos hacen la riqueza y el clima caluroso. Pero... no todos nacemos con la misma energía. ¿Qué se podía hacer? Tuve unos instantes de duda, sobre si ofrecerme a escribirte a ti o a Mrs. Whitby para asegurarles una casa. Pero no me agradaba ninguna de las dos posibilidades. No me gusta emplear a otros cuando puedo hacer las cosas por mí misma, y mi conciencia me decía que me necesitaba a mí personalmente esta vez. He aquí una familia de inválidos indefensos a quienes podía serles útil. Desperté a Susan: a ella se le había ocurrido la misma idea, y Arthur no se opuso; nuestro plan fue concertado enseguida, ayer, a las seis de la mañana, partimos y, hoy a la misma hora, dejamos Chichester... y aquí nos encontramos.

—¡Muy bien, muy bien! —dijo Mr. Parker—. Diana, sirviendo a tus amigos y haciendo bien a todos, eres incomparable. Definitivamente, no conozco a nadie como tú. Mary, querida mía, ¿no es una criatura magnífica? Bueno, y, entonces, ¿para ellos qué casa tienes intención de alquilar? ¿El tamaño de la familia cuál es?

—No lo sé, para nada —contestó su hermana—; no tengo la más mínima idea, jamás he conocido ningún detalle; pero estoy completamente segura de que ni la casa más grande de Sanditon sería lo suficientemente grande. Lo más probable es que deseen una segunda casa. No obstante, tomaré solamente una, y solo para una semana. Miss Heywood, la estoy dejando asombrada. Apenas sabe qué debe pensar de mí. Por su cara me doy cuenta de que no está habituada a tan rápidas acciones.

Por la mente de Charlotte acababan de pasar las expresiones "incomprensible oficiosidad" y "acción atolondrada", pero fue sencilla una respuesta amable:

—Me atrevería a comentar que realmente parezco asombrada —dijo—, ya que se trata de esfuerzos muy grande, y sé lo muy enfermas que están su hermana y usted.

—Sin duda, enfermas. ¡En Inglaterra no creo que haya otras tres personas que tengan más triste derecho a tal apelativo! Sin embargo, mi estimada señorita Heywood, para ser lo más útiles que podamos somos enviados a este mundo, y cuando es concedido cierto grado de fuerza de voluntad, un cuerpo endeble y débil no debe servirnos de pretexto ni inclinarnos a ello. Más bien el mundo se divide entre los de frágil voluntad y los de fuerte, entre los que actúan y los que no, y no dejar escapárseles ninguna ocasión de ser útiles es el ineludible deber de los capaces. Por fortuna, los padecimientos de mi hermana y los míos no son frecuentemente de una naturaleza que amenace nuestra vida de manera inmediata, y mientras podamos esforzarnos para ser útiles a otros, estoy segura de que con el alimento que la mente recibe al cumplir con su deber, el cuerpo mejora. Con este objetivo en mente, me sentí perfectamente bien durante el viaje.

A este breve panegírico sobre su propio carácter le puso fin la entrada de los pequeños, y después de haber atendido y acariciado a todos, se dispuso a marcharse. "¿No vas a cenar con nosotros? ¿Es imposible convencerte para que cenes con nosotros?", fue la petición general; y habiéndose negado a ello rotundamente, se transformó en "¿Y cuando te veremos nuevamente?, ¿en qué te podemos ayudar?" y, para buscar casa a Mrs. Griffiths, Mr. Parker ofreció su asistencia.

—En cuanto haya cenado, te iré a ver —dijo— y juntos nos ocuparemos de ello.

Pero enseguida su ofrecimiento fue declinado.

—No, por nada de este mundo moverás ni un dedo a causa de ningún asunto mío, mi querido Tom. Tu tobillo necesita descanso. Por la posición de tu pie me doy cuenta de que ya lo has usado excesivamente. No, yo me ocuparé personalmente de buscar casa. Para las seis está pedida nuestra cena, y espero haber terminado para esa hora, ahora son solo las cuatro y media. Con respecto a verme hoy, de ello no puedo dar palabra; toda la tarde los demás estarán en el hotel, y fascinados de verlos en cualquier instante, pero en cuanto vuelva, veré qué ha hecho Arthur con nuestro hospedaje, y quizás en cuanto hayamos terminado de cenar, saldré nuevamente por motivos relativos a ellos, ya que esperamos hallar algún hospedaje y, mañana, después del desayuno, estar instalados. En la habilidad del pobre Arthur para buscar alojamiento, no confío mucho, pero el encargo pareció agradarle.

—Pienso que estás haciendo mucho —dijo Mr. Parker—. Te cansarás. No deberías moverte de nuevo después de cenar.

—No, realmente no deberías —dijo su esposa—. Pues para ustedes cenar es una simple palabra, y no te puede hacer bien. Conozco cómo son sus apetitos.

—Te puedo asegurar que últimamente mi apetito está mucho mejor. He estado tomando un poco de cerveza amarga de mi propia cosecha que ha hecho maravillas. Te lo garantizo, Susan nunca come, y ahora mismo yo tampoco querré nada; después de un viaje jamás como durante, más o menos, una semana, pero, con respecto a Arthur, para la comida está dispuesto en exceso. Nos vemos forzadas frecuentemente a controlarlo.

—Pero... de la otra familia que vendrá a Sanditon no me has dicho nada —comentó Mr. Parker al tiempo que la acompañaba hasta la puerta—, el Seminario de Camberwell; ¿con ellos tenemos oportunidades?

—¡Oh, sí, con mucha seguridad! Ahora mismo me había olvidado de ellos, pero hace tres días recibí una misiva de mi amiga Mrs. Charles Dupuis, que me aseguraba lo de Camberwell. Camberwell estará aquí muy pronto, con toda seguridad. Esa excelente mujer (ignoro su nombre), pese a que no es tan rica e independiente como Mrs. Griffiths, puede elegir por sí misma y viajar. Te relataré cómo supe de ella. Mrs. Charles Dupuis vive casi al lado de cierta mujer que tiene un conocido que recientemente se instaló en Clapham, el cual va al Seminario y da clases a algunas de las jóvenes de oratoria y bellas letras. A través de uno de los amigos de Sidney le mandé una liebre a ese caballero le mandé una liebre, y él recomendó Sanditon. No obstante, Mrs. Charles Dupuis lo hizo todo, sin que yo tuviera que intervenir.

Capítulo X

Desde que sus sentidos le habían dicho a Miss Diana Parker que quizás el aire del mar, en su actual estado, representaría para ella la muerte no había transcurrido una semana, pero en este momento se encontraba en Sanditon, con el propósito de permanecer allí algún tiempo, y sin guardar el más mínimo recuerdo, aparentemente, de haber sentido o escrito algo semejante.

En tan extraordinario estado de salud le resultaba imposible a Charlotte no sospechar una buena dosis de imaginación. Recuperaciones y desórdenes tan fuera de lo común parecían más bien la diversión de mentes ansiosas con necesidad de emplearse en algo que el producto de verdaderos alivios y aflicciones.

Indudablemente, los Parker eran una familia de sentimientos intensos e imaginación; y, mientras que el hermano mayor daba rienda suelta a su excesiva sensibilidad con su trabajo como inversor, quizá las hermanas se veían conducidas a disipar la suya a través de la invención de extrañas enfermedades.

No usaban en ello, evidentemente, toda su vivacidad mental: en su celo por ser útiles se consumía una parte. Por lo cual daba la impresión de que, o bien se hallaban muy ocupadas en el bien de los demás, o bien muy enfermas ellas mismas. Por supuesto, alguna delicadeza natural de constitución combinada con ciertas poco afortunadas recomendaciones médicas, particularmente de curanderos, les había ocasionado cierta temprana propensión varias veces a varios desórdenes; los demás padecimientos provenían de su amor por lo extraordinario, de su gusto por sobresalir y de su imaginación.

Tenían muchos sentimientos nobles y corazones compasivos, pero, en buena medida, todos sus benevolentes esfuerzos se debían a un espíritu intranquilo y a la gloria de hacer más que todos los demás; y en cuanto hacían existía vanidad, así como en cuanto toleraban.

Gran parte de la tarde Mr. y Mrs. Parker la pasaron en el hotel, pero Charlotte solo miró en dos o tres ocasiones a Miss Diana en la pendiente buscando casa para esa dama a quien jamás había visto, y quien jamás le había solicitado sus servicios. Hasta el día siguiente no conoció a los demás, cuando, habiéndose trasladado a su casa, y siguiendo bastante bien todo el grupo, suplicaron a su hermano y hermana y a ella misma, que tomaran con ellos el té.

En una de las casas del malecón se estaban hospedando, y en un pequeño y ordenado salón, con una hermosa vista del mar, si hubiesen deseado verla, los encontró preparados para la tarde; pero, a pesar de que había sido un muy agradable día veraniego inglés, no solo en la sala no había ninguna ventana abierta, sino que la mesa y el sofá, y todos los demás muebles, se encontraban, junto a un enorme fuego, al otro lado de la estancia.

La señorita Parker, a quien, recordando la extracción el mismo día de sus tres muelas, Charlotte se acercó con un especial grado de respetuosa compasión, en persona o modales no se diferenciaba mucho de su hermanas, aunque más flaca y consumida por la enfermedad y los medicamentos, de voz más apagada y de aire más relajado. No obstante, habló, toda la tarde, tan incansablemente como Diana, y, con excepción de que se sentaba teniendo en la mano un frasco de sales y en dos o tres ocasiones tomó un sorbito de uno de varios viales ya preparados sobre la chimenea, y que hizo muchas contorsiones raras y gestos, Charlotte no pudo detectar síntomas de enfermedad alguna que ella, en el arrojo de su propia buena salud, no hubiera sanado abriendo la ventana, apagando el fuego y deshaciéndose de las sales y los viales.

Por ver a Mr. Arthur Parker tenía mucha curiosidad, y, habiéndole imaginado un hombre flaco y enfermizo y de apariencia frágil, el más pequeño de una familia no muy robusta, se quedó sorprendida de hallarlo casi tan alto como su hermano y mucho más robusto, corpulento y de espaldas anchas, y sin más apariencia de enfermo que un rostro lleno de sudor.

Evidentemente, Diana era la jefa de la familia, la más activa y la principal influencia. Toda la mañana se la había pasado de un lado para otro, ya por las cuestiones de Mrs. Griffiths, ya por los suyas propias, e incluso así, de los tres era la más despierta. Susan solamente había supervisado el traslado final desde el hotel, llevando ella misma dos cajas muy pesadas; y Arthur encontró el aire tan frío que solo caminó de una casa a la otra tan rápida y ágilmente como pudo, y alardeaba mucho de que no se alejaría de la chimenea hasta que no hubiese terminado de cocinar una buena gripe.

Diana, cuyo ejercicio había sido muy doméstico como para aceptar cálculo, pero quien, según su propia narración, en el transcurso de siete horas no se había sentado ni en una ocasión, confesó que estaba un poco agotada. No obstante, había tenido mucho éxito como para sentirse muy cansada, ya que no solo caminando y sorteando mil obstáculos había asegurado, finalmente, a Mrs. Griffiths una casa adecuada por ocho guineas a la semana, sino que cerró tantos acuerdos con bañadoras, criadas, lavanderas y cocineros que Mrs. Griffiths, a su llegada, solo tendría que agitar la mano, colocarlos a su alrededor, y decidir.

A favor de la causa su último esfuerzo fueron unas educadas líneas de notificación a la propia señora Griffiths, ya que el tiempo no dejaba que se usara la indirecta cadena de informadores utilizada hasta el presente, y en este momento se obsequiaba con el placer de poner, con tan poderoso despliegue de compromisos inesperados, las primeras bases de una relación.

Camino al hotel cuando salían, Charlotte y los señores Parker habían visto dos sillas de posta atravesando la pendiente, una feliz visión llena de posibilidades. Las señoritas Parker (y también Arthur miró algo) desde su ventana pudieron observar que estaban llegando varias personas al hotel, pero no cuántas eran. Dos coches de alquiler traían a los visitantes, ¿se podría tratar del Seminario de Camberwell? No, no; tal vez si hubiera habido un tercer coche, pero, en general, era algo muy aceptado que dos carruajes de alquiler jamás pueden contener un Seminario. Mr. Parker esperaba que se tratara de otra familia nueva.

Cuando finalmente todos se encontraban sentados, después de algunos paseos para ver el océano y el hotel, a Charlotte le correspondió un sitio junto a Arthur, que se sentaba al lado de la chimenea con un nivel de agrado y placer que hacía pensar que su amabilidad de cederle su asiento tenía mucho mérito.

En su manera de declinar la oferta no hubo un resquicio de duda, y él se sentó nuevamente con mucha satisfacción. Para beneficiarse de su persona como pantalla, ella echó su silla hacia atrás, y sintió mucho agradecimiento, más allá de su idea preconcebida, por cada centímetro de espalda y hombros.

Arthur, así como era fornida su figura era muy directo de mirada, pero de manera alguna no se mostraba poco dispuesto a conversar y, en tanto que los otros cuatro más bien se encontraban ocupados entre ellos, él claramente no consideraba ninguna penitencia el tener a una muchacha tan agradable junto a él requiriendo, según la común educación, algo de atención (como observó con considerable satisfacción su hermano, que respecto a él sentía la decidida necesidad de algún motivo de acción o algún poderoso objeto de animación).

Tal fue el influjo de la juventud en flor que incluso, por tener un fuego, comenzó a formular una especie de disculpa:

—En casa no deberíamos tenerlo —comentó—, pero es siempre húmedo el aire del océano. A la humedad le temo más que a nada.

—Me siento tan afortunada —contestó Charlotte— de jamás saber si el aire es seco o húmedo. Siempre, para mí, tiene alguna propiedad que resulta vigorizante o saludable.

—Tanto como a cualquiera, a mí también me gusta el aire —respondió Arthur—. Cuando no está haciendo viento, me fascina encontrarme frente a la ventana abierta... pero... desdichadamente yo no le agrado al aire húmedo: me produce reumatismo. Imagino que usted no sufre de reuma, ¿verdad?

—Para nada.

—Esa es una enorme bendición, pero tal vez usted sea nerviosa.

—No, no creo que sea así. No tengo el más mínimo indicio de serlo.

—Definitivamente yo sí soy muy nervioso. En mi opinión, los nervios son la peor parte de mis dolencias y padecimientos, para ser sincero. Mis hermanas creen que soy bilioso, pero no estoy seguro.

—Estoy convencida de que está en su perfecto derecho de dudarlo todo lo que pueda.

—Si yo fuese bilioso —siguió él— el vino, como bien sabe, no sería aconsejable, pero siempre me cae muy bien: cuanto más vino bebo (moderadamente) mejor me siento. Por las tardes siempre estoy mejor. Habría pensado que soy una criatura miserable si me hubiera visto hoy antes de la cena.

Sí, Charlotte podía pensarlo. Sin embargo, controló su cara y dijo:

—Hasta donde tengo conocimiento de lo que son las enfermedades de los nervios, tengo un buen concepto de la efectividad del aire y el ejercicio para ellas: ejercicio regular y cotidiano. Y se lo aconsejaría a usted más de lo que intuyo que tiene costumbre de practicar.

—¡Oh, del ejercicio individual soy un gran partidario —contestó él—, y mientras esté aquí tengo el propósito, si el tiempo es templado, de caminar mucho. Todas las mañanas, antes del desayuno, saldré y daré algunas vueltas por el malecón, y en Trafalgar House me verá frecuentemente.

—Pero, ¿usted no estará considerando que dar un paseo hasta Trafalgar House es un ejercicio exagerado?

—No con respecto a la distancia, ¡pero es tan empinada la cuesta! ¡Me haría sudar tanto subir esa colina al mediodía! ¡Cuando llegara aquí estaría totalmente empapado! Tengo mucha tendencia a la sudoración excesiva, y del nerviosismo no hay señal más segura y clara.

Charlotte consideró la llegada de la criada con el té como una interrupción muy afortunada, porque ya se estaban adentrando mucho en la parte física. De inmediato se produjo una enorme transformación. Al instante, las atenciones del muchacho se esfumaron; tomó su propio cacao de la bandeja (que daba la impresión de que llevaba tantas teteras como cuantas personas se encontraban reunidas, bebiendo Miss Parker un tipo de infusión de hierbas y Miss Diana otro) y, girándose por completo hacia la chimenea, se sentó calentándolo con cuidado a su propio gusto y tostó varias rebanadas de pan, ya listas en la rejilla para tostadas y, hasta que no hizo todo eso, Charlotte no escuchó de sus labios más que los susurros de unas pocas palabras interrumpidas de éxito y autoaprobación.

No obstante, cuando sus arduas actividades finalizaron, retrocedió con su silla de manera tan galante como siempre y probó, con su vehemente invitación a que tomase tanto cacao como tostadas, que no había estado trabajando solamente para sí mismo.

Tan absorto había estado que lo sorprendió el hecho de que ella ya se había servido el té.

—Pensé que llegaría a tiempo —dijo—, pero el cacao necesita mucha ebullición.

—Muchas gracias —contestó Charlotte—, pero prefiero el té.

—Me serviré yo mismo, entonces —dijo él—. Me sienta mejor que ninguna otra cosa una gran taza de cacao más bien suave todas las tardes.

Sin embargo, la impresionó, cuando él vertió su "cacao más bien suave", el chorro espeso y oscuro que salió; pero el grito, al mismo tiempo, de las dos hermanas diciendo "¡Oh, Arthur! Cada tarde te tomas el cacao más y más cargado", y la contestación un poco deliberada de Arthur "Hoy está un poco más cargado de lo que debería", la convencieron de que Arthur no era tan partidario de matarse de hambre como ellas querrían ni como a él le parecería apropiado.

Realmente, se mostró muy dichoso de derivar la charla hacia las tostadas secas y no escuchar más a sus hermanas.

—Confío en que coma algo de tostada —dijo—. Considero que soy un muy buen tostador; las tostadas nunca se me queman. Inicialmente, jamás las coloco muy cerca del fuego e, incluso así no hay ni una esquina que no esté bien dorada, como se puede dar cuenta. Espero que las tostadas secas le gusten.

—Sí, muchísimo, con una cantidad razonable de mantequilla extendida por encima —dijo Charlotte—, pero no de ninguna otra manera.

—A mí tampoco —contestó él sumamente complacido—. En este punto pensamos muy parecido. Lejos de pensar que las tostadas secas son saludables, me parecen muy perjudiciales para la salud estomacal. No podría estar más seguro de que lastiman las paredes del estómago sin algo de mantequilla para suavizarlas. Yo mismo le untaré una gustosamente; después untaré otra para mí... Ciertamente, son muy perniciosas para las paredes estomacales, pero no hay manera de convencer a algunas personas. Las irritan y actúan como un rallador.

Sin embargo, no pudo usar la mantequilla sin una discusión. De lejos, sus hermanas le acusaban de comer excesivamente, y expresaban que no se podía confiar en él; mientras tanto, él mantenía que solamente tomaba la suficiente para proteger las paredes de su estómago y que, además, ahora solo la quería para Miss Heywood.

Prevaleció la petición, tomó la mantequilla y la untó para ella con una exactitud de juicio que por lo menos le contentó a sí mismo. Pero cuando su tostada estuvo lista y él cogió la suya, Charlotte apenas pudo contenerse cuando le vio mirando a sus hermanas a la vez que, con mucho escrúpulo, desperdiciaba casi tanta mantequilla como la que untaba, para después dudar por un instante y agregar un gran trozo justo antes de comérsela.

Por supuesto, el regodeo en la invalidez del señor Arthur Parker era muy distinto al de sus hermanas, mucho menos espiritualizado. En él había una buena parte de desfachatez. Charlotte no podía por menos de sospechar que asumía ese estilo de vida primordialmente por la complacencia de un carácter indolente y de que estaba decidido a no sufrir otros desórdenes que los derivados de la buena alimentación y las habitaciones extremadamente caldeadas. No obstante, al respecto comprobó de inmediato que algo de ellas se le había pegado:

—¡Cómo! —dijo—. ¿Corre el riesgo de tomar, en una misma tarde, dos tazas de té verde cargado? ¡Vaya nervios debe tener usted! Le tengo envidia. Mire, ¿cuál cree que sería su efecto en mí si yo tomara tan solo una taza como esa?

—¿Tal vez mantenerlo despierto toda la noche? —contestó Charlotte, tratando de ahogar sus tentativas de asombro con la magnificencia de sus concepciones.

—¡Oh, si solamente fuera eso! —dijo él—. No; en mí actúa como un veneno, y antes de cinco minutos me paralizaría completamente el lado derecho. Se escucha casi increíble, pero me ha sucedido tan frecuentemente que estoy seguro de que sería de esa manera. ¡Durante varias horas me quedaría sin control de mi lado derecho!

—Realmente suena muy extraño —contestó Charlotte con serenidad—, pero me arriesgaría a decir que quienes han estudiado los lados derechos y el té verde de manera científica y adecuadamente entienden todas las posibilidades de acción del uno sobre los otros le darían una explicación más simple.

Después del té, trajeron una misiva del hotel para Miss Diana Parker.

—Es de Mrs. Charles Dupuis —dijo—; alguna cuestión privada —y, después de leer varias líneas, dijo en voz alta—: ¡Bueno, esto es absurdo! ¡Totalmente insólito y absurdo, por supuesto! Que las dos se llamen igual. ¡Dos señoras Griffiths! Es una carta de recomendación presentándome a la dama de Camberwell, y su nombre es también Griffiths —no obstante, unas pocas líneas más hicieron que se ruborizara, y con mucha perturbación, agregó—: ¡lo más extraño nunca visto! ¡También una señorita Lambe, una indiana de inmensa riqueza! Pero no es posible que se trate de la misma, no puede ser.

Como consuelo leyó la carta en voz alta. Era sencillamente para presentar a Miss Diana Parker a la portadora, Mrs. Griffiths, de Camberwell, y a las tres muchachas a su cargo. Siendo una forastera en Sanditon, Mrs. Griffiths tenía muchos deseos de tener alguna conexión respetable, y Mrs. Charles Dupuis, por tanto, a instancias de su amiga intermediaria, le dio esa carta, sabiendo que no podría tener mayor gentileza con su querida Diana que darle la oportunidad de ser útil.

La principal petición de Mrs. Griffith era la referente al hospedaje de una de las jóvenes a su cargo, una tal señorita Lambe, una muchacha indiana de frágil salud y de gran fortuna.

Era muy extraño, muy extraordinario, muy notable, pero todos convinieron que no era posible que no se tratase de dos familias; el haberse tratado de dos grupos totalmente diferentes de informadores hacían casi indiscutible ese tema. Tenía que haber dos familias. No era posible otra cosa. Con fervor se repitió una y otra vez: Imposible, imposible. Si bien chocante inicialmente, una similitud accidental de nombres y circunstancias no suponía nada verdaderamente increíble, y quedó sentado así.

De inmediato, para la propia señorita Diana se derivó la ventaja de poder contrarrestar su duda: debía colocarse el chal sobre los hombros y ponerse en marcha nuevamente; a pesar de que se sentía agotada, tenía que irse rápidamente al hotel para ofrecer sus servicios y averiguar la verdad.

Capítulo XI

De nada serviría.

Absolutamente nada de cuanto toda la familia Parker pudiese decir entre sí podría suponer mayor tragedia que fuesen una, y la misma, la familia de Camberwell y la familia de Surry.

En esos dos carruajes de alquiler habían llegado a Sanditon los ricos indianos y el colegio de jovencitas. La misma señora Griffiths, que en manos de su amiga, Mrs. Darling, había dudado en si venir y arriesgarse al viaje, era justamente la misma señora Griffiths, cuyos proyectos, en el mismo tiempo (bajo otra representación) estaban perfectamente resueltos, y que no albergaba miedos ni veía problemas.

En los informes de las dos todo cuanto demostraba la apariencia de incongruencia podía ser explicado con justicia a cuenta de la ignorancia, la vanidad o las garrafales equivocaciones de las muchas que, bajo la vigilancia y cautela de Miss Diana Parker, estaban implicadas en el asunto.

Sus amigas íntimas debían ser tan diligentes como ella misma y la cuestión había producido bastante misivas y extractos y mensajes como para hacer que todo pareciera lo que no era. Quizá Miss Diana, inicialmente, se había sentido un poco incómoda al verse forzada a aceptar su equivocación. Hacer un largo viaje desde Hampshire inútilmente, un hermano desencantado, en sus manos, y durante una semana, una casa costosa, debieron ser algunas de sus meditaciones inmediatas. Y lo más grave de todo debió ser una sensación de ser infalible y lúcida de lo que ella misma pensaba que era.

No obstante, nada de ello pareció inquietarla por mucho tiempo. Entre quienes repartir la vergüenza y la culpa había tantos que, quizá, apenas podía quedar una mera insignificancia para ella cuando repartió de forma equitativa sus partes a Mrs. Darling, a Miss Capper, a Fanny Noyce, a Mrs. Dupuis y a la vecina de esta.

Bueno, en todo caso, toda la mañana siguiente se le pudo ver apresurándose en busca de hospedaje con Mrs. Griffiths, y, como siempre, tan dispuesta.

Mrs. Griffiths era una afable y gentil dama de modales exquisitos que se sostenía recibiendo a tales grandes muchachas y damiselas, y que lo mismo necesitaba un profesor para finalizar su enseñanza que una casa para empezar sus presentaciones.

A su cuidado tenía muchas más que las tres que se encontraban ahora en Sanditon, pero resultaba que todas las demás no estaban presentes.

De esas tres, y de las demás, Miss Lambe era, sin punto de comparación, la más valiosa e importante, ya que pagaba en proporción a su riqueza.

Tenía alrededor de diecisiete años de edad y era medio mulata, dulce y fría, con una sirvienta para ella sola. Para ella sería el mejor dormitorio de la casa y en los planes de Mrs. Griffiths siempre era tomada en cuenta en primer lugar.

Las otras jóvenes, dos Srtas. Beaufort, eran unas muchachas como cualesquiera otras que se pudieran hallar al menos en una de cada tres familias de la región. Tenían vistosas siluetas, complexiones aceptables y miradas seguras. Eran muy ignorantes y muy desenvueltas, y dividían su tiempo entre esas diversiones que pudiesen producir admiración, y esas tareas de hábil ingenuidad que les eran convenientes para poder ponerse vestidos con una moda mucho más allá de lo que podrían y deberían permitirse. En cada transformación de la moda eran de las primeras y la meta de las dos era conquistar a algún hombre de riqueza muy superior a la de ellas.

Por causa de Miss Lambe, Mrs. Griffiths había elegido un sitio retirado y pequeño como Sanditon, y las señoritas Beaufort, aunque lógicamente preferían cualquier cosa antes que la pequeñez y el aislamiento, se vieron obligadas a conformarse también con Sanditon, hasta que mejorara su situación, porque durante la primavera se habían visto forzadas al gasto inevitable de seis vestidos para hacer una visita de tres días.

Con la compra de algún papel de dibujo para una y el alquiler de un arpa para otra, y con las mejores galas de las que ya disponían, allí tenían el propósito de resultar muy solas, muy elegantes y muy económicas; con la esperanza, por parte de Miss Beaufort, de elogios y celebridad de cuantos escucharan el sonido de su instrumento, y por parte de Miss Letitia de éxtasis y curiosidad de todos cuantos se le aproximaran al tiempo que dibujaba; y, por parte de las dos, el consuelo de tener el propósito de ser las jóvenes con más estilo del lugar.

La presentación de Mrs. Griffiths a Miss Diana Parker, en particular, aseguraba enseguida relación con los Denham y con la familia de Trafalgar House, y muy pronto las señoritas Beaufort se sintieron complacidas con "el círculo en que se movilizaban en Sanditon", por usar una expresión apropiada, debido a que ahora todos han de "moverse en un círculo", movimiento rotatorio a cuya preponderancia quizá puedan ser atribuidos los pasos en falso y el mareo de muchos.

Para visitar a Mrs. Griffiths, lady Denham tenía otras razones además de la deferencia hacia los Parker: justamente en Miss Lambe halló a la muchacha rica y enfermiza que estaba esperando, y en beneficio de sir Edward, y de sus burras lecheras estableció esta relación.

Cómo podría resultar en lo referente al baronet estaba por verse, pero con respecto a los animales, de inmediato descubrió que eran inútiles sus expectativas de beneficio. Mrs. Griffiths no dejaba que Miss Lambe padeciera el más mínimo síntoma de empeoramiento ni enfermedad alguna que la leche de burra pudiese tal vez aliviar: Miss Lambe se encontraba bajo el cuidado permanente de un doctor con experiencia, y para ellas sus prescripciones eran reglas; Mrs. Griffiths nunca se alejaba de las estrictas pautas médicas, excepto con algunas pastillas efervescentes que eran fabricadas por un primo suyo.

En el malecón, la casa de la esquina fue en la que Miss Diana Parker tuvo el placer de situar a sus nuevas amigas, y considerando que en frente tenía el salón predilecto de todos los visitantes de Sanditon, y en uno de los costados, todo cuanto sucediera en el hotel, para la reclusión de las señoritas Beaufort no podría haber existido un enclave más favorable. Y, en consecuencia, mucho antes de obtener un instrumento o con papel de dibujo, atrajeron, por aparecer frecuentemente en las ventanas del primer piso para cerrar las persianas, o para abrirlas, o para arreglar una maceta en el balcón, o para mirar con un telescopio hacia la nada, más de una mirada, e hicieron que más de un espectador volviera a mirar.

En un sitio tan pequeño una mínima novedad causa un tremendo efecto. Las señoritas Beaufort, que en Brighton no habían sido nada, allí no podían dar un solo paso sin que todos lo supieran; e incluso Mr. Arthur Parker, a pesar de estar poco dispuesto a esfuerzos excesivos, dejaba siempre el malecón, de camino a casa de su hermano, frente a la casa de la esquina con la ilusión de mirar a las señoritas Beaufort, aunque ello significaba dar un rodeo de medio cuarto de kilómetro, y al ascenso de la colina le agregaba dos escalones más.

Capítulo XII

Sin haber visitado Sanditon House, Charlotte llevaba diez días en Sanditon, ya que por encontrarla con antelación se veía frustrado cada intento de visita. Sin embargo, ahora iban a intentar con más decisión, a una hora más temprana, que nada faltara en diversión para Charlotte ni en atención por parte de lady Denham.

—Amor mío, y si deseas algo favorable con lo que romper el hielo —dijo Mr. Parker, que no tenía intención de acompañarlas—, pienso que lo mejor sería comentar la situación de los desdichados Mullin y, en cuanto a una colecta en su favor, sondear a su señoría. En un sitio como este no me gustan las suscripciones benéficas, es como un tipo de impuesto por encima de todos los que ya existen. Incluso así, como su desconsuelo es muy grande y ayer casi le prometí a la infortunada mujer conseguir que se hiciera algo por ella, pienso que, cuanto antes mejor, deberíamos efectuar una colecta; y al principio de la lista el nombre de lady Denham será un inicio muy necesario. Mary, ¿hablarle de esto no te desagradará?

—Yo haré lo que quieras —contestó su esposa—, pero tú mismo lo harías mucho mejor. Yo no sabré qué decir.

—Mi amada Mary —dijo él—, que te quedes en blanco es realmente poco posible. Nada podría ser más sencillo. Solamente tienes que exponer la actual necesidad y carencia de la familia, la ferviente súplica que me hicieron, y mi voluntad de promover una pequeña colecta para su auxilio, imaginando que lo aprobaran.

—Sí, lo más sencillo del mundo —dijo Miss Diana Parker, que por casualidad los estaba visitando en ese instante—. Dicho y hecho en menos tiempo del que los ha llevado hablarlo en este momento. Mary, y ya que están hablando de colectas, te voy a agradecer que menciones un caso muy triste que me fue presentado de la manera más conmovedora. En Worcestershire hay una desdichada mujer, en la cual varios amigos míos están muy interesados, y yo acepté recaudar para ella cuanto me sea posible. ¡Si a lady Denham le mencionaras la situación! Si se la aborda apropiadamente, lady Denham puede dar y la tengo por la clase de gente que daría diez guineas tan gustosamente como cinco, una vez que ha sido convencida para abrir el monedero. Y, por lo tanto, si la hallas de humor generoso, le podrías hablar a favor de otro acto de caridad que unos pocos y yo tenemos en nuestros corazones: el establecimiento en Burton-on-Trent de un almacén benéfico. Está, además, la familia de un infortunado hombre que en la última junta fue colgado en York, aunque realmente ya hemos reunido la suma que deseábamos para sacarlos a todos adelante; incluso así, también estaría bien si puedes sacarle una guinea en su favor.

—¡Mi estimada Diana! —dijo Mrs. Parker—. Igual que no puedo volar, no podría mencionar esas cosas.

—¿Pero dónde está el problema? Querría poder ir con ustedes yo misma, pero debo estar en casa de Mrs. Griffiths en cinco minutos, para animar a Miss Lambe a que tome su primer baño. Pobrecita, está tan aterrada que hice la promesa de ir a animarla y, si lo desea, entrar en la ducha con ella; y, en cuanto termine allí, me debo apresurar a regresar a casa, ya que, a la una en punto, hay que colocarle la sanguijuelas a Susan, en lo que emplearemos tres horas más o menos; por lo tanto, no tengo tiempo que perder; además de que, aquí entre nosotras, ahora mismo debería encontrarme en la cama, ya que apenas me puedo sostener en pie, y cuando hayan terminado las sanguijuelas, me atrevería a decir que, todo el resto del día, las dos nos iremos a nuestros cuartos.

—Lamento escuchar eso, por supuesto; pero confío en que Arthur venga con nosotras, si ese es el caso.

—Si Arthur sigue mi recomendación, también se irá a la cama, ya que si se queda en pie solo, estoy segura de que beberá y comerá más de lo que conveniente; pero Mary, ya te puedes dar cuenta de lo imposible que me resulta ir a casa de lady Denham con ustedes.

—Mary, pensándolo bien —dijo su marido—, no te incomodaré solicitándote que le hables de los Mullin. Encontraré la ocasión de ver a lady Denham en persona. Sé lo poco que te gusta presionar a una mente completamente evasiva.

Retirada su petición de este modo, nada podía agregar su hermana en apoyo de las suyas, lo que era su propósito, ya que le parecían totalmente inadecuadas y tenía la seguridad de que, sobre su mejor petición, generarían un efecto contraproducente.

Mrs. Parker estaba feliz de verse liberada, y salió camino de Sanditon House con su amiga y su hija menor.

Era una mañana cubierta de neblina, y cuando llegaron a la cima de la colina, no pudieron distinguir qué tipo de coche era el que ascendía por la cuesta. Parecía, por instantes, ser cualquier cosa entre un carro y un carruaje y tener desde un caballo hasta cuatro; y precisamente cuando se estaban decantando en favor de una opción, los ojos de la pequeña Mary distinguieron al conductor del coche y gritó entusiasmada:

—¡Mamá, es el tío Sidney, mamá, sí es él!

Y sí resultó ser.

Conducido por su criado en un carruaje muy bien cuidado, Mr. Sidney Parker estuvo frente a ellas en breve, y durante unos minutos todos se detuvieron.

Entre ellos, los modales de los Parker eran siempre agradables y entre Sidney y su cuñada, quien con toda gentileza dio por sentado que iba camino de Trafalgar House, tuvo lugar un encuentro muy amistoso. Pero él lo declinó. Había llegado hacía poco de Eastbourne, con la intención de pasar dos o tres días, tal vez, en Sanditon pero debía hospedarse en el hotel: esperaba que allí uno o dos amigos se reunieran con él. Todo lo demás fueron comentarios y preguntas comunes, con cariñosa atención para la pequeña Mary, y una reverencia y trato muy educados y correctos y educados hacia Miss Heywood cuando se la presentaron; con lo cual se separaron para volverse a reunir unas pocas horas después.

Mr. Sidney Parker tenía alrededor de veintisiete o veintiocho años, era muy atractivo, y tenía un aire resuelto de estilo y desenvoltura, así como una cara con vivaz expresión.

Durante un rato esta aventura les otorgó un grato tema de conversación. Mrs. Parker se extendió en la gran felicidad que tal ocasión provocaría a su esposo, y se mostró jubilosa con respecto al crédito que daría al lugar la llegada de Sidney.

El sendero hasta Sanditon House era hermoso y amplio, con árboles a ambos lados, entre campos, y llevaba, después de un cuarto de kilómetro, después de pasar unas segundas puertas, a los terrenos, que, aunque no extensos, tenían toda la respetabilidad y belleza que puede brindar la abundancia de un buen bosque.

Las puertas de entrada estaban tan en una esquina de los terrenos o prados, tan próximas al lindero, que una de las rejas exteriores casi cruzaba el camino al inicio, hasta que las colocaron a mejor distancia un ángulo aquí y una curva allá. Realmente, la reja era una empalizada en muy buenas condiciones, con hileras de viejos espinos o grupos de buenos olmos siguiendo su línea en casi todas partes. Se tenía que decir "casi" debido a que había espacios vacíos, y, a través de uno de estos, Charlotte, apenas entraron en el lugar, miró, por encima de los palos, algo blanco y femenino en el campo, al otro lado; algo que enseguida le trajo a la mente a Miss Brereton, y aproximándose hasta los palos lo miró, y con mucha seguridad, pese a la niebla: Miss Brereton estaba sentada, no muy alejada de donde estaba ella, a los pies de una colina que bajaba desde la parte exterior de la empalizada y que parecía que un angosto camino estaba bordeando.

La señorita Brereton, aparentemente, se sentaba con mucha compostura y sir Edward estaba junto a ella.

Estaban sentados tan próximos el uno del otro, y parecían tan enzarzados en una agradable charla, que súbitamente Charlotte sintió que no podía hacer nada excepto dar un paso hacia atrás y quedarse callada.

Habían buscado privacidad, por supuesto.

En cuanto a Clara, esto solo pudo asombrarla desfavorablemente, pero la suya era una situación que no debía ser criticada muy severamente.

La alegró ver que Mrs. Parker no se había dado cuenta de nada; si Charlotte no hubiera sido ampliamente la más alta de las dos, los lazos blancos de Miss Brereton no hubieran caído a recaudo de sus más observadoras miradas.

Charlotte no pudo dejar de pensar, entre otros puntos de reflexión moral que la visión de aquel *tête-à-tête* provocó, en las extremas dificultades que los amantes secretos deben tener para hallar un sitio apropiado para sus robados encuentros.

Quizá, allí habían pensado que estaban perfectamente a salvo de escrutinio, teniendo ante ellos todo un campo abierto; a sus espaldas, una empinada colina y una empalizada nunca atravesada por pies humanos, y, por añadidura, una niebla muy espesa. Pero, incluso así, ella los había visto. Realmente lo tenía muy difícil.

La casa era bella y muy grande; dos criados aparecieron para recibirlos, y todo tenía una apropiada apariencia de orden y cuidado.

Por encima de su establecimiento liberal, lady Denham se valoraba a sí misma, y sentía mucho placer por el orden y la significancia de su estilo de vida.

Las condujeron al salón ordinario, de inmensas proporciones y excelentes muebles, a pesar de que se trataba de muebles originalmente buenos y muy bien cuidados, más que llamativos o nuevos; y, como lady Denham no estaba allí, Charlotte se entretuvo mirando alrededor y oyendo a Mrs. Parker relatarle que el cuadro de cuerpo completo de un solemne caballero que se encontraba sobre la chimenea y que enseguida llamaba la atención, era el retrato de sir Harry Denham; destacando entre otras muchas miniaturas, en otro sitio del salón menos distinguido, que eran la representación del señor Hollis.

¡Pobre señor Hollis!

No era posible no sentirle tratado indignamente, forzado a estar en su propia casa a un lado y mirar el mejor sitio, junto a la chimenea, ocupado por sir Harry Denham permanentemente.

ÍNDICE

Los Watson

Sanditon